O MESTRE DAS ILUMINURAS

Brenda
Rickman Vantrease

O MESTRE DAS ILUMINURAS

· Amor, traição, arte e religião no século XIV ·

SEXTANTE
FICÇÃO

Título original: *The Illuminator*

tradução: Maria Luiza Newlands da Silveira
preparo de originais: Virginie Leite
revisão: Sérgio Bellinello Soares
Tereza da Rocha
projeto gráfico e diagramação: Marcia Raed
capa: Victor Burton
fotolitos: R R Donnelley
impressão e acabamento: Geográfica e Editora Ltda.

CIP-BRASIL. CATALOGAÇÃO-NA-FONTE.
SINDICATO NACIONAL DOS EDITORES DE LIVROS, RJ

V369m

Vantrease, Brenda Rickman
O mestre das iluminuras / Brenda Rickman Vantrease; tradução de Maria Luiza Newlands da Silveira. – Rio de Janeiro: Sextante, 2006.
Tradução de: The illuminator
ISBN 85-99296-10-8

1. Bíblia – Traduções – Grã-Bretanha – Ficção. 2. Iluminuras de livros e manuscritos – Ficção. 3. Ficção americana. I. Silveira, Maria Luiza Newlands da. II. Título.

06-2759 CDD 813
CDU 821.111(73)-3

Rua Voluntários da Pátria, 45/1.407 – Botafogo
22270-000 – Rio de Janeiro – RJ
Tel.: (21) 2286-9944 – Fax: (21) 2286-9244
E-mail: atendimento@esextante.com.br
www.sextante.com.br

Para Barney e Arlene

Prólogo

Oxford, Inglaterra
1379

John Wycliffe pousou a pena e esfregou os olhos cansados. A vela estava no fim, produzindo anéis de fumaça. Só queimaria por mais alguns minutos, e era a última. O mês chegara apenas ao meio e ele já havia esgotado sua cota. Como professor de Balliol College, na Universidade de Oxford, recebia uma quantidade que seria o bastante para a maioria dos clérigos – para a maioria, que trabalhava de dia e dormia à noite. Mas Wycliffe mal dormia durante as horas noturnas. Sua determinação tirava-o da cama cedo e mantinha-o longe dela até tarde.

O brilho alaranjado do braseiro de carvão pouco adiantava para dissipar a penumbra que se adensava nos desvãos de seus aposentos espartanos. A vela crepitou e apagou. A moça logo estaria ali. Podia enviá-la ao comerciante de velas para comprar algumas e pagá-las ele mesmo, de seu próprio bolso. Não iria chamar atenção para seu trabalho implorando mais velas ao tesoureiro da universidade nem as pedindo emprestadas a colegas.

Ao menos, o atraso da criada proporcionava-lhe a muito ansiada pausa. Os músculos de suas mãos doíam de tanto segurar as penas. A cabeça latejava com o esforço de tentar enxergar à luz insuficiente e o corpo estava rígido depois de horas curvado sobre a mesa. Até a mente estava fatigada. Como sempre, quando ficava cansado, começava a questionar sua missão. Seria orgulho, arrogância intelectual, e não Deus, que o chamava para aquela tarefa gigantesca? Ou ele teria sido simplesmente empurrado para aquele caminho traiçoeiro pelas maquinações do Duque de Lancaster, John de Gaunt? O duque estava prestes a ganhar um reino e não tinha nenhuma vontade de dividir suas riquezas com uma Igreja gananciosa. Não era pecado, contudo, aceitar o patrocínio de um homem assim, não quando juntos poderiam quebrar a tirania dos padres, bispos e arcebispos. John de Gaunt, o Duque de Lancaster, faria isso em seu próprio benefício. Mas John Wycliffe o faria para salvar a alma da Inglaterra.

A morte do Rei Eduardo fora uma bênção, apesar da luta política que agora se desencadeava entre os tios do rei menino. Houvera lascívia demais em torno de Eduardo; a mancha do pecado corrompera sua corte. Ele mantivera relações abertamente com sua amante. Dizia-se que Alice Perrers era uma mulher de grande beleza, mas Wycliffe considerava-a um instrumento do demônio. Que negros sortilégios teria a ardilosa mulher praticado para conquistar a alma de um rei? A morte de Eduardo pelo menos fizera Alice Perrers ir embora da pocilga que fora sua corte. Agora, John de Gaunt era o regente. E John de Gaunt estava do lado de Wycliffe.

Por enquanto.

Wycliffe afastou a cadeira da escrivaninha. Virou-se para a janela de onde avistava Oxford. Vinha lá de baixo o barulho da pândega dos boêmios, estudantes com cerveja demais no bucho e em busca de mais ainda, embora fosse um mistério para ele onde conseguiam dinheiro para aquela provisão infindável. Imaginava que bebessem a cerveja mais barata, o fundo do barril, se bem que tamanho excesso de exuberância demandasse mais bebida do que cabia na pança de um homem gordo. Por um momento, ele quase invejou a inocência deles, sua alegria desenfreada, sua extraordinária falta de propósito.

A moça devia estar chegando. Já estava uma hora atrasada. Assim ele calculou ao ver o índigo profundo refletido na janela – uma janela de vidro, para fazer jus à posição que ocupava. Ele poderia ter traduzido duas páginas inteiras da Vulgata naquele ínterim – duas páginas a mais para acrescentar ao pacote que iria para East Anglia no dia seguinte. Estava satisfeito com o trabalho que o pintor de iluminuras fizera. Sem ornamentos demais e no entanto bonito, digno do texto. Como detestava os absurdos profanos de animais, pássaros e bufões, inseridos nas margens dos livros para divertir, as cores ostentosas, a profusão que a Guilda de Paris produzia. Aquele iluminador custava menos do que os mestres de Paris, além do mais. E o duque dissera que se podia confiar na discrição do homem. O som de vozes subiu até ele, risadas, um trecho de uma canção, depois foi sumindo aos poucos. A moça com certeza não tardaria muito. Ele precisava terminar mais uma parte da tradução naquela noite. Já estava na metade do Livro de João. Sombras adejavam pelo quarto. Suas pálpebras desceram.

Jesus enfrentara os sacerdotes do templo. Wycliffe podia enfrentar um papa. Ou dois.

Os carvões incandescentes deslocavam-se dentro do braseiro, sussurravam-lhe coisas. *Almas sucumbem enquanto você fica de papo para o ar.*

E ele cochilava diante dos carvões em brasa.

Joan sabia que estava atrasada e subiu correndo as escadas que levavam aos aposentos de Mestre Wycliffe. Esperava que estivesse tão ocupado com seus escritos que nem notasse, mas não vira nenhuma claridade de vela acesa brilhar na janela. Às vezes, ele mal percebia a presença dela recolhendo a roupa suja, varrendo o chão, esvaziando o urinol. Não seria uma sorte se hoje fosse um daqueles dias de raro humor em que ele perguntava por sua família, queria saber como passavam os domingos, se algum deles sabia ler?

Não que lhe desagradasse a curiosidade dele – apesar de suas maneiras bruscas, ele tinha olhos bondosos e, quando a chamava de "filha", lembrava-lhe seu pai, que morrera no ano anterior –, mas hoje Joan não queria conversa. Com toda a certeza acabaria chorando e, ainda por cima, ele não aprovaria aquilo, pensou, tocando a relíquia pendurada em uma fita presa a um cordão de cânhamo que contornava sua cintura como um rosário.

Alisou o cabelo solto debaixo da touca surrada de linho, respirou fundo e bateu de leve na porta de carvalho. Sem ouvir resposta, bateu de novo, com mais força, e limpou a garganta.

– Mestre Wycliffe, sou eu, Joan. Vim fazer sua faxina.

Tentou virar a maçaneta da porta e, encontrando-a destrancada, abriu apenas uma fresta.

– Mestre Wycliffe?

Da escuridão do interior, roufenho, ele respondeu.

– Entre, filha. Está atrasada. Estamos perdendo tempo.

– Sinto muito, Mestre Wycliffe, mas foi por causa da minha mãe, sabe? Ela está muito doente. E só fiquei eu para cuidar dos pequenos.

Começou a andar apressada pelo quarto enquanto ele a observava, e acendeu as lamparinas, cujas chamas oscilaram quando ela abriu a janela e jogou lá fora o conteúdo do urinol. Juntou a roupa suja em uma trouxa, consciente do olhar que a acompanhava. Nunca mexia nos papéis na mesa dele. Aprendera isso a duras penas.

– Posso trocar a vela, senhor?

– Humf. Não tenho mais velas. Estava esperando por você. Para que fosse buscar outras.

– Desculpe. Vou agora mesmo.

Joan esperava que ele não desse queixa de seu atraso. Quem sabe quando sua mãe estaria bem de novo para poder voltar a seu trabalho de faxineira. Ele virou a cadeira e afastou-a da janela para ficar de frente para a moça, depois fez um gesto erguendo a mão para que ela parasse.

– Você disse que sua mãe está doente?

– A febre dela está muito alta. – Ela piscou, disfarçando as lágrimas, e de repente confessando tudo em seguida. – Estive na igreja para pedir ao padre que rezasse por ela.

Os lábios dele comprimiram-se em uma linha dura acima dos fios cinzentos da barba.

– As orações do padre não são melhores do que as suas. Talvez nem sejam tão boas. As suas devem vir de um coração mais puro.

Ele se levantou, dominando-a pela altura, austero em sua túnica simples e no gorro justo de lã que mal lhe cobria o cabelo grisalho, espalhado por cima de seus ombros, misturado à barba.

– O que é isso que você traz pendurado ao cinto? – perguntou ele.

– Em meu cinto, senhor?

– Embaixo de seu braço. Algo para o qual você chama atenção ao tentar esconder.

– Isto, senhor? – Ela pegou o objeto em questão. Sentiu seu rosto se incendiar. Por que razão aquele olhar penetrante a fazia ter dúvidas sobre o que lhe parecera tão certo apenas uma hora antes?

– É uma relíquia santa – respondeu ela, baixando a cabeça. – O osso do dedo de Santa Ana. Tenho de segurá-lo na mão quando rezo o Pai-Nosso. O padre me deu.

– Entendo. E o que você deu a ele em troca?

– Meio-xelim, Mestre Wycliffe.

– Meio-xelim – suspirou ele, sacudindo a cabeça –, meio-xelim do seu salário – repetiu, estendendo a mão. – Posso ver essa *relíquia santa*?

Ela desatou a fita presa ao cordão em sua cintura, entregando-lhe a fita e a relíquia. Ele a examinou, friccionando-a entre o polegar e o indicador.

– É macio demais para um osso – disse ele.

– O padre disse que é por causa da delicadeza de Santa Ana.

Wycliffe sopesou-o na mão, a fita escarlate escorrendo como sangue entre seus dedos.

– É uma cartilagem de porco. Não vai servir de nada para sua mãe enferma.

– Cartilagem? – A palavra desconhecida enrolou-se na boca da moça.

– Nervo, como vocês dizem. O material de que é feita a orelha de um porco, ou a cauda, ou o focinho.

Nervo? Quer dizer que o padre lhe dera um pedaço de orelha de porco para reforçar suas rezas? Ele disse que estava até barato, que estava dando aquilo a ela mais por caridade cristã. Disse que em geral custava muito mais. Um pedaço de orelha de porco, para rezar por sua mãe? Joan não conseguiu controlar as lágrimas que vinham se acumulando dentro dela aquele dia inteiro. E agora, o que ia fazer?

Ele lhe estendeu seu lenço limpo, passado a ferro, que ela reconheceu da pilha de roupa que lavara e passara na semana anterior.

– Escute aqui, filha. Você não precisa da relíquia de uma santa. Você não precisa de um padre. *Você mesma* pode rezar por sua mãe. *Você* pode confessar seus pecados *diretamente* a Deus. *Você* pode rezar por sua mãe em nome do Senhor. Nosso Pai do Céu vai ouvi-la se seu coração for puro. E então, *depois de ter rezado*, vá ao boticário e compre um depurativo para curar a febre de sua mãe.

– Não tenho dinheiro para comprar remédio – disse ela, fungando.

– Vou resgatar a sua relíquia.

Enquanto ela enxugava os olhos com o lenço agora encharcado, ele se dirigiu à mesa, apanhou sua bolsa, abriu-a e tirou de lá um xelim.

– Aqui está. Se sobrar alguma coisa depois de pagar o depurativo, use para comprar uma galinha e fazer um caldo para sua mãe.

– Mestre Wycliffe, como posso agradecer...

– Não tem de me agradecer, filha. Sua Igreja lhe deve pelo menos isto: não roubar você. Só estou devolvendo o que é seu. – Ele soltou o objeto da fita e afagou a mão dela. – Eu fico com a *relíquia*. Você guarda a fita. – E sorriu, o que suavizou seus traços severos. – Vai ficar bonita em seu cabelo.

Aliviada, Joan teve vontade de abraçá-lo, mas o respeito a impediu. Preferiu inclinar-se diante dele em uma profunda reverência.

– Corra antes que o boticário de King's Lane feche as portas por hoje. Vá logo. Vou fazer uma prece por sua mãe. E não vai lhe custar nada.

Foi só depois que a criada se foi que Wycliffe lembrou-se das velas. Teria de ir comprá-las ele próprio. Mas a noite mal começara. Poderia fazer diversas páginas antes que a fadiga o dominasse e ele começasse a cometer erros. O cochilo reanimara seu corpo, e o incidente que acabara de ocorrer contribuíra para estimular sua resolução. Trancou cuidadosamente a porta atrás de si – quem sabe que olhos perscrutadores poderiam estar voltados para lá – e desceu depressa a escada estreita, saindo pela porta em busca de luz.

Um

NORWICH, EAST ANGLIA
JUNHO DE 1379

Um. Dois. Três. Quantas badaladas? Meio-Tom, o anão, ia resfolegando a caminho do mercado de Norwich, apertando os olhos para o sol lá em cima e contando. Doze toques chamavam os monges para a hora sexta. Viu-os com os olhos da mente – seguindo silenciosos para as preces do meio-dia, vestidos com seus hábitos negros, os braços cruzados enfiados nas mangas, dois a dois em uma longa fila, serpenteando calados pelo caminho do claustro, como as enguias que cortavam as águas pantanosas dos brejos onde ele morava. Não trocaria seu santuário verde de salgueiros e juncos por todas aquelas pedras esplêndidas e frias que os rodeavam.

A estrada era poeirenta e o sol batia quente em suas costas. Apressou o passo. Se não se apressasse, o mercado de quinta-feira se dispersaria antes que ele chegasse. Dia de Thor – era como Meio-Tom chamava aquele dia. Gostava dos nomes antigos, celebrizados nas histórias que lera quando menino. Sobre os tempos em que os dinamarqueses lutavam com o bom Rei Alfredo pelo domínio de Anglia. Histórias sangrentas, algumas, mas cheias de homens corajosos. Heróis – todos eles. Audazes, fortes.

E altos.

Meio-Tom jamais encontrara um herói de verdade. Os monges diziam que eles existiam apenas nas canções dos velhos bardos. Com toda a certeza não circulavam na Inglaterra de Eduardo III. Será que Eduardo ainda era rei? Ele ia perguntar quando chegasse ao mercado.

Mais sinos agora. Suas badaladas ásperas, estridentes, como crianças querendo chamar atenção, soavam em resposta aos sinos da catedral, aos sinos-mães. Por trás dos muros da cidade havia igrejas em toda parte, construídas por comerciantes de lã com dinheiro vindo de Flandres. Subornos para Deus ou monumentos ao orgulho? Meio-Tom às vezes achava que, se o número de almas santas no condado de North Folk fosse equivalente ao de igrejas, ele veria mais céu e menos inferno naquela terra. Se bem que conhecia uma alma santa de verdade – só uma –, e não se tratava de nenhum herói, mas de uma mulher. Ele tinha planejado ir visitá-la hoje; agora, mal haveria tempo.

Saíra da região pantanosa ao raiar do dia, seus cestos de palha de salgueiro às costas, e passara pelo meio das habituais fileiras de peregrinos, ladrões e mendigos na estrada de terra muito sulcada por rodas de carroça que ligava Saint Edmunds a Norwich. Suas pernas atarracadas tinham trabalhado muito para chegar ao mercado semanal por volta do meio-dia. Tinham câimbras em sinal de protesto. Os ombros doíam de tanto equilibrar a carga volumosa, e a paciência estava quase esgotada por causa das altercações com servos e trabalhadores, que se davam ao prazer de implicar com o anão para quebrar o tédio de suas viagens. Aquilo era um passatempo para aquela gente. E um perigo para ele. Já tivera de barganhar duas enguias e um cesto de pescoço comprido com tampa, próprio para enguias, com malandros que teimavam em usar a sua pessoa como bola de futebol.

O fardo desengonçado em seus ombros sacudia a cada passo, irritando a pele debaixo de seu colete. O suor ardia em seus olhos. Só viu a porca e o leitão que bloqueavam seu caminho quando um grunhido do animal o advertiu. Ao inclinar-se para o lado a fim de se esquivar daquele último obstáculo entre ele e os portões da cidade, sua carga escorregou, soltando a tira de couro que a prendia, e tombou por terra com estrépito. O conteúdo dos cestos espalhou-se, misturando-se à sujeira do chão.

– Maldito seja o bispo. Que ele e seus porcos vão para o inferno! – praguejou.

A porca bufou e sacudiu o focinho para ele, arreganhando os dentes incisivos. Uma grande careta sulcou o rosto redondo do anão quando ele chutou o ar, detendo o pé bem rente ao flanco traseiro do animal.

Meio-Tom estava zangado. Mas não era nenhum idiota.

A porca fez um esforço para se levantar, esmagando um grande cesto redondo. O anão praguejou de novo ao ouvir o som das hastes de salgueiro se quebrando. Uma semana de trabalho despedaçada sob a barriga da porca. Uma semana inteira recolhendo e descascando as varas de salgueiro, trançando-as ligeiro, hábil, apesar das mãos desajeitadas, para produzir os graciosos cestos que serviam para capturar as enguias ou serem trocados por um pedaço de pano ou uma saca de farinha de trigo e, se o dia fosse próspero, um quartilho de cerveja escura. Vã esperança, aquela. Teria sorte se conseguisse recuperar o suficiente para comprar meia porção de farinha.

Lançou uma cusparada no animal agressor.

Porca desgraçada – tratava-se com certeza de propriedade do bispo, dava para ver pelo furo na orelha –, fazendo um buraco fedorento bem ali no meio da estrada que levava à terceira maior cidade da Inglaterra. Chafurdando em sua própria imundície, vivendo das sobras da nobreza e empanturrando-se de comida que talvez desse para alimentar a filharada faminta de um pequeno proprietário rural durante um mês inteiro. As orelhas molengas do animal, cujo interior era de um tom cinzento claro, pareciam zombar dele – lembravam a mitra encardida de um bispo.

O estômago de Meio-Tom roncou sua frustração. O pedaço de pão molhado na gordura de carne que comera antes do amanhecer já estava longe. Pensou no punhal de lâmina muito fina que guardava na bota e olhou para o leitão. E daí que fosse propriedade da Igreja? Tinha gente que pensava que a Santa Madre Igreja já tinha posses demais. Tinha gente que dizia que um homem podia muito bem fazer suas próprias orações, que não precisava de padre nenhum. Heresia, declaravam outros. Mas Meio-Tom sabia que uma coisa era certa: podia dar graças a Deus por um porco assado tão bem quanto qualquer homem mais alto do que ele, fosse beneditino ou franciscano.

E, além do mais, o bispo não lhe devia pelo prejuízo dos cestos destruídos?

Enxugou o suor da testa com a manga maltrapilha do gibão e olhou em torno. A estrada estava vazia – até os mendigos haviam deixado as suas margens para ir ao mercado da cidade –, com exceção de um cavaleiro solitário que se aproximava vindo do sul. Um mero cisco no horizonte. Longe demais para perceber, se ele resolvesse depressa a questão. Um providencial aglomerado de arbustos isolava-o da visão de quem quer que entrasse ou saísse dos portões. Havia uma casa de camponeses atrás dele, mas nem sinal de vida, a não ser por uma criança – pouco mais que um bebê, pequena demais para testemunhar – brincando com uma galinha junto à porta.

Ainda assim, roubar o porco do bispo... daria no mesmo que caçar os veados do rei. No mínimo, ele seria amarrado no tronco como castigo – uma punição especialmente dolorosa para um anão, que atraía mais do que o número habitual de torturadores. Quem sabe seria até caso de forca, se fosse apanhado com as mão sujas de sangue.

Puxou os fios esparsos da barba. O cisco no horizonte ia tomando a forma de um cavalo com seu cavaleiro.

Praguejando em voz alta, chutou o ar novamente, mas desta vez seu tamanco de madeira foi de encontro ao lombo da porca de maneira nada gentil, mas sem força suficiente para aplacar sua raiva. A porca pôs-se pesadamente de pé. Meio-Tom, preocupado em avaliar seus prejuízos, ignorou-a.

Ignorou também a criança, que saiu cambaleando da porta da choupana em suas perninhas inseguras e se encaminhou para a margem da estrada. Em geral, ele gostava de crianças, que eram atraídas para ele por causa de seu tamanho infantil – não os mais velhos, os garotos com espinhas no rosto que o atormentavam, mas os pequeninos. Sabia-se até que de vez em quando saqueava a bolsa murcha e tirava dali um penny para comprar um ou dois doces para eles. Naquele momento, porém, a raiva e a tentação não lhe deixaram ficar muito atento ao querubim louro que o observava com grandes olhos redondos.

O leitãozinho – provavelmente o menor da ninhada, pois Meio-Tom não viu mais nenhum – levantou-se e, protestando com guinchos indignados contra a interrupção de sua mamada, foi atrás da porca. Meio-Tom levantou a cabeça a tempo de ver a criança estender a mão gorducha na direção do porquinho. Agarrou o tentador arabesco de sua cauda com o pequeno punho fechado e puxou-o. O guincho do leitão transformou-se em um grito agudo. A criança riu e puxou com mais força.

– Largue a cauda do porco! – berrou Meio-Tom, deixando cair um dos cestos. – Não...!

Mas os guinchos estridentes do leitão já tinham atraído a atenção da porca. Ela se virou para a criança sorridente com toda a determinação que o andar bamboleante de uma mãe de quinhentos quilos permitia. Seus grunhidos de advertência pontuavam os guinchos do leitão. Ainda assim, a criança não soltou a cauda do filhote. Ao se ver diante do animal enfurecido, porém, as risadas da menina transformaram-se em um choramingo assustado. Paralisada, ela se mantinha teimosamente agarrada à cauda do leitão.

A porca investiu.

Os gritos da criança misturaram-se aos grunhidos da porca quando esta derrubou sua presa no chão e a atacou. Com o leitão a salvo – ou talvez esquecido diante da perspectiva de um inesperado e tão tenro banquete –, a porca, bufando e babando, começou a dar dentadas na perna da menina.

Meio-Tom pulou em cima do dorso da porca, mas foi como se uma mosca pousasse no flanco de um cavalo. O choro da criança transformou-se em uma sucessão de gritos agudos. De um corte aberto na sua perna escorriam sangue e pedaços de carne mastigada.

A faca do anão reluziu à luz do sol da manhã e o sangue quente da porca esguichou em seu rosto, cegando-o. O cheiro enjoativo e adocicado invadiu-lhe as narinas. Limpou o sangue do rosto na manga e golpeou-a mais uma vez.

E mais outra.

E outra ainda.

Mais sangue surgiu, não mais esguichando, mas jorrando como cerveja preta de uma torneira, até a porca do bispo emudecer, seu corpo estremecendo, o focinho manchado de sangue caído por cima da perna da criança. Um pouco de carne mastigada aparecia entre seus dentes arreganhados.

Os gritos da pequena cessaram abruptamente. Meio-Tom levantou-a em seus braços curtos. Ela não se mexia, não respirava. O sangue escorria da perna estraçalhada, o pé pendurado de forma pouco natural.

Ele não fora rápido o bastante.

E matara a porca do bispo à toa.

Olhou por cima do ombro. O cavaleiro solitário estava mais próximo. Ouvia o bater dos cascos do cavalo. Ou seria o do seu próprio coração?

O corpo da criança em seus braços enrijeceu-se e contraiu-se em um espasmo. Seria o tremor da morte? A respiração dela parecia estar presa na garganta, como uma borboleta aprisionada lutando para sair. O pescoço palpitou levemente. O estômago de Meio-Tom respondeu com uma palpitação própria. Ele a acalentou de um lado para o outro. Um estremecimento no peito da criança, depois um arquejo, e ela começou a chorar, baixo, fracamente, um som que apertou o coração de Meio-Tom.

– Está tudo bem, pequena. Fique quietinha, agora. O velho Meio-Tom vai proteger você. Fique quietinha – murmurou ele, acalentando-a de lá para cá, de lá para cá. E então completou, falando para si mesmo: – Pode ser enforcado por causa disso, mas vai proteger você.

Parecia que haviam se passado horas, mas o tumulto durara menos de um minuto. Meio-Tom então se deu conta de que ele, a criança e a porca morta a seus pés não estavam sós no mundo. Da porta da choupana, uma mulher vinha correndo na sua direção, os braços estendidos, as saias voando atrás dela como grandes pássaros cinzentos. Quando viu a filha, pôs-se a chorar, em um lamento de sons ininteligíveis, que se cortorciam no ar como as enguias que rastejavam para fora dos cestos destruídos.

Satisfeito por estar na estrada principal depois de viajar durante dois dias, vindo de Thetford, através de densas florestas e pântanos de águas salobras, Finn não se apercebeu de pronto da luta que envolvia o anão, a porca e a criança. Na verdade, a distância, o cavaleiro tomou o anão por um menino em um acesso de fúria. Campos verdes, carneiros pastando, o calor do sol em suas costas, a expectativa de uma torta de carne de porco e uma caneca de cerveja antes das três léguas que ainda tinha de percorrer ao norte de Norwich até Bacton Wood e a Abadia de Broomholm – tudo conspirava para envolvê-lo em uma falsa sensação de paz.

Foi quando viu a mulher sair gritando da choupana.

Finn apertou os calcanhares nos flancos do cavalo cansado para fazer o pangaré emprestado galopar. Freou-o apenas o bastante para avaliar o estado da criança ferida, a mãe perturbada, o animal morto. Não desmontou, mas gritou para a mulher que segurava a criança mutilada e silenciosa:

– Ela ainda está respirando?

A mãe ficou estática, limitando-se a olhar apalermada para a filha com os olhos fixos, arregalados.

– A criança está respirando? – bradou ele novamente.

A mulher não respondeu, mas levantou a criança até ele como se oferecesse um sacrifício a um deus. A pequena forma estava muito parada. Finn pegou a menina e aconchegou-a de encontro a si, amparando seu pé com cuidado. A porca abocanhara o osso logo acima do tornozelo. A carne havia sido bastante destroçada, mas o sangramento cessara. Ele tinha a impressão de ouvir um tênue bater do coração.

O anão adiantou-se.

– A neném ainda pode ser salva, milorde, ainda não ficou roxa. Mas o senhor tem de correr. Conheço uma mulher santa que mora junto ao Priorado de Carrow, na Igreja de Saint Julian. Ela pode cuidar dessa criança e rezar por qualquer milagre. A anacoreta de Saint Julian. Qualquer um saberá lhe informar. Pergunte por Julian.

– Não há tempo para procurar o caminho – respondeu Finn.

E, antes que o homenzinho terminasse de objetar que não desejava entrar na cidade – Finn bem adivinhava por que, pois também reparara na orelha furada da porca morta, na roupa e na adaga do anão manchadas de sangue do animal –, ele arrebatou-o e colocou-o na garupa do cavalo, seguindo para os portões da cidade.

– Vamos voltar para buscá-la mais tarde, assim que a menina estiver a salvo – gritou Finn por cima do ombro para a mulher, que os olhava como se tivesse sido petrificada.

Atravessaram as portas da cidade a galope, quase colidindo com uma carroça de barris no primeiro cruzamento. O anão apontou com a mão direita. Finn esporeou o cavalo naquela direção. Seu braço doía de tanto proteger a criança dos trancos da cavalgada. Relanceou os olhos para baixo apenas por um instante. Ela estava parada como uma boneca. Finn rezou para que ainda houvesse ali um sopro de vida.

– King's Street e Rouen Road! – gritou o anão em seu ouvido, agarrado a ele de tal modo que o cinturão de suas armas leves cortava-lhe o quadril.

Finn freou o cavalo defronte a uma pequenina igreja feita de sílex. Já se encaminhava para as pesadas portas de madeira quando o anão murmurou algo e apontou para uma cabana diminuta junto à parede lateral da igreja, quase uma meia-água. Finn reconheceu imediatamente a acomodação característica dos anacoretas, uma espécie de cela anexa mas não pertencente à igreja. Em duas passadas, cruzou um canteiro de ervas e chegou ao umbral externo da porta, que permanecia aberta por causa do calor do meio-dia de verão.

De dentro, uma mulher entoou com voz monótona uma ladainha provavelmente muito repetida:

– Se deseja visitar a anacoreta, deve dar a volta e entrar pela ante-sala na outra extremidade. Bata na janela e, se ela não estiver fazendo suas orações, abrirá a cortina.

Mantendo a criança com firmeza no braço, que ficara dormente, Finn curvou depressa a cabeça e entrou no quarto despojado. Estava prestes a reclamar com a mulher baixa e de quadris largos – inclinada diante do fogão no meio do aposento – que não dispunha de tempo para aqueles protocolos. Então ela se virou. Com o cenho franzido e palavras de repreensão na ponta da língua. Seu olhar se deteve na criança inerte que ele carregava.

– Traga-a para cá – disse, indicando uma janela de batente largo que se abria para o cômodo vizinho. Removeu rapidamente dali uma bilha de leite e uma tábua de cortar pão usada. Finn viu de imediato que se encontrava no quarto da criada daquela moradia de dois cômodos e que a janela larga era a mesa por onde a criada passava a comida para a mulher santa. Havia também uma pesada porta de madeira separando os dois aposentos. Estava aferrolhada do lado da criada.

– Mãe Julian, a senhora tem...

O rosto de uma mulher usando uma touca e um véu de freira surgiu à janela e, sem esperar que se apresentassem ou explicassem por que interrompiam sua solidão, estendeu as mãos através da janela para receber a criança.

– Alice, depressa, traga-me água e panos limpos. E faça uma papa com um pouco de consolda moída.

Finn observava a cena através da janela. A anacoreta deitou a criança pálida e imóvel em um catre que, junto com uma escrivaninha de tampo inclinado e um banco, constituía a única mobília do quarto. Mãe Julian, como o anão a chamara, parecia uma mulher frágil de cerca de trinta e poucos anos, mas era difícil afirmar com certeza, pois estava envolta em linho cru da cabeça aos pés, seu véu e a touca de freira deixando apenas a face à mostra. Tinha olhos brilhantes e fundos em um rosto que poderia ser considerado tristemente macilento se não fosse a fisionomia serena. A voz era baixa e melódica, como o vento brincando em instrumentos de sopro. Começou a cantarolar suavemente um acalanto para acalmar a criança, que se agitava e choramingava de vez em quando, como se sonhasse.

Finn não tivera tempo de questionar a sugestão do anão, embora não acreditasse muito em eremitas santos e suas orações, muito menos nas relíquias sagradas, nos perdoadores – os vendedores de indulgências – e nos padres alcoviteiros da Igreja. Mas tinha menos confiança ainda nos arrogantes doutores em Medicina da universidade, entre os quais poucos arriscariam sujar a toga acadêmica para cuidar de uma criança camponesa ensangüentada. Ao ver a agilidade e a eficiência dos dedos de Julian tratando a ferida, lavando-a cuidadosamente com o sumo das folhas e em seguida preparando um molde com o emplastro de confrei triturado para consolidar o osso, bendisse a escolha que fizera.

Sem conseguir enxergar pela janela muito alta, o anão andava de um lado para outro, as pernas curtas agitando-se vigorosamente em um ritmo silencioso, lançando olhares nervosos para a porta aberta.

– A neném vai viver, Mãe Julian? – gritou Meio-Tom de modo que sua voz chegasse ao interior através da janela.

Julian deixou a criança adormecida e aproximou-se da janela, olhando para baixo.

– Não sei, Meio-Tom. Ela está nas mãos de Deus. Só Deus sabe o que é melhor para esta pequenina. O osso vai se recuperar, mas se o animal que a atacou estivesse doente... temos de confiar na vontade Dele quanto a isso. Tal como em todas as coisas.

Finn estava encantado com o sorriso dela. Largo, abrangente, como a luz do sol passando através de uma nuvem.

– Vocês dois, dêem a volta e cheguem à janela dos suplicantes. Estão deixando minha criada extremamente ansiosa, temendo que minha reputação seja comprometida. Ficaremos mais à vontade para conversar, e você, Meio-Tom, dali vai poder ver a criança.

Finn voltou para o adro da igreja e entrou na pequena ante-sala construída no outro extremo da cela de Mãe Julian, que permitia a seus visitantes não ficarem expostos aos elementos enquanto falavam com ela através de uma janela. Esta era mais estreita que a usada pela criada, porém larga o bastante para que pudessem conversar, embora oferecesse uma visão menos ampla da sua "tumba". A cortina fora aberta o máximo possível. Meio-Tom sentou-se no banco dos visitantes. Finn permaneceu de pé ao lado dele, inclinando-se um pouco para que a anacoreta pudesse ver ambos enquanto tratava da criança.

– Foi a porca do bispo – explicou o anão.

– Um crime pelo qual o animal pagou, graças à bravura de meu companheiro – acrescentou Finn. – Se a criança sobreviver, é a Meio-Tom que devemos agradecer. E à senhora, irmã. Mas tenho a impressão de que já se conhecem bem.

A criança se mexeu. A mulher tocou de leve sua testa com um beijo, afagou seu cabelo e novamente entoou docemente a mistura de acalanto e prece. Quando sua paciente se aquietou, ela respondeu, em voz baixa:

– Não sou *irmã*. Apenas Julian, uma humilde anacoreta que procura Deus. Meio-Tom vem me visitar nos dias de mercado trazendo um presente das águas. Nessas ocasiões, Alice e eu comemos bem.

O anão enrubesceu fortemente.

– Não trouxe presente hoje, senhora – balbuciou. – A maldita porca do bispo...

– Caro amigo, você me trouxe um presente maravilhoso. Trouxe-me esta criança para tratar, mais uma com quem posso partilhar o amor do Pai. Sou grata a você, a ambos, senhor...

– Nada de *senhor*, apenas Finn.

– Finn – repetiu ela. – Você tem um coração bondoso, mas a atitude de um soldado. Lutou nas guerras contra a França?

Surpreenderam-no a sagacidade e a franqueza da mulher.

– Não mais desde 1360. Desde o Tratado de Brétigny. Tenho sido um homem de paz nos últimos dezenove anos.

E não acrescentou: desde o nascimento de minha filha, desde a morte da mãe dela.

– E não vai aderir à causa do bispo, não vai pegar em armas pelo Santo Padre de Roma contra o usurpador de Avignon?

– Não lutarei pelo bispo nem por nenhum dos papas.

– Nem por uma causa santa, em uma guerra santa?

– Não existem guerras santas.

Achou que via aprovação no brilhante lampejo de seus olhos, no erguer da sobrancelha.

– Exceto nas mentes dos homens – replicou ela.

Cobriu a menina adormecida com um cobertor, depois limpou as mãos do ungüento que espalhara na ferida.

– Pode ir buscar a mãe desta criança, Finn? Nada substitui a capacidade de cura do contato físico com a mãe. É o que mais se parece, de todas as sensações humanas, com o amor que Nosso Senhor tem por nós.

– Claro que sim, senhora. Prometi à mãe que voltaria. Vou buscá-la agora mesmo.

– Meio-Tom ficará comigo até Alice conseguir-lhe roupas limpas. Vamos rezar pela criança e por sua mãe. E por você.

– Sim, senhora – disse Meio-Tom, olhando para o sangue que secara nas palmas de suas mãos. – E vou rezar também para que o bispo não descubra quem matou sua porca.

Finn teria achado graça do ar de amarga ironia do anão se não compreendesse a seriedade de sua situação. Meio-Tom ficaria completamente à mercê do bispo – e a benevolência não era uma qualidade pela qual Henry Despenser fosse muito louvado. Um anão que vivia nos brejos, que tirava seu sustento da terra e da água, contra um dos homens mais poderosos da Inglaterra. Despenser o esmagaria como a um inseto, talvez até lhe tirasse a vida em pagamento pela vida da porca.

A anacoreta levantou a cabeça para a janela.

– Não tenha receio, Meio-Tom. Nosso Senhor é muito melhor juiz do que o bispo, e Ele enxerga dentro dos corações das pessoas.

– Só espero que Ele esteja prestando atenção em tudo – resmungou Meio-Tom.

Finn pousou a mão no ombro de Meio-Tom.

– Amigo, ficaria ofendido se eu me apresentasse ao bispo e reivindicasse a honra de ter salvo a criança? Tenho algumas ligações com o Abade de Broomholm. Isso decerto daria peso a uma argumentação aceitável.

Finn não soube se era de embaraço ou alívio a expressão no rosto do anão. Uma mistura das duas coisas, provavelmente. Depois de uma breve hesitação, contudo, o medo sobrepujou seu orgulho.

– Serei seu devedor – respondeu o homenzinho. Não parecia que a perspectiva o deixasse inteiramente feliz. – Para o resto da minha vida ou da sua, a que terminar primeiro.

A anacoreta lançou um olhar agradecido a Finn.

Com a ajuda de Alice, Finn tirou sua túnica suja de sangue e limpou com uma esponja as manchas da camisa. Não queria afligir a mãe da criança com a visão do sangue.

A mulher ainda estava esperando à beira da estrada. Parecia não ter mudado de posição.

– Sua filha está viva, vou levá-la até ela – disse Finn, estendendo-lhe a mão.

Sem dar uma palavra, ela montou na garupa do cavalo, atrás dele.

– Ponha suas mãos em torno da minha cintura – falou Finn.

Enquanto cavalgavam, ele sentia o cheiro do medo que ela exalava, pungente e intenso, misturado com o de gordura rançosa e fumaça do fogão à lenha de sua choupana. Pensou no que a anacoreta dissera sobre o poder do amor de mãe. A filha dele jamais conhecera isso. Mas ele a amava. Não cuidara sempre para que nada lhe faltasse? Às vezes precisavam alugar uma carroça a mais só para transportar suas rendas e cetins. Mas a mulher santa dera a entender que o amor da mãe, de algum modo misterioso, é maior do que o do pai. Em outras circunstâncias, ele poderia ter objetado e discutido calorosamente a questão com ela. A proteção e o conforto de Rose norteavam todas as suas decisões. Nenhum pai poderia ser mais dedicado. Fora o juramento que fizera a Rebekka em seu leito de morte. E pretendia cumpri-lo.

Incitou o cavalo a apressar o passo. O dia avançava e ele ainda não encontrara alojamentos adequados. Rose, hospedada em Thetford com as freiras, sentia-se infeliz com a separação. Prometera-lhe encontrar um lugar para os dois naquele mesmo dia, mas não haveria mais tempo.

Teria sido muito temerário ao oferecer-se para assumir a culpa pelo anão? É verdade que era bem relacionado e que sua reputação infundia respeito, mas possuía seus segredos, segredos que não o fariam ser muito apreciado em certos círculos da sociedade. Além disso, havia a questão dos papéis. Seria prudente, pelo menos, despachá-los antes de se apresentar diante de Henry Despenser. Isso atrasaria seu encontro com o abade em Broomholm e significaria mais uma noite em uma estalagem, mas não havia outro jeito. Se achassem os textos com as iluminuras entre os seus pertences, o bispo se indisporia contra ele e talvez relutasse em considerar o sacrifício da porca a única atitude sensata naquelas circunstâncias. Isso poderia até custar a Finn o patrocínio do abade.

Na cerca que limitava o campo à sua direita projetava-se uma sombra curta. Depois que deixasse a mãe junto da criança, haveria tempo para encontrar um mensageiro que levasse os papéis para Oxford. Só mandaria trazer a filha após ter resolvido aquela questão com o bispo. E isso poderia ser complicado. Atrás dele, pareceu-lhe que a mãe da menina começava a chorar.

Dois

Por que, então, um homem se esquivará de cometer atos de licenciosidade e impostura se acreditar que, logo depois, com o auxílio de algum dinheiro concedido aos frades, poderá obter uma absolvição eficaz do crime que cometeu?

– John Wycliffe, 1380

Lady Kathryn, da casa senhorial de Blackingham, comprimia a cana do nariz com a base da palma da mão enquanto andava de um lado para o outro no piso de lajes de pedra do grande salão. Maldito padre hipócrita! E maldito bispo para quem ele servia de alcoviteiro! Como se atrevia a voltar ali mais uma vez, a quarta nos últimos quatro meses, mascateando suas indulgências?

A pressão no lado esquerdo do rosto era martirizante, mas de nada lhe serviria mandar vir um médico de Norwich. Ele dificilmente submeteria seus ossos eruditos ao calor reinante para cuidar da enxaqueca mensal de uma mulher que já perdera o viço da juventude. Acabaria mandando o barbeiro para sangrá-la. Sangrá-la! Como se já não tivesse sangrado o suficiente naquela semana. Manchara duas de suas melhores camisas de linho e sua anágua de seda verde.

E, agora, *aquilo*.

Mal haviam brotado os primeiros botões brancos e rijos do pilriteiro quando o enviado do bispo surgiu pela primeira vez, solicitando dinheiro para comprar missas pela alma de Sir Roderick, que "dera a vida tão valentemente a serviço de seu rei". Certamente, a viúva desejaria garantir à alma de seu marido uma transição fácil para o outro mundo. A *viúva* dera a ele três florins de ouro não porque achasse que a alma de Roderick valesse um vintém sequer – por ela, podia queimar no fogo do inferno –, mas era preciso manter as aparências. Para o bem de seus filhos.

Quando esse padre – ele se apresentara como Padre Ignatius – soube que o confessor dela morrera na época do Natal, repreendeu-a por negligenciar sua alma e as almas dos que ali moravam e haviam sido confiados à responsabilidade de Blackingham. Ofereceu-se para enviar um substituto. Ela agradeceu, cautelosa. As maneiras dele não lhe inspiravam confiança e, como só a muito custo poderia manter outro padre glutão, livrara-se dele com vagas promessas de que o posto logo seria ocupado.

Algumas semanas depois, no primeiro de maio, o Padre Ignatius voltara, sorrateiro, com o pretexto de "abençoar as festividades", afirmara. Mais uma vez indagara sobre a situação da casa sem sacerdote e novamente ela se esquivara, agora alegando manter um relacionamento constante com o Abade de Broomholm.

– A distância até Broomholm é pequena e o abade ouve de bom grado a minha confissão. Há também a nova Igreja de Saint Michael em Aylsham. E somos visitados com freqüência por muitos frades, frades de hábito preto, cinzento, castanho, que, em troca de um pedaço de carne e um quarto de cerveja preta, cuidam das almas dos pecadores mais empedernidos entre meus rendeiros e tecelões.

Se ele escutou o sarcasmo em sua voz, não fez caso – somente franziu suas grossas sobrancelhas juntando-as em uma única linha negra –, mas voltou a adverti-la sobre os perigos a que estão sujeitas as almas sem confissão nem absolvição. Então, aliviada, achou que ele abandonara o assunto. Mas, no dia de sua partida, enquanto se banqueteava à mesa dela, o padre comentou que recentemente lhe causara grande pesar ouvir dizerem que o prezado marido falecido, antes de morrer, teria combinado uma aliança com John de Gaunt, que era patrono do herege John Wycliffe. Ainda que tal aliança fosse provavelmente inocente, pessoas inescrupulosas poderiam fazer até o que era inocente parecer culpado. Estaria a viúva inclinada a comprar mais uma rodada de orações? Para salvar as aparências?

Lady Kathryn sabia muito bem que seus florins de ouro – pelos quais o dissimulado padre agradeceu "em nome da Virgem Mãe" – iriam financiar a ambição de Henry Despenser, Bispo de Norwich, em sua campanha pelo papa italiano. Melhor pagar soldados para Urbano VI, refletiu ela, do que jóias e mulheres para o papa francês de Avignon. Além do mais, que outra opção lhe restava além de pagar? Suas propriedades corriam grande risco de serem confiscadas pela Igreja ou pela Coroa caso se espalhasse a mais tênue referência a traição – ou a heresia.

Não que ela considerasse seu finado marido capaz de traição. Roderick não possuía força moral para isso. Se de fato morrera em uma escaramuça com os franceses, como lhe haviam informado, devia ter sido atacado pelas costas. Entretanto, tinha o instinto de uma raposa para farejar o que era de seu interesse. E teria sido bem capaz de se envolver naquele tipo de intriga mesquinha e descabida, que poderia fazer com que ela e seus dois filhos fossem expulsos de suas terras, apesar de seus direitos legítimos de herdeiros. Ao prometer lealdade ao mais ambicioso dos tios do jovem rei, Roderick fizera uma jogada perigosa. John de Gaunt era agora o regente, mas por quanto tempo? O duque estava criando inimigos dentro da Igreja, inimigos poderosos, que uma viúva sozinha não tinha condições de enfrentar.

Por todos os santos, como a cabeça lhe doía! Sua têmpora esquerda latejava, e ela sentia que o pedaço de capão que comera no almoço ameaçava voltar, trazendo junto os nabos cozidos. Apertou os olhos contra o sol da tarde e suspirou por seu quarto de dormir, fresco e escuro. Mas ainda não. Primeiro, tinha de ir ver o capataz para receber suas contas trimestrais das rendas e das vendas da lã. Ele já estava duas semanas atrasado com as arrecadações, e ela não sossegaria enquanto não sentisse o peso das moedas em sua mão. Sabia que, à primeira indicação de fraqueza feminina ou lapso de vigilância, ele a deixaria sem nada, limpa como um osso na boca de um mendigo.

Com sua provisão de florins de ouro já saqueada, fora forçada a satisfazer à terceira extorsão do padre com seu broche de rubi. Ele aparecera no dia da festa de Maria Madalena e insinuara que, se ela pagasse por orações pela alma do Rei Eduardo, a lealdade de sua casa não poderia ser questionada, nem mesmo por aqueles que lhe desejassem mal.

E por fim, hoje, o ganancioso padre levara as pérolas de sua mãe. Com seu sorriso melífluo, o Padre Ignatius fizera-as deslizar para dentro de sua batina. São somente pérolas, dissera a si mesma, tentando endurecer-se para suportar a perda, não passam de pérolas. Uma fieira de pedras brilhantes cor de creme de leite, o colar que seu pai moribundo pusera-lhe nas mãos em uma rara manifestação de afeto. *Dei-as à sua mãe no dia de nosso casamento. Use-as sempre junto de seu coração,* dissera ele. E desde então o fazia, colocando-as todas as manhãs como uma espécie de talismã de boa sorte, como se fosse a garantia de algum anjo de que sua mãe velava por ela. Tornaram-se tão parte de sua pessoa quanto as chaves que trazia presas à *châtelaine* na cintura e que se acomodavam entre as pregas da saia. Mas eram pedras apenas, lembrou a si mesma. E não tijolo e argamassa. Nem terras. Nem proezas notáveis. Além disso, não tinha uma filha em cujas mãos colocá-las, dizendo: *Use-as sempre junto de seu coração. Pertenceram à sua mãe e antes à mãe dela.*

– Nada mais possuo para pagar por orações, Padre Ignatius – afirmara, a voz rouca com as lágrimas contidas. – Confio que nossas almas e nossas pessoas estejam agora sob a proteção divina. O senhor não tem mais motivos para se incomodar por nossa causa.

O padre inclinou a cabeça com o que ela esperava ser muda aquiescência. Mas, enquanto ela o acompanhava ao pátio e aguardava que montasse em seu cavalo, ele lhe falou com aquela voz untuosa que ela destestava.

– Lady Kathryn, em uma casa como a sua – disse ele, olhando-a de cima de seu cavalo –, com um sopro de escândalo pairando sobre ela, seria recomendável que a senhora usasse sua piedade *natural* como se fosse uma peça de vestir. Um padre *residente* é uma exigência em uma casa verdadeiramente devota. Estou certo que seu amigo, o Abade de Broomhold – acentuou ele com um sorriso sonso, o olhar velado sob a desgrenhada linha negra da sobrancelha –, concorda com isso. Ou não?

Pronto. Ele descobrira sua mentira. Sabia que não tinha amigos na abadia.

Foi quando começou a sentir a conhecida pressão em torno do globo ocular esquerdo. O homem tentaria introduzir ali um espião para manter um domínio mais firme sobre sua bolsa ou, pior ainda, instalar-se ele próprio em sua casa de modo permanente.

O padre não esperou a resposta dela e, puxando as rédeas do cavalo, disse por cima do ombro:

– Reflita sobre o que lhe falei. Conversaremos a respeito quando eu voltar, no próximo mês.

No próximo mês! Por todos os santos e pela Virgem Maria!

Devia haver alguma forma de se livrar de vez daquele padre e suas extorsões.

Quando enfim, uma hora depois, o capataz compareceu diante dela no grande salão, a têmpora esquerda de Lady Kathryn latejava. Ela não conseguia se concentrar.

– Se a minha senhora encontra-se indisposta, posso apenas deixar a bolsa com os recibos das rendas. Não precisa se incomodar com os detalhes das contas. Sir Roderick, muitas vezes, quando estava ocupado...

Ela apanhou a bolsa e avaliou-lhe o peso na mão.

– Sir Roderick era mais confiante do que eu, Simpson – interrompeu ela, com voz calma. – Lembre-se sempre disso.

– Não tive intenção de ofender a senhora. Meu único desejo é servi-la bem.

As palavras eram apropriadas, mas não o tom. Havia uma insolência no homem que a deixava pouco à vontade: os ombros largos curvados, os olhos soturnos sob as pálpebras caídas e preguiçosas.

– Deixe o livro-razão comigo e esteja aqui amanhã à mesma hora – determinou ela, esfregando as têmporas com um gesto inconsciente.

– Como queira.

Ele pousou o maço de folhas atadas com barbante sobre o aparador e retirou-se sem lhe dar as costas.

Enfim. Agora podia se refugiar em seu quarto. Se conseguisse chegar até lá sem vomitar.

A penumbra do entardecer adensava-se dentro do quarto quando ela acordou, horas depois, com o ruído de uma porta rangendo nos gonzos de ferro.

– Alfred? – chamou ela, mantendo a voz baixa para não despertar a fera adormecida dentro de sua cabeça. Até formar a palavra custara-lhe esforço.

– Não, mãe, sou eu. Colin. Vim ver se posso fazer alguma coisa pela senhora. Achei que talvez algum alimento lhe fizesse bem. Trouxe-lhe uma tigela de caldo.

E levou a tigela aos seus lábios, gentil. O cheiro fez o estômago dela revolver-se. Afastou a tigela.

– Talvez mais tarde. Deixe-me ficar aqui mais um pouco, depois mande acender as luzes no solário. Vou descer logo. Você já comeu? Seu irmão está em casa?

– Não, mãe. Não vejo o Alfred desde as horas primas, às seis da manhã. Vamos ter as vésperas na capela? Devo ir procurá-lo?

– Padre Ignatius se foi – disse Lady Kathrin, sentindo um gosto de bílis subir-lhe aos lábios, ou talvez o amargor fosse causado apenas pelo nome do padre em sua boca.

Seu filho primogênito, mais velho por somente duas horas, estaria provavelmente na taverna e voltaria para casa bêbado, cambaleando até a cama – o pai assim o ensinara desde a mais tenra idade. Pelo menos, raciocinava ela, o rapaz fora obediente e abstivera-se de beber enquanto o padre se encontrava na casa.

O mais novo remexeu-se, lembrando-a de sua presença.

Ela deu-lhe palmadinhas na mão.

– Não, Colin. Vamos ser poupados da tirania de rezar as horas por algum tempo.

À claridade indistinta, ela enxergava o belo formato da cabeça dele, o cabelo claro caindo-lhe como uma cortina brilhante por cima de um dos olhos.

– Não era tão mau assim, mãe. Ter o padre aqui, quero dizer. Acho o ritual bonito, à sua maneira. As palavras chegam ao ouvido quase como se fosse música.

Lady Kathryn suspirou, e a fera que dormia dentro de sua cabeça moveu-se, enviando pontadas de dor para sua têmpora. Ele era tão diferente de seu irmão gêmeo. Ainda bem que Colin não seria o herdeiro. Não tinha temperamento para isso. Surpreendeu-a, e não pela primeira vez, como fora possível Roderick ter gerado uma criatura tão afável.

– Aprendi uma nova canção. Quer que a cante para a senhora? Acha que pode aliviá-la?

– Não. – Tentou responder sem mexer a cabeça, que sentia como se estivesse cheia de lã encharcada. O lençol de linho sob seu corpo estava quente e úmido. Precisaria mudar a camisa e achar mais panos absorventes de linho. – Apenas diga a Glynis para vir aqui e feche a porta. Com cuidado – sussurrou.

Sequer o escutou sair.

Quando Lady Kathryn entrou no solário duas horas depois, Colin fazia a ceia. E não estava só. O pulso dela acelerou-se quando viu as costas do hábito de um beneditino.

– Mãe, vejo que a senhora está melhor. Eu contava ao irmão Joseph sobre suas dores de cabeça.

– Irmão Joseph? – à pergunta misturou-se um suspiro de alívio.

Colin levantou-se de seu banco.

– A senhora quer o resto de minha ceia? Vai fazê-la recobrar as forças.

Ele empurrou na direção dela a ave que começara a comer. As náuseas ameaçaram voltar. Ela sacudiu a cabeça.

– Vejo que já dividiu sua ceia – e apontou para a carne que havia sido meticulosamente partida ao meio, depois se virou para olhar mais de perto o visitante inesperado, que se levantara quando ela entrou no aposento. Estendeu-lhe a mão. – Sou Lady Kathryn, senhora de Blackingham. Espero que meu filho tenha sido uma boa companhia. – Contava que ele tomasse o alívio que sua voz revelava como hospitalidade. – Se está de passagem, teríamos prazer em proporcionar-lhe abrigo para a noite. Por acaso tem um cavalo que necessite de cuidados?

– Seu filho já tomou providências a respeito e, como a noite vai avançada, agradeço a sua amável hospitalidade. No entanto, Lady Kathryn, não estou apenas de passagem. Vim encarregado de uma missão. Trouxe-lhe uma mensagem do senhor Abade de Broomholm. Ele tem um pedido a lhe fazer.

– Um pedido? Do Abade de Broomholm?

Teria o padre atiçado um vespeiro com sua investigação? Blackingham não estava em condições de satisfazer a ganância de toda uma abadia cheia de monges.

– De que maneira pode uma pobre viúva servir ao abade de uma comunidade de beneditinos tão considerada?

– A senhora está bastante pálida. Por favor, sente-se – disse, apontando para o banco onde estivera sentado.

Ela se deixou cair nele e o monge sentou-se a seu lado.

– Por favor, não se inquiete, Lady Kathryn. Soubemos pelo Padre Ignatius que a senhora deseja manter relações de amizade com nossa abadia. O que o senhor abade e o Prior John sugerem pouco lhe custará, mas será uma oportunidade de servir ao nosso abade de forma significativa e assegurar à senhora e à sua casa a amizade de nossa congregação.

A amizade da congregação? Não era possível que lhe concedessem gratuitamente aquilo que falsamente alegara ter.

– Por favor, irmão, diga-me de que modo minha modesta casa pode servir a sua senhoria.

O beneditino limpou a garganta.

– É simples, Lady Kathryn. Blackingham sempre foi conhecida por sua hospitalidade. Com a morte de Sir Roderick, estou certo de que essa tradição continuará. Sendo assim, nosso abade e nosso prior acreditam que esta solicitação não constituirá um fardo pesado demais para a senhora.

Ele fez uma pausa para tomar fôlego.

– E que solicitação seria essa? – perguntou ela, impaciente para que ele terminasse seu discurso ensaiado e dissesse de fato a que viera. – Espero que seja preciso menos tempo para concordar com ela do que o senhor leva para enunciá-la.

O monge pareceu momentaneamente desconcertado. Limpou a garganta e recomeçou seu recitativo.

– Como sabe, senhora, nós em Broomholm somos abençoados com muitos tesouros sagrados, entre eles uma relíquia da verdadeira cruz na qual Nosso Senhor sofreu seu martírio. Entretanto, possuímos poucos livros dignos de nota. O senhor abade acha que uma abadia tão ilustre deveria ter ao menos um manuscrito à altura de sua glória, um que rivalizasse com *O Livro de Kells* ou os *Evangelhos de Lindisfarne*. Temos um *scriptorium* e vários monges que trabalham diariamente copiando as Sagradas Escrituras.

Ela assentiu, impaciente. E ele prosseguiu.

– Embora nossos irmãos façam um trabalho aceitável como copistas e escribas, não dispomos de um pintor de iluminuras renomado para valorizar nossos textos. Chegou ao nosso conhecimento que um artesão muito talentoso estaria inclinado a trabalhar nas iluminuras para o nosso Evangelho de São João, com a ressalva de que não desejaria instalar-se em nossa abadia. Parece que tem uma filha moça em idade de casar – nesse ponto o monge riu para atenuar o embaraço do momento –, bem, a senhora há de convir que ambos se hospedarem com monges seria inaceitável.

– A filha não poderia hospedar-se com as freiras em Norwich ou no Priorado de Saint Faith?

O monge fez que não com a cabeça.

– Parece que o mestre iluminador dedica um grande amor à filha e só aceitará incumbir-se da tarefa se lhe providenciarmos alojamento adequado.

– Ah, então seu abade e seu prior pensaram em instalar a filha dele em minha casa?

Ele hesitou apenas um momento antes de responder.

– Não só a filha, minha senhora, como também o pai.

– O pai? Mas...

– Ele realizará seu trabalho aqui, com sua permissão, de modo que possa ficar próximo da filha. Além de comida, hospedagem e o uso de um cavalo, ele vai precisar apenas de um pequeno aposento com boa iluminação... – O monge, ao perceber que ela estava prestes a justificar uma negativa com a pobreza causada por sua viuvez recente, ergueu a mão antecipando-se aos seus protestos. – Juntamente com sua sincera gratidão, o senhor abade prontifica-se a pagar pela hospedagem de ambos e por todas as despesas decorrentes. Ele não gostaria de causar inconvenientes a uma viúva pobre.

Como ela desejava poder pensar com clareza. Seria aquela a resposta ao problema do padre que a importunava tanto? Se fizesse um favor ao Abade de Broomholm, poderia de fato alardear sua amizade com ele. Colin pusera-se animadamente a fazer perguntas ao monge sobre os supostos hóspedes. Ele apreciaria muito ter um artista em casa. E Alfred gostaria de ter a moça, sem dúvida. Isso talvez se tornasse um problema, sobretudo se a jovem tivesse um rosto bonito. Mas a amizade do abade *e* um rendimento extra...

Havia o quarto de Roderick. Tinha uma boa claridade. E era bem afastado do quarto dela, o que evitaria comentários maldosos entre os criados e não ameaçaria sua privacidade. Ela e Roderick conseguiam evitar encontros por semanas seguidas.

O filho interrompeu seus pensamentos, os olhos azuis brilhando de interesse.

– Mãe, o que acha da idéia?

O tom entusiasmado da voz do rapaz revelava que ele achava a perspectiva atraente. Devia sentir-se solitário. Ela estava sempre ocupada demais, e a ligação dele com o irmão parecia ter cessado desde o momento em que ambos saíram de seu ventre.

– O que *você* acha, Colin?

– Acho que é uma idéia excelente e nobre – respondeu, com um sorriso aberto.

– Bem, acho que podemos experimentar.

Foi recompensada pelo olhar de satisfação no rosto dele.

– Irmão Joseph, pode dizer ao Prior John e ao senhor abade que eu e minha família estamos contentes em atendê-los. Vamos fazer os preparativos para receber e dar boas-vindas ao mestre de iluminuras e à sua filha.

Três

Cristo e seus apóstolos ensinaram ao povo na língua que o povo conhecia melhor...
Os leigos devem compreender a fé...
Os crentes deveriam ter à disposição as Sagradas Escrituras
em uma língua que compreendessem plenamente.
— JOHN WYCLIFFE

Lady Kathryn passou os dois dias seguintes supervisionando a limpeza dos aposentos de Roderick. As melhores roupas dele foram separadas para Alfred, que as usaria à medida que fosse crescendo. Colin tinha estrutura óssea delicada demais. Os brocados elegantes e os atavios de veludo cairiam pesadamente em sua silhueta delgada.

Era uma tarefa incômoda para o calor do verão e carregada de perigos emocionais, de modo que foi um alívio chegar ao fundo da arca, quando deu com um pedaço de pergaminho dobrado, meio escondido sob uma túnica devorada pelas traças, em meio a resíduos de ervas aromáticas. Uma carta de amor de uma das muitas conquistas de Roderick? Ele não precisava ter se dado ao trabalho de escondê-la. Sua mulher deixara de se importar fazia tempo. Quanto mais amantes ele tivesse, menos exigiria dela o cumprimento da onerosa dívida do matrimônio. Ao ser examinado, todavia, o documento revelou não ser nenhum *billet-doux*, mas uma espécie de tratado religioso cujo título, escrito com uma caligrafia irregular, era *Sobre o Ofício Pastoral*. Não tinha iluminuras e fora copiado de modo apressado, estando simplesmente assinado ao final: "John Wycliffe, Oxford." Reconheceu o nome, o do homem que o enviado do bispo chamara de herege. Teria queimado de imediato o execrável documento se não lhe despertasse a atenção a maneira como fora escrito. Não tanto o assunto ou sequer o estilo, mas o idioma, se é que se podia chamar aquilo de idioma. Parecia ser o dialeto anglo-saxônico do interior, dos condados do centro do país, falado pelos camponeses e pelas classes mais baixas da população, muito pouco apropriado a um documento de autoria de um erudito. O francês normando, a língua de seu pai, era o idioma usado em livros e documentos da corte.

Os documentos religiosos eram escritos em latim vulgar. Poucas pessoas que falavam aquele dialeto macarrônico sabiam ler. E jamais teriam dinheiro para adquirir livros, nem mesmo pergaminhos copiados sem capricho, como aquele.

Por curiosidade, começou a decifrar a grafia estranha e achou o conteúdo ainda mais espantoso do que a língua. Não era de admirar que o padre tivesse chamado Wycliffe de herege. Aquele documento acusava a Igreja de estar cheia de apostasia, mesmo nos mais altos escalões, e defendia a necessidade de se negarem recursos ao clero imoral e negligente. Linguagem perigosa, mesmo para um mestre de Oxford com um patrono na corte.

Não que ela contestasse a verdade de tal posição – o Bispo de Norwich, Henry Despenser, decerto mostrara mais interesse em levantar dinheiro para formar um exército contra o antipapa francês, Clemente VII, do que em salvar almas. Dizia-se até que o bispo ordenara que nenhum sacramento fosse ministrado sem uma contribuição à sua causa. Pensou com amargura em seu broche de rubi e nas pérolas de sua mãe. Verdade ou não, estar de posse de um documento daqueles constituía grave risco. Uma prova de heresia. O sorriso dissimulado do padre veio-lhe à mente.

Já ouvira falar antes e sabia que Wycliffe tinha seguidores não só entre as classes inferiores como também em alguns círculos da nobreza – prova disso era a presença daquele panfleto entre os pertences de Roderick –, mas por razões diferentes. Não era a indignação moral o que seduzia John de Gaunt, o Duque de Lancaster, e seus coniventes cortesãos nos apelos de reforma de Wycliffe. Como regente do jovem Rei Ricardo, o duque invejava a autoridade do papa sobre questões civis e desejava tal autoridade para a Coroa. Poder e riqueza: a Igreja abraçava essas duas prostitutas gêmeas. E a Coroa ansiava ardentemente por elas. John de Gaunt via em Wycliffe e seus adeptos um meio de saquear o abundante tesouro da Igreja. Entretanto, não era isso o que a preocupava – seu interesse era mais pessoal. O Duque de Lancaster aliara-se a Wycliffe e Roderick ligara-se ao duque, deixando Lady Kathryn e os filhos em um navio à deriva que rumava em águas rasas para as rochas do litoral.

Ateou fogo ao pergaminho e observou-o retorcer-se e enegrecer na grelha fria da lareira. Roderick fora um tolo em se imiscuir nas intrigas da realeza. Quem sabia em que direção soprariam os ventos da política? O melhor a fazer era seguir suas próprias idéias em matéria de religião e política – aquela fera de duas cabeças. Lamentava que o marido não tivesse tido a sabedoria de fazer o mesmo.

Ao fechar a tampa da pesada arca de roupas, reconfortou-a a lembrança das duas moedas de ouro que o abade lhe dera como fiança pelo novo inquilino.

A arte do mestre de iluminuras estava enriquecendo não apenas as Sagradas Escrituras. Aquela nova aliança iria proporcionar-lhe os rendimentos de que muito necessitava e legitimar sua professada amizade com poderosos.

Faria qualquer coisa para manter a distância aquele padre que só pensava em dinheiro.

Perto do final da tarde, esvaziara o quarto de todos os objetos de uso pessoal do falecido marido. Kathryn examinou o ambiente com o olhar, ponderando-o. A grande cama de dossel com suas cortinas de veludo talvez desse ao humilde colorista ilusões de grandeza. Contudo, no todo, era um quarto bem adequado ao seu propósito – bem iluminado com aquela claridade característica que provinha do mar do Norte, às vezes dourada, cavalgando na carruagem do sol, outras vezes prateada, derramando uma luminosidade líquida sobre tudo o que tocava. A luz diáfana chegava à sala de estar adjacente, onde ela instalara um sofá que serviria de cama para a filha.

Fechou a arca e levantou os olhos quando Glynis entrou, fazendo sua mesura displicente.

– Mandou me chamar, milady?

– Preciso que me ajude a arrastar a escrivaninha para debaixo da janela. O pintor vai precisar da claridade. E você trocou o forro do colchão?

– Sim, milady, como a senhora mandou. Coloquei penas de ganso novas no colchão do senhor e Agnes está costurando um novo colchão de palha para o sofá-cama.

– Muito bem.

Mas Lady Kathryn reconsiderava a escolha do colchão de palha. E se a moça fosse mimada e fizesse pouco dele? Apoiou seu corpo alto de encontro à beira da avantajada escrivaninha e empurrou, indicando laconicamente com um movimento de cabeça que Glynis fizesse o mesmo.

Ela esboçou outra vez seu simulacro de reverência.

– A senhora me desculpe, mas não acha melhor pedir ajuda a alguém para arrastar isto? – perguntou-lhe a moça em seu sotaque carregado do norte. – Vou chamar o patrãozinho Alfred. Vai ser fácil para ele, que tem o corpo forte igual ao do pai – disse ela, pressurosa.

O fantasma da dor da véspera agitou-se na cabeça de Kathryn enquanto ela observava a moça sair saltitante, um pouco alegre demais, obviamente mais concentrada em seus pensamentos do que nas pobres costas de sua senhora. Glynis era uma boa criada. Kathryn detestaria mandá-la embora por causa de uma barriga crescida. Deus sabe quantas criadas perdera com a devassidão de Roderick. Alfred tinha apenas quinze anos, mas ela já escutara rumores sobre ele e a moça que servia na taberna Black Swan. Esperava que a experiência não tivesse ido além dos suspiros e apalpadelas comuns em rapazes muito jovens. Entretanto, ele já ostentava a sombra de um bigode e, se tivesse herdado a natureza libertina do pai, haveria pouco que a mãe pudesse fazer além de ensiná-lo a ser mais criterioso. Flertes inocentes com moças de taberna eram uma coisa, mas ela não iria tolerar que ele degradasse o ambiente de seu lar com luxúria.

Logo voltaram. A criada, com as faces ruborizadas e um sorriso forçado, entrou no quarto atrás de Alfred.

– Glynis disse que a senhora minha mãe precisa de um rapaz forte com costas robustas. Portanto, cá estou eu. Sou eu o homem.

Uma mecha do cabelo cor de ferrugem escapou da tira de couro que o atava e balançou de encontro à sua face.

– Mais menino do que homem, diria eu. Porém, na falta de outro, você serve. Faça as suas costas robustas empurrarem aquela escrivaninha para baixo da janela.

Se o rapaz estranhou a resposta brusca, não fez nenhum comentário a respeito e, jovial, pôs mãos à obra.

– Isto é fácil – disse, fingindo fazer menos esforço do que o pesado móvel de carvalho exigia, mesmo para um homem feito. A mãe se perguntou o que mais ele teria feito para impressionar a roliça criadinha de quarto.

Com o rosto afogueado, deu um último empurrão à escrivaninha, de modo que a ripa do meio da janela ficasse exatamente centralizada acima do móvel, e perguntou:

– Por que a senhora quer a escrivaninha debaixo da janela? E vejo que retirou do quarto todos os objetos de meu pai. – Soprou a importuna mecha de cabelo que lhe caía sobre os olhos azuis, o único traço que partilhava com o irmão.

– Pode ir, Glynis – disse Lady Kathryn. – Eu mesma coloco os lençóis limpos na cama.

Esperou até escutar os passos da moça se afastarem.

– Vamos ter um hóspede, Alfred. – Ela apanhou o lençol que Glynis trouxera e aproximou-se da cama, falando com o filho por cima do ombro. – Teria lhe contado antes, mas você parece que resolveu privar a sua mãe de sua companhia nas duas últimas noites.

– Colin disse que a senhora estava com dor de cabeça e não quis incomodá-la – falou, tamborilando com os nós dos dedos na mesa de carvalho.

Cheio de energia irrequieta, pensou a mãe. Lembrava-lhe uma panela cujo conteúdo fervente começa a produzir vapor. Ela sacudiu o lençol no ar, fazendo-o estalar e descer sobre a cama.

– Bem, de qualquer forma, duvido que você estivesse em condições de cuidar de sua mãe, cujo estado só iria piorar ao ver seu primogênito tão embriagado que mal podia andar, e ainda em tão tenra idade. Um menino que há pouco foi desmamado e não sabe controlar a bebida.

Ótimo. Pelo menos, ela conseguira fazer corar mais intensamente as faces já rubras do filho.

– Vejo que Colin não perdeu tempo em tagarelar...

– Seu irmão, rapaz, não disse quase nada. Agnes contou-me que teve de limpar o vômito de seus lençóis. Não vou permitir que meu filho seja alvo de pilhérias de taberneiras e servos. E, já que estamos falando do assunto, você toma liberdades demais com minha criada. Reparei nos olhares derretidos entre os dois.

O rapaz teve ao menos a decência de parecer embaraçado, embora não baixasse a cabeça, como alguém envergonhado faria. Mas também não revidou com um ataque de fúria, como o jovem Roderick teria feito – ainda que ela não soubesse dizer se ele refreara o gênio por prudência ou por afeição.

– Receio ter sido indulgente demais com você. De agora em diante, quero que esteja em casa ao cair da tarde, por volta das vésperas.

– Vésperas – queixou-se ele, os olhos faiscando como pedras em atrito, sacudindo a cabeça, o que fez soltar-se outro cacho do cabelo desgrenhado. – Detesto aquele padre. É ele quem...

– Não, Alfred. O Padre Ignatius não vem morar aqui. E, se viesse, dificilmente eu daria a ele os aposentos de seu pai. Vamos ter inquilinos.

– Inquilinos! Que diabos, mãe, decerto não estamos assim tão pobres que seja preciso alugar os aposentos de meu pai...

– Não se dirija a mim nesse tom de voz, Alfred. Você pode dar vazão a seu gênio e praguejar como um moleque quando estiver na companhia dos servos, mas não na presença de sua mãe.

Dessa vez, ele baixou a cabeça. Por vergonha ou apenas para esconder uma expressão insolente? Fosse como fosse, ela resolveu abrandar sua maneira de falar. Mães sábias não provocam a raiva dos filhos.

– Arquitetei um plano para nos livrarmos daquele padre cuja companhia você acha tão desagradável – disse ela. – Se bem que algumas orações não fariam mal a nenhum de nós. Só não vejo por que somos obrigados a pagar por elas. Não me recordo de Nosso Senhor ter jamais cobrado por seus serviços.

– Quem é nosso inquilino, então, e de que modo ele vai manter o padre longe daqui?

– *Ele*, não, *eles*. São dois inquilinos. Um homem com a filha. O Abade de Broomholm pediu que os hospedássemos como um favor à abadia e, ainda por cima, está disposto a pagar pelo favor. Com o fornecimento de provisões ao rei e o aumento do custo das preces, nada vai restar de herança para vocês se esta sangria não cessar.

– Mas continuo sem compreender. Como é que...

– Não seja tão simplório. Se auxiliarmos o abade, ele nos apoiará. O inquilino é um pintor de iluminuras de certo renome que vem ilustrar um Evangelho para a abadia. Por causa da filha, não pode ficar lá com os irmãos.

O rosto de Alfred iluminou-se, e era como a luz do sol passando através de uma nuvem.

– Que idade tem a filha?

A claridade da janela voltada para o norte espalhou-se sobre o rapaz quando ele se sentou em cima da escrivaninha, de frente para a mãe, balançando as pernas, a curiosidade afastando qualquer resquício de ressentimento causado pela descompostura que a mãe lhe passara. Não era à toa que as moças esvoaçavam em torno dele como borboletas atraídas pelas campainhas-azuis. Ela própria sentia o coração mais leve só de ver aquele olhar alegre e o sorriso largo que revelava os dentes, mas não o demonstrou.

– Não faz diferença para você. Não terá nada a ver com a filha do mestre de iluminuras, entendeu bem, Alfred?

O rapaz levantou as duas mãos, como se quisesse deter o tom de voz elevado da mãe.

– É só curiosidade, nada mais. De qualquer maneira, ela deve ser feia como um corvo. – Deu uma risada enquanto descia de seu poleiro. A luminosidade por trás dele acendeu sua cabeleira revolta cor de cobre, transformando-a em um halo flamejante. Franziu as sobrancelhas, petulante. – Isso significa que precisaremos voltar a rezar as horas, já que teremos um espião da abadia?

– Creio que não – replicou ela, tocando com ar ausente as contas de azeviche do rosário preso a seu cinto. – Provavelmente, bastará uma pequena demonstração de nossa devoção religiosa, nada além disso. Você decerto pode arranjar tempo para uma visita diária à capela, não é? Deve ser o suficiente. Afinal, o homem é um artista, não um monge.

– E ninguém precisa de monges aqui em Blackingham, não é, mãe?

Fingindo ignorar a impertinência do filho, Lady Kathryn deu-lhe as costas e saiu a passos largos do quarto.

O mestre de iluminuras e a filha eram esperados na sexta-feira. Todas as sextas-feiras, ao meio-dia, Lady Kathryn reunia-se com Simpson no grande salão para resolverem os assuntos da propriedade. Dificilmente lhe agradavam esses encontros, e aquele dia não era exceção. Mas havia duas questões importantes a discutir com o capataz, e ela esperava tratar de ambas antes da chegada de seus hóspedes.

A primeira referia-se ao apelo de uma de suas arrendatárias. A mulher, uma das tecelãs, chegara à sua presença em prantos, perturbada. Simpson levara sua filha mais nova para trabalhar para ele como criada doméstica. Como intendente, tinha o legítimo direito de o fazer, pois a mãe e a filha eram servas. A mãe não era uma daquelas mulheres livres que trabalhavam de aluguel por uma remuneração insignificante, portanto, Lady Kathryn constituía seu único recurso. Kathryn prometera à mulher que tomaria providências para que sua filha voltasse para casa. E pretendia fazê-lo realmente. A atitude do capataz era intolerável. Não era só o bem-estar da menina que estava em jogo, mas a mãe, uma das melhores tecelãs de Blackingham, deveria ensinar seu ofício à filha. Se tivesse tomado conhecimento do fato, Kathryn teria impedido a separação das duas, mesmo sem as lágrimas da mãe. Enfrentou Simpson antes que ele terminasse seus cumprimentos afetados.

– Uma criança de seis anos não tem idade para começar a trabalhar. Vai devolvê-la à mãe e encontrar alguém mais apropriado para esvaziar seus urinóis e limpar suas botas.

Simpson apertava a boina nas mãos, amassando o rolo de veludo que a contornava. Ela achava repugnantes as plumas que a guarneciam e o forte perfume que o homem exalava. Se ele se enfeitava, como ela desconfiava, para aquelas reuniões de sexta-feira com a intenção de impressioná-la, o efeito era o oposto.

– Milady, a menina é crescida para a idade. E Sir Roderick não aprovava mimos. Dizia que contribuíam para formar maus trabalhadores.

– Achei que, a esta altura, Simpson, você já deveria ter aprendido que não me importo com o que Sir Roderick dizia, aprovava ou apreciava. Citá-lo para mim em nada reforça a sua argumentação. Como você é um pequeno proprietário rural e recebe um salário generoso, deveria pagar de seu próprio bolso um criado para servi-lo. Os servos de Blackingham são para prestar serviços à casa senhorial e às terras de Blackingham. Devolva a criança à mãe. E não a substitua por outra.

Observou com um misto de satisfação e apreensão o esforço evidente que ele fez para conter o mau gênio. Exasperava-a saber que precisava daquele homem odioso, mas não dispunha de ninguém para ocupar seu lugar.

– Não pretendo ser intransigente nessa questão – continuou ela. – Se desejar escolher uma das mulheres dos arrendatários, e se ela concordar em trabalhar para você, pagarei a ela um pequeno salário em acréscimo ao seu. É o melhor que posso fazer. Quero que a criança seja devolvida dentro de uma hora. – Curvou um pouco a cabeça para encará-lo e pronunciou cada palavra seguinte com cuidado para que ele não confundisse sua oferta de paz com fraqueza: – Nas mesmas condições em que se encontrava quando deixou a casa da mãe.

– Como desejar, milady.

Simpson baixou a cabeça o suficiente para que ela não lhe visse os olhos e, com um arremedo de saudação, recuou para se afastar.

– Ainda não terminamos. Há mais uma coisa. Falta uma quantia nas contas do último trimestre referente aos rendimentos da lã.

Ele estacou, embasbacado, olhando-a primeiro com surpresa, depois com rancor. Fechou os olhos um momento, como quem tenta se lembrar de algo.

– Talvez milady tenha esquecido o surto de mal-dos-cascos que ocorreu na primavera. Perdemos várias ovelhas.

– Mal-dos-cascos? – Ela correu os olhos pelo livro-razão que trouxera consigo, referente às contas do último trimestre. – Não vejo aqui nenhum registro de despesas com alcatrão.

O capataz mudou de posição, apoiando-se no outro pé.

– O pastor não comunicou a tempo para comprarmos o alcatrão e tratarmos das patas dos animais doentes, e eu...

– É você o capataz. Era sua a responsabilidade, não de John. Seja como for, deveria ter algum alcatrão disponível para tratar pequenas infecções. Quantas ovelhas perdemos?

Simpson mexeu o corpanzil e retorceu a mão esquerda de um lado para outro.

– Oito... dez cabeças.

Kathryn empertigou-se.

– Quantas, afinal, Simpson? Oito ou dez?

O capataz cerrou e descerrou o punho esquerdo várias vezes, depois resmungou:

– Dez.

250 libras de lã perdidas! 250 libras com as quais ela contava.

Baixou os olhos, fingindo ocupar-se em atar as tiras que fechavam seu livro de contas, mas continuou a observá-lo sob as pálpebras semicerradas.

– Bem, pelo menos você mandou tosquiar um pouco da lã das ovelhas mortas.

A surpresa nos traços do homem transformou-se em um ar sonso antes que ele respondesse.

– Infelizmente não, milady. Carregamos as carcaças e as jogamos no pântano. Para evitar que o resto do rebanho fosse contaminado.

Ela ergueu a cabeça e olhou-o direto nos olhos.

– Que decisão sensata você tomou. Quem sabe até que ponto as peles seriam contaminadas pelo mal-dos-cascos.

Para sorte do capataz, naquele exato momento o som de cavalos se aproximando interrompeu seu interrogatório. Mas o olhar que Lady Kathryn lançou em sua direção quando se dirigiu para o pátio a fim de cumprimentar seus hóspedes significava claramente que o assunto fora apenas adiado.

Os visitantes haviam acabado de parar dentro do pátio. Kathryn apertou os olhos contra a luz do sol. Reconheceu apenas o irmão Joseph, da abadia. Uma jovem de cerca de dezesseis anos encontrava-se à garupa de um burro levado por um homem alto de rosto anguloso. Por um momento, foi como se uma aparição, uma visão sagrada da Virgem entrando em Belém, agraciasse o seu pátio. Mas era evidente que a moça não carregava nenhuma criança. Até o modelo austero de seu corpete azul-escuro revelava o corpo esguio. O vestido era simples, mas de corte e tecido excelentes. As tecelãs de Kathryn não saberiam produzir um material tão requintado. O único enfeite da menina era um broche elaboradamente trabalhado, feito de nós entrelaçados e com uma cruz de pérolas diminutas no centro, que ela alisava, nervosa, com dedos finos e pálidos. O berloque pendia de um fio carmesim que trazia ao pescoço. Um outro fio igual contornava um véu de tecido diáfano que lhe cobria os cabelos, negros e lustrosos como a plumagem de um corvo. A moça tinha uma aparência exótica: grandes olhos amendoados em um rosto oval, traços tão perfeitos que pareciam cinzelados em mármore, a pele mais morena do que clara. Em nada se parecia com a moça grosseira que Kathryn esperava. E movia-se com uma dignidade que, como seus trajes, estava bem acima de sua posição social.

Aquele devia ser o pai andando ao lado dela, puxando o burrinho, os olhos verde-mar acompanhando cada passo do animal. Era alto, de constituição rija mas não musculosa. Inclinava-se para a filha em uma atitude protetora. Não usava barba nem chapéu, e Kathryn reparou que seu cabelo grisalho começava a rarear ligeiramente no alto da cabeça. Vestia uma túnica à altura dos joelhos, de linho claro, leve e de boa fiação, também impecavelmente limpa, ornada apenas com uma pequena adaga pendurada em um cinto de couro que lhe envolvia frouxamente a cintura. Pai e filha bem que poderiam ter saído de uma peça sobre o Mistério do Natal encenada pela confraria dos comerciantes de tecidos.

Enquanto ele ajudava a filha a desmontar, Kathryn adiantou-se para os cumprimentar. Ele cheirava a sabão sarraceno e a alguma outra fragrância desconhecida mas sutil; óleo de linhaça, talvez. A mão que estendeu para a filha era estreita na palma com dedos longos e graciosos, e embora as unhas estivessem cuidadosamente tratadas, um vestígio de pigmento de cor ocre permanecera na cutícula de seu indicador direito. Parecia enfadado, e Kathryn esperava que não se mostrasse um hóspede exigente.

O irmão Joseph foi quem falou primeiro.

– Trouxe seus hóspedes – disse, tomando-lhe a mão. – Mas receio que nós...

Um grupo de homens a cavalo irrompeu em tropel no pátio, produzindo uma nuvem de poeira estival e abafando as palavras do monge. Decerto não seriam necessários tantos homens – um dos quais ela reconhecia como sendo o xerife – para escoltar um homem e sua filha ao local de sua hospedagem.

– Sir Guy – disse ela, reconhecendo o recém-chegado –, há quanto tempo!

Ele costumava ser um visitante freqüente quando Roderick estava vivo. Com seus falcões, os dois caçavam juntos por esporte nas campinas em torno de Aylsham e, às vezes, com arco-e-flecha, saíam em busca de caça selvagem em Bacton Wood. Ele não pisara na casa desde a morte de seu marido. Não lhe agradou vê-lo naquele momento.

O xerife inclinou-se de cima do cavalo e levou a mão dela aos lábios.

– De fato, Lady Kathryn. Peço-lhe desculpas pelo descuido e receio admitir que esta visita é oficial.

Rapidamente, ela examinou os três homens montados atrás dele para ver se achava um rosto conhecido, ao mesmo tempo que corria os olhos pelo pátio procurando os filhos. Teria Alfred, com seu temperamento, se envolvido em alguma leviandade que a envergonharia, ou, pior ainda, que lhe causaria despesas?

– Oficial? – repetiu ela, com um sorriso forçado.

O xerife apontou para um cavalo que era trazido até o pátio. À primeira vista, parecia não ter cavaleiro, mas um olhar mais atento mostrava o que aparentava ser uma forma humana enrolada em um cobertor e atravessada sobre a garupa do cavalo. A brisa de verão levantou a ponta do cobertor e Kathryn franziu o nariz, enojada. O que ou quem quer que estivesse embrulhado ali dentro havia amadurecido demais. O cavalo bateu as patas no chão e relinchou, como se quisesse livrar-se da carga fétida.

O xerife fez um sinal para o homem que segurava o cavalo.

– Chegue para trás. O cheiro não é próprio para uma dama. Ela não precisa ficar tão perto para identificar o corpo.

Identificar o corpo! Lady Kathryn sentiu o chão girar sob seus pés. Novamente esquadrinhou o pátio com os olhos, desta vez cheia de aflição. *Alfred! Onde estava Alfred?* E ela não via Colin desde a manhã. *E se fosse Colin?* Encaminhou-se para o corpo em cima do cavalo com a mão sobre o peito para acalmar seu coração.

Sir Guy deve ter notado o medo em seus olhos. Ele estendeu a mão, detendo-a.

– Assustei-a à toa, Lady Kathryn. Não se trata de Alfred nem de Colin. É apenas um padre.

Ela pensou que desmaiaria, tamanho o alívio. O forasteiro alto, que se mantivera ao lado do irmão Joseph, deu um passo à frente e colocou um braço em torno dela para evitar que caísse. Por um breve momento, ela se encostou no iluminador, agradecida por contar com a força de seu braço. O mal-estar passou e ela se afastou dele. O homem também recuou, somente meia passada, mas o suficiente para pôr uma distância apropriada entre ambos.

– Obrigada – disse ela. – A tolice de mãe deu-me uma fraqueza.

O pintor de iluminuras balançou a cabeça e dirigiu-lhe um meio sorriso.

– O amor de mãe nunca é tolo, minha senhora. – A voz dele soava como uma chuva de pequenos seixos de rio que a correnteza alisou. – E, por experiência, não o considero fraco.

O cavalo de Sir Guy impacientou-se, batendo as patas no chão e resfolegando. O xerife deu um puxão abrupto nas rédeas.

Lady Kathryn, já tendo recuperado as forças para falar, dirigiu-se a ele.

– Um padre, Sir Guy, foi o que disse? O que tem o seu padre a ver com Blackingham?

Ele desmontou antes de responder, e Lady Kathryn fez um sinal chamando um cavalariço. Um pequeno grupo de criados reunira-se em torno da estrebaria para ver o que estava acontecendo. Um deles acorreu, solícito, para segurar o cavalo do xerife.

Sir Guy fez um gesto com a cabeça indicando o corpo.

– Creio que é o enviado do bispo. E, se for, vai ser um aborrecimento infernal. Henry Despenser fez enorme grita para encontrá-lo. Disse que o despachou há vários dias para Blackingham para atender à senhora. Esperavam-no de volta em Norwich na segunda-feira por volta da hora das completas. – Virou-se e andou em direção ao cavalo que levava o corpo. – Nós o encontramos no pântano que faz limite com as suas terras, a cabeça esmagada.

Puxou para trás o cobertor e descobriu o tecido enlameado de um hábito beneditino. Quando ergueu na sela o monge morto para que ela o visse, Kathryn reconheceu as sobrancelhas espessas e negras, apesar dos traços intumescidos e do sangue coagulado: Padre Ignatius. Virou o rosto, presa de repulsa, uma reação bastante natural que a fez ganhar tempo. Sua cabeça girou depressa, um turbilhão que a deixou tonta, forçando-a novamente a buscar apoio no braço forte do estranho. O que deveria dizer? Admitir que o padre estivera ali? Expor os filhos a interrogatórios? Submeter sua frágil situação a inquéritos? Teria mencionado a alguém na casa quão ameaçada se sentia, como ficava zangada com as extorsões do padre? Teriam adivinhado? Onde estava Alfred naquela noite? Alfred, com o temperamento fogoso do pai, seus impulsos irresponsáveis. Teria o padre o provocado além da conta? Ela respirou fundo, depois aprumou outra vez o corpo, dona de si.

– Sei que era o enviado do bispo, mas não o vejo há semanas – declarou. A voz quase não passava de um sussurro, mas seu olhar em nenhum momento vacilou. – Deve ter encontrado a morte prematura a caminho de Blackingham.

Quatro

O mundo está cheio de governantes de terras e jurisdições
dos lordes que são intencionalmente desonestos.
Ciente disso, a senhora (da propriedade senhorial) deve
ser instruída o suficiente para proteger seus interesses
de modo que não seja enganada.
– CHRISTINE DE PISAN,
O LIVRO DAS TRÊS VIRTUDES (1406)

Não lhe restou simplesmente outra alternativa a não ser convidar Sir Guy para jantar. Kathryn esperava que ele alegasse a necessidade de levar o corpo do padre de volta para Norwich, mas o xerife se limitou a enviar seus homens, dizendo-lhes que iria mais tarde.

Naquele momento, sentada à mesa, Lady Kathryn escutava apenas pela metade a conversa trivial que se mantinha à sua volta. A outra metade oscilava entre a mentira que contara e suas obrigações de anfitriã. Aproveitou essas obrigações para pôr de lado as implicações da mentira. Melhor seria refletir sobre elas à luz mais calma da solidão. E, de fato, receber Sir Guy à sua mesa à última hora já constituía um desafio suficiente para a deixar preocupada.

Felizmente dera instruções à cozinheira para preparar uma refeição mais esmerada do que a de costume para seus novos hóspedes e o irmão Joseph. Não planejara jantar no grande salão, pensando que seus inquilinos poderiam ser induzidos a se contentarem com uma bandeja servida em seus novos aposentos – era melhor estabelecer aquele precedente –, enquanto ela comia sozinha com seus dois filhos e o irmão Joseph no solário. Mas a presença de Sir Guy exigia mais do que isso, portanto ela convocou às pressas os lacaios, mandou trazer os suportes da mesa, montá-la e cobri-la com uma toalha de seda. Agnes se queixara – faltava um mês para a colheita e a despensa encontrava-se vazia –, mas, com sua lealdade e esperteza características, transformara uma comida simples em algo mais de acordo com as expectativas de hospitalidade do convidado inesperado de Kathryn. Tudo isso deixara-lhe pouco tempo para refletir sobre a circunstância que o trouxera até a sua porta. O assunto que ela procurara evitar, porém, acabou vindo à baila outra vez.

– Seja quem for o culpado, a morte de um padre vai pesar como chumbo no julgamento de sua alma – disse Sir Guy, cortando uma fatia da cabeça recheada de javali que lhe fora oferecida pelo criado incumbido de trinchar a carne. – Uma falta de respeito pelos homens santos. A culpa é dos lollardos, que ensinam heresias.

– Lollardos? – perguntou Lady Kathryn, para manter o ritmo da conversa. Não que se importasse. Ouvia apenas em parte, a mente ocupada com a lembrança do cadáver inchado do Padre Ignatius. Uma imagem que ela gostaria de esquecer. Temível em vida e terrível na morte.

– Um bando de gente da ralé que se intitula *padres*, seguidores de Wycliffe, e que sai por aí murmurando heresias. Ele está fazendo um jogo perigoso. Já está sendo pressionado a sair de Oxford.

Subitamente alerta e pensando no maldito texto que encontrara na arca de Roderick, Kathryn observou:

– Graças à Virgem, tal veneno não chegou a Blackingham – mas se perguntou o quanto Sir Guy saberia a respeito das alianças de seu finado marido.

Fez um sinal para o criado, que serviu uma porção dupla de esturjão no tabuleiro de carne que Sir Guy, como convidado de honra, partilhava com a anfitriã. Desencavara de sua adega empobrecida uma pequena garrafa de couro cheia de vinho, que o mordomo derramou na taça de prata que ambos também partilhavam e da qual ela bebia em pequeníssimos goles, mais por fingimento, para que a garrafa não se esvaziasse antes que Sir Guy ficasse satisfeito. Para os outros sentados à mesa com eles, o mordomo serviu cerveja em canecas de estanho. Colin e o irmão Joseph sentavam-se ao lado de Sir Guy, à direita de Kathryn. O mestre de iluminuras, Alfred e a filha do mestre sentavam-se à esquerda dela.

O irmão Joseph, obviamente inflamado pela referência ao nome de Wycliffe, inclinou sua cabeça tonsurada na frente de Colin para poder se dirigir a Sir Guy.

– Dizem que o herege Wycliffe ousa até questionar o Milagre da Missa. Chama a transubstanciação da hóstia de *superstição!* – Sua voz chegou a falhar na última palavra, de tão indignado que estava. – A universidade vai forçá-lo a sair e, além disso, comenta-se na congregação que, como o rei está morto e portanto não pode mais ir em seu auxílio, o arcebispo prepara-se para levá-lo a julgamento sob a acusação de heresia. – E golpeou o ar com a faca, tal como se fosse o coração de Wycliffe. – Será enforcado, se não tiver cautela. Se bem que eu preferisse vê-lo queimar na fogueira.

O monge, até então uma pessoa de maneiras afáveis, sorriu com ar presunçoso, como se quisesse dar a entender que ficaria deliciado em acender o fogo pessoalmente. Lady Kathryn quase podia enxergar as labaredas refletidas nas suas pequenas pupilas negras. Sentiu a garganta fechar-se enquanto mastigava sem sucesso um pouco da torta de faisão. Quando menina, seu pai a levara certa vez para assistir a uma execução na fogueira e ela nunca esquecera o terror estampado nos olhos da mulher acusada de feitiçaria. Quando o meirinho ateou fogo ao feixe de lenha e a fumaça subiu em densas volutas, Kathryn deu um grito e escondeu o rosto na manga do pai. O que não a impedira de sentir o cheiro forte e desagradável da carne queimada.

Minúsculas gotas de suor brotaram-lhe na testa, junto à linha do cabelo. Ela as enxugou com seu lenço de seda. O prolongado crepúsculo não dissipara o calor de julho. Formou-se uma umidade entre seus seios e o linho da camisa grudou-se em sua pele, pegajoso e molhado. Os odores dos fogões da cozinha, a fumaça da gordura gotejante e da carne assada penetravam pelas janelas abertas e misturavam-se com o cheiro do suor de Sir Guy, cujas roupas exalavam o resultado de um dia inteiro passado em cima da sela do cavalo. Seria a imaginação dela ou também percebia nele um vestígio do fedor de putrefação do padre morto?

Teria ao menos oferecido ao hóspede uma muda de roupa de baixo para trocar, mas ficara demasiado ocupada em fazer render o parco jantar. Se o xerife fosse pernoitar, o que provavelmente aconteceria – até mesmo um homem com a destreza de Sir Guy no manejo das armas hesitaria em cavalgar as três léguas de volta para Norwich na escuridão da noite através de bosques e pântanos –, ela teria de procurar a roupa de baixo de Roderick.

Súbito, deu-se conta do silêncio em torno dela, embaraçoso e importuno.

– O que disse, Sir? – perguntou o xerife, a postura retesada, inclinando-se à frente dela e olhando fixa e intensamente para o pintor de iluminuras.

– Não sou Sir. Apenas Finn. Meu nome é Finn. Sou um artesão, não um membro de sua nobre classe social.

Havia um toque de malícia em seu tom que beirava o sarcasmo. A voz possuía o mesmo timbre de chuva de cascalho de que ela se lembrava daquela manhã, quando ele a amparara para que não caísse, só que agora soava mais incisiva.

– Eu disse que ele nunca vai queimar na fogueira. Wycliffe nunca será queimado. Nem enforcado. Ele tem muitos amigos nos altos círculos.

– Ele faria bem em ter mais cautela, para que não seja visto como alguém que tem muitos amigos nos *baixos* círculos! – O xerife deu uma risada enquanto partia um pedaço de perdiz com a faca, espetava-o e o levava à boca.

– Ah, entendo o que quer dizer – disse Finn pausadamente e sem levantar a voz. – Mas altos e baixos não são necessariamente companheiros de cama estranhos um ao outro. Quando se escuta com atenção, pode-se entreouvir a gargalhada do diabo em muitos éditos papais.

O irmão Joseph prendeu a respiração.

Kathryn teve de interromper o rumo da conversa antes que a situação fugisse ao controle. Bateu palmas para chamar de volta o criado que trinchava a carne e aproveitou para lançar um olhar de soslaio para o hóspede recém-chegado. Esperava que ele não fosse criar mais polêmicas naquele momento delicado em que ela tentava tão desesperadamente eliminar de sua casa todo e qualquer laivo de heterodoxia.

– Por favor, gentis senhores, não falemos mais de fogueiras. Não é uma conversa agradável para se ter à mesa. O senhor não deve interpretar mal as palavras de meu hóspede, Sir Guy. Ele não é o humilde artífice que proclama ser. Também possui amigos em altos círculos. Trata-se de um mestre de iluminuras de grande renome, que se encontra aqui para trabalhar para o abade. Talvez queira apenas provocá-lo para estimular a conversa. Vamos, experimente um pouco do salmão defumado com molho de amoras.

Fez sinal para o mordomo tirar mais algumas gotas da garrafa de couro, enquanto o criado servia uma generosa porção do peixe, nadando em seu molho vermelho de amoras, no lado do tabuleiro destinado a Sir Guy. Ela estendeu a mão sobre o seu lado para que não a servissem, sacudindo a cabeça.

– Dê minha porção para o irmão Joseph, creio que o calor estragou meu apetite.

Sorridente, o irmão Joseph contemplou a grande quantidade de comida à sua frente, esquecendo o choque causado pelas palavras heréticas do mestre de iluminuras.

– A perda de minha senhora é meu ganho – disse. – Providenciarei para que não seja desperdiçado.

Como se alguma coisa fosse desperdiçada em Blackingham, pensou ela. Os servos, com bocas famintas em casa para alimentar, cuidavam disso muito bem, como o monge bem sabia. Ainda assim, divertiu-a assistir ao prazer extraordinário com que o monge comia. Sua barriguinha redonda comprovava que ele não considerava a gula um pecado dos mais mortais.

– A propósito, milady, trouxe-lhe algo enviado pelo nosso boticário para suas dores de cabeça – disse ele, entre um e outro bocado. – Raiz de peônia moída com óleo de rosas. – Procurou dentro dos bolsos fundos de seu hábito e de lá tirou um pequeno frasco azul.

– Quanta amabilidade, irmão Joseph. Por favor, transmita meus agradecimentos ao seu boticário.

E falava com sinceridade. Difícil acreditar que esse homem gentil, que se preocupava tanto em aliviar suas dores, fosse aquele exaltado que momentos antes prognosticara a morte de um seu semelhante na fogueira com o mesmo entusiasmo com que agora atacava sua comida. E tudo em nome de Deus. Bem, não importava. Ela estava contente com o remédio. Precisaria dele se aquele jantar não terminasse logo. Felizmente, a conversa enveredara por assuntos mais mundanos. Colin falava ao ouvido do irmão Joseph sobre os cortejos da confraria que vira em Norwich na época da Páscoa. Sir Guy fazia perguntas ao iluminador sobre a natureza de sua incumbência.

No entanto, mal se extinguiu um fogo, logo outro se acendeu. Alfred aproximou-se da filha do mestre e inclinou-se para sussurrar algo em seu ouvido. A luz das velas de sebo, presas à parede atrás dele, fez flamejar sua cabeleira vermelha. Lady Kathryn escutou a risada alegre que tão bem conhecia e viu a pele morena da moça ruborizar-se como a de um pêssego maduro.

O mestre apresentara-a simplesmente como Rose, sua filha – não Margaret, Anna ou Elizabeth. Apenas Rose. Como a flor. Um nome estranho para uma menina cristã, ela pensara então. Foi depois de retirarem o corpo do padre, depois de seus filhos aparecerem, atraídos pelo tumulto no pátio. Assim que viu a expressão nos olhos azuis de Alfred e identificou-a, decidiu que atitude tomaria. Agora estava mais convencida do que nunca do acerto de sua decisão.

Finn inclinou a cabeça e falou baixo ao ouvido da filha, repreendendo-a, deduziu Kathryn, pela carranca passageira que fez se descaírem os cantos da boca de Rose antes que ela abaixasse os olhos. Seus dedos manusearam nervosamente o berloque que lhe pendia do pescoço, tocando-o como se fosse um talismã. Kathryn cuidaria da menina naquela noite, mas não poderia fazer o papel de ama para sempre. No dia seguinte, teria de comunicar a Alfred a sua decisão.

Finn também entregou-se às suas divagações enquanto estava sentado à mesa no grande salão. Notara a irritação no tom da voz de sua anfitriã, sentada à sua direita, e assim decidiu não fazer mais declarações políticas. Não queria que o irmão Joseph fosse contar ao Abade de Broomholm que a abadia contratara um herege. Já chamara atenção demais para a sua pessoa ao enfrentar o Bispo de Norwich e confessar que matara a sua porca. Procurara mostrar deferência ao bispo – aquele rapazote impudente –, e até se oferecera para pagar pela porca e o leitão, mas deferência não era de seu feitio, e ele temia não ter sido convincente. Ao assumir a culpa, todavia, salvara o anão de ir parar no tronco ou coisa pior.

Esperava que o abade esquecesse qualquer inconveniência de parte de seu novo contratado quando visse as "páginas-tapete" para o manuscrito. Seriam magníficas. Na viagem de Aylsham para Broomholm, Finn tivera tempo de sobra para pensar nas folhas de guarda, as páginas que precederiam o início do Evangelho de São João. O fundo teria a mesma intensa cor vermelha do molho de amoras que encharcava o pão do seu tabuleiro e cobria por completo a perdiz que ele mastigava.

– Espero que lhe agrade esse molho, Mestre... Finn.

– Vejo que existe aqui muita coisa que me agrada, senhora. – Seria sua imaginação ou ela de fato enrubescera? Apressou-se em acrescentar: – A senhora tem sorte com sua cozinheira. A ave está muito bem temperada.

Ela sorriu para ele – um sorriso de verdade, não a careta forçada que ele vira até então.

– Agnes está comigo desde que eu era criança. Foi minha ama. Ela é muito leal.

Finn fez-lhe uma saudação com a faca e espetou mais um bocado de carne. Agnes, pensou. Um nome a ser lembrado. Era sempre bom fazer amizade com a cozinheira. Também não desejava incorrer no desfavor de Lady Kathryn. Se ela prezava a lealdade, ele não poderia dizer nada mais que a fizesse desconfiar da sua, mas esperava sinceramente que aquela não fosse uma casa devota onde a todo momento ele tivesse de inventar desculpas para sua ausência em enfadonhos rituais de orações diárias. E realmente não queria que Rose fosse influenciada por um excesso de fervor religioso. Já vira o reverso sombrio daquele tipo de devoção. Nada melhor do que manter sempre o equilíbrio em todas as coisas, sobretudo em questões religiosas. Era o que desejava para a filha: devoção à Virgem, sim, mas contrabalançada pelo raciocínio inteligente. Sua vida havia sido governada pelo sinal-da-cruz – não lhe dedicara sua arte, não fora a cruz que levara à sua frente nos campos de batalha? Contudo, ele nascera sob outro signo: Libra, o signo da balança – a razão em um dos pratos, a devoção no outro.

Ajudaria se soubesse por que motivo Lady Kathryn concordara em hospedá-los, ele e a filha. Desconfiava que havia aí algo mais do que mera lealdade à Igreja. O abade provavelmente estava contribuindo para que o gesto valesse a pena. Aquela era sem dúvida uma casa senhorial próspera, se as taças de prata e as colheres de chifre com arremates de prata cinzelada servissem de indicação, mas a refeição oferecida, se bem que respeitável, não podia ser qualificada de extravagante, e ele havia notado com que cautela ela orientara o serviço do vinho. Ele e Rose teriam refeições mais simples daí em diante. Lady Kathryn devia estar sob grande pressão, forçada a esticar seus rendimentos para pagar impostos e dízimos.

Não pôde deixar de reparar que a viúva sofria ainda outros tipos de pressão. O xerife de nariz adunco à sua direita, com quem ela partilhava a taça e o tabuleiro de carne, roçava sua manga com freqüência excessiva e já lhe teria mergulhado o nariz comprido nos seios se ela não recuasse. Alguns poderiam considerá-la bonita, mas Finn apreciava mais as moças de cabelos escuros, corpo cheio e viçoso e maneiras mais amigáveis. Aquela mulher era alta demais, de porte altivo demais e, apesar das agradáveis saliências que entrevia acima do decote quadrado de seu corpete, não poderia ser chamada de roliça. Os cabelos eram decerto sua característica mais notável. Não teria mais de quarenta anos, mas os cabelos eram grisalhos – quase brancos – com uma mecha preta sobre a têmpora esquerda, que se entremeava como uma fita de veludo no intricado coque preso em uma rede azul à altura da nuca esbelta. Imaginou como ela ficaria nua ao luar, toda a grande massa de cabelo solta e derramando-se sobre os seios como prata derretida. A velocidade como aquele pensamento lascivo insinuara-se em sua mente surpreendeu-o – ele não achara a mulher tão atraente assim.

– Um brinde a Lady Blackingham – Sir Guy ergueu sua taça. – À beleza de nossa anfitriã e à liberalidade de sua mesa.

Patife, bajulador, pensou Finn. O xerife estaria brindando às coxas dela ou às suas pastagens? Mas ergueu a taça assim mesmo para não parecer descortês. Ofender um xerife era um risco pessoal.

Fazia calor dentro da sala, e ele sentia vagamente um odor de almíscar que vinha de sua direita. Notou que o tecido fino do véu de Lady Kathryn colava-se em seus seios. Sentiu uma tensão na virilha e deu graças por não ser preciso levantar-se para brindar. Vivia como celibatário havia muitos meses. Não por ter estado em peregrinação ou jejuando, nada dessas tolices – deixava isso para os monges –, mas por conveniência e melindre. Viajar com a filha dificultava-lhe a prática dos jogos amorosos. As amantes que se ofereciam cheiravam às choupanas onde viviam e tinham o corpo infestado de piolhos. Mesmo nos bordéis dirigidos pelos bispos havia o perigo de se contrair sífilis.

Finn deu-se conta de que seus companheiros se haviam calado e olhavam para ele esperando que falasse. O pequeno monge rotundo estava debruçado sobre a mesa gritando em sua direção.

– Não concorda, mestre iluminador?

– Sinto muito, eu não...

– Irmão Joseph, por favor, quer mais um doce? – Lady Kathryn acenou para o criado. – Agnes fez essas tortas com creme de leite e ovos especialmente para esta noite.

O monge ergueu a colher e seus olhos cintilaram com a expectativa, a pergunta já esquecida.

Qualquer que fosse a pergunta, era óbvio para Finn que a anfitriã não confiava na resposta que ele poderia dar. A mulher era astuta. Lembrou sua reação quando o xerife trouxe o corpo do padre, a maneira por demais categórica com que negara tê-lo visto antes. Que tipo de envolvimento poderia existir ali? Qualquer que fosse, porém, não era de sua conta. Tinha a filha em quem pensar. Conhecer detalhes sobre o assassinato de um padre era uma ocupação perigosa.

Campainhas de alarme dentro de sua cabeça tiraram-no de seus devaneios. Uma voz diferente dessa vez, vinda da esquerda, sussurrava, íntima.

– Posso mostrar-lhe o melhor lugar para desenhar, uma pequena angra de onde se vê bem o mar.

Reconheceu ser do rapaz petulante a seu lado, cuja cabeleira vermelha estava próxima demais da de sua filha. Os lábios de ambos quase se tocavam.

Finn falou alto o bastante para interromper a investida amorosa de Alfred.

– Angra com vista para o mar, foi o que disse? Rose e eu gostaríamos muito de vê-la, não é, Rose?

Alfred resmungou e gaguejou como um ladrão pego com a mão dentro do barril de arenque. A filha corou, os lindos olhos faiscando de raiva do pai. Um flerte inocente, talvez, mas ainda assim o rapaz tinha de saber que estava sendo observado.

A refeição arrastava-se de modo interminável. Que alívio quando a anfitriã se levantou! Podia agora pedir licença e retirar-se para os agradáveis aposentos que ela providenciara. Desejou uma boa noite aos outros polidamente, cumprimentou Lady Kathryn mais uma vez por sua hospitalidade e arrancou a filha das garras de seu ardente admirador. Mas, antes que pudesse de fato bater em retirada, um criado aproximou-se dele e entregou-lhe um pergaminho lacrado.

– Esta mensagem chegou para o senhor. Recebi instruções para entregá-la em mãos.

O selo não lhe era familiar, mas a santa cruz estampada nele em baixo-relevo de certa forma era um indício de sua origem. Provavelmente algumas instruções de última hora de seu empregador.

– O mensageiro aguarda resposta?

O xerife calara-se e acompanhava com visível interesse a troca de palavras. Isso irritou Finn, tanto quanto o haviam exasperado as indagações anteriores de Sir Guy a respeito do trabalho que viera fazer.

– Não, senhor – respondeu o pajem. – O mensageiro, porém, pediu-me que lhe dissesse algo mais. Que "Meio-Tom paga suas dívidas".

O anão. Mas por que mandaria uma mensagem da Abadia de Broomholm? A abadia ficava em Bacton Wood, várias léguas a leste de Aylsham, e através de florestas. E Blackingham ficava fora do caminho – pelo menos duas léguas e meia ao norte de Norwich. Meio-Tom vivia na orla dos pântanos, a oeste de Norwich. A questão poderia ser esclarecida sem dificuldade abrindo o documento, e ele ia começar a fazê-lo quando o xerife se levantou e, postando-se atrás dele, olhou por cima de seu ombro. Idiota metido. Em vez de quebrar o selo, Finn deu uma pancadinha na manga de Rose com o pergaminho dobrado, afastou Alfred para o lado com delicadeza e segurou o braço da filha.

– Venha, Rose. Está na hora de nos recolhermos aos nossos aposentos. Deixemos Lady Kathryn despedir-se de seus convidados à vontade. – Cumprimentou o beneditino com um aceno de cabeça. – Boa noite, irmão Joseph. Pode assegurar ao senhor abade, quando voltar amanhã, que seu pintor de iluminuras já se pôs a trabalhar com afinco. Desejo-lhe uma boa viagem. Ao senhor também, Sir Guy. – O Sir não saiu de bom grado de sua língua.

– Mas o senhor não abriu sua mensagem – observou o xerife.

– Pode ser de uma dama – replicou Finn –, e portanto será mais bem apreciada na privacidade de meu quarto.

E afastou-se da mesa. Pela segunda vez naquela noite, Lady Kathryn desfez a tensão intervindo na conversa dele.

– Nesse caso, Finn, desejamos que tenha uma boa noite, e que não se prenda, que vá logo para usufruir seu prazer. – Apanhou uma lamparina em um dos candelabros da parede, mas, quando Alfred estendeu a mão para pegá-la, a mãe franziu o cenho para ele e chamou o outro filho, cuja presença Finn mal notara. Entregando a lamparina ao rapaz, Lady Kathryn disse a Finn:

– Colin vai mostrar-lhe o caminho. As escadarias são escuras e desconhecidas. Imagino que não deseje ver Rose tropeçar.

Com um certo alívio, Finn deu-lhes as costas. Enquanto subiam as escadas, pensou na criança ferida pela primeira vez desde que chegara à casa senhorial. Com que facilidade ela lhe fugira da lembrança! Como estaria passando? Mas claro. Meio-Tom. O selo da Santa Cruz. A mensagem era da anacoreta. Quando chegaram ao quarto, apanhou a vela que se encontrava ao lado da cama e quebrou o lacre.

A criança vivera apenas três dias.

– Mandou me chamar, minha mãe?

Alfred esfregou os olhos para espantar o sono e tentou não falar em tom de queixa. Deu um passo em falso ao entrar no quarto de dormir da mãe, onde mal penetrara ainda a luz pálida do amanhecer. As tochas tremeluziam em seus suportes nas paredes, os pavios já no fim.

Ela não lhe respondeu de imediato, mas andou de um lado para outro, seus chinelos de solas de couro fazendo um leve ruído sussurrante na quietude da madrugada.

A cama da mãe já havia sido arrumada, coberta com a colcha, ou talvez, concluiu Alfred ao notar os círculos azulados em torno dos olhos dela, nem tivesse sido usada. Seria uma de suas enxaquecas? Esqueceu o próprio aborrecimento por ter sido tirado de seus sonhos e, ansioso, observou-a continuar indo e vindo dentro do quarto. Kathryn ainda usava as roupas que vestia na noite anterior. Manchas de suor destacavam-se sob seus braços na seda da túnica. Tirara o toucado e o cabelo prateado caía-lhe, despenteado e emaranhado, até abaixo da cintura. O rosto parecia abatido à luz cinzenta.

– Mãe, a senhora está bem?

Ela se deteve e lançou-lhe um olhar rápido, como se a presença dele em seu quarto a surpreendesse.

– Alfred, você se levantou cedo. Aconteceu alguma coisa?

– A senhora minha mãe pediu que me chamassem – disse ele, incapaz de disfarçar a irritação na voz. Ele se deitara pouco tempo antes. A cabeça estava confusa e a língua pesada. Saíra com uns rapazes da aldeia para assistir a uma briga de galos. Mas era melhor não contar a ela.

– Agnes não precisava ter acordado você tão cedo – disse ela.

– Pois bem, a bruxa velha o fez, e parecia bem satisfeita com isso.

Esperou pela repreensão da mãe, que não veio. Em vez disso, ela ficou parada olhando para ele, como se não soubesse o que dizer. Fato bastante incomum, sua mãe não achar as palavras, ela que as esgrimia como se fossem um espadim.

– A senhora está passando mal, mãe? – perguntou ele, sentindo-se de repente como uma criança outra vez, o pânico crescendo dentro de si. E se também a perdessem subitamente, como acontecera com o pai? Alfred amava seu pai, mas era em Lady Kathryn que ele e Colin buscavam apoio e era a sua cólera que temiam sempre que saíam do rumo certo. Roderick passava às vezes meses seguidos longe de casa, lutando contra os franceses ou freqüentando a corte.

Ela sacudiu a cabeça, sentou-se na cama e bateu de leve com a palma da mão no espaço a seu lado, convidando-o a sentar-se.

– Estou bem. Venha. Sente-se aqui a meu lado. Preciso conversar com você sobre uma questão de grande importância.

Ora, aquele gesto era uma novidade. Em geral, ela era ou autoritária ou indulgente com ele: às vezes disciplinadora severa, de vez em quando mãe extremosa; mas dessa vez o tom era diferente, quase como se ela quisesse aconselhar-se com ele. É verdade que completaria dezesseis anos dentro de um ano, a idade da maioridade sob Danelaw,* mas ele sabia que jamais controlaria Blackingham realmente enquanto sua mãe estivesse bem e saudável. Ao casar-se, ela trouxera Blackingham como dote, e manter seus direitos sobre a propriedade ao enviuvar fazia parte de seu contrato nupcial. Ninguém podia arrancá-la dela a não ser o próprio rei.

Ele se sentou na colcha ao lado da mãe, que se virou para ficar de frente para ele, colocando uma das pernas sobre a cama e apoiando as costas na coluna do baldaquino. Estendeu a mão e afagou-lhe o cabelo. De repente, Alfred voltou a ser criança, como aquela vez em que ela tentara explicar-lhe que colocar a pequena cobra verde na cama do irmão era uma brincadeira cruel – nem um pouco engraçada. Mas ela não vira a boquinha de bebê de Colin formar um tenso "o" minúsculo enquanto ele rodopiava em um pé só, gritando: "Uma cobra, uma cobra!" Alfred sentia vontade de rir até hoje só de lembrar. Não tinha a menor idéia do que fizera desta vez – ou será que ela afinal descobrira a respeito das brigas de galo?

– Alfred, sabe que enfrentamos tempos difíceis. A morte do rei deixou um grande vazio, e os filhos dele estão procurando preencher esse vazio e obter poder para si próprios. Lancaster e Gloucester provavelmente não permitirão que o filho de onze anos de seu irmão falecido assuma o trono sem lutarem contra ele. E além disso, é claro, existem as guerras contra a França e papas demais para levarmos às costas.

*N. do T. O Danelaw (literalmente "lei dinamarquesa") foi um território da Inglaterra que ficou sob o controle administrativo dos dinamarqueses no século IX. A palavra também é usada para descrever o conjunto de termos legais estabelecidos para facilitar a convivência entre os anglo-saxões e os invasores vikings.

– O que isso tudo tem a ver comigo? – perguntou ele. Não seria para discutir as políticas da corte e da Igreja que ela o teria chamado.

Ela sorriu para o filho e sacudiu a cabeça em um gesto que revelava exasperação. Alfred conhecia aquele olhar. Sempre o fazia sentir-se como um simplório.

– Tem tudo a ver com você, Alfred. Com Blackingham. Se ficar evidente que apostamos na facção errada e aquele lado perder na luta pelo trono, nós... e você... poderíamos perder tudo. – Tocou-lhe delicadamente o queixo com os dedos longos e delgados. Seus olhos o acariciavam. – Incluindo sua linda cabeça ruiva.

– Mas meu pai e o Duque de Lancaster eram amigos.

– Exato. Seu pai cometeu a tolice de fazer uma aliança com John de Gaunt. O que vai acontecer se o duque cair por causa de suas próprias maquinações? Não seria a primeira vez. E se o jovem Ricardo cansar-se da cumplicidade de ambos os tios e sucumbir à influência de outra pessoa, do arcebispo, digamos? John de Gaunt não desfruta de popularidade entre os bispos porque defende o clérigo Wycliffe e os ensinamentos dele contra o poder da Igreja. Eles instigam a ralé contra o papa. Se os bispos se voltarem contra John de Gaunt, o senhor de Blackingham pode cair junto com o duque, acusado de traição, e ter suas terras confiscadas. E esse senhor pode ser você. Compreendeu, Alfred?

– Creio que sim. – Talvez Colin afinal fosse o mais afortunado, pensou, sentindo subitamente o peso de seu direito de primogenitura. – O que vamos fazer? – perguntou, com ar grave.

– Fingimos ignorar as alianças de seu pai, proclamamos nossa neutralidade sempre que possível. Tornamo-nos invisíveis.

– Invisíveis?

– Estamos caminhando em uma estrada estreita. Manteremos a aparência de lealdade de modo muito discreto. Não expressaremos opiniões sem que estas nos sejam solicitadas e, quando nos perguntarem a quem empenhamos nossa lealdade, pesaremos nossas palavras como se fossem ouro. – Lambeu o dedo indicador e levantou-o para mostrar ao filho. – E estaremos sempre atentos aos ventos de mudança.

– A senhora quer dizer que não devemos nos gabar de nossos amigos.

– Estou dizendo que não devemos nos gabar de nossos amigos *nem* parecer uma ameaça a nossos inimigos.

– E manter a boca fechada na presença de pessoas importantes – disse ele, assentindo com um gesto de cabeça. – Ao contrário do pintor de iluminuras.

– Exatamente. – Sua boca larga arqueou-se para baixo, o que lhe acentuou ainda mais o ar abatido do rosto. – Ele nunca deveria ter falado tão abertamente diante do xerife e do irmão Joseph. Isso pode prejudicá-lo e, por associação, a nós também.

– Vai dizer isso a ele?

Ela refletiu um pouco.

– Acho que não. Não sei bem por que, mas acho que um homem como Finn não se calaria por prudência.

– Quer dizer que ele é corajoso – disse Alfred.

– Quero dizer que ele não possui terras para serem confiscadas nem filhos para pôr em perigo. É um artesão talentoso sem vínculos com nenhuma corporação e, por causa desse talento, conta com a proteção da Igreja.

– Mas ele tem uma filha.

– Sim, ele tem uma filha – ela desviou o olhar. – Mas não foi para falar de Finn e de sua filha que tirei você da cama.

– Eu sei. A senhora queria me prevenir para tomar cuidado com a língua.

Ela concordou.

– Isso, e pedir-lhe que comece a assumir sua responsabilidade como senhor da casa.

Lá vem o sermão sobre responsabilidade, sobre beber demais, sobre farrear demais, pensou o rapaz. Lembrou-se de como a mãe ficara zangada com ele antes. Não deveria ter se mostrado tão íntimo de Glynis na frente dela. Pelo jeito, ela o ouvira entrar sorrateiramente naquela madrugada.

– Mas ainda não tenho idade para ser o senhor da casa. Lembre-se, foi a senhora quem me disse.

– Tem idade suficiente para começar a aprender como proteger suas terras e sua família. – E ergueu a mão para que o filho não a interrompesse. – Não estou falando de pegar em armas. Sei que seu pai lhe ensinou como brandir uma espada e usar uma adaga. E onde o levaram esses conhecimentos? Não, refiro-me a outro tipo de proteção.

Levantou-se e recomeçou a andar de um lado para o outro no quarto.

– Tenho razões para crer que Simpson está nos roubando, está roubando você. E, seja como for, ele possui conhecimentos valiosos sobre os arrendatários, as ovelhas, o preparo e a venda da lã: conhecimentos que você precisa adquirir.

– Se acha que ele está roubando, por que não o despede simplesmente?

– Porque, com a peste e as guerras contra a França, restaram poucos homens, e eles são preciosos. É difícil encontrar trabalhadores: pequenos proprietários rurais, pastores e tecelãs. E mais difícil ainda conseguir gente que saiba ler e fazer contas. – Virou-se para o filho. Fitou-o, o olhar direto. – Por isso, estou pedindo a você que vá morar com Simpson. Poderá ficar atento ao que ele faz e ao mesmo tempo aprender com ele.

– Quer dizer, ser um aprendiz? Eu? O futuro Lorde Blackingham, herdeiro de Sir Roderick, aprendiz de um capataz? – Escutou a própria voz subir em tom de queixume infantil, mas não conseguiu evitar. – Por que Colin não pode ir?

– Porque Colin não é o herdeiro da casa senhorial de Blackingham. Você é. Além do mais, Alfred, você não será propriamente um aprendiz. Simpson continuará sendo o servidor, e você, o senhor. Ele respeitará isso. É ganancioso demais para agir de outro modo. Sabe que não simpatizo com ele. E você vai aprender com ele: pode ser um ladrão, mas entende de lã. O mais importante, contudo, é que você vai vigiá-lo, e proteger a si mesmo e a nós das roubalheiras dele.

– Durante quanto tempo?

– Quanto tempo for preciso para você o apanhar em flagrante. – Ela deu de ombros. – Até o dia da festa de São Miguel, quem sabe.

Alfred, depois do primeiro rompante de indignação, começou a pesar o mérito da argumentação da mãe. Portanto, tratava-se de bancar o espião. A idéia de uma aventura dessas não deixava de ser atraente. Podia fazer o velho Simpson dançar conforme a sua música. E tinha de admitir que seria bom ficar longe dos olhos vigilantes da mãe. Às vezes ela puxava as rédeas com força demais. Cogitara até pedir-lhe que o deixasse ir embora dali como escudeiro, talvez do xerife, Sir Guy de Fontaigne. Seu pai mencionara o assunto antes de morrer. Mas isso podia ser ainda melhor. Perto, mas não tão perto.

– É desnecessário dizer – acrescentou ela – que você estará dispensado das orações na capela. Não sei até que ponto a nossa nova ligação com a abadia vai exigir demonstrações de devoção de nossa parte. Suponho que veremos o irmão Joseph com uma certa freqüência. E é provável que haja mensageiros entre Blackingham e o *scriptorium* da abadia. Temos de manter as aparências. Mas a presença de Simpson na capela só é indispensável nos dias santos. É claro que, se você ficar aqui, sua posição de futuro chefe da casa senhorial vai requerer uma assiduidade maior do que a de antes.

Bem, aquele argumento decidia a questão!

– Quando eu teria de partir? – perguntou ele.

– Amanhã. Simpson sempre traz as contas na sexta-feira. Ontem, fomos interrompidos. Vou mandar chamá-lo amanhã. Você vai estar presente, claro, e vou explicar a ele a nova posição que você vai ocupar. Pensando bem, acho melhor ele fazer a prestação de contas a você. Ficarei por perto para esclarecer mais tarde qualquer dúvida que você porventura tenha. Mas Simpson vai ver que agora é a você que ele responde. Pode até lhe dizer que foi sua a decisão de observar a atividade dele por algum tempo, a fim de aprender o negócio da lã. Não vale a pena deixá-lo na defensiva.

Aquela nova condição de adulto era assustadora, mas não deixava de ser excitante. Ficar e receber ordens da mãe ou ir com Simpson e poder dar as ordens? E mais, com uma companhia masculina. Ele sentia falta do pai.

– Está certo, mãe – disse ele, com um gesto grave de cabeça, como se lhe coubesse a decisão. – Não se preocupe, vou pegar o malandro para a senhora.

– Ótimo – Lady Kathryn sorriu. – Sabia que podia contar com você. – Ela respirou fundo e sua fisionomia descontraiu-se. – Agora vá e diga a Agnes que quer tomar seu desjejum.

A mãe deu-lhe um beijo na face. Os lábios dela eram macios e o cabelo cheirava a lavanda. Pelo menos dessa vez, ele a fizera feliz. E nem fora tão difícil assim. Brincar de senhor do castelo com o antipático Simpson poderia até ser divertido. Então, pensou em Rose e suspirou pesaroso. Esquecera-se completamente da bonita filha do mestre de iluminuras. Que hora mais imprópria para ter de ir embora. Talvez conseguisse sair de perto de Simpson de vez em quando para ver como andava o trabalho no *scriptorium* improvisado.

Lady Kathryn deixou-se cair na cama, aliviada. Do lado de fora, do pátio, chegavam-lhe os primeiros ruídos e sons metálicos do dia. O cheiro de fumaça da cozinha espalhava-se pelo ar da manhã, vindo dos fogões ainda relutantes. Blackingham espreguiçava-se, saía do sono: os cavalariços, as criadas, até os cães de caça que dormiam dentro das cocheiras, todos começavam a despertar para a vida com a primeira claridade cinzenta do dia. E ela não dormira nada. Havia passado a noite considerando a melhor maneira de obter a colaboração de Alfred, mas o planejamento cuidadoso fora compensador. Poderia ter ordenado que lhe obedecesse, mas dessa forma ele estaria feliz. Seria tudo uma brincadeira para ele.

Alfred e suas brincadeiras. Como ela gostava de observá-lo quando menino, um pedaço de madeira amarrado à cintura fazendo as vezes de espada, arrastando atrás de si seu escudo tosco, inventando estratégias de batalha – sempre o herói entre seus companheiros imaginários de luta –, entremeando discursos galantes sobre honra e coragem com violentas sacudidelas de seus cachos ruivos. Ainda podia ouvir os gritos dele: "Avante, rapazes! Acabem com os canalhas!" E, frustrado, sacudia a espada de mentira para Colin, que se distraía examinando as cores de uma borboleta. Kathryn deixou-se levar pela breve fantasia de voltar no tempo e estar ali com seus filhos pequenos – vendo-os brincar, amando-os, acariciando-lhes as cabeças, cantando para adormecerem, tratando de seus machucados e arranhões, fazendo as coisas que as mães fazem. E como não dera o devido valor a esses prazeres simples.

Brincar de espionar Simpson seria apenas outra diversão para Alfred, mas o manteria longe de Rose. Ele aproveitaria os ensinamentos do capataz, que realmente precisava ser fiscalizado. Alfred era esperto. Se Simpson estivesse roubando, Alfred descobriria e, juntos, ela e o filho poriam um fim àquela situação. Entretanto, sentiria falta de ter por perto o rapaz folgazão, que sempre a fazia rir. E ainda que a influência de Simpson não fosse das melhores, que mal poderia fazer ao caráter de Alfred que o mau exemplo de Roderick já não tivesse feito?

Uma cotovia fora de sua janela começou a cantar – avezinha insolente, anunciando cedo demais o amanhecer. Teria lhe lançado um sapato se não soubesse que trazia má sorte ferir uma cotovia. E má sorte era algo de que Kathryn não precisava mais.

Tanto para lembrar, tanta vigilância a manter! Às vezes sentia-se como uma folha seca sendo fustigada pelo vento do inverno de um lado para outro. Sem direção. Sem controle. Se conseguisse apenas repousar um pouco, teria forças para ir verificar se Finn e Rose estavam bem instalados em seus novos aposentos.

Pouco antes de fechar os olhos e mergulhar no sono, ocorreu-lhe que se esquecera de uma coisa. Não interrogara Alfred sobre seu paradeiro na noite da morte do padre.

Cinco

Em seu altar, que baste a representação de Nosso Salvador suspenso na Cruz: esta lhe vai trazer à mente a Sua Paixão, que deve ser imitada, Seus braços abertos serão um convite para que você O abrace e Seu peito nu vai alimentá-lo com o leite da doçura que consola.
– AILRED DE RIEVAULX,
REGRAS PARA A VIDA DE UM RECLUSO (1160)

A anacoreta prostrou-se diante de seu altar, diante da imagem do Cristo sofredor, e ofereceu-Lhe sua angústia. Sua contemplação havia sido interrompida, as orações invadidas pelo terror que sua mente não conseguia reprimir. Lembrou-se (como se tivesse acontecido dias atrás, não anos antes) do rosto do bispo ao celebrar a missa dos defuntos, o som do ferrolho da porta maciça sendo fechada por ele, encerrando-a em sua tumba simbólica. O ruído metálico do ferrolho e o da grande porta de carvalho arranhando o piso ainda ecoavam em seus ouvidos naquele momento, ali diante do seu altar, mesmo mergulhada em um poço de silêncio. E imersa na escuridão, também. Banhada no suor frio de seu medo.

O chamado a que atendera era o mais sublime de todos, o de viver na solidão, de fechar-se para o mundo, para a família, para os amigos – não ter nem mesmo o conforto da convivência com a comunidade monástica – de modo que ela se tornasse um receptáculo vazio para O receber. A mulher que havia sido morrera para o mundo, abrindo mão até de seu nome para adotar o nome da igreja, a Igreja de Saint Julian, em cujos beirais se abrigava sua cabana, um simples anexo, construído do lado de fora das paredes do santuário como símbolo da condição solitária do ermitão. Ela atendera com boa vontade ao chamado para essa vida, privando-se deliberadamente do convívio com a comunidade mundana tanto quanto com a eclesiástica, concordando em viver na dependência completa da caridade alheia para seu sustento, mantendo-se em comunhão com seu Senhor, a solidão apenas interrompida pelo visitante ocasional que vinha em busca de alívio ou oração. E aquilo lhe bastara.

Até aquela noite.

Aquela noite se parecia com a primeira noite, quando seu coração batera forte dentro de seu peito como o de um pássaro preso em uma gaiola. Sentiu outra vez a onda crescente de pânico, a vontade de gritar e esmurrar com seus punhos o grande obstáculo de madeira que a isolava do mundo.

Por quanto tempo permanecera ali naquela escuridão pesada, murmurando preces que não conseguiam superar a infidelidade, a sua comunhão desfeita?

Seria o canto da cotovia o que escutava? Os sinos da catedral tocavam as matinas. Ainda não amanhecera.

Seus membros estavam entrevados, a carne dolorida pelo contato com as pedras pegajosas, úmidas do calor de agosto. Viver uma vida de contemplação, fora do turbilhão vertiginoso, da *danse macabre*, fechar os ouvidos aos lamentos lúgubres, aos intermináveis cantos fúnebres – a Ceifeira estava por toda parte, ceifando almas como se fossem espigas maduras – e, em vez disso, escutar a Voz Branda, a Voz Suave: fora o caminho que escolhera ao dedicar-se a Deus.

E vivera satisfeita até o pintor de iluminuras levar-lhe a criança ferida.

Embalara a pequenina doente em seus braços e cantara para ela um acalanto em voz baixa. No entanto, quando o pintor de iluminuras voltou com a mãe, a "anacoreta" recuou para as sombras e deu lugar a uma mulher cheia de pesar, dolorosamente consciente de tudo o que deixara para trás.

Seu fluxo menstrual cessara com sua clausura do eremitério.

– O nome dela é Mary – dissera a mãe quando banhavam a pele da criança febril. A voz embargou-se na última palavra, o rosto grotesco de tanta dor, a expressão fixa como a das máscaras de tragédia que os atores de pantomima usavam para encenar os Mistérios. – Dei a ela o nome de Nossa Senhora. Para que a protegesse.

Mas a Virgem não protegera a criança que tinha o seu nome. Nem o Cristo para quem Julian rezava. A mãe teria noção de quanto Julian lhe invejava aquela pequenina? Até uma criança morta podia viver na lembrança de alguém. Primeiro veio a inveja, depois a dúvida. Que outros pecados viriam em seguida insinuar-se pelas brechas de sua fé?

A pedra tinha gosto de bolor e morte sob seus lábios.

"*Domini, invictus*", rogou.

A Misericórdia mudara-se para outra freguesia, entretanto. Seu corpo enrijecera-se de ficar tanto tempo deitado no chão frio de pedra. Conseguiria fazer suas juntas emperradas moverem-se, se quisesse? Vou morrer aqui, pensou, e vão encontrar meus ossos diante do altar, a carne se desprendendo deles, como uma fruta podre que se desfaz deixando as sementes à mostra. Os dedos da mão esquerda, cuja palma pressionava o chão, crisparam-se convulsivamente.

Sequer sei o nome da mãe, pensou.

Julian tentara dizer palavras de consolo. Mas as palavras haviam caído como pedregulhos no silêncio, duras e quebradiças como a dor. Como falar de misericórdia quando nenhuma nos é oferecida?

Durante três noites, depois que enterraram a criança, Julian sonhou que o demônio a estrangulava. Acordava arquejante com os gritos que vinham do outro lado da janela fechada da criada, gritos da mãe chamando durante o sono pela filha morta. Julian esforçara-se ao máximo para apaziguar os anseios que a criança despertara nela. Já fizera sua escolha – seria uma blasfêmia negá-la agora.

"*Pastor Christus est...*", seus lábios não conseguiam mais formular as palavras. "Perdoa minha carne fraca, Senhor. Agradeço-Vos por este anseio indesejado. Ofereço meu sofrimento a Vós em sacrifício."

Contudo, não pôde reter as lágrimas ardentes que formavam poças sob seu rosto. Chorava pelo sofrimento de seu Salvador, pela criança Mary ou pela mãe inconsolável? Ou por seu próprio ventre vazio?

Lá fora, no jardim, o primeiro trinar da cotovia vinha anunciar a aurora. No interior da igreja, os ratos corriam, sorrateiros, procurando algum farelo perdido de hóstia. Como era frágil aquela coisa chamada fé.

"Senhor, se for a Vossa vontade, afastai de mim este anseio. E se não for a Vossa vontade que eu me liberte de todo desejo de mulher, então transformai este anseio em uma compreensão melhor de Vosso perfeito amor."

Em resposta, os primeiros sinais de luz perolada adensaram-se e fluíram, como uma dádiva caprichosa, por baixo da porta de sua cela. Julian escutou os preparativos matutinos de Alice do outro lado da porta, o ruído dos gravetos quebrados para fazer fogo sob o caldeirão, o deslizar das persianas sendo abertas sobre a pequena janela através da qual Julian recebia seus alimentos. Levantou-se, surpresa por seus membros relutantes obedecerem.

– A noite já passou? – perguntou a Alice, que colocava no peitoril uma pilha de roupa limpa.

– Sim, e a mãe foi embora – respondeu Alice. – Seu catre estava vazio quando cheguei. Deve ter voltado para o marido.

– Fez bem. Agora ela pode começar a recuperar o ânimo.

Para alívio de Julian, Alice não fez nenhum comentário sobre a aparente injustiça, embora sua boca se retorcesse de vontade de fazê-lo.

– Passou a noite toda rezando? – indagou ela, enquanto Julian apanhava um véu e uma touca de freira limpos na pilha de roupa sobre o peitoril.

– O Espírito Santo traz seu bálsamo às almas feridas.

– É, mas o corpo também precisa de um pouco de conforto de vez em quando – replicou Alice, atarefada como uma cambaxirra forrando o ninho. – Tome, coma este ovo para quebrar seu jejum.

Julian deu uma mordida no ovo cozido e devolveu-o à sua taça, ao mesmo tempo reparando nas penas recém-afiadas projetando-se do cesto que Alice estava colocando sobre a janela.

– Estou vendo que trouxe mais penas. Vou comer mais tarde. Depois de fazer meu trabalho.

Os lábios da criada apertaram-se mais ainda, mas ela engoliu a reclamação.

– Trouxe um bolo de sementes de papoula a mais para dar ao anão – disse. – Ele pode ter a metade do tamanho de um homem, mas tem o apetite de um gigante.

– E a alma de um gigante. Mas você pode levar o bolo para o portão das esmolas ou dá-lo aos passarinhos. Tom não vai voltar. Retornou às suas armadilhas para enguias. Levou uma mensagem para o homem que nos trouxe a criança. Achei que ele desejaria saber o que se passou.

Alice derramou água do poço da igreja em uma bacia e, empurrando para o lado o ovo meio comido, colocou-a em cima do peitoril da janela.

– Aquele homem é bem esquisito, não há dúvida. Faz trabalho de monge, desenhando para a abadia, mas não é monge. Tem uma filha.

E preparou sabão, toalhas e ervas frescas para o ritual semanal. Julian insistia nos banhos freqüentes, sem fazer caso das objeções de Alice, que alegava "ser ruim para a saúde". Julian despiu-se enquanto Alice tagarelava.

– Não imaginei que fosse um homem de família. Tinha o ar teimoso de um galês, mas falava francês normando tão bem quanto a senhora. E isso não combina, porque jamais conheci um galês que não tivesse o sotaque carregado. Eu seria capaz de apostar a minha virgindade, se ainda a tivesse, que ele é um vagabundo celta. Mais pagão do que cristão. E trabalha para a Igreja. Eles deviam contratar apenas saxões tementes a Deus.

Julian deu as costas para a janela e tirou a camisa. A pequena cela, em geral fria, tornara-se incomodamente quente com o calor de agosto. Foi agradável sentir a água em sua pele doída. Seria aquele banho semanal uma indulgência carnal de que deveria se privar? Ou podia considerar o banho como uma espécie de batismo? Ouvia somente pela metade a parolagem da mulher mais velha, inalando a fragrância calmante da água perfumada com lavanda. Outra indulgência? Mas Deus fizera a lavanda com perfume – era um presente de um pai amoroso.

– Saxões tementes a Deus, é o que digo.

Havia muito tempo Julian percebera que, como outros de sua classe social, Alice cultivava muitos preconceitos em um coração ainda assim bondoso. Não adiantava discutir o assunto com ela.

Alice prosseguia com seu falatório.

– Ele era de um asseio fora do comum, porém. A senhora reparou nas mãos dele? Finas como as de uma mulher. E as unhas. Com exceção de alguns sulcos de tinta, estavam limpas como um osso de galinha descarnado por um mendigo. – E lançou um olhar malicioso por entre as pestanas abaixadas. – Só que não havia nada de feminino nele.

Uma pausa. Um suspiro. Julian sabia o que viria em seguida.

– Mas acho que a senhora não repara nessas coisas.

– Fiz um voto de castidade, Alice, não de cegueira. O mais importante é que ele parece ter uma alma sincera.

Alice pigarreou.

– Não tão sincera assim, para mentir para o bispo sobre quem matou a porca. Sei que foi o anão. Ele me disse. Contou que estava com medo de ser açoitado no tronco. O último que roubou uma coisa de propriedade do bispo teve o nariz cortado.

Não tendo encontrado nenhuma razão sagrada para renunciar a seus banhos e desejando que sua alma pudesse ser lavada com a mesma facilidade, Julian enfiou pela cabeça uma camisa limpa. Cheirava a barrela, um odor penetrante e acre que lhe fez arder o nariz.

– Foi uma mentira nobre, porém – disse Alice, condescendente. – Considerando-se que o bispo deve ser mais tolerante com uma pessoa contratada pela Abadia de Broomholm do que com um apanhador de enguias dos pântanos. E foi bom ter acontecido na semana passada e não nesta.

– Uma mentira *nobre*, Alice? Vou ter de meditar sobre isso. Quanto à ocasião, que diferença faz?

– A senhora ainda não sabe, então. Achei que o anão pudesse ter lhe contado.

– Contado o quê?

– O enviado do bispo voltou para ele dentro de um saco. Com a cabeça esmigalhada.

– O quê?!

– E não foi acidente coisa nenhuma. Henry Despenser disse que quer ver o assassino enforcado, a cabeça enfiada em uma estaca e as entranhas queimadas.

– Mas o que isso teria a ver com o pintor de iluminuras?

– Ora, ele é um forasteiro, só isso. E todo o mundo sabe que os galeses são uma gente muito destemperada. De qualquer forma, o bispo ficou furioso quando soube. Disse que não importa quem tenha desferido o golpe, a culpa é de John Wycliffe por instigar o povo contra a Santa Madre Igreja. Disse que, se em Oxford não calarem a boca de Wycliffe, ele vai recorrer ao papa francês.

Julian entregou-lhe a roupa suja através da janela. Alice estendeu a mão e apanhou-a sem interromper sua fala.

– Se bem que não sei aonde ele vai chegar com isso, já que todo o mundo sabe que está roubando ricos e pobres para financiar a causa do papa italiano. Dois papas. Um na França, outro em Roma. Santa Mãe de Deus! Um não basta? Como uma pessoa temente a Deus pode saber qual é o certo? Provavelmente nenhum dos dois. – E acrescentou, murmurando: – Qualquer dia desses eu me declaro papa, e aí vão ser três. E, um deles, uma mulher.

Alice deve ter percebido, pela expressão de Julian, que fora longe demais.

– Bem, agora vou cuidar da horta e deixar a senhora escrever.

Abriu a porta de seu quarto para a luz da manhã. Através da janela, Julian via a luminosidade vinda da porta aberta pintar na parede a imagem em cinza de um galho de árvore. Uma folha feita de sombra tremulou agitada por uma brisa que a memória guardara. Chegava até ela o cheiro das folhagens verdes no ar da manhã. Ansiava por sentir o sol no rosto. Uma claridade indireta filtrava-se através de sua janela interna até a escrivaninha. Era aquela a sua porção. E ficaria satisfeita com ela.

A voz de Alice chegou aos seus ouvidos. Ela devia estar ao lado da porta, falando sozinha enquanto arrancava ervas daninhas nos canteiros de tomilho e funcho. Murmurou uma praga, depois disse:

– Dois papas. Que mundo pervertido. O anticristo está à solta.

Julian debruçou-se sobre seu manuscrito e começou a escrever:

DA SUFICIÊNCIA DE CRISTO

Eu bem sabia que havia força suficiente em mim (e na verdade em todas as criaturas vivas que serão salvas) para lutar contra todos os demônios do inferno e todos os inimigos espirituais.

De início, a cozinheira de Blackingham sentiu-se muito explorada por haver mais duas bocas a alimentar com os parcos recursos da cozinha que lhe cabia dirigir. Enquanto achatava as brasas vermelhas debaixo das cinzas brancas e quentes, para fazer uma base uniforme para cozinhar, ao mesmo tempo pendurando o pesado caldeirão no seu lugar de costume, Agnes resmungou para o marido, John, que suas velhas costas, coitadas, não iriam agüentar muito tempo mais.

– E o que vai ser de milady? – completou ela.

– Pelo jeito, vai continuar na mesma dureza e aperto em que se encontra agora.

Sabia que não devia queixar-se a John. Só o deixava mais ressentido, e não era de modo algum o que ela queria. Ele lhe implorara que fossem embora anos antes, depois que a peste assolou o país em 1354, matando a maior parte dos trabalhadores fisicamente capazes.

– É a nossa oportunidade de romper com a gleba – dissera ele. – Ouvi falar que estão pagando salários em Suffolk. Um homem pode alugar seus serviços para fazer o trabalho que quiser. E partir quando quiser. Sem perguntas. Depois de um ano de trabalho em Colchester, seríamos livres. Blackingham não teria mais nenhum direito sobre nós.

– A lei do rei proíbe tal coisa. Teríamos de viver como proscritos durante um ano inteiro. Não vou me esconder nem por você, John. Não quero ser caçada na floresta como um animal selvagem. Lady Kathryn tem sido boa para nós. Espere a hora propícia e quem sabe Sir Roderick faz de você o capataz um dia desses.

John era um bom homem, robusto, naquela época, além de esperto. Sabia fazer de tudo, e fazia. Sozinho, fizera o rebanho crescer até produzirem uma tal quantidade de lã que ocupava todos os braços que podiam encontrar com o trabalho com as peles, tosquiando, enrolando, selecionando e empacotando. Tinha brio então, mas as coisas não caminharam como Agnes planejara. Seu John não fora recompensado por sua lealdade nem pelo trabalho árduo. Em vez dele, Sir Roderick contratara aquele capataz grosseiro, que não tardou a colocar John em seu devido lugar, mostrando-se superior a ele e nunca o chamando pelo nome, apenas de "pastor".

"Pastor" continuava a ser, e perdera todo o entusiasmo por seu trabalho. Ainda supervisionava a tosquia e a retirada das peles, entre muitas outras coisas – tarefas que por direito deveriam caber a Simpson. Naquele dia mesmo, Agnes vira-se forçada a abandonar a cozinha e ir para a sala da lã para ajudar porque havia falta de mão-de-obra. A estação já ia avançada, chegara o tempo de ceifar o feno e John estava com os ceifeiros, trabalhadores contratados por Simpson que receberiam pagamento por dia. Ela e Glynis tinham enrolado as peles lavadas com o pêlo virado para cima e as guardaram no chão varrido e limpo da casa da lã – ela, Glynis e o senhorzinho Alfred, que ia passando e se oferecera para ajudar.

Ultimamente, John chegava em casa ao escurecer cansado demais até para comer, e buscava consolo em uma jarra de cerveja. Mas Agnes não o contrariava, mesmo que lhe entristecesse ver o outrora amável John tornar-se tão grosseiro e amargo. Ela o traíra em favor de sua senhora. Se não fosse a lealdade dela por Lady Kathryn, seu John seria um homem livre àquela altura, trabalhando em troca de um pagamento digno, e não um lacaio à mercê das vontades de Simpson. Não lhe parecia justo que agora reclamasse de sua sorte, e portanto decidiu não falar mais sobre o trabalho adicional.

Adicional ou não, o pintor de iluminuras não demorou a envolvê-la com seu encanto e a conquistar suas boas graças. Duas semanas depois, ela teve de admitir que as maneiras agradáveis e nada exigentes de Finn compensavam com vantagem o fardo do acréscimo de tarefas. Passou até a aguardar com prazer o intervalo no meio da tarde que ele se habituara a manter. Ela aprendera a apreciar seu fino humor. Ele não era francês normando como sua senhora nem dinamarquês como Sir Roderick, mas a impudência galesa era mais tolerável do que a grosseria saxã. E, além disso, ela admirava um homem culto.

– Agnes, será que tem um copo de cerveja ou um gole de vinho de pêra para um pobre escrevinhador? – dissera ele naquela primeira tarde em que entrara em sua cozinha. Seu grande vulto sobressaía-se no vão da porta, não deixando a claridade entrar.

Ela levantou os olhos da carne que estava moendo, aborrecida com a interrupção, e, com um resmungo, serviu-lhe uma caneca de vinho de pêra.

Para sua surpresa, ele se instalou no banco alto a seu lado e, descansando os cotovelos e a caneca no cepo onde ela trabalhava, começou a conversar.

– Está preparando bolo de carne de ovelha, aposto. Minha avó costumava fazer isso. Era uma cozinheira de mão-cheia. Sua comida me lembra a dela. – Apontou para a mistura de migalhas de pão e carne que ela estava amassando para formar uma bola achatada. – Você a enrola em gengibre e açúcar? E açafrão? Lembro que o dela tinha cor de açafrão.

Agnes respondeu de má vontade, a cara fechada.

– Açúcar custa muito caro. Geralmente uso mel. O segredo de um bom bolo de carne de ovelha está na textura. Tem de cozinhar até ficar na consistência certa. Mas o senhor não deveria voltar ao seu trabalho e me deixar cuidar do meu?

– O jovem Colin e Rose estão misturando as tintas para mim. Ele pediu para ser meu aprendiz, porque, como o irmão é o herdeiro e ele não quer depender de ninguém, precisa ter um ofício. Eu disse a ele que não sou um mestre da guilda, portanto não posso ter um aprendiz, mas que ele poderia observar e aprender. Rose sabe agir como um feitorzinho rigoroso quando quer. Vai ensiná-lo.

Agnes socou a massa.

– E o senhorzinho Colin aprende depressa. Pode ter certeza de que a sua filha está segura na companhia dele. Agora, se fosse o outro, Alfred, não aconselharia que os deixasse a sós, se é que me entende.

– Colin é inofensivo. Qualquer dia, é provável que o abade o solicite, e Rose gosta da companhia dele. – De testa franzida, Finn pôs-se a tamborilar no tampo da mesa com os nós dos dedos e confessou, o olhar distante: – Ela se sente só, e isso me preocupa. Tenho notado ultimamente que anda inquieta. Foi uma criança tão meiga e feliz... Colin toca alaúde e eles conversam. Falam sobre música e tintas, lugares remotos. Às vezes, a conversa deles me distrai tanto que tenho de enxotá-los de lá para poder trabalhar em paz. Mas obrigado pelo aviso. Vou ficar atento, caso o jovem Alfred encontre algum tempo livre entre as tarefas de que sua mãe o incumbiu para vir roubar o que não lhe pertence.

Bebeu um gole grande da caneca.

– Excelente este vinho de pêra, Agnes. Você deixa o suco fermentar em barris?

– De carvalho.

– Ah, é o que dá esse toque amadeirado delicioso.

Agnes sorriu a contragosto.

Daquele dia em diante, deu por si esperando as visitas do pintor de iluminuras. Deixava sempre preparada a caneca de vinho de pêra – mesmo o barril estando quase no fim e faltando ainda um mês para a colheita de pêras do ano – e às vezes um bolo doce também. Gostava de conversar com ele e de bom grado fornecia informações quando Finn a sondava. Mas sempre dentro dos limites. Por mais camponesa que fosse, tinha experiência suficiente para ter consciência da perfídia dos tempos em que vivia, e sabia que uma língua solta podia derrubar tanto os grandes quanto os pequenos.

Estavam sentados junto ao cepo, Finn afagando sua caneca de vinho enquanto Agnes depenava um par de gansos para assar no espeto. Ventos frios do mar do Norte espantavam o calor de julho que se concentrara na cozinha. Turfa seca fumegava no fogo perpétuo da lareira de pedra, misturada ao cheiro da sopa grossa feita com ossos de boi, cevada e alho-poró dentro do grande caldeirão de ferro, que Agnes mantinha borbulhando continuamente. Tinha sempre uma tigela de caldo e um bolo de aveia para oferecer a algum mendigo ou servo famintos, quem quer que chegasse à sua porta.

– Blackingham é uma casa senhorial de dimensões consideráveis, e ouvi dizer que Sir Roderick tinha amigos na corte, que era amigo inclusive do Duque de Lancaster – comentou ele.

– Verdade. Pode-se dizer que sim. John de Gaunt esteve aqui certa vez de visita. Ele e Sir Roderick saíram para caçar com aquele xerife de nariz de falcão. Foi uma grande dor de cabeça para mim, acredite. Nada mais serviria para o duque a não ser pavão assado. Quase baixei sepultura de tanto cozinhar e assar e ainda ter de pôr de volta aquelas penas coloridas na ave, enfeitando ela toda.

– E Lady Kathryn? Ainda é leal ao duque, agora que seu marido morreu? – perguntou Finn.

Agnes deu de ombros, percebendo que entrava em águas perigosas, mas estava gostando da companhia de Finn e sabia que, enquanto respondesse às suas perguntas, ele ficaria por ali. Portanto, respondeu com tato.

– Lady Kathryn é leal a seus filhos. E a Blackingham. Tem medo dos duques e da luta entre eles para controlar o jovem rei.

– Lancaster parece ter vencido essa luta. Dizem que exerce total controle sobre o jovem rei Ricardo. Encontrei John de Gaunt uma vez. Simpatizei com ele, embora não tenha precisado cozinhar nenhum pavão para seu jantar. – E sorriu aquele sorriso de lado que Agnes achava tão sedutor. – Mas ele é astucioso, tenho de admitir, haja vista a maneira como está usando aquele pregador, John Wycliffe, para causar a separação entre a Igreja e o rei. Ricos e pobres andam cansados das taxas da Igreja.

– É. Quem manda agora é o ganancioso Lancaster, e como. É a ele que devemos esse desgraçado imposto por cabeça. Preste bem atenção no que estou dizendo, mestre iluminador, os pobres não vão agüentar esse imposto. É abuso demais, até a paciência de um camponês tem seus limites. Não é prudente atrelar o cavalo à carroça cedo demais. O outro tio do jovem Ricardo – ela hesitou antes de pronunciar o nome –, Gloucester, não deve ser ignorado. As marés mudam. Os homens sábios não se deixam arrastar pelas águas do mar.

– Bom conselho, Agnes. Vou me esforçar para não esquecê-lo. – Remexeu nas penas escolhendo as mais fortes e experimentando sua resistência nas pontas dos dedos longos. – Lady Kathryn então é leal ao papa? Pensando bem, tenho notado uma conspícua ausência de orações em seus rituais diários. Não que me queixe disso, compreenda, só presumi que Lady Kathryn simpatizasse com a reforma.

Agnes apontou para o pintor com uma das plumas que acabara de arrancar das aves depenadas.

– Milady é religiosa, mestre iluminador. Não vá contar histórias para o abade. As devoções dela são feitas em particular, e ela já pagou um bocado de dinheiro ao bispo para rezar até por aquele pândego do marido, para tirá-lo do purgatório. Lembra-se do padre morto, aquele que o xerife descobriu no meio do mato? Bem, ele costumava vir aqui regularmente e atormentar milady com ameaças veladas, sempre pedindo dinheiro. Quase a deixou sem nada.

Agnes achou ter percebido um lampejo de surpresa passar pelo rosto do pintor e sentiu uma apreensão momentânea, receando ter falado demais. Pegou um cutelo e desferiu com ele um golpe seco nos ossos do pescoço de uma ave e depois da outra.

Finn recolheu-os com a lâmina chata de sua faca e acrescentou-os ao caldo que borbulhava no caldeirão.

– E quanto a você, Agnes? O que acha de John Wycliffe e de sua idéia de que a Santa Madre Igreja não tem o direito de cobrar impostos sobre o que pertence ao rei?

– Eu? Está perguntando o que *eu* acho?

– Você é uma mulher sensata, deve ter uma opinião sobre o assunto.

– É. Mas se tiver vou guardá-la para mim. Como posso saber se o senhor não é um espião do bispo? Está fazendo trabalho de monge. O lugar certo para isso seria a abadia. Ficar aqui poderia ser só uma desculpa para espionar. Pode ser uma víbora em nosso próprio seio.

Ela falou meio em tom de brincadeira. Ainda assim, o que sabia realmente sobre aquele forasteiro, que aparecera ali no mesmo dia em que o enviado do bispo fora encontrado morto? Talvez ela já tivesse falado demais.

– Se fosse minha intenção espionar, não seria para aquele frangote Henry Despenser. Juventude e ambição indevida podem formar uma combinação perigosa.

Agnes também pensava assim. Vira o bispo no ano anterior, quando fora a Norwich com John entregar as peles para os compradores de lã vindos de Flandres. O Bispo Despenser estava supervisionando as obras na ponte do rio Yare. A imensa carroça de lã com sua carga de peles ficara detida durante uma hora enquanto ele arengava aos pedreiros. Incomodara-a a arrogância dele e a maneira como se pavoneava com seu manto de arminho.

Finn bebeu o último gole de seu vinho e levantou-se para ir embora.

– Já que você me lembrou de meu trabalho, Agnes, acho melhor voltar a ele. Daqui a pouco Rose virá ver o que foi feito de seu pai.

Rose não saiu à procura do pai, contudo. Estava muito satisfeita com sua ocupação.

– Vou ensiná-la a tocar alaúde – prometera-lhe Colin na semana anterior, quando limpavam os pincéis de Finn.

– Seria maravilhoso. Eu poderia fazer uma surpresa a meu pai. Ele gosta que eu aprenda coisas novas. – Por força do hábito, ela endireitou os manuscritos de Finn. Para o pai, o esmero era quase tão importante quanto a devoção.

– Bem, se quer fazer-lhe uma surpresa, não deveríamos praticar aqui.

Colin tinha música na voz mesmo quando não estava cantando, pensou ela. Às vezes ela precisava lembrar a si mesma de se concentrar nas palavras dele.

– Acha que pode se afastar daqui por tempo suficiente? – perguntou o rapaz.

Ela ponderou a questão, tocando a cruz de pérolas que lhe pendia do pescoço. Gostava de manusear o elaborado trabalho de filigrana, as pérolas lisas – era sua jóia favorita. Tocá-la ajudava-a a pensar.

– Meu pai pára de pintar toda tarde quando a claridade muda. Vai para o jardim desenhar o trabalho do dia seguinte antes que a luz do dia termine. Ou, quando está chovendo ou frio demais para se sentar no jardim, ele sai para um passeio a pé. Direi a ele que vou trabalhar em meu bordado com Lady Kathryn.

Uma ruga franziu a testa lisa e alta de Colin.

– Rose, não gostaria de enganar seu pai. Eu o admiro muito. – Ele ajeitou um pote de tinta, tocou a pilha de páginas manuscritas, traçou o contorno da cruz dourada no centro das páginas pintadas com o fundo cor de amora – as páginas de guarda decoradas com linhas entrelaçadas em negro e âmbar. – E se ele descobrir?

– Então nós lhe contamos a verdade, seu bobo, e tudo será perdoado. – Ela adorava a maneira como o cabelo claro e lustroso dele caía-lhe justo à altura do queixo, como uma cortina macia de seda. – Não vai culpar você. Vai ficar entusiasmado. Sabe como meu pai gosta de seu alaúde. Já reparou como ele trabalha melhor quando você toca?

O rosto dele se descontraiu.

– Acho que sei de um lugar onde podemos nos encontrar sem que ninguém nos veja nem escute. A casa da lã. Ninguém vai lá a não ser na época da tosquia, e depois só para enfardar as peles.

O sol da tarde estava quente, o ar gordo e preguiçoso como o cão deitado ao longo do caminho quando, no oitavo dia, Rose abriu a porta e entrou cautelosa. Durante toda uma semana, no final da tarde, ela se encontrara com Colin na casa da lã. Sentava-se no chão de tábuas limpas que anos de lanolina das peles tinham alisado, com as pernas dobradas sob o corpo. Às vezes Colin sentava-se atrás, com os braços à sua volta e os dedos guiando os dedos dela nas cordas. Outras vezes sentava-se à sua frente, ensinando-a com um cuidado meticuloso a puxar as cordas. E, durante essas aulas, ela aprendeu mais do que apenas como segurar o alaúde. Aquele jovem, com suas maneiras gentis e cabelo louro sedoso, despertava-lhe sentimentos que ela antes desconhecia. Sua respiração em seu pescoço, o toque de sua mão na dela faziam seu coração disparar. De vez em quando, ficava tão atordoada que nem conseguia pensar.

A primeira coisa que notou naquele dia foi o cheiro pesado e penetrante da lã, não o leve odor da lanolina que aos poucos impregnara o assoalho, mas um cheiro muito mais forte e imediato. Viu que o chão despojado estava coberto de peles recém-tosquiadas e, quase ao mesmo tempo, ouviu as vozes. Ficou tão atônita por haver mais alguém em seu lugar secreto que instintivamente recuou para as sombras, com medo de ser vista. A princípio, pensou ter imaginado coisas. O aposento parecia estar vazio, exceto pelas peles. Então, ouviu de novo: vozes, gemidos, risadinhas reprimidas. Vinham de trás de um grande saco de lã pendurado nos caibros do telhado à espera de ser enchido. Ela escutou, os dedos nervosos acariciando o pingente de cruz para se acalmar, os pés grudados ao chão ouvindo as palavras sussurradas.

– Largue-me agora, senhorzinho Alfred, milady vai ficar furiosa comigo. E consigo também, é bem provável, se descobrir o que andamos fazendo. – Um grito estridente, uma risada e depois: – Sabia que não estava nos ajudando... a mim e a cozinheira... a enrolar as peles só para ser amável.

Rose sentiu seu rosto se incendiar. Por mais protegida que fosse a sua vida, tinha uma vaga idéia da ocupação em que estavam entretidos. Reconheceu a voz alta e esganiçada de Glynis no mesmo momento em que avistou quatro pés projetarem-se por trás do saco de lã. Houve um tumulto entre os membros embaralhados e algumas palavras abafadas, mas Rose não esperou para ouvir mais. Precipitou-se para a porta e foi correndo para os fundos da cabana. Estava encostada nas tábuas ásperas tentando organizar seus pensamentos, perguntando a si mesma se teria sido vista, quando Colin a encontrou.

– Rose, o que está fazendo aqui fora?

– Eu... havia alguém aí dentro. Não quis que me vissem.

Olhou por cima do ombro dele sem ver as ovelhas de focinho negro pastando na campina adiante nem ouvir o zumbido das abelhas na sebe ao lado, enxergando apenas as mãos de Colin puxando as cordas de seu alaúde, escutando apenas o próprio coração latejando em seus ouvidos.

– Provavelmente era só o John guardando a lã. Mas ele não vai contar nada. Vamos, não faz mal. Podemos achar um canto para a nossa aula.

– Está bem – disse Rose, mas seguiu atrás de Colin, querendo ter certeza de que o lugar estava vazio e todo o tempo pensando no uso que o outro par fizera do mesmo espaço. Sentiu um calor subir-lhe pelo pescoço. E se Colin lesse seus pensamentos?

O local parecia diferente com as peles dentro dele, vivo, de certa forma. Até a música não soava como antes. As notas não ecoavam no vazio, mas tinham um som mais suave e abafado, um som que acalmava. Colin dedilhou as cordas e cantou uma estrofe.

Em anseios de amor eu vivo
Por de todas a mais bela
Que fez de mim um cativo
Feliz dos encantos dela.

As palavras foram entoadas com uma melancolia obsedante, evocando em Rose um desejo pessoal, embora não soubesse bem por que ansiava. Era uma sensação estranha, nova.

– Ah, Colin, é tão bonito! Pode me ensinar?

Sem dizer nada, Colin entregou-lhe o alaúde, depois inclinou-se sobre ela a fim de lhe mostrar onde colocar os dedos para formar as notas.

– Você tem um perfume bom, Rose, como o do verão – disse-lhe ele, por cima de seu ombro.

Ela ficou feliz por ter lavado o cabelo com água de lavanda. Sentia a proximidade dele como jamais sentira antes a de outro ser humano – nem de seu pai, que se retesava tanto quando ela o abraçava que se diria feito de madeira, não de carne. Mas costumava aconchegá-la ao corpo quando ela era pequena. Lembrava-se da aspereza da barba dele tocando sua face de criança. Mas havia muito tempo que não o fazia. Ficou em dúvida se Colin se afastaria caso ela o tocasse. Ficou ali sentada, quieta como uma corça nova, para não quebrar o encantamento.

– *Em anseios de amor eu vivo.* Cante comigo e movimentarei seus dedos – disse ele.

Os dedos dela tremiam tanto que mal conseguia apertar as cordas.

– *Que fez de mim um cativo feliz dos encantos dela* – cantarolou ele baixinho junto aos cabelos de Rose, como um acalanto.

Ela sentiu o sopro de sua respiração. Pensou nas pernas enlaçadas que vira atrás do saco de lã. Sabia o que estavam fazendo. Vira certa vez animais acasalando-se e perguntara ao pai, enojada, se era assim que as pessoas faziam. Ele respondera secamente: "É, quase igual", e ela se resignara a um estado perpétuo de ignorância virginal.

Mas com Colin poderia ser diferente. Glynis, sem dúvida, parecia não se importar.

Colin pôs de lado o alaúde e tocou-lhe o rosto. Se ficasse sentada bem parada, talvez ele a beijasse. Que gosto teriam seus lábios? Pareciam cerejas maduras. Sentia uma vontade quase irresistível de morder de leve com seus dentes aquele lábio inferior carnudo.

Fechou os olhos e Colin beijou-a. Um tímido e delicado roçar dos lábios primeiro, depois um beijo mais urgente, uma suave sondagem da língua dele, e as resoluções infantis de Rose derreteram-se como a neve sob a chuva da primavera. Depois do beijo, ele continuou a abraçá-la, enterrando o rosto em seu cabelo e cantando para ela:

– Rose, minha Rose, fez de mim um cativo feliz.

E a canção de amor soava como uma promessa.

Deixaram-se ficar nos braços um do outro até a luz do dia se transformar em escuridão, tateando, explorando, ambos embaraçados com aquela novidade, quando ela escutou um ligeiro ruído, quase um sussurro, que a fez sentar-se abruptamente.

– O que foi isso?

– Não ouvi nada – disse ele, aninhando os lábios em seu pescoço.

– Ouça, aí está outra vez.

Um leve arfar, como folhas farfalhando à brisa suave, perturbou o silêncio da sala da lã.

– Não tenha medo, não é nada, é só o esfriamento da lã. Veja como há uma névoa se formando acima das peles. Elas estão quentes e vivas. A lã está apenas respirando ao ar fresco da noite.

De fato, quando olhou com mais atenção, Rose viu uma névoa branca pairando sobre as peles, escutou as fibras se expandindo, cochichando uma para outra. Era um lindo som, mas triste, também, como o de fantasmas de velhos amantes suspirando ao lembrar seus abraços.

– É tarde, Colin. Meu pai pode estar preocupado. Devemos ir.

Seu cabelo se soltara, porém, e estava preso sob o ombro dele. E ela não esboçou sequer um gesto para se desprender.

– Só mais um beijo, Rose, por favor. Você é tão bonita! Amo você. Quis dizer-lhe antes, mas temia que se risse de mim. Você é a primeira, sabe. Não sou como meu irmão.

– Eu nunca riria de você, Colin. – Então, um pensamento novo e inquietante surgiu como uma serpente em seu paraíso. – Colin, você acha que é errado o que fizemos? Acha que seremos punidos?

– Amo você mais do que todas as pessoas, Rose. Mais do que tudo. – Acompanhou com um dedo o contorno dos lábios dela, reverentemente, tal como antes traçara o contorno da cruz no manuscrito de seu pai. Depois sentou-se e, apoiando-se em um dos cotovelos, baixou os olhos para ela. Parecia sério, até um pouco alarmado.

– Como pode ser pecado, Rose? Você será a minha dama. Vou oferecer-lhe como penhor o meu coração, como na canção de Tristão e Isolda. Vou amar você para sempre. Amo você até mais do que amo a música.

– Então, você me ama de verdade – disse ela, rindo.

E ali nos braços dele, em meio à nevoa que flutuava sobre o chão da sala da lã, ela pensou que o amor que sentia por ele era tão alegre e puro quanto as peles de lã branca, que suspiravam dando sua aprovação.

Seis

Tanto quanto possível, os manuscritos devem ser ornamentados de modo que sua aparência por si só induza a uma leitura cuidadosa. Sabemos que os antigos cuidavam grandemente de aliar conteúdo e beleza exterior. As Sagradas Escrituras merecem todos os adornos possíveis.

– ABADE JOHANNES TRITHEMIUS,
DE LAUDE SCRIPTORUM (SÉCULO XIV)

Lady Kathryn correu os olhos com ar de aprovação pelos aposentos de seu novo hóspede. Um espaço de trabalho ordenado revelava uma cabeça ordenada, e inegavelmente havia ordem ali: pequenos potes de tinta enfileirados como sentinelas no fundo da escrivaninha; pincéis e penas, limpos e organizados por tamanho; pilhas de velinos, pautados cuidadosamente com linhas finas para guiar a mão do artista – aqueles, ela sabia, seu filho mais moço ajudara a preparar. Aprovava isso também. Gostava de ver seus filhos felizes.

Era Colin que viera procurar, e surpreendeu-se quando deparou com o quarto vazio. Imaginava que o mestre estivesse desenhando no jardim à luz do entardecer e quis ir ao encontro de Colin, por nenhuma razão em especial, exceto que sentia falta da companhia dos filhos. Pouco via Alfred, agora que ele passava os dias com Simpson, e ultimamente até mesmo Colin mostrava-se avaro em lhe proporcionar sua companhia. Ele sempre aparecia em seu quarto nos fins de tarde. Cantava para ela ou relatava-lhe alguma nova aventura – um ninho de cisne que encontrara escondido no meio dos juncos ou algum poema novo que descobrira nos poucos livros que Roderick adquirira, mais por prestígio do que por amor à poesia. De vez em quando rezavam as vésperas juntos na capela – ele murmurava as orações e ela permanecia ajoelhada em silêncio a seu lado, mais em comunhão com o filho do que com Deus.

Colin devia estar no jardim com o pintor de iluminuras, pensou. Não importava. Não se aborreceria com ele por causa daquele relacionamento, suportaria de bom grado a perda de sua companhia se o aprendizado de uma profissão o livrasse de vestir um hábito de monge. Havia mães demais sacrificando os filhos ao rei ou à Igreja, e ela preferia não fazer parte desse grupo. Era bom que o rapaz pudesse aprender com o mestre artesão. Mas precisava adverti-lo para ter cuidado com suas conversas. Para não falar demais. Pois o que sabiam na realidade sobre o mestre de iluminuras? Superficialmente, parecia ser mesmo quem afirmava ser. Agnes gostava dele, sem dúvida. Até o obsequiava com pequenos agrados especiais, a que Lady Kathryn não se opunha porque, no final das contas, o abade pagava-a bem para mantê-lo em sua casa. No entanto, a cozinheira era uma alma simples, fácil de se deixar seduzir por alguém com maneiras encantadoras – que podiam esconder um coração sem vida e um espírito ardiloso. Seu marido também havia sido encantador. No início. Antes de obter o controle de suas terras.

O quarto estava frio, depois do calor que fizera durante o dia. Um último resquício da claridade do norte projetava-se na escrivaninha, destacando as cores vivas de uma página inacabada do texto decorado com iluminuras. *In principio erat Verbum.* "No princípio era o Verbo." A haste vertical da primeira letra fora colorida com um verde-mar intenso e primorosamente contornada com uma filigrana de volutas entretecidas em vermelho e dourado. O *I* inclinado abrigava o resto do texto, formando um delicado sacrário para São João, de onde brotavam folhas verdes e ramos de videira que se entrelaçavam e se prolongavam na margem elaborada e tão finamente desenhada que parecia estar viva. Pássaros em miniatura e animais de formas exóticas brincavam em meio aos múltiplos galhos e ramos. As cores saltavam da página. Via-se por que o Abade de Broomholm estava ansioso para agradar Finn.

Mudou ligeiramente a posição da página para ver que decoração requintada poderia haver debaixo dela. O que encontrou naquela página surpreendeu-a ainda mais. Ali, a margem estava apenas delineada e ainda não fora colorida – não passava de um esboço. Mas foi o texto que a chocou. Não estava escrito em francês normando, mas em anglo-saxônico! Ou melhor, em uma espécie de inglês: em parte saxão antigo, em parte francês normando, isso tudo misturado e temperado com umas poucas palavras latinas. Por que Finn – ou qualquer outro artífice – desperdiçaria tempo e trabalho em um texto em inglês? O francês era a língua dos nobres e dos ricos – somente eles podiam se permitir o luxo de possuir livros.

– Espero que tenha achado meu trabalho digno de mérito.

Kathryn girou nos calcanhares ao ouvir a voz de Finn, mas, sentindo o rosto em chamas por ter sido apanhada bisbilhotando, inclinou-se imediatamente para a mesa outra vez, esperando que o comprido véu de seu toucado ocultasse seu embaraço. Resolveu fazer face à situação.

– Seu trabalho, sim. Seu tema, senhor, nem tanto.

Finn arqueou uma das sobrancelhas.

– A senhora não acha que São João seja merecedor de iluminação?

– São João não precisa de "iluminação". Refiro-me ao que está por baixo de São João.

– É mesmo? O que está por baixo de São João! E pensei que São João fosse celibatário!

Em outras circunstâncias, ela poderia ter achado graça na brincadeira. Naquele momento, porém, o comentário indecente só serviu para irritá-la. Melhor ignorar aquela impudência. Apanhou o texto em inglês e sacudiu-o diante dele.

– Ah, isso – disse Finn. – É um poema de um sujeito que conheci na corte. Um funcionário aduaneiro, um burocrata a serviço do rei. Seu nome é Chaucer. Guarde esse nome. É provável que venha a ouvi-lo de novo algum dia. Tem umas idéias um tanto originais a respeito da língua, mas é ótimo poeta. – Tirou-lhe o texto da mão e devolveu-o à escrivaninha, alinhando a pilha de papéis que ela desarrumara. – Ele diz que *este* é o verdadeiro idioma da Inglaterra.

– Isso? – Ela apontou para o manuscrito em cima da mesa. – O verdadeiro idioma da Inglaterra? – Estava tão indignada com a idéia que esqueceu seu embaraço. – Não existe *idioma* da Inglaterra. Existe francês normando para os nobres e saxão e nórdico antigo para a plebe. E o latim para o clero.

Finn abriu um sorriso largo, obviamente gostando da discussão.

– Já ouviu falar de um poema chamado *A Visão de Piers Plowman*?

– Chama aquilo de poema? Roderick, meu falecido marido, trouxe-o para casa. Acho que está com Colin agora, embora eu não saiba por que motivo ele se interessaria por algo assim. É uma mistura confusa de sons, difícil de compreender e de falar. Não existe a fluência da língua, não vale nem as penas que usaram para escrevê-lo.

– O inglês de West Midland – disse Finn – tem sua beleza própria, depois que se afinam os ouvidos para ele. Em Londres, chamam-no de inglês do rei. O Rei Ricardo proclamou-o a língua oficial da lei e da corte. Não chega a surpreender, já que o rei e seus tios têm uma aversão profunda por tudo o que é francês, até pelo francês antigo falado no norte e trazido pelos vikings.

– Asseguro-lhe que também não tenho simpatia pela França. Sou leal ao jovem Rei Ricardo. Como era leal a seu pai.

Até aos seus próprios ouvidos ela pareceu estar na defensiva, protestando enfaticamente demais. Ao declarar que estivera na corte, ele a pusera em guarda. Estaria espionando para o Duque de Lancaster? Roderick manifestara abertamente sua lealdade a John de Gaunt. Seria possível que o duque estivesse usando Finn para sondar a viúva e os filhos a fim de confirmar que a fidelidade ainda se mantinha intacta? Ou pior, teria sido Gloucester, o irmão de John de Gaunt, quem enviara o mestre de iluminuras para a casa dela a fim de reunir provas que comprometessem sua família para o dia em que vencesse a luta pelo poder entre os tios do jovem rei? Uma dor que conhecia bem começou a percorrer os limites de sua têmpora esquerda.

Um feixe de luz do sol declinante entrou pela janela estreita e abriu-se em leque, marcando um caminho para a porta. Finn postara-se na luz entre ela e a entrada do aposento. Enquanto falava, ela se afastou da escrivaninha e andou na direção da porta, aproximando-se dele, perto o bastante para sentir em seu hálito o cheiro do vinho de pêra de Agnes.

– Sou apenas uma pobre viúva que pouco sabe a respeito dessas coisas. Meus ouvidos preferem aquilo a que estão acostumados, é só. Francês normando ou inglês de Midland, não importa, contanto que as palavras de Nosso Senhor sejam lidas em latim.

Fora uma observação lançada ao acaso, dita para chegar aos ouvidos do abade – no caso de seu novo hóspede levar informações para seu empregador –, cujo objetivo era eximi-la das implicações políticas da discussão, mas ela percebeu uma contração no maxilar do pintor de iluminuras. O homem começou a falar e depois mudou de idéia. Isso a deixou confusa. Aliás, muita coisa em Finn a confundia. Fora encarregado pelo abade de uma tarefa religiosa, mas ela observara uma falta de devoção em suas maneiras e atitudes e um certo descaso na forma de se expressar, às vezes tratando de questões sagradas de modo leviano. Comentara ter estado na corte, mas havia nele uma rudeza que era incompatível com o comportamento de um cortesão.

– A senhora é uma simples viúva e eu sou um simples artista, que põe sua pena para trabalhar em troca de pagamento, seja em francês, latim ou no inglês macarrônico de Midlands.

A curvatura de sua boca e o brilho nos olhos verde-cinza caçoavam dela. Ela deveria ter replicado com alguma frase espirituosa, desafiado o tom de voz que insinuava ser ela mais do que uma "simples viúva", deveria interrogá-lo sobre suas ligações com a Coroa e a abadia, fazê-lo definir suas próprias lealdades. Mas não disse nada. Os olhos dele lembravam-lhe as lagoas naturais verde-mar onde ela se banhara em criança, quando passava os verões na pequena casa à beira-mar de sua mãe, antes de Roderick, antes de seus filhos, antes das visitas do padre morto, antes de saber mais do que desejava sobre intrigas e ganância. Tinham a cor exata da inicial *I... In principio...* Foi como se ele tivesse mergulhado seu pincel naquelas lagoas dos verões de sua infância. Haviam sido tempos felizes. Tempos em que sua mãe ainda era viva.

– Lady Kathryn, há alguma coisa que queira de mim?

Com um sobressalto, sentiu que o sangue lhe subia ao rosto. Finn esperava que ela explicasse a intrusão em sua privacidade, privacidade esta que o abade pagava bem para lhe proporcionar. Ela tentou se recompor, procurou uma explicação plausível e depois optou por contar a verdade, concluindo ser a melhor defesa.

– Apanhou-me bisbilhotando, senhor, e peço que me perdoe. Não era minha intenção intrometer-me em seus assuntos particulares nem na natureza de seu trabalho. A verdade é simplesmente que vim procurar Colin e por acaso vi seus manuscritos. Quero dizer, é compreensível que uma mãe se interesse por algo que lhe rouba a companhia do filho, não concorda?

– Sinto-me lisonjeado que deseje ver os resultados de meus modestos esforços – disse ele, sorrindo, porém com uma expressão mais divertida do que lisonjeada. – Colin tem bom olho para cores e para luz. Acho que, sob a minha tutela... e com a sua permissão, é claro... ele se tornaria um excelente pintor de iluminuras.

À menção do nome do filho, ela recuperou o domínio de si, desviou o olhar dos olhos dele e concentrou-o na bata salpicada de tinta que ele usava. Fez com a cabeça um gesto indicando a escrivaninha sob a janela e sorriu com um ar de quem pede desculpas.

– Por favor, não interprete mal os lamentos de uma mãe. Vi seu trabalho. O senhor tem muito talento. Se está disposto a ensinar Colin, então, certamente que lhe sou grata. Resta-me encontrar outra companhia para minhas horas ociosas. As preces e a contemplação são sempre... proveitosas. – E mordeu a parte interna do lábio superior.

– Sim. Fazem bem à alma – assentiu ele, balançando a cabeça, mas sem sorrir.

Haveria um tom de zombaria na voz dele? Ela se sentiu constrangida. Dirigiu-se outra vez para a porta. Ele fez o mesmo movimento. Ela disse:

– Posso até começar a ler poesia, quem sabe experimentar de novo a leitura de *Piers Plowman* para tentar descobrir o que o senhor recomenda com tanto entusiasmo. E tenho também, claro, os meus bordados.

Recuou um ou dois passos para ter mais espaço e poder respirar melhor. Dessa vez, ele não a acompanhou.

– Imagino que administrar uma propriedade como esta não lhe deixe muito tempo livre. E quanto ao seu outro filho?

– Alfred? Sempre foi mais companheiro do pai. E, além do mais, tem passado seus dias com o capataz. Breve chegará à maioridade. Faz dezesseis anos dois dias antes do Natal.

– E então a senhora terá tempo de sobra para preces e contemplação, a menos que um jovem lorde, como um rei menino, exija o pulso forte de uma regente.

Seria aquele um comentário velado sobre Lancaster? Ou sobre o Duque de Gloucester, talvez? Ou ele estava apenas zombando dela outra vez? Não enxergava seu rosto. Ele se dirigira para a mesa de trabalho, onde apanhara uma folha nova de velino, um par de penas e uma pequena bolsa de pó de carvão. O caminho dela para a porta estava livre. Saia agora, disse para si mesma, enquanto a fímbria da sua dignidade ainda está intacta, e de fato quase chegara à porta quando escutou as palavras que ele disse em seguida.

– Será bem-vinda se quiser me fazer companhia no jardim – disse ele. – Ainda restam alguns raios de luz. Só voltei aqui para apanhar meu material.

Ela se virou e viu que ele a seguira até a porta, mais uma vez diminuindo a distância entre ambos. Levantou os olhos para ele.

– Não acho que... Não gostaria de importuná-lo e perturbar a sua inspiração.

– A companhia de uma bela mulher nunca é importuna, pelo contrário, só estimula a inspiração.

Os anjos devem ter lhe emprestado a cor desses olhos. Ou talvez o demônio. E o sorriso, oblíquo e meio desdenhoso, ainda assim lhe aquecia o coração.

– As rosas estão muito perfumadas. Venha – convidou ele, persuasivo. – Traga seu bordado. Ficaremos sentados em silêncio fazendo companhia um ao outro, a senhora bordando, eu desenhando. Vamos aproveitar juntos o resto de claridade.

Como um casal de velhos, pensou ela, dando-se conta, com um súbito arrepio, de sua solidão. De quão solitária se encontrava havia tanto tempo.

– Bem, só esta vez, então. Vou buscar minha agulha no solário e encontro-o no jardim das rosas.

Só esta vez, prometeu a si mesma.

Os gaios acostumaram-se a ver Lady Kathryn sentada com Finn no jardim e não mais protestaram contra a presença deles. Ela aguardava ansiosa as tardes que passavam juntos. Como se sentia à vontade com ele! A cada dia, afrouxava mais as peias da cautela até que a abandonou de vez e passou a falar livremente, a despeito do surpreendente fato de não ter conseguido saber quase nada sobre seu companheiro. Todavia, ela tivera um vislumbre da alma dele em sua arte, e achara-a confiável.

Naquele dia, com o calor abafado do final de agosto, o jardim estava sossegado. Uma reconfortante brisa marinha agitava o ar e soprava em sua pele úmida, refrescando-a. Inspirada pelo tordo de peito vermelho empoleirado no relógio de sol, ela escolheu uma linha escarlate na cesta de costura a seus pés e enfiou-a na agulha. A seu lado, os dedos compridos de Finn moviam-se rapidamente, desenhando com traços ligeiros e firmes as folhas sinuosas e os elementos entrelaçados que iria pintar na manhã seguinte. Ela reparou que o olhar dele também ia e vinha entre o relógio de sol e o papel. Com três riscos seguros, o tordo ficou para sempre capturado na página, uma promessa em carvão de glória futura. O bico do pássaro espreitava entre folhagens muito parecidas com as do pilriteiro que os abrigava do sol poente.

– Os dias estão ficando mais curtos. Esses crepúsculos prolongados logo terminarão – disse Finn.

Seria uma ponta de melancolia o que ela percebia em sua voz? Também detestava a idéia de que aquelas tardes agradáveis logo chegariam ao fim, mas não lhe ficava bem dizer isso.

– As colheitas já começaram – disse ela, espetando o tecido com sua agulha. – É difícil encontrar trabalhadores. Uma vergonha. Eles vão de colheita em colheita procurando um senhor que lhes pague melhor e não têm vergonha de deixar o centeio e a cevada apodrecendo nos campos por causa de um xelim a mais.

– Por causa de um xelim a mais? Eu diria que é antes por causa de suas famílias. Por causa de comida, de roupas e de abrigo.

– Se permanecessem ligados à terra à qual pertencem, não passariam necessidade de comida, roupas ou abrigo nenhum. Pergunte a Agnes. Pergunte a John, Glynis, Simpson, às minhas leiteiras e aos meus rendeiros se lhes falta alguma dessas coisas.

– Sim, minha senhora, mas um homem precisa ter mais do que só o que atende às necessidades básicas. Precisa ter um sonho. Além disso, nem todos os ricos são tão benevolentes com seus pequenos rendeiros e criados quanto a senhora.

– Ricos! O senhor pensa que sou rica. Se soubesse como tenho vivido apertada entre o rei e a Igreja!

Com a pena na mão, ele fez um gesto indicando os arredores da casa senhorial.

– A senhora possui terras. Possui belas roupas. Possui criados. E comida à vontade. A mãe que não tem pão para dar ao filho faminto não consegue compreender esse tipo de pobreza.

Ela não se ofendeu. Já aprendera que ele tinha o hábito de falar francamente.

– Sir Guy disse que a Coroa vai criar um novo imposto – comentou ela, levando a linha escarlate aos lábios e arrebentando-a com os dentes, dando-lhe em seguida um nó na ponta. – Pelo menos, dessa vez será um imposto por cabeça. Tomara que eu consiga os três xelins, para mim, Alfred e Colin.

– E Agnes e John?

– Vão pagar os deles com o salário que lhes dou.

– A senhora paga salário a eles?

Ela notou um ar de aprovação em seu sorriso.

– Tive de começar a pagar depois que a peste levou a maioria dos homens capazes. Pareceu-me a atitude mais prudente a tomar. Não podia me permitir perdê-los. Acho que Agnes jamais deixaria Blackingham, mas John talvez o fizesse. Seja como for, o xerife diz que eles devem pagar o imposto com seu próprio salário. É muito mais justo assim. Um imposto fixo. Todos pagam a mesma quantia, ricos e pobres.

– E a senhora acha isso justo! E quanto aos pequenos rendeiros, que não recebem salário? Vivem apenas do que conseguem arrancar da terra que arrendam da senhora e dos outros proprietários. Um homem com seis filhos e uma esposa tem de pagar oito xelins. Não ganha isso em uma estação inteira.

Sir Guy nada dissera a respeito disso. Ela ficara tão aliviada que nem pensara em lhe fazer mais perguntas. Sentiu um peso descer sobre si. Sabia a quem seus trabalhadores e pequenos rendeiros iriam recorrer se não conseguissem pagar o imposto. Viriam a ela, que teria de arranjar o dinheiro em algum lugar. E quanto aos outros? – perguntou-se. Os outros, que ofereciam seus serviços e recebiam por dia, quem pagaria por eles? E aqueles cujos senhores se recusassem a pagar, o que fariam?

– Bem, talvez não seja mesmo um imposto justo, afinal de contas – admitiu.

– Não é justo e não vai dar certo. Até os pobres têm seus limites. Se forem imprensados contra a parede, como não têm mais nada a perder, talvez se tornem temerários. Já se escutam rumores contra o Arcebispo de Canterbury.

– O que ele tem a ver com o imposto do rei?

– Ele foi nomeado chanceler por John de Gaunt. Não tenha dúvida, foram os dois juntos que engendraram esse esquema para reabastecer os cofres públicos, que as guerras contra a França esvaziaram. De outro modo, talvez tivessem de sugar parte da riqueza das abadias. Mas é uma barganha diabólica. Há ganância demais nisso tudo.

Referia-se ao rei ou à Igreja? A quem ele era leal? Kathryn preferiu não perguntar.

– Conheço um pouco da ganância de ambos – observou ela, lembrando das pérolas perdidas, as que tinham desaparecido no bolso do padre, e imaginando se estariam enfeitando o exigente pescoço de alguma cortesã ou o da amante do bispo. Deixou escapar um pequeno suspiro. De qualquer maneira, estavam perdidas para ela. E haviam pertencido à sua mãe.

Ficaram sentados em silêncio por algum tempo – o único movimento no jardim era o rápido arranhar da pena no papel. A brisa parou de agitar as folhas das roseiras. A luz se modificara e lançava sombras compridas. O pilriteiro e o relógio de sol projetavam tiras escuras através do jardim. Ela parou com a agulha. Não queria apertar os olhos para o trabalho como se fosse uma mulher velha.

– Alfred será o ceifeiro-mor? – perguntou Finn.

Ele também desistira de continuar trabalhando, guardando o manuscrito, as penas e a pequena bolsa de carvão na sacola de couro, que parecia um alforje de pastor, só que maior.

– Não, ele não pode ser ceifeiro-mor. Não ficaria bem uma pessoa na posição dele ter contato tão direto com os camponeses. É um nobre.

Por que não lhe agradou o som da própria voz quando disse isso?

– Entendo – disse Finn.

– Simpson será o ceifeiro-mor. E, é claro, prestará contas a Alfred.

– E Alfred à senhora.

– Até chegar à maioridade.

Finn guardou com cuidado seus esboços e penas na sacola de couro. Kathryn aproveitou a deixa, reenrolou a linha vermelha e guardou a agulha em seu estojo. Finn fez um gesto na direção dos vastos campos que se estendiam além da sebe de pilriteiros.

– Blackingham é uma nobre herança. Seu marido fez muito por seu herdeiro.

– Blackingham pertencia a mim – declarou ela em um impulso, depressa demais para disfarçar sua irritação. – Roderick não fez mais do que esbanjar a renda da terra para impressionar seus amigos na corte.

Finn levantou as sobrancelhas cerradas quase até a raiz do cabelo grisalho.

– Só presumi que…

– Meu pai não teve filhos varões. Minha mãe morreu quando eu tinha cinco anos. Cuidei de meu pai até ele ficar velho. Um dia, ele trouxe Roderick para casa e disse que eu deveria me casar com ele. Que Blackingham precisava ter um senhor.

– A senhora o amava?

– Amava muito meu pai.

– Não me referia a seu pai, e sim a Roderick. Seu marido. A senhora o amava?

O tordo de peito vermelho fora embora. O relógio de sol encontrava-se agora completamente na sombra, sua última marca já tendo sido ultrapassada.

– Ele me deu dois filhos – respondeu ela.

– Não foi isso o que lhe perguntei. – A voz dele soou rouca. – Amava-o?

Ela deu de ombros, levantou-se de seu assento e apanhou a cesta de costura.

– Amor? O que é o amor entre um homem e uma mulher? Apalpar e arfar no escuro, a satisfação do apetite carnal. – Como Roderick e suas amantes sem rosto, pensou ela. Finn também se levantara e postara-se a uma desconfortável proximidade. Ela respirava mal no ar parado de agosto. Deu um passo para trás e acrescentou: – Amor é o que a mãe sente pelo filho. O que Nosso Senhor sentiu por nós na cruz.

– O amor é muitas coisas. Assume diversas formas. O amor maior de que fala também é possível entre irmãos, entre amigos. É até possível entre um homem e uma mulher.

O jardim, no crepúsculo que se adensava, mergulhara em uma quietude absoluta. Ele falava com uma voz tão baixa que nem perturbava o pequeno espaço de ar entre os dois. Seria com ela que falava? Poderia estar falando para si mesmo ou para uma outra em sua lembrança. Difícil afirmar.

Em silêncio, cruzaram a pequena extensão de grama que separava o jardim do solário. Ao chegarem à entrada, ele parecia pensativo.

– Gostaria de vir comigo aos meus aposentos?

Por um instante, ela não respondeu. Ele a apanhara completamente desprevenida. Parecia ter um talento especial para isso. Sentiu-se corar, como acontecia quando as ondas de calor às vezes a acordavam à noite ou a acometiam durante o dia nos momentos mais inesperados. Sabia que seu rosto estava rubro.

Ele deu um largo sorriso.

– Colin ou Rose devem estar lá. Nem sua virtude nem sua reputação estarão comprometidas. Gostaria que visse como meu trabalho vai progredindo. Tive a impressão de que já se interessou por ele antes.

Veio-lhe a tentação de interrompê-lo com um comentário seco por causa da presunção. Mas estava curiosa. Desconfiava que ele trabalhava em algo mais além do Evangelho de São João. E gostaria de ver alguns dos esboços que ele executara em sua presença agora coloridos de tons vivos.

– Acho que sim. Como diz, minha reputação não estará comprometida. Afinal, sou de certa forma a sua senhoria e, como tal, tenho o direito de inspecionar seus aposentos quando me aprouver. Quanto à minha virtude, garanto-lhe, mestre Finn, não pode ser comprada por pouco.

O pintor de iluminuras lançou a cabeça para trás e riu com gosto. Sua risada fez tremularem as chamas das lamparinas em seus nichos. As sombras brincaram em torno deles por um breve momento, quebrando a melancolia da escadaria imersa na penumbra.

– Minha senhora, estou chocado que possa pensar que eu tenha pretensões a outra coisa além de sua companhia. Diante do preço atual do perdão do papa, o pecado da fornicação está muito além das minhas posses – disse ele, franzindo a testa com um exagero de palhaço que a fez rir. – Infelizmente, não posso lhe oferecer nada além de celibato e amizade platônica.

Enquanto o seguia pelas escadas acima, entretanto, lembrou a si mesma que a amizade também tinha um preço, embora em moeda diferente. E que até o custo dela poderia esgotar seus parcos recursos.

Havia algo de demasiado sedutor no pintor de iluminuras. Kathryn chegou a essa conclusão depois de passar uma hora agradável nos aposentos de Finn, observando-o colorir o esboço do tordo de peito vermelho com tons vivos de intenso carmesim. Nunca encontrara um homem assim. Gostava de tudo nele: da paciência extraordinária que demonstrava com a filha, da ordem escrupulosa de seu local de trabalho, da agilidade de seu intelecto, bem como da cor verde-mar de seus olhos, de sua risada espontânea e da maneira como seus dedos seguravam as penas e os pincéis, quase os acariciando enquanto se aplicava à sua arte, dando pinceladas ligeiras e redondas. Até a facilidade – excessiva, aliás – com que a deixava à vontade para falar, às vezes fazendo-a revelar mais de si mesma do que desejava. Tudo isso fazia dele um homem muito perigoso. Um homem a ser evitado.

E, no entanto, quanto mais tentava evitá-lo, mais ele parecia estar presente, encontrando-a a caminho de seu quarto, indo para a cozinha e até mesmo na horta, aonde ela fora para colher lavanda fresca para seu banho.

– Agnes obsequiou-me com uma de suas tortinhas especiais de creme e canela. É grande, dá para dois. Poderíamos comê-la neste banco, aqui na horta.

O homem era um demônio. Como sabia que ela gostava de tortas de creme e canela?

– Não gosto de canela, Mestre Finn. Obrigada, de qualquer modo.

E afastou-se, com água na boca por causa do cheiro tentador da especiaria no doce, tomou distância do convite em seu sorriso e deixou-o sentado sozinho no banco do jardim com sua tortinha de creme.

No dia seguinte, ele a abordou no jardim das rosas. Sua presença repentina assustou-a, fazendo-a espetar a palma da mão em um espinho. Ele se desculpou com galanteria, levando a mão machucada aos lábios. Ela retirou a mão depressa, sentindo o rosto arder como o de uma tola criadinha. Ele pareceu um tanto espantado.

– Eu estava a caminho dos bosques para procurar frutinhas silvestres para um tom especial de púrpura. O dia está tão bonito que tive esperança de que pudesse me emprestar sua companhia – disse.

Emprestar, como se fosse algo que ele tivesse de restituir. E não trazia nenhum balde ou sacola para colher as frutas.

– Obrigada, mas não, Mestre Finn. Vou estar... ocupada demais. – Teria gaguejado? Desviou o olhar dele tentando disfarçar seu embaraço e tentando não ser envolvida pela decepção nos olhos dele. – Vou estar ocupada durante muitos dias. Fazendo o inventário da despensa e da copa.

Contudo, sentiu-se culpada quando ele se foi. Um passeio ocasional de dois amigos pelos bosques, que mal poderia haver? Mas ela sabia muito bem qual era o mal. Sentia-o no latejar intenso de seu pulso. Não devia ser saudável uma mulher de meia-idade sentir o sangue ferver nas veias daquela maneira.

A proximidade dele e o fato de surgir do nada nos momentos menos esperados a faziam ficar muito nervosa.

Mas sua ausência a deixava igualmente nervosa.

Nos quatro dias seguintes, ela não o viu. Perguntou a Agnes, com ar displicente, se o encontrara.

– Veio ontem à cozinha para seu copo habitual de vinho de pêra. Mas hoje acho que levou a filha a Aylsham, ao mercado. Saíram ao amanhecer. Precisa dele para alguma coisa? Vou dizer a ele que a procure.

– Não, não, só estava curiosa. Não o tenho visto por aí, é isso.

Agnes nada comentou, mas arqueou uma sobrancelha para ela e esboçou um meio sorriso.

Kathryn achou melhor ignorar o gesto.

Quando o relógio de sol marcava duas horas, Kathryn sentiu-se muito apática. Ridículo. Era quase como se sentisse falta dele. A casa parecia vazia. Seus passos ressoavam com um eco solitário e sussurrante que nunca antes percebera.

Encaminhou-se para o solário e sentou-se no assento da janela com o bordado no colo. Em uma mesinha redonda ao lado, alguém, provavelmente Colin, deixara um livro. *A Visão de Piers Plowman*. O livro em inglês. Lembrava-lhe Finn. Pegou-o e começou a ler, esforçando-se para compreender a estranha grafia. Não fluía como o francês. Por que alguém escolheria o dialeto de West Midland como linguagem para poesia? E o conteúdo! Lembrava-lhe Finn também, com sua conversa aliterativa sobre perdão, penitência e preces.

Uma sombra pousou sobre as linhas do texto. Kathryn levantou os olhos e deu com Finn parado junto à porta, observando-a, uma expressão inescrutável no rosto. O coração dela dançou-lhe dentro do peito. Respirou fundo para acalmá-lo.

– Minha senhora, felizmente, que sorte encontrá-la!

Ela fechou o livro, cobrindo o título com a mão.

– Sorte, Mestre Finn? Encontrar uma senhora em seus próprios aposentos? E por que "felizmente"?

Ele sorriu, mas um pequeno sorriso vacilante que não lhe chegou aos olhos.

– Felizmente porque minha senhora não está ocupada com outra coisa; e sorte porque necessito de mais um par de olhos.

– Os seus estão com algum problema? Agnes pode recomendar-lhe uma tintura de...

Ele riu. Dessa vez, o sorriso franziu os cantos de seus olhos.

– Não. Meus olhos estão bem o bastante para ver a beleza quando esta se apresenta.

Ela sentiu o rubor subir-lhe pelo pescoço até o rosto. Gostaria de tê-lo controlado, mas não conseguiu.

– Eu disse *que sorte* porque preciso de sua opinião. Isto é, se tiver tempo. Minha filha é quem me aconselha, em geral. Mas ela fugiu não sei para onde assim que chegamos do mercado.

– Aconselha-o? Como assim?

– Sobre as cores. Se os tons estão vivos demais. Ou demasiado claros. Mas prefiro não interromper um momento de lazer de uma dama com seu livro, e uma dama que costuma ser tão ocupada. Seria um sacrifício grande demais. Talvez Rose volte logo.

E deu meia-volta para sair.

– Espere.

Mais tarde, ela se arrependeria, tinha certeza. Mas foi incapaz de se conter.

– Desistir de um livro como este não é nenhum sacrifício. Acho o inglês que o senhor tanto recomenda muito enfadonho. É uma língua muito pouco musical, o que depõe contra ela. Será um prazer examinar seu trabalho. Embora não saiba que valor possa ter a minha opinião de pessoa inexperiente.

Ele girou nos calcanhares como se o movesse algum fio invisível que ela tivesse acabado de puxar. Ou seria ele quem puxava o fio?

– Devo trazer os papéis aqui? Não tenho certeza se estão completamente secos.

– Sim. Não. Quero dizer… Eu os verei em seus aposentos. Assim, não correrá o risco de estragá-los.

Kathryn, Kathryn, você está procurando confusão, disse uma vozinha dentro de sua cabeça.

Mas seu coração dizia outra coisa inteiramente diversa.

Por volta do final de setembro, os dias haviam ficado mais curtos. Finn sentava-se então no jardim com Lady Kathryn ao sol quente do meio-dia, em vez de no fim da tarde. A essa hora, porém, preferiam a privacidade dos aposentos dele. Ela inspirava seu trabalho – e muito mais. A luz dourada do outono entrava enviesada pela janela, derramando-se sobre a mesa de trabalho e dividindo-se em linhas sobre a cama, onde o par jazia enlaçado entre os lençóis amarrotados. Como ele pudera não a achar bonita naquela primeira noite em que se sentara à sua mesa? Seria por ela ter o corpo e o rosto tão diferentes dos de sua Rebekka?

Finn desprendeu-se delicadamente do abraço dela e levantou-se da cama. Os braços dela soltaram-se dos dele aos poucos, como se fossem feitos de água.

– Agora, tenho de trabalhar, minha senhora – disse ele, rindo –, enquanto ainda tenho forças para levantar meus instrumentos.

Ela se recostou nos travesseiros de plumas, os braços atrás da cabeça, em um claro convite. Toda a massa de seu cabelo prateado espalhava-se pelo travesseiro, a mecha escura ondulando como uma fita de seda em torno do mamilo rosado.

– Seu instrumento, senhor, parece que se levanta por si só – comentou ela.

Ele deu uma risada, sentindo o sangue quente inflamar-lhe também o rosto.

– Então vai ser preciso colocá-lo de lado e escolher um outro – replicou ele, puxando seus calções para cima.

Inclinou-se para beijá-la na testa. Ela fez com a boca um trejeito fingindo amuo enquanto se enrolava no lençol amarfanhado e seguia-o para se postar às suas costas, observando-o, esperando a claridade do dia desaparecer aos poucos.

Estava certa ao dizer que sua virtude não se comprava por pouco, pensou Finn. Custara a ele um preço bem alto. Tinha a impressão de que a união de ambos modificara-o de alguma forma profunda que nunca antes ele experimentara com uma mulher, e que nunca mais seria o mesmo. Levara-o para dentro dela e agora ele não era mais ele próprio mas uma parte dela. Engolira-o completamente, consumindo-lhe corpo, mente e alma com seu fogo. Entretanto, não se tratava apenas da paixão dela – que o surpreendera com uma dimensão e profundidade que ele não fora capaz de imaginar até beijá-la naquela primeira tarde em que ela fora ao seu quarto ver os desenhos –, não somente a maneira como o corpo dela se fundia no seu, mas o modo como o espírito dela parecia se remodelar para se incorporar ao dele. Às vezes era quase como se ela pudesse ler seus pensamentos e ele os dela. E o seu talento de artista, que jazia em seu íntimo como uma semente, nem isso ele conseguia proteger do fogo que a devorava. Na página decorada com iluminuras, linhas e formas saltavam para fora das margens estreitas, os tons escuros mais sombrios, os vivos mais brilhantes, as tramas mais intricadas, volteando, entrelaçando-se como a mente de uma mulher. Seu talento não lhe pertencia mais, partilhava-o. E se nem isso podia conservar apenas para si, o que dizer de seu segredo? Quanto tempo levaria ainda até que ela adivinhasse isso também? Mas isso ele tinha de esconder, tinha de protegê-la de seu segredo, pois ela se tornara a fonte de sua energia criativa e o objeto de um amor que ele não sentia desde que enterrara sua mulher dezesseis anos antes.

– É melhor se vestir, Kathryn. Rose e Colin devem estar chegando.

Ele já se instalara em sua mesa de trabalho, o velino pautado aberto à sua frente, seu texto transcrito na caligrafia cuidadosa de Rose.

– Vão demorar um pouco. Vi Colin saindo com o alaúde. Perguntei-lhe aonde ia. Disse que estava dando aulas a Rose. Para fazer uma *surpresa* a você.

– Então é por isso que os dois desaparecem todos os dias. – Limpou o pincel em um trapo e molhou-o na tinta outra vez. – Bem, vou tentar lembrar que devo ficar surpreso. – Fez uma pausa, procurando a melhor maneira de expressar o que pretendia dizer em seguida. – Acho que vi Alfred falando com Rose outro dia. Algo nos modos dele me pareceu confiado demais. – Esperou que ela lesse seus pensamentos para tranqüilizá-lo, mas ela se limitou a olhar para ele, na expectativa de que prosseguisse. – Ela é minha filha, Kathryn, compreende? Quero protegê-la de… – O tom suplicante de sua voz tornava-o vulnerável, ele sabia. Mas confiava nela, não lhe esconderia aquele ponto fraco.

– Compreendo – e inclinou-se para beijar-lhe o pescoço. – Um filho é um tesouro raro, uma dádiva de Deus que devemos proteger acima de tudo. – Mordiscou a orelha dele e sussurrou:

– Vou falar com Alfred.

Desarmado, ele largou o pincel.

Sete

Grandes casas não fazem homens santos, e só com a santidade serve-se bem a Deus.
– JOHN WYCLIFFE

O Bispo Henry Despenser não deu muita atenção ao primoroso relevo entalhado na Pedra acima do portal da Catedral de Norwich. Representava um grupo de almas em desgraça amarradas juntas e arrastadas por demônios para um caldeirão fumegante, enquanto anjos levavam apenas uns poucos inocentes redimidos para a direção oposta. Embora aquela advertência, com detalhes bastante realistas, sobre a condenação que aguardava os pecadores não tivesse sido colocada ali para ser contemplada por gente como ele, um dos guardiões das portas do Paraíso, se o Bispo Despenser fosse menos jovem, menos arrogante – e mais inocente –, aquele sermão feito de pedra talvez o levasse a refletir sobre o estado de sua própria alma.

Mas naquele momento as coisas deste mundo inquietavam-no mais do que as do outro. Na ocasião preocupava-o o assassinato ainda sem solução do Padre Ignatius, uma circunstância que vinha se tornando um aborrecimento.

O bater de suas solas de couro no piso de pedra pouco perturbava o silêncio que pairava sob os graciosos arcos normandos da galeria do lado sul da catedral. Não que a grandiosidade à sua volta deixasse de impressionar Henry. As grandes nervuras do teto abobadado que se projetavam como o esqueleto de um leviatã mítico, se elevando sempre mais alto; as pinturas, os pára-ventos trabalhados, as baixelas de prata e ouro: o poder e a riqueza de tudo aquilo na verdade o impressionavam enormemente.

É certo que era ali que morava o Deus de Henry. Mas não se tratava de nenhum humilde carpinteiro da Galiléia. O Deus do bispo era a própria catedral. E, como todos os falsos deuses, exigia sacrifício humano e serviços incessantes. Não o sacrifício de Henry – ainda que, em certos dias, se lhe perguntassem, diria que preferia estar lutando contra os franceses, usando uma cota de malha e um elmo no campo de batalha, em vez da cruz peitoral de ouro com seu Cristo incrustado de rubis –, mas os sacrifícios de um exército de pedreiros e carpinteiros, muitos dos quais morriam antes de terminado o trabalho e eram substituídos por seus filhos, netos e aprendizes. Alguns haviam labutado ao longo de cinco décadas para construir a grande catedral e labutado ainda para substituir a agulha de madeira da torre, que um vendaval destruíra havia um quarto de século. O chape-chape da argamassa sendo misturada, o polimento da pedra e o sibilar da plaina do carpinteiro faziam parte dos sons da catedral tanto quanto o cantochão dos monges que viviam em seu priorado.

Para o Bispo Despenser, o grande edifício de pedra, brilhando dourado ao sol, era um hino de louvor à criatividade humana, um panegírico à ambição, e a dele pairava nas alturas, tão magnífica quanto a imensa abóbada acima. De todas as glórias que o rodeavam, contudo, a que Henry mais apreciava era o trono do bispo que ficava atrás do altar-mor. Esse trono elevava-se, inegavelmente sobranceiro, diante da abside oriental tal qual um Trono de Moisés reincorporado de alguma antiga sinagoga. Era esse trono que absorvia a alma de Henry. Governar a catedral era governar East Anglia. Os milhares de ovelhas que pontilhavam os campos, as campinas douradas de açafrão, os brejos e rios fervilhando de aves, peixes e enguias, até os salgueiros e juncos ao longo dos riachos – tudo poderia muito bem ser doado a Henry Despenser. Pois o Bispo de Norwich sabia que quem tem o poder de tributar tem igualmente o poder de destruir. E o que era isso senão o direito de propriedade?

No entanto, tratava-se de uma co-propriedade com o rei, o que era exasperante. E aquilo – junto com a repreensão do arcebispo – era o que lhe azedava o humor naquela que poderia ter sido uma linda manhã de verão. Acabara de ser informado a respeito do novo imposto individual sancionado pelo rei.

A orla de arminho de seu manto pesado serpenteava atrás dele, deslizando ligeira pela aléia em curva enquanto ele passava por monges que trabalhavam espalhados aqui e ali, copiando manuscritos na galeria que servia de *scriptorium*. Não se deteve para admirar seus progressos nem apreciar o nervoso manusear de penas e papéis. Livros não despertavam grande interesse no bispo nem sob circunstâncias normais, e aquele não era um dia como outro qualquer. Era sexta-feira. Naquele dia, o bispo tinha sempre um encontro especial.

Sentiu-se bem com o frescor da igreja, mas até ela transpirava ao calor do verão. A umidade manchava as juntas das paredes de pedra. Manchava também as cavas da camisa de fino linho do bispo.

Naquele dia, ele não entrou na nave, nem se aproximou do coro, nem se ajoelhou diante do cálice dourado sobre o altar. Dirigiu-se apressado para a privacidade da reitoria, onde podia mudar de camisa e trocar o pesado manto por um mantelete mais curto, que de qualquer modo estaria usando se não fosse a reunião que acabara de ter com o tesoureiro do rei e o arcebispo. Esse ilustre ancião tinha vituperado em altos brados contra o desleixo do protocolo vigente com relação aos trajes eclesiásticos. O Concílio de Londres chegara a emitir um decreto criticando os religiosos que usavam roupas "mais apropriadas a fidalgos do que a clérigos". Reclamara do costume de freqüentarem os ricos negociantes de roupas de Colgate Street – onde o próprio Henry comprava suas excelentes camisas de cambraia – e exibirem-se "como pavões". O bispo, entretanto, não estava disposto a renunciar a seu legítimo direito de ostentação. Afinal de contas, era nobre por nascimento e bastante vaidoso de suas belas panturrilhas. Porém, em deferência a seu superior, envergara o manto pesado, que despiu ele mesmo, com alívio, assim que chegou à privacidade de seus aposentos.

Arrancando a camisa manchada de suor, gritou por seu antigo camareiro. O velho Seth, que cochilava em um canto, acordou com um sobressalto, piscou para abrir os olhos remelentos, fez uma cara intrigada, depois se precipitou pedindo "perdão à sua senhoria", oferecendo ao amo uma camisa e um gibão limpos. O bispo entregou-lhe o manto, que ele começou a escovar com vigor excessivo. Henry sabia que o velho camareiro receava ser substituído por um homem mais jovem. Não corria esse risco. Seth podia ser velho e lento, mas era leal, e lealdade contava mais que tudo naqueles tempos de perfídias.

– Sua Eminência já almoçou?

– O arcebispo serviu-nos ostras e peixe assado com bolinhos fritos e compota de cereja. – Franziu o cenho e deixou escapar um sonoro arroto. – Meu estômago está virado em sinal de protesto. Acho que as ostras estavam passadas. Mas você pode me trazer um copo de vinho. E depois pode se retirar durante a tarde. Espero uma visita.

Henry nem notou quando o velho saiu fazendo antes uma reverência. Nem escutou quando ele voltou minutos depois. O bispo serviu-se do vinho e sentou-se para meditar, aproveitando o período de uma hora e pouco de que dispunha antes da chegada da moça. Constance sempre vinha às sextas-feiras para sua confissão. Ele prontamente concordara em se tornar seu conselheiro espiritual. Tratava-se da filha de um velho amigo, e na ocasião ele não pôde deixar de reparar na firmeza de suas coxas e na maneira como seus seios jovens se projetavam para a frente, suplicando para serem tocados.

Naquele dia, porém, quase desejava que ela não viesse. O calor e o sermão do arcebispo sobre a frouxidão moral do clero haviam amortecido seu ardor. O velho e pomposo idiota dera-se ao trabalho de lembrar a Henry o escândalo ocorrido apenas quatro anos antes, quando dez padres em Norwich tinham sido acusados de comportamento impuro, um deles com duas mulheres. Henry conservara a boca fechada a custo. Desconfiava que o arcebispo sustentava uma amante e sabia que ele fazia vista grossa ao fato de o bispo de Londres manter um lucrativo e conveniente bordel. Ainda assim, teriam vazado para além daquelas paredes rumores sobre suas aventuras das tardes de sextas-feiras? Pouco provável. Mas havia uma advertência indiscutível no tom de voz do arcebispo.

Quanto ao assassinato do Padre Ignatius, todavia, ele fora bem mais direto.

– Que notícias me dá sobre o assassinato do padre? – fora seu cumprimento ao estender o anel para Henry beijar.

– Ainda não encontramos o culpado.

– Procure fazê-lo com mais afinco. Esse crime não pode ficar sem punição. Tome providências.

Tome providências. Assim dissera ele. Tome providências. Como se Henry já não tivesse preocupações suficientes levantando dinheiro para a sua campanha que visava derrubar o Papa de Avignon. E agora aquele novo imposto. Era mais lenha ainda na fogueira. O padre assassinado também significava uma perda para ele. Havia sido o mais hábil em separar as mulheres de seus tesouros. Estava a caminho ou de volta de uma dessas missões em Aylsham quando encontrou a morte em Blackingham. Fora o que acontecera. O xerife disse que interrogara a senhora do castelo de Blackingham. Talvez devesse interrogá-la com mais insistência. Mandaria chamar Sir Guy na manhã seguinte. Passaria a batata quente adiante.

O Bispo Despenser sorveu seu vinho. O sino da catedral bateu as noas: três horas da tarde, três horas antes das vésperas. Seu estômago acalmara-se. O vinho e a expectativa das mãos brancas e frias de Constance acariciando-o deixaram-no reconfortado. Gostaria de apenas uma vez permanecer dentro dela, não ter de retirar-se. Mas assim correria riscos, podia ser sua ruína. Fora o que ocasionara o escândalo com os padres. Duas das mulheres haviam engravidado. Estupidez. Irresponsabilidade. Um grave pecado. Ele exerceria seu controle habitual e mesmo assim desfrutaria seu prazer completo.

– A Virgem aprova – assegurara a Constance, na primeira vez em que ela, relutante, entregara-se a ele. Segurara o queixo dela com sua mão direita, obrigando-a a encará-lo. – Oferecendo-se a um servo de Deus, você se oferece a Deus.

Dali em diante, ela se mostrara dócil, se bem que não entusiasmada. Essa falta de entusiasmo, contudo, não chegava a aborrecê-lo. Na realidade, aumentava-lhe o prazer, confirmando sua ascendência sobre ela.

A moça chegaria a qualquer minuto. Já podia sentir a carne quente e firme da jovem de encontro à sua, o toque de sua pele – macia e viva sob suas mãos investigadoras – como os relevos no coro da igreja. Nada como uma travessura inofensiva, uma pequena aventura amorosa em uma tarde de verão para fazer um homem esquecer seus problemas. Bebericou o vinho, deixando-o rolar na língua. Os franceses deveriam limitar-se ao que sabiam fazer melhor e deixar o papa por conta de Roma.

Quando percorria em seu cavalo as três léguas para o norte que separavam Norwich de Aylsham, Sir Guy avistou fumaça cinzenta a distância. Fogo no mato, pensou, iniciado por algum rendeiro descuidado fazendo queimada em seu campo nesse ar seco demais do mês de outubro. Sir Guy tinha uma irmã na corte que se queixava do céu cinzento e da melancólica chuva de Londres, mas em East Anglia o verão se recusava a ceder. Cada dia havia sido mais quente e brilhante do que o anterior, e as poucas nuvens que apareciam no céu espalhavam-se como lã de carneiro branca e lavada. A brisa agradava-lhe, pouco se importava que atiçasse o fogo ao longe no horizonte. Refrescava-lhe a pele sob o gibão de couro e também reanimava seu cavalo, que ele fazia andar em ritmo acelerado.

Oficialmente, viajava para cuidar de assuntos da Coroa; extra-oficialmente, vinha por conta do bispo. A jurisdição no caso do padre morto não era muito clara. Como a vítima era um enviado do bispo e ordenado pela Igreja, a investigação podia ser efetuada pela Igreja. Entretanto, como o crime fora cometido em terras da Coroa, decidira-se que a investigação caberia ao xerife. Uma lástima. O mundo dificilmente sentiria falta de mais um padre ganancioso, não havia razão para tanto espalhafato. Mas o bispo deixou claro que o assassino tinha de ser entregue à justiça e que era função do xerife fazer isso, e de preferência bem rápido.

– A Igreja foi insultada e o funcionário real responsável pelo cumprimento da lei não encontra tempo para apanhar o assassino? Que dificuldade pode haver em fazer umas poucas perguntas, em procurar um motivo? – Henry Despenser sorrira com ar escarninho enquanto o repreendia. – Você tem faro para isso. Use esse seu nariz para descobrir algumas respostas.

Arrivista impertinente. Dando ordens a Sir Guy de Fontaigne como se tratasse com um palerma saxão qualquer. Exigindo que interrogasse Lady Kathryn de Blackingham. Ainda assim, podia ser que conseguisse tirar vantagem das suspeitas do bispo. Duvidava que Lady Kathryn fosse capaz de assassinato, mas havia algo esquisito ali – lembrou a maneira como ela retesara as costas e comprimira os lábios ao negar ter visto o padre no dia que descobriram o corpo. Caso se sentisse suficientemente ameaçada, talvez reconsiderasse sua frieza para com ele. Se ele conduzisse o interrogatório com habilidade, ela poderia até o acolher como seu protetor.

O cavalo priscou e refugou, ameaçando empinar. O vento trazia um cheiro nitidamente acre. A mancha opaca no lado norte do céu escureceu e a cor das nuvens no horizonte mudou de branco para cinzento, mais próximo da terra do que do céu. Aquilo não era queimada. Estava ocorrendo à sua direita, na direção de Bacton Wood, a nordeste de Aylsham. Se o bosque pegasse fogo, poderia pôr em risco a Abadia de Broomholm e queimar léguas de floresta virgem, ameaçando até a sua reserva favorita para caçar veados e javalis. Sacudiu as rédeas do cavalo e enterrou os calcanhares em seu flanco. O ar tornara-se mais denso, indicando que o fogo vinha de algum ponto mais próximo do que Bacton Wood, mais ainda do que Aylsham. Podia ser a cabana de um dos rendeiros ou uma das muitas choças espalhadas pelos campos, usadas para estocar cereais e guardar as carroças, ou até mesmo uma choupana de pastor. Toda aquela fumaça ondulando encrespada, porém, não viria de uma simples choupana. E, de fato, à medida que se aproximava de seu destino, concluiu que a origem da conflagração poderia muito bem ser a própria casa de Blackingham. Sir Guy esporeou com força o cavalo recalcitrante na direção da fumaceira. Também tinha interesses ali.

Oito

Nana, nani, nana, nani,
O falcão [i.e., a morte] *arrebatou-me o companheiro.*
– DE UM POEMA LÍRICO DO PRINCÍPIO DO SÉCULO XV

No dia em que a casa da lã pegou fogo, Lady Kathryn estava ocupada apagando outros incêndios. Acabara de ter uma discussão com Alfred, que se queixava, cheio de rancor, de ter sido relegado ao "curral das tosquias". Ela protelara a sua volta por mais duas semanas, insistindo que permanecesse em seu posto até que fossem efetuadas as contas das colheitas e recebidos os pagamentos das rendas, "para manter Simpson honesto". Além disso, restava ainda um fardo de lã a ser vendido para o comerciante de Flandres – 240 libras, não tosquiadas mas arrancadas, para produzir um fio de melhor qualidade – que ela estava segurando para obter um preço melhor quando o mercado não estivesse mais tão saturado.

– Só por duas semanas, até seu aniversário – dissera, prometendo ainda um banquete de aniversário digno de um jovem lorde.

Sentia falta dele, de sua risada fácil, sua espirituosidade, sua energia irrequieta; mas receava trazê-lo de volta. Finn também não ficaria satisfeito. Ela lhe prometera que manteria Alfred longe de Rose. Mas Alfred era seu filho. Finn teria apenas que vigiar melhor a filha, proibir a Alfred a proximidade que autorizara entre Colin e Rose. Ela os vira trabalhando juntos para preparar os manuscritos de Finn e brincando de pique no jardim, suas gargalhadas alcançando a janela de onde os observava. Colin era sempre muito sério e meditativo, de modo que sua amizade com a moça agradara Kathryn. Uma ou duas vezes, porém, pensara ter visto passar entre eles um olhar que sugeria algo mais, uma intimidade maior, menos inocente. Mencionara o fato a Finn, que lhe dissera para tirar a idéia da cabeça. Os dois eram apenas amigos, crianças que nada sabiam das coisas do mundo. E quanto a Alfred? Finn não era tão confiante com relação a Alfred.

Bastou pensar em Finn para ter saudades dele. Partira três dias antes para a

Abadia de Broomholm com suas páginas prontas enroladas com cuidado dentro dos alforjes. Só o esperava de volta no dia seguinte. Dormira sozinha aquelas duas noites e sentia falta do corpo dele envolvendo-a como um xale, sua respiração aquecendo seu pescoço. Apenas tê-lo por perto já lhe dava uma estranha sensação de conforto. O calor dentro dela que às vezes fervia e transbordava convertera-se em uma lagoa de tépida placidez. As dores de cabeça também haviam melhorado. Fazia semanas que não tinha nenhuma crise. Até aquele dia.

Tornara-se uma mulher de comportamento licencioso, embora, rigorosamente falando, não tivessem cometido adultério. Finn salientara isso depois da primeira vez em que se deitaram juntos, a primeira vez em que ele lhe soltou o cabelo e beijou seu pescoço, a primeira vez em que acariciou seus seios com as mesmas mãos graciosas com que dava cor aos textos sagrados. Havia tempo que sua Rebekka estava morta, assim como Roderick, argumentou ele. Até a Igreja admitia as necessidades do corpo – não se tratava de um pecado *mortal*; tudo seria facilmente expungido com uns poucos Padre-Nossos. Depois, ele beijou sua testa e segurou seu queixo com as duas mãos em concha, levantando-lhe o rosto para que o encarasse. E disse que a união deles era mais do que a satisfação de apetites animais, era uma união espiritual. Portanto, devia ser, tinha de ser sancionada por Deus. A prova disso, alegava, era a alegria que partilhavam.

Kathryn colocara de lado seu sentimento de culpa e aceitara a convicção dele como uma propina para acalmar sua consciência. Ele se tornara seu confessor. Só ele podia livrá-la de sua culpa. Agora, porém, em sua ausência, a culpa a revisitava. A Virgem não aprovava a fornicação, Kathryn tinha certeza. Não que tivesse se comunicado com Ela nos últimos tempos – sem um padre para a vigiar, nem ao menos rezava mais as vésperas e, às matinas, muitas vezes estava entregue a outras ocupações.

E também vinha sendo negligente em outras questões. Embora seu fluxo de mulher fosse irregular – sangramento abundante e depois nada durante meses –, ela desconfiava que ainda era fértil. E não fizera caso. Chegara a devanear sobre ter um filho dele, olhara para a linda Rose e desejara uma filha. Uma filha do amor, nascida fora do matrimônio, não aceita pela sociedade, objeto de pena e desprezo. Santa Mãe de Deus, ela fora muito, muito insensata. E contudo, mesmo consciente disso, ainda assim sentia falta de Finn e ansiava por sua volta.

Depois da discussão com o filho mais velho, sentiu a antiga tensão conhecida no rosto, a dor aguda como uma pontada ferroando-lhe sob o osso da face. Perdera a paciência, gritara com ele, chamara-o de irresponsável como seu pai. Teria de ir atrás dele e pedir desculpas. Faria as pazes com o filho em seu aniversário. Por enquanto, precisava de uma bebida fresca. Foi para a cozinha à procura de Agnes.

De início, Kathryn não fez caso da fumaça. A cozinha estava sempre enfumaçada, com carnes assando e gorduras chiando na lareira. Se o ar no interior do aposento cavernoso parecia mais azulado do que de costume, Kathryn atribuiu o fato apenas ao sol de outubro que entrava pela porta dos fundos, aberta naquele momento para deixar sair o calor da cozinha. A claridade jorrava pelo interior e iluminava uma névoa azul que pairava em camadas por cima da mesa de madeira onde Agnes trabalhava. A velha mulher havia sido uma presença constante na vida de Kathryn e, apesar de considerar a serva uma simples propriedade, como todas as pessoas de sua classe social, ainda assim sua companhia proporcionava-lhe uma sensação de bem-estar, da mesma forma que uma criança tem apego a um velho brinquedo favorito ou a um cobertor gasto pelo uso. Era raro, sabia bem, uma casa nobre ter uma mulher encarregada da cozinha, mas Kathryn fizera questão de incluir Agnes em seu contrato de casamento. As terras de Blackingham haviam sido seu dote e, no caso de sua morte, passariam a pertencer a Roderick. Venenos eram uma ameaça constante quando a vida doméstica não ia bem. Portanto, empenhara seus esforços para ter certeza de que encontraria lealdade em sua cozinha.

– Agnes, preciso de uma bebida fresca.

Deixou-se cair em um banco de três pernas que se encontrava ao lado da mesa de trabalho, o mesmo que Finn usava em suas visitas à cozinheira, menos freqüentes agora – suas horas de lazer vinham sendo preenchidas de outra maneira.

Agnes inclinou a cabeça para a criadinha encarregada de lavar a louça, que estava em um canto.

– Pegue uma caneca na prateleira acima de sua cabeça e vá buscar um pouco de leitelho na adega para sua senhora.

A menina, uma garota magricela de uns quatorze anos, primeiro pareceu não escutar, mas depois esticou-se para apanhar a caneca.

– Espere, é melhor lavar essas mãos sujas primeiro. Vi você fazendo festa naquele cachorro sarnento para o qual está sempre dando sobras de comida.

A menina andou devagar até a bacia de estanho pousada na ponta da mesa e começou a lavar as mãos. Não as lavou de modo superficial e apressado, como as crianças costumam fazer, mas parecendo estar em transe, deslizando uma das mãos sobre a outra, metódica, enquanto a água pingava delas e respingava em sua camisa manchada de cinzas do borralho.

– Chega de tanto se lavar. Ande, Lady Kathryn não pode ficar esperando o dia inteiro. E traga a caneca com cuidado.

– Nunca a vi por aqui antes – disse Kathryn quando a menina saiu.

A imponente cozinheira suspirou como se levasse uma panela pesada para cima do fogão, depois enxugou no avental as gotas de suor do rosto.

– É uma simplória. A mãe implorou para que eu tomasse conta dela. Disse que não tinham mais como alimentá-la. Mas ela dá mais trabalho do que ajuda. Vou acabar tendo de a mandar embora.

Mas Kathryn sabia que, apesar de sua rabugice, ela ficaria com a menina, que por sua vez não receberia muitos elogios da cozinheira, mas seria bem alimentada. Embora Agnes alimentasse muitos dos vagabundos das redondezas de Aylsham com comida da cozinha de Blackingham, Kathryn sabia que a cozinheira era uma administradora frugal e, provavelmente, economizava na mesma proporção em que dava. Além disso, atos de caridade eram atos de contrição, e, com seu silêncio, Kathryn considerava que também participava da caridade de Agnes.

Olhou para o amontoado de farrapos em um canto perto da lareira. Uma cama própria para um cachorro, não para uma criança, diria Finn se estivesse ali.

– Agnes, providencie um catre com palha e um cobertor quente para essa menina. As noites estão ficando frias.

O rosto da cozinheira mostrou surpresa.

– Sim senhora, milady. Vou cuidar logo disso.

Kathryn tossiu.

– O ar está pesado aqui hoje. A chaminé tem sido limpa ultimamente?

– Sim, senhora, foi limpa no mês passado. Mas ventou o dia inteiro, e o vento atiçou as brasas.

A menina voltou com o soro de leite, entregou-o timidamente a Kathryn fazendo o que poderia passar por uma reverência. Kathryn notou que a caneca de estanho estava apenas pelo meio, mas não disse nada. Ou a garota derramara a metade no caminho ou não a enchera com medo de derramar e apanhar por isso.

Agnes fez um sinal para a menina com uma colher pesada.

– Agora, vá até o pombal e traga dois pombos. É a casa de pedra que fica atrás da lavanderia. Você sabe onde é a lavanderia, por trás da casa da lã.

A menina assentiu com um gesto, muda, depois hesitou, como se estivesse insegura sobre as instruções que recebera.

– Dois pombos gordos – disse Agnes. – Ande logo, vá.

– Você bate nela, Agnes? – Kathryn espantou-se ao ouvir a pergunta vir de sua própria boca. Mas algo na menina tocara seu coração, de uma certa forma inexplicável a fizera lembrar-se de si mesma. Inexplicável, porque fora educada como uma criança privilegiada. Mas ainda assim conhecia o medo de errar, a trêmula insegurança diante da autoridade.

– Bater? Não, a não ser uma ou outra pancada com a colher para chamar a atenção dela.

– Uma pancada leve, com uma colher pequena – aconselhou Kathryn. – Ela é franzina.

Naquele exato momento, o motivo de sua preocupação assomou à porta, sem os pombos, os olhos arregalados de susto.

Agnes suspirou.

– O que é, criança, não conseguiu encontrar o pombal? Eu disse a você...

A menina interrompeu-a, a voz quase em um sussurro.

– As senhoras vão me desculpar – olhou para Lady Kathryn e depois para Agnes, aparentemente incapaz de discernir a diferença de classes entre ambas, vistas de sua posição inferior –, mas voltei para contar.

– Contar o quê? O que é que você está aí resmungando? – perguntou Agnes.

– É o incêndio. A casa da lã está pegando fogo – murmurou a garota.

A casa da lã. De repente, Kathryn tomou consciência do cheiro mais forte trazido pela fumaça. Não era o cheiro da gordura pingando na lareira da cozinha, era cheiro de lã queimada. Duzentas e quarenta libras de lã – todas de lucro. Empurrou a menina para o lado e correu na direção da casa da lã. Entretanto, no lugar onde deveria estar a casa, só avistou espirais de fumaça negra e labaredas alaranjadas.

Quando Kathryn chegou à casa da lã, a construção já fora completamente engolida pelo fogo. Simpson e alguns outros, na maioria camponeses e cavalariços de Blackingham, postavam-se na direção oposta do vento e da fumaça densa, baldes de couro vazios nas mãos, sem utilidade. Observaram um canto do telhado afundar e, com um grande estalo, rachar e cair.

– Não adianta, não dá mais para apagar – disse Simpson, mas Kathryn reparou que ele nem ao menos transpirava e tampouco segurava balde algum.

– É, igual a mijar no mar.

O homem que falava, e que Kathryn não conhecia – devia ser um dos pequenos proprietários rurais contratados por Simpson para preparar as choças para o inverno –, arreganhou um sorriso sem dentes que lhe separou os bigodes maltratados.

Ao ver Lady Kathryn se aproximar, seu sorriso desapareceu. Tirou o gorro surrado com um gesto ligeiro de fria deferência.

– Desculpe, senhora.

Simpson adiantou-se, empurrando o trabalhador para o lado como se ele fosse um feixe de palha ou um galho de árvore que lhe impedisse o caminho.

– Não houve nada que pudéssemos fazer, milady – declarou. – A casa pegou fogo como se fosse de papel. As tábuas do assoalho, impregnadas durante anos pela cera da lã, serviram para alimentar o fogo. E ainda havia a saca de lã.

Kathryn adoraria poder apagar o sorriso falso naquele rosto presunçoso. Se tivesse alguém, qualquer pessoa, da mesma classe e nas mesmas condições para pôr em seu lugar, ela o despediria na hora. Cerrou os dentes e inalou uma dose pesada do ar enfumaçado, o que resultou em um acesso de tosse e constituiu mais um golpe em seu humor e sua dignidade. Seus olhos ardiam, irritados pelas cinzas e pela frustração. Sua têmpora esquerda latejava.

Estivera contando com o lucro daquele último fardo de lã para suprir os filhos de roupas novas. Só um manto chegava a custar três xelins, dois dias de pagamento para um trabalhador rural. Estando próximo o aniversário dos filhos, precisaria de mais soberanos de ouro para as provisões. Com uma libra de açúcar de cana ou de especiarias custando cinco vezes a paga diária de um trabalhador experiente, ia ficando cada vez mais difícil manter as aparências. Vinha restringindo e cortando gastos para pagar os impostos de transmissão *causa mortis*, mas, com os jovens lordes de Blackingham atingindo a maioridade, esperaria-se dela mais e melhor hospitalidade.

– Não compreendo como isso pôde acontecer – gritou ela acima do rugido do fogo e entre os acessos de tosse. – O vento atiçou as chamas, mas o que provocou a primeira faísca? Há semanas que não se vê uma nuvem negra de trovoada.

– Alguém provavelmente deixou uma lamparina perto demais do fardo de lã. – Seus olhos desviaram-se para Agnes e para a copeirinha, que haviam seguido Kathryn e se mantinham ali perto, observando. Simpson elevou a voz para que o ouvissem. – Alguém descuidado. Ou bêbado. A senhora pode perguntar ao pastor. Isso, se ele der as caras por aí.

O homem desdentado farejou o ar e esfregou a cabeça careca, enrugada como um nabo velho.

– Se quer saber, acho que essa fumaça tem um cheiro muito esquisito. Não é só de lã queimada, não. Parece mais de carne queimada.

Torceu a boca e cuspiu. O cuspe fez um buraco no vento e caiu junto aos pés dele como uma mancha de espuma. E ele continuou.

– Se eu fosse a senhora, milady, contava as cabeças para ver se não está faltando alguém que seja importante para mim.

Fez o comentário com ar displicente, como se falasse de uma carroça ou de uma xícara que tivesse sumido. Kathryn também percebeu o odor pungente misturado ao da fumaça, temperando o cheiro de lã e madeira queimadas com o de carne, pele e cabelo carbonizados. Seu estômago contraiu-se, prestes a despejar seu conteúdo.

Alfred. Onde estava Alfred? Não deveria estar junto com o capataz?

Simpson sabe o que estou pensando, refletiu. E mesmo assim está esperando, divertindo-se com o momento. Vai me fazer perguntar.

Procurou não deixar que sua voz a traísse.

– Simpson, sabe onde está o senhor Alfred?

– Vi o patrãozinho há pouco indo para o pátio. Dirigia-se para o White Hart, imagino. Do jeito que xingava o cavalo, eu diria que ia tomar um caneco de cerveja para esfriar o ânimo. Acho que esteve com milady antes, não esteve?

O alívio inundou-a, dando-lhe forças para ignorar a insinuação maldosa do capataz. O calor do fogo chamuscava-lhe o rosto. Veio uma lufada de vento e uma quantidade de fagulhas elevou-se quando o telhado desmoronou com um chiado e um rugido. O grupo de observadores deslocou-se de comum acordo para a direção oposta das fagulhas. As labaredas, em parte saciadas, não mais engoliam, vorazes, mas roíam aos poucos os ossos carbonizados da construção. O calor intenso demais não permitia que ninguém se aproximasse. Ela tentou enxergar algo no meio daquele inferno, onde o teto caíra. Um mendigo, talvez, buscando abrigar-se do vento frio da noite anterior, ou algum animal que se esgueirara por baixo da porta empenada. Um arrepio passou-lhe pelo estômago. Coitado do pobre-diabo, fosse ele gente ou bicho, que se encontrava sob aquelas brasas incandescentes. Graças a Deus, porém, não era Alfred. E Colin não tinha nada a ver com a casa da lã.

– Não há mais nada a fazer aqui – bradou, para que a ouvissem acima do crepitar do fogo. – Voltem ao trabalho. – Deu as costas aos homens. Deixou escapar um suspiro que rivalizou com o ciciar do incêndio. – Venha, Agnes. Só nos resta agora deixar o fogo se consumir. O que se perdeu já está mesmo perdido e não adianta, não se pode recuperar.

A copeirinha saiu correndo como um coelho assustado – provavelmente para sua cama de trapos ao lado da lareira da cozinha, pensou Kathryn. Mas a velha não se moveu. Sem enxergar Kathryn, olhava fixo para a frente da casa, onde estivera a porta. Então, começou a correr na direção do incêndio, tropeçando quando as saias se enrolaram desajeitadas em suas pernas. Mas recuperou o equilíbrio e prosseguiu com dificuldade, como se nadasse contra uma correnteza forte. Parecia querer atirar-se ao fogo. Kathryn foi atrás dela, chamando-a.

– Agnes, volte. Vai se queimar se chegar mais perto! Volte aqui! Deixe disso!

Mas quando Kathryn a alcançou, Agnes caíra de joelhos e gemia em voz alta e aguda, balançando o corpo para a frente e para trás ao ritmo dos gemidos. Segurava com força alguma coisa junto ao peito, algo que apanhara no chão. Lady Kathryn ajoelhou-se ao lado dela e, com delicadeza, abriu-lhe os braços para ver o que ela encontrara.

Era uma sacola de pastor. A bolsa de couro que John carregava. Kathryn não se lembrava de jamais o ter visto sem ela. O cheiro que o trabalhador antes mencionara, o cheiro de carne queimada, era o do marido de Agnes consumindo-se dentro da choupana.

O calor das chamas era escorchante, mas Kathryn ficou ajoelhada junto de Agnes envolvendo-a em seus braços.

– Não sabemos com certeza, Agnes. John pode ter ido procurar ajuda e pode estar de volta a qualquer minuto.

Os minutos se passaram, parecendo uma eternidade, e John não apareceu. Simpson e o grupo de espectadores afastaram-se, decerto temendo serem convocados para desempenhar algum ato de heroísmo. Mas Kathryn sabia que não havia o que fazer. Se era mesmo o corpo de John que estava queimando sob o telhado caído, pouco restaria a enterrar.

As duas mulheres, juntas diante daquela pira funerária, pareciam antigas adoradoras rezando em um sacrifício pagão. As pernas e os ombros de Kathryn doíam de tanto permanecerem na mesma posição muito depois de Agnes ter parado seu lamento fúnebre e tentado falar. Os olhos dela estavam secos. Não houvera lágrimas, só aquele gemido desesperado, terrível, mais animal do que humano. Pela primeira vez, em todo o seu longo relacionamento com a criada, Kathryn conscientizou-se de que aquela pessoa cujos serviços ela sempre dera por certos era mais parecida do que diferente daquela a quem servia. A dor de Agnes por seu John era tão profunda e real quanto qualquer dor que Kathryn pudesse sentir. Verdade seja dita, Kathryn não chorara a morte do marido. Mas *sabia* como era aquele tipo de dor. Não sentira pelo marido, mas poderia sentir pelos filhos. Talvez até por Finn. Sentiu outra vez um arrepio de alívio por não ser seu filho quem se encontrava no interior da casa em chamas. Depois, veio a culpa. Culpa por estar contente de saber que, se alguém estava lá dentro, esse alguém era John e não Alfred.

– Se for John, vou comprar missas pela alma dele, Agnes. E, quando o fogo se extinguir, resgataremos seu pobre corpo e o enterraremos junto da capela.

– A senhora faria isso por John, milady? Depois do que Simpson disse? – E acrescentou, antes que Kathryn respondesse: – Ele estava errado, sabe, meu John nunca bebe durante o dia. Só à noite, quando a tristeza toma conta dele. Nunca toca em bebida forte quando está trabalhando.

– Eu sei, Agnes. Tire isso da cabeça. Sei que John era um bom criado, e que você e ele são leais a Blackingham.

– Leais, sim. Mas John não teria ficado, e não teria estado aqui para morrer se não fosse por mim. – E os ombros dela começaram a estremecer, sacudidos por soluços sem lágrimas.

Kathryn sabia do que ela falava. Fazia tempo que sabia ser a lealdade de Agnes o que impedia o casal de procurar a liberdade das estradas e o próprio sustento como pequenos proprietários rurais independentes.

– Venha. – Soergueu a mulher, naturalmente corpulenta, que a tristeza tornava ainda mais pesada. – Não há nada que possamos fazer por John. – E acrescentou, sem muita convicção: – Se for mesmo John.

Tirou a sacola de couro das mãos de Agnes e levantou a aba, procurando uma pista qualquer. Lá estavam a costumeira caixa de alcatrão, um barbante, uma faca e um pedaço de pão com queijo e cebola envoltos em pano encerado. Agnes chorou alto quando viu o conteúdo da sacola.

– Preparei isso antes de ele sair essa manhã. Disse que estaria no campo mais afastado e talvez não voltasse antes do anoitecer – explicou ela, a voz entrecortada.

Kathryn tirou uma garrafa de couro de dentro da sacola, retirou o tampão de pano que lhe servia de rolha e cheirou o líquido. O odor forte de álcool a fez franzir o nariz.

– Veja, Agnes, ainda está cheio. Nem um gole. Se John entrou naquela cabana, foi por uma boa razão. A maneira como a sacola dele estava junto à porta dá a impressão de ter sido jogada ali às pressas. Ele viu alguma coisa. Talvez tenha visto o fogo, então atirou longe a sacola e correu para apagá-lo. – Puxou Agnes para si, abraçando-a. – Talvez o seu John tenha morrido como um herói, Agnes.

A cozinheira levantou os olhos para sua senhora, seu rosto uma máscara contorcida de sofrimento.

– Ele *viveu* como um herói, milady. E eu nunca disse isso a ele.

Ao cair da noite, os restos mortais carbonizados do que havia sido outrora o marido de Agnes foram retirados do entulho fumegante. Sir Guy havia chegado assim que Kathryn e Agnes voltavam para a casa principal e, a pedido de Kathryn, rapidamente organizou um grupo de homens para combater o fogo – o grosseiro capataz não deixou que o xerife notasse sua relutância em ajudar – a fim de resgatar o corpo de John. O crepúsculo descia quando os homens chamaram as mulheres de novo para o local. Carregaram o pastor para fora dos escombros, enrolaram-no em um cobertor limpo e, solenes, apresentaram-no primeiro a Lady Kathryn, depois à viúva. Agnes emitiu um breve som abafado, palavras embargadas que Kathryn não foi capaz de decifrar, mas cuja intenção o movimento nervoso das mãos da outra revelava claramente. Agnes queria que afastassem o cobertor para que ela pudesse ver o rosto do marido. Kathryn compreendeu aquela necessidade de ter certeza.

– Milady, eu não aconselharia... – começou Sir Guy, mas, a um aceno brusco de Kathryn, deu de ombros em aquiescência e, ajoelhando-se ao lado do corpo, abriu o cobertor para mostrar o rosto do homem morto.

Kathryn teve de virar a cabeça para reprimir a onda de náusea, mas amparou Agnes em seus braços quando sentiu o corpo da viúva vergar-se de encontro ao seu. A carne e os ossos queimados de John não mais pareciam humanos. A pele de seu rosto fora-se toda. Duas órbitas escancaradas e derretidas no lugar dos olhos destacavam-se no crânio sem cabelos, coberto de tiras soltas de carne enegrecida que ainda se consumiam. Mas um chumaço do conhecido cabelo grisalho e esfiapado não se queimara e ainda permanecia atrás da orelha esquerda.

Kathryn deixou que o corpo de Agnes deslizasse devagar para o chão e ela ficasse ao lado do marido. Quando a mulher começou a soluçar, Kathryn não tentou convencê-la a calar-se, deixou-a extravasar sua dor. Finalmente, quando achou que Agnes não agüentava mais e estava muito fraca para resistir, ela meio que levantou, meio que arrastou dali a nova viúva.

– Levem o corpo de John para a capela – determinou. – Iremos para lá em seguida. – Depois, virando-se para Sir Guy: – Ficaria muito grata, senhor, se fosse a Saint Michael buscar o padre. A alma de John precisa ser absolvida. Esta noite. Para a paz de espírito de Agnes. Vou mandar alguém de minha casa o acompanhar.

Correu os olhos pelo aglomerado de circunstantes e divisou Colin, pálido e abatido, parado em uma das extremidades do grupo. Isso é demais para ele, pensou. Parece doente. Mas não tinha tempo de cuidar dele naquele momento.

– Gostaria que permitisse que Colin o acompanhasse, Sir Guy. Meu filho mais moço tem uma alma sensível. E uma ocupação é um bálsamo para a mente perturbada. Eu o mandaria sozinho, mas com a noite chegando... até o Padre Benedict se sentirá mais seguro viajando em sua companhia.

– Padre Benedict? A senhora não tem um confessor particular?

Ela notou que o rosto dele expressava desaprovação. Por que todos se preocupavam tanto com o estado de sua alma?

– Morreu de disenteria na última primavera – respondeu, procurando não deixar transparecer na voz a irritação que estava sentindo. – Ainda não encontrei substituto, mas mantenho uma rotina de devoções particulares.

Não era propriamente uma mentira. Apesar de não seguir as horas canônicas, desfiava diariamente as contas de seu rosário e de vez em quando visitava a pequena capela de tijolos ligada aos fundos da casa principal. Ela e Finn tinham até ido lá duas vezes juntos, sentado no primeiro dos quatro bancos existentes e rezado diante da pequena imagem dourada da Virgem que se encontrava sobre o altar. As devoções dele eram menos tradicionais, mas de certa forma mais pessoais do que as dela. Ele não rezava orações nem desfiava o rosário, simplesmente permanecia sentado, imerso em contemplação, enquanto ela murmurava as Ave-Marias.

Sir Guy calara-se, como se esperasse mais explicações.

– Confiamos no padre de Saint Michael. O Padre Benedict serve bem a Blackingham. Com os lucros da lã, contribuímos generosamente para a construção da Igreja de Saint Michael.

Se alguma dúvida ainda lhe restava sobre o cumprimento das obrigações religiosas em Blackingham, ele as guardou para si. O olhar desaprovador desapareceu, dissipando-se tal e qual palavras escritas na areia, e deu lugar àquela fisionomia mais reservada, fechada, que lhe era mais habitual. Kathryn não nutria nenhum sentimento de grande simpatia por Guy de Fontaigne. Achava-o pretensioso e dissimulado – quem sabe até perigoso, mas apesar de tudo estava contente por ele se encontrar ali naquela hora.

E o sorriso dele quase a reanimou quando ele bateu os calcanhares e disse:

– Às suas ordens, minha senhora. Não voltarei sem o padre e vou tentar distrair a mente de seu filho do horror que acabou de presenciar.

Tendo resolvido a questão do padre e de Colin, podia agora dar atenção à tarefa mais árdua. Chegou a lhe passar pela cabeça chamar Glynis para ajudar

Agnes com o corpo, mas o olhar vazio no rosto da velha cozinheira dizia a Kathryn que teria de ser ela quem orientaria o banho – se é que um cadáver carbonizado podia ser lavado – e o amortalhamento. Kathryn deu graças a Deus pelo seu estômago forte. Quem lhe dera conseguir agüentar da mesma forma a dor de cabeça.

Levou Agnes para a cozinha, sentou-a diante do fogo e levou-lhe aos lábios uma caneca de cerveja escura.

– Beba isto – ordenou.

Agnes abriu os lábios e engoliu a bebida, seus movimentos rígidos, espasmódicos, como um mímico representando em um auto de Natal.

– Agnes, se você acha que não vai conseguir preparar o corpo de John, posso chamar Glynis para me ajudar.

A anciã sacudiu a cabeça, um gesto tenso, brusco.

– Não, é meu dever. É a última coisa.

Kathryn afagou-lhe o ombro para a reconfortar.

– Vamos fazer isso juntas, então.

Teve uma súbita imagem do que Roderick teria dito sobre ela tocar o corpo de um servo, a que se seguiu uma onda de saudade de Finn, de sua força, sua confiança, sua compaixão.

Simpson entrou arrastando os pés pela porta da cozinha.

– O corpo está na capela, milady. Se não precisa mais de mim, vou voltar à minha ceia. Meu criado tinha acabado de servi-la quando Sir Guy solicitou minha ajuda.

– Perfeitamente, Simpson, vá. Seria um pecado deixar a sua ceia esfriar.

O rosto dele ficou vermelho como um presunto cozido. Virou-se para sair, mas antes disparou uma última ferroada por cima do ombro.

– Aliás, milady, se pretende investigar o incêndio da casa da lã, pode começar interrogando aquele seu filho.

Animal grosseiro. Lançar uma insinuação daquelas e bater em retirada antes que ela pudesse responder. Seria possível que Alfred fosse responsável pelo incêndio, que o tivesse causado por descuido? Ou pior, em um acesso de raiva? Naquela manhã mesmo tinham discutido. Mas aquilo era loucura. Ele também sairia perdendo. Entretanto, quem podia penetrar os mistérios do temperamento e da falta de lógica da juventude? Ela conversaria com ele sobre o assunto assim que o encontrasse, contanto que estivesse sóbrio o bastante para lhe dar uma resposta satisfatória. Por enquanto, tinha trabalho a fazer.

Enquanto Agnes permanecia sentada como uma figura de madeira ao lado do fogo da cozinha, observada pela criadinha de olhos arregalados, Kathryn foi buscar um lençol de linho lavado. Escolheu um de trama grosseira e então, com um suspiro, procurou bem no fundo da arca e tirou um mais fino. Esquadrinhou o emaranhado dos fios de seda de sua cesta de costura até achar um com espessura e resistência adequadas, depois apanhou sua caixa de agulhas.

Ao descer as escadas, quando voltava para a cozinha, encontrou Glynis e mandou que pusesse a mesa no solário. Mais tarde, teria de providenciar mantimentos para uma refeição adequada. Sir Guy, o padre e os filhos, todos teriam de ser alimentados. Mas não podia pensar naquilo no momento.

Entrou novamente na penumbra da cozinha enfumaçada e aproximou-se da cozinheira o mais docemente que pôde.

– Vamos, Agnes. Vamos fazer algo por John pela última vez.

Juntas, caminharam em direção à capela a fim de costurar o homem morto em seu sudário.

Nove

O negro corvo sob os beirais simboliza os reclusos que vivem sob os beirais das igrejas, porque sabem que devem ser tão santos em suas vidas que toda a Santa Igreja, ou seja, o povo cristão, possa buscar apoio neles... Por esta razão, chamam-se anacoretas e ancoram-se sob uma igreja tal como uma âncora sob o costado de um navio, que o mantém de modo que as ondas e tempestades não o façam emborcar.

— *Ancrene Riwle*

(LIVRO DE REGRAS PARA ANACORETAS, SÉCULO XIII)

Finn apreciou muito sua viagem para a Abadia de Broomholm. O dia estava lindo, quente para o mês de outubro, pelo menos em comparação com os outubros tristonhos aos quais se acostumara nas montanhas que formam a ondulada fronteira entre a Inglaterra e o País de Gales. Até em Londres as chuvas de inverno já deviam ter chegado. Mas ali estava tudo ensolarado, o verão ainda se deixava ficar, e havia muitos dias que não chovia. Passara a noite como hóspede da abadia, não como os peregrinos e viajantes que se abrigavam na ala da pousada, mas como convidado especial do abade. Jantou bem e dormiu profundamente. Rodeado pelos séculos de silêncio que impregnavam as paredes de pedra, sonhou com Kathryn e acordou com um sorriso no rosto e os lençóis úmidos – uma circunstância que não experimentava desde a adolescência.

Naquela manhã, tomara seu desjejum com o abade, que examinou, apertando os olhos, a decoração intricada e as cruzes douradas entrelaçadas sobre o fundo cor de amora das páginas-tapete.

– Estas folhas de guarda estão primorosas. Muito complexas. É o verdadeiro teste da habilidade de um mestre de iluminuras. Simetria perfeita! Você sabe usar um compasso tão bem quanto um pincel. Vamos ser obrigados a fazer uma capa à altura delas.

Finn recebeu os elogios com a satisfação de um artista, o que deu um sabor ainda melhor aos excelentes pães, queijo e presunto do desjejum oferecido pelo abade. Este folheou as páginas dos primeiros cinco capítulos, examinando cada uma com cuidado, acompanhando com os dedos cheios de anéis os motivos pintados à têmpera.

– Excelente trabalho. Não poderia agradar-me mais.

Entregou as páginas ao irmão Joseph, que espreitava por cima de seu ombro, lançando olhares desconfiados para Finn. Na viagem inicial de Broomholm para Blackingham, o monge havia sido uma companhia amável, e Finn cumprimentara-o calorosamente na véspera, mas não fora bem recebido. Desde então, vinha tentando adivinhar o que fizera que pudesse ter ofendido o padre.

– Sua arte é digna do texto – declarou o abade – e contratei um ourives de certo renome. A capa do livro será de ouro batido com pedras preciosas engastadas.

– Vossa Excelência também merece cumprimentos pelo trabalho de seu *scriptorium*. Eles me forneceram um texto bem espaçado. – Os monges tinham realizado a tarefa enfadonha de copiar o texto, deixando apenas as grandes maiúsculas quadradas e, é claro, as margens para ele. – Meu latim não é tão fluente como deveria, mas sei reconhecer uma boa transcrição.

Finn percebia com desconforto o olhar de desdém do irmão Joseph. A que se devia? A algo sobre as Escrituras e o texto. Era isso. A tradução. Wycliffe e sua tradução da Bíblia para o inglês. De repente, veio à mente de Finn a imagem do irmão Joseph debruçado na mesa do grande salão de Blackingham, a boca pequena contraída em um traço estreito, depois de ouvir algo que Finn dissera. A conversa era sobre Wycliffe e seus lollardos, e Finn lembrava-se vagamente de ter defendido, sem muito refletir, o clérigo tão combatido. Pouco sensato de sua parte, considerando-se as circunstâncias.

– Cuidado, irmão Joseph, para não borrar a tinta – recomendou o abade com ar severo, por cima do ombro.

Depois, virou-se outra vez para Finn, sentado diante dele à mesa, empurrou a cadeira para trás e pousou os dedos trançados sobre o peito, cobrindo a cruz trabalhada que lhe pendia do pescoço. Tinha a aparência de um homem satisfeito consigo mesmo.

– Finn, você merece a reputação que tem.

– Estou contente por vê-lo satisfeito.

– Satisfeito? Estou mais do que satisfeito. Um trabalho assim merece um bônus. Ricos pigmentos... e tanto ouro nas folhas de guarda... Sei que não custa pouco, meu caro.

Fez um sinal para o irmão Joseph, que parecia compreender suas ordens silenciosas. O monge logo voltou trazendo um pequeno cofre entalhado, que depositou com cuidado na frente do abade, dando um passo atrás em seguida.

A rigidez de sua postura demonstrava o seu desagrado, que o abade ignorou enquanto vasculhava as chaves presas à sua cintura, abria a tampa e contava seis moedas de ouro. Entregou-as a Finn.

– Agradeço a sua generosidade.

– Você fez jus a cada xelim.

– Estou contente por ser um humilde servo da abadia.

O abade então apanhou várias moedas de prata e colocou-as em uma pequena bolsa, que fechou puxando as tiras e também entregou a Finn.

– E isto é para a senhora de Blackingham. Poderia fazer a gentileza de cuidar para que ela a receba?

– Entregarei pessoalmente a ela.

Finn sorriu e enfiou a bolsinha dentro da sua, que era maior e pendia do seu pescoço por dentro da camisa.

– Espero que você e sua filha estejam bem instalados em Blackingham.

– Garanto-lhe que sim.

– E suas necessidades espirituais estão sendo atendidas tanto quanto as físicas?

Teria sido a umidade das paredes da abadia o que provocara uma súbita tempestade no nariz do irmão Joseph ou o que Finn ouviu foi uma fungada de desdém?

– Irmão Joseph, por favor, vá ao *scriptorium* buscar as páginas de texto que foram preparadas para o mestre levar.

Irmão Joseph saiu alvoroçado, de cabeça erguida e com ar indignado, obviamente percebendo que estava sendo afastado dali.

– Agora, podemos continuar – disse o abade.

– Lady Kathryn e todos em sua casa são piedosos. Minha filha e eu muitas vezes partilhamos suas devoções.

O abade demonstrou uma certa hesitação.

– Alegra-me sabê-lo. Houve alguma preocupação a esse respeito, já que ela não tem confessor. O Padre Ignatius, antes de sua desventurada morte, mostrou-se fortemente apreensivo, achava que as almas de Blackingham poderiam estar correndo perigo.

Finn imaginava que o irmão Joseph também tivesse contribuído para a preocupação do abade.

– Asseguro a Vossa Excelência que não é o caso. Os cofres de Lady Kathryn foram suficientemente esvaziados de modo a garantir a salvação de sua alma.

Quase de imediato, Finn arrependeu-se de ter feito a observação. O abade era seu patrono. Começou a desculpar-se.

– Vossa Excelência, por favor, perdoe-me...

– Não é necessário. Talvez, se os impostos do rei fossem menos onerosos...

– Talvez... – concordou Finn.

– Transmita à senhora nossos cumprimentos e toda a nossa gratidão e amizade.

A solenidade de seu tom de voz não ia além do que exigia a etiqueta. O abade, desconfiava Finn, era um homem que sabia para que lado soprava o vento.

Quando o irmão Joseph voltou, o anfitrião de Finn levantou-se, indicando com isso que seu encontro terminara. Finn também se levantou. O irmão Joseph entregou-lhe a cópia que acabara de ser transcrita e um embrulho lacrado.

Sobre o último, ele informou:

– Um mensageiro trouxe isto para o senhor na semana passada com instruções para o guardarmos até a sua chegada.

– Obrigado – disse Finn, pegando os dois embrulhos.

– Tem um sinete de Oxford – observou o irmão Joseph, desafiando-o com o olhar.

– É verdade – disse Finn, e enfiou os dois embrulhos debaixo do braço, dando a entender ao inquisitivo monge que não pretendia satisfazer sua curiosidade. – Vossa Excelência. Irmão Joseph. – Cumprimentou um de cada vez com um aceno de cabeça. – Agradeço sua hospitalidade e patronagem. Minha intenção é agradá-lo. Voltarei com a próxima etapa do trabalho pronta assim que puder.

– Estou contente que você e sua filha se encontrem seguros e bem abrigados em Blackingham. Nossas estradas às vezes ficam intransitáveis quando o inverno se instala. A estação fria chega abruptamente em East Anglia. É como um marido impaciente que toma sua noiva sem lhe fazer a corte e sem qualquer cerimônia.

Ao escutar metáfora tão incongruente vinda de um homem cuja única companhia era a de religiosos, Finn por um momento se perguntou em que águas teria o abade navegado antes de ir encalhar em Broomholm.

O abade estendeu-lhe a mão.

– Que Deus o acompanhe – disse.

O irmão Joseph permaneceu calado.

Os soberanos foram mais do que suficientes para adquirir os pigmentos de qualidade superior de que necessitava para terminar o manuscrito. Era uma quinta-feira, dia de mercado em Norwich, e Finn chegou à cidade a tempo de esbanjar um pouco da quantia que não esperava receber. Comprou uma nova concha de cozinha para Agnes – que reclamava que a velha estava empenada – e presentes para Rose e Kathryn: botinas de couro fino, macias como luvas, muito diferentes das chinelas de couro costuradas que usavam habitualmente, e da última moda, vindas direto de Londres, onde a novidade agora eram os prendedores de prata chamados "fivelas". Estava quase seguro de ter acertado o tamanho do pé de Rose. Quanto ao de Kathryn, tinha certeza absoluta. Já o segurara em sua mão, sua palma acariciando-lhe o peito, e massageara seu calcanhar arredondado, contornara seus dedos esguios e perfeitos.

Ansiava por voltar para Kathryn e Rose. E também para iniciar logo o trabalho no novo material que lhe fora entregue em Broomholm, o códice de Wycliffe. Seria um tipo diferente de desafio. Instado por John de Gaunt, para quem fizera um Livro de Horas no ano anterior, aceitara o encargo, sem então ter conhecimento da controvérsia que se formava em torno do clérigo.

Intrigara-o o fato de Wycliffe ter usado o inglês para traduzir as Sagradas Escrituras e agradava-lhe a idéia de uma expressão artística menos pomposa, mais despojada. Era sem dúvida uma ilustração mais adequada para a história do Evangelho do que o exemplar vistoso, incrustado de pedras preciosas, que o abade tencionava fazer. E ficara impressionado com as maneiras do clérigo, sua franqueza, sua honradez, sua simplicidade no falar e até no vestir e se portar. Finn apreciara sua falta de pretensão, depois de ter experimentado um excesso de mundanismo e presunção quando esteve a serviço do duque. Tudo considerado, não se arrependia de ter aceito a incumbência, embora soubesse agora que era melhor ser discreto, que era mais prudente não abrir o pacote na presença do abade.

Verificou, satisfeito, que o sinete de Oxford não fora tocado.

A tarde terminava quando deixou o mercado e montou seu cavalo. Sentiu uma pontada no ombro. O abade tinha razão, o tempo ia mudar. O verão estava prestes a ir embora, mas era como devia ser. Tudo em sua ordem natural. Seria agradável passar os dias frios de inverno no casulo aquecido da casa senhorial de tijolos vermelhos, aconchegado com sua arte e as duas mulheres que amava. Mas ainda precisava fazer mais uma parada antes de voltar para Aylsham. Virou seu cavalo na direção da pequena Igreja de Saint Julian.

Assim que afastou a cortina, Julian reconheceu o homem que batia na sua janela de visitantes.

– Finn – exclamou. – Que prazer vê-lo!

Ainda segurava em uma das mãos a folha de pergaminho em que estava trabalhando.

– Bati na janela de Alice, mas não obtive resposta, de modo que vim até a sua janela. Agora vejo que interrompi seu trabalho. Desculpe-me.

– Não interrompeu nada além da minha frustração. E a interrupção é bem-vinda. Gostaria de poder oferecer-lhe algo para beber ou comer, mas Alice hoje não trabalhou para mim.

– Já comi. Mas trouxe-lhe pão fresco e mais uma gulodice.

Tirou um pacote de dentro do gibão e entregou-o a ela através da janela estreita. Ela abriu o embrulho com uma exclamação de prazer. O pão tostado era bem-vindo, mas a pequena barra castanha que viera junto com ele era decerto um tesouro.

– Açúcar. Ah, Finn, deve haver pelo menos uma libra aqui. Demais para uma só pessoa, com certeza. – Mentalmente, ela fez seus cálculos. Seriam necessários 360 ovos para permutar por uma libra de açúcar. Um ovo por dia. Suficiente para um ano inteiro. – Você tem de levar um pouco de volta.

– O abade pagou-me generosamente, e a casa de Blackingham alimenta-me bem. A senhora tem muitos visitantes. Há de encontrar uma boa maneira de partilhar o açúcar.

A voz dele soava como uma flauta de cana entoada baixinho. Ela se descontraiu, apaziguada por seus ritmos ondulados. Ele deu um tapinha leve no pão fresco com seus dedos longos manchados de tinta, com sua mão de artista. Ela conjeturou se apreciaria o trabalho dele. De alguma forma, sabia que sim.

– O pão ainda está quente, acabou de sair do forno – disse ele. – Coma um pouco antes que esfrie.

– Só se me acompanhar – replicou ela, sentindo de repente a alma leve. – Dê a volta e entre pelo quarto da Alice. Ela esconde uma chave debaixo do segundo degrau de pedra do jardim. Podemos partilhar uma refeição através da janela do quarto dela. É muito mais larga do que este postigo.

– Seria um prazer para mim comer um pão em tão santa companhia.

Enquanto esperava o som da chave na porta externa, Julian cortou duas fatias, o que fez o aroma de pão espalhar-se pelo aposento fechado. Em seguida, raspou a barrinha de açúcar e polvilhou uns poucos grãos em cada fatia. Quando terminou, ele já entrara e puxara um banco para perto da janela.

– Tenho leite fresco. Alice o trouxe antes de sair.

Ela puxou um banco para si do lado oposto, encheu duas canecas de estanho com o leite e pousou-as no peitoril da janela diante dele. Depois, derramou mais leite em um pires, que colocou no chão, junto aos pés. Uma sombra cinzenta destacou-se de um canto escuro e atravessou o quarto de um salto.

Finn deu uma risada e apontou para o gato cor de fumaça, que se regalava com o leite no pires.

– Estou vendo que arranjou um hóspede desde a última vez que nos vimos.

– Essa é Jezebel – explicou Julian, partindo algumas migalhas e jogando-as no prato da gata, acariciando o seu pêlo. – Meio-Tom trouxe-a para mim. Disse que a encontrou no mercado, faminta e quase sufocada pelo próprio pêlo.

– Tem um nome bastante improvável para a companheira de uma mulher santa.

– Padre Andrew, o pároco daqui, deu-lhe esse nome em um acesso de raiva. Ela derramou o vinho da comunhão.

– E esse padre permitiu que ficasse com ela depois de tamanho pecado?

– Sim, mas porque lhe mostrei a frase do *Ancrene Riwle*, o livro de regras dos anacoretas, que diz claramente que uma mulher santa pode ter um gato dentro do lugar onde está reclusa. Isso o convenceu... além do fato de ela ser uma excelente caçadora de ratos.

Os dois riram juntos. Era bom rir. Ela tivera poucos motivos para rir nos últimos tempos.

E conversaram enquanto partilhavam o leite e o pão: sobre Meio-Tom, sobre os hábitos de toalete de Jezebel, sobre as *Revelações* de Julian. Ele lhe perguntou sobre uma tigela de avelãs que se encontrava em cima do peitoril.

– Ofereço-as a meus visitantes. Para que se lembrem do amor de Deus. De como Ele ama as coisas mais diminutas que fez. Por favor, leve uma consigo quando se for. Vai lhe custar menos do que uma relíquia sagrada. Assim como a graça divina, não custa nada.

Reparou que o olhar de Finn desviara-se para o manuscrito que ela pusera apressadamente de lado. Embora houvesse uma pequena escrivaninha dentro da modesta cela, ela usava o peitoril da janela como prateleira.

– Disse que seus escritos não vão bem?

Ela engoliu antes de responder.

– A maior parte dos meus textos, minhas *Revelações*, referentes às minhas visões, foi escrita meses atrás. Tenho escrito pouco ultimamente.

– Desde a vinda da criança – observou ele.

– Não consigo superar a lembrança da dor da mãe. Meu fracasso em reconfortá-la, mostrar a ela o amor de Deus apesar da morte de sua filhinha. – E apanhou com a ponta do dedo uns grãos de açúcar.

Ficou grata por Finn não lhe oferecer palavras vazias de condolências nem a advertir contra o pecado da mágoa, que contraria a fé. A mágoa dele próprio transparecia no maxilar contraído enquanto ela lhe contava como a menina ia melhorando, a perna se recuperando, até que chegara a febre. Como a mãe recusara qualquer consolo e invectivara contra um Deus cruel que lhe levara a filha, como amaldiçoara a Igreja, a porca e o bispo a quem o animal pertencia.

Quando Julian terminou sua história, permaneceram ambos em silêncio por um instante, depois ele pediu para ver seu trabalho.

Ela empurrou uma pilha de papéis na direção dele, mastigando o pão adocicado em silêncio enquanto ele folheava as folhas soltas de velino. Tendo lambido até a última gota da tigela de leite e lavado o rosto com sua língua cor-de-rosa, Jezebel pulou para o colo de Julian e, com o ar desconfiado, os olhos verdes semicerrados, pôs-se a observar Finn, que estava absorto na leitura. Ronronava quando Julian lhe coçava as bastas orelhas.

Passaram-se os minutos. Julian sentiu-se embaraçada. A consciência de que ansiava pela boa opinião dele a surpreendeu e alarmou ao mesmo tempo. Jezebel, como se pressentisse sua inquietação, pulou de seu colo e voltou para o canto sombrio. Afinal, ele juntou as folhas em uma pilha ordenada, mais do que quando as apanhara, e pousou-as.

– Não sou um homem piedoso, mas sou capaz de perceber como isso, seus ensinamentos sobre um Deus amoroso, um Deus maternal, pode levar algumas pessoas a uma compreensão mais verdadeira da natureza de Deus. Esse é um texto que merece iluminuras.

Embora Finn dissesse o contrário, ela suspeitava que ele fosse um homem bastante piedoso, porém não da maneira hipócrita que muitos ostentavam, com seus ricos rosários trabalhados e cruzes enfeitadas. E, mesmo receando que aquele fosse um sentimento de orgulho, agradou-lhe saber que ele apreciava seu trabalho, e ficou um pouco encabulada. Ele devia estar acostumado à eloqüência.

– O que escrevo destina-se antes de mais nada ao meu próprio entendimento. Serve para ajudar-me a compreender o verdadeiro sentido de minhas visões. Não sou suficientemente instruída. Meu latim é muito fraco. Não escrevo para os outros. Não sei escrever na linguagem da Igreja.

Ele deu um sorriso meio torto, enigmático.

– Fale-me de suas visões – pediu ele.

Ela lhe contou sobre sua doença. Era muito mais fácil falar a respeito do que escrever. Ele se mostrou um bom ouvinte, inclinando-se para a frente com ar interessado enquanto ela contava como, quando jovem, ansiando pela salvação, pedira três coisas a Deus.

Primeiro, rezara para ter uma compreensão verdadeira de Sua paixão, desejando contemplar Seu sofrimento – como Madalena, que estivera ao pé da cruz – a fim de ver, de conhecer, de partilhar Sua agonia, escutar Seu grito ao Pai, ver jorrar a fonte brilhante de Seu sangue purificador quando os romanos trespassaram Sua doce carne. Não lhe bastava escutar as Escrituras entoadas em uma linguagem que ela compreendia mal. Precisava ver, conhecer, realmente *conhecer* Sua paixão antes que sua alma pudesse beber daquela fonte.

Com um leve sacudir de cabeça, ele a incentivou a continuar, e ela contou como rezara para ser acometida por alguma doença física, um grande sofrimento que a fizesse ficar mais próxima de Deus em paciência e compreensão, de modo que sua alma fosse purificada. Contou-lhe também que suplicou por três feridas: verdadeira contrição, verdadeira compaixão e verdadeiro anseio por Deus.

Fez uma pausa para beber um gole de leite da caneca. Dava para ouvir a si mesma engolindo.

Finn escutava – ela nunca vira um homem ficar tão imóvel – enquanto ela lhe relatava a enfermidade que atacara seu corpo, como oscilara durante três dias à beira da morte, como sua mãe a recostara em travesseiros para que pudesse respirar quando seu corpo ficou insensível da cintura para baixo e como, quando o padre chegou para lhe ministrar os últimos sacramentos, sua visão começara a falhar, tanto que ela só conseguia enxergar a luz que vinha do crucifixo que o pároco ergueu diante dela. Só a luz. Só a luz.

– Isso foi há seis anos, antes de minha vinda para o eremitério de Saint Julian. Eu tinha trinta anos então.

À medida que ela narrava sua história, a claridade no ambiente ia diminuindo. Ela se levantou, apanhou uma vela e colocou-a em cima do parapeito que os separava. A chama da vela iluminava o rosto dele, a barba que ia ficando grisalha, a testa alta onde o cabelo já rareava. Ela esperou um indício qualquer – um gesto de desassossego, um ruído de arrastar da cadeira – de que ele começava a se impacientar com a história. Acontecia às vezes com alguns. Ele não fez nenhuma pergunta. Simplesmente esperou que ela prosseguisse, o pão meio comido à sua frente.

– Então, de repente, quando contemplava a Cruz, toda a minha dor, todo o meu medo se foram. Simplesmente cessaram, como se nunca tivessem ocorrido. Senti-me bem como nunca, sadia, viva, como havia semanas não acontecia.

Quis me levantar, quis correr, quis cantar. Tive a certeza imediata de que aquela mudança maravilhosa só poderia ser obra secreta de Deus.

Ele mudou de posição, inclinou-se um pouco, aproximou-se.

– E as visões? – perguntou.

– Vi o sangue rubro Dele escorrer por baixo da coroa de espinhos. Quente e fresco, como se estivesse vivo, como no momento em que Lhe enterraram a coroa de espinhos na cabeça. Foi uma grande agonia, portanto, vê-Lo assim, mas também foi motivo de intensa alegria. Uma alegria surpreendentemente grande, uma alegria como a que imagino que se deve sentir no Paraíso. E compreendi muitas coisas. Sem nenhum intermediário, ninguém entre a minha alma e a Dele. Vi e compreendi tudo sozinha. Sem ninguém mais para interpretar ou explicar.

– Quer dizer, sem a ajuda de um padre. Já ouvi falar antes dessa doutrina, foi... bem, não importa. Prossiga. Que outras visões teve ainda?

– A última coisa que Ele me mostrou foi Sua Mãe, Maria, Nossa Senhora. Eu a vi em sua aparência espiritual, uma donzela, jovem e dócil, pouco mais do que uma criança.

Ele apontou para as páginas de velino.

– É isso o que está escrevendo?

– É o que estou *tentando* escrever. Mas acho que meus dotes são insuficientes para tal.

Ele apanhou as páginas, sopesou-as nas mãos.

– O que vejo aqui é um excelente começo.

– É justamente isso, já terminei. Escrevi sobre todas as aparições, e é pouco, não basta. Minhas garatujas não são dignas da alegria que Ele me revelou. Não consigo descrever a natureza transbordante de Seu amor. Minhas palavras, quaisquer palavras são... insuficientes. Não há palavras que bastem para descrever. – A chama da vela estremeceu com a força de sua respiração. – Poderia dizer que é o tipo de amor que as mães demonstram por seus filhos, que a minha própria mãe demonstrou por sua filha doente, mas é mais do que isso, muito mais. As palavras tornam-se inadequadas, vazias, quando lembro do calor com que Ele me envolveu. O que mais se aproxima de Seu amor é... embora Seu amor seja muito, mas muito maior... é o amor de mãe. Ele é uma perfeita mãe que tem um amor perfeito por um número infinito de filhos.

– Perfeita mãe? Mas Ele era um homem.

Ela sacudiu a cabeça.

– Não nego Sua masculinidade. Só que Deus Pai é nosso criador, enquanto

Ele, o Filho, é quem nos sustenta, quem zela por nós e nos protege. Seu sangue nos alimenta como o leite materno. O sacrifício da mãe é o que mais se parece com o amor que Ele manifesta por nós. Esta é a única maneira como sou capaz de explicá-Lo.

O rosto de Finn suavizou-se, como o barro que se aquece na mão do escultor.

– Conheço um pouco esse tipo de amor. Tenho uma filha. O nome dela é Rose.

Julian assentiu com a cabeça, indicando que se lembrava, apesar de ter achado o nome estranho para uma menina cristã. Extravagante. Mas lindo da maneira como ele o pronunciou.

– Minha mulher morreu ao dar à luz nossa filha. Mas sabe qual foi a última coisa que ela disse para mim antes de morrer? Rebekka, minha mulher, segurou nossa Rose junto a si, aquele pequenino ser humano recém-formado cujo nascimento causara-lhe tanta dor, e sussurrou: "Há tanta alegria aqui, meu marido, quisera que você pudesse saber como é."

Rebekka! Um nome judeu? Um cristão e uma judia? Não. O homem teria de ser um tolo, e ela sabia que o mestre de iluminuras não era nenhum tolo. A não ser que sua esposa judia o tivesse enfeitiçado. Uma judia, porém, não iria se corromper com um cristão, não colocaria a própria vida em tamanho risco. Na França, um judeu podia ser decapitado por manter relações com uma cristã. Os judeus haviam sido acusados de envenenar os poços e de causar a peste de 1334. Julian rezara por suas almas quando soube que centenas deles tinham sido arrebanhados em construções ao longo do Reno e queimados vivos. Chorara por eles também. No seio da Igreja houve quem clamasse por tolerância, alegando que a peste também ocorrera em lugares onde não havia judeus e que, em comunidades densamente povoadas por eles, a peste passara sem cobrar o seu tributo em mortes. Finn devia ser um desses tolerantes. Mas a ponto de desafiar sua Igreja e seu rei tomando uma judia como esposa?

Notou que os músculos dos maxilares de Finn contraíam-se, estimulados pelo travo amargo e doce da lembrança de sua mulher. Esperou que ele continuasse a falar. Vendo que se calava, estendeu a mão e tocou a mão dele, dizendo:

– Uma coisa eu sei, Finn, e somente isto sei de verdade: *o que quer que aconteça neste mundo, nosso Deus Mãe cuidará para que tudo fique bem.*

Ele olhou-a com ar descrente.

– Depois da morte da criança, depois de presenciar a dor da mãe, como pode ainda acreditar com tanta certeza?

– Acredito porque assim Ele me disse. Meu Deus Mãe me disse. E minha Mãe não mente.

– Invejo a sua certeza – confessou. E tamborilou com os dedos nas páginas do manuscrito. – Deixe-me levar esta primeira parte, a que se refere à sua doença. Vou decorá-la com iluminuras para a senhora. Enquanto reescreve o resto.

– Alegra-me que o leia, mas a língua em que o escrevi não é digna de iluminuras. Deveria estar em latim.

– A língua em que está escrito pode fazer com que seja mais amplamente lido. Já ouviu falar de John Wycliffe?

– O suficiente para saber que o bispo não gosta dele. – Finn franziu a testa de tal modo que a fez rir. Ela baixou a voz e completou, cochichando como se conspirasse: – Deve achar que isso só basta para o recomendar, não é?

Ele respondeu com seu sorriso de través.

– Mãe Julian, a senhora é uma mulher de grande perspicácia. – Levantou-se, recolhendo o manuscrito dela. – John Wycliffe está traduzindo as Sagradas Escrituras para esta mesma língua em que a senhora escreveu. Tenho uma dupla de aprendizes que poderiam praticar com o seu texto, se confiar em mim.

– Sem dúvida, leve o manuscrito. Sei que minhas palavras estarão a salvo com você, Finn. Só peço que as ilustrações sejam simples, como convém a palavras humildes, não exageradas nem vistosas demais.

– Mãe Julian, a senhora tem mais em comum com John Wycliffe do que imagina.

A esta altura, o longo crepúsculo de East Anglia já terminara e a vela em cima do peitoril era só o que iluminava o quarto. Julian acompanhou Finn com os olhos enquanto ele se dirigia para a porta exterior com o manuscrito debaixo do braço. Um pedaço do céu noturno ficou visível de sua janela quando ele abriu a porta. Nem uma brisa sequer soprava na fria noite de outubro, e a lua cheia destacava os canteiros de ervas azul-esverdeados que ladeavam o caminho.

– Logo a geada vai cair neles – disse Finn, detendo-se junto à porta aberta.

Seu cavalo relinchou, ansioso para sair, ao ouvir a voz de seu cavaleiro.

– O chão vai estar gelado para acampar esta noite – observou Julian. – E é véspera do Dia de Todos os Santos, não é uma noite para se ficar ao relento. O caminho até Blackingham é longo. Você devia pernoitar com os monges na catedral.

Finn deu uma risada.

– Vou arranjar uma enxerga ao lado da lareira na estalagem. Estarei mais seguro entre os vagabundos. O bispo não gosta muito de mim. Acha que me apossei de bens de sua propriedade.

– Obrigada pelos presentes – disse ela, retribuindo-lhe o aceno de despedida. – Traga sua filha da próxima vez.

Mas ele já fechara a porta. Ela ouviu a chave girar na fechadura, depois ser recolocada debaixo do degrau de pedra. Derramou o que restara do leite das canecas no prato de Jezebel, limpou os farelos e embrulhou com cuidado o pão e o açúcar em papel oleado. Apagou a vela com um sopro – as velas eram quase tão preciosas quanto o açúcar – e no escuro dirigiu-se para seu catre colocado a um canto. Jezebel pulou para cima da cama. Julian entrou debaixo da coberta e uma bola de pêlo aninhou-se no calor de seu joelho.

Rose nunca se sentira tão só, nem quando estava com as freiras em Thetford. Seu vestido favorito – de seda azul, da cor do mar em um dia de sol – também não a fez se sentir melhor. Ela o vestira para Colin e ele não estava ali. Lady Kathryn dissera que ele estava "repousando" e não viria jantar com eles no solário. Kathryn desculpou-se por não ter colocado a mesa no grande salão. O xerife observou que ali era mais "aconchegante". Rose achava o lugar sufocante.

Não confiava naquele xerife de nariz comprido, detestava a maneira como ele olhava para Lady Kathryn, detestava a maneira como também a olhava – os olhos pequenos parecendo contas de azeviche davam-lhe arrepios. Se ao menos seu pai estivesse presente... quando era pequena, o pai nunca a deixava com estranhos. Se bem que Rose admitisse que Lady Kathryn nada tinha de estranha. Tratava-se da mãe de Colin. Algum dia poderia vir a ser sua sogra. A idéia fazia seu coração disparar. Talvez devesse pedir para levar uma bandeja para Colin. Ninguém lhe dizia nada. Tratavam-na como uma criança quando lhes convinha deixá-la de fora do que se passava. Só sabia que a casa da lã pegara fogo e John, o pastor, morrera no incêndio. Queimado, como uma alma no inferno. Uma coisa horrível. E agora todos deviam sentar-se para comer um ensopado de pombos e alho-poró como se nada tivesse acontecido. Ela e Colin haviam estado juntos na casa da lã na véspera, ao entardecer. Teriam acendido alguma vela? Rose não se lembrava. Às vezes o faziam. Mas com certeza teriam tido o cuidado de apagá-la, ou não teriam?

Lady Kathryn sorriu para ela, um sorriso cansado, sentada à mesa diante da travessa que partilhava com o xerife. Rose ajudara-a a preparar a refeição para o xerife e o padre visitante. Seria uma crueldade pedir a Agnes que o fizesse. Agnes, que havia sido tão bondosa para com ela; Agnes, exaurida de sofrimento junto ao pobre corpo carbonizado de seu marido. Rose estremeceu e levou a mão à pequena cruz de prata que sempre trazia ao pescoço. Sua mão encontrou apenas a pele nua. Tirara a cruz para lavar o cordão e esquecera-se de a colocar de novo. Sentia-se vulnerável sem ela, despida, como se tivesse esquecido de vestir a roupa de baixo, a camisa.

A barba do xerife brilhava, lambuzada de gordura. O cheiro do pombo ensopado misturava-se ao da fumaça da lareira, que tinha sido acesa para espantar o frio, e às emanações que ainda pairavam como resultado do incêndio na casa da lã.

A porta do solário onde estavam jantando dava para o pátio. Rose mal a alcançou e começou a vomitar.

Dez

Se desonrar uma virgem consagrada a Deus, ele fará penitência durante três anos.
– O PENITENCIAL DE THEODORO (SÉCULO VIII)

Na escuridão da cozinha cavernosa, o fogo permanentemente aceso na gigantesca boca de pedra extinguira-se. Pela primeira vez desde a peste de 1334, quando o pai de Kathryn ainda era o senhor de Blackingham, não se via fumaça saindo da grande chaminé. Mas a copeirinha, tiritando em sua cama feita de trapos, nada sabia a respeito. Só sabia que a lareira junto à qual se deitava estava fria. Até o cão de caça, que de vez em quando vinha enrolar-se como uma bola ao lado dela nas lajes de pedra, abandonara-a por outra cama mais quente.

Magda, entretanto, não possuía outra cama. A aldeia onde morava sua família de oito pessoas, em um casebre sórdido de apenas um cômodo, ficava a cerca de meia légua de distância, que se percorria através de campos onde havia demônios espreitando nas sombras, para além da carcaça que restara da casa da lã onde um homem morrera naquele dia, consumido pelo fogo do inferno. Mesmo que não existissem sombras ou fantasmas recentes, ela não poderia voltar. Não seria capaz de enfrentar o mau gênio do pai nem a decepção da mãe. Seu pai a amaldiçoara, chamara-a de idiota e batera-lhe quando ela arrancou verduras em vez de ervas daninhas na mísera horta que a família mantinha. A mãe, desesperada, levou-a então para aquele lugar.

– Pelo menos, aqui não sentirá frio e será alimentada – sussurrara-lhe a mãe. – Faça o que mandarem.

Não chegara a dizer "Você não pode voltar para casa", mas a menina enxergara isso nos ombros curvados da mãe, dobrada sobre si mesma para proteger o ventre dilatado, quando se afastou sem olhar para trás nem uma vez sequer.

Assim, Magda aceitara aquela reviravolta da mesma forma como aceitava as mudanças das estações, as bebedeiras do pai, os partos anuais da mãe, como aceitava todas as coisas em sua vida sobre as quais não tinha controle. Não que esperasse ter algum. Sabia que era uma simplória. Tinham dito isso a ela inúmeras vezes – até uma simplória era capaz de entender. Mas não sabiam que possuía um dom. "O Senhor dá e o Senhor tira", dissera sua mãe quando o filho mais velho fora esmagado por uma carroça que tombara. Talvez o dom viesse de Deus, em troca de tê-la feito simples de espírito. Sabia que os outros não o tinham. Senão, por que fariam e diriam coisas tão tolas? Como daquela vez em que seu pai trocara o único porco deles por uma vaca que adoecera e morrera no dia seguinte. Magda viu que o comerciante não era confiável. A ganância transparecia em seus olhos, assim como na rapidez excessiva com que fechou o negócio. Mas seu pai não adivinhara. Portanto, ela concluíra que era um dom que nem todos possuíam, aquela capacidade de enxergar dentro das pessoas, de escutar o que elas não diziam.

Sabia outras coisas também. Como a cor das almas delas. A senhora alta de cabelo branco tinha uma voz orgulhosa, mas sua alma era azul, não da cor do céu, mas um azul-esverdeado, como a cor do rio. O rio, sim. Sombreado, refletindo os salgueiros chorando nas margens, os tufos brancos de nuvem flutuando no céu azul em dias de sol. E a cozinheira – a alma dela era castanho-ferrugem, como a terra molhada, do tipo com que se fazem os potes de barro. Uma tristeza, aquela história do marido dela. Magda só vira o pastor uma ou duas vezes, e ele lhe parecera bem simpático. A alma dele também era castanha, só que mais clara, da cor do capim no inverno. Mas a de que Magda mais gostava era a da moça que ajudara a senhora alta a fazer o ensopado de pombo. Rose e Lady Kathryn – Magda aprendera seus nomes. Repetira-os em sua cabeça do mesmo jeito que fizera com a letra da canção que escutara os menestréis entoarem na festa do Primeiro de Maio, repetira-os uma porção de vezes até se lembrar. De seu canto observara fixamente, os olhos arregalados, a estranha cor da pele de Rose, de um fulvo claro, não rosada e branca como a sua, e o cabelo dela, escuro e lustroso como carvão. Mas eram as duas cores da alma de Rose, fundindo-se e brilhando, uma dentro da outra, que a fascinavam: um amarelo dourado como manteiga fresca dentro de um aro rosado. Só vira antes uma pessoa com duas cores. A alma de sua mãe era violeta e de vez em quando tinha o centro dourado. Não sempre, só de vez em quando.

Magda sentiu um calafrio e coçou a casca de uma mordida de pulga em sua perna até tirar sangue. Quem sabe poderia atiçar as brasas da lareira, encontrar alguma lenha na estrebaria. Era ali perto, ia tomar coragem e ir até lá. Pegou o enorme atiçador com as duas mãos e revolveu os carvões apagados até ver fagulhas entre as cinzas. O rapaz da estrebaria rira dela, chamara-a de "mocinha", mas a alma dele era verde, e Magda nunca encontrara alguém de alma verde que a tratasse mal. Ele a ajudaria. Agnes ficaria contente ao chegar de manhã e ver que ela não deixara o fogo se apagar – e ela não iria dormir com frio.

Finn achou melhor fazer a cama em uma enxerga junto à lareira no salão comum da estalagem, e assim não correr o risco de dividir um colchão mofado com dois estranhos em uma das celas semelhantes a armários localizadas no alto das escadas em espiral. Aborrecido, escutava o ronco de seis ou sete viajantes, peregrinos a caminho de Canterbury, dormindo no chão em torno dele. O que lhe estava mais próximo dava a impressão de não ter lavado a barba nem o cabelo desde a colheita de trigo do ano anterior. Havia grumos de gordura e migalhas escondidos, junto com só Deus sabia o que mais, no meio da massa emaranhada que lhe cobria a cabeça. Finn enrolou-se mais no cobertor e tentou calcular qual a distância que uma pulga seria capaz de pular. Perguntou-se também quantos ladrões de bolsas haveria entre seus companheiros adormecidos. Acomodou melhor a pesada sacola que enfiara por baixo da camisa para que não aparecesse enquanto ele dormia. Mas, infelizmente, não precisava ter se preocupado. O sono não veio. Seus hábitos em geral exigentes conspiraram com a sensação de desconforto para o manter acordado.

O dia que havia começado de modo tão auspicioso para ele – o pagamento generoso do abade, seu passeio entre as barracas coloridas do mercado, a visita à anacoreta – rapidamente se arruinou depois que ele saiu da pequenina Igreja de Saint Julian. Ficara tentado a seguir pela King Street, fora das muralhas da cidade, e ir direto para Blackingham, mas nesse caso a maior parte de sua viagem transcorreria durante a escuridão da noite. Em vez disso, acompanhou o rio Wensum por uma milha ou duas na direção norte rumo ao Portão do Bispo. Lá, perto da grande catedral, tinha certeza de que encontraria uma estalagem.

Foi obrigado a esperar junto ao portão enquanto uma grande comitiva entrava na cidade. A maioria dos outros viajantes desmontara em uma demonstração de respeito pela insígnia da Igreja, afixada aos tecidos da carruagem, mas Finn permanecera escanchado em seu cavalo, que resfolegava cheio de impaciência enquanto a vistosa carruagem se deslocava pesadamente. Isso o colocou na mesma altura do ilustre ocupante do veículo.

Henry Despenser, Bispo de Norwich.

Finn desviara o rosto para evitar o contato visual, mas era tarde demais. Um lampejo de reconhecimento passou entre eles. A grande carruagem parou com um rangido. Um murmúrio correu pela multidão quando um lacaio de libré escarlate emergiu de seu interior. O lacaio aproximou-se de Finn.

– Sua Eminência, Henry Despenser, Bispo de Norwich, deseja falar com o senhor – recitou o lacaio, com um movimento de seu chapéu emplumado na direção da carruagem.

Finn teve o súbito impulso de recusar e simplesmente ir embora. Mas a estupidez não era um de seus defeitos. Desmontou e entregou as rédeas de seu cavalo ao criado de esplêndido traje, que parecia um tanto embaraçado mas, mesmo assim, postara-se junto ao cavalo, segurando as rédeas como se tivesse algo asqueroso entre os dedos enluvados e enfeitados de anéis.

– Tome conta muito bem desse cavalo – recomendou Finn. – Carrega manuscritos valiosos da Abadia de Broomholm. – Lançou um rápido olhar nervoso ao embrulho vindo de Oxford e aproximou-se das cortinas entreabertas da janela da carruagem. – Vossa Eminência – cumprimentou, diante do rosto altivo na abertura das cortinas.

O povaréu, silencioso agora, avançou um pouco, como se escutasse com um ouvido coletivo. O bispo murmurou algo para outro lacaio e a porta da carruagem abriu-se. Um banquinho com franjas, revestido de brocado, foi colocado na poeira da estrada.

Finn não se mexeu, mas olhou com expressão zombeteira para esse segundo criado vestido de maneira igualmente esplêndida.

– Meu senhor, o bispo, deseja falar-lhe em particular.

Seu tom indicava claramente que ele não considerava aquele cavaleiro trajado com simplicidade digno de tal distinção. A multidão suspirou quando Finn afastou a cortina e entrou na carruagem revestida de tecidos nobres.

Uma vez no interior do veículo da Santa Igreja, daquele palácio sobre rodas, Finn ficou de imediato em desvantagem social. Deveria sentar-se mesmo sem ser convidado ou permanecer curvado naquela posição incômoda, sua altura fazendo-o assumir uma pose inegavelmente desajeitada? O sorriso afetado do bispo mostrava que ele percebia o desconforto de Finn e, depois de uma pausa cuja duração revelou ser Henry Despenser um homem que se deleitava com o mal-estar alheio, ele apontou a Finn o banco forrado de veludo à sua frente.

– Sente-se, por favor.

Finn sentou-se. Sem dizer palavra.

O silêncio prolongou-se enquanto o convidado devolvia o olhar impassível do anfitrião. Visto tão de perto e à luz incerta, o bispo parecia ainda mais jovem do que Finn se lembrava. Jovem em idade, talvez, mas sua arrogância já estava madura. Despenser falou primeiro.

– O senhor é o pintor de iluminuras contratado pela Abadia de Broomholm.

– Sim, Vossa Eminência.

– O que aprecia carne de porco.

Finn não mordeu a isca. Não respondeu à alusão velada ao último encontro de ambos. Despenser continuou.

– Desde o nosso encontro sob – e sorriu com malícia felina – lamentáveis circunstâncias, informei-me sobre a natureza de seu trabalho. O abade declarou que agi com sensatez ao perdoar generosamente a sua pouca reverência com as propriedades da Igreja. Teceu grandes louvores a seu respeito.

Finn ainda assim ignorou a referência ao primeiro encontro e limitou-se a aceitar o elogio com um mero movimento de cabeça e um sorriso. Qual era o propósito de tudo aquilo? Estaria o bispo apenas brincando com ele? O sorriso do homem era igual ao da gata da anacoreta, e ele, o camundongo preso entre suas patas caprichosas.

– Parece-me que é mais um homem de ação do que de palavras – provocou o bispo. – Então vamos direto ao que interessa. Talvez eu tenha um trabalho para o senhor. Gostaria que pintasse um retábulo para mim. – Fez uma pausa como se só então tivesse lhe ocorrido o tema de sua encomenda. – Que represente a Paixão, a Ressurreição e a Ascensão de Nosso Senhor.

Ora, aquilo era uma surpresa. Seria algum tipo de armadilha? Estaria Despenser planejando vingar-se por causa da porca que fora abatida?

O bispo prosseguiu.

– Sei o que está pensando: por que não recorro a uma das guildas? Sou um homem de certos padrões estéticos, porém, e alguém com a sua capacidade superior, como garantiu-me o abade, não é fácil de se encontrar.

Um grande elogio vindo de um patrono importante. O que deveria tê-lo deixado mais à vontade. Mas não deixou. O interior exíguo da carruagem, com seu pesado revestimento, era muito limitante, quase como uma prisão. O bispo, apesar de sua juventude e de seus mantos orlados de arminho, não cheirava tão bem quanto deveria. Seu corpo exalava um ranço evidente de alho e perfume passado.

– Sinto-me muito honrado com seu pedido – disse Finn, cauteloso –, mas receio ter de alegar minha incapacidade para a tarefa neste momento. O abade incumbiu-me de grande quantidade de trabalho e tem se mostrado um patrono muito generoso. Não gostaria de desapontá-lo.

Mal acabou de pronunciar as palavras, deu-se conta de que usara o argumento errado.

O rosto do bispo afogueou-se.

– Quer dizer que prefere desapontar um bispo a um abade? Broomholm nem ao menos é uma abadia de grande importância. Tenho dúvidas quanto à sua ambição, mestre iluminador. E quanto à sua sabedoria.

– Não se trata de desapontar, Vossa Eminência. Apenas adiar, até que eu possa fazer justiça ao seu retábulo.

Despenser apertou os lábios finos. Aquilo também não fora a coisa certa a dizer. Deveria ter considerado que o bispo não gostaria de ser preterido em favor do abade. Teria sido por isso que o dissera? Por um desejo inconsciente de alfinetar esse presunçoso clérigo que representava tudo o que ele detestava com relação à Igreja? Tentou de novo.

– Sinto-me verdadeiramente lisonjeado com a confiança de tão nobre e estimado patrão, mas, como Vossa Eminência decerto há de ser o primeiro a admitir, ao servir o abade eu sirvo o mesmo Senhor que estaria servindo se aceitasse o que me pede. Optar por um em detrimento do outro motivado por ganhos pessoais seria um sacrilégio contra a Santa Virgem, a quem dediquei minha arte.

– Uma resposta piedosa e ponderada, sem dúvida. Sagaz, também. – Mas o tom de sua voz indicava que não era piedade nem sagacidade o que ele esperava de um artista.

Finn argumentou que trabalhava com miniaturas, que um trabalho em tal escala estava além de sua capacidade.

– Se me permite sugerir, creio que seu retábulo ficaria mais bem servido se executado por um dos artistas flamengos.

O bispo agitara-se com a resposta, assim como Finn agitava-se ao lembrá-la no chão duro da estalagem apinhada de gente.

– Bem, é claro, se não é capaz, vou procurar em outra parte – respondeu ele, ríspido, e depois acenou com impaciência para o lacaio postado junto à janela. A porta abriu-se abruptamente e Finn desceu da carruagem para o frio que já se espalhava no anoitecer, mal se esquivando antes que o cocheiro chicoteasse os cavalos e a carruagem arrancasse com um solavanco.

Não me saí bem. Devo ter acabado de adquirir um inimigo poderoso, pensou ele. Naquele momento, entretanto, o que mais o incomodava eram os roncos e os gases do refugo da humanidade que dormia ao seu redor. Desista, Finn, você hoje não vai dormir, disse a si mesmo. Então, antes do nascer do sol, saiu para despertar o cavalariço e apanhar seu cavalo. Quando a primeira claridade tristonha do inverno mostrou sua barra acinzentada, ele já se encontrava fora dos muros de Norwich, rumo a Blackingham.

A viagem matinal de Finn não foi tão agradável quanto prometia ser no dia anterior. Estava tomado por uma ansiedade inquieta, o tipo de solidão e apreensão que em geral sobrevém ao cair da tarde, não ao amanhecer. Nem o peso dos florins de ouro em torno do pescoço ou a lembrança dos presentes em seus alforjes melhoraram seu humor. Seus olhos ardiam por causa da falta de sono e as costas lhe doíam. Devia estar ficando velho demais para dormir no chão. Ou talvez estivesse mal acostumado por causa dos confortos de seus aposentos em Blackingham. Blackingham. Aquilo também o incomodava. Como um nó mal amarrado em sua roupa de baixo. Conhecia o preço do amor.

Qual seria o preço por aquela pausa temporária em sua solidão? E teria mesmo de ser breve. De fato, se soubessem que ele e Kathryn mantinham relações… mas seu passado ficara bem para trás. E quando terminasse o trabalho, seguiria seu caminho. Não porque quisesse, mas porque não tinha alternativa. Enquanto mantivessem seu caso em segredo, a posição de Kathryn não ficaria comprometida. De qualquer forma, talvez devesse refrear-se um pouco para que não lhe cobrassem o preço daquela felicidade efêmera em uma moeda que não pudesse pagar.

Um manto de nuvens roubou o calor do sol quando ele fez uma pausa para dar de beber ao cavalo em uma lagoa do pântano. Quem sabe seria o peso da Sagrada Escritura em seu alforje o que lhe minava o otimismo natural. Ou o peso do segredo que trazia enterrado em si, com tanto cuidado que às vezes até ele mesmo esquecia que o trazia. Seria correto não contar a ela? A ignorância, porém, era a única defesa de que ela poderia dispor.

Perscrutou um horizonte inexistente. O céu cinzento dissolvia-se no pântano e o pântano no mar, como uma marinha pintada por uma criança tristonha com uma caixa de tintas contendo apenas cinza. Uma paisagem tão plana que se tinha a impressão de poder andar por ela até o fim do mundo – nem uma pequena colina, nem ao menos uma saliência naquela extensão líquida que o abrigassse do vento. Como pudera achar bonitos aquela insipidez, aquele céu imenso e perturbador? O longo verão com sua clara luminosidade dourada o enfeitiçara, mas pressentia que aquele longo verão chegara ao fim. O vento frio do norte, penetrando-lhe pescoço abaixo, confirmava isso.

Enxergou à frente o vulto indistinto de Blackingham, e a visão da fachada de tijolos vermelhos dissipou a melancolia que tomara conta de seu espírito. Somente uma fina espiral de fumaça saía ondulante da chaminé da cozinha, quase invisível no céu acinzentado, mas Finn interpretou-a como um sinal de boas-vindas e esporeou o cavalo para encontrar logo Rose e Kathryn. Rose e Kathryn.

Colin passou a noite prostrado no chão frio da capela, onde a manhã o encontrou, ainda com a angustiada consciência, que o acompanhara durante toda a noite, da presença do corpo amortalhado que jazia diante do altar. O cheiro de carne queimada que exalava fazia o vômito subir-lhe à boca. O tecido claro da mortalha refletia a luz espectral de uma única tocha que fora deixada acesa no suporte preso à parede, velando o morto até a manhã chegar e o pastor sair em sua última jornada. Colin também velava. "*Pater Noster, qui es in caelis, sanctificetur Nomem Tuum. Adveniat Regnum Tuum...*" Quantas vezes ele recitara o Pai-Nosso? Sua garganta estava seca, sua língua grossa de tanto rezar. "*Libera nos a malo, libera nos a malo, libera nos a malo.*" Livrai-nos do mal. No fundo de seu coração, porém, temia que fosse tarde demais. E a culpa era toda dele. Como não percebera antes? O demônio usara a beleza de Rose para tentá-lo a cometer um pecado mortal. Seduzira uma virgem e agora o sangue do pastor manchava a alma dele e a dela.

Teriam ou não apagado a lamparina? Não conseguia se lembrar. Mas isso não importava mais. Deus falara por meio do fogo. A casa da lã era a sentença de Deus condenando-os. "*Et dimitte nobis debita nostra*", murmurou entre soluços no frio silêncio da capela. Nenhuma pomba branca veio pousar na estreita fenda da janela, nenhuma visão angélica de luz veio prometer redenção. Somente um rato esgueirou-se pelo chão. Ele não esperava mesmo nenhuma manifestação sobrenatural. Seu pecado não podia ser tão facilmente expurgado. Seria preciso uma vida inteira de Pai-Nossos para salvar sua alma, e a de Rose também – Rose, que fora a primeira a chamar de pecado o que faziam.

Não soubera sempre que ele pertencia a Deus? Renegara o Seu chamado, e o diabo, insatisfeito com tão minguado butim, fizera-o cair em uma cilada. Agora havia sangue em suas mãos. E na de Rose também – linda, inocente Rose, maculada pela luxúria dele. Passaria a vida rezando pela salvação de Rose. Mas nada seria como ele antes imaginava. Não haveria música. Não haveria nenhum coro de vozes harmoniosas. Nem hinos gloriosos em cantochão para oferecer louvores aos céus. Escolheria uma abadia devotada ao silêncio, talvez franciscana. Faria um voto de silêncio, passaria o que lhe restava de juventude e todos os dias de sua vida em silêncio ininterrupto, rezando pela Rose que ele maculara, envelhecendo sem o consolo de sua música. Expiaria sua culpa.

Sentiu a pele quente apesar da friagem da capela. Talvez apanhasse uma febre e morresse. Escapasse. Mas não queria a morte sem o estado de graça. Além do mais, havia Rose em quem pensar. A alma de Rose precisava dele.

O sino do pátio soou a prima, convocando os fiéis para as orações da manhã. Convocando-o. Aquelas lamúrias diante de um altar que presenciara tão poucas orações não lhe valiam muito. À luz cinzenta da madrugada, o ambiente parecia ainda mais fantasmagórico, porém deixara de assustá-lo. Levantou-se com o corpo rígido, parecendo um velho. Iria vestir-se de burel, cobrir-se de cinzas e seguir atrás da carroça que transportaria o corpo de John para Saint Michael. Ele próprio o desceria da carroça e carregaria através do portão da entrada do cemitério até o solo sagrado que o receberia. E depois? Sentiu um peso deslocar-se dentro de si, não ser removido mas apenas deslocar-se e tornar-se mais suportável.

Então, confessaria seu pecado ao padre da Igreja de Saint Michael e sua vida como Colin, o filho mais novo de Blackingham, estaria encerrada.

Sir Guy de Fontaigne também se levantou com a primeira claridade da manhã. Não tinha qualquer desejo de demorar-se em Blackingham. Dormira mal depois de comer uma porção escassa e fria de ensopado de pombo servida por sua anfitriã com um pedido de desculpas. Quer dizer então que o marido da cozinheira fora o idiota que morrera no incêndio. E daí? Ela era uma serva. Sua obrigação principal era atender à casa que servia. Se ele fosse o senhor de Blackingham – uma idéia que agradava cada vez mais ao xerife, sobretudo depois de saber que Blackingham fizera parte do dote de Lady Kathryn e que por direito voltara a lhe pertencer após a morte do marido –, tal indulgência jamais seria tolerada. Não que negasse à mulher seu sofrimento. Até os camponeses e servos tinham direito a isso, supunha ele. Ela poderia aproveitar as próprias lágrimas para dar sabor aos víveres. Mas era forçoso que houvesse comida. E servida na hora certa. O dever, como a posição que cada um ocupava na vida, fora determinado por Deus, senão a ambição de Sir Guy já o teria tornado rei, o que não estava ao seu alcance. Mas a casa de Blackingham estava.

Primeiro, no entanto, precisava cortejar Lady Kathryn e, naquele exato momento, com o estômago vazio e a lareira do quarto apagada, não se sentia disposto a fazer galanteios. Fora buscar o padre na noite da véspera, como ela pedira, e tentara *distrair* seu filho birrento – também a seu pedido. Roderick costumava levar o outro gêmeo para caçar. Alfred era mais do feitio do xerife, um rapaz alegre, divertido e às vezes um tanto traquinas. Aquele outro, pálido, de cabelo sedoso e traços delicados, acompanhara-os apenas uma vez e chorara ao ver um veado ferido. Roderick caçoara do filho e mandara-o de volta para casa.

– Mamou tempo demais no peito da mãe. Nunca será um homem.

E, por Deus, que companhia desagragradável ele havia sido na véspera! Parecia um surdo-mudo, apesar de todas as tentativas insistentes do xerife para o distrair. Voltaram uma hora depois, o padre a reboque, para serem recebidos com aquela hospitalidade inaceitável. E tudo por causa da morte de um pastor. Blackingham precisava realmente de alguém com pulso forte, e ele queria muito ser esse alguém. A orgulhosa viúva seria um bônus. Se ele se casasse com a viúva de Roderick, assumiria o controle das terras que pertenciam a ela por direito de dote.

Vestiu-se rapidamente às primeiras luzes da fria manhã de inverno, deixando escapar uma praga ao verificar que não havia água em seu jarro, depois prendeu a espada e a adaga à cinta em um instante. Enquanto percorria a passos largos o pátio deserto na direção da grande cozinha, tudo estava parado na casa sepulcral. Entrou esperançoso na caverna fumarenta: talvez houvesse uma salsicha gorda crepitando ao fogo, afinal. Mas também não encontrou sinal de vida, só a criadinha lavadora de pratos dormindo ao lado da lareira meio acesa.

Bateu com o gume de sua adaga em algumas panelas penduradas, e o tinido fez a menina adormecida dar um salto como se fosse um cachorro batido, seu corpo involuntariamente se contraindo, como se tentasse ficar invisível.

– Venha cá, menina! Onde está sua patroa?

A menina limitou-se a piscar os grandes olhos tontos de sono.

– Deus do céu, criatura! Será que você é idiota? O que um homem precisa fazer aqui para conseguir um pedaço de pão?

A menina pôs-se de pé em um pulo, igual a um gato nas quatro patas, os olhos de repente alertas. Resmungou algo ininteligível, mas precipitou-se para um armário. Trouxe um pão meio redondo coberto com um pano embolorado e estendeu-o para ele.

– Pão – disse ela. Depois o pousou na mesa que havia entre eles e recolheu-se de novo nas sombras.

– Ela está lhe oferecendo a sua própria cota de comida. Seria grosseiro não aceitar.

Sir Guy girou nos calcanhares ao ouvir a voz de um homem atrás de si. Puxou de pronto a adaga, abaixando-a apenas um pouco ao reconhecer vagamente o homem sorridente que falara.

– Mais grosseiro seria comer comida estragada, diria eu. – Embainhou novamente a adaga, mas manteve a mão sobre seu punho. Então, identificou o estranho. – Você estava aqui na noite em que o enviado do bispo foi assassinado. Veio da abadia, um artista qualquer, se não me engano.

– Pintor de iluminuras. Meu nome é Finn. E o senhor é o xerife. Lembro-me bem da ocasião. O senhor assustou Lady Kathryn ao mostrar-lhe inoportunamente o cadáver do padre.

As costas de Sir Guy enrijeceram-se. Traçou com o polegar o desenho do relevo do punho de sua adaga. O homem usava um tom arrogante demais para um artesão. As maneiras dele não condiziam, não combinavam. E tudo o que não condizia o irritava. Lembrou-se de terem tido uma discussão qualquer, uma discordância à mesa, mas não sabia bem sobre que assunto. A única coisa de que se recordava com certeza era de não ter gostado do sujeito então. E continuava a não gostar.

– E eu me lembro de que o senhor era um hóspede, não um membro da casa, de modo que não é da sua conta reparar se Lady Kathryn se assustou ou não.

O intruso pareceu ignorar a observação e correu os olhos pela cozinha, agora vazia a não ser por eles dois. A copeirinha fugira, deixando para trás sua oferta insultante.

– Onde está Agnes? – Finn farejou o ar. – A esta hora, ela costuma estar assando pão.

A familiaridade do pintor de iluminuras com Blackingham, o fato de não só se lembrar do nome da cozinheira mas usá-lo como se fossem velhos amigos, irritou Sir Guy ainda mais.

– *Agnes* está no enterro do marido dela. E por causa disso somos todos obrigados a jejuar.

Foi recompensado com a expressão de genuíno choque no rosto do pintor de iluminuras. Pelo menos nesse ponto estariam de acordo. Entretanto, as palavras seguintes de Finn revelaram que o choque não se devia à desorganização da casa.

– John? Morto? Mas como…

Um ruído atrás deles, uma lufada de ar frio, um farfalhar de saias e uma moça de cabelos negros como asas de corvo correu para Finn, lançando-lhe os braços ao pescoço. Sir Guy, a princípio espantado com a demonstração de afeto, vasculhou a memória. Ah, sim, a filha. Mas tão íntima. Nem um pouco da formalidade, do respeito que ele próprio exigiria de uma filha. Aquela menina tola precisava que lhe ensinassem qual era o seu lugar.

– Pai, foi horrível demais. Quisera que estivesse aqui. Não consegui agüentar.

O xerife observou Finn soltar com delicadeza os braços da filha de seu pescoço e limpar uma lágrima na face dela com o dedo indicador manchado de tinta.

Estranho como não notara antes a aparência exótica da moça. A cor da pele era muito diferente da do pai. Provavelmente, a filha ilegítima de alguma prostituta de pele escura.

– Calma, Rose, sossegue. Agora me conte o que houve.

A moça relanceou os olhos em torno de si, aparentemente só então reparando que não se encontravam sós.

– Foi a casa da lã, pai. Pegou fogo. E John estava lá dentro. – A voz dela não passava de um sussurro.

O pintor parecia mesmo chocado, até pesaroso. O que o pastor significava para ele?, perguntava-se Sir Guy.

– Pobre John. – Finn meneou a cabeça com uma genuína expressão de tristeza, murmurando: – Pobre Agnes. – E acrescentou: – Que pena.

O xerife ficava mais confuso a cada minuto.

– Foi uma grande perda para Lady Kathryn também, pai. Ela estava contando com aquela lã.

Afinal, uma emoção que fazia sentido.

A moça continuou.

– Ela não falou muito, mas ficou bastante perturbada. Acho que ela gostaria que você estivesse aqui.

Ela gostaria que você estivesse aqui? Ela? Lady Kathryn? Pequenos grãos de incerteza e irritação começaram a arranhar a superfície lisa dos planos do xerife.

– Vou procurá-la imediatamente. Agora, seque suas lágrimas. O que está fazendo aqui tão cedo?

– Vim ajudar. Quando voltarem do enterro, eles vão querer comer. Lady Kathryn, Colin e Agnes.

Agnes? Essa moça, hóspede de uma casa nobre, pretende servir de criada para a cozinheira? Teria a divina ordem das coisas sido invertida de repente?

– Posso ajudar – disse ela, orgulhosa. – Ontem à noite, ajudei Lady Kathryn. Preparamos um ensopado de pombo.

O estômago do xerife roncou com a lembrança.

– Então, vou ajudar também – disse o pai. – Vai ser como nos velhos tempos. E, quando voltarem, Lady Kathryn, Colin e Agnes encontrarão o conforto de uma cozinha aquecida e uma refeição quente.

O xerife fez meia-volta e foi embora, praguejando a meia voz, certo de que Rose e Finn, ocupados em reatiçar o fogo, nem se dariam conta de que ele saíra.

Sozinho com um pedaço de pão com queijo diante de si na Beggar's Daughter, uma taberna em Aylsham onde o proprietário costumava alimentá-lo de graça (e quem o estivesse acompanhando), o xerife ruminava algo mais.

"Vou procurá-la imediatamente", dissera o pintor. E falara com um ar de proprietário. Como se houvesse algo entre Lady Kathryn e esse Finn, algo como amizade. Sir Guy mastigou e engoliu. Uma amizade dessas poderia constituir um obstáculo aos seus planos. Se ela já possuía um protetor, então não estava tão vulnerável quanto seria conveniente que estivesse. Ou quem sabe não houvesse de fato nada *entre* eles, ou seja, eles já estivessem *juntos*. Talvez fossem amantes. Não, a idéia era absurda. Uma mulher da nobreza e um artesão. Além disso, seria um caso de fornicação e, embora Lady Kathryn, segundo os comentários que Roderick fazia sobre ela, não fosse demasiado piedosa, sem dúvida era uma mulher prudente. E, a se acreditar em Roderick, também era uma mulher fria. Não, ele preferia achar que o papel do pintor de iluminuras era o de amigo e conselheiro. Ainda assim, conseguira obter as boas graças dela e quem sabe o que poderia vir daí. Uma coisa era certa: amigo ou amante, o pintor era um obstáculo que precisava ser eliminado. Mas ele trataria uma coisa de cada vez.

Antes de mais nada, precisava resolver a questão do padre morto, que já completara três meses. O bispo, inicialmente, tivera outros assuntos em sua cabeça: estava ocupado em converter as ruínas da velha catedral anglo-saxã de North Elmham em uma casa senhorial e pavilhão de caça. Agora que o arcebispo dava sinais de impaciência, o bispo exigia ação. E o problema passava a ser do xerife. Sir Guy bebeu seu último gole de cerveja. Como pagamento, beliscou a moça que o servira e, com nada mais do que um breve cumprimento de cabeça ao estalajadeiro, saiu com seu cavalo para investigar a cena do crime.

O rio Bure era apenas uma das inúmeras veias que sangravam as turfeiras de East Anglia. Um arroio preguiçoso e raso que costumava transbordar de seu leito estreito em seus meandros rumo ao mar, o Bure corria a norte e leste de Aylsham e contornava as pastagens de Blackingham situadas ao sul, onde ovelhas de cara preta pastavam tranqüilas. Lá havia uma passagem a vau no ponto em que o rio cruzava a estrada principal, que seguia para o sul até Aylsham e dali em diante para Norwich. O corpo do padre fora encontrado naquele local, entre os caniços da beira do rio – e nas terras de Blackingham. O padre devia estar a caminho de Blackingham, e não voltando, pois Lady Kathryn declarara não o ter visto – ou seguia para a Abadia de Broomholm, situada mais ao norte. Portanto, foi para lá que Sir Guy voltou naquele dia sombrio a fim de recomeçar sua investigação, embora não soubesse bem o que esperava descobrir, já que o terreno pantanoso provavelmente teria apagado qualquer indício do crime. Uma pista fria, mas ainda assim uma pista. Seus homens haviam esquadrinhado tudo dias antes e nada fora encontrado. Mas, como o bispo voltara a pressioná-lo, tinha de se certificar pessoalmente.

Seu cavalo, hesitante, avançou com cuidado pela orla do pântano, espantando um pato-real que chapinhava entre os juncos em busca de alimento. O olhar perscrutador do xerife não viu nada de excepcional. É claro que qualquer sinal de violência ou sangue teria desaparecido há muito tempo. Via-se apenas um lugar que fora limpo da turfa recentemente e onde os cortadores de junco tinham estado trabalhando. Um feixe ficara esquecido onde caíra, meio escondido atrás do capim alto. Ele não podia deixar passar nada. Sir Guy era tudo, menos displicente. Sem querer desmontar, porém, espetou o feixe de juncos com a lâmina de sua espada. O pato-real, ao ser mais uma vez interrompido, grasnou, bateu as asas para exibir sua frustração e levantou vôo.

O xerife, nada tendo descoberto embaixo do feixe de juncos, lançou-o adiante e, usando a lâmina da espada como foice, sondou os caniços ainda por cortar. Nada ali também, como suspeitava. Puxou com força para a direita as rédeas do cavalo e o casco do animal esbarrou no feixe e o sacudiu de novo. Dessa vez, um embrulho castanho e quadrado soltou-se do meio do feixe e caiu no chão. Provavelmente um pedaço de saco que envolvia o farnel dos cortadores de junco. De qualquer forma, valia a pena investigar.

Sua curiosidade fora suficientemente atiçada para fazê-lo desmontar. Apanhou o objeto caído, que, para sua surpresa, estava bem seco, protegido da umidade pelo pesado feixe de juncos. Devia ter ficado preso no meio do capim e fora atado junto com o feixe depois de os juncos serem cortados. Ao examiná-lo, o xerife viu que se tratava de uma pequena lousa envolta em uma capa de couro com um pedaço de giz amarrado a ela por um fio. Sua respiração acelerou-se ao dar com o sinete da Igreja em relevo no exterior da capa de couro. Sem fazer caso agora da umidade que impregnava suas botas finas, o xerife examinou com agudo interesse o que estava escrito na lousa. O latim que sabia bastava-lhe para fazer uma tradução claudicante.

"2 florins de ouro", seguido do que parecia serem as iniciais "P.G." e da observação "pela alma de sua mãe".

"1 cálice de prata", seguido de "R.S." e de "pela alma de sua falecida esposa".

"2 pence, Jim, comerciante de velas, pelo pecado da avareza."

Essas três anotações estavam unidas por parênteses e a palavra "Aylsham". Então, o xerife compreendeu o que havia encontrado: tratava-se do inventário de bens que o padre recolhera para a Igreja em sua última ronda. Tinha até a data anotada no alto: "22 de julho, festa de Maria Madalena".

E havia mais. Uma última entrada.

"1 fio de pérolas. L.K., pelos pecados de Sir Roderick." Ao lado, a palavra "Blackingham".

Lady Kathryn afirmara que o padre não chegara a ir a Blackingham. No entanto, lá estava, escrita pela própria mão do morto, a prova de que ela mentira.

A manhã ia alta quando Alfred esporeou o palafrém de Lady Kathryn na direção da Igreja de Saint Michael para ir ao encontro da mãe. Já a procurara mais cedo para fazer as pazes. Glynis contou-lhe que a senhora sua mãe e seu irmão haviam se juntado ao cortejo fúnebre. A mãe provavelmente ficaria zangada por Alfred usar seu cavalo sem permissão, mas ele precisava ter uma montaria. O pai prometera dar aos filhos belos garanhões quando atingissem a maioridade. Alegando pobreza, a mãe adiara a promessa. Colin concordara. Mas por que um maricas como ele se importaria com isso? Estava naquele momento acompanhando a mãe, bajulando-a, como sempre. Alfred também deveria ir para perto dela porque isso a agradaria e, naquele momento, ele estava ansioso para agradá-la.

Sentiu um calafrio sob sua túnica de linho, lamentando não ter vestido outra mais espessa, e aspirou o ar úmido, pesado, da fumaça das cozinhas de Aylsham. O cheiro de gordura quente lembrou-lhe que ainda não comera. Avistava o pequeno campanário atarracado de Saint Michael bem adiante. Que terrível maneira de morrer. Gostaria de ter estado lá quando tiraram o corpo de dentro da casa incendiada. Teriam os globos oculares se derretido? A carne soltara-se dos ossos? Apostaria uma coroa como seria homem bastante para olhar o cadáver e não vomitar. Se Colin esteve presente, certamente ficou amarelo e enjoado. Era tão molenga. Pelo jeito, nunca tivera mulher.

Simpson declarara que John estava bêbado e que seu descuido fizera a casa da lã pegar fogo. Alfred duvidava disso. Observando o capataz, descobrira que sua mãe tinha razão: não se podia confiar nele. Era bem verdade que John apreciava uma cerveja, mas não era irresponsável. Não iria se embebedar no meio do dia. Não, por alguma razão de sua conveniência, ou talvez por pura maldade, Simpson queria que pensassem que John causara o incêndio na casa da lã.

Mas não era só a respeito das acusações de Simpson que Alfred queria falar com a mãe. Trazia consigo algo que pertencia a ela, algo que encontrara na casa do capataz. Na véspera saíra furioso, aborrecido porque ela não consentira que ele voltasse para a casa principal. Cansara-se de bancar o espião. Simpson adivinhara as intenções de seu senhor e inventara diversas maneiras de enganá-lo ocupando-o com tarefas menores. Fica difícil portar-se como um cavaleiro quando se está atolado em estrume de ovelha até os quadris. Assim, no dia anterior, depois de sua mãe o descompor, ele cavalgara primeiro até Aylsham, para o White Hart, a fim de afogar as mágoas e o ego ferido em uma ou duas canecas de cerveja. Depois, seguira para a casa de Simpson para resolver alguns assuntos com ele. Se ia continuar lá mais duas semanas até seu aniversário, queria esclarecer certas coisas.

Ao encontrar a casa deserta, aproveitou a oportunidade para fazer uma busca em regra na moradia do capataz – até então, sempre encontrara a porta do quarto de Simpson trancada. Não encontrou nenhuma prova de desfalque, mas achou outra coisa, algo que ela poderia utilizar para dominar o capataz. A ameaça de uma acusação de furto manteria Simpson na linha. E Alfred ofereceria aquela prova à sua mãe – uma espécie de oferenda de paz e também de suborno. Ele se decidira. Nascera primogênito de Sir Roderick de Blackingham e não queria passar nem mais um dia como lacaio.

Se contudo a mãe não lhe permitisse voltar para casa, tinha outro plano. O sangue viking que herdara do pai ansiava por ação, e ele tinha uma idéia de onde consegui-la. Escutara rumores e queixas dos rapazes que freqüentavam o White Hart sobre a ambição do bispo de formar um exército para repor no trono o papa italiano. Se fosse verdade, o bispo precisaria de mais do que apenas ouro para atacar Avignon. Necessitaria de bravos soldados. Nobres soldados ingleses. A questão era que Alfred deveria ter seu próprio cavalo. Outra razão para estar do lado da mãe. Na primavera, quando experimentara a armadura do pai pela última vez, já era alto o bastante para usá-la. O elmo e as perneiras tinham servido, mas a cota de malha ficara sobrando no peito e a túnica longa parecera-lhe desajeitada. Teria de experimentá-la outra vez.

Esporeou mais o relutante palafrém, esquecendo-se do frio e da umidade. Em sua mente, o sol brilhava em um céu sem nuvens e ele sentia o vento agitando seu cabelo. Sonhos de glória em campos de batalha estimulavam-lhe a imaginação. Estandartes de seda ondulando. As trombetas dos arautos. E ele cavalgando triunfante, entrando na corte da França enquanto as damas chilreavam por trás dos leques abertos, comentando sobre o jovem e bravo inglês cuja armadura reluzia ao sol (sem qualquer mancha de sangue ou de lama). Talvez até o fizessem cavaleiro da Ordem da Jarreteira, uma honra que seu pobre pai não obtivera.

Deteve-se a uma certa distância do portão do cemitério. O enterro já devia ter acabado. Só a velha cozinheira fora deixada chorando sobre a cova recente. Não havia sinal de sua mãe nem de Colin.

Por um breve instante, Alfred considerou a hipótese de desmontar e ir ao encontro de Agnes para lhe oferecer suas condolências. Mas não saberia o que dizer a uma serva.

Onze

Dirige, Domine, Deus meus, in conspectus tuo viam meam.
Dirige, ó Senhor meu Deus, meus passos à Vossa vista.
– Canto fúnebre do Ofício dos Mortos

Lady Kathryn ficou sozinha no adro da Igreja de Saint Michael. O pequeno grupo de rendeiros e suas famílias que tinham assistido à missa fúnebre cumprimentavam-na timidamente com a cabeça ao passarem por ela.

– Tenha um bom dia, milady.

– Foi muita bondade sua vir ao enterro do pastor, milady.

Muita bondade? Ou pura e simples tolice? Ela observara quase com inveja – sim, tinha de admitir – enquanto todos eles se reuniam em torno de Agnes oferecendo suas condolências, sua sincera solidariedade. Existia um forte sentido de comunidade entre os servos e rendeiros de Blackingham que ela nunca realmente percebera. Mas que ocasião tivera para notar? Primeiro, era com seu pai que tratavam suas questões, depois com seu marido, e nenhum dos dois primava pela liberalidade. Agora era Simpson que os perseguia por causa de rendas atrasadas, confiscava seu gado e requisitava-lhes os filhos mais fortes como trabalhadores quando eles não podiam pagar. E como sempre tinha sido representada por Roderick e agora por Simpson, ela podia imaginar que má impressão seus servos e rendeiros deviam ter dela. Lançavam olhares furtivos e embaraçados em sua direção.

– Não fica bem tomar a Santa Eucaristia na companhia da nobreza – sussurrou um deles.

Aquele lhe parecia conhecido, mas ela não sabia o seu nome, não sabia o nome de nenhum deles. Relanceou o olhar à volta procurando Simpson, cuja ausência chamava atenção. Isso a irritava. Ele deveria estar presente para oferecer seus pêsames e teria agido como intermediário entre ela e os rendeiros. Fingiu não escutar os cochichos deles nem reparar em quanto sua presença os constrangia, mas sentia-se tão deslocada quanto uma gárgula ao lado de um serafim.

Pagou aos monges que celebraram o Ofício dos Mortos, mas demorou-se dentro da igreja muito depois do salmo final, depois que o último *miserere nobis* foi dito, depois que o corpo envolto na mortalha foi retirado do caixão processional, depositado na terra e coberto com seu monte de turfa. Mesmo depois de todos irem embora, ela ainda ficou, relutando em deixar Agnes sozinha no adro da igreja. Agnes ajoelhara-se ao lado da sepultura, crua e feia, como uma cicatriz nova estirada sobre carne esponjosa. Kathryn esperou sob o telhado coberto de musgo do portão do cemitério, aguardando a chegada dos filhos. Mandara chamar Alfred e ele não viera. Até Colin fora embora. Ele insistira em acompanhar o cortejo fúnebre atrás da carroça de duas rodas que transportava o corpo, mas se fora antes ou durante a missa, o que a surpreendeu, pois Colin gostava muito da liturgia.

Kathryn sentou-se no banco onde, menos de uma hora antes, o pequeno cortejo fizera uma pausa enquanto aguardava a chegada do padre. Uma pomba selvagem chamava o companheiro com seu canto lamentoso. Ela estremeceu. Devia ter trazido seu manto. Agnes parecia não sentir frio, caída no chão junto ao monte de terra. Mas todos sabiam que os camponeses eram mais rijos do que os nobres. Como seria perder um marido bem-amado? Ela própria não se demorara junto ao túmulo de Roderick receando que o alívio, e não o pesar, transparecesse em seu rosto.

O vento virou para o norte e espalhou uma porção de folhas mortas sobre a relva ressecada. Será que Agnes não se cansava de chorar o marido? Então Kathryn pensou em Finn. Não era seu marido – e nunca seria, porque o rei jamais daria autorização para uma mulher da nobreza casar-se com um plebeu – e no entanto como seria difícil deixá-lo no cemitério deserto, rodeado de teixos negros qual sentinelas solitárias. Envolveu-se mais no xale e soprou as mãos para aquecê-las.

Quando a friagem tornou-se insuportável, aproximou-se de Agnes com delicadeza, passou-lhe os braços pelos ombros e tentou levantá-la, como fizera no dia do incêndio.

– Venha, Agnes. Fizemos tudo o que podíamos por John hoje. Vou comprar missas pela alma dele. Está na hora de ir. Você precisa de um alimento quente.

– Vá a senhora, milady. Se me faz o favor, gostaria de ficar sozinha com John mais um pouco. Quando eu voltar, prometo cuidar de tudo o que a senhora, o patrãozinho Colin e a filha do pintor precisarem.

Kathryn não teve outra escolha a não ser percorrer a pé sozinha as duas milhas até a casa, deixando Agnes no cemitério. Tinha decidido que eles próprios cuidariam do que fosse preciso. Por uma vez que fosse, poderia certamente colocar as necessidades daquela mulher, que a encabulava com sua lealdade, à frente das suas e deixá-la chorar seu morto em paz. Pelo menos não teriam de alimentar o xerife. Kathryn vira Sir Guy partir logo depois do amanhecer, sem dúvida bastante melindrado com a falta de hospitalidade de Blackingham, o que ele não tardaria a comentar por toda a parte. Percebera como ele torcera o nariz para o jantar que ela e Rose tinham preparado. Agora, seria necessário arranjar alguma coisa para Colin, Rose e ela própria. Teriam os criados lembrado de manter aceso o grande fogo da cozinha na ausência da cozinheira? Provavelmente não. Ainda por cima, precisaria lutar contra uma lareira apagada. Como aquilo tudo era cansativo. Ansiava pelo conforto da lareira de seu quarto.

Ao se aproximar da casa – pensando por que não calçara sapatos mais resistentes, pois os duros torrões de terra da estrada cortada de sulcos machucavam-lhe os pés –, avistou a fumaça subindo das chaminés duplas. Graças a Deus, era uma tarefa a menos.

Enquanto atravessava o pátio, ouviu uma voz familiar de homem. O som fez com que se esquecesse da fadiga e dos pés doloridos. Arrepanhou as saias e correu para a cozinha. Rose estava lá, e também Finn, quebrando ovos em uma grelha de ferro fumarenta.

– Você voltou – exclamou, sentindo-se uma tola, com vontade de correr para ele e atirar-lhe os braços em torno de seu pescoço, mas sabendo que não devia fazê-lo. Não na frente de Rose.

– Meus pêsames, senhora. Rose contou-me sobre o incêndio – disse ele, mas Kathryn leu algo mais em seu rosto, em alguma linguagem secreta que os amantes falam com os olhos e não com a boca.

Repentinamente deu-se conta de que estava faminta.

– Têm ovos suficientes para partilhar comigo?

Ele riu o seu riso de mel e cascalho fino.

– Nós os preparamos para a senhora, mas ficaremos honrados se nos convidar para dividi-los consigo.

Entretanto, no meio da refeição de pão, queijo e ovos – nunca uma comida tão simples parecera-lhe tão saborosa –, Rose empalideceu e correu para fora para vomitar a sua parte no chão do pátio. Finn correu atrás dela, segurou-lhe a cabeça e, quando ela acabou, enxugou-lhe a saliva sarapintada de amarelo dos lábios com seu lenço de cambraia.

– Acho que vou me deitar um pouco, pai, sinto-me fraca – disse ela depois de esvaziar o estômago dos ovos repulsivos.

Lady Kathryn pousou as costas da mão na testa de Rose.

– Ela não está febril. É provável que seja apenas uma reação a tudo o que se passou em sua ausência. Foi uma moça muito corajosa e de grande auxílio para mim. Uma verdadeira filha de Blackingham não poderia ter sido mais prestativa.

A moça sorriu debilmente ao elogio feito diante do pai, mas seu rosto ainda mostrava um tom doentio.

– Leve-a para seus aposentos e faça-a deitar-se. Vou levar para ela um chá calmante, uma tisana que eu costumava preparar para meu pai sempre que ele ficava doente do fígado.

Finn levou a filha embora, em tudo parecendo uma galinha protegendo o filhote debaixo da asa, enquanto Kathryn procurava cumprir sua promessa. Depois de uma busca ligeira – começava a familiarizar-se mais com as entranhas daquela cozinha do que convinha a uma dama – encontrou um almofariz e um pilão e moeu sementes de aniz, funcho e alcaravia até reduzi-las a pó. Quando subiu ao quarto com a infusão pronta, Rose já estava deitada. O pai continuava palrando em torno dela, acomodando a coberta sob seu queixo, soltando a pesada tapeçaria da janela para impedir que entrasse no quarto a claridade do início da tarde.

– Estou melhor. Acho que já posso me levantar. Tenho de ajudar Colin a misturar as cores. Vai precisar delas, pai, agora que está de volta.

– Colin também está repousando. – Kathryn levou o chá estimulante aos lábios da menina. – Não o vejo desde o enterro. Foi uma provação para todos nós. Mandei que Glynis levasse uma bandeja de alimento ao quarto dele e deixei um pouco de pão e queijo e um copo de vinho para Agnes. – Lançou um olhar rápido para Finn, enviando-lhe um sinal com os olhos. – Logo eu também vou descansar. – Mas ele estava preocupado demais com Rose para perceber o convite dela, se é que se tratava de um. Nem ela mesma estava mais tão certa. Achava que seria capaz de dormir para sempre. Rose tomou o chá e, quando suas pálpebras pouco a pouco se fecharam, Kathryn saiu do quarto na ponta dos pés. Sentado ao lado da cama da filha, Finn nem pareceu notar a sua saída.

Kathryn atiçava as débeis chamas da lareira de seu quarto quando ouviu baterem à porta. Devia ser Alfred. Para fazer as pazes depois da briga. Sempre agia assim. Será que teria também de lhe dar comida? Ou a criada de Simpson servira-lhe o desjejum antes de ele sair? O mais provável era que tivesse bebido uma refeição matinal em alguma taberna conhecida em Aylsham. Cansada, vestiu um roupão, pois já se despira, estava só com a camisa de baixo.

– Minha senhora, posso entrar? – pediu uma voz grave e rouca que não era a de Alfred.

Ela foi até a porta, levantou a tranca, mas abriu apenas uma fresta.

– Não devia ficar com Rose?

– Ela está dormindo como um bebê. Minha presença só iria incomodá-la. Como disse, foi apenas uma indisposição, nervos de moça. Abra a porta. Tenho algo para você.

Que tentação. Só ser abraçada. Poder esquecer o desgaste imenso dos dois últimos dias.

– Agora não. Não em meu quarto. Colin ou Alfred podem aparecer.

– Seria assim tão ruim?

Ela se lembrou como a cumprimentara de modo tão circunspecto na cozinha, não a abraçara diante da filha. O sangue subiu-lhe às têmporas. Devia mandá-lo embora.

– Vamos, abra a porta. Iremos apenas conversar.

Afinal, Kathryn sentiu-se aquecida não pelo fogo abandonado na lareira, mas pelo corpo vigoroso que a abraçava. O cheiro pungente da fumaça das brasas crepitantes e do amor deles tomara conta do quarto. Uma letargia deliciosa a envolvia como um manto de lã. Se pudesse ficaria assim para sempre, os membros entrelaçados nos dele como meadas de seda emaranhadas, seus lábios tocando-lhe o alto da cabeça, onde o cabelo começava a escassear e formar um O perfeito.

Deitada ao seu lado, tivera plena consciência de cada ritmo do corpo dele, sua respiração acompanhando a dela, mesmo depois que a paixão de ambos se consumira. Havia um grande mistério na maneira como os dois se tornavam "uma só carne". Parecia-lhe não menos milagroso do que a Santa Eucaristia, a transformação do pão e do vinho em sangue e corpo de Cristo. Aquele milagre de que lhe falavam mas que ela nunca experimentara, pois nunca sentira na boca o gosto de carne e sangue – seria porque era indigna? Em sua boca, o vinho permanecia vinho e o pão permanecia pão. Aquele rito sagrado, porém, aquela comunhão de duas almas, sabia o que era por experiência própria. Nunca fora assim com Roderick. Em seu casamento abençoado pela Igreja e pelo rei, ela não fora mais do que uma égua reprodutora e o marido um garanhão, copulando de acordo com suas respectivas naturezas.

– Trouxe-lhe um presente do mercado de Norwich – disse Finn.

– Não preciso de presente. Tê-lo aqui comigo já é um presente que me basta – respondeu ela, pontuando cada palavra com um beijo leve no alto da cabeça dele.

– Ah, ter-me aqui. Compreendo. O abade enviou-lhe a remuneração por "ter-me aqui". E a bolsa veio bem pesada. Deve ser uma tarefa realmente onerosa.

As palavras brincalhonas pretendiam provocá-la, e ele sorriu e afagou-lhe o queixo ao falar, mas ela se zangou. Sabia que a julgava egoísta, indiferente a quem não pertencesse à sua própria classe nobre. Lembrou-se de terem discutido sobre quem deveria pagar o imposto individual dos servos. Quando ele lhe beijou o pescoço e levantou uma mecha de cabelo para descobrir-lhe o seio e tocá-lo com a língua, ela o empurrou – com gentileza – e puxou a coberta para cima, prendendo-a debaixo dos braços.

Apoiou-se em um dos cotovelos para o encarar e repreendeu-o.

– Não zombe de mim. Não foi isso que quis dizer com "tê-lo aqui". Referi-me apenas à sua presença. Embora não negue que a generosidade do abade me deixe muito contente. Sobretudo agora, que perdi a casa da lã. Sem falar do lucro que iria ter com o fardo de lã.

Por que teria mencionado o lucro? Porque sabia que o aborreceria?

Porque houvera uma insinuação desagradável no tom de voz dele. Praticamente a chamara de prostituta, e não se brincava com aquilo.

– Você não mencionou o pastor.

– Sim, e o pastor, é claro. Não vai ser fácil nem barato substituí-lo.

Melhor reforçar logo o conceito que ele fazia dela, de sua ganância.

Ele permaneceu deitado de costas, os braços cruzados atrás do pescoço, onde usava um fio de couro com uma avelã presa em uma armação de estanho. Ela lhe perguntara a respeito e ele respondera que se tratava de um presente de uma mulher santa. Repentinamente, o objeto a irritou, como se representasse uma parte oculta da vida dele a que ela não tinha acesso. Afastou-o para o lado e traçou com a ponta do dedo o contorno do esterno dele, levemente, provocando-o. Mas ele parara de sorrir e desviara os olhos dela, fitando o teto com o cenho franzido, como se enxergasse demônios dando cabriolas nas sombras fundas das vigas escuras do teto.

– É a única razão?

– O que quer dizer com "única razão"?

– Lucro. Só pensa no *lucro?*

– Obviamente, não – disse ela, apontando com um gesto da mão as cobertas desarrumadas da cama.

Onde estava ele enquanto ela banhava o cadáver do pastor? Onde estava ele com suas pomposas noções sobre caridade enquanto ela consolava Agnes? Estava conversando efusivamente com bispos, discutindo filosofia com mulheres santas, saboreando vinhos e bolos nos aposentos luxuosos do abade.

– Tenho o bem-estar dos meus filhos em que pensar. Tenho a herança deles a proteger. Você, por outro lado, é um artesão. – Viu as sobrancelhas dele se erguerem e arrependeu-se de ter acentuado tanto a palavra "artesão". – Quer dizer, pode contar com seu ofício para sustentar sua filha. Não é algo que a Igreja ou o rei possam arrancar de você.

Pressentiu que o sangue dele se acelerava, que os membros se retesavam, os músculos do rosto, o corpo todo, tenso como uma corda de harpa acabada de afinar. Ela tocou-lhe a depressão sob as costelas onde a pele ficava solta, os músculos flácidos mas ainda sem gordura, e não encontrou flacidez alguma naquele momento.

– Conto com meu ofício de artesão porque não tenho escolha. A Igreja e o rei já me despojaram de tudo. Deixaram-me liso como uma vara de salgueiro.

A mão dela repousava no estômago dele, seus dedos tecendo-lhe pequeninas espirais nos pêlos em torno do umbigo.

– O que quer dizer?

– Quero dizer, Kathryn, que você não é a única pessoa a sentir o peso da tirania em seu pescoço. Pergunte ao rendeiro que carda sua lã; pergunte ao trabalhador que ara suas terras em troca de uma paga miserável; pergunte aos camponeses cujo trabalho é propriedade sua. Para eles, é o *seu* formoso pé que calca os seus rostos na lama.

A mão dela parou com as explorações.

– Você pode ser um excelente misturador de tintas, mestre de iluminuras, mas não tem a menor idéia do que seja governar um feudo do tamanho de Blackingham.

Ele deixou escapar uma interjeição de desdém que ressoou com um tom de justa indignação e orgulho ferido. Seus olhos não sorriam. Estava verdadeiramente zangado, o amor-próprio abalado.

– Esta pequena casa de tijolos com seus poucos acres de ovelhas! Fique sabendo, milady, que fui herdeiro de uma propriedade... de um castelo fortificado feito de pedra, com morrete e fosso, e um séquito de meus próprios serviçais... que faria Blackingham parecer... a casa de um mestre de guilda.

Será que ouvira bem? Levou depressa a mão ao pescoço para acalmar o pulso acelerado.

– Está dizendo, Finn, que pertence a uma casa nobre e nunca me contou? Percebe o que isso significa? – A mão que brincara com os pêlos do peito dele aninhou-lhe o queixo na palma, virando-o para ela. – Se você é de origem nobre, podemos requerer ao rei permissão para nos casarmos!

Ele nada disse. Emoções conflitantes – irritação, consternação e desânimo – alternavam-se em seu rosto. Ela esperou. A cada segundo de silêncio, sua alegria esvaía-se um pouco. Um calor que nada tinha a ver com paixão queimava-lhe o rosto. E se ele estivesse calado porque não desejava nenhuma aliança com ela, porque a considerava inferior a ele? Todo esse tempo rira-se dela, vendo-a desempenhar o papel de grande dama. Agora que conseguira arrancar aquela informação dele em um acesso de arrogância e orgulho, ele seria forçado a revelar que só quisera ir para a cama com ela. Seria possível que aquilo que para ela fora uma grande paixão para ele não passasse de um mero divertimento, um jogo amoroso – pelo qual ela era paga?

Sentiu-se como Eva depois da queda.

Não tinha coragem de olhar para ele. Endireitou o corpo e afastou-se para a beirada da cama, puxando o lençol consigo.

Ele segurou a ponta do lençol e manteve-o no lugar antes que o descobrisse completamente.

– Eu disse *fui*, Kathryn. *Fui* herdeiro. Sou o que você disse que sou. Nada mais do que um artesão – disse ele, tristonho. – Minhas terras e meus títulos foram confiscados pelo rei.

Confiscados? Isso só poderia significar uma coisa: ele era um traidor, e ela o acolhera – literalmente – em seu seio, no seio de Blackingham. Ela traíra o direito hereditário de seus filhos. Talvez até tivesse posto suas vidas em perigo.

– Devia ter me contado – queixou-se ela. – Devia ter me contado que cometeu traição.

Não conseguia encará-lo. Por não ter lhe contado, ele traíra a confiança dela, traíra a intimidade de ambos. E todavia ainda queria abraçá-lo e consolá-lo por sua perda. O que poderia ser pior do que perder suas terras? E ela o conhecia o suficiente, ou pensava que sim até aquele instante, para saber que, se não por si próprio, ele lamentava a perda por causa da filha.

– Se eu tivesse traído o rei, teria sido enforcado, arrastado e esquartejado – replicou ele às suas costas. – Minha cabeça estaria espetada em uma estaca e os corvos já teriam há muito devorado meus olhos.

Aqueles olhos da cor do mar que liam a alma dela, aqueles olhos risonhos cujas pálpebras ela desejava beijar mesmo naquele instante, agora não riam.

Ele sentou-se na cama, inclinou-se sobre o ombro dela e tocou-lhe a face.

– Minhas terras foram confiscadas porque amei demais uma mulher. Parece que essa é uma das minhas fraquezas.

Tratava-se então de algum mal-entendido, alguma ofensa menor que talvez ainda pudesse ser perdoada e, se suas terras não fossem devolvidas, que importava a ela? Blackingham, apesar do descrédito dele, seria suficiente.

– Onde era seu castelo? – perguntou ela, por cima do ombro, ainda sentada de costas para ele, incapaz de enfrentar seu olhar.

– Nas Marches. Na fronteira de Gales.

– E a mulher? Ela é…

Seu olhar tranqüilizou-a.

– Era a mãe de Rose.

Kathryn sentiu-se aliviada de um grande peso. Sabia como ele havia amado a esposa e amava-o ainda mais por causa disso. Embora uma parte dela invejasse a mulher morta.

– E o rei não aprovou.

Não era uma pergunta. Uma velha história, na realidade, e fácil de adivinhar, pensou Kathryn. Finn era jovem, apaixonado, e revelara sua tendência para a rebeldia imprudentemente desobedecendo ao rei e casando-se às pressas, talvez rejeitando alguma esposa escolhida pelo Rei Eduardo.

– O rei não aprovou – repetiu ele.

Fez uma pausa. Ela esperou, aliviada, na expectativa de uma história romântica de um amor que ia contra tudo e contra todos. Queria virar-se para ele, mas esperaria um momento mais, esperaria que a tranqüilizasse de novo, para castigá-lo pelo susto que lhe dera. Aprumou-se, as costas retesadas, e optou por olhar para o teto. Escutou-o inspirar fundo e depois soltar o ar de um golpe.

– Casei-me com uma judia – disse ele afinal.

De início, ela achou que não escutara bem, mas a palavra pairou no espaço até as vigas do teto. Pareceu inscrever-se sozinha no ar, cada vez maior. Judia, judia, judia. Kathryn ficou muito quieta, paralisada como um coelho amedrontado sob a sombra de um falcão. Mal conseguia respirar.

Judia, judia, casei-me com uma judia, ele dissera. Ela levara para a sua cama um homem que tivera relações sexuais com uma judia. Uma assassina de Cristo.

Ele estendeu a mão, tocou o ombro dela.

– Kathryn, se você tivesse conhecido Rebekka…

Ela se retraiu, deu por si afastando-se sem conseguir parar até chegar à extremidade da cama, onde se deteve, quase oscilante. *Rebekka.* E Rose, com sua pele morena e cabelos negros, a menina que ela comparara à Santa Virgem. Mas como poderia saber? O único judeu que vira em toda a vida havia sido um velho agiota de Norwich que seu pai certa vez lhe mostrara. Puxou o lençol com violência até o soltar, enrolou-se nele e levantou-se, ainda de costas. Não permitiria que alguém que se casara com uma judia a visse nua.

– Preciso voltar à cozinha para verificar se Agnes já reassumiu suas obrigações. O pessoal da casa precisa ser alimentado. – Sua voz soou abafada, embargada.

– Kathryn, não acha que nós...

– É melhor você voltar para perto de Ro... de sua filha. Um de meus filhos pode chegar a qualquer momento.

Alfred e Colin. O que aconteceria se soubessem que sua mãe fornicara com um judeu?

Enfiou a camisa pela cabeça. Ouviu-o suspirar fundo e vestir a roupa de baixo de linho, puxá-la pelas pernas acima. Enquanto ela prendia o cabelo em uma trança grossa, sentiu o sopro de sua respiração nas costas, o leve toque de seus lábios na nuca, fazendo-lhe cócegas.

– Kathryn, por favor...

– Em outra hora, Finn. Haverá tempo mais tarde.

Será que ele adivinhava a repulsa dela e a desprezava por sua intolerância? Mas ela não era como ele, não possuía dentro de si aquela grande reserva de piedade e compaixão.

Ouviu que ele se afastava, seus calções roçando nos juncos espalhados pelo chão. *Chame-o de volta. Diga que isso não muda nada.*

– Mais tarde, Finn, prometo, conversaremos mais tarde.

Lutou com os fechos do corpete. Havia seus filhos a considerar. Era contra a lei casar-se com um judeu.

Não teve resposta. Virou-se para chamá-lo de volta, para levá-lo de volta para a cama. Mas era tarde demais. Encontrava-se sozinha no quarto e ouviu o som da tranca deslizando no encaixe de ferro quando a porta se fechou.

Na mesa ao lado de sua cama reluziam as moedas de prata que o abade enviara.

Alfred não foi ao quarto de sua mãe naquela tarde como era esperado. Já estivera lá, bem a tempo de ver a porta se fechar às costas da pessoa que entrava. As costas de um homem. Escutara à porta somente por alguns momentos, mas foi o bastante. Seguiu imediatamente para os aposentos do mestre de iluminuras, o antigo quarto de seu pai – como ela se atrevia a tanto? –, para confirmar suas suspeitas. Encontrava-se vazio, tal qual desconfiara. Espiou atrás da cortina que separava a antecâmara e deu apenas com Rose dormindo, uma visão que em qualquer outra oportunidade teria estimulado sua imaginação para alguma travessura. Não naquele dia. Não com sua mãe conspurcando a memória de seu pai em seu casto leito de viúva com aquele intruso.

Tocou nas pérolas que trazia no bolso da túnica, as pérolas que pertenciam à mãe e que ele encontrara no quarto de Simpson. O sonso capataz devia por certo tê-las surripiado quando sua mãe estava virada para outro lado, achando que ela presumiria que as perdera. Alfred estivera até então ansioso por devolvê-las, como prova de sua competência, e imaginara o sorriso de prazer dela quando as visse. Seria como um presente para ela, algo que poderia utilizar contra Simpson. Mas ela estava entregue a outras ocupações e sua surpresa fora estragada.

Por isso o mandara para longe de casa. Toda aquela encenação sobre espionar o capataz. Ela o queria apenas fora do caminho para que pudesse fornicar com um estranho. Provavelmente achava Colin bobo demais para perceber o que se passava até debaixo de seu próprio nariz. Pelo sangue de Cristo! Talvez o tivessem feito na cama de seu pai. O pensamento dava-lhe náuseas. Sua própria mulher! Era como se o pai tivesse sido apagado. Alfred reprimiu a vontade de derrubar, com um único golpe da mão, os pequenos potes de tinta arrumados em cima da escrivaninha de seu pai – e, ainda por cima, aquele *peixe seco e encarquilhado* tivera a ousadia de se apropriar dela! Mas não. O barulho poderia acordar a *princesa* adormecida no cômodo ao lado. E provocaria a ira de sua mãe, com certeza. Em vez disso, pegou umas duas penas e amassou-as nas mãos, espetando a carne das palmas com os bicos pontudos até estremecer.

Uma bolsa de couro cheia de livros pendia, aberta, de um gancho de madeira. Bolsa esta que outrora continha os livros de seu pai. Ele folheou as páginas soltas do manuscrito iluminado. Um exame ligeiro mostrou que as páginas de cima eram parte do Evangelho de São João. Por baixo, encontrou mais páginas, amontoadas no fundo como se fossem menos valiosas ou estivessem meio esquecidas. Reconheceu algumas palavras saxônicas, umas palavras inglesas. Rabiscos sem importância. Não estando tão zangado a ponto de profanar um Santo Evangelho e colocar sua alma em perigo – sobretudo agora que uma idéia ia tomando forma em sua cabeça –, ele pôs o Evangelho de São João de volta na bolsa com cuidado. Então, tirou as pérolas do bolso e colocou-as lá dentro, cobrindo-as de lado com as páginas soltas do fundo, de modo que, se por acaso alguém olhasse ali, as pérolas estariam visíveis mas dariam a impressão de terem sido escondidas.

Tendo extravasado sua frustração com aquele ato mesquinho de vingança, Alfred saiu pé ante pé do quarto, não sem antes embolsar umas finas folhas de ouro – que não precisava ser artista para saber que custavam caro – e descer as escadas em passos largos. Uma vez lá fora, pousou as folhas de ouro em cima de uma pilha de esterco de vaca, sorrindo para si mesmo ao ver o resultado. Ocorreu-lhe fugazmente botar o monte dourado na cama do pintor de iluminuras, mas preferiu não sujar as mãos com o esterco fresco e deu de ombros. Só pensar na hipótese já o deixava satisfeito. Que a senhora sua mãe encontrasse suas pérolas no quarto do amante. E ele que se explicasse.

Alfred montou seu cavalo e seguiu direto para o Beggar's Daughter para comemorar sua patifaria. E afogar as mágoas. Ele próprio pagou o primeiro quartilho de cerveja. Sir Guy de Fontaigne pagou o segundo. E o terceiro. E depois Alfred começou a falar.

Sir Guy, escutando com grande atenção, deu um tapinha paternal nas costas do rapaz, suspirou cheio de comiseração e fez um sinal para o estalajadeiro servir-lhe mais cerveja.

Agnes deixara-se ficar junto ao túmulo, indiferente ao frio. Não podia ir embora ainda. Não sem antes dizer o que queria.

– Fora a bebida, acho que você foi um bom marido para mim, John. E isso Deus vai perdoar, Ele sabe que não era sua culpa.

Arrancou um comprido fio de cabelo da cabeça – quando tinha ficado tão grisalho? – e enrolou-o à volta de seu dedo indicador em um círculo perfeito. Em seguida, retirou o anel acinzentado do dedo e colocou-o em cima da terra barrenta, batendo-lhe de leve com a mão espalmada. Os corvos iriam talvez roubá-lo para forrar seus ninhos, mas ela não tinha mais nada para dar ao marido.

John tecera um anel semelhante para ela no dia de seu casamento, um pequeno círculo brilhante de seu próprio cabelo castanho. Ela chorou quando uma fagulha do fogo da cozinha o queimou e o fez cair de seu dedo, chorou mais pela perda do que de dor. Ele riu dela e abraçou-a, dizendo que rasparia a cabeça e trançaria todos os seus cachos – seus exuberantes cachos castanhos – para transformá-los em jóias se aquilo fizesse sua noiva feliz.

– Você está livre agora, marido. Finalmente, mas também antes da hora. Sei que não tinha grande amor por Blackingham e fico satisfeita por saber que não vai descansar para sempre no solo de Blackingham. Mas Lady Kathryn foi boa para você, John, não o culpou pelo incêndio. Não posso eu muito menos culpar você.

Ficou sentada junto dele muito tempo. Um sol velado teimou em aparecer, mas não conseguiu penetrar a névoa. A pomba calou seu lamento tristonho. O único som que se ouvia era o farfalhar das folhas secas no beiral do telhado da Igreja de Saint Michael.

– Preciso ir agora, John. Tenho minhas obrigações a cumprir.

Levantou-se e saiu antes que o fantasma dele arrancasse à força de seus lábios a única censura que ela não desejava fazer. A única coisa que não podia perdoar. Já se achava bem adiante do portão de entrada, bem longe dos ouvidos do espírito dele, quando murmurou as palavras. E dizê-las esvaziou de seu coração a última gota de amargura.

– Você não me deu filhos, John. Você me deixou sozinha.

Percorreu o mesmo difícil caminho de volta para Blackingham que Lady Kathryn trilhara mais cedo. Não sentiu o frio. Os calos em seus pés, dentro dos tamancos malfeitos, serviam para alguma coisa. A casa de tijolos vermelhos assomava ao longe, chamando-a para suas tarefas. Pela posição do sol fraco, que brincava de esconder com a névoa, sabia que já era muito tarde para assar um peso de carne. Quem sabe um par de perdizes no espeto. Se andasse depressa, talvez desse tempo para fazer uma torta com creme.

Uma fina coluna de fumaça saía sinuosa da chaminé da cozinha. Graças à Santa Virgem. Receara que, sem sua presença para supervisioná-lo, o cavalariço encarregado de alimentar o fogo desaparecesse. Era filho de um pequeno proprietário, mas era um rapaz preguiçoso, desajeitado, com o rosto marcado de varíola e incapacitado para as guerras, ou teria partido com o resto.

Entrou na cozinha silenciosa e apoiou as costas na porta de pranchas de carvalho para fechá-la atrás de si. Como nunca notara que era tão pesada? De repente, com um rangido, a porta cedeu e a tranca de metal encaixou-se no ferrolho, como se fosse empurrada por um anjo invisível.

– Ah, era você, Magda, escondida atrás da porta outra vez – disse ela, pendurando seu xale de lã áspera no gancho de madeira. – Mais demônio do que anjo, se limpeza for virtude.

Quando Lady Kathryn permitira que a copeirinha ficasse, Agnes planejara fazer a menina tomar um banho. Não queria aquela imundície toda em sua cozinha. A garota sorriu para ela como se tivesse recebido um elogio, os olhos arregalados de prazer, a mão levantada perto da cabeça de Agnes acariciando o ar como se houvesse um pedaço de fina seda flutuando entre seus dedos.

A menina era meio idiota, coitada. Agnes examinou-a melhor. Idiota, com certeza. No entanto, havia algo nela, talvez até uma espécie de inteligência, por trás dos olhos abaixados.

A menina apontou para o fogo, depois para si mesma, sacudindo a cabeça vigorosamente.

– O que está tentando me dizer, menina? Diga logo.

– Magda – apontou para si, depois para a lareira. – F... fogo.

– Você manteve o fogo aceso?

Com um sorriso largo, ela assentiu.

– Pedi lenha ao me... menino.

– Ora, ora. Você manteve o fogo aceso. Vai ver não é tão simplória quanto dizem.

A menina esfregou os braços cruzados.

– Magda com frio – e fez uma careta, mostrando os dentes.

O calor do fogo também fez bem a Agnes. Até então, não percebera como estava gelada. *Frio. Será que John está com frio no cemitério? Melhor não pensar nisso. Causa uma tristeza que não dá para suportar.* Olhou para a menina, examinando-a. Fazia uma idéia da razão por que o moço da estrebaria achara que valia a pena ajudá-la. A menina era miúda, mas sob seus farrapos viam-se os seios em botão de uma mulher.

– Comida. Para a senhora. – Magda apontou para um prato de ovos fritos.

– Você também preparou os ovos?

A menina baixou a cabeça, desapontada por não poder confirmar que fora ela.

– Não. Um homem e a senhora. – E acrescentou, quase em tom de desafio: – Mas sei preparar ovos.

– É mesmo?

Lady Kathryn, que Deus a abençoasse. E um homem. O mestre pintor devia ter voltado. E ela ficara mesmo contente com aquilo. Os ovos eram uma bênção. Não só porque precisasse de alimento – apesar de o sofrimento ter embotado seu apetite –, mas porque significava que os outros também tinham comido. Ainda iriam precisar cear, mas não tanto.

Com a mão suja, a menina estendeu-lhe um pedaço de pão. Agnes olhou para o pão e seu rosto se ensombreceu – pão assado antes do incêndio, quando seu John ainda estava com ela –, mas aceitou-o e, com uma parte da crosta que a menina não tocara, pegou uma porção de gema. Enquanto mastigava, olhou pensativa para a menina.

– Ponha água para ferver, Magda. Você vai tomar um banho.

A menina abanou a cabeça, os olhos arregalados de medo.

– Não vai morrer por causa disso, criança. E, quando estiver livre das pulgas e dos piolhos, não vai precisar mais dormir com os cães.

O ar assustado de Magda só se atenuou um pouco, mas ela despejou a água na chaleira balouçante. Naquela manhã, enchera o jarro de água no poço, mas agora a derramava com parcimônia, como se cada gota fosse de veneno.

– Encha até em cima. Assim.

Pela primeira vez desde o incêndio, Agnes sentiu o peso em seu peito diminuir ligeiramente. Dirigiu-se ao armário, apanhou ali uma barra de sabão de lixívia e trapos de lã. Quando voltou, porém, a menina tinha desaparecido. O único som era o chiado da água fervendo. Então, ouviu um leve movimento sob a pesada mesa de carvalho, quase um roçar de vassoura na chaminé.

– Saia daí, criança. Não vou machucá-la nem você vai derreter.

A menina saiu, atendendo ao chamado, mas encolheu-se ao ver o sabão e os trapos. Agnes pegou-lhe o braço com delicadeza e puxou-a para a lareira, sentando-a na extremidade elevada de pedra. A menina obedeceu, mas preparou-se para fugir quando Agnes encheu uma vasilha com água fumegante. Então, Agnes segurou o rosto erguido de Magda e começou a esfregá-lo até a pele rosada aparecer.

– Esta noite você vai dormir na minha cama junto comigo – decidiu Agnes. – E nenhuma de nós duas vai sentir frio.

Kathryn escutou Colin rezando na capela quando passou por lá a caminho do salão para o acerto de contas mensal com Simpson. "*Misere Nobis, Kyrie Eleison.*" Orações à hora prima com o sol nascendo, mais orações à terça, à sexta e à noa, e depois novamente, quando vieram as sombras do crepúsculo, às vésperas. Qualquer que fosse a hora do dia – mesmo quando o sino batia as completas, indicando a hora de recolher –, sempre que passava pela capela naqueles últimos dias via o filho rezando. E não eram orações formais e superficiais, mas súplicas sinceras.

Seriam os pecados de Blackingham tão graves que seu lindo filho, abatido e magro de tanto jejuar – quando o vira comer pela última vez? –, precisava murmurar aquelas súplicas incessantes por piedade? Estaria ele sussurrando suas preces ali na capela fria até às matinas, quando as luzes das velas dançavam com sombras demoníacas nas paredes, e de novo às laudes, quando o galo da Igreja de Saint Peter cantava nas trevas de antes do amanhecer? Enquanto os pecadores de Blackingham ressonavam, enquanto sua mãe dormia com um assassino de Cristo – um "assassino de Cristo" com mais Cristo em si do que todos os padres que ela conhecera –, seu filho, sem dúvida o mais inocente deles, fazia uma vigília de oração.

Fez uma pausa diante da porta da capela, pronta para entrar, para interrompê-lo, afastá-lo de suas devoções e levá-lo para o sol revigorante de novembro. Não se lembrava quando fora a última vez que tinham conversado. Com certeza, desde a morte do pastor, fazia uma semana. Finn também não a procurara mais desde aquela tarde em que ela o mandara embora. Durante sete noites ela esperara, atenta a uma batida na porta. No dia seguinte, Glynis trouxera-lhe um embrulho com uma mensagem dele: "Um presente de agradecimento à minha senhora por dar abrigo a um pobre artesão e à filha dele." *Artesão*. A palavra agrediu-a como uma bofetada no rosto. Desembrulhou o pacote e encontrou sapatos de camurça macia com uma fivela para ajustá-los, diferentes de todos os que conhecia. Ouvira dizer que as fivelas eram a última moda. Nunca vira nenhuma até então. As botinas eram lindas. Por que não as dera ele próprio?

Domini Deus. Colin estava chorando na capela. Seu cabelo pálido luzia como um halo em torno do rosto de traços finos, agora macilento de tanto rezar. A claridade que passava através da cruz carmesim do vitral da capela dançava nos cabelos dele, pintando sua forma sagrada no alto de sua cabeça e em seus ombros, como se fosse um hábito de monge. O vitral de Santa Margarida. Roderick pagara regiamente por suas cores vivas, pela imagem da santa padroeira do parto. Quando Kathryn estava grávida dos filhos, ele acendera velas, mudara o patrono da capela, de São Judas para Santa Margarida – com que facilidade ele dispunha dos santos, a mesma com que se desfazia dos favoritos. Todo aquele trabalho e toda aquela despesa não foram por ela, como bem sabia, mas por sua prole, pelo "orgulho de suas entranhas", como ele chamou os saudáveis gêmeos do sexo masculino que a parteira lhe apresentara, embora desde o começo parecesse sentir mais orgulho de um do que do outro.

Entregara a Kathryn o menor, adormecido, e segurara no ar com uma só mão, como se fosse um troféu, o que gritava, de rostinho vermelho, e a quem deu o nome de Alfred.

– Este, este aqui – dissera –, está destinado a ser um guerreiro.

Ela estremecera ao ouvir tais palavras. Estremecera e rezara para Santa Margarida proteger seus dois filhos. Santa Margarida, que agora conspirava com sua cruz iluminada pelo sol para levar Colin embora. O que diria Roderick se visse seu filho mais novo choramingando diante do altar dia e noite? Roderick não tinha inclinação para a penitência, embora Deus soubesse muito bem que os pecados dele eram grandes o bastante para dar-lhe bons motivos para praticá-la.

Colin permanecia imóvel, ajoelhado diante do altar, as mãos juntas, os olhos fechados: a clássica atitude de penitência. Decerto percebera a presença dela, ouvira o ruído de suas saias. Mas não deu sinal disso.

– Colin – chamou docemente, quase sussurrando.

Era como se ele tivesse sido esculpido em pedra, a não ser pelo ligeiro movimento dos lábios murmurando as orações.

Suspirando, ela se foi. Incapaz de salvar o irmão dele, ela roubara o mais novo da maldição de herdar os pendores do pai, mas não iria lutar contra aquele outro Pai. Nem mesmo por um filho. Para não pôr em perigo a sua própria alma nem muito menos a dele.

"*Christi Eleison*", suplicava a voz de Colin, mais distante à medida que os passos dela se afastavam.

Cristo, tende piedade de nós. Sim, e em especial de você, Colin, meu filho lindo, que Ele tenha piedade. Pronunciou as palavras em silêncio: "*Christi Eleison.*"

"Que Ele tenha piedade de mim", rezou ela. Já sentia o começo do latejar sob a face. Logo viria a dor de cabeça. Seu período estava atrasado. Haveria razão para se preocupar? Não era a primeira vez. Atribuíra o fato àquela fase de sua vida. Mas isso fora antes. Seria possível que a semente de Finn estivesse naquele exato instante buscando algum nicho ainda fértil dentro de seu ventre? Ele o tirara, certo? Todas as vezes? Ele nunca falara a respeito nem a convidara a participar de uma conspiração pecaminosa, mas ela aprendera a esperar que ele esgotasse sua paixão na carne macia da barriga dela. Como vinho derramado.

Coitus interruptus.

Ela massageou a têmpora esquerda, esperando que a dor se dissipasse. Ainda precisava enfrentar o acerto de contas com Simpson.

Coitus interruptus. Christi Eleison. Ela inspirou profundamente e soltou o ar, seu peito movendo-se com o peso que sentia. Havia latim demais em sua vida.

Kathryn adentrou o grande salão onde atenderia o capataz. As mesas e os bancos portáteis dos banquetes haviam sido retirados de lá depois da última grande festa – as festas eram poucas e espaçadas desde a morte de Roderick. Os únicos acessórios do salão agora eram as pesadas tapeçarias que cobriam as paredes, filtrando o frio que penetrava por entre os tijolos, e uma mesa e uma cadeira solitárias, que ela ocupava para tratar dos vários negócios que faziam parte de suas atribuições de senhora da casa. A cadeira em formato de sela feita de resistente carvalho inglês servira na medida certa para seu marido. Roderick havia sido um homem corpulento que tomava todo o espaço, um senhor em seu trono. Para ela, porém, mesmo com sua volumosa veste de veludo enfiada nos braços curvos da cadeira, havia espaço de sobra. E, quando tentou apoiar os cotovelos nesses braços, sentiu-se como um falcão ferido com as asas estendidas demais, além de sua envergadura natural.

Dera ordens para retirarem a cadeira do estrado e colocarem-na no meio do salão, achando que assim pareceria menos ameaçadora. Preferia tratar de seus negócios na atmosfera mais acolhedora do solário e só decidira utilizar o grande salão naquela circunstância para lembrar ao rude capataz qual a posição que ela ocupava. Agora, refletia que cometera um erro mandando descer a cadeira – precisava que Simpson fosse obrigado a olhar para cima ao falar com ela e, além disso, sentia-se muito pequena no centro daquela grande extensão vazia. Mas a cadeira era pesada demais. E a cabeça doía-lhe horrivelmente.

Fechou os olhos para exorcizar, ou reunir forças para suportar, aquela dor conhecida e esperar a chegada do capataz. Por que permitia que aquele homem a aborrecesse tanto? Era um servo, ela é que era a senhora. Devia mandá-lo embora, mas quem iria substituí-lo? Ouviu o ruído de passos, depois um murmúrio de vozes. Abriu os olhos e viu não somente Simpson como também seu filho. Claro, como não presumira que Alfred estaria com ele? Alfred – quando fora que crescera tanto e ficara tão bonito assim? – achava-se ao lado do capataz. O temor atenuou-se. Ela aprumou as costas e levantou o queixo.

Alfred aproximou-se e levou sua mão aos lábios, dobrando um joelho em um gesto de cortesia.

– Espero que a senhora minha mãe esteja bem de saúde.

Ele está praticando as maneiras da corte, pensou a mãe. Como se parece com o pai em alguns – em tantos – aspectos. Mas pertence a mim. Mamou em meu peito. Esse vínculo é forte. E dará um forte senhor de Blackingham. Sorriu ao pensar como seu pai, o primeiro senhor de Blackingham, ficaria contente com esse herdeiro vigoroso.

Havia muita coisa que precisava dizer a Alfred – adiara demais uma conversa –, mas estava ciente da presença de Simpson, que se mantinha atrás dele em uma postura de submissão, mas não com ar submisso, o que ela não deixou de notar.

Fez um sinal para Alfred se levantar.

– Estou bem, considerando-se tudo o que houve. É bom verificar que você afinal decidiu dar atenção à sua mãe. Sua ausência foi notada durante o recente infortúnio que nos atingiu – nesse ponto ela fulminou o capataz com o olhar. – Assim como a sua. Devia ter assistido à missa.

Atrás de Alfred, Simpson deu um sorriso forçado e pretensioso. Kathryn leu em seu rosto o que ele não se atrevia a dizer: uma missa fúnebre para um reles camponês era um exagero e, por sua posição, ele estava acima disso.

Alfred enrubesceu ligeiramente e seus olhos reluziram, cheios de ressentimento.

– Senhora minha mãe, não tive intenção de ser negligente. Estava ocupado com a tarefa de que me encarregou.

Belas palavras, mas o tom não a convenceu muito.

– Fui aos aposentos de minha mãe na tarde do funeral do pastor com o propósito de lhe oferecer todo o apoio que um filho zeloso pode proporcionar em tempos difíceis, mas encontrei a porta fechada e minha mãe lá dentro encerrada com alguém. Sem querer intrometer-me, fui embora.

O capataz deu seu sorriso pretensioso, mas ela sequer notou, de tão espantada. A tarde do funeral do pastor, dissera ele. A última vez em que ela e Finn haviam estado juntos. Sentiu o sangue fugir-lhe do rosto.

A porta estava trancada. Tinha certeza disso. Ele não poderia saber quem ela estava recebendo em seu quarto nem as circunstâncias íntimas. Resolveu fazer frente à situação. A melhor defesa era o ataque. Pelo menos, essa sempre fora a estratégia de Roderick.

– Você devia ter batido. Tenho certeza de que estava só. Meus filhos são sempre bem-vindos. Precisava falar com você. Tenho algumas perguntas a fazer sobre o incêndio, ou sobre quaisquer atividades que tenham levado você à casa da lã antes do incêndio.

Seria sua imaginação ou Simpson parecia mesmo nervoso? Se mentira sobre Alfred, agora ele que desse explicações.

– O incêndio? – Alfred pareceu perplexo, em seguida seu rubor se acentuou.

Ela reconheceu a cor de seu mau gênio. – Decerto a senhora não vai me culpar! Só estive lá uma vez, talvez duas, para... ajudar John a estender as peles.

– É apenas porque alguém viu você entrar lá na manhã do incêndio e pensei que você...

– Pensou que eu o quê? Causei o incêndio? Aposto que não perguntou a Colin por onde ele andava.

Outro olhar de relance para Simpson mostrou-o repentinamente interessado no teto abobadado do grande salão, mas ele estava escutando, com toda a certeza, regozijando-se com cada palavra. Nem ao menos tentava disfarçar o sorriso.

– Vamos discutir isso em particular, depois de examinarmos as contas – determinou ela.

Simpson adiantou-se, entregou as folhas amarradas com tiras de couro a Alfred, que as passou a Lady Kathryn. Ela correu os olhos pelos papéis com cuidado e verificou que os balanços estavam de acordo com os cálculos das colheitas do ano anterior, que ela já estudara de antemão a fim de se preparar para aquele encontro.

– Estas parecem estar em ordem – declarou ela, colocando o livro de contas em cima da mesa que a separava do filho e de Simpson. – Muito bem, Alfred. Sua supervisão aparentemente produziu um efeito salutar sobre os números de Simpson. Desta vez não houve faltas.

Isso apagou o sorriso desagradável do rosto do capataz.

– Pode ir agora, Simpson. Desejo conversar com meu filho em particular.

Ele curvou o corpo em um cumprimento que lembrava uma tampa de caixão sendo fechada abruptamente.

Enquanto as passadas se afastavam, Kathryn observava o filho, que mantinha sua atitude séria e eficiente, talvez relutando em deixar de lado sua pose de adulto.

– Estamos sós agora, Alfred, não faça essa cara emburrada. Venha cá, dê um beijo em sua mãe para fazermos as pazes.

Alfred não moveu um músculo para dar o beijo pedido. Se isso era possível, assumiu uma postura ainda mais rígida. Tirou do gibão um pergaminho atado com um cordão de seda.

– Tenho uma solicitação a fazer à senhora minha mãe.

Havia nele um ar reservado que não existia antes. Kathryn pensou em Colin prostrado diante do altar na capela de Santa Margarida e reprimiu um suspiro. Seus meninos logo se tornariam homens. Já os sentia escapulindo-lhe das mãos.

Assentiu com uma inclinação da cabeça, o ar grave, determinada a não abalar a nova dignidade dele.

– Pode apresentar sua solicitação.

Ele entregou-lhe o pergaminho. Ela reconheceu o sinete. Sir Guy de Fontaigne. A curiosidade misturou-se à inquietação.

– Este é o sinete do xerife – disse. – Julguei ter escutado que se tratava de uma solicitação sua.

– A solicitação é minha. Na ausência de meu pai e a meu pedido, Sir Guy apresenta-se como meu responsável.

– Compreendo – disse a mãe, correndo os dedos depressa sob o lacre e quebrando-o. – Você fez uma aliança temível.

– Uma aliança formada por meu pai e de acordo com seus desejos, como verá.

Ela examinou o conteúdo, depois virou as páginas freneticamente, lendo sem acreditar. O terror a prendia à cadeira. Sentiu o impulso de correr para ele, envolvê-lo em seus braços, apertá-lo de encontro ao peito, mas teve medo de não agüentar.

– Alfred, tem certeza de que é isso o que você quer? – foi tudo o que conseguiu dizer.

– É o que meu pai queria para mim. É o que eu teria feito se ele estivesse vivo.

– Mas é o que *você* quer?

– É o que eu quero. A serviço de Sir Guy, vou aprender a ser um cavaleiro como meu pai. Já experimentei sua cota de malha e ela me cabe muito bem. Vou levá-la comigo e Sir Guy vai providenciar uma montaria para mim. – E acrescentou, duro: – Com sua permissão, é claro.

Kathryn sentiu-se velha de repente. O grande salão pareceu-lhe maior do que nunca em torno dela. Na vastidão do teto, junto às vigas, um corvo entrou pelo beiral e começou a bicar um ninho abandonado de garriças. Kathryn examinou novamente o pergaminho, a assinatura garatujada de Sir Guy, brusca e angulosa como o próprio homem, acima do sinete oficial do xerife-mor. Sabia que não podia recusar. Bastava Sir Guy fazer a solicitação ao rei menino e a seu regente John de Gaunt. Eles poderiam virar seu filho contra ela, talvez transferir Blackingham, até mesmo a parte das terras que constituíra seu dote e que lhe pertencia, para o controle de Alfred. Ela seria deslocada para alguma abadia erma para terminar seus dias sob a "proteção" do rei. Com apenas Colin para falar por ela.

Christi Eleison.

Não, ela não podia despertar a inimizade de Sir Guy de Fontaigne.

– Vou sentir falta de você – disse, em um fio de voz.

– Tenho certeza de que vai encontrar outra companhia para tomar meu lugar. Ficou bastante satisfeita com minha ausência antes.

– Não é a mesma coisa. Sabia que você estava perto. Podia vê-lo sempre que desejava. – Apontou para o livro-razão. – Sua ausência foi um sacrifício necessário por Blackingham.

A única resposta dele foi contrair o músculo do queixo, firme e pronunciado como o de Roderick.

– Virá para as festas do Natal? Vai haver a comemoração do seu aniversário e do seu irmão.

– Se Sir Guy me der licença.

Seu jovem corpo mantinha-se em posição de sentido diante dela, rígido, inflexível. A mãe sabia que se o tomasse nos braços, se o abraçasse, ele continuaria assim. Ela não queria dar motivo àquela rejeição.

– Vá com a bênção de sua mãe, então – concluiu, a voz pouco mais do que um sussurro.

Ele inclinou de leve a cabeça e virou-se para sair.

– Nem mesmo um beijo, Alfred?

Ele se debruçou por cima da mesa que os separava e apenas aflorou o rosto dela com os lábios cheios. Ela viu em um lampejo aquela mesma boca, sua boca redonda de bebê, em seu peito, mamando avidamente. Tão relutante em largá-la naquela época, tão ansioso agora.

Resistiu ao impulso de chamá-lo de volta enquanto o via andar em direção à porta. Não tinha poder para lhe dar ordem alguma. Ele saíra para o mundo e fizera outras alianças. Se tentasse, só faria papel de tola.

– Leve um dos cavalariços para o servir. Não quero que passe por pobre na casa do xerife. Apresente-se como um homem. Mande polir a armadura de seu pai.

Ele virou-se para ela e por um momento a mãe pensou ver em seus olhos o menino que escondia as lágrimas em suas saias quando o pai batia nos filhos para que "ficassem rijos". Mas devia ter sido sua imaginação, pois havia uma arrogância inconfundível em seu andar e no cumprimento de despedida que lhe fez da porta.

Ela afinal não lhe fizera a pergunta que a vinha atormentando havia tanto tempo: onde ele estava no dia do assassinato do padre. Haviam se passado meses. Provavelmente, não importava mais – a não ser para ela. Já chorava a perda do filho quando um sino de aviso retiniu em sua mente. Ao se pôr a serviço do xerife, Alfred trazia-o para o círculo de seus negócios. E apesar de nunca ter ido às caçadas com um falcão preso ao pulso, ela sabia reconhecer um predador quando via um.

Kathryn deixou-se ficar sentada em silêncio por longo tempo no grande salão ponderando sobre sua dupla perda. No intervalo de sete dias, dois dos três homens mais importantes de sua vida ausentavam-se dela. E o terceiro estava prestes a partir.

Christi Eleison. Tende piedade, Senhor.

O corvo permanecia imóvel também, empoleirado nas vigas do teto, o bico acima do ninho, como se esperasse a volta das garriças. A luz enviesada do sol da tarde penetrava pelas janelas estreitas e transformava as asas da ave em sombras gigantescas, que pairavam sobre Kathryn, pequena e solitária em sua grande cadeira de carvalho.

Doze

Ela se ajoelhou diante dele e sacou sua adaga de larga
e reluzente lâmina para vingar seu filho, seu filho único.
– *Beowulf* (poema épico anglo-saxão do século VIII)

Depois de se levantar de sua cama, feita de peles empilhadas em cima do soalho de choupos abatidos (nos pântanos, um chão de terra não endurecia), o anão reavivou o fogo, que dormira coberto de cinzas, e saiu para se aliviar. Manhã cedo: o perfume da esperança nascendo, o mundo se espreguiçando, ainda sonolento. Aqui e ali, um pio ensaiava penetrar a quietude das criaturas noturnas, que se recolhiam bocejando para seu sono diurno. Ele aspirou fundo a névoa que pairava sobre o pântano. O espectro de um jovem sol esforçava-se para tomar forma por trás da neblina. Meio-Tom já vira tantas manhãs assim que tinha certeza de que o sol venceria. O dia nasceria lindo, uma rara dádiva para meados de novembro – Martinmas, a festa de São Martinho. Mas Meio-Tom não guardava os dias santos. Nem ia à igreja, nem mesmo à nova e esplêndida Saint Peter Mancroft, da praça do mercado de Norwich, com seus sinos barulhentos. Ele calculava seu calendário pelas mudanças das fases da lua.

Com os entalhes que fazia em uma vara de salgueiro, sabia quais eram os dias de mercado, mas não os dias santos. Uma olhadela para os entalhes mostrou-lhe que aquele dia era a segunda quinta-feira de novembro, dia de mercado em Norwich. Se partisse logo, ainda haveria tempo de chegar lá por volta do meio-dia, tempo suficiente para pegar o finalzinho do dia de comércio. Havia previsão de um inverno rigoroso, talvez aquela fosse sua última oportunidade até a primavera. E também tomaria um ou dois quartilhos de cerveja. Quem sabe talvez até desse tempo para visitar a mulher santa. Pensou na longa caminhada de volta à noite. Caso fosse necessário, poderia abrigar-se na carroça de feno de algum rendeiro até a lua crescente surgir. Então, seguiria seu caminho de volta para casa através dos pântanos brancos de luar.

Entrou para apanhar uma bolacha e peixe seco para a viagem. Construíra sua cabana de um só cômodo utilizando um choupo curvado pelo vento e cobrira o teto com juncos do rio Yare. A choupana era incrivelmente estanque e protegia-o bem contra os ventos que vinham do leste. Constituía um refúgio, também. Seus perseguidores não tinham coragem de segui-lo até o coração do pântano. A boca lamacenta dos brejos era capaz de engolir cavalo e cavaleiro em segundos, sugando suas vítimas suplicantes para o fundo da areia.

O fogo de turfa fumegando na pedra de lareira instalada no centro do aposento, com sua cadeira confortável instalada em frente, era um bom argumento contra a viagem. A cadeira ajustava-se perfeitamente à sua estatura de criança, pois fora engenhosamente confeccionada da curva da árvore no ponto exato em que o tronco cinzelado pelo vento dobrara-se sobre si mesmo. Mas haveria tempo de sobra durante as longas noites de inverno para sentar-se diante do fogo e trançar seus cestos – colméias, armadilhas para apanhar enguias, tapumes de varas para colocar dentro do rio e apanhar peixes, cestos para transportar caniços de pesca – com as varas de salgueiro que cortara na primavera e descascara no verão. Tempo de sobra também para sonhar. Tempo para cantar para si mesmo as canções que escutara dos menestréis ambulantes que vinham ao mosteiro onde ele passara a infância, canções das proezas heróicas do poderoso Beowulf.

Durante esses devaneios de inverno, a alma de Meio-Tom incorporava o grande guerreiro. Depois de ter comido sua porção de peixe seco e bebido seu caldo de nabo, o anão saltava pela casa desafiando as sombras oscilantes com sua espada feita de madeira de salgueiro. Em sua imaginação, Meio-Tom *era* Beowulf. Era ele mesmo quem jurava fidelidade a Lorde Hrothgar, era Meio-Tom quem brandia a espada reluzente contra o monstro Grendel e suspirava de satisfação quando sua adaga mergulhava na carne mole da garganta da imensa fera marinha. Quase sentia o jorro quente de sangue. Teria o mesmo cheiro do sangue de porco? Era Meio-Tom, um gigante entre os homens, cheio de bravura – os bardos cantavam a sua fama –, quem perseguia a vingadora e monstruosa mãe de Grendel até seu covil no pântano. Era Meio-Tom quem lhe "desferia um golpe fundo na garganta que penetrava até os ossos", e depois via o aço de sua espada derreter-se no veneno do sangue dela.

Em tempos de mais ponderação (pois, quando não estava sonhando com os feitos maravilhosos e turbulentos de sua outra vida, ele arranjava tempo para pensar), tinha uma certa pena, um pouco de compreensão humana, pelo monstro. Não fora a mão caprichosa de Wyrd que dera a Grendel o gosto pela carne humana? Que culpa teria o monstro, então? Não era o destino que os fazia todos serem monstros? Os monstros não se faziam sozinhos. E ainda por cima havia a mãe, feroz em sua vingança. Invejava Grendel por ter uma mãe assim.

"Cria do demo", alguns chamavam Meio-Tom, e "filhote de duende". Sua alma havia sofrido a abrasão dessas palavras até se tornar polida e brilhante, dura e reluzente. Se Deus, e não o demônio – sabia disso com certeza porque a mulher santa afiançara-lhe que o diabo não era capaz de criar nada –, deixara-o inacabado, haveria uma razão para tal.

"Deus fez tudo o que existe; e Deus amou *tudo* o que fez", dissera-lhe a anacoreta. Ela o tranqüilizara tanto com seu afeto, com sua segurança, que ele também passara a acreditar.

Apanhou sua lança em forma de tridente para pescar enguias e dirigiu-se para onde um dos meandros do Yare formava um lago semicircular com suas águas escassas. Arremessou-a com um movimento firme de seu antebraço musculoso e prendeu um grande lúcio pela guelra no fundo raso, depois o içou, sacudindo a cauda e espalhando água, até o tapume de varas de salgueiro. Um excelente peixe para sua amiga. Um ótimo presente para a anacoreta.

No final do dia do mercado, depois de repetir o quartilho de cerveja de terceira tiragem – não era rico para se dar ao luxo de tomar a de primeira – e depois de sua visita a Julian de Norwich, Meio-Tom não seguiu para o oeste, onde ficava a região pantanosa e sua casa, mas para o norte, na direção de Aylsham. Tinha uma mensagem para o mestre de iluminuras, o *seu* Hrothgar. Dessa vez não entregaria a mensagem a nenhum criado. Prometera à mulher santa que só colocaria as páginas que carregava dentro de sua túnica nas mãos do próprio mestre.

Era fora de seu caminho, uma viagem mais longa do que do mercado para sua casa: três léguas para Aylsham e em seguida mais meia légua até a casa senhorial de Blackingham. Tudo isso na direção oposta, e a claridade do dia já terminava. Mas era o mínimo que podia fazer. Tinha uma dívida enorme com o mestre de iluminuras.

E Mãe Julian também fora bondosa com ele. Compreendia as necessidades dele como ninguém. Sabia como era triste a sua solidão. E, acima de tudo, exaltava sua pequenez. Quando a encontrou pela primeira vez, ele extravasou sua amargura contra um Deus que o fizera um homem pela metade em um mundo que exigia gigantes. Julian olhou para ele com compaixão nos olhos – e ele estava tão pouco acostumado com isso que a princípio nem percebeu que era mesmo compaixão. Ela apanhou uma avelã em uma tigela que se encontrava em cima do peitoril da janela entre os dois. Inclinou-se para a frente, segurou a avelã diante dos olhos dele e perguntou:

– Está vendo isto, Tom? – pois nunca o chamava pelo apelido vergonhoso que o estigmatizava, dado pelos monges que o tinham encontrado à sua porta. – É uma avelã. Nosso Senhor mostrou-me uma coisa pequenina, do tamanho disto aqui, que parecia pousada na palma de minha mão e era redonda como uma bola qualquer. Observei-a com o olho de minha compreensão e pensei: "O que é isto?"

Nesse ponto, ela abriu a mão calejada de Meio-Tom, colocou a avelã dentro dela e continuou a falar.

– Veio-me então a compreensão: "É tudo o que foi feito." Toda a Criação. Um mundo tão pequeno quanto uma avelã. Seguro na mão protetora de Cristo. Uma coisa tão pequena. Perguntei-me quanto tempo duraria. Tinha a impressão de que poderia de repente desmanchar-se e desaparecer, virar nada, pois era tão pequena. Mas minha compreensão deu-me a resposta: "Vai durar, e para sempre vai durar, pois Deus a ama. E o mesmo acontece com tudo o mais, graças ao amor de Deus."

Três anos haviam passado e a avelã que Meio-Tom trazia pendurada ao pescoço em uma bolsa de pele de raposa continuava tão firme, dura e redonda quanto no dia em que Julian a colocara em sua mão. Para ele, era mais do que um milagre. Que os ricos abades aconchegassem seus ossos de santos em relicários de ouro batido incrustados de pedras preciosas. Aquela era a única relíquia sagrada que ele fazia questão de ter.

O sol se punha claro mas frio enquanto ele seguia para o norte com seu caminhar penoso, a estrada quase vazia de peregrinos àquela altura. A maioria tivera Norwich como destino final de sua viagem, e os poucos restantes haviam procurado abrigo para a noite a fim de retomar suas peregrinações no dia seguinte. Era preciso ser um bocado corajoso, ou um tolo, para estar na estrada depois de escurecer, quando os salteadores e proscritos saíam para reclamar seus direitos com adagas e garrotes. Foi com alívio considerável que ele viu os últimos raios do sol poente iluminando a fachada de tijolos vermelhos de Blackingham.

Correu os olhos pelo aglomerado de construções pensando em encontrar um abrigo. Franziu o nariz ao passar pelo pátio do curtume, onde as peles frescas dos animais abatidos eram curtidas em tonéis de urina. Depois de entregar a encomenda, iria deitar-se perto da casa do ferreiro, onde o calor da forja propagava-se pela noite fria. De Aylsham em diante, o ar estivera pesado e carregado da fumaça produzida pelos rendeiros e pequenos proprietários em atividade, defumando suas carnes para o inverno, e, quanto mais perto de Blackingham, mais forte ficava o cheiro. Melhor seria entrar pela cozinha. Como trazia uma mensagem para um hóspede da casa, a cozinheira seria forçada a dar-lhe comida. Devia haver carne em abundância dos abates de inverno, quem sabe ganharia um bom ensopado de carneiro ou um empadão de porco.

Ao se aproximar do pátio da cozinha, um último raio de sol iluminou uma árvore morta, seus dedos nodosos de carvalho e o tronco oco retorcido delineando-se contra o céu azul-escuro. Uma boa árvore para criar abelhas, pensou com um suspiro, mas o mel provavelmente já fora roubado dali em fins de setembro. Talvez houvesse mel na cozinha de Blackingham. Doce, temperado com especiarias, embriagador, fermentado com a água de enxágüe dos favos. Hidromel e empadão de carne.

Bateu de leve no pacote que trazia dentro do gibão e seguiu resoluto para a porta da cozinha. Mas parou subitamente no meio do caminho. Um sussurro vinha de perto da árvore. Desafinado, mas musical. Abelhas zumbindo, quem sabe, formando um enxame. Em novembro? Aproximou-se da árvore para investigar. Na colina, o crepúsculo de cores fortes suavizara-se em um tom de lavanda estriado de luz e o vento dissipara-se naquela quietude que às vezes chega ao cair da noite. Ele parecia estar sozinho debaixo da árvore. Ali não havia ninguém mais, pelo menos que ele pudesse ver. Contudo, a cantiga sem forma ficou mais forte, mais melodiosa. Cantiga de anjos. Música como apenas o Senhor devia escutar no Paraíso. A voz da Santa Mãe? Um arrepio de terror começou em seus dedos dos pés e subiu-lhe até a cabeça, fazendo-a balouçar ridiculamente como a de um boneco de bufão. Ele chegou mais perto da árvore, atraído pela música que flutuava e chamava, ondulante e macia como um corpo de mulher, aquele fruto proibido que ele nunca provara a não ser em sonhos (pois somente as maduras demais ou estragadas eram acessíveis a gente como ele – e essas ele não queria).

Seus olhos esquadrinharam o crepúsculo cor de púrpura, procurando no outeiro e na árvore. O som parecia vir do interior do grande tronco de carvalho. Ele o rodeou, como um cervo chegando à orla da floresta. Tocou a casca áspera da árvore. Uma canção, sem dúvida uma voz de mulher, mas jovem, de uma menina talvez, subiu das entranhas da árvore. Não era a da Santa Virgem. A voz Dela teria vindo das alturas mais sublimes, com certeza. Uma bruxa, então? Algum espírito do mal que se apossara da árvore? Meio-Tom não se assustava com facilidade. Já vira presas e predadores, testemunhara as artimanhas traiçoeiras dos campos, dos pântanos e dos temporais violentos, deparara com o que achou que poderia ser uma fada de passagem, ou teria sido uma libélula... – quem poderia afirmar? Entretanto, mesmo entre as maravilhas que o anão encontrava, com sua aceitação infantil do mundo natural em que vivia, árvores não cantavam. E aquela estava cantando, não havia como negar. Com voz de mulher, o que por si só já era motivo de ansiedade.

Afastou a mão depressa, como se tivesse encostado em um ferro em brasa. Depois, virou as costas e disparou para a cozinha, como se o diabo lhe mordesse os calcanhares cansados.

Magda estava sentada de pernas cruzadas no interior do grande tronco oco cantarolando baixinho para si mesma. Aquele som agradava às abelhas. Ela não sabia por que, só sabia. As abelhas eram suas amigas. A árvore era o refúgio favorito de Magda. Gostava do sossego dali. Gostava de seu pequeno quarto secreto, escondido do mundo. Entrara por um buraco na base e se esgueirara meio rastejando, meio deslizando, entre as raízes retorcidas. Trazendo consigo sua oferenda, fora girando o corpo até achar uma posição sentada. Isto é o que um bebê sente dentro da barriga da mãe, pensou. Não admira que todos venham ao mundo chorando.

Magda gostava de quase tudo o que era pequeno, de pequenos espaços, pequenas criaturas. Sentia falta das duas pequeninas de quem cuidava em casa. Em noites frias como aquela, no palheiro em que dormiam, ela abraçava as duas irmãzinhas sob os dois braços, como uma galinha protegendo os pintinhos sob as asas. Perguntou-se quem as aqueceria agora. E quem estaria tratando do pequeno furão, para quem ela surripiava bocados de comida da mesa de seu pai.

Não que ela fosse infeliz em Blackingham. Trabalhava muito, mas não mais do que era capaz de fazer. E a cozinheira era bondosa, até a deixava dormir junto com ela em sua cama nas noites frias. Tinha bastante do que comer e uma camisa quente de lã que cheirava a ervas do campo. A sua outra, velha e esfarrapada, tinha cheiro de latrina. E vivia cheia de insetos horríveis, bichinhos infernais que a atormentavam. Ficou feliz quando a cozinheira a queimou. Agora, sua pele era rosada e seu cabelo tinha um cheiro gostoso de alfazema. E todas as feridas da pele tinham secado. (Nem se lembrava de quando não tinha feridas para escarafunchar.) Entretanto, aquele lugar enorme – com tanta gente, tanto espaço, tantas cores – às vezes a deixava confusa. E, de vez em quando, nos momentos em que a solidão tomava conta dela, ansiava pelas irmãzinhas. Não tinha ninguém para cuidar.

No interior sombrio da árvore, mal enxergava as abelhas presas às paredes da árvore-quarto, massa fervilhante, tapeçaria viva, as asas das abelhas de fora batendo, criando calor no próprio corpo a fim de manter as outras aquecidas. Sabia que, quando as de fora esfriassem, elas trocariam de lugar. Uma unidade perfeita, um trabalho em conjunto para garantir a sobrevivência de todas durante o inverno. Por que as pessoas não podiam trabalhar assim? Provavelmente por alguma razão que ela era muito obtusa para compreender. Afinal, ela era uma simplória. Seu pai é que dissera.

Da tigela pousada no chão diante dela Magda tirou duas varetas encharcadas em água e mel e inseriu-as delicadamente na massa viva para que as abelhas se alimentassem. O interior da massa estava quente como o tijolo aquecido que a cozinheira colocava na cama delas nas noites frias. O aroma da tapeçaria pulsante de abelhas misturava-se com o da terra e da madeira. Mas não havia o menor vestígio de mel estragado dentro da árvore. As abelhas-operárias tinham limpado tudo.

A colméia estava crescendo. Logo a árvore ficaria cheia demais. No ano seguinte tirariam dali a velha rainha e outra colméia nasceria. Lembrou-se da sensação de ter as abelhas pousadas em seus braços e ombros como lã macia quando tirara o mel no último mês de setembro. Fora quando o ferreiro viera para matar as abelhas e roubar-lhes seu tesouro, mas ela o convencera, sacudindo com força a cabeça e contando com o apoio da cozinheira, a deixá-la tirar o mel. E salvar as abelhas.

– Deixe ela tentar – dissera Agnes. – Essa daí de vez em quando tem umas surpresas escondidas na manga.

O ferreiro recuara, um bom gigante, sorrindo e concordando com um movimento de cabeça. Ela o conhecia bem. Todas as crianças o conheciam. Deixava que ficassem por perto da forja observando-o lançar faíscas ao bater o malho na bigorna. Quando um deles tinha um terçol no olho, o ferreiro chamava:

– Venha cá. Segure essa barra de ferro enquanto martelo o outro lado. Quando eu acabar, vou tratar do seu olho.

O calor da forja forçava o pus a sair e então o ferreiro fazia uma grande encenação, fingindo curar o terçol com uns passes de mágica.

– Ela tem mesmo o dom de encantá-las – dissera o ferreiro quando ela acalmou as abelhas e tirou o favo de mel pingando de dentro da árvore.

Magda não sabia que possuía um dom especial, mas sempre soubera como tirar o mel sem matar as abelhas. Como todas as criaturas de Deus, as abelhas deviam um tributo e o pagavam com seu ouro doce. Agora, em retribuição, ela vinha trazer às operárias adormecidas seu tributo: uma tigela de varetas embebidas em água, mel e alecrim, para que se alimentassem durante o inverno.

Ficou sentada ali junto com as abelhas enquanto a noite caía aos poucos, pensando em sua sorte por ter encontrado aquele retiro. A escuridão cada vez mais densa lembrou-lhe que estava na hora de voltar para a cozinha para ajudar Agnes. Era Magda quem levava as refeições para o mestre pintor e sua filha. Ultimamente, sobretudo na última semana, eles não mais vinham ao solário para comer junto com Lady Kathryn. O mestre andava aborrecido, contrariado, e a menina estava sempre doente, pálida e vomitando. Não estava de fato doente. O pai não deveria se preocupar tanto. Magda sabia por que Rose não conseguia segurar a comida no estômago. E fazia uma idéia da razão por que a filha do mestre pintor era rodeada por duas cores, o rosado com uma orla interna de luz – e aquela luz se tornava cada vez mais brilhante e nítida à medida que Rose ficava mais doente. A doença passaria logo. Nunca durava muito.

Quando não deu mais para enxergar as abelhas amontoadas no veludo castanho da casca interna da árvore, Magda pegou duas varetas encharcadas de mel em uma sacola de pano encerado que trazia amarrada ao cinto e colocou-as no lugar onde estivera sentada, um doce tributo para as abelhas. Então, parou de cantar e esgueirou-se de costas para fora da árvore.

Levantou-se a tempo de ver uma luminosidade branca se movendo para baixo e depressa, deslizando perto do chão e seguindo na direção da cozinha. Da posição em que se encontrava na colina, Magda viu a porta da cozinha abrir-se, Agnes aparecer, seu vulto destacando-se contra a luz da lareira acesa, e gesticular para alguém mergulhado nas sombras avermelhadas do anoitecer. Enquanto descia, Magda sorriu ao escutar a voz aguda de Agnes, que sempre ladrava muito mais do que mordia.

– Não quero saber quem está perseguindo você! Não vai entrar na minha cozinha com essas botas enlameadas.

A curiosidade de Magda pesou mais do que sua timidez natural e seus pés praticamente voaram pelo chão que o frio da noite começava a endurecer, formando torrões cheios de pontas. Quase explodiu de alegria ao entrar na cozinha. Lá estava um homenzinho encantador, pequenino, um homenzinho perfeito, arquejando, sem ar, gesticulando loucamente, bem ali na cozinha de Agnes. E ele tinha a aura mais linda que ela já vira na vida.

Treze

Mas se essa doença (ausência de menstruação) for conseqüência de cólera ou pesar, que lhe sejam dados motivos para sentir-se alegre, que se dêem a ela alimentos e bebidas revigorantes e que seja habituada a banhar-se de vez em quando. E se for resultado de muito jejuar ou demasiadas noites em claro, cuide-se para que ela coma bons alimentos e bebidas, que lhe darão bom sangue; e que a façam divertir-se, e ser feliz, e deixar de lado os pensamentos melancólicos.

– *As Doenças das Mulheres*,
compilado por Gilbert, o Inglês (século XIII)

Finn trabalhava de pé para melhor captar a claridade efêmera de dezembro que penetrava pela fresta do caixilho da janela. Nessa posição, debruçado sobre sua escrivaninha, lançava de vez em quando um olhar para a cortina que o separava da antecâmara de Rose. Mandara que ela se deitasse logo depois do almoço. A criadinha trouxera uma tigela de caldo de carne com legumes e uma taça de sidra quente condimentada com especiarias, mas Rose recusara-se a comer, alegando interesse em seu trabalho. Quando a criada colocou a refeição diante dela, tal e qual uma oferenda sagrada diante de uma deusa, Rose afastou a tigela, como se o aroma da sálvia e do alecrim a incomodasse.

– O apetite de minha filha é instável – explicou Finn, para sossegar a criadinha.

A menina esboçou um movimento para que ele se afastasse. Parecia prestes a fazer uma observação qualquer. Seus lábios se abriram e ela tomou fôlego para falar, mas soltou o ar em silêncio sem dizer nada. Finn pegou a tigela, aquecendo nela as mãos e desejando que a filha tivesse tomado uns goles do caldo saboroso e revigorante.

– Pode levar de volta para a cozinha – decidiu –, mas diga a Agnes que não é por causa da comida, que deve estar muito boa. – E levou a sua para o outro lado da grande escrivaninha, onde o cheiro não incomodaria Rose. – Vou saborear a minha mais tarde.

A menina pegou a tigela em uma das mãos, fez uma reverência e baixou a cabeça, depois se dirigiu para a porta com silenciosa dignidade. Difícil acreditar que fosse a mesma garota suja que vira escondendo-se nas sombras ao lado da lareira. Finn tinha vontade de convencê-la a deixar a timidez de lado, de explorar o lampejo de animação que vira em seus olhos, mas não naquele momento. Por enquanto, estava mais preocupado com a filha. Notara que o rosto da menina adquirira um matiz esverdeado. E também não gostava da palidez dela nem das manchas que lhe escureciam a pele sob os olhos. Talvez se tratasse de uma daquelas misteriosas coisas de mulher. Gostaria de poder conversar a respeito com Kathryn.

– Quem sabe um cochilo faça mais bem a você do que a comida, Botão de Rosa. – Havia tempo que não a chamava assim. Esperava que ela protestasse por causa do apelido infantil, mas ela nada disse. – Vá – disse ele. – Ontem, tarde da noite, ouvi você acordada. Sei que não dormiu direito. Além do mais, você não pode me ajudar no trabalho que tenho para fazer agora.

– Está bem, meu pai – respondeu ela, sem se queixar.

Aquilo também era muito diferente do seu jeito de ser, diferente demais, estar tão calada e tão pálida. Seria uma doença do corpo ou do espírito? Viu-a puxar a pesada tapeçaria que separava os aposentos de ambos – um gesto de pudor feminino –, mais um sinal de que estava chegando à idade de casar. Por quanto tempo mais ele poderia protegê-la das implicações de suas origens familiares?

De trás da cortina bordada vieram sons abafados, movimentos, tosse, depois silêncio. A julgar pela inclinação da luz, isso fora uma hora antes. Resistiu à vontade de abrir furtivamente a cortina para espiar.

Aproveitaria aquele tempo para trabalhar na Bíblia de Wycliffe. Tivera o cuidado de não envolver Rose em nenhum aspecto daquele trabalho. Não queria acrescentar ao fardo da herança natural de sua filha o peso de suas próprias imprudências. Embora pudesse ter contado com a ajuda dela, naquele caso ele teria de ser calígrafo, iluminador e miniaturista, tudo a uma só vez. A atividade de calígrafo era uma arte que ele negligenciara. A maioria dos manuscritos que ele decorava era transcrita por monges em *scriptoriums* ou por copistas das grandes confrarias de Paris. Pelo menos, ao realizar ele mesmo o trabalho do calígrafo, o texto não seria afetado pelo costumeiro desleixo dos artesãos de Paris. E, além do mais, o resultado final teria uma integridade artística, um equilíbrio, que era mais difícil de obter quando o trabalho era feito em etapas.

Pôs em ordem o manuscrito em que Rose estivera trabalhando – um Saltério, ou Livro dos Salmos, um presente de Ano-Novo para Lady Kathryn. Fora idéia de Rose. Ela admirava muito a senhora de Blackingham. Finn notara o anseio nos olhos da menina cada vez que Lady Kathryn lhe fazia um elogio, por menor que fosse, e nutrira esperanças de que pudesse haver no mínimo uma amizade entre ela e sua filha sem mãe. Como pudera ser tão tolo?

Forçou seus pensamentos a se concentrarem na tarefa que tinha em mãos. Seria melhor se fabricasse sua própria tinta para a caligrafia. Já comprara para aquele projeto ilícito tudo o quanto se atrevia a comprar sem chamar atenção. Contudo, não fora Wycliffe quem lhe recomendara cautela. Wycliffe, podia-se dizer, agia de modo até audacioso demais em seus confrontos com a Igreja. Às vezes, a cautela era a melhor parte da bravura.

Finn puxou de baixo da mesa um balde de couro cheio de casca de abrunheiro-bravo que deixara de molho. Aquele conhecimento da fabricação da tinta, assim como sua outra habilidade artística, fora-lhe transmitido por sua avó flamenga. Como ela riria – ela que detestava Gales e tudo o que fosse galês – se soubesse que as artes que ensinara ao neto quando criança constituiriam um dia o seu meio de ganhar a vida! Fora uma mulher forte, orgulhosa e nada econômica nas palavras, sem medo de dizer o que pensava, não muito diferente de Lady Kathryn.

Só que, naquela ocasião, Kathryn preferira conter-se, não lhe falar sobre sua aversão pelo casamento dele com uma judia. Algum anjo bom refreara-lhe a língua. Ou talvez estivesse horrorizada demais para dar voz a seus preconceitos. Ele não precisava de palavras, porém. Compreendera tudo na maneira como ela desviara os olhos, como não suportara encará-lo.

Escorreu com cuidado a água da casca, levou-a para a *garderobe** e despejou-a na latrina, onde se misturaria com os despejos do castelo, que migrariam para o rio Bure e depois para o mar. Recolheu o resíduo negro e misturou-o meticulosamente com resina da cerejeira do jardim. Sangrara a árvore no outono, quando a luz estava cálida e dourada. Depois, ele e Kathryn tinham ido para o quarto dela e feito amor durante toda a longa tarde. No jardim, enquanto isso, a seiva ia pingando da cerejeira lancetada. Mais tarde, ele sobrepôs essa imagem em miniatura à do Cristo crucificado no Evangelho de São João. Gotículas vermelho-cereja brotando-lhe do flanco perfurado. Sangue pingando, gota a gota, da árvore ferida.

Aqueceu a bola de resina de cerejeira na chama de uma vela até conseguir uma consistência adequada para triturá-la com a massa de casca de espinheiro. Procurou não pensar em Kathryn, não lembrar aquela tarde antiga. Nem a outra tarde, três semanas antes, em que ela o expulsara de sua cama. Ela tentara

*N. do T.: Assim eram chamadas as instalações sanitárias medievais de castelos e grandes construções públicas. O espaço usado como toalete também servia para guardar roupas, pois o cheiro pungente afastava as traças.

fingir, dissera que o chamaria depois que os filhos viessem e se fossem. Mas não o fizera. Quase não a vira desde então. De início, fora ele quem não queria encontrá-la. O orgulho ferido precisava se recuperar, sua raiva precisava de tempo para esfriar.

Desde então, nos breves e fortuitos encontros dos dois, ela invariavelmente murmurara um cumprimento formal, desviara os olhos e alegara andar muito ocupada: com a época natalina que vinha chegando, com a festa do aniversário dos filhos. Logo teriam tempo juntos, prometera na última vez, ao dar com ele por acaso quando saía da capela. *No dia de São Nunca*, pensara ele. Não iria atrás dela como um mendigo, suplicando de joelhos. Reduzir-se a isso seria menos do que viril.

Mexeu a tinta, depois colocou a mistura de lado. Sua mão não estava suficientemente firme naquele dia para desenhar as letras delgadas. Podiam esperar por um dia melhor, um dia em que a sua paciência não estivesse por um fio. Trabalharia em algo que exigisse menos delicadeza – o fundo dourado para a margem do texto que já transcrevera.

Alguém mexera em seus potes de tinta outra vez. Mudara a posição das cores. Onde estavam as folhas de ouro? Trouxera-as do mercado no dia em que comprara os lindos sapatos com fivelas de prata. Será que Kathryn gostara deles? Ela lhe enviara um bilhete cortês de agradecimento. Com palavras formais: "Mestre Finn, sou-lhe grata pela generosidade..." Um bilhete que uma grande dama enviaria a alguém de classe inferior. Não um *billet-doux* para se guardar junto ao coração. Escrito em uma linguagem que não era a do amor. Teria usado os sapatos? Com aquela nova frieza que surgira entre os dois, ele não cometera a temeridade de, brincando, levantar-lhe as saias para verificar.

Sua frustração cresceu à medida que apanhou e rearrumou, apanhou e rearrumou os mesmos potes de tintas várias vezes seguidas. E nada das folhas de ouro. Talvez Rose as tivesse guardado na bolsa de livros que ficava pendurada no cabide de madeira.

Tirou dali as páginas do Evangelho de São João que já terminara e que haviam sido empilhadas com cuidado. Investigou mais no fundo, depois do fragmento das Escrituras inglesas no qual trabalhara por último, bem escondido de olhos curiosos, até seus dedos encontrarem... não as folhas de ouro, mas uma coisa, várias coisas lisas e redondas como pedras. Puxou sua descoberta do meio dos papéis. Um cordão de pérolas perfeitas, suficientemente comprido para chegar à cintura de quem o usasse, captou toda a escassa luminosidade do aposento e brilhou diante de seus olhos.

Atrás de si, escutou a tapeçaria se mover. Virou-se e deu com Rose, as faces mais coradas, sorridente.

– Desculpe-me por ser tão desmazelada, pai. Deve achar que sou uma filha preguiçosa, de verdade. – Seus dentes brancos cintilaram, da cor das pérolas que ele segurava.

– Sente-se melhor agora, espero?

– Como um dia de sol sem nuvens. Não sei o que houve comigo. Uma tolice qualquer, imagino. Não precisa franzir a testa desse jeito. Estou ótima. E então, que trabalho misterioso é esse do qual me excluiu?

Ela se aproximara e pusera-se nas pontas do pés, espiando por cima do ombro dele para a bolsa de livros. Quando viu as pérolas em sua mão, perdeu o fôlego.

– Pai, são lindas! São para mim? – E já estendia a mão para pegá-las. – Primeiro, os sapatos com as pequenas presilhas de prata e agora esse colar maravilhoso. Que outra filha poderia ser tão abençoada com um pai assim? – E levantou a pesada trança de cabelo que lhe pendia quase até a cintura, pedindo: – Coloque-as em meu pescoço.

Como ele ficou tentado, ao ver que a animação dava mais viço ao rosto dela! Rose quase exultava.

– Detesto decepcionar minha linda filha, mas receio que...

– Oh – e ela deixou cair a trança. – Não são para mim, então.

Seus lábios cheios estremeciam, tentando disfarçar o desapontamento. Ela tem a boca da mãe, pensou Finn. Nunca notara aquilo antes. Quanto mais se tornava mulher, mais lembrava Rebekka.

– São para Lady Kathryn?

– Lady Kathryn? E por que eu compraria um presente tão extravagante para a nossa senhoria?

Será que ela percebera a nota de amargura em sua voz?

O rubor no rosto dela se intensificou. Ela baixou os olhos.

– Ora, se não são para mim nem para Lady Kathryn, por que as comprou?

– Aí é que está, não as comprei. Estava procurando minhas folhas de ouro, que pelo jeito desapareceram, quando encontrei este colar entre os meus manuscritos. Não sei como foi parar lá nem quem o colocou ali.

Sua mente examinava as possibilidades. Algum criado o roubara, talvez, e, na iminência de ser apanhado, escondera-o no meio de suas coisas, contando em recuperá-lo mais tarde. Ou outra possibilidade. Olhou firme para Rose.

– Seria possível, filha, que você tivesse algum admirador em vista, algum pretendente sobre o qual ainda não me falou, que lhe tenha dado este presente excepcional?

– Não, meu pai, claro que não.

A idéia de um enamorado era tão disparatada que ela nem o encarava, pensava o pai.

– Eu... nada sei sobre as pérolas. Mas talvez saiba algo a respeito das folhas de ouro. Apesar de não ter muita certeza.

– O que quer dizer com não ter certeza? Ou sabe algo sobre as folhas de ouro ou não sabe.

– Acho que pode ter havido um intruso aqui.

– Você acha que pode ter havido um intruso. – Finn tentou conter sua frustração; não queria perturbar Rose. – Bem, é claro que houve um intruso aqui, se nem você nem eu sabemos explicar de que maneira este colar veio parar em minhas mãos.

– Não, quero dizer que acho que vi um intruso.

– Você acha? Você viu um intruso, Rose?

– Sim. Mas pensei que estivesse sonhando. Vi Alfred remexendo em suas coisas.

– Alfred? – Ela conseguira afinal obter a plena atenção do pai. – Alfred esteve aqui e você nunca me contou?

– Só uma vez. E eu não tinha certeza. Quero dizer, eu estava dormindo. Foi naquele dia em que passei mal. Há umas três semanas. Lady Kathryn fez um chá para mim, lembra-se?, e fui me deitar. Acordei de um sono profundo. Pensei ter ouvido algo retinir, depois passos, passos pesados, e uma porta bater. A cortina foi aberta.

Fez uma pausa, como se recriasse a cena mentalmente. Ele esperou, balançando a cabeça para incentivá-la, observando-a correr os dedos pela cruz filigranada que dera a ela em seu sexto aniversário, dizendo-lhe que pertencera à mãe e recomendando que a usasse sempre, certo de que a protegeria – não do diabo, mas de males igualmente diabólicos.

– Não pude ver nada, mas levantei-me e fui até sua mesa de trabalho. Seus potes de tinta estavam todos caídos no chão. Corri para a porta e olhei para o corredor lá fora. Vi Alfred, pelo menos de costas parecia ser Alfred, alto, de ombros largos e cabelo vermelho. Chamei-o, mas ele foi embora. Sentia-me tonta, então voltei para a cama. Quando acordei, os potes de tinta estavam todos arrumados nos lugares, e por isso achei que talvez o chá que Lady Kathryn preparou para mim tivesse feito com que eu sonhasse tudo aquilo. Mas agora acho que não foi sonho e que Glynis entrou aqui e arrumou tudo enquanto eu dormia.

Alfred? Que motivos poderia ter Alfred para esconder as pérolas ali? A não ser que o tivesse feito a pedido da mãe. Mas Kathryn certamente não estaria tão zangada ou assustada a ponto de querer livrar-se dele acusando-o de roubo. O que fazer agora? Deveria devolver as pérolas, expor as atividades de Alfred ou a traição dela? Isso significaria um golpe mortal no relacionamento deles, já tão abalado. E se estivesse errado? Seu gesto criaria um abismo intransponível entre ambos.

O pequeno baú de viagem que guardava consigo possuía um fundo falso. Era onde guardava os documentos de Wycliffe. Esconderia ali o colar enquanto resolvia o que fazer. Não devia agir apressadamente. No dia seguinte haveria tempo suficiente para tomar uma decisão.

Agnes estava separando as últimas maçãs de Norfolk, as pequenas e muito vermelhas de que John tanto gostava, quando Magda saiu para levar as bandejas do almoço. A velha cozinheira murmurou em silêncio uma prece de agradecimento à Santa Virgem pela moça. Ela não era muito de conversar, mas era uma boa companhia, ansiosa por agradar, e uma das poucas pessoas que Agnes conhecia a quem não era necessário dizer o que fazer. Podia parecer, mas não era nada simplória. Tinha uma cabeça bem peculiar.

As maçãs cheiravam a bolor, a sidra, a fruta passada. Agnes guardou uma no bolso para mais tarde, uma oferenda a ser colocada sobre a tumba de John quando tivesse tempo de visitá-la. O que não seria naquele dia, nem no seguinte, do jeito que iam as coisas. As maçãs já deveriam ter sido trazidas do porão havia muito tempo. Algumas já tinham começado a apodrecer. Havia tanto trabalho a fazer, principalmente agora, que a temporada do Natal, *Yule*, estava próxima. Só de pensar já sentia os pés arderem e as costas doerem. Mas calculou que não seria tão ruim quanto no tempo em que Sir Roderick estava vivo. Ninguém esperava que Lady Kathryn fosse receber com muita pompa. Afinal, ela ainda estava de luto: Sir Roderick morrera na primavera daquele mesmo ano. (Lutando pelo duque, diziam, mas Agnes tinha suas dúvidas sobre aquela bela história. O mais provável era que ele tivesse encontrado a morte em alguma rixa por causa de mulher.) Com luto ou sem luto, porém, teriam o dia de casa aberta para os servos, os rendeiros e os pequenos proprietários que prestavam serviços remunerados à casa senhorial. A mesa seria posta no grande salão com escabeche preparado com cabeça, orelhas e pés de porco, peixe defumado, bolos de açafrão e tortas de carne picada misturada com especiarias e frutas secas, além, é claro, das pequeninas maçãs secas.

Nada que ela não conseguisse resolver se contasse com uma pequena ajuda extra de alguém da aldeia de Aylsham. Bem diferente do Natal do ano anterior, quando Sir Roderick recebera o Duque de Lancaster. A cozinha dela fora invadida por hordas de homens ladrando ordens e exibindo-se em sua libré verde e escarlate, os orgulhos em atrito como facas em uma pedra de amolar. Havia um fornecedor empertigado responsável por todos os cervejeiros, padeiros, despenseiros, botelheiros e copeiros; e os dois meninos para girar os espetos dos assados, contratados para preparar um boi, um javali e cinco leitões.

– Não vou passar pela humilhação perante o duque de ter uma mulher dirigindo a cozinha de Blackingham – dissera Sir Roderick. – A velha bruxa gorda pode recolher-se a um canto e cozinhar os petiscos especiais de milady.

No contrato de casamento de Lady Kathryn, uma cláusula determinava que ela só comeria alimentos preparados por Agnes. Uma hábil precaução, pois muitas noivas nobres haviam sido envenenadas por causa de seu dote, sobretudo depois de produzirem um herdeiro. Surpreendentemente, Sir Roderick quase sempre se contentara em ter Agnes cozinhando também para ele, além de lhe fabricar a cerveja, sem ao menos contar com um rapaz a mais como serviçal. Contentara-se, também, em ser servido por todas as ajudantes que ela pudesse contratar, em geral mulheres, em troca de comida. Por que não temia ser envenenado? Ela própria mais de uma vez sentira-se tentada a temperar o molho de seus pratos de caça com erva-moura. Confiaria tanto assim na lealdade de sua senhora? Ou seria aquele mais um traço de sua arrogância, julgando-se forte demais para ser derrotado por mulheres? Quem sabe ele achasse que, com Agnes tomando conta da cozinha de Blackingham, lhe sobraria mais dinheiro para caçadas e entretenimento? Exceto perante seus amigos nobres. Não, nesse caso, tinha de representar o papel de grande senhor, deixando Agnes responsável por tudo mas encarregada de coisa alguma.

Suspirando com pena do desperdício, ela jogou duas maçãs dentro do balde de restos da cozinha para dar aos porcos. Pôs de lado uma outra em um monte que crescia aos poucos. Depois de cortar as partes podres, o que restasse seria aproveitado, amassado e transformado em recheio para tortas. Das firmes e sem marcas ela retirava o miolo e em seguida colocava-as em cima de uma pesada prancha de carvalho onde seriam prensadas e desidratadas, inteiras, em um forno de esfriamento. Espiou por cima do ombro quando escutou Magda voltando com a bandeja do almoço. A cozinheira franziu os lábios, aborrecida, ao ver a tigela de caldo ainda cheia.

– Comida saudável desperdiçada enquanto a estrada de Aylsham está cheia de mulheres mendigando que trocariam um dia de trabalho por alguma coisa para aquecer o estômago dos filhos.

– A moça não comeu – disse Magda.

Agnes deixou escapar um resmungo.

– Ora, eu ia ficar espantada é se fosse a tigela do galês que viesse vazia. Aquele nunca tem nada errado com o apetite. Pensando bem, Rose tem andado meio abatida ultimamente. – E benzeu-se, acrescentando: – Deus permita que não seja a peste. Todo o cuidado é pouco com esses estrangeiros.

Trinta anos antes, Agnes perdera pai, mãe e três irmãos mais velhos por causa da peste, mas tinha a impressão de que fora ainda na véspera que vira passarem as carroças que recolhiam os corpos e ouvira seus condutores gritando: "Tragam seus mortos para fora!" Ela havia sido poupada, a única sobrevivente da família, porque estava servindo em Blackingham. Aquela desgraça também fora trazida por estrangeiros. Alguns diziam que havia chegado com um grupo de artistas ambulantes; outros afirmavam que fora um judeu quem trouxera o flagelo em seus bornais de viagem. Durante muito tempo os trovadores foram proibidos de entrar na região e queimaram os bens do velho judeu e de sua família, que fugiram só com suas vidas e a roupa do corpo.

– Não é peste – disse Magda, econômica com as palavras como sempre. – Ela está de criança.

– A filha do pintor? Não seja tola. A moça é virgem, com toda a certeza. Gente distinta é assim, menina. As mulheres deles não saem por aí se deitando com o primeiro grosseirão que chega perto delas com um...

A menina olhava fixo para ela com seus enormes e redondos olhos cinzentos, serenos como uma funda cisterna de água clara.

Agnes continuou:

– O que quero dizer é que ela não teve oportunidade. – E atirou outra maçã no balde de restos. – O pai toma conta dela como se fosse uma galinha com seus pintinhos. – Juntou no avental o monte de maçãs aproveitáveis, transferiu-as para cima de um cepo e começou a cortar fora as partes podres. – Por que está dizendo isso?

– Porque é verdade. A alma dela tem uma divisão.

– Quanta bobagem você diz, menina!

– A alma dela é de duas cores. Como a de mamãe antes de ter criança.

Que coisa mais estranha para se dizer! Como se alguém pudesse ver a alma dos outros, igual a um chapéu ou um manto. E com duas cores, ora essa!

– A alma de Rose é cor-de-rosa. – Uma expressão melancólica suavizou o rosto da menina, tornando-o quase bonito, pensou Agnes. – A alma do pequenino é igual a manteiga morna, que vai se derretendo pelas beiradas.

Que vai se derretendo pelas beiradas! Verdade verdadeira, havia mesmo mais coisas sob o céu que jamais poderiam ser explicadas. Quem sabe Magda tivesse um dom. Ou podia ser uma maldição.

– Nunca fale disso para mais ninguém, ouviu, filha? – ralhou Agnes com sua voz mais severa. – Já queimaram na fogueira uma porção de mulheres que falavam assim sem pensar. Seja o que for isso que você acha que viu, guarde para si. É capaz de ser tudo fruto da sua imaginação boba.

Isso mesmo. Fruto da imaginação dela. Era sabido que, quando iam virando mulheres, as meninas inventavam todo tipo de fantasias.

Magda pegou a faca que Agnes deixara de lado e começou a cortar as maçãs meio estragadas. Suspirando, Agnes estendeu a mão para pegar a faca.

– Dê cá, eu termino de cortar as maçãs. Vá buscar a lavadeira. Diga que preciso falar com ela agora mesmo.

Kathryn acordou e afastou as cobertas. Não fez caso das frias lajes de pedra sob os pés nus enquanto enfiava uma camisa pela cabeça, vestia as saias e revirava sua arca de roupas à procura das meias. Glynis mal teve tempo de derramar a água na bacia e Kathryn já lavava o rosto.

– Passe apenas um pente em meu cabelo, Glynis, e deixe-o solto. Vou usar uma touca. Não tenho tempo para tranças complicadas. – Tirou o pente da mão da moça. – Você é lenta demais, deixe que eu mesma faço. Corra à cozinha e diga a Agnes para preparar uma cesta de comida para a mulher do curtidor. Diga que vou precisar disso depressa.

"Corra" era uma palavra que Glynis não entendia, pensou Kathryn vendo a criada encaminhar-se para a porta com um ar de enfado. Não adiantava corrigi-la; só faria com que se demorasse mais ainda. E naquele dia Kathryn estava com pressa. Havia questões domésticas a resolver, uma visita de caridade a ser feita a uma rendeira adoentada – ela não devia se descuidar das boas obras, sobretudo àquela altura, com tantas culpas para expiar –, e só então iria procurar Finn nos aposentos dele.

Kathryn dirigiu-se à criada que saía:

– Volte logo. Minhas botas precisam ser limpas, estão cobertas de lama seca até em cima.

Na véspera fora confessar-se. Sozinha, fizera a pé o percurso até Saint Michael enfrentando o vento e a lama do caminho – penitência maior do que se fosse montada em seu palafrém –, procurara o vigário e contara-lhe, com o mínimo de palavras possível, sobre o pecado de carnalidade (fora o termo que o padre empregara, não ela) que cometera com Finn. Escolhera seu confessor com cuidado, confiante em sua discrição. Afinal, fora o dízimo pago com o lucro obtido com a venda da lã de Blackingham que construíra a Igreja de Saint Michael. O padre relutaria em trair uma benfeitora tão generosa por causa de um pecado venial.

Sua penitência fora leve: vinte Ave-Marias e dez Pai-Nossos, seguidos de um ato de contrição – daí a cesta de comida para a mulher do curtidor. Mas não importava, mesmo que o padre lhe tivesse dito para ir de joelhos até o santuário de Walshingham no auge do inverno para beijar a relíquia da cruz santa, ela sabia que somente as chamas do inferno lambendo-lhe a barra da saia matariam seu desejo. Temia que mesmo no purgatório ainda pudesse buscar a companhia de seu amante e segui-lo, se fosse este o castigo dele, até os próprios portões do inferno. Atravessaria com ele esses portões? Era uma situação que esperava não ter de enfrentar, apesar de que, se existia uma paixão pela qual valesse a pena arriscar a alma, era aquela sua.

Havia três semanas que expulsara Finn de sua cama e, cada vez que cruzava com ele nas escadas ou no pátio, lia a pergunta em seus olhos. Como não lhe dera resposta, sentira a frieza crescer entre eles. Não se tratava de luxúria apenas – apesar de não conseguir apagar aquele fogo com orações, por mais que tentasse. Era ele todo: seu riso fácil, sua presença de espírito, sua compreensão, a maneira como parecia ler seus pensamentos. Cada vez que o via agora, tinha a sensação de que a capa de intimidade que tinham compartilhado esticava-se, esgarçava-se mais um pouco, e que o manto da dolorida solidão pesava-lhe mais espesso sobre os ombros. Quando não conseguia mais suportar a perda, foi ao padre em busca de absolvição – e não só pelos pecados do passado como também pelos que fatalmente cometeria no futuro.

Confessara o pecado de fornicação e nada mais. Não o de se unir com alguém que fora unido a uma judia. Mas o próprio Salvador não fora um judeu? E não seria uma ofensa que ela tratasse com desprezo alguém como Ele? E se Nosso Senhor concedera Sua graça perfeita até aos judeus, não seria um pecado ela agir de modo oposto?

Ela também tinha direito a um pouco de felicidade.

Ao entrar na cozinha, Kathryn foi direto ao tabuleiro do pão, cortou para si uma fatia e, espetando-a em um garfo de tostar, aproximou-a do fogo.

– Deixe Magda fazer isso, milady – disse Agnes, levantando os olhos da cesta que estava enchendo. – Não deve preparar para si mesma seu próprio desjejum. Eu ia arrumar uma bandeja, mas parei para fazer o que pediu. Glynis disse que a senhora...

– Eu mesma vou torrar. Como nos velhos tempos, Agnes. Lembra-se de quando eu era menininha? Naquela época, você não se importava, dava-me logo o pão e um garfo.

– Mas agora é a senhora, a dona da casa. Não fica bem tostar o próprio pão.

Agnes fez um sinal com a cabeça para a ajudante, que pegou timidamente o garfo e girou-o com cuidado, tostando o pão de maneira uniforme. Quando estava dourado e torrado, Magda espalhou nele geléia de groselha e estendeu-o a Kathryn em cima de um guardanapo limpo. Kathryn reparou que as mãos dela também estavam limpas.

– Essa menina saiu-se muito bem, não foi, Agnes?

– Bastante.

Kathryn mastigou a torrada em silêncio, estranhando a resposta taciturna vinda de uma mulher que ela sabia nunca ter sido parcimoniosa com as palavras.

– Está indisposta hoje, Agnes? Se não estiver bem, talvez se possa combinar com a mulher do ferreiro para vir ajudar, e você ter um descanso.

Um descanso não muito longo, Kathryn pensou com seus botões. Por um penny por dia, não pode ser muito prolongado.

Agnes lançou um olhar por cima do ombro e sacudiu a cabeça para o lado, indicando a porta.

– Vá até o defumadouro, Magda, e corte uma fatia fina de toucinho – pediu ela, colocando uma bisnaga de pão preto torrado na cesta de donativos.

– Duas fatias – corrigiu Kathryn. *Boas obras. Expiação pelos pecados do passado. E pelos que serão cometidos.* – E corte-as grossas.

Uma lufada de ar frio agitou as cinzas na lareira quando a moça fechou a pesada porta de carvalho atrás de si. Agnes mordia o lábio superior. Kathryn mordiscava sua torrada. Finalmente, Agnes falou.

– Não estou doente, milady. Mas tenho uma coisa me perturbando a cabeça.

Kathryn tamborilou os dedos na alça da cesta, impaciente.

– Se tem um problema, Agnes, é melhor me dizer. Caso seja a respeito do imposto individual, não precisa se preocupar. Já decidi que vou pagar seu imposto. Nada mais justo. Você é uma criada boa e leal.

– A senhora é bondosa, é muito boa para mim, milady, e eu lhe fico muito agradecida. Mas não é sobre o imposto. – Empurrou a cesta para o lado, à espera do último presente, o toucinho do defumadouro. – Sabe que não sou de falatórios... como se diz, a bisbilhotice é a língua que o diabo fala, mas... – Agnes limpou as mãos no avental, agitou-as, nervosa.

– Se é algo de que preciso saber, então não é bisbilhotice, Agnes. Conte-me. Kathryn engoliu o último pedaço de torrada, lambeu os farelos adocicados nas pontas dos dedos. Provavelmente, uma disputa qualquer entre os pequenos proprietários e os servos. Os pagamentos que os primeiros recebiam eram sempre causa de rancores entre os dois grupos. Mas talvez Simpson pudesse se ocupar dessa questão, qualquer que fosse.

– É sobre a filha do mestre pintor – disse Agnes. – Ela tem andado melindrosa ultimamente e ontem devolveu a comida sem a tocar.

Kathryn sentiu-se descontrair.

– Ah, não precisa se preocupar, Agnes. Ela esteve doente, mas acho que já está melhor. – Pobre Agnes, qualquer nariz pingando era sinal da chegada da peste. A morte negra enchia-a de um medo irracional. – Sabe como são as moças. Devem ser vapores. Ou quem sabe é o incômodo da maldição de Eva.

Agnes apertou os lábios, meneou a cabeça.

– Não, milady, não é a maldição de Eva. A lavadeira disse que há três meses não encontra roupa suja de sangue da moça.

Kathryn serviu-se de uma caneca de leite de ovelha.

– A moça pode não ter um ciclo regular. Algumas moças não têm, no início. Sabe como os boatos se espalham entre...

– Sei muito bem. Foi por isso que perguntei eu mesma à lavadeira. A menina foi regular como o pôr-do-sol durante três meses. Depois, nada.

– Você quer dar a entender então que...

– Só estou contando o que a lavadeira disse. Achei que a senhora devia ficar sabendo.

Ouviu-se o rangido da porta se abrindo e Agnes pegou o toucinho defumado da mão da menina, embrulhou-o em um retalho de pano limpo e colocou-o dentro da cesta. Kathryn apanhou a cesta e fez um gesto com a cabeça para Agnes.

– Por enquanto, é melhor que essa informação fique apenas entre nós.

– Sim, milady. A senhora não precisa duvidar de minha lealdade. – E acrescentou, quando Kathryn já se afastava: – Diga à mulher do curtidor que lhe desejo melhoras. E que ela experimente o caldo de osso com tutano que coloquei na garrafa. Vai fortalecê-la.

Uma vez fora do alcance do olhar perspicaz de Agnes, Kathryn parou um instante do lado de fora da porta, em que se encostou buscando apoio, a cesta apertada junto ao corpo, e evocou a imagem de Rose caçoando do pai ou de Colin com aquele sorriso encantador que lhe chegava até ao olhar. Haveria naqueles olhos cintilantes a sabedoria de uma mulher? Não. Rose era uma criança inocente. Apostaria um fardo de lã nisso. Tinha de haver alguma outra explicação. Afinal, não fora por isso que fizera Alfred sair de casa? Ao menos, achava que ele saíra mesmo de casa. Mas e se estivesse encontrando a moça aquele tempo todo? Encontrando-a em locais secretos? "Pergunte àquele seu filho", dissera Simpson quando a casa da lã se incendiara.

Santa Mãe de Deus.

Kathryn encontrou Rose sozinha no quarto de Finn, e tão entretida em seu trabalho que nem levantou os olhos. A porta estava meio aberta para deixar entrar mais claridade vinda do corredor que ligava o quarto de dormir do mestre com a *garderobe* e os outros cômodos menores. Kathryn cruzou a soleira e seus macios sapatos caseiros fizeram apenas um leve ruído no chão de pedra.

Rose estava sentada em um banco alto colocado junto a uma das pontas da escrivaninha, ligeiramente inclinada para a frente, a boca comprimida em um trejeito de concentração, a mão movimentando-se com agilidade pelas páginas estendidas diante dela. Kathryn reconheceu os mesmos traços seguros e delicados de Finn, mas executados pela mão graciosa da filha, que a manga larga e o punho guarnecido de fitas tornavam ainda mais graciosa. A moça parecia tão mimada e bem cuidada como qualquer dama normanda. Vestia uma saia de brocado em conjunto com um corpete que lhe achatava o busto e o fazia formar duas suaves elevações acima do decote quadrado, uma promessa virginal dos seios mais fartos de uma mulher feita. Uma camisa de fina cambraia francesa acompanhava as tiras horizontais entremeadas no tecido da saia. Um véu do mesmo tecido delicado cobria-lhe a cabeça e sua transparência brincava de esconder com o cabelo escuro de Rose. Traje elegante para a filha de um artesão. Traje elegante para uma judia. E lá estava a cruz que ela sempre usava. Dizia que fora o pai quem lhe dera, um presente da mãe. Uma cruz que pertencera a uma judia? Ou um artifício inteligente imaginado por Finn, um talismã para proteger a filha?

Enquanto trabalhava, Rose cantarolava para si mesma uma melodia familiar a Kathryn, que flutuava quase no limiar do reconhecimento. Isso e o arranhar da pena no velino eram os únicos sons no ambiente. Subitamente, Rose parou de cantar, deu um suspiro e seu olhar se perdeu no vazio, a pena suspensa acima do papel. Seu rosto parecia mais magro, quase descarnado em torno dos olhos bem separados; a não ser por isso, a moça tinha uma aparência bastante saudável. Um pálido raio de sol, atravessando a janela de vitral acima dela, pintou-lhe um rosado na face. Exceto pelas maçãs do rosto salientes, havia nela toda um viço de juventude que poderia despertar inveja em uma mulher da idade de Kathryn – se a inveja não fosse pecado.

Uma lufada no cano da chaminé fez passar pelo quarto uma corrente de ar vinda da porta meio aberta de onde Kathryn espiava. O vento agitou as fitas que pendiam dos punhos de Rose, que roçaram no papel e borraram as letras cuidadosamente desenhadas. Ela deixou escapar uma exclamação de desânimo e, com uma das mãos, tentou amarrar as tirinhas causadoras do desastre.

– Espere, deixe-me ajudá-la – disse Kathryn, adiantando-se.

Rose olhou na direção da porta, uma expressão de espanto arredondando-lhe a boca.

– Minha senhora – disse ela –, desculpe-me, não sabia que estava aqui. Quero dizer, não a ouvi chegar. – Rose levantou-se de seu banco e foi ao encontro de Kathryn. – Por favor, entre. – Fez uma ligeira reverência, um sorriso provocador iluminando-lhe os olhos castanho-escuros. Petulante. Ela sabia como Kathryn ficava pouco à vontade com as afetações dos nobres.

– Você está ocupada com o trabalho. Posso voltar mais tarde.

Adiar a descoberta da verdade. Ignorar o problema, quem sabe desse modo ele passasse, se fosse. Mas Kathryn já estava envolvida, amarrando as fitas azuis em laços perfeitos nos punhos de Rose. Deu uma palmadinha leve no último.

– Pronto – disse, vendo através de uma bruma de lágrimas sua mãe fazer exatamente o mesmo gesto, a mãe cujo rosto ela não conseguia evocar nem nas lembranças, mas de cujas mãos se recordava bem, mãos longas e esguias dando laços em fitas azuis.

– Obrigada. É difícil amarrá-las sozinha. Eu teria de ser uma contorcionista.

– Claro que é difícil. Quando uma menina chega a uma certa idade, precisa de uma criada de quarto para ajudá-la a se vestir. Diga isso a seu pai. Ele dispõe de recursos para contratar uma moça da aldeia. O abade paga-lhe muito bem.

– Pensei nisso, mas não estou bem certa... Sempre estivemos só os dois, e eu não gostaria de magoá-lo. Às vezes, Magda, a criadinha de Agnes, vem me ajudar. Outras vezes, torço-me de um lado para outro até prender e amarrar tudo. – Rose deu uma risada, lançando um olhar para os punhos. – Bem, quase tudo.

A mesma testa alta de Finn. Mas a boca larga, os olhos escuros, seriam os de Rebekka? Que olhos lindos. Como seu filho, ou o filho de qualquer mulher, poderia não ficar tentado?

– Por favor, venha sentar-se – disse Rose, segurando-a pela mão e fazendo-a avançar alguns passos antes de soltá-la. – É um deleite para mim ter a sua companhia. – O sorriso ensombreceu-se de repente, como um anteparo que se põe diante de uma chama. – Mas imagino que tenha vindo ver meu pai. Sinto, ele não está. Foi ao mercado de Norwich comprar folhas de ouro. Disse que estaria de volta antes do pôr-do-sol. Gostaria de ficar aqui comigo até ele voltar? Apreciaria muito a sua companhia.

Quem sabe, afinal, ela não estivesse definhando por causa de um amante perdido, pensou Kathryn, mas tão-somente sofrendo de solidão. Kathryn lembrava-se como era, como se parecia com uma doença... antes de seus filhos, antes de Roderick até, quando ela era a única mulher na casa de seu pai e tinha somente Agnes como companhia. Uma doença, até a solidão ou a ansiedade podiam interromper o ciclo de uma mulher. Era um fenômeno caprichoso, misterioso, sobretudo em alguém tão jovem. Ou madura como ela. Ouvira histórias de mulheres em conventos cujos ciclos coincidiam, de modo que toda a congregação sofria ao mesmo tempo. E como, em outros conventos, tendo se casado com Cristo, os ciclos das mulheres cessavam de vez.

– Foi você quem vim visitar, Rose, não seu pai.

Havia tanta gratidão no sorriso radiante de Rose que Kathryn sentiu o coração apertado.

Kathryn procurou um lugar para sentar. Aproximou-se do pé da cama, alisou a saia preparando-se para ali se instalar e se deteve. Seu leito nupcial. A cama de Roderick. A cama de Finn, agora. As tapeçarias estavam recolhidas aos cantos e a colcha arrumada com esmero. Ele era o homem mais asseado que ela conhecera. Tudo nele, suas roupas, os objetos que o cercavam, até sua mente, refletia ordem. Tão diferente do ocupante anterior daquela cama, que não tinha disciplina para nada. Um calafrio subiu-lhe dos tornozelos pela espinha acima, eriçando-lhe o cabelo da nuca. Uma fenda aberta na cortina do tempo, um vislumbre dos mais fugazes, mas ela entreviu por um segundo, como um lampejo atrás de seus olhos, aquela cama no dia em que se deitara pela última vez com o marido, as tapeçarias fechadas, os lençóis emaranhados prendendo seus membros, sufocando-a, a pressão do peso do homem roubando-lhe até o ar viciado, enquanto ela jazia inerte como um cadáver debaixo dele. Seu corpo lembrava-se também da violência com que a penetrara e, em seguida, praguejando, a empurrara para longe de si.

– Minha senhora – a voz de Rose trouxe-a de volta –, a senhora parece indisposta. Venha, sente-se na cama de meu pai, ele não vai se importar.

A cama retomou seu ar benigno, bem-arrumada, as cortinas puxadas para trás, suas borlas presas nas colunas entalhadas. O ar cheirava a roupa limpa, óleo de linhaça e terebintina, o aroma que Finn trazia em suas roupas, ao qual se sobrepunha um pouco do odor da fumaça de turfa da lareira. Ela respirou fundo.

– Não, estou bem. Seu pai pode não gostar que eu me sente na cama dele. Prefiro seu banco de trabalho.

Puxou o banco, colocou-o diante do de Rose e as duas ficaram sentadas frente a frente, com as folhas de pele de bezerro espalhadas entre elas. Kathryn reparou no texto escrito. Seria algo sobre o que conversar. Não podia entrar direto no assunto fazendo a pergunta que lhe secava a garganta, não sem insultar a moça.

– Em que está trabalhando? Vejo que se trata do que o seu pai chama de "inglês".

Rose corou e arrumou apressada os papéis, cobrindo seu trabalho.

– Oh, não é nada que valha a pena ver. Um pequeno capricho. Um Livro de Horas para... uma pessoa amiga.

Ou um presente para um amante. Por favor, Mãe Santíssima, que não seja para meu filho.

– Fico satisfeita de ver que você tem seu trabalho – observou. – Deve se sentir bastante solitária aqui.

– Bem, às vezes. Só um pouco. Quando meu pai não está. – Rose baixou a cabeça e acrescentou depressa: – Mas gosto daqui. De vez em quando, Colin traz seu alaúde e canta para mim. Ele também é um bom copista. Meu pai diz que ele tem talento.

A melodia conhecida que Rose estivera cantarolando antes. Uma das canções de Colin.

– Alegra-me saber que ele é uma companhia agradável para você e seu pai – disse Kathryn. – Também aprecio a música dele.

– Ultimamente, eu... nós não o temos visto muito.

– E agora Alfred também se foi – sondou-a Kathryn.

– Alfred? Quase não estive com ele. Mas tenho certeza de que teria gostado dele – acrescentou, meio que se desculpando. Era tocante o seu empenho em não ser desagradável. – É que ele andava sempre tão ocupado, ou com o administrador.

Uma resposta tranqüilizadora. Difícil não simpatizar com a moça, apesar das circunstâncias de seu nascimento. Possuía o encanto natural do pai.

– Ora, eu também raramente vejo meus filhos. Sinto falta de ambos. Alfred engajou-se como pajem a serviço de Sir Guy e Colin... bem, não o tenho visto muito também. Passa um tempo enorme na capela desde a morte do pastor. Fala de modo enigmático, sobre perdão e expiação, como se carregasse alguma culpa pela qual pudesse ser acusado. Mas não quer conversar sobre o assunto. Pelo menos, não comigo. Ele falou sobre isso com você?

Rose evitou o olhar dela, levou a mão trêmula à garganta. Os cantos de sua boca crisparam-se.

– Ele não tem tempo para mais nada, nem para a música. Desde o incêndio.

– Vai passar. Ele devia ser mais apegado ao John do que eu imaginava. Uma mãe não pode saber tudo a respeito de seus filhos. E quanto a você, Rose? Está se sentindo bem? Seu pai tem andado muito preocupado desde aquela vez em que você passou tão mal. Quando eu lhe trouxe o chá de ervas, lembra?

Rose piscou os olhos e balançou a cabeça.

– A senhora foi muito bondosa para mim. Sim, acho que estou melhor, apesar de me sentir meio tonta de vez em quando. Uma espécie de fraqueza apodera-se de mim, mas sinto-me bem na maior parte do tempo.

Deu uma risada ligeira que lhe franziu os cantos da boca.

Um dia ela terá linhas de expressão ali, como o pai, pensou Kathryn.

– Durante semanas, não consegui comer nada, mas agora estou recuperando o tempo perdido. Ontem, no meio da noite, acordei e de repente me deu uma vontade louca de comer arenque em conserva. E eu nem gosto de arenque em conserva, fico com a boca toda enrugada.

Súbito foi a boca de Kathryn que ficou seca como cinza. E nada tinha a ver com arenque em conserva. A moça estava com desejos. Seria tão ingênua assim a ponto de não saber o que aquilo significava? Mas, claro, que companhia feminina, que conselhos de mulher tivera ela para lhe facilitar o processo de amadurecimento? Kathryn sabia bem como era. Quando seu fluxo de mulher – designado por tantos nomes – viera pela primeira vez, ela achou que ia morrer ao ver o sangue escuro como vinho. Continuou pensando o mesmo durante meses e, afinal, foi falar com o pai. O rosto dele ficou vermelho e ele mandou chamar a parteira, que explicou a ela o mistério em termos tais que não a fizeram ter vontade de comemorar sua transição de criança para mulher.

O que Finn teria contado à filha? Ele era mais meigo que seu pai, mas será que, como seu pai, também não teria se esquivado de fornecer aquelas informações à filha, que geralmente cabiam à mãe ou a outra mulher da família? Afinal, ignorara de bom grado as implicações de seu casamento judaico para Kathryn e seus filhos.

– Vamos falar com franqueza, Rose. De mulher para mulher. – Ela poderia ter dito "de mãe para filha" em outra ocasião, mas não naquele momento. – Suas voltas-da-lua têm sido regulares?

Rose olhou para ela com ar de incerteza.

– Seu sangramento mensal, filha. Vem todo mês?

Lá fora, uma nuvem escondeu o sol. A claridade no quarto diminuiu, tingiu tudo de cinzento, exceto o rubor de Rose.

– Já faz três meses que não – respondeu ela. – Mas houve outras ocasiões em que também não veio, quando eu era menor. Pensei que talvez tivesse atrasado porque eu estava doente.

Instalou-se o silêncio entre elas por quase um minuto. O sol não reapareceu e o aposento ficou mais frio apesar do fogo de turfa crepitando na lareira. A têmpora de Kathryn começou a latejar. Aquela não era uma conversa que ela desejasse ter. Deveria ter cabido a Rebekka. Como as mães judias lidariam com uma situação daquelas, seria igual ou diferente? Que conselho a falecida Rebekka teria dado à filha?

– Rose, pode ser que isso esteja relacionado à sua doença, sim, mas não da maneira como pensa. Pode ser a causa, não o resultado.

– Não compreendo.

Quase o choramingo de uma criança, da criança que fazia tão pouco tempo ela havia sido.

– Você pode estar...

De que outro modo poderia dizê-lo?

– Você pode estar esperando. O sangramento pára quando a mulher espera um filho.

A moça parecia prestes a desmaiar. Arrastou a mão trêmula pelo rosto. Kathryn saiu de seu lugar e aproximou-se dela, inclinou-se um pouco e tocou-lhe o queixo, levantando-o para que a olhasse direto nos olhos.

– Rose, você esteve com um homem? – perguntou com brandura, pronunciando pausada e claramente cada palavra.

A moça nada disse, só mordeu o lábio superior, o queixo tremendo.

– Responda, filha. Você esteve com um homem?

Kathryn tentou manter a voz baixa para não assustar a jovem, mas foi difícil. Afinal, Alfred podia ter se safado da difícil situação, mas tratava-se de Rose.

– Só Colin.

– Não é disso que estou falando. Quero dizer, você teve relações carnais com um homem? Algum criado que a tenha visto andando no jardim e se aproveitado de você? Até a forçado a deixá-lo ter relações carnais com você?

Rose começou a chorar, lágrimas enormes que jorravam dos seus olhos como de fontes e corriam em pequenos regatos que escolhiam seus próprios cursos, formando lagoas nos cantos de sua boca que tremia.

– Só com Colin, minha senhora.

Colin?

– Rose, você sabe o que significa ter relações carnais? – indagou Kathryn, exasperada.

Rose assentiu com a cabeça, as mãos cobrindo o rosto.

– Beijar conta? Nós só nos beijamos. A maior parte do tempo. – Fez uma pausa e os dedos frementes começaram a atormentar a linda cruzinha que usava pendurada ao pescoço. – Na casa da lã.

A casa da lã! Kathryn sentiu um aperto nos músculos em torno de seu coração. *Pergunte àquele seu filho sobre a casa da lã.*

Rose levantou-se, suas saias derrubando estrepitosamente o banco, que fez virar um balde cheio de casca de pilriteiro em maceração. Tanto Kathryn quanto Rose ignoraram a mancha escura de tinta que corria pelo assoalho, infiltrando-se nas tábuas de madeira. Rose andava de um lado para outro, comprimindo as costas da mão ao redor da garganta. Desatou a soluçar. Kathryn teria de acalmá-la ou ela passaria mal. Abraçou-a e conduziu-a com delicadeza até a cama, onde a fez sentar-se.

– Rose – disse com a voz controlada, da maneira mais calma que lhe foi possível –, beijar não conta. Agora diga, foi tudo o que fizeram? Você e meu filho fizeram mais alguma coisa lá na casa da lã além de se beijarem?

Kathryn mal conseguiu compreender. A palavra saiu junto com um pequeno soluço que escapou por detrás da mão da moça.

– Duas vezes.

– Duas vezes? Alfred teve relações carnais com você duas vezes, Rose?

Ela irrompeu em um choro mais alto ainda, sacudindo a cabeça para confirmar.

– Nós só... duas vezes. Mas não foi Alfred.

Mais soluços, arquejos. Rose fungava nos punhos enfeitados de fitas.

– Foi Colin. – O nome de seu filho veio a bordo de um soluço. Kathryn não teria ficado mais surpresa se Rose tivesse dito o nome do papa. Esforçou-se para respirar. A seu lado, a moça, histérica, oscilava para a frente e para trás, gemendo: – Não... conte... para... meu pai... por... favor – cada palavra saindo-lhe aos arrancos no meio da respiração arquejante. Kathryn envolveu-a em seus braços.

– Calma, assim você vai ficar doente e isso não vai nos ajudar em nada – sussurrou, enquanto acalentava a moça, o tempo todo pensando em Colin. Como não percebera antes? Mas ela de fato percebera, só que os vira como crianças brincando juntas. – Não vamos contar nada para ninguém ainda – decidiu. – Podemos estar enganadas. É possível, mesmo vocês tendo... é possível que você não esteja esperando um filho. Vamos esperar para ver. Se você estiver, bem, então, existem certas coisas... Por ora, vamos apenas tentar manter a calma.

O tom tranqüilizador de Kathryn apaziguou Rose. Sua tempestade emocional foi se reduzindo a pequenos gemidos e soluços entrecortados, mas a mente de Kathryn girava com as implicações daquela enrascada. Sabia que suas palavras de consolo eram tão vazias quanto as cisternas do inferno. Sabia, também, que não havia tempo a perder. Iria procurar a parteira sem demora. Havia preparados especiais que... mas primeiro tinha de falar com Colin. Colin!

Prometera a Rose que nada diria ao pai dela. Melhor assim. Menos complicações. Ele ficaria enraivecido quando soubesse que o filho de Kathryn deflorara a sua filha. Provavelmente insistiria em fazer correr imediatamente os proclamas do casamento. Afinal de contas, ele abrira mão de tudo o que possuía por causa de uma judia – não esperaria que o filho dela fizesse o mesmo? Mas um filho de Blackingham não se casaria com uma judia. Não enquanto ela vivesse.

Afastou a moça transtornada segurando-a com os braços estendidos.

– Enxugue os olhos, Rose. Vá para seu quarto e descanse. Solte a cortina para que seu pai, ao entrar, não veja a linda filha dele nesse estado.

Finn não podia ver a filha tão alterada. Arrancaria a verdade dela com mais facilidade do que um frade gordo solta seus gases.

– Vou mandar fazer um chá calmante para você. Procure não se preocupar. Vamos pensar em alguma coisa.

Quatorze

Posto que a Bíblia encerra o Cristo, é tudo de que se precisa para a salvação; é necessária a todos os homens, não só aos padres.
– JOHN WYCLIFFE

Finn aproximou-se de Norwich vindo do norte. De seu ponto de observação acima da cidade, o mercado desenrolava-se como uma faixa canelada desde o Castelo de Norwich, construção maciça, pesada e feia, que não funcionava mais como uma fortaleza militar e sim como uma prisão onde pobres almas enlanguesciam no fundo das masmorras. Apesar do revestimento claro de pedra de Caen brilhando dourado ao sol, o castelo lançava uma sombra ameaçadora, que se agigantava sobre as barracas coloridas do mercado como um gavião empoleirado em uma colina. Finn sentiu um calafrio e envolveu-se mais em sua capa de lã.

A extremidade inferior da ponte do castelo dava em um pátio descoberto onde se negociava gado. Um grupo de espectadores reunira-se ali, em torno de um tablado de madeira. Finn sabia qual seria a atração. Tais acontecimentos eram sempre programados para os dias de mercado, quando era certa a presença de uma multidão. Mesmo a distância – ele não se aventuraria a ir mais perto, não tinha estômago para essas coisas –, escutava as risadas ásperas. Se tivesse chegado minutos antes, poderia não ter assistido ao espetáculo todo. Agora, entretanto, não tinha como evitá-lo. Viu colocarem a corda em torno do pescoço do homem condenado e, por mais que tentasse, não conseguiu desviar os olhos da cena. A multidão sem rosto gemeu a uma só voz, um gemido que se elevou em um crescendo estridente. O alçapão se abriu. Finn prendeu a respiração enquanto o povaréu deixava escapar um grande suspiro coletivo de quase êxtase. Ele sentiu crisparem-se os músculos de seu próprio tronco quando o corpo do homem se arqueou, depois estremeceu em movimentos espasmódicos intermitentes antes de oscilar na ponta da corda como um peso de carne no açougue. Graças à Santa Virgem que não se encontrava perto o suficiente para ver os olhos esbugalhados, os lábios arroxeados e protuberantes no rosto inchado. Puxou a rédea do cavalo para a direita e virou a cabeça, porém tarde demais para evitar uma onda de náusea.

Pobre sujeito, pensou ele, enxugando a boca nas costas da mão e fazendo o cavalo estugar o passo adiante. Provavelmente algum camponês rebelde que falara alto demais ou de maneira articulada demais contra o novo imposto por cabeça de John de Gaunt, o segundo em três anos. Um preço alto a pagar por dizer nada mais que a verdade. A cabeça cortada, com os olhos bicados e arrancados pelos pássaros, logo iria enfeitar uma estaca no portão principal da cidade para servir de advertência aos outros. Falar a verdade era um negócio arriscado.

Com o castelo ficando para trás, o olhar de Finn voltou-se para o outro prodígio arquitetônico da cidade, a leste do mercado. A Catedral de Norwich, assim como a Prisão do Castelo, brilhava suavemente à luz da tarde e, para Finn, era somente um pouco menos ameaçadora. No entanto, tinha de admitir que se tratava de uma estrutura muito mais agradável à vista. Sua torre normanda quadrada, construída na interseção da nave e do transepto, era bastante imponente, ainda que desprovida de flecha. Um furacão fizera em pedaços o campanário de madeira em 1362, destruindo uma parte da abside ao mesmo tempo. Finn sorriu, lembrando-se que Wycliffe chamara o furacão de "sopro irado de Deus".

A abside da catedral fora reconstruída pelo predecessor do Bispo Despenser, mas outras prioridades haviam relegado a segundo plano a construção da flecha. Os claustros também precisavam ser reconstruídos, e fazia-se necessário um muro para proteger os monges beneditinos dos aldeões turbulentos. Em 1297, os monges haviam sido queimados por uma turba de cidadãos enfurecidos contra os beneditinos, que às vezes se recusavam a prestar os serviços religiosos, até a Eucaristia, a menos que recebessem uma oferta. "Vendiam o Corpo de Nosso Senhor por um penny para que pudessem comprar licenças para manter suas concubinas", contara-lhe Wycliffe. Não houvera grandes mudanças desde então, passados cem anos, segundo Wycliffe. Finn concordara com ele.

A reconstrução dos claustros era um processo que ainda prosseguia. Enquanto seu cavalo ia percorrendo a Castle Street e depois subindo em direção a Elm Hill, Finn viu pedreiros trabalhando lá, ouviu o ruído mole da argamassa, o áspero raspar da pedra, o forte sílex de Norwich sendo preparado para ser revestido com a pedra mais agradável, importada da Normandia. O praguejar dos trabalhadores – contra a argamassa que endurecia depressa demais no ar gelado, contra seus próprios dedos azulados de frio e dormentes em suas luvas sem dedos – misturava-se aos gritos dos pássaros expulsos dos ninhos construídos dentro das vigas de pedra dos claustros.

Ao chegar a Elm Hill, Finn desmontou defronte ao Beggar's Daughter, com sua tabuleta que prometia uma caneca cheia de bebida espumante – e, por Deus, como ele ansiava por uma. Agitou as rédeas de seu cavalo para um menino mendigo que já vira ali antes.

– Meio penny e um pastel de carne de porco se minha montaria ainda estiver aqui quando eu voltar.

O garoto maltrapilho veio correndo, agarrou o cavalo pelo freio e encaminhou-se para um espaço estreito entre as casas a fim de abrigá-lo.

– O demo em pessoa num vai tirá ele de mim, *milord*. – E cumprimentou-o com uma saudação desenvolta, com um vigor e uma energia que não condiziam com sua situação.

– Não é o demo em pessoa que me preocupa – replicou Finn.

Ele admirava a capacidade de iniciativa do rapaz. Já o vira em atividade antes – trazendo e levando recados, fazendo limpezas para os vendedores ambulantes do mercado, tudo para ganhar um pedaço de pão. Havia dezenas de garotos como ele, a despeito do fato de um mendigo precisar ser muito engenhoso para escapar do cepo. Até os que lhes davam esmolas estavam sujeitos a ir para a prisão. Em sua maioria, eram fugitivos das glebas que viviam do refugo da cidade, escondendo-se dentro de seus muros até poderem ser livres. E havia um bocado de lixo ali. Elm Hill era a via mais estreita de Norwich. Um esgoto a céu aberto que descia por uma vala no centro da rua calçada com pedras redondas tornava o percurso traiçoeiro para homens e animais. Além do mercado semanal, contudo, era a área comercial mais importante de Norwich. Ricos comerciantes de lã e tecelões flamengos viviam em algumas de suas casas maiores, com seus armazéns prolongando-se atrás delas até o rio. Na outra ponta da rua, as casas dos lojistas e mestres de confrarias encarapitavam-se no alto de escritórios e de lojas, projetando-se desordenadamente para a rua e dando a quem a percorria uma sensação de labirinto. Um labirinto no qual um rapaz e um cavalo poderiam facilmente desaparecer caso se apresentasse a tentação.

Dentro da taverna, Finn sentou-se junto a uma janela embaçada pela fuligem que ainda assim lhe permitia vigiar o garoto e seu cavalo do lado de fora. O rapazola fez-lhe uma nova saudação, acompanhada de uma piscadela irreverente. Finn devolveu o cumprimento. Seu cavalo estaria lá quando ele desejasse, ele tinha certeza.

Finn fora a Elm Hill comprar bicos de pena. Mas primeiro tomaria alguma coisa para aquecer os ossos e esperar Meio-Tom, que deveria ir ao encontro dele levando um embrulho enviado por Wycliffe. Não teve de esperar muito.

Do canto mais recuado do bar chegaram-lhe as risadas de um grupo de cinco homens embriagados reunidos em um círculo. O cabeça do grupo, o homem mais próximo de Finn e que estava de costas para ele, vestia o fardamento da Prisão do Castelo.

– Podíamos pendurá-lo e ver se balança tanto quanto o enforcado.

– Que nada, ele é pequeno demais, não vai ter graça nenhuma. Ele só vai se contorcer igual a uma isca no anzol.

Gargalhada geral.

– Ora, então vamos ver até que altura a gente consegue jogar ele.

Vislumbrou-se um braço e em seguida uma bola de trapos foi arremessada para o teto, bateu em uma das vigas e deu uma volta no ar antes de aterrissar. Caiu fora do círculo, esparramando-se no chão, depois saltou pondo-se de pé, miraculosamente ileso. Meio-Tom. O anão correu para a porta, mas a mão de alguém alcançou-o e agarrou-o, puxando-o de volta para dentro do círculo.

Finn pegou uma adaga guardada em sua bota. Encaminhou-se para o grupo.

No meio do círculo, Meio-Tom debatia-se e praguejava e tentava morder o braço que o prendia.

– Céus, ele é um pestinha duro de roer. Mas aposto dois pence como desta vez ele vai se esborrachar.

Finn aproximou-se do círculo. Era um bando variado, fazendo-se de valentões mais por receio do que por gosto, e talvez com a vontade de ver sangue instigada pela execução que tinham acabado de testemunhar. Já vira outras situações como aquela: homens comuns, que em outras ocasiões talvez fossem surpreendidos praticando atos de bondade, naquele momento transformados em cães selvagens farejando um rastro. Fingindo interesse, espiou por cima do ombro do guarda da prisão, recuando ligeiramente ao ver um piolho andando no meio do cabelo gorduroso do homem. Finn encostou a ponta da adaga nas costas do guarda bem abaixo das costelas, pressionando-a o suficiente para que perfurasse a jaqueta de couro que ele usava.

– Amigo, por que não solta o anão? – disse ele em tom agradável, mas empurrando a arma com um pouco mais de força para que o outro percebesse suas intenções.

O homem virou a cabeça em um gesto abrupto para ver o atacante, seu corpo enrijecendo-se ao sentir a adaga furar o tecido grosso de sua camisa. Afrouxou a mão que agarrava Meio-Tom o suficiente para que este torcesse o corpo e, livre, corresse para a porta.

Finn pôs uma das mãos no ombro do guarda, ao mesmo tempo mantendo a adaga firme no lugar com a outra.

– Seus amigos aqui devem querer comemorar por não serem eles que estão balançando na forca da Ponte do Castelo.

– E o que você tem com isso?

A bravata, no entanto, soou falsa, e Finn notou os olhares furtivos de seus companheiros tentando compreender o que se passava. Iria facilitar as coisas para eles.

– Taberneiro, traga uma rodada de boa cerveja para meus amigos aqui e ponha na minha conta.

Um pequeno proprietário rural, um homem alto e com ar cansado, deu de ombros e foi o primeiro a se afastar. Então, um a um, os outros foram saindo para pegar sua caneca na bandeja oferecida pelo proprietário, que parecia muito aliviado. O laço tênue que os unia estava rompido e o círculo de atormentadores de anões desfez-se, um evitando o olhar do outro. Mas ainda não acabara, pensou Finn, observando o corpulento grosseirão que mantinha na ponta de sua adaga e cuja diversão ele estragara.

– E então, companheiro? Tem uma caneca cheia ali para você.

Antes que as palavras acabassem de sair de sua boca, o homem virou-se para agarrar a arma, mas calculou mal e segurou a lâmina. Gritando como um gato escaldado, recuou com a mão ensangüentada.

Naquele exato momento, Meio-Tom apareceu à porta trazendo a reboque um bailio, este exibindo a insígnia vermelha que o distinguia como um dos esbirros do xerife.

– O homenzinho aqui diz que você está quebrando a paz do rei. – De cenho franzido, ele correu os olhos pelo ambiente. – Devia ter visto logo que você estava metido nisso, Sykes.

Chegavam os reforços. Entretanto, todos eles ainda podiam acabar juntos no cepo.

– Não houve nada, bailio – disse Finn. – Garanto-lhe que a paz do rei está intacta como antes. Só estava mostrando minha nova adaga para o guarda aqui quando ele a deixou cair e, ao tentar pegá-la, cortou a mão.

Um a um, os outros pândegos engoliram de um trago sua bebida e foram se encaminhando discretamente para a porta. Um deles teve a cortesia de levantar a caneca vazia para Finn antes de sair.

– Como vê, está tudo em ordem. Pergunte ao taberneiro.

O taberneiro assentiu. Sem dúvida, tinha suas razões para ser cauteloso com a justiça do rei. O bailio, aparentemente não de todo convencido, conservou a mão no punho de sua pequena espada.

– Eu estava dizendo ao Sykes que seria melhor ele cuidar logo desse corte antes que inflamasse – disse Finn, limpando o sangue do guarda de sua adaga.

– Vou cuidar mesmo, vou cuidar. Pode ter certeza.

Apesar dos olhares fulminantes e das ameaças veladas, porém, Sykes enrolou a mão machucada em um trapo fornecido pelo proprietário e saiu cambaleante porta afora. O bailio desviou de seu caminho mas só ligeiramente, obrigando o guarda a passar de lado por ele.

– Isso acontece todas as vezes em que há um enforcamento. Nunca falha. E geralmente é Sykes quem está metido no meio da confusão. Eu ficaria longe dele se fosse você. O homem é ruim por dentro, pior do que uma prostituta velha e gorda.

– Obrigado, meu caro, mas meu amigo e eu – e neste ponto ele indicou Meio-Tom com um gesto da cabeça, reparando ao mesmo tempo na surpresa que se estampava no rosto do bailio –, meu amigo e eu já estaremos longe daqui antes que Sykes esteja em forma para nos criar problemas.

Depois que o bailio se foi, Finn mandou vir comida para ele e para Meio-Tom.

– Tem certeza de que não se machucou? Foi uma queda muito feia.

O largo sorriso de Meio-Tom dividiu seu rosto redondo em duas meias-luas.

– Com o tempo, fui aprendendo uns truques. – Arrancou um naco de pão e encheu a boca com ele. Mastigou vigorosamente, depois prosseguiu: – Quase sempre procuro ficar longe de lugares como este, ou então saio correndo ou, quando não tem mais jeito, me enrolo feito uma bola e meto a cabeça dentro da minha jaqueta de couro. Veja só: assim.

Imediatamente, a cabeça do homenzinho pareceu encolher dentro de seu corpo, de modo que ele ficou parecendo uma grande tartaruga que acabou de entrar na carapaça. Finn não pôde deixar de rir. Longe de se ofender, Meio-Tom também pareceu achar graça na brincadeira. Deu mais uma mordida na cebola, outra no pão e engoliu antes de acrescentar:

– Também visto duas camisas quando venho pra cidade. Dá um bom enchimento.

– Muito engenhoso.

– É, mas nem sempre funciona. Uma vez quebrei três costelas. E imagino que dessa vez não ia sair inteiro com tanta facilidade se o senhor não estivesse aqui para salvar a minha pele.

Finn abanou a mão como para dizer que não havia o que agradecer.

– Se eu tivesse chegado aqui na hora combinada, sua pele não iria precisar ser salva. Trouxe alguma coisa para mim de mestre Wycliffe?

Meio-Tom enfiou a mão dentro da camisa, desatou uma tira e puxou um embrulho envolto em couro.

– Isto também ajudou a acolchoar. Os papéis estão aqui. Mestre Wycliffe recomendou que o senhor fosse discreto. – Meio-Tom pronunciou escrupulosamente a palavra pouco familiar, rolando-a primeiro na língua. – Ele disse que o arcebispo pintou um alvo nas costas dele.

– Então você chegou a falar com ele?

– Foi. Ele estava em Thetford para falar no sínodo dos bispos, como o senhor disse. Consegui entrar lá junto com uma trupe de artistas que ia diverti-los na hora da refeição. Dei uns dois saltos mortais, umas cambalhotas. Mestre Wycliffe fingiu que me mandava em uma incumbência e depois me deu esse pacote como se fosse a minha paga.

– Você entregou a ele as páginas prontas?

– Entreguei. Foi o que ele fingiu ser a incumbência.

– E ele ficou satisfeito com o meu trabalho?

– Só deu uma espiada meio desajeitada nele, bem depressa mesmo. E aí me ofereceu uma bolsa de dinheiro.

– E você disse a ele o que lhe pedi?

– Disse. Falei pra ele que o senhor disse que o trabalho era... – fez uma pausa, revirando os olhos – ...grátis – concluiu, cheio de pose, obviamente orgulhoso de seu novo vocabulário.

– E o que ele respondeu?

– Que o senhor ia receber sua recompensa no céu.

– O que já é muito bom, imagino. Disse a ele também que vou tentar fazer uma cópia a mais das traduções dele se houver tempo?

– Ele disse... Não me lembro direito das palavras dele, mas o sentido era que quanto mais pessoas conseguirem ler por conta própria a Palavra Sagrada, mais pessoas vão saber como a Igreja está enganando todas elas.

Finn concordou balançando a cabeça. Lera a tradução enquanto trabalhava nela e achou-a fascinante. Nunca lera o Evangelho de São João em latim. Só apreendera seu significado por meio de sermões, peças e trechos em latim decorados. Acreditava naquilo porque lhe haviam ensinado a acreditar. Mas a tradução de Wycliffe mostrava um Deus diferente daquele de quem os padres falavam. Ah, o sofrimento estava de fato lá, mas também havia alegria e amor, tanto amor, como o de que falava a anacoreta. *Pois Deus amou tanto o mundo...*

Era só o que havia lá, pensou Finn, mas já era o bastante. Quando se acreditava.

– Você sabe ler, Tom?

– Os monges tentaram me ensinar, mas eu não conseguia compreender o latim. Se pudesse ler a Bíblia sozinho, bem, talvez valesse a pena. – Deu um sorriso largo. – Agora que sou um mensageiro, seria mais fácil do que ter de lembrar de todas essas palavras esquisitas que o senhor está sempre mandando eu repetir.

Do lado de fora da janela, Finn viu o rapazola que segurava seu cavalo bater no chão os pés embrulhados em farrapos para mantê-los aquecidos. Era hora de partir. Pediu o pastelão de carne de porco e comprou um cobertor quente do proprietário, explicando que poderia precisar dele antes de chegar em casa. Se o garoto não tivesse cama para dormir, pelo menos teria um cobertor naquela noite.

Finn não seria poupado da visão da máscara da morte no rosto do enforcado, afinal. Quem seria o morto? Um caçador ilegal, um ladrão barato? Quem sabe fosse alguém que dizia a verdade. Tudo isso constituía ofensas passíveis de forca. Era tão fácil um homem perder a cabeça – bastava contrariar a Igreja ou o rei, pensou. Aquilo servia de sinal para ele, de advertência. O fato de estar ornamentando o texto de Wycliffe com iluminuras faria dele um membro do movimento lollardista? Não era ilegal, ainda não. Que anjo ou demônio instigara-o a assumir tão depressa uma posição? E com que objetivo? Não costumava pensar tanto assim em recompensas celestiais. Nem nas chamas do inferno. É que lhe parecera a coisa mais sensata a fazer. Gostava da idéia de todos lerem as Sagradas Escrituras sozinhos.

Quando Finn deixou a cidade pela Rua Wensum, lá estava, em uma estaca em Cowgate, a cabeça do desgraçado, ou o que restava dela.

Kathryn subiu os três degraus de pedra – um para o Pai, um para o Filho e um para o Espírito Santo – que levavam à cobertura de grossas lajes de pedra da cripta, que também constituía o pórtico da capela. Os vivos rezavam em cima dos ossos dos mortos. Sua primeira tarefa seria encontrar Colin e verificar se a história de Rose era verdadeira. E onde mais ele poderia estar a não ser na capela? De repente, tudo fazia sentido: as rezas incessantes, o sofrimento despropositado pela morte de um servo, o rosto de porcelana ficando magro, os olhos fundos.

Poderia ter sido uma lamparina derrubada no ardor da paixão. Ou uma vela gotejante que teriam deixado para trás. Ou Rose e Colin poderiam não ter nada a ver com o incêndio. Mas Colin sempre fora piedoso. Teria o pecado carnal que ele cometera com Rose infectado sua alma inocente até o remorso acumular-se em uma sensação desmedida de culpa?

Encostou o ouvido na porta da capela. Silêncio. A porta rangeu em suas dobradiças de ferro. Dentro, o ar estava estagnado como se o aposento tivesse permanecido trancado durante horas. O altar estava vazio. Um mau presságio esfriou-lhe a espinha quando viu que o relógio de sol da parede indicava que era hora das vésperas. Colin sempre observava as vésperas, mesmo antes do incêndio.

Kathryn saiu da capela vazia e, ao fechar a porta atrás de si, encostou-se nela por um minuto para tomar fôlego e refletir. Colin devia estar esgotado de tanto rezar, só isso, e provavelmente dormia no quarto, as pálpebras de veias azuladas estremecendo com sonhos inquietos. Ela iria ao quarto dele, o acordaria e descobriria se sua história coincidia com a de Rose. Caso isso se confirmasse, então lhe diria que tudo ficaria bem. Poderia incumbi-lo de alguma tarefa, talvez junto a Sir Guy, um recado para o irmão. Isso o afastaria dali e daria a ela tempo para pensar. Não que Kathryn deixasse de compreender a necessidade de expiação. Mas seu filho querido, com sua voz de anjo e suas maneiras gentis – não seria ele a pagar. Nunca fizera mal a ninguém em sua vida, nem mesmo a rasgara ao nascer, deslizando de dentro de seu ventre na esteira de sangue do irmão mais robusto, como se fosse um acréscimo, um pensamento que viera depois.

O pai de Kathryn e a mãe dela, que morrera quando ela contava apenas cinco anos de idade, dormiam sob o pórtico da capela no lugar onde ela se encontrava de pé, próximo de Roderick – do lado oposto, não junto a ele. E defronte de ambos, no vértice de um triângulo, um lugar esperava por ela. Planejara tudo com muito cuidado: Alfred e sua família completando o lado de Roderick; Colin e sua mulher alinhados com os pais dela. Agora até isso fora estragado. Mas Kathryn estava decidida. Quando soassem as trombetas do Juízo Final, judia nenhuma, com o sangue de Cristo pingando de suas mãos bonitas, se levantaria de Blackingham para condenar seu filho.

Colin ainda não sabia a respeito do bebê. Quaisquer que fossem seus remorsos referiam-se ao seu ato carnal, isso sim, e à morte do pastor como suposta conseqüência. Rose não poderia ter contado nada a ele, pois ela própria nada sabia. Se fosse interrogado e lhe apresentassem a questão da criança, ela sabia o que seu filho diria. Pensaria que podia tomar Rose como noiva e responderia a todas as acusações com declarações de amor. E quando lhe contasse a verdade sobre o nascimento de Rose, será que agiria da mesma forma que Finn com a mãe de Rose – desistiria de tudo porque estava enfeitiçado por uma judia? Enfeitiçado. Talvez a moça não fosse assim tão inocente quanto professava ser. Havia histórias em profusão sobre judeus que praticavam magia negra – se conseguiam transformar chumbo em ouro, seria simples seduzir o seu Colin. Então veio-lhe à mente a expressão nos olhos de Rose, de corça assustada que se vê de repente em um prado cheio de pessoas. Não. A menina não era nenhuma feiticeira, apenas uma donzela cuja inocência não a protegera. Mas a inocência nunca protegia ninguém. A inocência era o linho para o tear do diabo.

Risadas e gracejos descontraídos dos cavalariços que aqueciam as mãos em uma fogueira no pátio chamaram sua atenção. Finn estava de volta. Ela só o esperava no dia seguinte. Precisava falar com Colin antes que Rose deixasse escapar a verdade para o pai. Não tinha certeza se podia confiar na promessa da moça de esperar para contar a ele, especialmente se o visse naquele momento, com a nova consciência de seu estado doendo-lhe como uma ferida em carne viva.

– Finn – chamou Kathryn.

Ele correu os olhos, tentando descobrir de onde vinha a voz e afinal detendo o olhar no pórtico da capela.

– Agnes assou pão hoje – gritou ela, descendo apressada os três degraus de pedra, as saias batendo-lhe nas pernas. – O seu favorito, o *pain demaine*. – Pão branco, feito com a farinha mais fina. Gosto apurado de nobre. Houvera tantos indícios a que ela não dera atenção. – Devia comer um pouco enquanto ainda está quente do forno.

Ainda estavam uns metros afastados um do outro. Ela afrouxou o passo, mantendo a distância. Ele levantou a cabeça para encará-la, protegendo, com a mão, os olhos da claridade do sol poente. Kathryn sentiu um desejo momentâneo de correr para ele, ser confortada por ele. Mas não encontraria grande consolo se ele soubesse a verdade.

– Acho que antes preciso me lavar da poeira da cidade – replicou ele.

A mente dela girou depressa como uma pedra de moinho. Ele subiria para seu quarto. Rose estaria lá, o rosto ainda molhado de lágrimas. Se Kathryn conseguisse retardá-lo, quem sabe a moça já estivesse deitada quando ele lá chegasse, e então ganhariam mais um dia. Um dia para visitar a velha que vivia no bosque Thomas, para obter dela alguma mistura – talvez até um feitiço. Bem, não, um feitiço não, seria perigoso demais, mas um preparado com a substância de alguma erva silvestre, algum reconstituinte virginal para Rose.

– Vá à cozinha e diga a Glynis que mandei esquentar água para um banho – disse Kathryn. Isso já seria incentivo suficiente: ele se banhava mais do que qualquer um dos três homens que ela conhecera. Teria aprendido com a esposa judia? O cavalariço entrou na estrebaria conduzindo o cavalo de Finn. Ela abaixou a voz. – Diga a Glynis para levar a água para o meu quarto. Vou encontrá-lo lá depois das vésperas. – Será que ele estranharia aquela devoção repentina, o desejo de rezar sozinha em uma capela onde não havia padre nenhum para celebrar o ofício? – Você pode conversar com Agnes enquanto bebe alguma coisa. Diga a ela para servir o vinho francês que vem guardando.

Ele hesitou, correu os dedos pela cabeleira grisalha que ela própria ardia de vontade de tocar. Teria perdido seu poder de seduzi-lo?

– Precisamos conversar – justificou ela.

– Estou cansado demais para qualquer outra coisa, Kathryn.

Havia mágoa no olhar que ele lhe lançou, e também desconfiança. Ela sentiu um súbito aperto no coração por enganá-lo, mas não fora ele quem a enganara primeiro? Estendeu a mão para pegar a sacola de couro.

– Não precisa ir ao seu quarto. Poderia incomodar Rose, acho que ela está descansando. Tem trabalhado com afinco em uma tarefa da qual você a incumbiu. Meu marido guardava uma muda de roupa de baixo limpa em minha *garderobe*. – Percebeu na própria voz um vestígio de desejo. Esperava que ele também tivesse percebido e o interpretasse como uma promessa.

– *Pain demaine*, mesmo? Com mel?

– Com mel. Ainda quente.

– Não demore muito rezando – disse ele, com um pouco do velho tom malicioso de volta.

– Dê cá sua sacola, vou levá-la e colocá-la em cima de sua mesa de trabalho – disse ela, tocando-lhe de leve a manga antes de lhe tirar a bolsa. – Agora, vá. Antes que seu pão esfrie.

Ela passou pelo quarto dele a caminho do quarto de Colin, entrou nas pontas dos pés e pousou a sacola de couro no meio da mesa de trabalho. A cortina da alcova de Rose estava fechada. Nenhum som se ouvia. O chá calmante que ela mandara subir estava fazendo efeito.

Agora iria falar com Colin.

Mas Kathryn descobriu, desapontada, que Colin não estava em seu quarto, que sua cama nem fora desfeita. Não poderia estar muito longe. Seu alaúde fora deixado em cima da cadeira que ficava no canto do quarto. Nunca reparara antes na simplicidade dos aposentos do filho, como lembravam uma cela de monge. Apanhou o alaúde e o dedilhou. Ele lhe ensinara algumas notas certa vez, muito tempo atrás. Mas seus dedos ansiosos não conseguiam segurar as cordas.

Pousou com cuidado o instrumento sobre a cadeira outra vez – Finn devia estar esperando por ela, poderia ficar impaciente e ir procurar a filha. Um pedaço de pergaminho esvoaçou e caiu no chão. Ela se abaixou para apanhá-lo. Reconheceu a caligrafia elegante de Colin.

Precisou ler duas vezes para sua mente assimilar o conteúdo da mensagem.

Seu primeiro impulso foi ir atrás dele, trazê-lo de volta. Podia pedir a Finn que fosse em seu encalço. Era capaz de adivinhar o rumo que ele tomara. Não iria ficar com os monges de Norwich, muito menos iria para Broomholm, pois ficavam muito perto de casa. Para oeste, talvez, para Thetford, mas muito provavelmente para o Priorado de Blinham, dos beneditinos, nos penhascos solitários de Cromer, desertos, isolados.

Se o trouxesse de volta, porém, ele descobriria sobre o bebê e se casaria com Rose. Não se importaria que ela fosse judia. Aos olhos dele, seria apenas uma forma mais completa de expiação.

Não, melhor assim, pensou, e as lágrimas começaram a correr. Melhor assim, por enquanto. Talvez não tivesse forças para afastá-lo de casa, mesmo que fosse para protegê-lo. Desse modo, ele nunca precisaria saber sobre o bebê, nunca seria forçado a tomar uma decisão. Era jovem demais para fazer votos de monge; seria um noviço durante anos. Haveria tempo bastante para trazê-lo de volta depois de mandar Rose e Finn embora. E ela tomaria conta de Blackingham para ele. Para Alfred, também.

Um dia os dois voltariam para casa.

Ficou por algum tempo sentada no chão, balançando-se para a frente e para trás até o quarto mergulhar aos poucos na escuridão. Em seu bilhete, ele dizia que iria se consagrar a Deus, dedicar as horas de seus dias à oração. Que iria fazer voto de silêncio. Teria ido para Walshingham, para os franciscanos? A música da voz dele silenciada para sempre... Ela não conseguia suportar aquilo. O quarto estava quase completamente imerso nas trevas. Precisava recompor-se.

Guardou o bilhete com cuidado dentro do decote e levantou-se. Finn devia estar esperando por ela.

Quinze

Ele (Deus) deixa que alguns de nós sofram uma queda mais dura e mais dolorosa do que jamais experimentamos, e então pensamos – pois nem todos somos sábios – que de nada valeu tudo o que fizemos antes. Mas não é assim.
– JULIAN DE NORWICH, *REVELAÇÕES DIVINAS*

Finn demorou-se em sua ceia para dar tempo a Lady Kathryn de voltar de suas orações. Pôs-se a conversar com a cozinheira, contando-lhe sobre o enforcamento na Prisão do Castelo, sobre o aumento da tensão na cidade. Ela se queixou do imposto individual.

– É o segundo em três anos. Graças à Santa Virgem, Lady Kathryn concordou em pagar o meu, mas agora tem o da minha menina para pagar. – Agnes acenou com uma colher de cozinha na direção da copeirinha, que lavava uma chaleira com a mesma concentração que ele dedicaria a misturar uma aguada de tinta carmim.

– Se Lady Kathryn pagava o imposto de seu marido – disse ele, entre um bocado e outro –, não vai fazer diferença para ela pagar o da moça.

Agnes balançou a cabeça, o que fez seu amplo queixo dobrar de tamanho, mas os vincos em sua testa revelavam que não estava tão confiante.

– É, mas isso foi antes de ela perder a lã no incêndio. Da última vez, ela pagou também pelos rendeiros. Mas é o suco de uma fruta só, e tenho medo de que aconteça uma revolta quando o tio do rei espremer o suco todo.

– A ameaça de uma corda de forca é um silenciador poderoso.

– Não quando se acha que é mais rápido morrer na forca do que de fome.

Finn concordou com a sabedoria simples daquela afirmação, e foi refletindo sobre ela que se encaminhou para o quarto de Kathryn, se bem que logo a tenha abandonado em prol de pensamentos mais pessoais. Tivera uma dose para lá de suficiente de crime e castigo para um único dia.

Bateu de leve na porta dos aposentos de Lady Kathryn antes de entrar no quarto vazio. Apenas o fogo crepitante da lareira e duas velas de junco iluminavam-no fracamente contra a escuridão que já o invadia. Na frente da lareira encontrava-se uma tina de metal com um pouco de água no fundo, uns cinco dedos, se muito. Finn experimentou a temperatura da água. Tépida. Não bastaria para lhe espantar o frio dos ossos, mas daria para remover o mau cheiro da viagem. Despiu-se e entrou na banheira, dobrando o corpo. Uma lufada de ar vinda do cano da chaminé deu-lhe um calafrio, e encolheu-se quando as costas tocaram no metal gelado da tina. Esfregou os braços para aquecer-se e baixou os olhos para sua virilidade enrugada. Talvez não tivesse sido afinal uma boa idéia. Seu corpo nunca falhara quando o desejo despertava, mas sempre haveria uma primeira vez, e ele não era mais um homem moço.

Enquanto ensaboava com sabão sarraceno a pele arrepiada, escutou o tropel de cascos de cavalos e os latidos ásperos dos cães da estrebaria subindo do pátio, abafados pelas pesadas tapeçarias das paredes do quarto de Kathryn. Peregrinos, decerto, buscando acolhida na fria noite de dezembro. Sabia que não seriam mandados embora, que teriam permissão para desenrolar seus acolchoados de dormir e se acomodarem – alguns no grande salão, alguns nas estrebarias – dependendo de sua posição social. A figura do jovem mendigo de Norwich que segurara seu cavalo fora da taberna voltou-lhe à memória, fez-lhe outra saudação irreverente, deu-lhe outra piscadela e outro sorriso. Quem pagaria seu imposto individual? O que poderiam os bailios do rei extorquir dele – a camisa esfarrapada que vestia, o cobertor que Finn lhe dera – e onde ele iria dormir aquela noite?

O sabão era perfumado e sua fragrância de lavanda misturava-se com o cheiro terroso do fogo de turfa na lareira. Lembrava-lhe Kathryn, o perfume que pairava em suas roupas, em seu cabelo, no vão sedutor entre os seios. Pensar em Kathryn trouxe-lhe uma certa excitação conhecida. Bom. O sangue estava se aquecendo. Se compreendera corretamente as intenções dela – e nunca se podia ter certeza absoluta de nada quando se tratava de mulheres –, havia uma promessa de reconciliação em seus olhos. Ela devia estar tão ansiosa quanto ele para acabar com a frieza que se estabelecera entre ambos. E dera o primeiro passo.

Um dos cães no pátio ganiu como se tivesse sido chutado. Vozes altas, palavras ininteligíveis, amortecidas pelas tapeçarias e pela janela fechada, seguidas por risadas estridentes. Depois, batidas fortes na porta como se produzidas pelo punho de uma espada larga. Turbulento demais para um grupo de peregrinos.

Encheu de água as mãos em concha e jogou-a nos ombros para lavar a espuma, enxugou-se com um pano limpo e saiu da banheira. Kathryn dissera algo sobre uma muda de roupa de baixo do marido. Avistou uma arca em um canto, mas optou por apanhar sua própria roupa suja de lama. Não se rebaixaria a usar as roupas de Roderick. Com o cenho franzido, esfregou uma nódoa em sua túnica.

– Abram! Exigimos falar com a dona da casa! – as vozes eram tão altas que até os mortos adormecidos na cripta seriam capazes de ouvi-las.

– Abram, por ordem do rei! É o meirinho.

Do alto da escada, escutou a voz mais suave de Kathryn. Não conseguiu distinguir suas palavras mas percebeu seu tom indignado.

Finn puxou suas perneiras depressa para cima e enfiou a camisa pela cabeça enquanto corria para a porta. Não se deteve para calçar as botas e já estava no meio das escadas quando se lembrou que não trouxera consigo sua adaga. Para socorrer Kathryn, podia não fazer caso do chão frio sob os pés, mas a adaga era outra questão bem diferente. Deu meia-volta e subiu de dois em dois os degraus da escada em espiral.

Sir Guy entrou no pátio assim que Lady Kathryn abriu a porta. Bem calculado – sabia que podia contar com o estúpido meirinho para cuidar do assunto com toda a grosseria que lhe era habitual. Tanto melhor. Significava que o xerife poderia fazer o papel de mediador e não de perpetrador.

O meirinho afastou com brutalidade a viúva de seu caminho.

– Não necessitamos de sua permissão. Temos ordens de realizar uma busca neste lugar.

Sir Guy jogou as rédeas de seu cavalo para um dos moços da estrebaria, apeou e precipitou-se gritando na direção de seus subordinados, cuidando para que sua voz chegasse aos ouvidos de Lady Kathryn.

– Seus broncos idiotas! Um insulto a esta nobre casa e à sua senhora pode lhes custar caro!

Fez um gesto brusco com a cabeça para a esquerda, indicando que seus homens fossem esperar do lado de fora, e pôs-se de permeio entre Kathryn e o meirinho.

– Por favor, perdoe a insolência deles, minha senhora – disse, segurando a mão de Kathryn e levando-a aos lábios. Manteve-a assim um pouco além da conta e, quando ela a retirou abruptamente, precisou esforçar-se para não demonstrar seu mau humor.

– Senhor, com que autoridade vêm perturbar a paz de Blackingham? – Ela os interpelou, olhando primeiro para o meirinho, depois para Sir Guy, como se adivinhasse muito bem a manobra deste.

A atitude dela o irritou. Já reparara antes na arrogância de suas maneiras e perguntara-se como Roderick conseguia tolerá-la. Seria diferente quando ele se tornasse o senhor dali.

O meirinho, com a perplexidade estampada no rosto, respondeu:

– Com a autoridade do rei e do xerife-mor – dando à última palavra um tom de interrogação. Sir Guy fingiu não ver o olhar de dúvida que o homem lhe lançou.

– Peço-lhe perdão por esta intrusão, minha senhora. Ao que parece, este assunto não está sendo conduzido como deveria. Foi como eu imaginava. Saí de uma reunião com o bispo para vir ter com a senhora e assisti-la.

– O senhor é bem-vindo, Sir Guy. Mas suas palavras e as armas com que seus homens pretendem entrar na casa de uma dama dão a entender que não se trata de uma visita amigável.

– Uma visita, infelizmente, de fato não é. Quanto à amizade, porém, de minha parte – e neste ponto ele se inclinou, em uma rígida saudação –, se me permite a audácia, esta é verdadeira. – Dispunha-se a pegar de novo a mão dela, mas mudou de idéia. Fechou a porta, deixando de fora o frio e o meirinho. – Uma vez que é viúva de meu caro amigo, sinto-me de certa forma responsável por si, senhora. Espero que saiba que pode contar comigo para cuidar de seus interesses neste e em todos os assuntos.

– E que *assuntos* podem ser esses? – Uma voz de homem veio de trás dele.

O xerife reconheceu o pintor de iluminuras ao vê-lo surgir da escadaria envolta em penumbra à sua direita. Um sujeito desagradável. Uma mosca zumbindo ao pé do ouvido. Melhor não esmagá-lo de pronto, deixá-lo pousar para desferir-lhe um golpe certeiro. Plaft!

E dirigiu a palavra a Kathryn para deixar claro que o pintor não era digno de resposta.

– Algo fácil de ser resolvido, asseguro-lhe. Mera formalidade.

– Por favor, senhor, explique-se com mais clareza – pediu Kathryn.

O xerife assentiu com a cabeça.

– Trata-se da questão do padre morto.

Seria sua imaginação ou ela enrijecera ainda mais a espinha?

– Padre morto?

– O Padre Ignatius. O enviado do bispo que foi encontrado com a cabeça arrebentada nos limites de Blackingham neste último verão. A senhora quase desmaiou quando trouxemos o corpo para o pátio de sua casa. Não deve ter se esquecido, certamente.

– Não foi uma cena que se esqueça com facilidade. Faz-me mal até hoje lembrá-la.

E de fato assim o parecia. Ela empalidecera visivelmente.

– A senhora deveria ser poupada de tamanho incômodo – interpôs-se o iluminador. – Lady Kathryn garantiu-lhe, na ocasião em que o corpo foi descoberto, que ela não encontrara o padre. Eu mesmo o ouvi. Foi no dia em que cheguei a Blackingham.

– Ah, foi mesmo? Não me recordava. Obrigado por lembrar-me.

Aquele copista parecia mesmo uma mosca rodeando um monte de esterco. Paciência. Um golpe fora de hora e o esterco podia respingar no próprio xerife. Dirigiu sua observação à dama.

– Como ia dizendo, o assassinato não solucionado tem sido um peso na mente do bispo. Já se passaram seis meses. Foi encontrado um inventário que faz supor que o padre teria visitado Blackingham, afinal. A despeito da negativa de milady.

Ele escolheu as palavras com cuidado, de modo a assustá-la e tornar a intervenção dele muito mais valiosa. Ela levou uma das mãos – a que ele beijara e que ela retirara – ao pescoço muito branco. E não disse nada.

Ele prosseguiu.

– Embora eu tenha feito o possível para defender junto a Sua Eminência a sua completa inocência nessa questão, minha senhora, o bispo exige que realizemos uma busca. Meus homens vão efetuar uma rápida vistoria nos anexos exteriores e na cozinha da residência. Enquanto eu, com sua permissão, minha senhora, vou acompanhá-la em uma ronda pela casa principal.

Para acentuar suas palavras, dirigiu a ela seu sorriso mais sincero. Aquele com o qual ele preparara seu rosto para dizer: *Pode confiar em mim, pois sou leal e sirvo a seus interesses antes dos meus.* O sorriso que ele praticara diante do bispo naquela manhã mesmo, o que usara para conquistar seu lucrativo cargo de xerife de Norfolk. Tocou as fitas no ombro dela, ignorando seu gesto de recuo.

– Juntos, poderemos facilmente satisfazer o bispo.

Ele tentou também ignorar o fato de que ela estava olhando não para ele, mas para o mestre de iluminuras, como se lhe perguntasse o que fazer. Teve vontade de agarrar o queixo da mulher e quebrar-lhe o pescoço fino como se fosse um osso de galinha. O iluminador balançou a cabeça para ela em resposta. Desgraçado! Se ao menos o maldito inseto pousasse a seu alcance!

– Muito bem – disse ela –, o senhor pode dar início às suas atividades. Mas compreenda que não lhe posso oferecer hospitalidade, já que a natureza de sua visita é oficial.

Ele se lembrou do dia do incêndio e da morte do pastor. A hospitalidade de Blackingham era algo de que ele podia abster-se. Entretanto, anotou mentalmente a desfeita, assinalou-a para acertar as contas em alguma data futura.

– E, por favor, peça a seus homens que não tratem outros membros de minha casa com a mesma descortesia a que fui submetida.

Algo mais a assinalar para as futuras contas.

– Os membros de sua casa precisam ser interrogados, senhora. O bispo faz questão absoluta de uma investigação rigorosa. Precisa compreender que, sendo viúva e sem ter ninguém para falar em sua defesa, minha senhora, a sombra das suspeitas...

– A inocência conta com a verdade para a defender.

– Caso a pessoa deseje, como o nosso Santo Salvador, ser martirizada em prol da verdade. Mas a senhora tem dois filhos. Gostaria que fossem também martirizados?

Espalhou-se um intenso rubor pelo rosto pálido da mulher e ele viu que atingira o alvo.

A esta altura tinham entrado no solário. Ele sentia a presença de Finn, seguindo-os, embora de longe. Ainda ali. Zumbindo, fora do alcance.

O xerife abriu uma arca retangular que servia de mesa, assento e depósito de objetos, remexeu na baixela de prata e nas toalhas de linho, depois correu sua espada entre as tapeçarias das paredes e os tijolos que cobriam.

Kathryn mantinha-se de pé junto dele, rígida, como uma sentinela em um posto desagradável.

– Agora, só uma olhadela rápida nos quartos de dormir e terminamos – disse ele.

Ela indicou com a mão as escadas que davam acesso aos aposentos particulares.

– Meu quarto é o que fica no alto. Meu hóspede e sua filha ocupam o que pertenceu a Roderick, como deverá se lembrar ao vê-lo. Os aposentos de meus filhos ficam no outro extremo do corredor. Se precisa interrogar meu capataz, posso mandar chamar Simpson...

– Não será necessário. O objeto em questão é de natureza pessoal. Mas agradeceria se me fizesse a gentileza de chamar Colin. Posso falar depois com Alfred, quando eu quiser.

Achou que detectara uma brevíssima hesitação na voz dela antes de responder:

– Colin não está aqui.

Ela fez uma pausa para respirar fundo e então, outra vez, de modo exasperante, desviou o olhar para o iluminador-inseto. Era óbvio que Kathryn agora se dirigia a ele.

– Colin partiu em peregrinação – disse ela a Finn. – Juntou-se a um grupo de peregrinos que passou por aqui hoje cedo. Será apenas um interlúdio, uma pausa, segundo disse ele, para rezar por... ele se sente responsável pela morte do pastor. Ele e Rose vinham usando a casa da lã para... – seu olhar vacilou, como se ela estivesse angustiada – para praticar o alaúde. Pretendiam lhe fazer uma surpresa.

Daria no mesmo se o xerife fosse uma armadura vazia encostada em uma coluna de dintel. Havia um apelo na voz dela que sugeria intimidade entre a dama e o artesão. Eram amantes. Ele já desconfiara antes, mas não acreditara que ela fosse capaz de descer tanto. Intolerável, simplesmente. Imaginar Lady Kathryn – ou qualquer outra dama – com um embusteiro afetado como aquele repugnava-o. No entanto, ter conhecimento daquela ligação desprezível lhe daria um poder sobre ela que talvez fosse útil no futuro.

– Falarei com Colin mais tarde, ou posso mandar meus homens à procura dele agora – declarou. – Mas talvez nenhuma das alternativas se faça necessária. Podemos então prosseguir. Examinemos primeiro os aposentos de mestre Finn para que ele possa retomar logo seu trabalho.

– Mas por que os aposentos dele e não os de Simpson? – objetou ela.

– Só estou cumprindo ordens. Como bem me lembrou mestre Finn, ele estava presente na ocasião do assassinato do padre. Mas não foi a senhora mesma quem disse que a inocência tem a verdade como defensora? Tenho certeza de que seu iluminador nada tem a temer.

– Minha filha está repousando, esteve doente – disse Finn. – Não vou permitir que a assuste com suas táticas maliciosas.

– Táticas maliciosas? O senhor se expressa mal. O xerife de Norfolk trata sempre com gentileza as mulheres *gentis* e as crianças *inocentes*. Por favor, entre no quarto antes de nós a fim de preparar sua filha.

O xerife não pensava realmente que uma busca no quarto do mestre de iluminuras fosse revelar alguma coisa, mas divertia-o poder importuná-lo.

Quando entraram atrás de Finn no quarto que fora de Sir Roderick, agora transformado no ambiente de trabalho de um artesão, a ordem reinante ali chamou a atenção de Sir Guy. A moça, a filha do mestre de iluminuras, mantinha-se em um canto mais sombrio do aposento. Era bonita, pensou, sem lhe dar muita atenção, mas não tinha sangue normando, reparou mais uma vez – provavelmente filha ilegítima nascida de alguma infiel –, e seus olhos estavam vermelhos e inchados como se tivesse chorado. Lady Kathryn foi postar-se a seu lado. Um olhar enigmático passou entre as duas.

O xerife removeu as cobertas da grande cama de madeira entalhada, usou a espada para esvaziar uma grande arca como se as peças que continha pudessem estar sujas, deixando a roupa branca de Finn, que fora prensada e alisada com cuidado, amontoada em uma pilha informe. Remexeu em alguns potes de tinta, deixando-os também desarrumados e entornando descuidadamente um deles, depois se desculpando com uma variação de seu sorriso ensaiado e por fim lançando um olhar de relance a Finn para avaliar o quanto o aborrecia.

– Os pigmentos são caros e pagos pelo Abade de Broomholm – disse o pintor.

Sir Guy procurou conter o riso, mas a irritação na voz do homem era muito gratificante. Tentado a provocá-lo ainda mais, Sir Guy mexeu nas páginas meticulosamente empilhadas. As velas no suporte preso à parede acima das mesas lançavam uma luz incerta sobre as folhas de velino.

– Você faz um trabalho passável, miniaturista. Talvez eu permita que faça um livro para mim.

Finn manteve-se calado.

Sir Guy calculou a largura da arca com um olhar, bateu com a espada na parte lateral. Ah, um som oco, depois mais denso. A arca tinha um fundo falso. Fez um sinal para o meirinho, que a virou de cabeça para baixo e socou-a. O forro de madeira escorregou para fora, esvaziando o conteúdo no chão e provocando uma chuva de folhas de papel esvoaçantes.

– Por favor, senhor, o trabalho de meu pai...

O mestre sacudiu a cabeça para silenciar a filha. Sir Guy curvou-se para apanhar alguns papéis do alto da pilha, mais por curiosidade do que por cortesia.

– Humm... O que é isto aqui? Um texto do Evangelho de São João? Não muito colorido. Achei que seu trabalho fosse melhor que... – Endireitou o corpo, aproximou-se do castiçal da parede para examinar os papéis à luz da chama, apertando os olhos com o esforço. – São João em inglês! O texto profano de Wycliffe. – O sorriso que se abriu em seu rosto dessa vez não era forçado. – Mestre iluminador, o abade ficaria interessado em saber que não é seu único patrono. – E depois acrescentou, mais para si mesmo: – O bispo pode ficar igualmente interessado.

A mosca zumbia mais perto, rondando, quase ao alcance da mão.

Sir Guy folheou os papéis sob a claridade da vela.

– *Revelações Divinas,* de Julian de Norwich. E nessa linguagem de Midlands, também. O bispo deveria ser informado do modo como suas mulheres santas ocupam o tempo.

Sir Guy ajoelhou-se para explorar o resto do que se mostrava ser um tesouro de informações úteis, informações com as quais ele poderia negociar e obter favores do bispo. A boa vontade de Henry Despenser ultimamente andava um tanto contida porque o assassino do padre ainda não fora punido, e o bispo devia estar sentindo o peso da ira do arcebispo. Aquela pequena guloseima talvez o distraísse. Henry Despenser detestava John Wycliffe e seus pregadores lollardos com uma fúria visceral. Quem sabe houvesse algo mais a ser desencavado naquela aparentemente inocente pilha de escritos.

Sua mão tocou em algo duro e liso e redondo sob o monte de papéis. Apanhou-o e, com maldosa satisfação, levou-o mais perto da claridade, onde reluziu, cremoso, luminoso.

O inseto pousara.

Era um cordão de pérolas perfeitas, as mesmas pérolas que constavam do inventário do padre morto.

PLAFT!

Lady Kathryn não tirava os olhos do colar. Era o que pertencera à sua mãe. O mesmo que Padre Ignatius extorquira dela no dia em que racharam a cabeça dele ao meio.

– Estas pérolas pertencem à senhora, creio eu – disse o xerife.

Ele estendeu a espada para ela com o colar pendurado na ponta. Como sabia que pertenciam a ela? E por que o olhar exultante? Estaria assim tão ansioso para obter provas contra ela? Os olhos dele, em geral de um cinzento sem vida como os liquens no inverno, cintilavam como pedras molhadas.

– "Um fio de pérolas brancas perfeitamente iguais, uma pérola negra no fecho central." É o que dizia o inventário do padre morto. Acredito que sejam estas.

– São minhas, sim, não nego... mas como foram parar...?

– Exatamente, minha senhora. De fato, como vieram parar aqui? – Ele falava em voz baixa, cada palavra soando como uma ameaça. – Como é possível que um colar de pérolas listado no inventário de um homem morto tenha chegado às mãos de mestre Finn? É uma pergunta à qual nosso pintor de iluminuras terá de responder perante o bispo.

Rose deu um grito breve. Finn envolveu a filha desolada em um meio abraço. O xerife não cabia em si de contente. O tempo todo aquele colar havia sido o objetivo de sua busca, e encontrá-lo nos aposentos de Finn, um homem por quem ele nutria visível antipatia, era de fato uma grande satisfação.

– A bem da verdade, deve haver algum engano. Conheço Fi... conheço bem o mestre de iluminuras. Ele não tem o caráter de um *assassino*! – E estendeu a mão para pegar as pérolas, mais para se certificar de que não eram uma ilusão do que para reavê-las.

O xerife recolheu a espada a tempo e apanhou as pérolas em sua mão esquerda. Elas pendiam de seus dedos. A pérola negra, em seu fecho de ouro filigranado, faiscava à luz da chama. Todos estavam imóveis.

Uma fatia de lua surgiu na estreita janela atrás deles. Uma nuvem pequena flutuava acima dela. Ninguém falou durante um longo momento até as vozes altas, ríspidas, dos homens lá embaixo colocarem-nos em movimento outra vez, como atores em uma peça teatral da época, em um Mistério.

Sir Guy destravou um dos lados da janela e gritou para baixo:

– Suspenda a busca, meirinho. Encurralamos a nossa raposa na toca. – Com a graciosidade de uma serpente e com igual agilidade, ele tocou com a ponta de sua espada a garganta de Finn. – Suba e traga os grilhões.

– Não! Não pode fazer isso! – Rose agarrava-se à manga de Finn com tanta força que os nós de seus dedos ficaram brancos. – Meu pai nunca fez mal a ninguém! Solte-o!

O rosto dela adquiriu a mesma tonalidade acinzentada do soro do leite e Kathryn receou que ela fosse desmaiar.

– Ela tem razão, Sir Guy – disse Kathryn, elevando a voz –, apesar do que parece ser. Há um engano qualquer, asseguro-lhe. Esse homem não é um assassino. Existe outra explicação. Tem de haver.

– Minha senhora, sua afeição ou, atrevo-me a dizer, seu ardor torna-a insistente. É claro que a filha alega a inocência do pai. Que outra explicação pode haver? Aqui está o indício que leva à prova. Prova também de que Vossa Senhoria não foi nada sincera em seu testemunho anterior. Mas esse é um fato que, agora que temos nosso culpado, não mais requer um exame minucioso.

O ar condescendente e a insinuação deixaram-na ao mesmo tempo enfurecida e amedrontada.

Finn limpou ruidosamente a garganta.

– Há uma outra explicação – declarou ele. – As pérolas foram colocadas em minha bolsa por um intruso. Encontrei-as há dois dias.

O xerife emitiu um apupo em resposta. Mas Kathryn agarrou-se à explicação dele com tanta rapidez quanto uma criança que se precipita para um chocalho de prata. Ele não poderia estar tão calmo com a espada do xerife encostada em sua garganta a menos que fosse capaz de provar sua inocência, ou não? Teve vontade de perguntar a ele por que não lhe contara antes sobre o colar, mas segurou a língua, temendo contribuir para que ele parecesse mais culpado caso ela chamasse atenção para seu silêncio anterior.

– É verdade – confirmou Rose, a palidez do rosto ainda mais acentuada. Agarrava-se ao pai com as duas mãos, parecendo indiferente à ameaça que a espada oferecia caso um deles fizesse algum movimento súbito. – Alguém colocou as pérolas ali. Eu o vi.

– A senhorita *o* viu? Quem era ele? – perguntou o xerife.

Rose relanceou um olhar para Kathryn e depois para o pai antes de responder, com ar desafiador:

– Foi Alfred. O jovem senhor de Blackingham.

Ela dissera Alfred?

– Alfred? Rose, como pode sequer insinuar...

– Deixe a moça terminar. Não quero que digam que o xerife de Norfolk faz julgamentos apressados.

– Foi na noite em que fiquei doente. Na noite do enterro do pastor. Eu estava dormindo. Acordei com o ruído de alguém no quarto de meu pai, revirando suas coisas. Fingi estar dormindo porque fiquei com medo. Sabia que não era meu pai.

– Como sabia que não era seu pai? E, de olhos fechados, como sabia que era Alfred? – perguntou o xerife.

– Andava como um jovem. As passadas de meu pai são mais lentas e uniformes. Quando ele passou pela entrada do meu aposento, vi através de uma fresta da cortina que ele... – Rose interrompeu-se, olhou para Kathryn como se pedisse desculpas e concluiu sua frase – ...tinha cabelos vermelhos.

Pela maneira como a fisionomia de Sir Guy se converteu em uma máscara de concentração, parecendo avaliar o peso do testemunho da moça, Kathryn via que até ele estava meio inclinado a acreditar em Rose. Se Kathryn ficara amedrontada antes, agora estava apavorada. Primeiro Finn, agora Alfred. Por certo Deus não a faria ter de escolher entre os dois, entre um homem que ela sabia ser inocente e um filho de cuja inocência ela não estava tão segura.

Teria Alfred, em sua intemperança de jovem, matado o padre por ela se ter queixado de sua ganância? Seu filho seria capaz de tal coisa? Também era filho de Roderick, um pensamento que não favorecia sua inocência. Podia ter colocado as pérolas no quarto de Finn por traquinice ou por ciúmes.

Mas como poderia ter obtido as pérolas sem matar o padre?

– Quando escutei o intruso sair, levantei-me e corri para a porta. – Rose havia parado de chorar, estimulada pela atenção que o xerife dedicava à sua história ou pela necessidade de se concentrar. – Foi Alfred que vi se afastando no vestíbulo. Voltei para o quarto e vi que as tintas de meu pai tinham sido tiradas de seus lugares e que sua mesa de trabalho estava desarrumada.

– Você chamou alguém, deu o alarme? – Sir Guy assumira agora inteiramente o papel de interrogador. Abaixara a espada. Embora ainda a apontasse para o tronco de Finn, a ponta da lâmina não mais estava em contato com seu corpo.

– Não, sentia-me tonta e então voltei a me deitar para esperar por meu pai. Devo ter adormecido. Quando acordei, o quarto estava em ordem novamente, de modo que julguei ter sonhado aquilo tudo, até meu pai encontrar as pérolas na bolsa. – Ela corou, o que deu às suas faces lívidas dois pontos de um colorido forte e pouco natural. – Pensei que ele as tivesse comprado para mim.

– Mas você não viu realmente Alfred colocar as pérolas na bolsa – interveio Kathryn.

– Talvez eu tenha me precipitado – disse o xerife. – Lady Kathryn, como castelã de Blackingham, teve conhecimento de alguma invasão nos aposentos de seus hóspedes? Preciso interrogar seu filho a esse respeito? – Olhando-a diretamente, acrescentou: – Ou a senhora pode me oferecer garantias sobre os movimentos dele durante o período em questão?

Ele sabe o que está me pedindo, pensou Kathryn. Testemunhe contra um e o outro fica livre. E está se deliciando com isso. Ela detestava o xerife de nariz de falcão.

Kathryn escutou o ruído de botas pesadas nas escadas, o som dos grilhões sendo arrastados pelos degraus de pedra. Leu a súplica nos olhos de Rose, sentiu o mesmo impulso de simpatia de antes, quando tomara conhecimento do dilema da moça. Seu dilema, também. Com a prisão de Finn, ganhariam tempo. Tempo para interrogar Alfred pessoalmente, tempo para deixá-lo fugir se tivesse matado o padre a fim de proteger a mãe. Tempo, também, para comprar uma mistura qualquer da velha do bosque para desenraizar a semente que Colin plantara.

Caso a história de Rose fosse verdadeira – que a Mãe Santíssima a livrasse disso –, se Finn encontrara as pérolas dois dias antes, por que não lhe contara? Não lhe cabia decidir a culpa ou a inocência dele. Cabia-lhe, *sim*, proteger seus filhos. E o bispo não condenaria um homem inocente. Rezaria todos os dias, todas as horas, para que a Sagrada Mãe velasse por ele. Se Finn fosse inocente, seria libertado no devido tempo. E era de tempo que ela precisava agora.

Não foi capaz de olhar para Finn nem para a filha dele enquanto os traía a ambos. Olhou para fora da janela, para um pedaço de nuvem que comia a lua.

– Sinto muito, Rose, mas você devia estar sonhando, talvez por causa do chá calmante que lhe dei como remédio.

O meirinho entrou e parou a centímetros de Finn.

Kathryn escutou a mentira brotar de seus lábios. Suas próprias palavras. Sua voz, como em um sonho.

– Alfred esteve comigo a noite inteira. Eu estava aflita com a perda da lã e do depósito... e de um servo valioso. Alfred ficou junto comigo para reconfortar-me. – Não fora o filho que a reconfortara. Que mentira desavergonhada e pecaminosa. Mas não podia pensar naquilo no momento. – Meu filho dormiu em uma cama improvisada em meu quarto.

Um sorriso largo e forçado retesou o rosto do xerife. Fez um sinal para o meirinho, que se adiantou e começou a prender os pulsos de Finn nos ferros. Kathryn abriu a boca para retirar a mentira que acabara de contar, mas nenhum som saiu. Rose soltou um longo e estridente "Não" quando o meirinho desprendeu seus braços do pescoço do pai.

– Rose, tudo vai ficar bem. Não se preocupe – disse Finn. – Tudo vai ficar bem.

O meirinho empurrou Rose e ela afundou na cama. Kathryn queria consolá-la, mas não conseguiu sair do lugar. Sentia o olhar fixo de Finn em cima dela, seus olhos queimando-a como uma chama azul, calcinando-lhe a carne, derretendo-lhe os ossos até sua alma pérfida e encarquilhada ficar exposta como a medonha e negra massa informe que de fato era.

Lá fora a foice da lua desaparecera, comida pela nuvem. A noite estava negra como breu.

Dezesseis

Vento oeste, quando irás soprar? A chuva miúda pode chover.
Oh, Deus, quem me dera ter meu amor em meus braços,
e outra vez em minha cama.
– Poema lírico anônimo do século XIV

No ano de 1379 da Graça de Nosso Senhor Jesus Cristo, não houve festas em Blackingham para comemorar o décimo sexto aniversário de seus filhos. Tampouco foi trazido o resto do tronco de Natal do ano anterior para com ele se acender um novo na lareira.

– Vai trazer má sorte para nossa casa – advertiu Agnes – não pendurar o azevinho nem acender a acha de Natal.

Sua senhora limitou-se a olhar para ela e deixar escapar uma exclamação de desdém.

– Má sorte! O que ainda nos resta a mim e a você, mulher, para temermos a má sorte?

Agnes não gostava nem um pouco da amargura na voz de Lady Kathryn nem da ferocidade de seu olhar, e gostava menos ainda de seu desmazelo no vestir.

Doze dias tinham se passado desde que o xerife levara embora o mestre de iluminuras acorrentado, doze dias sem qualquer notícia de seu destino, doze dias em que sua senhora não mudara de roupa nem prendera os cabelos. Glynis contou-lhe que fora expulsa da presença de milady "depois que ela jogou uma escova de cabelo em mim e quase me deixa de olho roxo". A descarada contava a história para quem quisesse ouvir, apesar de Agnes mandá-la ficar de bico fechado. A gente da aldeia já andava falando demais da conta. Para os bisbilhoteiros que vinham perguntar se não haveria mesmo festividades de Natal, Agnes retorquia:

– Minha senhora está sofrendo de febres e doente demais para presidir às festas, mas deu instruções à cozinha para providenciarem um banquete. Vai ser realizado no salão grande, como de costume, e todos serão bem-vindos.

Aquele presunçoso do capataz é que ia ficar mais do que contente de presidir ao banquete. Adorava dar-se ares de importante e fazer o papel de senhor da propriedade. Por causa disso, ia ser difícil criar uma atmosfera festiva, mas o que mais se podia fazer? Não ficava bem uma casa nobre ser sovina na temporada do Natal. Até durante a peste, o pai de Kathryn oferecera uma ceia apropriada, se bem que triste, a seus servos, empregados e rendeiros.

Mas Lady Kathryn não demonstrava qualquer interesse em preparativos de banquete algum. Pela terceira vez naquela semana, seguira para os bosques a cavalo enquanto Agnes se esfalfava na cozinha, tentando planejar um arremedo de banquete de Natal com a comida dos dias comuns. Todas as vezes, sua senhora voltara horas depois com alguma mistura nociva preparada pela Velha Gert – sem se importar com o fato de ser considerado heresia consultar uma bruxa. Não que Agnes acreditasse que a velha fosse uma bruxa, sabia que era só uma mulher de idade que vendia suas ervas e poções para ganhar o magro sustento. Ervas e poções que em geral não resolviam nada. Pelo menos, para Agnes não tinham resolvido. Nem um pouco. Doze anos antes, ela se armara de coragem para ir pedir algo à Velha Gert, um feitiço, uma poção – não importava o quê –, qualquer coisa que lhe abrisse o útero entupido. O único resultado que a infusão diabólica lhe causou foi uma crise de fígado com efeitos repugnantes.

Também não estava dando certo para Rose. Chorar e vomitar, chorar e vomitar era só o que a coitada da menina fazia. Fosse de medo por causa do pai, ou por causa do fardo em seu ventre, ou como resultado das pílulas toscas que a moça punha goela abaixo para agradar Lady Kathryn.

– Você tem de ficar saudável para quando seu pai voltar – Lady Kathryn costumava dizer.

– Sabe o que tem aí dentro? – Agnes perguntou da última vez que viu Rose engolir a pílula de estranho formato. – É grande feito um ovo de sabiá de papo-roxo e fedorento como se tivesse apodrecido.

Kathryn fulminou-a com um olhar de advertência.

– É só um remédio feito de ervas comuns.

Ervas comuns, pensou Agnes. Misturadas com erva-de-santa-maria, aristolóquia, cogumelo de lariço, espiquenardo e sabe-se lá que outras coisas horríveis a Velha Gert devia ter posto junto. Agnes sabia o que sua senhora pretendia. E se perguntava se Rose saberia também. Até então, porém, a menina ainda não pusera para fora o conteúdo de seu útero – só o do estômago.

Lady Kathryn estaria de volta a qualquer momento. A cozinheira verificou o caldeirão fervente na lareira, depois espiou pela janela. O grande carvalho oco – a árvore de mel de Magda – projetava sua fria sombra colina abaixo até as cisternas. A porta se abriu com um gemido das dobradiças de metal – a tranca de dentro nunca era colocada antes das vésperas. Devia ser Lady Kathryn. Bom. Havia bastante água quente para preparar qualquer uma daquelas drogas pestilentas que ela pedisse.

Lady Kathryn fechou a porta batendo-a com força atrás de si, como se castigasse o carvalho e o ferro. Andava tão cheia de raiva... Agnes só a vira assim uma vez, quando seu pai a forçara a casar-se com Roderick. Na ocasião, ela ficara sem comer durante duas semanas, mas acabara cedendo por amor ao pai, que estava adoentado. Nesses últimos dias, Agnes dera tratos à imaginação para adivinhar qual seria a origem da raiva atual e sentira pena do pobre coitado que pudesse lhe servir de alvo. A princípio, receou que fosse a moça. Mas, apesar de se ter mostrado às vezes impaciente com Rose, Kathryn em geral dava a impressão de procurar se conter e ser amável com ela.

– Agnes, triture isto aqui até virar um pó fino e misture com água fervendo.

A cozinheira apanhou o pequeno cesto que continha raízes de altéia misturadas com milefólio, funcho e sabugueiro-anão.

– Quanto de água? É para fazer um elixir?

– Não, só água suficiente para fazer um emplastro.

Agnes suspirou. Pobre Rose. Naquela noite, dormiria – ou não dormiria – com o emplastro malcheiroso queimando-lhe a barriga e as partes pudendas.

Andando de um lado para outro, Lady Kathryn cobriu o rosto com as mãos e massageou a testa.

– Não sei mais o que fazer. Se isso não funcionar, ela vai ter mesmo a criança e depois vamos ver o que pode ser feito.

Agnes nem queria pensar no que aquilo poderia significar. Persignou-se e estremeceu, notando pela primeira vez que a mulher de quem ela cuidara desde que era um fiapo de menina estava ficando velha. O cabelo branco – que se tornara grisalho antes de seus trinta verões – nunca lhe dera uma aparência de velha. Costumava usá-lo preso, formando um halo de luz em torno de sua cabeça. Agora caía-lhe emaranhado pelas costas igual a um ninho de ratos, puxando para baixo os músculos de seu rosto. A pele de suas faces estava tão retesada que parecia que a qualquer momento o osso perfuraria a fina tenda branca em que se apoiava.

– Minha senhora, não seria a primeira criança em Blackingham a nascer nessas condições. E aposto que não vai ser a última. Que mal tem isso? A moça é bastante agradável, não é preguiçosa e podia ser uma boa companhia para a senhora. Ela e o bebê podiam ficar aqui.

– Não é tão simples assim.

– Ora, nada nunca é, não acha? – disse Agnes moendo as ervas no almofariz com seu pilão. O esforço fazia-a ofegar entre uma palavra e outra. – Ela poderia ficar pelo menos até o pai ser solto. Não me entra na cabeça por que o levaram. Conheço as pessoas. E o mestre Finn não tem nada de assassino. – Encheu uma concha com a água do caldeirão que fervia na lareira. – Teve notícias dele?

Kathryn sacudiu a cabeça.

– E Finn sabe quem é o pai do bebê? – perguntou Agnes, tentando falar de modo displicente, como se não fosse uma questão de grande importância.

Lady Kathryn deixou cair a tigela de metal, que retiniu.

– Isso não é da sua conta, não acha?

Tanto fazia para Agnes, ela sabia muito bem quem era o pai. Quem mais poderia ser senão o jovem Colin? Os dois estavam sempre juntos, brincando como crianças. Agora, Rose estava prenha e o jovem Colin tinha partido "em peregrinação". Aquela gente da nobreza às vezes era difícil de entender. Por que ele não podia se casar logo com a menina?

Lady Kathryn colocou a tigela em cima da mesa. Agnes encheu-a com colheradas da pasta quente. A pasta teria de ser aplicada antes de esfriar e endurecer.

– Cuidado para não empolar a pele da menina.

Kathryn não respondeu, mas lançou outras palavras por cima do ombro enquanto saía da cozinha cortando caminho pela despensa do mordomo.

– Mandei chamar Alfred. Provavelmente virá primeiro à cozinha. É o que todos fazem. Quando ele chegar, diga-lhe que suba imediatamente para falar comigo.

À medida que o eco dos passos dela nas escadas se distanciava, outro pensamento ocorreu a Agnes. Seria possível que Finn nada soubesse a respeito da criança? Isso explicaria em parte a urgência de Lady Kathryn. Se as poções de Gert dessem resultado, o mestre pintor talvez nunca ficasse sabendo de coisa alguma. Tramas de mulheres – complicadas demais para a maioria dos homens entender. Ela ruminou o assunto por alguns minutos, e então um outro pensamento mais sombrio ocupou-lhe a mente. Se o mestre pintor estivesse destinado ao laço da forca, talvez fosse até um ato de bondade deixá-lo ir para o túmulo sem tomar conhecimento da terrível situação da filha.

Alfred não apareceu em Blackingham naquele dia. Mas o anão apareceu. Como todos os outros, ele sempre ia primeiro à cozinha, mas Agnes sabia que não era por causa de nada que estivesse sendo esquentado nas panelas. Havia algo diferente cozinhando em fogo brando – ela já reparara nos olhares de soslaio que o homenzinho dava para a sua Magda e no jeito engraçado como a ponta do nariz dele ficava brilhante e rosada quando a menina estava por perto. Graças à Santa Virgem, naquele dia, ela não estava. Saíra para levar uma cesta de mantimentos e cuidar da mãe que estava grávida.

Não que Agnes deixasse de gostar de Meio-Tom, mas queria para Magda algo melhor do que um anão dos pântanos, e isso a fazia comportar-se com uns modos bruscos que não lhe eram habituais.

– Você não está meio longe demais do seu pântano para um dia frio de inverno feito hoje, Meio-Tom? Se veio a Blackingham trazendo recado para o mestre pintor, perdeu seu tempo, ele não está aqui.

Não lhe ofereceu uma bebida como fizera na primeira vez que aparecera à sua porta, procurando o mestre de iluminuras com um recado da mulher santa. Se esperava encontrar hospitalidade agora, só a teria relutantemente e apenas na proporção que a caridade cristã determinava. Ocupava-se em depenar um par de perdizes e nem levantou a cabeça.

– Já soube – replicou ele, sacudindo a cabeça com ar penalizado. – Ouvi dizer em Aylsham. Uma grande sujeira, também. Eles não têm competência para encontrar o assassino do padre e aí botam a culpa num homem inocente.

Agnes respondeu apenas com um resmungo que nada transmitia. Fazia tempo aprendera a ser reservada quando se tratava de assuntos perigosos. Além disso, não queria incentivar nada que pudesse prolongar a permanência dele ali até a volta de Magda. A sua menina, tão necessária e sempre tão ansiosa por retribuir o amor que lhe dessem.

O anão aqueceu as mãos na lareira crepitante.

– Não se incomode comigo, Agnes. Trouxe um embrulho de Oxford para Finn e prometi entregá-lo somente nas mãos dele. Sendo assim, achei melhor vir saber se há algum recado para ele de Blackingham. Isso, é claro, se eu conseguir entrar na Prisão do Castelo.

Sim, e depois você volta para trazer a resposta, pensou ela. E logo, logo vai ter uma boa desculpa para ficar indo e vindo, indo e vindo, da Prisão do Castelo para Blackingham, levando e trazendo recados. Para chegar ali vindo da região pantanosa, ele tinha de sair bastante de seu caminho. Tinha de virar à esquerda na encruzilhada e seguir em direção ao norte para ir a Aylsham, quando poderia poupar a luz do dia e o couro dos sapatos indo direto para Norwich. Agnes observou os olhos dele, bem espaçados no rosto de lua cheia, investigando os cantos da cozinha funda. Sabia o que ele procurava.

– Não há recado nenhum de Blackingham para a prisão – declarou ela.

– Não deveria ser Vossa Senhoria a decidir? – A voz dele era profunda, sólida, como seus ombros vigorosos, desproporcionais ao resto do corpo.

– Você é um sujeito muito petulante, minha senhora já me tinha dito. – Os dedos dela arrancavam tão depressa as penas dos pássaros que elas se acumulavam em suas mãos. – Ela está zangada com o mestre pintor por tê-la feito acolher, sem saber, um fugitivo em sua casa.

– Mas não é possível que ela o considere culpado!

– Não é ela quem tem de decidir se ele é culpado ou inocente. Se a lei diz que ele é culpado, então ele é.

– Mas e a filha dele? Ela, com certeza...

– A filha do mestre está tão doente de tristeza que não quer ver ninguém.

As mentiras se acumulavam como o monte de penas que ela empurrava para dentro de um grande saco pendurado debaixo da mesa e que seriam aproveitadas em colchões e travesseiros.

– Se quer levar notícias de Blackingham, pode dizer a Finn que a própria Lady Kathryn está cuidando da filha dele e que nada de mal vai acontecer a ela por causa do que houve com ele. Agora, é melhor você ir, homenzinho, que ainda tem um longo caminho pela frente até Norwich. Tome, leve isto aqui para sua viagem. – E fez deslizar até ele pela comprida mesa de pinho um pastelão recheado de carne de porco e purê de nabos. – Se eu fosse você, não perderia tempo comendo aqui. A claridade do dia não dura nada no inverno.

Ele a olhou como se lesse seus pensamentos – claramente. Depois, apanhando o pastelão, balançou a cabeça, agradeceu e dirigiu-se para a porta com o andar gingado. Anda igual a uma ave de peito gordo, pensou ela. O anão já tinha levantado a tranca e encostado o ombro na pesada porta de carvalho – estaria livre dele antes que Magda voltasse – quando, para seu desgosto, ela escutou palavras que o fizeram parar antes de sair. Palavras que saíam de sua própria boca de matraca.

– Quando vir o mestre pintor, diga a ele que Agnes vai rezar um Padre-Nosso por ele. – Aquilo era mais do que imprudente. Mas ela não conseguiu se conter. Lembrou-se com uma pontada no coração da última vez em que ele se sentara ali na cozinha, contando-lhe sobre o enforcamento a que assistira, e como aquilo o afligira. Lembrou-se também de como ele sempre parecia preocupado com as difíceis condições de vida das pessoas simples. E ainda havia aquele breve sorriso sedutor que ele lhe dirigia sempre que pedia algum petisco especial ou mais um copo de cerveja. Ela, uma mulher idosa, e ele, um homem em pleno viço. Um homem gentil. Uma raridade.

– Diga a ele, mesmo não servindo para nada, que a velha Agnes sabe muito bem que ele não matou padre nenhum.

O rosto do anão se abriu em um sorriso largo.

– Se eu tiver notícias, passo por aqui para as trazer antes de voltar para casa.

Agnes desceu com força o cutelo de carne no dorso das aves, transformando o par em um quarteto com um golpe poderoso. A porta pesada fechou-se com estrépito, provocando uma corrente de ar que fez uma solitária pena de ponta castanha esvoaçar e cair na lareira onde, chamuscada, exalou seu odor acre no ambiente. Com mão experiente, Agnes estripou as aves e jogou suas entranhas no balde de restos da cozinha.

Fazia quatro dias que Colin partira e não tinha certeza se estava mais perto do Priorado de Blinham do que quando saíra de casa. Seguir com o sol à direita ao alvorecer, lembrava a si mesmo todas as manhãs ao reiniciar a caminhada, mas não houvera sol nos últimos dois dias, só uma fria e cinzenta aurora, sem nenhum traço rosado no céu para o orientar. Havia tomado a estrada secundária através da floresta, pensando que sua mãe, se o seguisse, decerto escolheria a estrada real, talvez para o sul rumo a Norwich. Quase desejou que viesse atrás dele, o levasse de volta para Blackingham, para casa e para Rose, e garantisse que tudo não passara de um sonho ruim: que o incêndio nunca acontecera, que ele nunca pecara, nunca deflorara uma virgem. Mas sabia que sua mãe nunca pensaria em procurá-lo naquela trilha infestada de mato e percorrida por criminosos e refugiados feudais.

Colin conhecia os perigos da estrada por ter ouvido conversas entre Agnes e John. Quando era pequeno, costumava ficar na cozinha, pelo chão, ignorado por Agnes a não ser quando se punha em seu caminho. Ia por causa do marzipã que a velha e indulgente cozinheira dava a ele. Demorava-se por lá para escutar as histórias que John contava à mulher sobre a camaradagem que existia entre os fora-da-lei que perambulavam pelos bosques.

– Não é a vida dura que você está pensando, Agnes. Existe uma espécie de fraternidade entre eles. E não seria para sempre. Um ano e pouco na floresta até

Blackingham desistir de nós, mais um ano e um dia dentro de uma cidade e estaríamos livres, Agnes. Livres.

Mesmo então, Colin entendia a que ele se referia, mas não contara nada a ninguém. Sabia que o pastor seria castigado se contasse. Não queria vê-lo açoitado nem preso no cepo. E agora John morrera e Colin estava na estrada dos fora-da-lei. Tudo por causa do incêndio que ele e Rose haviam provocado. Não tinham intenção de deixar a lamparina na casa da lã; sequer tinha certeza de terem deixado. Mas não havia outra explicação. A menos que o incêndio fosse um sinal de Deus de que eles tinham cometido pecado naquele lugar, e Deus tivesse soprado seu fogo sobre ele como fizera com Sodoma e Gomorra. De qualquer maneira, o incêndio e a morte de John eram culpa dele. Não de Rose. Fora ele o sedutor. Ele é quem tinha de se submeter à expiação. Portanto, se estava perdido e sozinho na floresta enquanto ela dormia em sua cama de plumas, se jejuava enquanto ela se banqueteava, assim é que devia ser. O sofrimento dele compraria a redenção dela. Ainda assim, era difícil rezar por ela ali, difícil suplicar pela alma de John, difícil até pensar em Deus quando tinha de pensar tanto em encontrar um lugar para dormir.

Tivera sorte na noite anterior. Ao cair da tarde, dera com um abrigo rústico feito de tábuas sob um enorme carvalho como se fosse um cogumelo gigantesco. Seria uma cabana abandonada de um eremita? O abrigo de um fora-da-lei que poderia voltar a qualquer momento, acusando-o de invasão? Mas John falara sobre a fraternidade da floresta. Talvez o dono legítimo da cabana se compadecesse e lhe oferecesse hospitalidade, quem sabe até dividisse com ele um pedaço de pão. Finalmente, Colin adormecera no chão forrado de juncos, grato por estar protegido do vento.

Sonhou com Blackingham.

Sonhou com Rose.

Acordou ao nascer do dia com o chamado de um pássaro solitário, sacudiu da roupa os pedaços de palha de junco e, depois de se limpar, continuou a esfregar o corpo para se aquecer, batendo com os pés dormentes para fazer o sangue gelado circular melhor. Uma galinha em um ninho instalado nas vigas da armação do telhado agitou-se, cacarejando alto, e desceu esvoaçando da trave baixa. Colin levantou a mão acima da cabeça e tateou o ninho. Um ovo. Enquanto a galinha protestava, ele quebrou a casca e sugou o conteúdo do ovo sem deixar cair uma gota. O alimento deu um certo alívio ao estômago contraído de fome, se bem que por pouco tempo. Olhou para a galinha, sua cabeça fez planos, mas ela voou para a viga mais alta, fora do seu alcance. Ainda bem. Roubar um ovo era uma coisa, roubar a produtora do ovo era outra bem diferente. Mas esperava que a galinha continuasse distante para evitar a tentação. Não comia nada desde a véspera, quando descobrira uma maçã murcha debaixo de um monte de folhas. E não vira nenhum membro da fraternidade de John. Verdade seja dita, apesar de muitas vezes ter sentido que estava sendo observado, não encontrara vivalma na estrada.

Havia nevado durante a noite, duas polegadas, a julgar pelo tamanho das tiras brancas que se acumulavam entre o colmo do telhado e as tábuas rústicas. Saiu da cabana e correu os olhos em torno de si. O mundo parecia-lhe novo em folha. Espreguiçou-se e respirou fundo; cheirava a novo também – e o silêncio era tão profundo que imaginou poder ouvir até a respiração das raposas dormindo em suas tocas. Estava na hora de partir. Mas para que lado? Não havia pegadas na neve virginal e a trilha imprecisa no chão da floresta desaparecera. Ir com o sol à direita ao nascer do dia. Só o que se via, porém, era uma neblina perolada e muda. O rapaz deu de ombros e seguiu para o sul – a direção oposta ao Priorado de Blinham.

Horas depois, quando chegou a uma estrada principal, passava de meio-dia e ainda não avistara ninguém. Seus passos não faziam ruído na neve, a não ser por um ou outro estalido de um galho seco ou de uma pinha sob seus pés, que ecoava de modo alarmante na quietude geral. A floresta inteira estava adormecida sob um cobertor de plumas. A dormência de seus pés estendera-se para as panturrilhas. Inalou o cheiro penetrante de pinheiro queimado e enxugou na manga o nariz que pingava. Começara a nevar outra vez e ele ansiava por sentar-se, mas receava não se levantar mais caso se deitasse na neve. Assim, quando alcançou a estrada mais larga, apesar de descobrir com isso que estava fora de rumo, quase chorou de alívio. Para sua decepção, logo verificou que a estrada se encontrava tão vazia quanto a floresta – nenhum peregrino, nenhum mercador ambulante aventurara-se ao ar livre naquele dia de inverno –, mas, ao menos, se continuasse sua penosa caminhada, talvez encontrasse algum celeiro onde pudesse descansar. E, com sorte, outra galinha chocando um ovo.

Pelo meio da tarde, ainda que não avistasse qualquer sinal de civilização, sentiu cheiro de fogo de turfa. A neve caía mais forte e ele não sabia por quanto tempo mais conseguiria andar. Quase passou sem ver – a paisagem sumia atrás da neve que redemoinhava – um mastro comprido que se projetava de cima da porta de uma casa. A tabuleta de uma taberna. Estivera uma vez em um lugar daqueles com seu irmão. Havia ali comida e bebida para vender, pensou animado, antes de se lembrar que não tinha dinheiro nenhum consigo. Pelo menos, poderia aquecer-se junto ao fogo da lareira.

Ao atravessar o pátio da taberna, escutou gargalhadas ruidosas. Um carroção vistoso destacava-se ali, exagerado, enorme, no espaço restrito. Colin já vira aquele tipo de carroça antes, consistia em uma carreta plana coberta com toldos coloridos que podiam ser removidos para formar um palco. Haveria de pertencer a alguma companhia de atores que tivesse entrado na taberna. Tanto melhor. Assim poderia misturar-se à multidão sem ser notado, talvez arranjar um pedaço de pão. A comida que sobrava nas travessas e que era dada aos cães acalmaria seu estômago, que se retorcia de fome.

Colin abriu a porta, cauteloso, e logo escutou gritos:

– Feche a porta. Está deixando entrar esse frio desgraçado.

Fechou-a mais do que depressa.

– Desculpe.

E abaixou a cabeça para que o dono da taberna não visse quão jovem ele era. Alfred teria entrado de cabeça erguida, fingindo não temer ninguém. Colin era muito acanhado, encabulava-o sua aparência de menino e, além disso, seu aspecto maltratado.

– Aqui, taberneiro – gritou uma voz vinda do interior mal iluminado.

Grato por alguém ter desviado a atenção de sua pessoa, Colin encostou-se na porta por um minuto para se situar. O ar estava espesso da fumaça do fogo de turfa e do cheiro de aves assando no espeto. Seu estômago doía de fome. Espremeu-se atrás de dois malabaristas – um magro e rijo, o outro mais musculoso – que discutiam com ar bem-humorado no meio de um grupo de atores vestidos com trajes de cores vivas. Enquanto ele se aquecia perto do fogo, tentando ignorar a sensação que o aroma da carne assada criava em sua barriga, meio que escutava o que falavam.

– A viúva deu-me de presente esta túnica de veludo. Para mostrar como apreciou minha *voz de seda* – dizia um janota vaidoso que ostentava um chapéu de plumas combinando com a túnica escarlate.

– Ora, nem se compara com o que eu ganhei: o senhor deu-me uma bolsa de ouro – disse o malabarista musculoso, flexionando os antebraços.

– Pois eu consegui coisa melhor do que vocês dois. A senhora deu-me mais do que uma bolsa de ouro. – O magricelo fez suas sobrancelhas ondularem e deu um sorriso lascivo. – Ela manifestou uma predileção especial por minhas *contorções*.

Ouviram-se gargalhadas gerais.

– Melhor do que ouro, eu diria.

– Que nada, nem tanto. Nem chega aos pés da Maud ali. – O contorcionista levantou a voz e a taça que segurava, dando uma piscadela para uma moça que servia os fregueses e fingia não vê-lo. – É só mais uma coisa que nós, gente do povo, fazemos melhor, não é Maud?

Maud não respondeu, mas sim o homem musculoso.

– Vou levantar meu copo para isso. Nunca vi um nobre capaz de coçar o traseiro e ao mesmo tempo escarafunchar o nariz. – Bebeu um grande gole de cerveja e continuou, o cenho franzido: – Todas aquelas damas e lordes cheios de si, entupindo-se de carne de cisne e de língua de beija-flor enquanto os pobres passam fome e suas mulheres ficam malucas de tanto comer centeio mofado. Pavoneiam-se por aí com seus belos trajes feito uns pombos gordos e não ligam para os mendigos esfarrapados que lhes batem à porta. É como diz aquele pregador John Ball. Eu o ouvi pregando depois da missa em Thetford. Não se esqueçam deste nome: John Ball. Vocês ainda vão ouvir falar dele de novo. Ball diz que Deus criou todos nós do mesmo barro.

– Parece a mesma coisa que dizem aqueles pregadores lollardos.

– Pode ser, mas há muita verdade nisso. Quem precisa dos padres, afinal? Que cada homem seja seu próprio padre, é o que digo.

– Isso, e que possa gastar seu próprio dízimo! – A pluma do chapéu balançava com o entusiasmo dele.

– E o que você entende de dízimos? – O homem musculoso riu, cheio de bom humor outra vez. – Toda vez que o coletor aparece para recolher a décima, você sempre alega que não pode pagar porque é pobre.

– Ele poderia dar para o coletor uma dessas mangas elegantes de veludo como pagamento – disse o contorcionista.

– É, e você podia dar a ele um décimo do que a senhora deu a você. – A pena dançava no ar com a alegria dele. – Se ele se dispuser a procurar entre os lençóis.

Todos riram.

Colin, que não estava acostumado com aquele tipo de humor obsceno, desejou que atribuíssem a vermelhidão de seu rosto à proximidade do fogo.

E quando Maud e seus amplos quadris fizeram a ronda dos fregueses, Colin pôs-se a observá-la. Sua feminilidade – a maneira como o busto retesava os cordões de seu corpete de camponesa – acendia-lhe a imaginação de rapaz, agora esclarecida, tanto quanto o humor grosseiro dos outros. Fantasiou como seria ter as coxas macias dela envolvendo seu corpo. O pensamento perturbou-o. Lembrou-lhe aquela parte de si mesmo que o levara a cometer o que agora considerava como um grande pecado. E lembrou-lhe também tudo o que estava abandonando.

Maud aproximou-se dos malabaristas com uma bandeja cheia de canecas. O musculoso apanhou uma. O contorcionista também estendeu a mão, mas preferiu apertar-lhe o seio. Ela deu-lhe um tapa na mão e esquivou-se com uma hábil guinada.

– Se é o ouro dos tolos que está procurando, pode voltar para a sua grande dama. Não tenho *ouro* para desperdiçar com tolos. Só tenho cerveja para dar a você – disse ela, esvaziando uma caneca inteira em cima da cabeça dele.

Os outros aplaudiram e vaiaram em uma grande caçoada. Até Colin precisou reprimir um sorriso ao ver a expressão do rosto do patife.

– Acho que você foi bem batizado agora. – A pluma do chapéu dançou de novo.

– Sim, e a mão que o fez é bem mais bonita do que a de qualquer clérigo. – O pândego pôs a língua de fora e lambeu os lábios, acrescentando: – O gosto também é melhor do que o da água benta.

A jovialidade deles fez Colin sentir-se ainda mais solitário. Seu corpo afinal se aquecera, e assim afastou-se do grupo reunido perto do fogo, indo para longe do aroma da carne que assava. Um dos saltimbancos deixara um alaúde sobre um banco em um canto. Colin apanhou-o e começou a dedilhar suavemente o instrumento, cantarolando baixinho.

– Você tem uma voz agradável, rapaz. – Era o contorcionista magro. Colin não percebera que ele o seguira. Pousou de novo o alaúde, sentiu que corava.

– Desculpe-me, o alaúde é seu? Só estava olhando, não pretendia nada de mal.

– Não se preocupe.

Colin não sabia mais o que dizer. Esperava que o sujeito voltasse para junto de seus companheiros. Em vez disso, porém, ele fez sinal para Colin mudar de posição no banco para lhe dar lugar e sentou-se ao lado dele.

– Você é daqui?

Colin não sabia como responder àquela pergunta. Não sabia onde era o "aqui".

– Sou de Aylsham – respondeu, antes de ter tempo de pensar que sua mãe poderia ter mandado alguém à sua procura.

– Aylsham. Fica cerca de cinco léguas ao norte daqui. O que está fazendo tão longe? Está ao sul de Norwich.

Sul! O sol à direita ao amanhecer, mas não houvera sol. Colin foi invadido por um profundo desalento. Seu rosto deve ter deixado transparecer o que sentia.

– Para onde estava indo?

– Estava indo para Cromer, para a Abadia de Blinham. Vou juntar-me aos frades de lá. Acho que fui para o lado oposto.

– Você não está com boa cara, rapaz. Quando foi que comeu pela última vez?

Colin baixou os olhos para a palha de junco no chão.

– Faz algum tempo.

– Taberneiro, meio quartilho de cerveja e um pedaço de pernil aqui para meu jovem amigo.

– Não tenho dinheiro.

– Pode cantar em troca do jantar. Alguém aí quer ouvir uma canção?

– Eu – respondeu uma voz no fundo da sala. – Uma canção de amor. Nada de hinos nem cantos fúnebres. Dentro em breve vamos estar fartos deles.

Maud trouxe-lhe uma travessa de comida e, enquanto ele devorava a refeição, o contorcionista magro foi lhe dando explicações.

– Somos atores de encenações de ciclos religiosos e estamos a caminho de Fakenham para o Ciclo da Páscoa. É provável que terminemos esse giro em Cromer no princípio do verão. Um cantor e tocador de alaúde sempre é útil. Se não se incomodar em usar um pouco de pintura no rosto, pode vir conosco, vai ser bem-vindo. Não há pagamento, mas pode comer à vontade. – Fez sinal para Maud encher de novo a caneca de Colin. – E vai acabar ganhando alguma coisa por fora. Um rapaz bonito e louro com voz doce, ora, as damas vão enchê-lo de presentes. Vamos nos apresentar em algumas festividades e banquetes ao longo do caminho. É bom para variar das histórias da Bíblia. Depois da Quarta-feira de Cinzas, começamos as encenações dos Milagres. Acho que estaremos em Blinham sem dificuldades por volta de Pentecostes.

Colin não teve de pensar a respeito por muito tempo. Que outra opção tinha ele? Depois de uma semana de viagem, acabara faminto, com frio e mais longe de seu destino do que quando partira. Podia seguir com os atores de pantomima ou voltar para casa. E se voltasse para casa... Veio-lhe à mente a imagem de Rose, logo substituída pela do rosto queimado do pastor. Se voltasse para o calor e a segurança de Blackingham, não expiaria sua culpa. Nem a sua nem a de Rose.

– Vocês vão passar por Aylsham? – indagou ele.

– Vamos, mas não temos planos de ficar por lá.

Bom. Poderia enviar de lá um recado para a mãe avisando que estava bem. Sabia que devia estar preocupada. Também poderia fazê-lo de Cromer, só que demoraria um pouco mais.

Colin arrancou com os dentes o último pedaço de carne do osso e limpou as mãos nos calções.

– Então, o que decide, rapaz? Vai se juntar ao nosso pequeno bando?

– Tenho de comer – respondeu Colin. – E falta muito para chegar a Cromer.

O contorcionista riu.

– Tem razão. Muito bem, está combinado, então.

Pegou o alaúde e entregou-o a Colin.

– Agora está na hora de pagar por seu jantar.

Colin dedilhou as cordas do alaúde.

– Sei uma canção de amor – disse, e começou a cantar, nervoso, a garganta apertada.

Em anseios de amor eu vivo
Por de todas a mais bela.
Que fez de mim um cativo
Feliz dos encantos dela.

É somente mais uma canção de amor, disse a si mesmo, endurecendo seu coração para não lembrar o perfume do cabelo dela, a maciez dos seus lábios. Mas fez-se silêncio entre os artistas, que balançavam a cabeça em sinal de aprovação enquanto escutavam seu canto triste.

Finn lembrou-se da adaga em sua bota. Eles não o tinham revistado, apenas empurrado escada abaixo, ainda preso aos grilhões, para o negro calabouço nos subterrâneos do castelo antigo. Pensou reconhecer o canalha que lhe estendeu o balde de despejos na ponta de uma vara. Não podia esperar nada vindo dali.

Tinha de ser paciente, pensava, marcando os dias com um arranhão na pedra que lhe servia de cama. Difícil esperar, difícil manter a calma quando evocava o rosto estarrecido de Rose, mas era o que tinha a fazer. Algum advogado paramentado viria – enviado por Kathryn – para defender sua inocência, restabelecer a justiça. Essas coisas levam tempo, pensou ele no segundo dia, recordando os olhos de Kathryn enquanto proferia a mentira. Houve algum equívoco, ela vai esclarecer tudo. Alfred vai explicar por que colocou as pérolas ali. No terceiro dia gritou manifestando sua raiva, seus justos protestos e ameaças – às vezes respondidos com gargalhadas rudes ou, no mais das vezes, sem qualquer resposta – até perder a voz.

Quando se completaram sete marcas na pedra, acalentou por um breve período a idéia de atacar seus carcereiros. Não precisaria ser resgatado como uma donzela indefesa aprisionada em uma torre. Se escapasse, porém, tornar-se-ia um foragido perseguido pela lei, o que estigmatizaria também sua filha.

Por fim, foi a sujeira que fez dele um covarde. Não foi a escuridão de sua cela no calabouço, nem o frio; nem a fome, nem a sede, que a ração diária de água fétida coberta com uma película de gordura de carneiro jamais conseguia aplacar; nem o agudo desespero que atormentava sua mente – cada vez com mais freqüência à medida que os dias se passavam –, um desespero que advinha do pressentimento de que nunca mais sairia daquela masmorra, na qual fora lançado como Satanás no inferno. Não se tratava de receio por sua Rose abandonada nem da dor de lembrar a traição de Kathryn (esta última havia girado como um redemoinho em sua cabeça até ele jurar a si mesmo não pensar naquilo outra vez, mas em vão, porque sua mente voltou a ser assediada pelos mesmos pensamentos: por quê?, por quê?, por quê? As palavras eram gritadas dentro de sua cabeça como a ladainha de um grande inquisidor). Não foi nada disso. Foi a imundície: os piolhos que catava em seu corpo e em sua barba – dia após dia, hora após hora, segundo a segundo – e, praguejando, esmagava nas unhas sujas; as crostas de feridas cheias de pus que se formavam sobre as mordidas dos insetos; o limo viscoso que cobria a prateleira de pedra que era assento, cama e mesa a um só tempo. Foi o fedor de seus próprios excrementos – isso foi o que o destruiu.

Nem rezar podia. Que deus viria a ele em um ambiente tão repugnante?

Quase não havia diferença entre o dia e a noite, só um espessamento maior ou menor da asfixiante escuridão, mas ele marcara a passagem dos dias pela chegada da sua ração diária de aguados sobejos de cozinha, fazendo arranhões na pedra. Agora, corria a mão por eles para contá-los. Vinte e uma marcas. Vinte e um dias. Como podia um homem ser reduzido a um estado animalesco em tão pouco tempo? Estava fraco demais para arrastar seus grilhões uns poucos passos e esmagar os ratos e outras pragas da noite, cujos olhos brilhantes pareciam contas encastoadas nas trevas. De que lhe serviria a adaga a esta altura, a menos que pretendesse deixar-se cair sobre sua ponta como Saul tombara em cima da própria espada desembainhada? Um golpe rápido para cima e sob a costela. Um ruído, o raspar dos dentes de uma ratazana em um osso de origem incerta e já muito roído reprimiu aquela tentação. Isso e pensar em Rose.

Em sonhos intermitentes, Kathryn aparecia sentada a seu lado no jardim outonal. *Há no ar o aroma de frutos suculentos e o cheiro de carne assando que vem do defumadouro. A cabeça dela inclina-se para seu trabalho artístico, a pequena agulha de osso deslizando para dentro e para fora, marcando uma trilha curva no tecido. O cabelo cinzento esconde metade de seu rosto, um galho de pilriteiro projeta uma sombra na outra metade. Ele se ajoelha ao lado dela. Toca as fitas de sua manga, afasta-lhe o cabelo e sussurra algo em sua orelha de porcelana. Ela ri, um riso de água clara borbulhando em um riacho, límpida, pura, doce. Ela levanta o rosto para receber o beijo dele. Com um movimento rápido, ela fura-lhe o olho com sua pequena agulha de osso. Ele nada mais vê, só sente a dor incandescente.*

Finn sempre acordava sentindo o gosto salgado das lágrimas nos cantos de sua boca.

Para lutar contra os demônios do pesadelo que vivia, pintava vívidas imagens em sua mente, planejando as cores e as miniaturas do Evangelho de São João, conjurando um Livro de Horas. Deu forma nas telas de suas pálpebras a uma quantidade tal de pinturas que daria para encher uma vida inteira de trabalho. Não o luxuoso Evangelho que o abade encomendara, muito menos as ilustrações despojadas do texto de Wycliffe. Um Saltério, tão glorioso quanto o Deus que Davi e Salomão celebravam, todo em azul-celeste e carmesim, orlado de folhas de acanto em ouro e com a capa feita de ouro batido arrematada por um diadema de rubis. Um livro para fazer o Bispo de Norwich salivar de cobiça. Um livro que rivalizasse com o lendário Evangelho de Herimann, encomendado pelo Duque da Saxônia em 1185, o grande *Aurea Testatur*, um testemunho em ouro. Seus olhos doíam de tanto sonhar com ele.

E chegou o dia em que ele não teve forças sequer para manter essa visão brilhante. Havia apenas o frio, aquelas garras em seu estômago faminto, a escuridão sufocante, o fedor.

Foi num dia assim que o bispo mandou chamá-lo.

Dezessete

Eu vi que as mangas (do monge) tinham o punho adornado
De fina pele cinzenta, da melhor que há.
E em seu capuz, para prendê-lo sob o queixo,
Ele trazia um broche de ouro habilmente trabalhado
– Geoffrey Chaucer,
Os Contos de Canterbury (século XIV)

Finn jazia encolhido sobre a laje de pedra de sua cela entregue a um estado que era meio sonolência e meio entorpecimento quando foi acordado por um chute do guarda em seu estômago. Acertou-lhe da barriga para cima e, por um minuto, a respiração de Finn parou e voltou abruptamente, trazendo junto uma dor dilacerante. O guarda prendeu grilhões de ferro em seus pulsos e arrastou-o para que se pusesse de pé. Ele cambaleou como se fosse um ancião. Um facho de luz penetrava pela grade aberta acima de sua cela, ferindo-lhe o olho como a pequena agulha de osso de Kathryn. Apertou os olhos para seu torturador, que deu uma risada.

– Não sabe quem eu sou, não é? Não reconhece o velho Sykes, aquele que você tratou mal só por causa de uma brincadeira à toa com um anão?

Finn reconhecera-o muito bem, desde o primeiro dia. Mas tivera esperança de que Sykes estivesse bêbado demais para se lembrar do encontro deles no Beggar's Daughter. Vã esperança. Sykes se recordava e lá estava para cobrar sua dívida. Finn ficou calado. Melhor deixar o sujeito extravasar sua raiva. Teria menos graça se o antagonista não oferecesse resistência. Finn não tinha mesmo forças para resistir, de qualquer maneira. Curvou as costas para a frente, os cotovelos juntos para dar apoio às costelas machucadas.

– Quer dizer que deixou de ser um cavalheiro fino, hein? Cheira tão mal que até me deixa enjoado. Vamos ter de limpar você, ou então o carrasco nem vai conseguir chegar perto para colocar a corda no seu pescoço. Agora não está mais tão valente, sem aquela linda adagazinha, não é?

A adaga. Talvez tivesse chegado a oportunidade de usá-la, afinal. Finn mexeu o pé dentro da bota e sentiu o vazio na bainha de couro dentro da qual deveria estar a adaga. Tinha uma vaga lembrança de tê-la atirado na direção de um par de olhos que reluziam na escuridão. Não se dera ao trabalho de colocá-la de volta no lugar. Para tanto, precisaria tatear no chão imundo de limo, e para quê?

O guarda empurrou-o para as escadas. Ele tropeçou logo no primeiro degrau. Ainda usava os grilhões de ferro nas pernas – havia tanto tempo que já faziam parte de seu corpo que a pele esfolada em torno de seus tornozelos engrossara e criara uma cicatriz protetora.

– Não consigo subir com os grilhões. Vai ter de soltá-los. – Precisava falar baixo por causa da dor nas costelas. O ato de respirar custava-lhe tanto que não podia desperdiçá-lo.

– Não tenho de soltar coisa alguma. Posso fazer você subir chutando-o escada acima, feito o saco de excrementos que é. Mas depois vou acabar ficando com a perna cansada e aí como vai ser se quiser usar ela outra vez em você mais tarde?

Sykes soltou o grilhão de uma das pernas, de modo que a corrente e o grilhão solto batiam no chão atrás de Finn à medida que ele subia.

– Se tiver alguma intenção de fugir, não aconselho. – Para provar o que dizia, pisou com brutalidade na corrente. Finn oscilou para a frente, abafando um gemido.

Quando chegaram ao pátio de simples terra batida fora da masmorra, Finn tropeçou outra vez. A luz cegou-o, fazendo sua cabeça doer. O barulho era ensurdecedor para a sua mente envolta em silêncio durante semanas a fio – cavalos relinchando, cacarejos estridentes das aves no galinheiro, gritos exaltados, cães latindo e o retinir metálico produzido pelos guardas e seus armamentos –, um ataque aos seus sentidos. Sentiu um anseio quase religioso pela quietude isolada de sua cela.

Era um frio e claro dia de inverno e ele vestia apenas sua camisa suja. Começou a tremer incontrolavelmente.

– O que temos aí, Sykes? – perguntou um dos homens que andava ali pelas estrebarias.

– Um pouco de comida para os corvos. Mas tenho de dar uma boa esfrega nele antes ou então nem os gaviões vão querer saber dele.

– Precisa de ajuda?

– Faço questão de não dividir esse prazer com ninguém.

Espicaçado por Sykes, Finn andou às cegas, com as pernas bambas, até ser jogado contra uma tina de madeira e sentir-se empurrado para dentro dela. A água foi um choque, amorteceu até a dor em suas costelas. Lutou para sair, a perna livre batendo na borda da tina, metade do corpo para fora, mas a mão brutal do outro mantinha seu rosto para baixo. O carrasco precisaria então ser enganado, afinal. Forçou-se a parar de se debater, a ficar imóvel como um gambá na boca de um cão de caça. Sabendo que não tinha condições de enfrentar seu agressor, resistiu ao impulso de reagir. Vozes discordantes chegavam-lhe abafadas pelo ruído da água que lhe cobria os ouvidos.

– Credo, Sykes, você afogou o homem. O bispo não vai gostar nada disso. Tire ele daí.

Mais um segundo e seus pulmões arrebentariam.

– Agora, estou mandando.

A mão largou sua testa e a cabeça de Finn veio à tona espalhando água. Sykes agarrou o pano de sua camisa, juntando-o dentro da mão quando se rasgou, e puxou-o para fora. Outro guarda veio correndo e embrulhou-o em um cobertor.

– Despenser quer ele vivo, sua besta.

– Eu tinha de limpar ele, não tinha? Não podia deixar que o mau cheiro ofendesse as narinas delicadas do bispo. Não ficaria bem, não é?

– Vou mostrar a você o que é que fica bem, seu idiota de uma figa.

A esta altura, Finn estava de pé, escorrendo água, enrolado em um cobertor de cavalo que, se não de todo limpo, era um avanço comparado com o que deixara para trás. Não conseguia controlar o tremor de seu corpo, mas a água fria – havia uma camada de gelo partida no bebedouro de cavalos para dentro do qual fora empurrado – ajudara a clarear sua mente.

O bispo mandara chamá-lo. Então, pelo menos, ele teria uma audiência. Convinha começar a preparar sua defesa. No pátio, ouvindo os guardas discutirem, tentou reconstruir as linhas gerais da argumentação que delineara em sua mente nos primeiros dias de sua reclusão.

Sykes safou-se para as estrebarias enquanto seu chefe incumbia-se de retirar os grilhões. Finn esfregou os tornozelos. Sentia-os leves, esquisitos, sem os ferros.

– Que dia é hoje? – perguntou ele ao recém-chegado. Batia os dentes, as palavras saíam-lhe entrecortadas. Não conseguia parar de tremer.

– Sete de janeiro. Ontem foi a festa da Epifania.

Santo Deus. Ficara mais de um mês dentro daquela cloaca. Pôs-se a tremer ainda mais violentamente, cada tremor sacudindo suas costelas quebradas.

– Vamos. Temos de aquecer você e deixá-lo limpo para se apresentar ao bispo. – O chefe da guarda olhou para Finn como se a última tarefa fosse a mais difícil e penosa a cumprir.

– Vou ser julgado, então?

Enfim, alguém soara o alarme. Lady Kathryn provavelmente lançara mão de suas influências. Os maus-tratos a que fora submetido deviam-se apenas ao canalha do Sykes.

– Nada sei a respeito de julgamento. Só sei que o bispo mandou levá-lo aos aposentos da torre. – O chefe da guarda fez sinal para que Finn o seguisse.

Uma vez dentro da torre de menagem que servia de casa da guarda, Finn aqueceu-se junto a um braseiro de carvão e segurou uma tigela de caldo quente nas mãos como se fosse o Santo Graal. Sua garganta parecia contrair-se sempre que arriscava mais do que pequenos goles. Ao menos, a tremedeira passara. E, se mantivesse a parte superior de seu corpo perfeitamente imóvel, a dor era tolerável.

– Alguém veio perguntar por mim? Uma dama, a senhora de Blackingham, ou minha filha? O nome dela é Rose.

– Não que eu saiba. E eu teria sabido. Sou o responsável pela fortaleza.

Então, como quisesse provar o que dizia, virou-se para gritar ordens: que trouxessem uma banheira e a colocassem em frente à lareira. O último banho de Finn havia sido defronte à lareira do quarto de Kathryn. Antes de ela o trair. Nunca mais ficaria limpo.

– Agora, pensando bem, de fato veio alguém à procura do iluminador. É você, não é?

Finn assentiu.

– Disse que trazia uma mensagem de Blackingham. Era um anão. Um homenzinho engraçado. Mandei-o falar com seu carcereiro.

Seu carcereiro. Sykes. Quer dizer que não o haviam abandonado por completo. Kathryn provavelmente enviara Meio-Tom e Sykes impedira-o de ir ter com ele.

O guarda levantou-se, as chaves tilintando, e jogou-lhe um pedaço de toalha. Uma toalha limpa. Os olhos de Finn arderam. Por certo não iria chorar na frente do guarda por causa de uma toalha limpa e um pedaço de sabão.

– Tenho rondas a fazer – disse o guarda. – Temos alguns *hóspedes* nobres neste castelo. Franceses, a maioria deles. Estão sendo mantidos aqui em troca de resgate. Pagam-me umas moedas a mais para ter alguns luxos. – Deu uma piscadela para Finn. – Há um Duque de Bordeaux que tem uma predileção especial por louras com traseiros grandes.

Jogou para Finn uns calções limpos e uma camisa, não de fina cambraia, mas de boa casimira inglesa.

– Desculpe, não lhe posso dar uma navalha, é claro. Mas tem aqui um pente para usar no cabelo e na barba. Use o lado mais fino. O bispo não gosta de piolhos.

Finn pegou o pente e acrescentou-o à pilha, que mantinha afastada de seu corpo para não contaminar as roupas com sua sujeira.

– Mais uma coisa. Se me permite pedir, já que nas atuais circunstâncias não lhe posso oferecer uma recompensa imediata por seus serviços.

O guarda deu um sorriso largo.

– Pode pedir.

– Acho que Sykes quebrou minhas costelas. Se puder me trazer uma tira de pano forte para enfaixar meu tronco, prometo não esquecer sua bondade.

– Acho que se pode providenciar isso para um prisioneiro especial do bispo.

– Um pano limpo, se não for dar muito trabalho?

O guarda riu e Finn deu-se conta de que poderia estar fornecendo ao homem mais informações sobre si mesmo do que seria prudente. Estava tão dominado pela idéia de ficar limpo outra vez que nem escutara direito a resposta do guarda. Teria ele dito "prisioneiro especial do bispo"? A expressão soara um tanto ameaçadora.

– Vai estar bem limpo. E vou mandar-lhe um rapaz para ajudá-lo a fazer a atadura e um pouco de sumo de papoula para a dor. Depois o guarda vai levá-lo para ver o bispo. – Em seguida, agora com ar sério, acrescentou: – Se estiver pensando em fugir de um de meus guardas, desista. O castelo é bem guardado e esse encontro com Henry Despenser pode ser a sua única oportunidade. Faça o melhor que puder para agradar. Já vi homens de alta estirpe desaparecerem de dentro das muralhas deste castelo.

Henry Despenser estava sentado muito aprumado em sua cadeira de espaldar alto, os ouvidos atentos, tal e qual as orelhas do galgo amarrado a seus pés. Era uma pose estudada, calculada para intimidar, que obrigava seus suplicantes a se ajoelharem de fato. (O Bispo Despenser desdenhava a mera inclinação de cabeça, o cumprimento de rotina.) O dedo indicador cheio de anéis de sua mão esquerda, robusta, de palma quadrada, acariciava a orelha do cão. A mão direita repousava no braço da cadeira. O anel de brasão no dedo médio tamborilava, tamborilava, tamborilava no carvalho entalhado. Como era prazeroso o exercício do poder. Dobrar um homem à sua vontade, em especial um homem como o que mandara chamar, era algo que podia desencadear um choque de êxtase quase igual ao do desafogo carnal.

Inspecionou o aposento. Tudo estava pronto. Aqueles que o serviam conheciam bem sua atenção aos detalhes. O cão levantou as orelhas. Então, ele também ouviu – o arrastar de uma espada comprida pela borda de cada degrau seguido de um par de passadas.

Espalhou a orla de seu manto para ampliar o círculo do remate de pele. Tanta energia gasta para apanhar em uma cilada um troca-tintas, talvez um aprendiz de heresias, também. Valia a pena, mesmo assim – a insolência do homem não podia passar em branco. Além disso, havia a questão do retábulo, o de cinco painéis que pretendia mandar pintar para o altar da catedral. Por que pagaria por algo que podia obter de graça? Vira o trabalho do iluminador, seus traços arrojados, as cores opulentas, e invejou-lhe o talento. Entretanto, se não possuía o talento do homem, teria o homem que possuía o talento.

Enfiou a unha no pêlo da cadela, na junta macia entre a orelha e o crânio. O animal estremeceu, mas permaneceu imóvel. Não soltou nem um rosnado baixo. Um animal bem-nascido e bem treinado. Aquele era o tipo de obediência que ele inspirava.

Bateram timidamente à porta. Henry afagou a cabeça da cadela. Ela ganiu baixinho de boca fechada e tremeu de modo quase imperceptível antes de acomodar a cabeça entre as patas dianteiras.

– *Benedicite*. Bendizei ao Senhor.

– Vossa Eminência.

O guarda atravessou a soleira da porta e dobrou um joelho no chão, sua espada comprida retinindo na laje de pedra. O iluminador, de pé atrás dele, inclinou a cabeça à guisa de cumprimento, mas manteve o torso ereto.

– Seu prisioneiro não se ajoelha na presença da Santa Igreja?

O guarda puxou o braço de Finn, forçando-o a ajoelhar-se com um safanão. Mas não era um ato voluntário e não havia humildade suficiente na postura do homem para indicar que as semanas passadas no cárcere tivessem melhorado seu comportamento. Muito bem. Mais doce é o triunfo quando a luta é dura.

– O prisioneiro sofreu contusões, Eminência. Suas costelas estão fortemente enfaixadas. É difícil para ele prestar-lhe as homenagens devidas.

– Essas contusões ocorreram enquanto se encontrava sob nossa custódia?

– Um acidente, Eminência. Ele tropeçou na escadaria.

– Entendo. – Henry sorriu. – Devia ter mais cuidado... Mestre Finn, não é? Pode se levantar.

Lampejos de dor passaram pelo rosto do prisioneiro enquanto ele fazia incômodos esforços para se pôr de pé. Henry continuou a acariciar a cabeça do animal.

– Pode sair, guarda.

– Mas, Eminência, o homem é acusado de assassinato.

– Estou ciente da acusação. Repito, pode sair.

Enquanto o guarda recuava desajeitadamente em direção à porta, o bispo voltou o olhar para Finn. Homens com menos brio demonstravam nervosismo sob um exame minucioso daqueles. Despenser admirou a contragosto a disciplina do homem.

– É um assassino de padres, Mestre Finn?

– Não sou assassino, Vossa Eminência. Fui grandemente injustiçado, como verá quando analisar as provas. Se ouvir minha filha, o senhor...

Henry fez um gesto com a mão desdenhando o argumento.

– Uma filha que não falasse em defesa do pai não seria uma boa filha. Além disso, tal testemunho seria prematuro. O magistrado do condado ainda está reunindo as provas, o que leva muito tempo. Sir Guy tem outras questões além dessa para resolver. Pelo menos, é o que não pára de me repetir. Nesse meio-tempo há de compreender que a Santa Igreja não pode permitir que um suspeito de matar um padre permaneça em liberdade.

Principalmente um que mantenha relações com hereges, pensou ele, mas não o disse em voz alta.

Observou como a raiva contraía os músculos do rosto emaciado do prisioneiro. Espantoso quão depressa o rosto assume uma expressão famélica, acossada. Vira aquele homem duas vezes antes: a primeira quando ousadamente confessara ter matado a porca e a segunda quando recusara seu patrocínio. Ambas haviam sido ocasiões memoráveis. Entretanto, Henry não o teria reconhecido se não fosse por sua atitude arrogante. Cinco semanas na Prisão do Castelo pouco haviam modificado esse traço – aquele era um adversário nada desprezível.

– Não podemos conceder-lhe a liberdade, mas podemos proporcionar-lhe instalações mais confortáveis enquanto aguarda o julgamento. A masmorra não é lugar para um homem com seus talentos. Evidentemente, tal arranjo exigiria a sua cooperação. Mas esqueço minhas boas maneiras. Parece bastante indisposto. Esteve doente?

Inegavelmente, o aroma suculento que emanava da mesa posta diante da lareira estava produzindo o efeito desejado. Henry bateu palmas e seu criado idoso surgiu à porta.

– Seth, prepare a mesa e ajude Mestre Finn a sentar-se em uma cadeira antes que ele desmaie. Sirva-lhe uma taça de vinho.

Henry levantou-se de sua cadeira e dirigiu-se à mesa. Apanhou um peito de codorna assado, mergulhou-o em um molho de gengibre e mordiscou-o com ar exigente.

Reparou que Finn desviava o olhar. Reconheceu a mistura de desejo e náusea contra a qual o homem lutava. Sabia o quanto, depois de um jejum prolongado – e o jejum daquele homem fora significativamente mais longo do que aqueles breves e esporádicos dias durante os quais ele próprio jejuava –, sucumbir à ingestão de alimentos substanciosos podia acabrunhar os sentidos com resultados desagradáveis.

– Por favor, o senhor é meu convidado. Deve estar farto do magro cardápio dos prisioneiros comuns.

Finn sacudiu a cabeça.

– Apenas um pouco de pão, para amenizar os efeitos do vinho. Meu estômago acostumou-se às rações mais simples do calabouço.

Pois bem. Ser-lhe-ia negada a visão gratificante do altivo mestre de iluminuras caindo em cima de sua comida como um animal e sendo humilhado por seu próprio vômito. Mas Henry consentiu com um sinal de cabeça e seu criado cortou uma fatia de pão, que colocou na frente de Finn.

– Talvez um pouco do molho de maçãs assadas – disse seu prisioneiro depois de tomar um gole minúsculo de sua taça. – E uma fatia fina de queijo puro, por favor. – Ele empurrou sua cadeira, afastando-a da mesa e enviesando-a para mais perto da lareira.

Seth mediu uma fatia em forma de cunha com sua faca. Finn sacudiu a cabeça e ele a partiu em dois; Finn mexeu a cabeça mais uma vez e a fatia foi partida em quatro.

Henry franziu a testa, mas viu-se obrigado a admirar a força de vontade do homem.

– Espero que tenha achado sua cela razoavelmente confortável – disse, sentando-se diante do mestre iluminador e observando-o atentamente para ver o efeito de sua ironia.

– É um habitat criado pelo demônio para as suas pragas. – Mergulhou o pão no molho de maçãs e mastigou-o devagar.

Henry serviu-se de uma torta doce e espalhou creme batido por cima.

– Isto é delicioso. Devia realmente experimentar... – Engoliu, lambendo os dedos. – Sinto muito que tenha achado sua cela desagradável. Temos de fato outros alojamentos. Este aposento onde estamos, por exemplo, é mobiliado de modo... menos espartano do que os porões.

Com um movimento circular da mão, indicou a cama com seu colchão de plumas limpo, os cabides de madeira nas paredes, onde estavam pendurados calções e camisas de linho limpos, a mesa de trabalho baixa com pincéis e potes de tinta.

– A cadeira do bispo, é claro, não fica. Mas há aqui uma cadeira confortável e a mesa de trabalho é de tamanho generoso. O quarto está situado tão alto na torre que possui uma janela preciosa de onde é possível avistar uma nesga de céu azul. Acredito que isso seja importante... uma nesga de céu azul... para um prisioneiro. Ele pode chegar à janela e olhar o rio lá embaixo, contemplá-lo passar. Uma cela assim pode mesmo se tornar um refúgio para alguém que se dedica à sua arte.

O prisioneiro ficou calado. Bebericou seu vinho, comeu um pedacinho do queijo e depois o examinou como se se tratasse de alguma rara iguaria, mas seu olhar se demorava nas tintas e nos pincéis. Henry notou como os dedos da mão direita de Finn executavam movimentos involuntários, parecendo segurar um pincel de pêlo de marta.

Henry sorriu e bebeu grande parte do conteúdo de seu copo.

– Vinho excelente. Os franceses deviam limitar-se a fazer vinho borgonha e deixar o papa por conta de Roma. Agora, quanto ao seu julgamento. É claro que o senhor poderia apelar para o rei, mas isso de nada adiantaria, pois o rei não tem jurisdição em questões eclesiásticas. A Santa Sé é que faz os julgamentos. A autoridade do rei só se manifesta na fase de execução.

Apontou para uma pequena arca.

– Há roupa branca limpa ali. Ao ocupante desta cela será fornecida roupa branca limpa uma vez por semana. – Examinou as unhas, girou no dedo o anel de brasão. – Se o que quer mesmo é um julgamento rápido, bem – encolheu os ombros sob a capa de arminho –, um julgamento rápido geralmente acaba mal para o acusado. O melhor é não ter pressa, forjar alianças... – Beliscou a comida outra vez, limpou a boca e olhou ao redor de si. – Há luz suficiente para um artista aqui, não acha? Que tal mudar a mesa de trabalho para ali adiante, diretamente abaixo da janela?

O prisioneiro pousou sua taça de vinho e levantou-se abruptamente. Andou até a janela e olhou para fora. O homem atrevia-se a dar as costas ao seu bispo! Henry ponderou a questão, depois resolveu ignorar esse ato de descortesia.

– É claro que poderíamos oferecer-lhe um julgamento baseado nas Sagradas Escrituras. Este, sim, seria rápido. Poderia estar livre ao cair da noite.

– Ou morto ao cair da noite – replicou Finn, sem se virar.

– Exato. Dependendo do texto onde meu dedo pousasse.

– Ou de sua interpretação desse texto – disse Finn, virando-se para olhar Henry nos olhos.

– Exatamente. – Fazia tempo que o bispo não se divertia tanto.

– E exatamente o que seria esperado de um artista em troca desse tratamento excepcional?

Pronto, agora vamos negociar a sério, pensou Henry.

– Apenas o que fazia antes de sua lamentável captura. Deve lembrar que certa vez mencionei a encomenda de um retábulo com painéis representando a Crucificação, Ressurreição e Ascensão de Nosso Senhor da qual queria incumbi-lo. Lembra-se dessa conversa?

– Tenho uma vaga lembrança dela – admitiu Finn.

– Se bem me recordo, o senhor declinou a incumbência alegando não ter tempo suficiente para fazer justiça a tão extenso trabalho. – Henry sorriu. – Bem, de repente, parece que o Destino conspirou para proporcionar-lhe tempo de sobra. – Agora, ele estava realmente divertindo-se à larga. – Não concorda?

Houve uma pausa. Os músculos do rosto de Finn moviam-se como se ele estivesse mastigando algo duro e amargo, mas sua voz soou firme quando ele respondeu:

– Uma peça como a que descreve exigiria talento e concentração. Qual seria a remuneração?

– Remuneração! Quanta ousadia, falar de remuneração estando em posição tão desvantajosa para negociar!

O quarto estava fechado e aquecido demais. O bispo sentiu o suor brotar em sua linha do cabelo. O prisioneiro, contudo, parecia não se dar conta disso. Até se chegara mais ao fogo.

– O senhor teria uma muda de roupa limpa uma vez por semana, um criado para cuidar de seus aposentos e adquirir alimentos, prepará-los e servir-lhe as refeições.

– Está escrito que nem só de pão vive o homem.

Finn estendeu as mãos para o fogo, quase tocando as labaredas.

Sangue de Cristo! Se chegasse mais perto, o homem acabaria sentado em cima do fogo.

– O senhor é esperto demais para o meu gosto, iluminador. Se escolheu esse trecho das Escrituras para me colocar no lugar do demônio, devo lembrar-lhe que não lhe cai bem o papel de Jesus Cristo. Olhe para dentro de sua própria alma. Tem muito com que se preocupar a esse respeito, mesmo se não tiver as mãos manchadas com o sangue do padre, como alega. Sir Guy contou-me sobre as pérfidas traduções descobertas no meio de seus papéis. Está fazendo companhia ao demônio, iluminador, com John Wycliffe e John de Gaunt. Esses homens não são o tipo de amigos de que precisa agora. Se dedicar sua arte ao que é sagrado talvez encontre alguma redenção para sua alma.

– Pensei já ter dedicado minha arte ao que é sagrado. Mas não era à minha alma que me referia. Tenho uma filha. Ela depende de mim para viver.

– De que lhe servirá se estiver morto?

– Ainda não morri.

Henry estava ficando cansado da brincadeira. Tirou da mesa uma travessa de prata com carne picada e colocou-a na frente do galgo, depois voltou para sua cadeira de espaldar alto. Bateu com o anel de brasão na madeira. A cadela inclinou a cabeça para um lado e olhou fixo para o bispo. Como ele não lhe dava atenção, ela ganiu. Ele fez um aceno com a cabeça e o animal começou a comer com voracidade os pedaços de carne.

– Sua filha terá a subsistência garantida.

– Ela poderá visitar-me?

A sofreguidão nos olhos do homem mal se disfarçava. Ah, enfim, aí estava o ponto fraco. Qual a melhor maneira de explorá-lo? Nada de promessas irrefletidas. Tinha de mantê-lo desprevenido, desarmado. Trazê-lo na ponta da linha até ele cansar. Henry poderia obter mais daquela captura do que apenas arte para a abside da catedral.

– Estarei de volta em uma semana. Neste ínterim, pinte para mim um baralho de cartas. Quatro naipes: cardeais, arcebispos, reis, abades. Sabe a que me refiro?

– Joguei com cartas assim na corte: reis, rainhas, seus valetes.

Na corte. Quer dizer que o sujeito estava pretendendo negociar suas influências. Ótimo. Ótimo. Relacionamentos na corte – informação valiosa que poderia levá-lo diretamente ao Duque de Lancaster e seu ninho de lollardos heréticos.

– Pinte o reverso também, com o meu brasão. Uma mitra de bispo e as chaves de São Pedro flanqueando uma cruz de ouro sobre um fundo vermelho.

Chutou a travessa de prata, afastando-a do focinho do cão, apanhou a ponta da trela do animal e dirigiu-se para a porta.

– Chame o guarda para carregar minha cadeira – gritou para Seth, que cochilava no corredor.

– Vou precisar de uma cera especial para endurecer o velino – disse Finn.

Henry desatou o cordão da bolsa pendurada em seu cinto e tirou dela um xelim.

– Mande o ajudante comprar tudo o que for necessário. Se esta quantia não bastar, mande dizer que é para o bispo. Se o vendedor se recusar, que o nome dele seja anotado.

– Minha filha poderá visitar-me?

– Vamos ver. Se as cartas do baralho me agradarem.

– Ficarão prontas em dois dias.

– Voltarei em uma semana. Não precisa se apressar, tem tempo de sobra – retorquiu o bispo, apertando o cordão de sua bolsa de veludo. – Aliás, o senhor joga xadrez?

– Tenho algum conhecimento do jogo.

– Ótimo, ótimo. Vou trazer um tabuleiro quando vier aqui novamente.

Henry sorriu ao fechar a porta atrás de si. Aquela fora uma tarde muito produtiva. E ainda estaria de volta em casa a tempo para as vésperas.

No dia seguinte interrogaria a anacoreta.

Dezoito

Os cuidados de mãe são os mais próximos, os mais rápidos e os mais seguros; mais próximos porque são sobretudo uma manifestação de bondade; mas rápidos porque são sobretudo uma manifestação de amor; e mais seguros porque são sobretudo uma manifestação da verdade. Ninguém mais poderia ou saberia realizar plenamente tal ofício a não ser Ele... Nossa verdadeira Mãe Jesus, somente Ele nos conduz à alegria e à vida eterna.

– JULIAN DE NORWICH, *REVELAÇÕES DIVINAS*

Quando Rose não estava vomitando, estava de joelhos diante do pequeno altar à Virgem. O que diria seu pai se visse como estava sendo usada a mesa de trabalho dele? Não aprovaria – ela ouvira vezes sem conta seus comentários mordazes sobre "aquelas devotas" que "usavam sua religião como se fossem casacos elegantes vestidos por cima de camisas sujas". Mas sabia que daria sua permissão. Quando negara a ela o que quer que fosse?

A estatueta da Madona com o Menino Jesus era agora sua única fonte de conforto. Havia Agnes e a criadinha da cozinha – eram bondosas com ela, cuidavam de suas refeições e para que tivesse sempre lenha para a lareira, mas estavam a serviço de Lady Kathryn. E ela não confiava mais em Lady Kathryn. Parecia que a pequena estátua da Virgem Santa com o manto azul era sua única amiga. A vela que Rose mantinha permanentemente acesa em seu altar improvisado refletia os olhos pintados, fazendo-os brilhar de compaixão sempre que ela rezava para a Rainha do Céu: rezava por seu pai, rezava por Colin, rezava pelo bebê que crescia dentro dela. Quando acordava no meio da noite com visões de Finn sendo arrastado preso às correntes, a luz da vela iluminava o rosto do Menino Jesus, dando-lhe um colorido rosado. Como uma criança viva, pensava ela, acariciando o ventre, como a criança que Colin dera a ela.

Ao recitar a Ave-Maria – algumas palavras eram difíceis e sua instrução religiosa não fora uma prioridade – ela se perguntava se o pai também rezaria. Esperava que sim. Seria um conforto para ele, assim como era para ela. Não possuía um rosário, mas, a cada Ave-Maria, tocava a cruz no fio de seda atado ao seu pescoço. Nunca refletira a respeito daquele colar antes. Agora, achava estranho que seu pai, que não ostentava qualquer símbolo de ritual de devoção em seu corpo, tivesse recomendado que ela sempre usasse a cruz. Para protegê-la, dissera ele. Precisava daquela proteção agora. Seus lábios moviam-se a cada oração, mas os únicos sons audíveis no ambiente durante muito tempo eram, de quando em quando, o farfalhar de sua saia de cetim nas lajes de pedra do chão e a acomodação dos carvões na grade da lareira – Rose estava sempre com frio, apesar das labaredas constantes.

Um ruído de passos interrompeu suas devoções.

– Está muito abafado aqui, Rose. – Lady Kathryn abriu uma persiana, deixando entrar uma lufada de ar frio. A chama da vela oscilou. Protegendo-a com a mão, Rose apressou-se em mudar a vela de lugar, tirando-a da corrente de ar. – E não é saudável você passar tanto tempo de joelhos. Colin nunca devia ter lhe dado a Madona. Você está se tornando uma fanática religiosa.

Rose estremeceu.

– Como Colin, a senhora quer dizer. Talvez fosse melhor eu ir viver com as freiras, agora que Colin foi ser monge – observou ela, com a intenção de sondar a reação de Kathryn.

– É um pouco tarde demais para você se tornar noiva de Cristo, não acha? – Kathryn franziu a testa, estendendo-lhe uma taça. Rose levantara-se e sentara-se na cama. – Tome. Se beber depressa, o gosto não será tão ruim.

Rose reuniu as dobras do xale junto ao corpo e também toda a sua coragem.

– Não vou beber isso de jeito nenhum.

– Como assim, não vai beber?

– Eu não vou... não é saudável. – Respirou fundo. Para onde iria se Lady Kathryn a mandasse embora? – Sei o que está tentando fazer. – Sua voz tinha um tom de desafio, mas por dentro ela tremia.

– E o que estou tentando fazer? – perguntou Kathryn, a voz baixa e uniforme, o olhar direto, enfrentando-a.

– Está tentando envenenar meu bebê para que ele... para que ele se vá. Quer me castigar porque acusei Alfred. – E então, menos combativa, com uma súplica na voz, suplicando por seu filho, pelo filho de Colin: – Mas eu só contei a verdade.

Mal conseguiu pronunciar a última palavra. Sua garganta secara, a boca ficara pegajosa e os olhos ardiam, mas estava determinada a não chorar na frente de Lady Kathryn.

– A senhora me detesta porque Colin foi embora. Se o bebê dele morrer dentro de mim, então vai poder me mandar embora também.

Pronto. Estava dito. Proferira em alto e bom som os seus maiores medos.

Kathryn mantinha-se de pé ao lado do altar improvisado, segurando a taça como se fosse um cálice envenenado, a outra mão pousada na Madona. Não respondeu de imediato. Traçou com um dedo os contornos do Menino Jesus, como quem manuseia um objeto estudando-o em profundidade. Rose não conseguia interpretar a expressão do rosto dela. Parecia mais magra e frágil, e ela teria sentido pena de Kathryn se não se sentisse tão ameaçada por aquele destroço de mulher que a dominava, que a obscurecia. Lady Kathryn encontrava-se entre ela e a janela. A luz fria vinha filtrada por um véu de nuvem cinzenta, acentuando sua palidez.

– Eu poderia mandá-la embora de qualquer maneira – disse ela em voz baixa, quase como se falasse para si mesma. – Colin nada sabe sobre a criança. E, se você se fosse, ele nunca saberia.

Rose achou que fosse desmaiar.

A chama da vela no altar dançou, errática. Ouviu-se o ribombar dos trovões de uma tempestade, anormal para aquela estação do ano, nascida longe dali, no mar, a léguas de Blackingham. Lady Kathryn encaminhou-se para a janela. Com mais uma rajada de vento, mais trovões retumbaram, como o estômago de um homem faminto. Ela parou, olhou para o conteúdo da taça em sua mão, depois levantou os olhos para Rose, como se a visse pela primeira vez. A moça permaneceu em silêncio. O que havia a dizer? Deveria pedir pela criança? Faria alguma diferença para aquela mulher que ela não conhecia mais?

Uma aragem gelada soprou uma mecha de cabelo pelo rosto de Kathryn. Com a mão livre, ela a puxou para trás e penteou com os dedos a massa emaranhada da cabeleira. Alguma coisa – um pedaço de folha seca – caiu em sua túnica de lã. Ela a limpou e em seguida, com uma expressão intrigada, pôs-se a esfregar uma mancha seca na roupa. Quando voltou a olhar para Rose, seu rosto tinha o ar de quem desperta de um sonho perturbador.

Ergueu a taça e despejou o conteúdo pela janela.

Rose sobressaltou-se com o movimento repentino como se tivesse sido esbofeteada.

– Não precisa tomar mais nada – disse Kathryn, depois acrescentando, com um dar de ombros e uma risadinha amarga –, não estava mesmo fazendo efeito.

Rose aconchegou mais o xale ao corpo. Não parava de tremer.

– Minha senhora, só desejo...

Lady Kathryn levantou a mão, interrompendo-a.

– Ninguém vai mandar você embora, Rose. Ninguém vai lhe fazer mal. – E lançou um olhar para a taça vazia em sua mão. – E nada de mal acontecerá a seu filho.

As palavras ressoaram nos ouvidos de Rose como uma profecia.

– Pode continuar a rezar se quiser. – Lady Kathryn levou a mão à boca como se reprimisse um grito. Virou-se para fechar a janela, de costas para Rose, e acrescentou em um fio de voz: – Pode rezar por mim também.

Rose soltou o ar dos pulmões, um sopro em forma de um suspiro pesado, entrecortado.

– Obrigada, minha senhora – disse. – Vou rezar por nós todos.

Sentiu vontade de abraçar Lady Kathryn, cuja aparência inspirava pena, os cabelos desgrenhados e a roupa manchada, uma sombra da mulher orgulhosa que fora. Mas a outra mantinha a postura ereta e distante, como para dar a entender que bastava de emoções cruas entre elas.

Antes de sair, Kathryn parou à porta e disse, sem olhar para trás:

– Vou dizer a Agnes que mande Glynis subir com algum alimento nutritivo, uma gemada com leite quente. – Depois, como se de repente lhe ocorresse: – Quando ela vier, diga-lhe que me traga roupa limpa e ungüentos. Preciso de um bom banho.

Julian recebeu as más notícias sobre Finn de sua criada, Alice.

– Lembra aquele galês que trouxe a menininha que morreu? Pois bem, ele está na Prisão do Castelo. – Alice passou-lhe a informação pela janela junto com uma tigela fumegante de sopa.

Julian não escondeu seu sobressalto.

– Acusado de quê?

– De assassinato. Do assassinato de um *padre*! – A mulher fez o sinal-da-cruz, como se a perversidade de que acusavam o iluminador pudesse entrar correndo no quarto e agarrá-la pelo pescoço. – Eu bem que disse que havia alguma coisa esquisita nele. Toda aquela raiva dos galeses disfarçada atrás daqueles olhos verdes sonsos. É o que sempre digo: nunca se deve confiar em um galês.

Assassinato! Alice devia estar enganada, devia ter escutado algum boato sem fundamento no mercado. A cabeça de Julian fervilhava com uma porção de perguntas, mas o hábito a fez repreender a criada por seu preconceito.

– Que vergonha, Alice, essa mania sua de fazer julgamentos precipitados. Deus criou os galeses do mesmo barro com que fez sua carne saxã.

Alice meneou a cabeça, não fazendo caso da repreensão e não perdendo tempo em fornecer detalhes não solicitados por Julian.

– É culpado, sim, senhora. Sabia que em boa coisa não ia dar assim que botei os olhos nele. Mesmo com aqueles modos cheios de gentilezas. Pode escrever o que estou dizendo, foi ele mesmo quem arrebentou a cabeça do coitado do padre, esmagou ela feito um nabo podre. – Estremeceu e benzeu-se outra vez. – Miolos e sangue espalhados para todo lado.

Julian alarmou-se ao ver a violenta imagem na mente de Alice distorcer-lhe o agradável rosto redondo, transformando-o em uma máscara de feiúra. A meiga Alice, que cuidava dela com tanto zelo! Quem diria quantos horrores havia à espreita no coração humano! Quanto todos nós necessitamos da graça de Deus!

– Alice! Chega! Acalme-se antes que perca o juízo. Vamos rezar por Mestre Finn. Tenho certeza de que é inocente. Deve haver algum engano, um caso de erro de identidade, talvez, ou de falso testemunho. *Tudo ficará bem.*

Julian não conversou mais com sua criada sobre a culpa ou inocência de Finn, mas não se tratava de nenhum boato sem fundamento. Ela procurou informar-se por meio de Tom. Tudo indicava que havia provas que o condenavam, pelo menos fora o que ouvira, algo sobre umas pérolas encontradas com Finn, que a senhora de Blackingham havia dado ao padre morto. Nenhuma prova, entretanto, iria alterar uma coisa que ela sabia. O homem que aninhara em seus braços como uma mãe a criança ferida, o homem que assumira a culpa pela morte da porca do bispo para salvar Tom: aquele homem não era capaz de cometer um assassinato a sangue-frio.

Naquela noite, como em todas as outras, a anacoreta ajoelhou-se diante de seu altar à luz bruxuleante de uma vela e rezou as orações completas do Livro de Horas. Naquela noite, ao rezar as Horas da Virgem, seguidas pelas Horas da Cruz e as Horas do Espírito Santo, como vinha fazendo havia quinze noites, ela também rezou uma oração em que suplicava por Finn. Seus lábios rezavam em latim: "*Domine Ihesu Christe...*" Seu coração rezava em inglês: "Senhor Jesus Cristo, Filho de Deus vivo, interponde a Vossa Paixão, a Vossa Cruz e a Vossa Morte entre mim e o Vosso Julgamento." Entretanto, ao mesmo tempo que sua boca pronunciava o pronome ritual, em sua mente ela dizia o nome de Finn. Continuou rezando durante as matinas, enquanto se intensificavam as sombras da meia-noite. Seu corpo foi ficando cada vez mais rígido e começou a doer – "*Deus in adiutorium meum intende.* Que Deus venha em seu auxílio" – à medida que ela substituía o seu pronome pelo pronome masculino.

O Livro de Horas permanecia aberto em cima do altar na página da imagem que era sua inspiração e seu conforto. Via-O de olhos fechados, seu Salvador

Sofredor, o Cristo banhado em sangue. No início era a pintura unidimensional feita pelo artista que surgia por trás de suas pálpebras; a imagem do Senhor em velino de couro de bezerro, a pele lívida riscada de finos traços carmesim representando as feridas. Os cantos dos olhos sofridos curvavam-se para baixo; o corpo vergava, solto; a cabeça tombava um pouco para a frente. À medida que ela se concentrava na imagem mental, porém, o corpo começava a pulsar, devagar primeiro, depois de modo mais ritmado, transformando-se e reformando-se sob uma luz gerada por si próprio até se tornar tridimensional, em tamanho natural. Ele levantava a cabeça. O sangue gotejava, gotas como pérolas minúsculas, pingando, pingando de sua testa, depois fluindo mais livremente de uma coroa de espinhos tão verdadeira que, se ela ousasse tocá-la com a mão, os espinhos furariam seus dedos.

Aquele era o seu Cristo. O Cristo de sua visão, a visão que seu Deus Mãe lhe concedera quando ela estava morrendo – um Cristo cujo sangue fluía abundantemente das feridas da Crucificação, do açoitamento, da ilharga perfurada, da testa ensangüentada, até jorrar como uma verdadeira fonte, golfar, pulsar, cheio de vida, não de morte, vida suficiente para nutrir todas as almas da humanidade faminta que Ele reuniria em Seu seio.

Ela recitava as preces que sabia de cor, paralisada diante da glória de seu Senhor, os olhos fechados à luz incerta da chama da vela, a mente arrebatada, o corpo renegado. A cera das velas escorreu quase até o fim e o canto do rouxinol assinalou as laudes. Era a parte mais pura da noite, rica e profunda, como o sangue, como o amor de seu Jesus. Ela e seu Cristo, seu Amigo, seu Amante, seu Deus Mãe – juntos e a sós enquanto o resto do mundo dormia. Dor pungente. Sublime alegria. Sua mente estava banhada em paz – paz, calor e luz, seu corpo transcendia a si próprio até sua alma ficar livre para tocar a Dele.

Farei com que todas as coisas fiquem bem.

E ela sabia que era verdade.

Pouco antes de os sinos tocarem a hora prima, um som penetrou no transe de Julian. O som da grande porta de carvalho, a porta que selava sua tumba, rangendo nas dobradiças. Ficou alerta de imediato, agudamente consciente da escuridão que a rodeava, da dureza do chão sob seu corpo, da fina camada de umidade que se formara entre as palmas das suas mãos abertas e o piso. Será que algum proscrito ousara violar a santidade de sua reclusão? Ou seria algum anjo enviado por Deus? Ou algum demônio que viera para atormentá-la? Levantou-se e deu as costas ao altar para ficar de frente para a porta.

Com um gemido alto, a porta se abriu. O sol da manhã derramou-se para o interior e quase a cegou. Fechou os olhos que ardiam e depois os abriu, apertando-os. Sua cela não se enchia de tanta luz desde o dia em que fora encerrada entre suas paredes.

Apenas distinguiu a silhueta do bispo postado à entrada.

Estava tão exausta de suas devoções da noite que, ao curvar-se para beijar-lhe o anel, o aposento pôs-se a girar e ela teria caído se ele não estendesse a mão para ampará-la.

– Perdoe-me a instabilidade, Vossa Eminência. Passei a noite em oração e isso às vezes me deixa sem firmeza nas pernas.

– Mas firme em sua fé, não é mesmo, anacoreta?

Seu tom acusador, uma certa tensão em suas maneiras, o cenho franzido com que olhara para ela indicavam desagrado, como se ela tivesse cometido alguma ofensa. E por que ele optara por quebrar o selo de sua clausura? De vez em quando ele ia conversar com ela, mas nesses dias comunicavam-se através de sua janela de visitantes ou pela janela de Alice. Aquela não era uma visita de rotina. Ele costumava vir muito mais tarde, com o dia já avançado, e mandava antes um criado com sua cadeira, um cesto de bolos e um prato de leite para Jezebel. Às vezes trazia-lhe livros da biblioteca do Priorado de Carrow. Desta vez estava de mãos vazias. A rigidez de sua postura, o ar ausente com que seus dedos tocavam a cruz trabalhada que lhe pendia sobre o peito e a fisionomia severa com que a olhava direto nos olhos – ela era uma mulher alta – revelavam que ele não viera para discutir teologia.

– Minha alma está muito revigorada, Vossa Eminência. Só meu corpo está fraco. – Encarou-o impassível, respondendo ao desafio de suas palavras, de seu olhar. – Vossa Eminência questiona a fidelidade de minha devoção?

Os dedos dele massagearam a pesada corrente que segurava a cruz.

– Não a fidelidade de seu ritual. Mas algo chegou recentemente ao meu conhecimento que me fez questionar a sua fidelidade à nossa Igreja.

Encaminhou-se para a escrivaninha dela e sentou-se em seu banco. Ela se deixou cair, aliviada, na beirada do catre. Deixava-a nervosa tê-lo dentro de sua cela, uma violação dos seus votos de clausura. Ele mais do que ninguém deveria saber. O único ser humano de quem ela ficara tão próxima desde a sua reclusão havia sido a criança ferida.

Do banco alto ele a dominava, sobranceiro, tão próximo que a orla de arminho de seu manto de bispo encostava na bainha do traje de pano simples que ela usava. Os dedos cobertos de jóias remexiam as páginas espalhadas na mesa de trabalho. Como se procurasse alguma coisa. Empurrou os papéis para o lado, a boca ainda contraída em um traço duro.

Ela não respondeu à acusação de infidelidade que ele lhe fizera, não sabia como. Reafirmar a sua piedade sem ter provas de nada lhe serviria. Como alguém pode provar o conteúdo de seu próprio coração?

– Por que não escreve na língua de sua Igreja?

Seria aquela a origem da desaprovação? O fato de ela não ter escrito suas *Revelações Divinas* em latim, mas em inglês? Mas decerto não podia ser só por causa daquilo.

– A língua de Roma era a língua de Nosso Senhor? Latim, aramaico, inglês, que diferença faz quando se conta a verdade?

– Se tivesse escolhido o francês, talvez eu entendesse suas razões. Mas esse dialeto de Midland, esse inglês é a língua dos camponeses, do povo.

– E o povo não precisa conhecer a verdade?

– E o povo não tem os padres para instruí-lo na verdade?

– Muitas pessoas que pertencem às classes das confrarias sabem ler. Sua fé não seria fortalecida se pudessem ler sozinhas sobre o amor de Cristo e até ler as Sagradas Escrituras?

Ele estreitou os olhos.

– Vejo que a influência do mal chega até a clausura. O demônio a esta altura, com certeza, deve estar rindo por ter uma mulher santa defendendo a sua causa.

A raiva era uma emoção que ela já quase esquecera até aquele momento.

– Decerto não pensa que...

Ele levantou a mão para impedi-la de protestar.

– Fique sabendo, anacoreta, que uma tradução tão vulgar profana a Sagrada Escritura. Ademais, os leigos não possuem nem a inteligência nem a sabedoria necessárias para interpretar as Escrituras. Só as usariam para discutir com os mais instruídos, em detrimento de suas almas.

Seria uma repreensão, uma advertência dirigida a ela ou apenas uma observação? Fosse o que fosse, a declaração era incorreta. Muitos clérigos de quem as massas adquiriam orientação religiosa não eram nada instruídos; mal sabiam ler e escrever além de umas poucas frases decoradas da Vulgata. Mas ela achou melhor não replicar e preferiu dizer:

– O inglês é amplamente usado em Londres. Não é apenas a linguagem do povo, é a língua falada na corte.

– Na corte, pois sim. Sei de alguém na corte, John de Gaunt, o regente do rei, que concordaria com a senhora. Mas o duque não se conta entre os amigos da Santa Igreja. Apóia John Wycliffe, que envia seus pregadores lollardos resmungões para o interior do país com seus panfletos *ingleses* para arengar contra os bispos e padres e fazer falsas acusações de corrupção e apostasia. – Ele pontuava suas palavras com socos na escrivaninha. – Agitando a ralé com doutrinas mentirosas, idéias falsas de igualdade. – A sobrancelha acima do olho esquerdo desenvolvera um tique. – Ele também escreve em inglês. Anacoreta, espero que não tenha sido influenciada por ele. O que ele prega são heresias. E os heréticos não serão tolerados!

Finn referira-se a Wycliffe. Seria por isso que fora preso sob falsas acusações?

O bispo enfiou a mão dentro da manga, puxou de lá uma pilha de papéis e, inclinando-se para a frente, agitou-os sob o nariz dela.

– Reconhece isto aqui?

Ela pegou os papéis, relanceou os olhos por eles.

– São meus escritos, minhas *Revelações Divinas*. Mas como foram parar...

– Prendemos um homem sob suspeita de ter assassinado um padre. Esses papéis, junto com uma cópia profana do texto de São João Evangelista, a tradução de Wycliffe para o inglês, foram encontrados entre as coisas dele. E gostaria de saber, anacoreta, como explica o fato de tais escritos trazerem a sua assinatura.

– São meus – disse ela simplesmente. – E fui eu quem os deu a ele.

– Pertecem-lhe, então. E admite tê-los dado a ele.

– Sim. Ele demonstrou interesse. – Julian não contou que fora o mestre de iluminuras quem primeiro sugerira que ela publicasse seus escritos na língua em que os escrevera exatamente por ser a língua das massas.

– Parece que esse Finn se interessa por muitos escritos sediciosos.

Será que ela escutara direito?

– Vossa Eminência, está dizendo que minhas *Revelações* são sediciosas?

Ele arrancou os papéis das mãos dela.

– Dificilmente chamaria isto aqui de teologia ortodoxa. – E bateu com o maço de papéis no tampo da mesa. – Essa história de Deus Mãe. O que é isso, anacoreta, algum culto pagão à deusa?

– Não, não, Vossa Eminência, se me permite a audácia, o senhor compreendeu mal o que eu quis dizer... Se ao menos tivesse lido o resto.

– "*E a segunda pessoa da Trindade é nossa mãe em gênero... Pois com nossa Mãe Cristo obtemos ganho e crescimento.*" Jesus Cristo não é uma mulher!

Ao falar, o bispo pôs-se de pé com tamanho ímpeto que derrubou o banco.

– "*Ele*", Vossa Eminência – salientou a anacoreta, baixando a voz para tentar impor sua retórica. – Se continuar a leitura, verá que eu digo: "*Ele é nossa Mãe de Misericórdia!*" A maternidade, a amável, amorosa e zelosa misericórdia da maternidade é como o amor de Nosso Senhor Jesus: é só o que estou dizendo. A qualidade do amor, a qualidade da infinita misericórdia de Cristo é muito semelhante ao amor da mãe por seu filho. É *apenas isso* que estou dizendo aqui.

Com a mão livre aberta, ele bateu com força na mesa. O tinteiro balançou, derramando preciosas gotas de tinta em uma folha limpa de velino.

– Não está bem explicado. E está escrito em *inglês*.

Ela enxugou depressa os respingos de tinta.

– Sinto muito se a minha linguagem simples não é do seu agrado, mas não estou escrevendo para padres nem bispos, que presumo já conhecerem a profundidade e a largueza do amor de Cristo. Estou apenas tentando explicar o amor de Deus e Sua infinita misericórdia de uma forma que me foi revelada a fim de que os incultos possam compreender. Que diferença faz a língua que uso se falo a verdade?

– Põe em dúvida a sua lealdade. É uma questão de alianças. Alianças e aparências.

E se é meramente a isso que tudo se resume, bispo, então meu coração teme por sua alma, refletiu ela, apertando os lábios para reprimir as palavras.

Ele havia massacrado seu maço de papéis transformando-o em algo parecido com um rolo durante a discussão. Ficou sentado durante um longo momento batendo com ele no joelho, aparentemente pesando os comentários dela. Por fim, depois de sua explosão, pareceu acalmar-se.

– O que sabe sobre Finn, o mestre de iluminuras?

– Sei que é um bom homem – respondeu ela, um pouco surpresa com a mudança abrupta.

– Acusa-me de prender um homem inocente sob falsos pretextos?

– Não o acuso de nada, Vossa Eminência. São suas palavras, não minhas.

Ele correu os olhos pelo aposento.

– Onde está seu gato?

– Meu gato? – Será que o convencera? Seria por isso que estava mudando de assunto? Ela tentou sorrir para ele, relutando em deixá-lo notar como se sentia violada por tê-lo ali em seu eremitério. Ele era seu bispo, entretanto. Talvez tivesse o direito. – Jezebel sumiu há cerca de uma semana. Não é a primeira vez. Voltará quando estiver disposta.

– Sinto falta de vê-la em seu colo. – A sombra de um sorriso. Quem sabe a tempestade passara. – Vou mandar um criado com umas coalhadas para atraí-la de volta. E algo para si também – disse ele.

– Vossa Eminência é muito bondoso. – Ela suspirou aliviada quando ele pousou os papéis enrolados em cima da mesa e se levantou. Graças à Virgem Santíssima, a visita estava chegando ao fim.

– Neste meio-tempo, se deseja manter um bom relacionamento com a Santa Igreja, deve redigir uma justificativa desse desvio da ortodoxia. Explique como compreende Deus Pai e a Santíssima Trindade. O documento precisa afirmar a sua lealdade à doutrina da Santa Igreja e deve ser anexado a todas as cópias publicadas de seus escritos em inglês. Como seu latim é fraco, pode fazer uma cópia em francês normando para ficar em meu poder.

Falava com um tom tão impessoal quanto se estivesse lendo uma lista de mantimentos. Teria ouvido bem? Estaria seu direito à clausura sendo ameaçado?

– Enquanto esse documento não chegar às minhas mãos, abstenha-se dos Santos Sacramentos.

Até seu direito à Eucaristia!

– Previno-a de que seja prudente com seus relacionamentos e cautelosa com sua linguagem. Heresia é uma acusação séria. Pode trazer a condenação eterna para sua alma e a morte para seu corpo físico.

Encaminhou-se para a porta. Ela se levantara ao mesmo tempo que ele para não ficar sentada em sua presença e agora sua cabeça girava. Caiu de joelhos em um gesto que era meio reverência, meio desfalecimento.

– Mandarei buscar o documento amanhã e enviarei também escritos sobre a Santíssima Trindade. Escritos sancionados pela Igreja, que a aconselho a examinar para a instrução de sua alma.

Estendeu o anel para que ela o beijasse. Trêmula, ela o levou aos lábios.

– Não virei mais visitá-la – declarou ele.

Ela permaneceu de joelhos, não por reverência mas por lhe faltarem forças para encará-lo. Escutou o rangido pesado da porta, a tranca sendo fechada com a mesma finalidade inexorável da primeira vez, deixando-a sozinha mais uma vez na escuridão sufocante de sua cela.

Na Igreja de Saint Julian, o Padre Andrew fazia os preparativos para a celebração da festa das Candeias, a Candelária, a festa da Purificação da Virgem Maria. O fabricante levou as velas para serem abençoadas de manhã bem cedo e resmungou ao entregar sua mercadoria. Fazia tanto frio dentro do vestíbulo que se podia ver o homem respirar enquanto falava.

– Se todos os meus fregueses fossem tão mãos-fechadas quanto o senhor, padre, meus filhos iam passar fome.

Ele tinha razão, claro. A Igreja estabelecia o preço, não o fabricante de velas, e o Padre Andrew sabia que aquilo mal dava para cobrir o custo da cera.

– As velas são usadas para o culto da Santa Virgem. Seu sacrifício não ficará sem recompensa. Sua alma é que vai lucrar.

Era a resposta decorada que ele sempre dava. Sabia muito bem que pouco significava para o homem, que queria um pagamento honesto em troca de produtos honestos. Quando era um jovem padre, tentara transmitir a sua própria noção da honra que era poder servir a seu Deus, esperando que isso servisse de inspiração também para os outros. Nunca serviu. Agora, ele se limitava a repetir a resposta oficial da Igreja para os serviços prestados, sem jamais pensar nas palavras. Celebrava a missa de modo semelhante.

O negociante murmurou algo sobre a Igreja ser bastante rica para dar a um homem pobre um pagamento decente. Padre Andrew apenas sorriu e balançou a cabeça enquanto fechava as pesadas portas, deixando as reclamações e o ar gélido do outro lado. Naqueles últimos tempos, parecia que ninguém compreendia como era importante manter a casa do Senhor. Era só a peste ir visitar a casa do mestre fabricante de velas que ele viria implorar para dar de graça os seus produtos para a Santa Virgem, pensava o pároco, guardando as velas no armário atrás do altar.

Abriu o lado esquerdo das portas duplas e colocou-as lá dentro, empilhando-as meticulosamente uma a uma e separando a meia dúzia que sobrara do ano anterior para ser usada primeiro – aquelas já tinham sido bentas. Já que estava ali, aproveitaria para apanhar uma estola limpa para a missa. Abriu o lado direito do armário. A porta tombou para o lado presa à dobradiça: o pino se soltara. Agora teria de encontrar um carpinteiro. Não seria fácil, pois a maioria deles estava reconstruindo a flecha da catedral, e os que não estavam faziam um trabalho inferior. Até estes encontravam desculpas para deixá-lo de lado, buscando ocupação mais lucrativa. Ganância imunda, corrompendo as almas.

Os ajudantes eram descuidados também. Onde deveriam estar os paramentos dobrados, que haviam sido costurados e consertados recentemente, havia uma pilha de panos amarrotados. Ele pegou a toalha do altar para dobrá-la e verificou que estava manchada. Mofo, provavelmente, um problema constante no sombrio interior da capela. No entanto, mesmo na penumbra de inverno que o rodeava, podia ver que não se tratava de mofo. Era mais escuro – e compacto. Parecia uma mancha de sangue. Seu pulso acelerou-se. Mancha de sangue? Desdobrou a toalha, levantou-a contra a luz da janela. Apertou os olhos. As manchas consistiam em borrões e respingos espaçados, mas não havia dúvida. Os respingos ligavam-se formando uma cruz. *Domine Ihesu Christe.* A Santa Cruz! Era o sangue do Salvador. Um milagre. Um milagre, ali, na Igreja de Saint Julian, durante a sua vigília. A Igreja de Saint Julian tinha uma anacoreta e agora tinha um milagre. Deus estava sorrindo para aquela igreja. Deus estava sorrindo para ele.

Olhou para o grande crucifixo pendurado acima quase esperando ver as gotas de sangue pingarem das pernas de marfim, mas não havia sinal de vida, não havia lágrimas escorrendo dos olhos pintados, nenhuma gota de sangue. Não importava. O Salvador concedera-lhes um milagre. Aquele era o sangue de Cristo na toalha do altar. Ele, Padre Andrew, vigário da Igreja de Saint Julian, o levaria à presença do bispo, que o declararia autêntico e encomendaria um relicário de ouro. Com uma grandiosa cerimônia – na qual ele já se via desempenhando um papel significativo –, depositariam a relíquia sagrada no altar. Peregrinos viriam de longe, de Thetford e Canterbury, talvez até de Londres, para vê-la. Saint Julian seria famosa por seus milagres.

Seu coração batia tão depressa que quase o escutava. Não. Aquele ruído não era de seu coração – a menos que seu coração farfalhasse mais do que batesse dentro de seu peito. O barulho vinha do fundo do armário. De vez em quando, tinham problemas com ratos, mas não ultimamente. Por isso é que tolerava a gata que a anacoreta possuía. Dobrou devagar o pano manchado, tocou-o com os lábios e pousou-o com delicadeza em cima do altar. Em seguida, enfiou a mão outra vez no armário para tirar o resto dos paramentos e certificar-se de que não teriam sido manchados por excrementos de ratos. Sua mão encontrou algo macio que se mexia, uma língua áspera como pedra-pomes lambeu seus dedos. Com um movimento brusco, retirou a mão de dentro do armário e apanhou o báculo, cujo lado curvo enfiou no fundo do armário e depois puxou para fora.

Um par de gatinhos com os olhos quase fechados ronronavam enrolados sobre si mesmos na curva do báculo.

A decepção tem o mesmo gosto da bílis, e encheu por completo o Padre Andrew, transbordando em sua boca, amarga como quinino. Ali estava o seu milagre. A gata que a anacoreta abrigava era a responsável por aquilo. Aquele animal do diabo profanara seu altar, tivera a audácia de livrar-se dos malditos rebentos debaixo da imagem do Salvador.

A esta altura, os gatinhos haviam descoberto seu novo ambiente e começado a explorá-lo, tropeçando no cajado do pastor com as pernas inseguras. O báculo teria de ser consagrado outra vez e o altar inteiro precisaria ser limpo. Haveria três daquelas coisas agora e a próxima ninhada seria maior. Jezebel – um nome bem apropriado. A meretriz da Babilônia devia estar agora fazendo a vida, saciando sua natureza devassa, e abandonara os filhos.

Tomou a decisão em um rompante. Dirigiu-se à sacristia, onde vasculhou um armário. Murmurando imprecações nada condizentes com sua vocação, voltou dentro em pouco trazendo uma corda, um saco de pano grosseiro para cereais e uma pedra grande. Em questão de segundos, arrebanhou os gatinhos, jogou-os dentro do saco junto com a pedra e amarrou a extremidade. O saco retorcia-se, formando pequenos calombos de desespero. Como era possível animais tão pequenos chorarem e miarem tanto? Teve um momento – apenas um momento – de pena e, então, olhou outra vez para a toalha do altar suja, seu suposto milagre.

Lançou o saco por cima do ombro e já se encaminhava para a porta quando ouviu um som sibilante atrás de si. Virou-se a tempo de ver a mãe gata voar na direção de seu rosto, as garras apontando para seus olhos. Apanhou-a pelo pescoço, mas não antes de ela abrir-lhe um rasgo sangrento na face (cuja cicatriz ele carregaria até a velhice). Torceu-lhe o pescoço como se fosse uma galinha, depois abriu o saco e juntou a mãe morta aos filhotes.

Atirou tudo da Ponte do Bispo dentro do rio Wensum.

– Padre Andrew, o senhor viu a minha gata? – perguntou a anacoreta depois de terminar sua confissão. – Faz quase três semanas que ela desapareceu. Nunca ficou tanto tempo fora.

Julian viu-o levar a mão ao curativo na face.

– Não a vejo há muitos dias – respondeu ele.

Falava de modo abrupto, havia quase irritação em sua voz quando se dirigia a ela, e uma expressão de desavença em seu olhar. Desde a visita do bispo. Teria o bispo falado com ele a respeito dela? Talvez o instruído para negar a ela o direito à comunhão? Julian ruminava aquilo todos os dias, cada vez que o padre lhe oferecia o Corpo e o Sangue com o mesmo ar perturbado. Quem sabe fosse apenas a sua imaginação. Talvez o bispo tivesse voltado atrás ou simplesmente esquecido de comunicar ao padre que ela não deveria receber o sacramento. Cada vez que recebia a hóstia em sua boca, ela o fazia com grande alívio.

– Padre, se der a volta e chegar pela janela de Alice, refaço seu curativo. Faz três dias que o mudamos.

Minutos depois, ele entrou pelo quarto de Alice e sentou-se diante de Julian do outro lado da janela. Os ombros dele estavam caídos. Parecia não querer olhar para ela. O que haveria de tão interessante no seu assoalho? Ou ele não conseguia olhar para ela porque sabia que ela seria acusada de heresia ou expulsa de seu eremitério? Ela apanhou sua tesoura de costura para cortar o curativo.

– Cicatrizou muito bem – declarou, inclinando-se através da janela para examinar a ferida. – Não precisa mais ficar coberta.

– Ainda arde.

– O bispo mandou-me alguns livros da biblioteca do Priorado de Carrow na semana passada. – Ela procurou manter um tom de conversa descontraído enquanto aplicava ungüento com o dedo ao longo da cicatriz. – Mandou-lhe alguns também? – perguntou, embora não tivesse conhecimento de que o Padre Andrew estudasse teologia. Nunca haviam falado sobre questões espirituais, na realidade. Aliás, não falavam sobre coisa alguma. Ele era seu confessor, nada mais. Aparecia diariamente na janela da capela através da qual celebrava a missa. O relacionamento deles girava em torno do ritual.

– O bispo não costuma ir procurar-me – explicou ele.

– Ele veio visitar-me na terça-feira passada. Pensei que pudesse tê-lo visto então.

– Na última terça-feira fui chamado à Prisão do Castelo para rezar o Ofício dos Mortos para um homem que ia ser enforcado.

A mão dela parou, petrificada, na cicatriz do rosto dele.

– Os últimos sacramentos para um condenado? Isso é comum?

– Quando o criminoso pede para se confessar, a Igreja procura atender.

– Esse homem era... ele era... que crime ele cometeu?

– Caçou um veado do rei.

Não era Finn, então, mas algum pobre camponês, algum pai, ou marido, ou filho que havia morrido porque se atrevera a arranjar carne para alimentar sua família. A mão dela voltou a tratar a ferida.

– Vou rezar pela alma do pobre homem – disse, repondo a tampa no pote de ungüento. – Leve isto consigo. Ponha na ferida todos os dias. Receio que vá ficar com uma pequena cicatriz aí, para se lembrar de ter mais cuidado quando estiver podando os espinheiros.

– Espinheiros? Ah, sim. É, vou ter mais cuidado.

– Teve sorte por não ter ferido o olho quando o galho escapuliu.

– Sim, tive sorte – repetiu ele e, em seguida, como se acabasse de lhe ocorrer, disse: – Tenho uma toalha de altar que precisa ser consertada. Os fios do bordado se soltaram... ajudantes descuidados. Vou deixá-la na janela da capela para a senhora costurá-la. Depois que terminar a leitura dos livros que o bispo mandou, é claro.

– Vou fazer isso logo.

Levantou-se como se já estivesse indo embora, então hesitou. Iria dizer algo a respeito do bispo? Estaria escolhendo as palavras para lhe falar sobre questões de ortodoxia?

– Anacoreta?

– Sim?

– Sobre sua gata...

– Ah, minha gata, Jezebel. O que é?

– É provável que não volte mais depois de tanto tempo. – Fez uma pausa. Parecia olhar para além dela, pela janela da comunhão, para o interior sombrio da capela. – Vou lhe arranjar outro gato.

No dia seguinte, um gato macho e velho apareceu na janela do jardim. Era gordo, lerdo e preguiçoso, um caçador de ratos aposentado vindo diretamente da cozinha do Priorado de Carrow. Passava a maior parte do tempo dormitando na janela do jardim, sem fazer caso dos camundongos que corriam dentro da capela.

Dezenove

Onze homens santos converteram o mundo inteiro à religião certa. Creio eu que, o mais prontamente, homens de todas as espécies deveriam ser convertidos. Dispomos de tantos mestres, padres e pregadores, e de um papa, ainda por cima.

– William Langland,
A Visão de Piers Plowman (século XIV)

Meio-Tom tentara duas vezes chegar até Finn nas últimas duas semanas. Às quintas-feiras, fizera a difícil viagem até o mercado, não porque tivesse muito o que vender – tanto os compradores quanto os vendedores eram menos numerosos no inverno –, mas porque continuava com a esperança de conseguir ver seu amigo. E nas duas quintas-feiras ele fora mandado embora, uma vez pelo ríspido guarda que o atormentara no Beggar's Daughter (na ocasião em que Finn fora em seu socorro) e na outra por um bailio impaciente que dissera nada saber sobre o prisioneiro. Nenhum deles queria perder tempo com um anão que vinha dos pântanos.

Mas ele estava determinado a entrar lá e tinha um plano. Na quarta-feira, fizera a longa caminhada até Blackingham e por outras razões além de querer tomar a sopa da velha cozinheira – ultimamente, ela andava implicando com ele – ou ver a linda criadinha que tanto o assustara com sua cantoria na árvore das abelhas. Não podia acrescentar medida à sua estatura, mas bem que poderia elevar seu status envergando a libré de uma casa nobre. Uma casa ducal teria feito dele um gigante. Como entretanto não conhecia nenhum duque, teria de se arranjar com a casa senhorial de um cavaleiro.

– De um lacaio *baixo* – dissera ele a Magda quando conspiravam para roubar um uniforme da lavanderia de Blackingham.

Ela voltara com o troféu roubado e estavam sozinhos na cozinha aconchegante com a grande lareira acesa e o cheiro de ensopado borbulhando no fogo. Ela riu ao vê-lo enfiar a túnica azul pela cabeça. Mas Meio-Tom não se importava que ela risse. Até agitou os braços no ar, batendo palmas com as sobras de tecido como se fosse um bufão, para fazê-la rir mais. Para ele, o riso dela era estonteante como hidromel – e igualmente raro, porque ela não o concedia com facilidade a ninguém.

– Não vão respeitar você se ficar parecendo um espantalho – disse ela, lágrimas escorrendo-lhe pelo rosto, de tanto rir. – Vão mandar você para a masmorra junto com Mestre Finn.

Nunca ouvira a moça dizer tantas palavras de uma vez. Saltou em um pé só, tropeçando nas perneiras demasiado compridas, na esperança de ouvi-la falar mais ainda. Mas ela apertou os lábios em um trejeito que revelava concentração e, apanhando uma faca de cozinha, mandou-o subir em um banco.

Cortou o excesso de tecido: primeiro as mangas, depois as pernas.

– Fique parado. Não vai querer manchar de sangue a libré de Lady Kathryn.

Ele ficou imóvel, como se observasse uma corça na floresta, temendo até respirar para não a assustar e quebrar o encanto de sua proximidade. Desejou estender a mão e tocar o cabelo dela, mas não se atreveu. Acabara de escutar o ranger da pesada porta de carvalho – Agnes estava de volta. E não lhe agradaria presenciar qualquer sinal de afeto vindo de um meio-homem para a moça que tratava como filha.

– Que tolices são essas que os dois estão aprontando? – perguntou Agnes, pousando uma cesta cheia de nabos.

Magda parou de cortar e arrancar pedaços da roupa.

– Está frio. Devia ter me mandado ao porão para buscar isso.

– Por que ele está todo enfeitado? O Natal já passou faz tempo. Acabou a época dessas bobagens. – Apanhou do chão os pedaços de pano, olhou de perto. – Nossa, é a libré de Blackingham que você está destruindo, menina! Está pensando o quê? Esse pano azul fino não custa barato. Lady Kathryn vai arrancar o couro de vocês. Embora de um aqui não vá tirar grande coisa – fulminou-o com o olhar.

Meio-Tom explicou qual era seu plano.

Mãos nos quadris e testa franzida, ela ponderou a situação durante um longo momento. Meio-Tom abriu um largo sorriso para ela. Ele não duvidava, apesar da ranzinzice – e quem poderia culpá-la por querer proteger seu tesouro? –, da bondade do coração dela.

– É o único jeito – concluiu o anão.

– Vou buscar minha agulha para fazer as bainhas – disse a cozinheira. – Guarde os retalhos, Magda. O pano é bom demais para ser desperdiçado.

No dia seguinte, Meio-Tom apresentou-se ao chefe da guarda da torre de menagem.

– Tenho uma mensagem da senhora de Blackingham para o prisioneiro Finn.

O guarda olhou-o de cima a baixo sem ao menos se levantar da cadeira. Meio-Tom abanou um pergaminho enrolado diante do nariz do guarda. Não era uma carta de verdade, mas um pedido de compras antigo para a cozinha de Blackingham. Magda o ajudara a reaquecer o lacre de modo que parecesse não ter sido quebrado. O guarda estendeu a mão para pegá-lo. Meio-Tom escondeu-o atrás das costas.

– Lady Kathryn ordenou que o lacre só fosse rompido por Finn. Assuntos particulares entre o homem e a filha dele. Lady Kathryn solicita que me permitam visitar o prisioneiro para que a filha saiba que ele não está sendo maltratado.

O guarda parecia estar considerando a questão, mas não se mexeu.

– Lady Kathryn é amiga de Sir Guy de Fontaigne – completou Meio-Tom.

– O xerife deu autorização?

– Se ela tiver de perguntar, vai ter de explicar também que você recusou o pedido dela, não é? – Soltou um suspiro exagerado. – E isso poderia deixar o xerife zangado.

O guarda arreganhou os dentes em um sorriso bem-humorado.

– Você negocia como gente grande. – E levantou-se, acrescentando: – Venha comigo.

Meio-Tom subiu dois lances de escada atrás do guarda, que por fim abriu uma porta de grades de ferro com enormes chaves que trazia no cinto e mandou que o anão esperasse no corredor.

– Ele é um favorito do bispo. Se estiverem jogando xadrez, Sua Eminência não vai gostar de ser interrompido.

– O bispo?

– É. Ele o visita pelo menos uma vez por semana. Os dois têm discussões animadas sobre teologia.

Meio-Tom não sabia o significado de "teologia". Por que um bispo iria visitar um prisioneiro – a não ser que fosse para interrogá-lo? Uma terrível apreensão desceu sobre Meio-Tom como o capuz de um monge. Ouvira histórias, histórias horríveis sobre cavaletes, polias, gaiolas com espetos e ferros de marcar. Devia estar maluco por se meter naquilo. Mas tinha uma dívida com o homem. Pelo menos, o mestre iluminador estava sendo mantido acima do chão, e bem acima, a julgar pelo número de degraus que haviam subido.

O guarda voltou logo depois, fazendo um sinal com a cabeça para que Meio-

Tom entrasse no quarto no fim do corredor. Lá não havia grade de ferro e a porta de madeira estava aberta.

– É só bater na grade quando você quiser sair. Tem um guarda ao pé da escadaria.

Meio-Tom quase chorou de alívio quando espiou da soleira da porta. O quarto estava limpo, aquecido, mobiliado com uma cama e uma mesa de trabalho e inundado pela luz da tarde que entrava pela janela alta acima da mesa. Reconheceu Finn imediatamente, mais magro e mais curvado do que se lembrava. Mas era mesmo Finn, sentado à mesa de trabalho, pincel na mão, como se nem estivesse preso.

O anão puxou um pigarro. O mestre levantou a cabeça e abriu um largo sorriso.

– Meio-Tom! Meu velho amigo, entre! – Finn levantou-se, o corpo teso. – Ver você é um prazer para estes olhos cansados! Tem notícias de Blackingham? Entre, venha cá, sente-se na minha cadeira. Vou ficar de pé. – Arrastou a cadeira para mais perto da pequena lareira de carvão, contraindo o rosto ao fazê-lo.

– Foi Lady Kathryn quem mandou você aqui. Estou vendo pela libré.

Meio-Tom contorceu-se, embaraçado, depois deu uma risadinha encabulada.

– O uniforme é só uma artimanha. Tentei entrar aqui antes para vê-lo e não consegui, então peguei o uniforme *emprestado*. Com a ajuda de uma pessoa.

– Ah, eu pensei...

Seus olhos transpareceram imensa fadiga e desânimo, uma expressão de decepção tomou seu rosto.

– Mas vou voltar a Blackingham. Pediram um relatório completo.

Finn sorriu fracamente como para dizer que Meio-Tom estava apenas sendo amável.

– E minha filha? Ela está bem?

– Não ouvi nada de diferente. Exceto que tenho certeza de que sente falta do pai. – Instalou-se no chão, cuidadoso com sua nova libré. – Fique com a cadeira. Onde senta o bispo quando vem visitá-lo?

– O bispo traz sua própria cadeira.

– Está sentindo dor, Mestre Finn? Parece que o flanco o incomoda. – Meio-Tom estava pensando nos instrumentos de tortura que sua imaginação antes conjurara.

– Foi um pequeno presente de despedida de Sykes. Lembra-se do patife no Beggar's Daughter?

– Devo-lhe muito por causa daquilo.

– Deve-me apenas o que um amigo deve a outro. Mas tenho um plano e acho que você pode me ajudar.

– Uma fuga? Conte comigo.

– Não, caro amigo, nada de fuga. Não é possível. Mas, primeiro, deixe-me oferecer-lhe algo. O rapaz que me serve trouxe alimento suficiente para dois, vamos ver o que temos aqui.

Retirou o pano que cobria uma cesta colocada em cima da lareira. Um aroma saboroso de caldo de carne e legumes espalhou-se pelo aposento.

– Tem um criado para servi-lo?

A risada discreta de Finn soou amarga.

– Minha situação melhorou muito nas duas últimas semanas. Pelo jeito, sou um escravo valioso.

Meio-Tom passou os olhos pela mesa de trabalho: os potes de tinta, os pincéis e, encostado em um canto, o comprido painel de madeira no qual um fundo azul-celeste já fora pintado.

– Está pintando para o bispo?

– Henry Despenser quer um retábulo com cinco painéis para a catedral. Esse retábulo é o fio ao qual minha vida está presa. Pretendo estendê-lo ao máximo, até ficar fino como o fio de ouro da rede de cabelo de uma dama.

Meio-Tom sacudiu a cabeça, declinando o oferecimento do prato de comida que o mestre lhe fazia. Como saber se aquela não era a única refeição quente que Finn teria em uma semana?

– Venha, coma. Tenho tudo de que preciso. O bispo alimenta bem seus animais de estimação.

– Tem certeza?

– Tenho. Inúmeras vezes, atiro as sobras pela janela para alimentar os peixes no rio. Acho que ficam desapontados com as migalhas. Continuam esperando algo mais quente e mais vivo.

– O rio é fundo aqui. Se souber nadar, um homem pode sobreviver se pular nele – sugeriu Meio-Tom.

– Preciso pensar em minha filha – objetou Finn. – Não posso colocá-la em perigo. E é aqui que você entra.

– Faço o que quiser.

– Gostaria apenas que agisse como mensageiro entre minha filha e eu. Dar-lhe a garantia de que seu pai ainda está vivo. Tenho uma carta para você levar para ela. – Uma sombra, como quando se fecha uma janela, passou pelo rosto de Finn. – E uma para Lady Kathryn. Já estão escritas. Tinha esperança de encontrar um mensageiro em quem pudesse confiar.

Vasculhou na arca em que guardava uma variedade de tintas e pincéis e dali tirou dois rolos bem apertados de pergaminho. Meio-Tom pegou-os e, ao guardá-los dentro de sua elegante túnica cintada, ficou satisfeito ao encontrar uma pequena fenda no forro exatamente para esse fim.

– Serão entregues hoje mesmo.

Finn fechou os olhos por um instante. Os músculos de seu rosto relaxaram-se.

– Há mais uma coisa – disse.

– É só dizer.

– Os documentos de Wycliffe. Estou convencido da importância de uma tradução inglesa da Bíblia. Deus não é algo que o bispo e a cambada dele tenham o direito de manter para seu uso exclusivo. Veja se pode me conseguir uma cópia do Evangelho de São João de Wycliffe e traga-a para mim...

Meio-Tom deu um grande sorriso, enfiou a mão dentro de sua túnica azul e entregou a Finn um embrulho.

– Mestre Wycliffe deu-me isto quando entreguei a sua última remessa – explicou.

– Ótimo. Agora posso ocupar meus dias com algo de mais valor do que os caprichos do bispo. Mas não posso correr o risco de encontrarem as traduções comigo. Minha cela está sujeita a uma busca em qualquer ocasião. Portanto, sob o pretexto de trazer e levar mensagens a Blackingham, se você puder pegar o texto iluminado, só terá de fazer a viagem a Oxford uma vez. Vou fazer cópias simples que você pode dar a qualquer padre lollardo para que ele as divulgue.

– Div...

– Espalhe para uma porção de gente. Os padres distribuem essas cópias para que as pessoas possam ler as Escrituras por conta própria.

– O que aconteceria se o bispo o surpreendesse com uma visita e descobrisse tudo? – Meio-Tom teve uma visão repentina dos instrumentos de tortura.

– Os criados dele sempre o precedem. Mas preciso adverti-lo, meu amigo. Esse trabalho vai ser perigoso para quem quer que esteja envolvido com ele. O bispo está ansioso para acusar Wycliffe e seus seguidores de heresia. Wycliffe tem a proteção do duque; você, não.

– Sou esperto o bastante para me manter longe do caminho do bispo – Meio-Tom tranqüilizou-o.

– Sei que isso é verdade. Você entrou aqui, não foi?

– Foi. E vou voltar, prometo.

Levantou-se e ajeitou a túnica, dando um tapinha no peito para verificar se as cartas estavam mesmo dentro do forro da roupa.

Finn levantou-se também e estendeu a mão.

– Vou ficar à espera, meu bom amigo.

Um melro pousou na esquadria da janela, bicou um farelo e saiu voando. Meio-Tom observou Finn contemplando o pássaro e sentiu seu anseio de liberdade como se fosse dele próprio.

A carroça dos artistas itinerantes já saíra de Norwich e estava a caminho de Castle Acre quando Colin avistou o contorcionista, que vinha correndo atrás deles.

– Devagar, carroceiro – gritou alguém, e o homem musculoso estendeu um braço e puxou seu companheiro para dentro da carroça. Este se instalou em cima de uma pilha de cobertores e deu um tapinha no joelho de Colin dizendo-lhe que entregara a mensagem dele.

Havia um mês que Colin vinha tentando fazer chegar uma mensagem à sua mãe. Mas os artistas tinham encontrado um local que lhes agradou e resolveram demorar-se mais por lá. A programação deles era mais do que flexível.

– Bela casa a sua, rapaz. E generosa, também. Mas estava meio deserta. Tive de ir à cozinha para encontrar alguém. A velha cozinheira me deu isto.

Desdobrou um pano oleado e Colin reconheceu o cheiro familiar do pão macio de Agnes. Sua garganta se apertou de saudade. Deveria ter ido ele mesmo levar a mensagem ou, melhor ainda, deveria ter ido para casa, dito à mãe que mudara de idéia. Mas o fantasma de John veio tocar seu ombro. Fechou os olhos para afugentar a visão das órbitas negras e vazias do pastor, uma imagem que não o assombrava desde que se juntara à trupe.

– Havia mais alguém na cozinha?

– Só um anão já de saída e uma linda criadinha loura que vinha entrando. Simpática, também.

Glynis. Colin sentiu o rosto queimar na escuridão da carroça fechada. Pela maneira jovial e maliciosa como o rapaz falara, sabia o que significava "simpática". Colin beliscou a própria carne com força para afastar as tentações do demônio, aquela agitação conhecida e indesejada.

– Você deixou lá a minha carta?

A carroça sacolejava, seguia aos trancos pela estrada cheia de sulcos. Alguém perto dele derramou a cerveja e gritou, praguejando, para o carroceiro que tomasse mais cuidado.

– Deixei, rapaz, deixei sua carta. Neste exato momento, sua pobre mãe deve estar se debulhando em lágrimas por seu filhinho ter fugido com uma trupe de artistas. Mas não se aflija. Vamos tomar conta de você direitinho e entregá-lo aos monges, são e salvo, quando chegar a primavera.

– E com muito mais juízo – completou um outro.

O grupo de saltimbancos não parecia fazer caso do frio, e uma jarra de cerveja passou de mão em mão. Colin nunca tomara cerveja clara antes, só a escura, ou vinho com água. Não era de admirar que Alfred gostasse tanto dela. Tinha gosto amargo, mas aquecia o estômago e fazia seus companheiros ficarem alegres. Do fundo da carroça, alguém se pôs a tocar uma flauta de ponta. Um outro tomou as notas mais altas e doces e começou a cantar. Colin gostou da música. Assim como a cerveja, ajudava a suavizar a saudade de casa.

Não havia mais ninguém na cozinha além de Kathryn, que fora pedir a Agnes uma tisana para os tornozelos inchados de Rose. Ao verificar que nem a cozinheira nem a ajudante se encontravam lá, pôs-se ela mesma a prepará-la quando escutou a porta se abrir atrás de si. Virou-se, esperando ver Agnes. Um anão, resplandecente na libré vistosa e mal-ajambrada de Blackingham, fez-lhe uma profunda reverência. A borla de seu barrete pontudo roçou o chão.

– Trago uma missiva para Vossa Senhoria.

O anão tirou de dentro da túnica um fragmento enrolado de pergaminho.

Ela já vira o anão pelo menos uma ou duas vezes. Antes da prisão de Finn, ele viera trazer mensagens para o mestre iluminador. E não a surpreendeu vêlo envergando a libré de Blackingham. Agnes já lhe dera explicações sobre o uniforme que faltava. Kathryn não expressara verbalmente sua aprovação, mas ficou bastante satisfeita com o que ouviu. Fizera discretas perguntas ao xerife, e este lhe respondera com brusquidão que o prisioneiro ainda estava vivo, aguardando julgamento na Prisão do Castelo. Mas isso fora duas semanas atrás, uma eternidade.

O anão tossiu para lembrá-la de que ainda estava ali. Kathryn pegou o pergaminho da mão dele, mas não o abriu. Não ostentava nenhum lacre oficial. Um aviso de execução certamente teria um lacre. Seu corpo todo tremia. Firmou os quadris de encontro à mesa para se apoiar. O barrete pontudo do homenzinho dançava enquanto ele se movimentava, irrequieto, diante do fogo – uma labareda azul entre as amarelas. Por que não sossegava? Os dedos dela enlaçavam com força o pergaminho. Seria tão simples abri-lo. Ler o que continha. E no entanto ela não conseguia fazê-lo.

– Isto é... isto é para mim?

Para quem mais seria? A menos que se destinasse a Rose.

– Sim, milady. E tenho um outro para Lady Rose também. – Meteu a mão no bolso e tirou outro rolo.

Então, lá estava. A mensagem pela qual ansiava, a mensagem que tanto temia.

– Da Prisão do Castelo? – as palavras grudavam-se no fundo de sua garganta.

– Sim, milady. Do Mestre Finn em pessoa.

– Você o viu?

– Vi, minha senhora. Com meus próprios olhos.

– Ele está... ele está bem?

– Ele passou um mau pedaço essas semanas. Mas está vivo e mais bem instalado do que os prisioneiros comuns.

Kathryn deu-se conta de que prendera a respiração. Soltou-a de uma só vez e depois perguntou:

– Como está a aparência dele?

O anão fez uma pausa em sua movimentação, piscou para ela com olhos de coruja e respondeu:

– Está com a aparência de um homem que passou por um mau pedaço.

– Ele tem... marcas pelo corpo?

– Marcas?

– Cicatrizes, queimaduras? – indagou ela, a voz saindo-lhe em um sussurro rouco.

– Não, milady. Está com o tronco duro e sente dor quando anda, mas as costelas vão se curar. Só achei ele muito magro.

– Ele perguntou... ele perguntou pela filha?

– Sim, milady. A preocupação que sente por ela causa-lhe muito sofrimento. Ele solicitou que...

A porta se abriu, empurrada por uma lufada de ar frio, e Agnes irrompeu pela cozinha segurando na mão direita dois pombos sem as cabeças. O sangue pingava dos pescoços torcidos em uma tigela que ela trazia na mão esquerda. A copeirinha fechou a porta atrás das duas e sorriu ao ver o anão postado diante da lareira. Os dois trocaram olhares. Kathryn lembrou-se do papel que a moça representara surripiando o uniforme. Magda, era como ela se chamava. A moça fez-lhe uma graciosa reverência, a que Kathryn respondeu com uma leve inclinação da cabeça.

– Agnes, parece que Blackingham tem um novo lacaio a seu serviço. Providencie uma refeição para ele e mande dizer a Simpson que lhe dê alojamento para a noite. – Em seguida, virando-se para o anão, disse: – Se vai usar a minha libré, preciso ao menos saber seu nome.

– Sou conhecido como Meio-Tom.

– Muito bem, Meio-Tom, ficaria satisfeita se passasse a noite aqui. – Sopesou o pergaminho. Sua leveza não correspondia ao peso das palavras que continha. – A mensagem que trouxe pode exigir uma resposta. Vou examiná-la na privacidade de meus aposentos. – Estendeu a mão para pegar o outro pergaminho. – E vou entregar isto à filha do mestre iluminador.

Lembrou de repente o que a trouxera à cozinha.

– Agnes, a menina não está bem outra vez. Mande Magda subir com o chá de ervas assim que estiver pronto. – Virou-se de novo para Meio-Tom: – Segundo creio, poderá ter acesso ao mestre pintor outra vez? Para levar-lhe uma resposta amanhã?

– Sim, milady. Graças ao brasão de sua casa.

Quando Kathryn chegou a seu quarto, sentou-se na cama e agarrou-se ao cortinado para aquietar seus tremores. Os dois pergaminhos enrolados estavam a seu lado, em cima da colcha. O rolo atado com um cordão azul era o que o anão dissera ser o dela. O de Rose fora amarrado com um cordão escarlate. Ela não pegou nenhum dos dois. Suas mãos alisaram o brocado pesado de uma das cortinas da cama, presas às quatro colunas por faixas de seda. Em outros tempos, tempos mais felizes, as cortinas haviam sido fechadas para dar privacidade a seus ocupantes. Uma imensa tristeza invadiu-a ao recordar. "Nunca pensei que teria outra vez esta felicidade", dissera ele, sua respiração dentro do cabelo dela, seu corpo enlaçado ao dela. Aquela fora a primeira vez. Ela não suportava lembrar mais.

Com as mãos trêmulas, apanhou o pergaminho com o cordão azul, desenrolou-o e segurou-o sob a luz do tocheiro da parede, que já fora aceso por causa da penumbra do fim da tarde. O traço da pena, embora não tão seguro quanto ela se lembrava, era inegavelmente o dele: o impulso descendente nas linhas verticais, o movimento gracioso das maiúsculas. Ela acompanhou com um dedo o cabeçalho, levou-o por um breve momento aos lábios e então, sentindo-se uma tola – esperaria adivinhar-lhe o significado com os lábios? –, leu as palavras.

Prisão do Castelo

2.º Mês, Ano 1380 de Nosso Senhor

Minha senhora,

(Seria o seu nome tão odioso para ele que não conseguira sequer o escrever?)

Escrevo-lhe em terríveis condições, ferido pela traição de quem foi um dia objeto do mais ardente desejo de meu coração.

("Foi um dia", disse ele, "foi". Ela não queria ler mais, porém não conseguia tirar os olhos das palavras escritas.)

Ferido de morte pela adaga de palavras traiçoeiras, sou todavia forçado a suportar uma existência tornada detestável pelo abandono de toda e qualquer esperança. Não pretendo ofender os ouvidos de minha senhora com os tediosos pormenores dos sofrimentos a que fui submetido nas mãos de meus carcereiros. Visto que não houve nenhuma indagação ou intervenção, nenhum protesto oportuno de minha inocência por parte da senhora de Blackingham, posso apenas interpretar sua negligência como indiferença ao meu destino ou, pior, como a sua convicção de que sou culpado dos crimes acerca dos quais ela deu testemunho contra mim. Qualquer das alternativas é fonte de sofrimento maior do que o que o pior verdugo seria capaz de infligir. Resta-me somente uma razão para me agarrar a esta miserável existência. Não quero que minha filha se torne órfã. Assim sendo, eu imploro a você, Kathryn, em nome daquele amor que partilhamos um dia (neste ponto, as letras oscilavam; seria por causa das lágrimas dela ou teria sido a mão que as escrevera?), *que conceda abrigo e apoio à minha filha até a ocasião em que eu possa tomar outras providências com relação a ela. Não me encontro de todo destituído de recursos mesmo nas atuais circunstâncias e comprometo-me a recompensá-la pelo sustento dela.*

Peço apenas mais uma outra coisa e, sim, em meu desespero, até a suplico a você. Peço-lhe que forneça um acompanhante e um cavalo para que minha filha possa vir visitar-me. Preciso vê-la com meus próprios olhos e assegurar-lhe que seu pai não a abandonou.

Em seguida vinha apenas o nome dele como uma vergastada no papel. Nenhuma bênção, nenhuma palavra de afeto. Apenas *Finn o Iluminador*, assinado com tanta força que certamente quebrara o bico de sua pena.

Kathryn enrolou novamente o pergaminho, atou-o com o cordão azul e colocou-o junto do outro. Nenhum dos dois havia sido lacrado. Releu a carta. Como a magoava pensar que ele achava ter de pagar pelo sustento de Rose. "Você só pensa em lucro?" – ele perguntara na última vez em que haviam estado juntos, na vez em que deixara moedas de prata do lado da cama dela, na vez em que ela o mandara embora porque ele amara uma mulher que era judia. Alisou a colcha com mãos trêmulas. Agora, não o mandaria embora de sua cama nem que tivesse dormido com mil judias.

Pegou o outro rolo de pergaminho, tocou o cordão escarlate que o prendia. Rose estaria dormindo àquela altura. Os dedos inseguros desataram o cordão e seus olhos devoraram as expressões carinhosas que Finn dirigia à filha. Nenhum traço de desespero naquela carta – só palavras corajosas e doces para tranqüilizá-la, dizendo-lhe que tudo acabaria bem, pedindo-lhe para ir vê-lo enquanto ele não pudesse ir ao encontro dela. Falava da Espanha. *Gostaria de conhecer a Andaluzia?* Seriam aquelas somente palavras ternas de expectativa para estimular sua esperança e confortar a filha ou ele estaria planejando ir para longe, para longe de Blackingham, para longe de Kathryn?

A luz do tocheiro em cima da cama apagou-se. A claridade morrediça do sol poente mal penetrava no quarto imerso em sombras. Ela enrolou a carta de Rose dentro da sua e guardou-a dentro da arca da *garderobe*. A moça ficaria ainda mais angustiada se soubesse que o pai pedia para vê-la. Era uma menina obstinada, de gênio forte. Talvez até cismasse de fazer sozinha a viagem de três léguas até Norwich, o que com certeza a faria abortar. Ao mesmo tempo que isso seria uma bênção, Kathryn não podia deixar que nada acontecesse à filha de Finn, não enquanto estivesse aos seus cuidados. Sua consciência já estava pesada demais.

Kathryn deitou-se na cama, no quarto tomado pelo crepúsculo, tentando afastar a dor em sua cabeça. No dia seguinte diria a Rose que um mensageiro viera trazer notícias de seu pai, que ele estava bem, que lhe mandava lembranças afetuosas e que esperava estar com ela na primavera. Não faria menção à carta.

Fechou os olhos e deixou-se ficar no escuro até Glynis bater à porta – minutos? Horas? – mais tarde, trazendo-lhe a ceia.

A criada repôs outra vela de junco e sebo no tocheiro apagado e acendeu-a nos carvões em brasa da lareira.

– Também tenho uma mensagem para a senhora – disse ela, apanhando um pedaço de papel dobrado em seu bolso.

Kathryn sentou-se e empurrou o cabelo para trás, estranhando o toque das mechas oleosas nos dedos.

– Dê-me a mensagem. A comida, não.

– Foi trazida por um moço muito bem-apessoado. Disse que pertencia a uma trupe de atores de Colchester.

– Espero que Agnes os tenha mandado embora. Não queremos saber de pantomimas nem bufonarias.

Ela desdobrou o papel: estava manchado, rasgado e cheirava a suor.

– Mais alguma coisa, milady?

– Diga à cozinheira que avise ao anão mensageiro que ele pode partir de manhã cedo. Não tenho mensagem nenhuma para enviar por ele.

O que havia para dizer? Kathryn sabia que Finn não matara o padre, mas sabia também que, mesmo se achasse que ele era culpado, não o teria incriminado a não ser pelo medo do que poderia acontecer com Alfred. Nada havia mudado. Não queria ver os cachos ruivos do filho em cima do cepo do carrasco. Nem mesmo em nome da justiça. Além do mais, não havia provas suficientes para condenar Finn. "Mais bem instalado do que os prisioneiros comuns", fora o que dissera o anão. Finn já fizera amigos. Era inteligente. Iria sobreviver. Alfred talvez não o conseguisse, pois era o herdeiro presumível de uma propriedade cobiçada tanto pela Coroa quanto pela Igreja.

Se ao menos Alfred chegasse e declarasse sua inocência – mas Sir Guy despachara-o com um contingente de seus soldados e oficiais pertencentes à pequena burguesia rural para um treinamento militar, em preparativos para a sonhada guerra santa do bispo contra o papa francês.

– Se a luta começar de fato, posso chamá-lo de volta. – Guy de Fontaigne acenara-lhe com aquela promessa como se fosse uma fruta cobiçada, a fim de ser-lhe agradável. Ou de mostrar seu poder sobre ela. Nada vinha de graça quando se tratava do xerife. Ela não iria implorar favores a ele. Não ainda.

Glynis apanhou a bandeja e, antes de sair, perguntou:

– Devo voltar para fazer a sua toalete antes de dormir?

– Esta noite, não.

A moça não conseguiu reprimir um sorriso, notou Kathryn, invejando a energia com a qual ela se precipitou para fora do quarto, já fazendo planos, sem dúvida, de passar a noite livre nos braços de algum cavalariço de nariz sujo. Kathryn invejava-lhe também aquela expectativa.

Depois que Glynis saiu, Kathryn voltou a atenção para a carta que ela trouxera.

A letra de Colin! Leu avidamente tudo o que estava escrito e então, deixando a carta cair, apoiou a cabeça nas mãos. Mais uma coisa com que se preocupar.

Presumira que Colin se encontrasse a salvo junto com os beneditinos. Entretanto, parecia que até aquele pequeno consolo lhe seria negado. Seu filho mais novo estava saracoteando pela paisagem de inverno com um bando de saltimbancos libertinos – uma ovelha brincando entre os lobos – enquanto a semente que ele plantara no ventre de Rose crescia e transformava-se no seu filho. Pelo menos estava protegido de danos físicos, embora só Deus soubesse o que seria feito de sua alma imortal em companhia de gente assim.

Um carvão deslocou-se em meio às brasas que ardiam devagar e emitiu uma espécie de suspiro no ar frio. Ela virou o rosto para a parede e entregou-se à dor em sua cabeça. Era o que merecia.

Vinte

A mãe pode às vezes aceitar que seu filho caia, ou que passe por aflições diversas para o próprio bem dele... E embora seja possível a mãe terrena aceitar que seu filho pereça, nossa celestial Mãe Jesus jamais aceita que nós, seus filhos, pereçamos.
— JULIAN DE NORWICH, *REVELAÇÕES DIVINAS*

Passaram-se semanas até Kathryn reunir coragem suficiente para fazer a viagem de três léguas até a Prisão do Castelo. Ficara acordada todas as noites revirando os desvãos de sua mente em busca de palavras para dar explicações. Sem resultado. Mas devia a Finn no mínimo a garantia de que tomaria conta de Rose e uma justificativa por sua filha não ter ido vê-lo. Qual seria essa justificativa, ela não tinha certeza. Mas, se ao menos conseguisse vê-lo, se ele pudesse olhar dentro dos olhos dela, talvez lesse no fundo o amor que ainda sentia por ele. Talvez não. No entanto, depois de tentar, talvez ela conseguisse dormir outra vez.

Duas vezes prendera o cabelo em sua rede dourada, colocara o manto orlado de pele e montara em seu palafrém. Duas vezes fizera o trajeto até Aylsham. Duas vezes retornara, seguida por seu cavalariço a uma distância respeitosa.

Mas aquele dia amanhecera claro e cristalino como o gelo que até o mês de março cobriria o açude do moinho d'água. Não havia no horizonte nenhuma ameaça de nuvens de inverno. Sua égua poderia andar com facilidade entre os sulcos congelados da estrada. Não necessitavam da atenção da dona da casa na fabricação da cerveja, nem na cozinha, na despensa ou na adega, e na véspera acertara as contas dos rendeiros com Simpson. Sua sacola de desculpas estava vazia.

Quando chegou à encruzilhada de Aylsham, esporeou o cavalo e guiou-o na direção de Norwich. Seu manto espalhava-se como uma cauda de um vestido e cobria o flanco do cavalo. A orla de pele de seu capuz ondulava ao vento, mas recebeu com prazer o frio cortante que lhe ardia nos olhos até as lágrimas.

O cavalariço freara seu cavalo no cruzamento de Aylsham e esperara. Quando sua senhora não fez meia-volta, ele suspirou e, apertando ao corpo o gibão de couro, fez sua montaria galopar.

Finn postara-se à janela alta e olhava para fora, descansando os olhos de seu trabalho de minúcias. Deveria estar trabalhando no painel do bispo, e não no texto de Wycliffe, porque o dia seguinte era uma sexta-feira. O bispo sempre vinha às sextas-feiras. Na verdade, Finn de certa forma ansiava por essas inspeções. Para um homem solitário, até o demônio acaba sendo uma companhia bem-vinda. A única criatura que vira além do bispo, com exceção de seus carcereiros e do pobre imbecil que o servia, fora Meio-Tom. Encontrara o anão mais duas vezes depois da primeira visita: quando ele voltara de Blackingham sem trazer resposta às mensagens e quando viera buscar o texto pronto de Wycliffe.

Lá embaixo, as curvas do rio sinuoso e raso sucediam-se, achatadas e congeladas, como uma estrada manchada de branco e azul na paisagem varrida pelo inverno, uma estrada que ele não podia percorrer a galope, da mesma forma que um pássaro não cavalga uma nuvem. Mal divisava a extremidade da ponte que cruzava o rio e entrava na prisão. Na ponte vazia, apenas um cavaleiro solitário, uma mulher, seguida de perto por um palafreneiro. Pegadas frescas na neve marcavam o progresso deles. Seus olhos de pintor notaram o vivo contraste do azul e prata do uniforme do lacaio com o fundo branco. Azul e prata. A libré de Blackingham! Rose! Afinal! Chegou-se para a extremidade direita da janela a fim de ver uma parte maior da ponte, mas a mulher já saíra do alcance de sua vista.

Saiu apressado do quarto, desceu a escada curva até a grade que lhe ficava ao pé. Acalme-se, disse a si mesmo. Existem muitas casas com libré azul e o reflexo prateado pode ter sido um efeito de luz. Bateu nas barras de ferro com sua caneca de estanho.

– Mandem meu lacaio – gritou para a sala da guarda. – Meu quarto está frio. Minha filha está chegando. Preciso de carvões acesos e um pouco de sidra quente. Duas taças.

O guarda do dia saiu abotoando os calções e resmungando.

– Calma aí em cima. A gente nem pode mijar sossegado. O que é que há? Tá pensando que isso aqui é uma estalagem?

Finn não se deteve para escutar os resmungos do outro e gritou por cima do ombro:

– O nome dela é Rose. Diga ao chefe da guarda que tenho permissão do bispo para vê-la.

Ela chegaria a qualquer minuto e estaria faminta. Era uma longa cavalgada. O rapaz que o servia só traria seu jantar daí a três horas pelo menos, e ela teria de partir antes disso.

Atiçou as brasas que já quase nem reluziam mais na lareira, depois arranjou alguns biscoitos da ceia da noite anterior e um pouco de frutas secas. Salpicou nos biscoitos dormidos umas gotas de água e uns poucos e preciosos grãos de açúcar de cana, embrulhou-os em um pergaminho, depois os colocou em cima da lareira para esquentar. Arrumou as frutas secas em um prato e pousou-o em cima da pequenina mesa que ficava em frente à lareira. Sentou-se para esperar, deu um salto para ir procurar seu pente e passou-o depressa no cabelo e na barba. Teria alguma camisa limpa para vestir?

– Vim visitar o prisioneiro Finn – disse Kathryn, com toda a autoridade que conseguiu demonstrar. – Sou Lady Blackingham.

Entregando as rédeas a seu cavalariço, desmontou em frente à torre de menagem do castelo. O guarda enfiou a cabeça para o interior da torre, murmurou umas palavras que ela não conseguiu ouvir. Apareceu um homem usando uma espada curta presa à cintura. Parecia surpreso, até um tanto perturbado. Curvou-se ligeiramente.

– Senhora, não a esperávamos.

– Ora, é claro que não me esperavam. Finn, o mestre de iluminuras, encontra-se aqui ou não?

– Bem, sim, mas...

– É permitido fazer visitas, não é?

– Sim, às vezes permitimos visitas, até femininas. – Lançou ao guarda um duro olhar de advertência ao escutar uma risadinha abafada. – Mas é um tanto incomum uma dama...

– O xerife era amigo de meu marido, o falecido Lorde Blackingham. Garantiram-me que eu poderia visitar o prisioneiro. – O que não era propriamente uma mentira.

– Vou ter de verificar. Talvez, se a senhora pudesse voltar...

– Não vê que estou quase congelando? Isto não é nenhum passeio vespertino para caçar! Sir Guy não vai gostar de saber que você causou transtornos à viúva de seu amigo.

– Vou levá-la até ele – capitulou o chefe da guarda, com um suspiro cansado.

Apanhou um grande molhe de chaves, conduziu-a através do pátio e deteve-se ao pé de uma escadaria em curva acentuada onde havia um outro guarda preguiçosamente recostado dentro de uma pequena antecâmara. A porta ao pé da escada era semelhante a uma rede de barras de ferro. Quando o homem a destrancou e abriu, produziu no chão de pedra um ruído rascante que fez Kathryn sobressaltar-se.

– A porta no alto está destrancada? – o oficial perguntou ao guarda.

– Está. “Sua Alteza” acabou de bater na grade aqui embaixo.

O oficial fez sinal para Kathryn passar à sua frente.

– Por favor – disse ela –, prefiro ver Mestre Finn sozinha.

Ela sorriu, tocando-lhe a manga da roupa, mas nunca soubera fazer-se de coquete. Ele hesitou. Ela enfiou a mão na pequena bolsa de trama de veludo que trazia presa à cintura e tirou uma moeda de prata, que pôs discretamente na mão dele. Tinha a garganta seca quando disse:

– Tenho certeza de que estarei em segurança. Desejo conversar com Mestre Finn sobre assuntos particulares.

O oficial deu de ombros e fez um gesto indicando-lhe que subisse.

– É uma subida e tanto. Quando terminar, a senhora pode descer e bater na grade. – Já ia se afastando quando se virou, fazendo-a recear que tivesse mudado de idéia. – Se fizer o favor de parar na casa da guarda ao sair, tenho algo que acredito ser de seu interesse.

Cumprimentou-a com uma reverência superficial e então ela ouviu a chave girar na fechadura atrás de si. Sua cabeça estava tão aturdida com a expectativa do encontro que nem se deteve para refletir sobre o que o oficial poderia querer.

Finn estava atiçando o fogo, tentando reavivá-lo com uma pena – não lhe permitiam ter nada que fosse pontiagudo ou pesado –, quando escutou passos leves atrás de si. Deixou a pena cair no fogo – ela rebentou em uma linha de vivas labaredas. Ao virar-se, deu com a figura envolta em manto e capuz parada à porta, apenas uma silhueta delineada contra a luz. Precipitou-se para ela e abraçou-a.

– Minha doce querida – disse. – Enfim! Se soubesse o quanto seu pai... – sentiu-a enrijecer o corpo, recuou, segurou-a com os braços estendidos, rindo. – Perdoe-me se quase a sufoquei, mas...

Ela empurrou para trás o capuz forrado de pele, que emoldurou seu rosto.

– Kathryn!

Não era Rose, afinal. Ficou desapontado primeiro, depois exultante, mas não deixaria de modo algum transparecer a alegria que sentira ao vê-la. Atiraria aquilo também dentro do poço negro de seu coração, onde se afogaria na traição dela. Como lhe parecia linda, mesmo então, de pé ali, altiva como sempre, as costas eretas como as de uma rainha, a pele rosada e os olhos cintilando por causa do frio. Odiava a si mesmo por perceber.

– Pensei que fosse Rose – disse, e sua voz soou monótona, como palavras soltas no ar parado.

– Foi o que imaginei, pelo calor de seu abraço.

– Onde está Rose? Por que não veio com você? – perguntou ele, o medo à espreita. Lembrou que precisava respirar. – Ela está doente?

– Não se preocupe, Finn, Rose está bem. Estou tomando conta dela. Posso entrar?

– A senhora de Blackingham, de tão nobre estirpe, tem coragem de entrar na cela de um ladrão e assassino? Deixou as jóias em casa, espero. Não teme que eu possa esmagar seu crânio como fiz com o daquele padre?

Ela permaneceu rígida como uma estátua, olhando para ele com intolerável tristeza no rosto, o lábio superior preso entre os dentes com tanta força que ele achou que veria brotarem gotas de sangue daquela boca que, mesmo assim, queria beijar. Como deveria ser pervertida a sua natureza para ainda achá-la atraente.

– Sei que não é ladrão nem assassino – disse ela. – Sei que é um bom homem.

O rosto dela estava magro e havia sombras escuras sob seus olhos.

– Diga isso a seu amigo, o xerife – replicou ele, dando-lhe as costas, sentindo-se vazio. Com Kathryn fora de seu campo de visão, o ódio e o desejo esvaíam-se.

– Permite que eu entre? – As palavras foram pronunciadas em voz baixa, como um sopro.

– Toda a permissão que pode conceder um homem condenado.

Ele recuou e ela atravessou a soleira da porta, mas parou abruptamente, a cor fugindo-lhe do rosto.

– O que quer dizer com "condenado"?

– Condenado a isto. – E acenou com os dois braços para indicar o aposento.

Ela correu os olhos ao redor, demorando-se no catre, na mesa de trabalho.

– Imaginei que fosse pior – declarou.

– Era pior – retrucou ele. – Mas fiz um trato de covarde com o bispo. Tornei-me escravo dele. – Sua mão descreveu no ar acima da mesa de trabalho um movimento desdenhoso que pairou acima do painel parcialmente pintado, encostado na parede sob a janela. – Em troca desta bugiganga para decorar seu altar, ele permite que eu viva a pálida imitação de uma vida.

Ela tocou a pintura com reverência.

– Não é nenhuma *bugiganga*. É uma beleza – disse ela. – Como todo o seu trabalho.

Estranho como eram gratificantes aquelas palavras, como era importante para ele a boa opinião dela. Ele deu de ombros.

– Mantém a corda da forca longe do meu pescoço.

Ela estremeceu ao escutar a palavra "forca", e isso também foi gratificante.

– Lamento que ache o meu quarto frio. Costuma ser. – Patife, pensou consigo. Tentando fazê-la ter mais pena de você. – Minhas maneiras parecem estar tão precárias quanto as minhas circunstâncias. Por favor, minha senhora, sente-se. – E indicou-lhe a cadeira solitária. – É grosseiro de minha parte ficar de pé diante de sua sublime presença, mas temos somente uma cadeira.

– Finn, por favor, pare com isso.

Ele desviou o olhar, contemplando pela janela a nesga de céu frágil com o pálido sol de inverno.

Quando olhou para ela outra vez, foi como se visse a personagem de uma pintura. Poderia pintá-la assim, sentada meio na sombra, a luz do fogo fazendo brilhar o azul de sua túnica, a cabeça curvada, as mãos dobradas no colo, os olhos baixos, tão imóvel e branca como se fosse de alabastro. Esperando. Uma mulher cujo coração era um mistério. Com uma criança no colo, tornava-se a Madona, imaginou ele. Melhor ainda, devia pintá-la segurando a cabeça ensangüentada de um Cristo ferido.

– Por que, Kathryn? Quero apenas saber: por quê?

Ela levantou a cabeça, mas não respondeu.

– Seria porque você detestou o fato de termos estado juntos, detestou ter ido para a cama com um homem que antes amou uma judia?

– Você sabe por que, Finn. Eu tive de escolher.

– E escolheu mentir.

Ela fechou os olhos, respirou fundo, depois abriu-os, mas não olhou para ele.

– Quem estava com as pérolas matou o padre.

– Então, quando minha filha disse que Alfred colocou as pérolas em meu quarto, você presumiu que era ele o culpado e sacrificou-me.

– Daria minha própria vida, daria a vida para salvar você, não sabe disso? Mas... – ela contemplou o fogo como se fosse encontrar alguma resposta escrita nos carvões em brasa. – Se você tivesse de escolher entre mim e Rose, Finn, quem escolheria?

Ele fizera a mesma pergunta a si mesmo inúmeras vezes durante as últimas semanas.

– Eu não teria deixado que a levassem com tanta facilidade, Kathryn. Teria tentado encontrar uma forma de salvar tanto você quanto Rose. Não teria desistido de você tão facilmente.

– Facilmente. Acha que o que fiz foi fácil? Estou tentando... Você não compreende. O xerife...

Ele a interrompeu com uma espécie de grunhido de repulsa e completou:

– Seu amigo, o xerife.

– Amigo, inimigo, o relacionamento entre nós pouco importa. É ele quem tem todas as cartas na mão. Preciso tratá-lo com amabilidade. Não é só com você que ele me ameaça, é com Alfred também. Não vejo meu filho desde que ele foi ser escudeiro do xerife. Se ao menos conseguisse falar com ele, ter certeza de que se encontra em segurança, então talvez pudesse encaminhar uma petição ao bispo para...

– Um perdão? Não se iluda. Despenser pretende manter-me aqui até se cansar deste jogo, seja ele qual for, e Sir Guy de Fontaigne jamais levantaria um dedo sequer para obter a minha liberdade. Desconfie das promessas dele, Kathryn. Não lhe dê mais poder sobre você. Não faça um pacto com o diabo por minha causa.

Ela apontou a mesa com o prato de biscoitos, com as duas taças de sidra fumegante. Aqueceu as mãos em uma delas, mas não a apanhou.

– Você estava esperando Rose.

O sorriso dela, triste, com os lábios apertados, tocou-lhe o coração. Esforçou-se para ficar insensível, para não ceder ao seu rosto suplicante. Não disse que estava contente por vê-la. Nem mesmo lhe ofereceu a bebida.

– Venho esperando por Rose todos os dias desde que escrevi para ela. Entregou-lhe a minha carta?

– Transmiti-lhe a sua mensagem.

Ou ela estava mentindo ou havia algo de muito errado acontecendo. Rose teria insistido em vir, ele sabia que sim.

– Você disse que ela não está doente. Ainda se encontra com você? Não a mandou embora. – O pânico crescia dentro dele. – Já lhe disse, Kathryn, vou pagar...

– Não quero seu dinheiro, Finn. É isso o que pensa de mim? Que eu mandaria embora uma menina indefesa?

Ele riu do tom magoado na voz dela.

– Você se livrou bem rápido do seu amante rejeitado. E de modo bastante engenhoso. Seria difícil acreditar que se dispusesse a sustentar a filha judia dele que ficou sem nenhum dinheiro.

– Rose ficará comigo mesmo que você seja enforcado, ou libertado, ou morra de velhice em sua cama, o que vier primeiro.

Ótimo, ela estava zangada. A irritação dela não o abalaria, como acontecera com a tristeza. A veemência da reação dela o tranqüilizou.

– Você não tem o direito de achar que eu mandaria sua filha embora. Tem noção de como isso me magoa?

Ele tinha.

Kathryn levantou-se e pôs-se a andar de um lado para outro, o manto rodopiando em torno de seus pés. Pontuava as palavras com os punhos cerrados. Finn olhou para o chão, para os pés dela andando na sua frente. Estava usando as botinas com as fivelas prateadas, as que comprara para ela.

– Vou tratá-la como se fosse minha própria filha, Finn, eu juro. Não vai lhe faltar nada. Será vestida, alimentada e cuidada como se fosse uma filha de Blackingham, tanto Rose quanto a criança, juro pela Virgem Santíssima.

Que criança? De que ela estava falando? Sentou-se pesadamente na cadeira. Ainda estava quente do calor do corpo dela. Ela parara de andar e a orla de seu manto aproximara-se perigosamente da grade da lareira. Ele se inclinou e afastou-a para evitar o risco de uma fagulha queimar o tecido.

Ergueu a cabeça para ela, que parecia mais alta ainda vista de baixo.

– Criança?

– Não pretendia falar assim de modo tão abrupto, mas queria que soubesse que pode confiar em mim. Sei que deveria ter contado antes a você, mas a situação entre nós estava tão tensa... e então o xerife chegou... – Cobriu a boca com os dedos enluvados como se quisesse reprimir as palavras. O olhos ficaram vermelhos. Arquejou de leve uma vez, depois outra.

Estava chorando! Nunca a vira chorar antes e viu-se despreparado para o estranho efeito que aquilo produziu nele. Queria beijá-la, queria gritar-lhe que parasse. Que direito tinha de chorar? Pôs-se de pé em um salto e agarrou seu punho, obrigando-a a ficar imóvel. A olhar para ele. A mulher encolheu-se de dor, mas não se queixou. Ele afrouxou um pouco o aperto da mão.

– De que criança está falando, Kathryn?

Ela retirou a mão da boca como se descerrasse os lábios. A voz saiu rouca por causa das lágrimas contidas.

– Rose está esperando uma criança. Vai dar à luz em maio.

Os pensamentos dele dispersaram-se como pássaros ao som de badaladas de um sino. Largou o punho dela, esfregou o rosto com as mãos. Rose. Sua Rose. Ela própria pouco mais do que uma criança.

– Ela e Colin eram amantes.

– Colin?

– Você foi tão cego quanto eu. Foi culpa nossa tanto quanto deles. Nós os deixamos tempo demais sozinhos enquanto nós...

– Não precisa me lembrar, Kathryn. Lembro muito bem o que fizemos.

Fez-se um silêncio profundo como um oceano entre eles.

– Você fala como se lamentasse – protestou ela.

– A semente é ruim, Kathryn, se dá frutos amargos.

As lágrimas brilharam nos olhos dela.

– Não renego um só momento. Não trocaria nenhuma dessas sementes *ruins* pelas flores mais puras do paraíso.

– Meu neto não será um bastardo. Seu filho terá de se casar com minha filha.

Ela abriu a boca para falar. Ele ergueu a mão para impedi-la.

– Não diga que eles não podem se casar porque ela é judia. Não diga isso, Kathryn. Se eu escutar essas palavras vindas dos seus lábios, vou considerá-la uma mentirosa e uma hipócrita cujo coração não é capaz de amar. Não diga que o rei não vai permitir. O rei não conhece minha verdadeira identidade. Ninguém conhece, só você.

– Eles não podem se casar – disse ela, a voz inexpressiva.

Sentiu vontade de bater nela. Agarrou seu próprio pulso direito com a mão esquerda para se conter.

Ela encolheu os ombros em um movimento de defesa, como se lesse o pensamento dele.

– Não podem se casar porque Colin fugiu. Não sei para onde ele foi.

– Quando?

– Na mesma noite em que você foi preso.

– Mande o seu xerife procurá-lo, mande trazê-lo de volta. Para obrigá-lo a enfrentar sua responsabilidade.

– Colin nada sabe sobre a criança. É provável que tenha ido embora para se afastar de Rose. A tentação do pecado...

– Está dizendo que minha filha, que era virgem quando foi colocada sob a *proteção* de sua casa, seduziu seu filho?

– Não. Quero dizer apenas que... Finn, você conhece o poder da tentação.

Havia uma súplica nos olhos dela. Ele deu-lhe as costas.

Kathryn estendeu a mão e tocou-lhe o ombro direito. A voz não passou de um sussurro, mas ele compreendeu cada palavra.

– Prometo-lhe, pelo sangue do Salvador, que vou tomar conta de sua filha. E providenciarei para que o filho dela também receba todos os cuidados.

Ele inspirou de modo brusco, procurando controlar-se. Suas costelas doíam-lhe, ainda não de todo curadas. O único som que escutava era o latejar do sangue em sua cabeça.

– Tenho de partir – disse Kathryn. – A estrada é perigosa depois que escurece.

Não confiando no que poderia dizer, ficou calado. Quando se virou, ela já se fora.

A única indicação de que estivera ali era o fugaz perfume de lavanda e o peso dos fatos que trouxera ao seu conhecimento. Escutou o eco dos passos dela descendo as escadas ir diminuindo aos poucos. Apanhou a caneca de estanho e atirou-a na parede. A sidra espalhou-se na pedra e depois escorreu para o chão em gotas escuras e pegajosas.

Kathryn chamou o guarda para abrir a porta. Seu lacaio, que se aquecia em uma fogueira acesa no pátio, soltou as rédeas do cavalo e aproximou-se puxando-o.

– Minha senhora, só um momento, por favor. Tenho algo aqui que pode ser de seu interesse.

O chefe da guarda. Esquecera o pedido dele. O que mais queria naquele momento era montar em seu cavalo e sair dali, deixar aquele lugar desgraçado para trás, deixar o vento secar suas lágrimas, o ar gelado esfriar sua pele, até não sentir mais aquela dor no peito. Mas não havia outro jeito, o homem postara-se diante dela, esperando. Ele já lhe fizera um favor e Kathryn sabia que logo precisaria de outro.

– Seja rápido, por favor – pediu. – Temos uma longa viagem pela frente até Blackingham. – E seguiu-o até a torre de menagem.

Ele abriu o cadeado de uma arca colocada no centro da torre redonda da guarda e de lá retirou um objeto comprido enrolado em um pano.

– Achei que a senhora poderia querer isto aqui de volta. Pertencia ao prisioneiro. É claro, não pode ser devolvido a ele.

Desembrulhou uma fina adaga com o punho delicadamente cinzelado em um motivo de cordões entrelaçados. A adaga de Finn. Estavam juntos – amantes recentes – no jardim quando vira aquela adaga de prata pela primeira vez. Enredara um dos pés na hera e tropeçara; ele cortara a trepadeira agressora e trançara uma guirlanda com ela. "Uma guirlanda de verdes folhas para os cabelos de minha dama", dissera, rindo, e beijara-lhe a ponta do nariz ao colocá-la em sua cabeça.

– Quanto quer?

– Três soberanos de ouro? – O homem avaliou-a com o olhar. Ele teria negociado, mas ela estava com pressa demais.

– Parece um preço justo, mas trago apenas xelins comigo. – Ele poderia estar mancomunado com ladrões de estrada. – Mas, se aceitar, podemos fazer um acordo.

– Claro, minha senhora. Quer que a guarde para si?

– Gostaria de levá-la comigo. Fazemos uma troca? – E tirou um anel pequeno de seu dedo mínimo. – Vale pelo menos três soberanos.

O guarda pegou o anel, segurou-o contra a luz, mordeu o ouro macio.

– Negócio fechado – disse ele, embrulhando outra vez a adaga.

Kathryn sacudiu a cabeça.

– Não preciso do pano.

Apanhou-a da mão dele e amarrou-a à cinta, ao lado do rosário. E, no caminho de volta para casa, cada vez que o cavalo pisava em um trecho irregular da estrada, sentia o punho da adaga enterrar-se em sua cintura.

Vinte e Um

Artigo: Que nenhum... trovador, menestrel ou itinerante seja acolhido... que eles, por suas adivinhações, mentiras e exortações, são em parte causadores de insurreições e rebeliões.
– DECLARAÇÃO DO PARLAMENTO, 1402

Colin estava sentado na extremidade da carroça da trupe olhando através de uma cortina de chuva para a praça do mercado vazia. O pesado toldo fora puxado para trás e ele olhava para fora, as pernas dobradas sob o corpo, uma já ficando dormente. Esforçava-se para ignorar os grunhidos e gemidos dos amantes que vinham do fundo da carroça.

A chuva espantara a platéia da Encenação do Ciclo da Páscoa apresentada pela confraria dos comerciantes de tecidos de Bury Saint Edmunds. A multidão não se dispusera a permanecer de pé na chuva para assistir à Ressurreição e fora para casa avivar o fogo das lareiras úmidas. Os membros da guilda haviam coberto as carroças que usavam como palcos dos espetáculos e saíram de cena. Agora, não restava mais ninguém para aplaudir – ou recompensar – as momices e canções da companhia de menestréis, que planejara animar o povaréu depois que este se curvasse ao Cristo ressuscitado. Só um dos padres pobres que seguia as pessoas brandindo folhetos contra os abusos do clero ainda não se fora. Parecia não se dar conta de que todos os seus ouvintes tinham se retirado.

Os artistas itinerantes não se importaram que seus planos para aquele local tivessem fracassado. Haviam se apresentado em um banquete de casamento em Mildenhall no mês de março e o senhor do lugar contratara-os para mais duas semanas de entretenimentos. Foram bem aproveitados e bem recompensados. Até Colin estava cansado de cantar.

Em meio a risadas, dois de seus companheiros tinham se dirigido à taberna mais próxima em busca de outras "águas" para "afogar as mágoas". O terceiro encontrara distração nos braços de uma leiteira, que, com seu pandeiro, se juntara ao grupo em Mildenhall. A moça alegou que haviam sido as letras rebeldes das canções deles que a tinham animado a fugir. A julgar pela maneira como a carroça balançava, porém, Colin desconfiava que tinha mais a ver com o belo penacho de Jack-do-Chapéu-Emplumado – ou com outra coisa bela que ele possuísse.

Arrependeu-se de não ter ido para a taberna com os outros, apesar de que lá também teria se sentido um intruso. Mudou o peso do corpo para diminuir a pressão na perna dormente e procurou não escutar os sons lascivos da atividade amorosa vindos do fundo da carroça – mesmo sem ninguém por perto para ver, sentiu-se corar. Ansiava por Rose, incapaz de apagar a imagem dela de sua cabeça. Só pensar na moça era como ter um dos cães do inferno em seu encalço abocanhando-lhe os calcanhares. Quanto mais se arrependia de seu pecado, mais ansiava por aquela com quem o cometera. Estava rodeado de poças de angústia.

Já chegara à conclusão que a trupe jamais conseguiria estar em Cromer pelo verão. Cromer ficava ao norte de Norwich; Bury Saint Edmunds ficava ao sul, na direção oposta. E as estradas estavam inundadas. Não que isso fizesse alguma diferença àquela altura. Sua temporada com os atores tornava-o a cada dia menos apto a viver na companhia de monges. E já achava o plano todo muito menos atraente. Tudo o que realmente queria era ir para casa.

Seria possível que se tivesse enganado sobre a casa da lã? Como poderia ter tanta certeza de que ele e Rose haviam causado o incêndio só porque tinham estado juntos lá? Talvez o pecado fosse de John, talvez tivesse sido ele próprio a provocar tudo aquilo. Colin vira-o bêbado vezes sem conta. John poderia ter-se embriagado e derrubado uma lamparina. Mas uma coisa era inegável: Rose antes era virgem e deixara de ser. E era culpa dele, não dela. Portanto, cabia a ele corrigir o erro.

Nem com o barulho da chuva forte ele conseguia ignorar os gemidos e gritos agudos atrás de si. Se o fogo fosse mesmo o castigo da luxúria, então aquela carroça já teria sido há muito consumida por um enorme incêndio. Olhava para um mar de lama, observava os borrifos que saltavam à medida que a água da chuva descia do teto da carroça. O padre louco – era como Colin em seu íntimo chamava John Ball– estava plantado no meio da chuva, os braços erguidos para o céu, água escorrendo-lhe pelo rosto, aparentemente alheio ao fato de não haver ninguém ali para ouvi-lo.

– Fujam da ira que virá e destruirá o mundo, como no tempo de Noé. Deus dará as costas à corrompida meretriz da Babilônia.

Colin via-o com freqüência, era só um dos padres lollardos – embora fosse mais fanático do que a maioria – que acorriam para espalhar sua doutrina inortodoxa onde quer que houvesse uma multidão. Enquanto a maioria deles permanecia sem identidade, John Ball era memorável tanto por seu ardor como por sua aparência. Era um homem troncudo vestido com um hábito pobre de monge, muito dado a gestos grotescos e retórica inflamada ao vociferar igualmente contra a Igreja e a nobreza pela ganância e pela exploração dos pobres. Desdenhava a Ordem Divina das classes e pregava idéias radicais de igualdade, que não mais pareciam a Colin tão radicais quanto antes.

As mesmas idéias radicais que John Ball pregava estavam nas canções dos outros menestréis, minúsculas sementes em forma de palavras que também o levavam a questionar a Ordem Divina. Por que haveria Deus de estabelecer que uns poucos bebessem do bom vinho em taças de prata e usassem ricas peles enquanto outros se enrolavam em peles mal curtidas e bebiam água suja de vasilhas de madeira? Teria Deus de fato decidido quem deveria servir e quem deveria ser servido? Ou a Ordem Divina não passava de um grande estratagema inventado por reis e bispos para manter os pobres em seus lugares? A Igreja chamava de heresia afirmar que Deus criara todos os homens iguais, ou que todos deveriam receber um pagamento por seu trabalho.

O padre louco elevou a voz em uma cadência moralizante:

Quando Adão cavava e Eva tecia,
Quem era fidalgo então?

Palavras familiares, palavras de igualdade. Palavras radicais que diziam que ricos e pobres, nobres e servos provinham da mesma fonte. Colin escutara essas mesmas palavras serem cantadas nos tablados dos grandes senhores, inúmeras vezes. O senhor e seus convidados sempre aplaudiam, balançando a cabeça em sinal de aprovação, como se a crítica não fosse dirigida a eles, mas a uma outra nobreza, de uma outra Inglaterra. Agora, entretanto, na boca de John Ball, cujos olhos brilhavam febris como os de um profeta enlouquecido, as palavras pareciam mais perigosas. Colin gostaria de ficar o mais longe possível do homem, mas Ball encontrava-se a menos de dez metros da carroça. Em busca de uma platéia. Fugir da ira que estava por vir, pois sim! Para onde?

Para o fundo da carroça é que não seria. Encolheu-se nas sombras, mas o movimento só serviu para chamar a atenção do padre. John Ball calou-se no meio da frase, os braços estendidos caíram-lhe dos lados do corpo, depois ele os cruzou, fazendo-os desaparecer dentro das mangas volumosas de seu hábito de monge.

Colin tentou desviar os olhos do padre, que olhava fixo para ele. Cada vez que ele virava o rosto, porém, o outro voltava a encará-lo como se puxado por uma corrente invisível. As mechas do cabelo grisalho do padre colavam-se como tiras compridas em torno de seu pescoço e sua face. A água corria de seus olhos e pingava-lhe do nariz como lágrimas. Colin sentia a força de seu olhar penetrar na carroça, atraindo-o.

O padre caminhou na sua direção, determinado. Era tarde demais para baixar a aba de lona. Seria como bater a porta na cara do homem.

– *Quando Adão cavava e Eva tecia, quem era fidalgo então?* Seria bom, rapaz, considerar essas palavras.

– Já as ouvi antes. – Seria sua imaginação ou havia cessado o movimento que fazia a carroça ranger? Tarde demais para bater em retirada, porém; já entabulara uma conversa com o infame John Ball. – Eu mesmo já cantei essas palavras, acompanhado de meu alaúde. – Mentira. Nunca o fizera. Seu repertório consistia apenas em canções de amor. Mas seus companheiros tinham cantado, o que já era alguma coisa.

– Ah, mas você as cantou com a sua alma? As palavras incendiaram seu coração? – E bateu no peito. – Você vê o camponês faminto em seu casebre de barro quando as canta? Sente o fedor do pus que corre das feridas abertas nos pés envoltos em trapos? Sente o peso da carga do rei curvar as costas dele, o joelho da Igreja pressionar seu pescoço, a mágoa em seu âmago?

Colin não soube como responder a palavras tão inflamadas. Atrás de si, escutou risadinhas e risos abafados. Tossiu para encobrir os sons. Uma rajada de vento jogou chuva dentro da carroça.

– A chuva está entrando aqui, padre, preciso fechar a carroça. Poderia convidá-lo a abrigar-se, mas a carroça está... lotada.

Os olhos do velho eram da cor do mar tempestuoso.

– A velha ordem será destruída. Não somos todos descendentes de Adão e Eva? Não deve haver vassalos nem lordes. Deus não vai tolerar tamanho abuso em Seu nome. Desta vez, não será com um dilúvio que nos livraremos do jugo dos eclesiásticos perversos e dos maus príncipes. Desta vez, o castigo virá pelo fogo.

– Sim, padre, vou me lembrar disso.

O que vinha à sua memória, no entanto, era o incêndio na casa da lã. De quem seria o pecado? Quem seria o pecador?

O pregador tirou de dentro da batina um panfleto úmido e estendeu-o para Colin, depois se afastou com um andar altivo, resmungando e sacudindo a cabeça, indiferente à chuva, sem mais pecadores a quem fazer suas advertências a não ser os que trazia dentro da própria cabeça. Colin correu os olhos pelo panfleto, esforçando-se para decifrar na penumbra as estranhas palavras: *Sobre o Ofício Pastoral*, de John Wycliffe, Oxford. Não estava escrito em francês nem em latim, mas em inglês, o que contudo fazia sentido já que a mensagem se destinava às classes mais baixas. Começou a rasgá-lo para jogá-lo na lama com os outros refugos que os saltimbancos deixavam para trás quando olhou para ele de novo, dobrou-o e guardou-o dentro da camisa. Talvez devesse ler aquilo. Ao menos, o padre louco dera-lhe algo mais em que pensar além de Rose.

Atrás de si, escutou os sons do pandeiro e a voz debochada de Chapéu-Emplumado.

– Quando Adão cavava e Eva fiava, ah, sinto isso em minha alma.

Uma risada estridente soou em resposta.

– *Isto* que está sentindo *não* é a sua alma.

– É a sua, então?

– Um pouco mais abaixo da minha alma, eu acho – e outra gargalhada.

Oh, Mãe Santíssima, será que iam recomeçar tudo? Colin soltou a aba de lona, deixando-a cair, o que produziu o ruído de uma bofetada e mergulhou o interior da carroça na escuridão.

– Ei! – gritou o par, protestando em uníssono.

A carroça cheirava a mofo e a odores animais almiscarados. Colin embrulhou-se em um cobertor, enterrou o rosto nas mãos e esperou que a chuva parasse.

As chuvas chegaram também a Blackingham, trazendo enchentes a Norwich, Aylsham e até a Cambridge, ao sul. Os rios Yare, Ouse e Wensum, pouco profundos, transbordaram para as turfeiras e para os pântanos, onde os únicos viajantes eram as enguias e as cobras-d'água que atravessavam os remansos. Iam e voltavam nas lagoas, deixando atrás sulcos sinuosos, silenciosos. Com as enchentes, vinha a miséria, a lama e o desespero.

Grandes levas de peregrinos costumavam tomar as estradas em abril a caminho de Canterbury e Walsingham – em menor número para Norwich, onde não havia ossos sagrados de santos que morreram em um passado distante, embora alguns peregrinos fizessem a viagem até lá para visitar a mulher santa de Saint Julian. Naquele ano, porém, de Cambridge para o norte, todas as estradas eram rios de lama abandonados. Só um ou outro carroceiro seguia com dificuldade, praguejando, pela ferida aberta em que se haviam transformado os caminhos, tentando arrancar as rodas de madeira de seu veículo do terrível lodaçal.

Havia pouco movimento entre a casa e a prisão. Kathryn não via Finn desde aquele primeiro e doloroso encontro. Agnes contara-lhe que o anão trouxera uma mensagem para Rose, mas insistira em só entregá-la em mãos. O homenzinho não trouxera nenhuma carta para Kathryn.

Rose ficou encantada.

– Recebi uma mensagem de meu pai – disse a Kathryn. – A senhora tinha razão. Ele disse que está feliz com a notícia do bebê e nem um pouco zangado. Estou tão aliviada. – Os dentes brancos contrastavam com a pele morena. – Meio-Tom esperou que eu escrevesse uma resposta. Meu pai pediu que eu mandasse um cacho do meu cabelo. Veja. – E mostrou uma mecha mais curta que ondulava junto de seu rosto. – Pensei em cortá-la aqui para eu me lembrar de meu pai e rezar um Pai-Nosso por ele todas as vezes em que ela me cair nos olhos.

Rose estava radiante de saúde. Começou a melhorar no dia em que Kathryn contou-lhe que vira Finn, que ele estava bem e perguntando por sua linda filha. Descrevera sob a luz mais favorável possível as condições em que ele se encontrava, sem comentar a dor que percebera em seus olhos. Havia mentido, falando-lhe sobre um banquete de sidra quente e biscoitos doces que teriam partilhado, e prometera levar Rose para visitar o pai depois do nascimento do bebê. Sim, ela contara a ele sobre o bebê – e, não, ele não estava zangado com ela, apesar de estar um pouco bravo com Colin. À menção do nome de Colin, a jovem mordera o lábio inferior e fechara os olhos com força. Kathryn quase sentiu as lágrimas brotarem em seus próprios olhos. Mas Rose logo recuperou o ânimo.

Desde então, a filha de Finn reencontrou sua jovialidade anterior. Até o apetite voltou. O estoque de provisões de inverno estava baixo, mas Kathryn providenciou para que a moça tivesse mais do que carne seca e salgada e centeio bolorento. Mandou abater dois cordeiros – para grande contrariedade de Simpson, que tentou contestar as ordens dela argumentando que seria melhor abater uma ovelha estéril e velha. Saiu furioso, rangendo os dentes de raiva. Como ousava ele se meter onde não devia? Também dera instruções a Agnes para preparar manjar branco, o petisco favorito de Rose, pelo menos uma vez por semana.

A barriga de Rose arredondava-se lindamente, e era alta. Vai ser uma menina, pensou Kathryn.

Em um dia de abril, quando Kathryn achou que o som do tamborilar incessante da chuva iria enlouquecê-la, sua neta nasceu.

– Ela não está respirando – assustou-se Rose, depois que a parteira cortou o cordão e depositou em seu colo o minúsculo bebê, ainda úmido e pegajoso.

A parteira levantou a criança pelas pernas, virou-a de cabeça para baixo – sem fazer caso do grito de Rose – e limpou o muco de seus pulmões. Kathryn sentiu um grande alívio ao ouvir seu choro fraco mas insistente.

– Segure-a bem junto ao seu corpo para que ela possa ouvir as batidas de seu coração – disse a parteira, depois de limpar o bebê e embrulhá-lo em um cobertor.

– Quero que se chame Jasmine – disse Rose a Kathryn, embalando a filha. – Meu pai diz que minha mãe sempre cheirava a jasmim.

– É um nome bonito, Rose, mas não seria melhor dar a ela um nome mais comum, como Anne ou Elizabeth?

– Poderia chamar-se Rebekka, como minha mãe.

Rose parecia tão jovem, pensou Kathryn, ela era pouco mais do que uma criança, embora tivesse suportado as dores do parto melhor do que muitas mulheres feitas e gritado somente quando surgiu a cabeça do bebê. Apertara a mão de Kathryn com tanta força que uma mancha arroxeada começava a aparecer em seu pulso. O cabelo de Rose ainda estava molhado de suor. Uma das mechas, a que cortara para o pai, grudara-se em seu rosto. Kathryn acariciou-lhe a testa, ajeitou-lhe o cabelo colocando a mecha de volta no lugar e pensando na testa alta de Finn. Pensou também nos problemas que uma criança de nome judaico teria e como isso tornaria mais difícil a vida de todos.

– Acho que Jasmine é mais bonito do que Rebekka. E honra a memória de sua mãe. Combina bem com a sua filhinha. Ela é pequenina e linda como uma flor de jasmim.

Nascida quatro semanas antes do prazo, pelas contas de Kathryn, a neném era tão pequena que ela quase poderia segurá-la nas mãos em concha. Depois de mamar, tirou-a da mãe e enfaixou-lhe todos os membros, o tronco diminuto e frágil e até a cabeça, em macias faixas de linho para evitar a curvatura dos ossos ainda moles.

– É um pingo de gente – declarou a parteira quando Kathryn pagou-lhe por seus serviços. – Mas tem vigor. A senhora não precisa se preocupar com a alminha dela. Quando estava nascendo, batizei-a em nome do Pai, do Filho e do Espírito Santo. Dei-lhe um nome cristão, Anna. Como o da mãe da Virgem. Batizo todas as minhas recém-nascidas com esse nome. Entrou neste mundo como uma criança cristã e vai deixá-lo da mesma forma. Se bem que, se ela sobreviver, é claro, a senhora provavelmente vai querer fazer um batismo direito na igreja.

É uma criança cristã, é filha de Colin, pensou Kathryn, reparando aliviada como a penugem na cabeça da criança assumia um tom claro de louro avermelhado ao secar. Não era uma criança judia.

– Seu batismo deve bastar, não é? – perguntou ela.

– Ah, com certeza. – A parteira tirou do bolso um frasco de água benta. – O Padre Benedict em pessoa abençoou esta água e me ensinou as palavras, nos casos em que a vida da criança corre perigo.

Depois que a parteira se foi, Kathryn permaneceu de vigília ao lado da cama de Rose. Teria Rose sido batizada? Quem sabe Finn tivesse insistido para que fosse? Mas então refletiu sobre quanto o iluminador amara sua Rebekka. Talvez ela não se tivesse convertido. Teria ele se casado com ela assim mesmo? Kathryn pensava na pequena cruz filigranada em torno do pescoço de Rose quando começou a cochilar, tranqüila.

Quando o bebê quis mamar outra vez – parecia que se tinham passado minutos apenas desde que Rose adormecera e Kathryn repousara junto à cama –, Rose não tinha nada, nem mesmo a pálida substância viscosa que precede o leite. Jasmine protestou com um débil choramingo, empurrando o inchado mamilo direito de Rose com sua boca de botão de rosa.

– Tente o esquerdo.

Mas Jasmine só fez gritar com mais força, contraindo o rosto pequenino, que ficou rosado de raiva. Rose, ainda fraca por causa do prolongado trabalho de parto, começou a chorar também. *Duas* crianças chorando, pensou Kathryn, e suspirou. Estava exausta até os ossos, quase tão cansada como se ela própria tivesse dado à luz.

– Você só precisa descansar agora, Rose – consolou-a Kathryn. – Vai ter mais leite depois. Vamos tomar conta da neném até você melhorar. Enquanto isso, damos a ela leite de ovelha para sugar em um pedaço de pano ou arranjamos uma ama na aldeia.

Maldizia a si própria por ter deixado a parteira ir embora. Ela saberia onde encontrar uma ama-de-leite. Kathryn nem imaginava por onde começar.

Só se deu conta da presença da criada da cozinha, que recolhia os lençóis sujos em um canto, quando Magda tocou levemente em seu cotovelo.

– De-desculpe, senhora, pode ser que ela fique satisfeita só de chupar a ponta de seu dedo até a senhora encontrar leite. Assim, olhe. – E antes que Kathryn pudesse detê-la, apanhou a criança que chorava e colocou-lhe a ponta do dedo na boca. Cantarolou "Nã-nã nanã" baixinho para ela enquanto a menina sugava algumas vezes, para depois enfim adormecer. A moça deitou-a com delicadeza no berço.

Kathryn ficou espantada.

– Você se saiu muito bem, Magda. Acho que vamos poder usá-la para ajudar a cuidar do bebê.

A menina enrubesceu de prazer e fez uma rápida reverência.

– Por favor, senhora, se é de uma ama-de-leite que está precisando, minha mãe ainda está com leite. Gostaria que eu fosse buscá-la?

Se eu gostaria que ela fosse buscá-la! Kathryn quase chorou de alívio. Sabia que algumas camponesas continuavam amamentando em seus seios caídos os filhos pequenos que haviam passado da idade da desmama e até já andavam, pois acreditavam que não engravidariam de novo enquanto amamentassem. Em outras, desnutridas, o leite logo secava e seus bebês morriam. Ao menos, poderia evitar que isso acontecesse com a neta de Finn.

– Sim, por favor, vá imediatamente – determinou ela a Magda. – Diga à sua mãe que ela será bem paga. – Então, segurou a mão de Rose, dizendo: – Vê, Rose, já temos uma ama. Procure apenas descansar. Tudo vai ficar bem. Até Magda voltar, eu cuido de seu bebê.

Magda sabia que a mãe ficaria contente. Aquilo significaria mais comida para sua ninhada faminta. A família ainda não se recuperara do baque causado pelo imposto individual do ano anterior. Como não possuíam os oito xelins, um xelim por cabeça, exigidos pelo Rei Ricardo, o coletor levara o porco que serviria para alimentá-los durante todo o inverno. E a cozinheira dissera que haveria outro imposto para financiar as guerras do duque com a Espanha, que iam de mal a pior. "Tirar comida da boca das crianças para bancar as vaidades dos homens", fora como Agnes dissera. A família de Magda seria menos tributada daquela vez, seis xelins em vez de oito, porque Agnes dissera que iria pedir a Lady Kathryn para pagar por Magda. E o irmãozinho dela morrera – menos uma boca para alimentar, menos uma cabeça para tributar. Ninguém além de Magda parecera lamentar a morte do menino, embora desde então ela mais de uma vez tivesse visto a mãe chorando junto a três pequenos montes de terra no cemitério ao lado da igreja. Seis xelins: para uma família como a dela, era o equivalente ao resgate de um duque. E já lhes tinham tomado o porco.

Uma lama grudenta cobria o chão de terra da cabana dos camponeses. A mãe estava sentada em um banco diante da mesa feita de tábuas grosseiras de abeto, a única peça de mobília da casa além do catre onde dormiam os pais de Magda. Ao lado desse catre havia um berço improvisado feito de galhos de salgueiro, permanentemente ocupado. As outras três crianças dormiam em um palheiro baixo que se projetava por cima do abrigo dos animais. No inverno, os animais eram protegidos dos elementos e o calor gerado por seus corpos ajudava a aquecer as crianças.

De modo geral, o arranjo funcionava bastante bem. Exceto em um dia como aquele, em que o vento e a chuva empurravam de volta a fumaça de turfa para dentro da casa através do buraco aberto no teto de colmo destinado a fazê-la sair e o casebre cheirava mal por causa do esterco da vaca e das galinhas. A fumaça fez os olhos de Magda arderem. Ela se perguntou como sua mãe podia ficar sentada tão indiferente ao pandemônio que a rodeava, dando o seio ao filho mais novo enquanto amassava pão com a mão livre. Outra criança, de uns quatro anos, agarrava-se às saias dela, chorando. Magda pensou nos aposentos claros e sossegados de Blackingham, nos leitos de plumas, na cozinha funda com o caldeirão de sopa sempre fervendo no fogo da lareira.

– Onde está o pai? – gritou ela à porta baixa, para ser ouvida em meio ao alarido, anunciando sua chegada.

– Magda! – O rosto macilento da mãe ficava quase bonito quando ela sorria, mas isso era raro. – Não sei onde ele foi – e empurrou uma mecha solta de cabelo para dentro do lenço que o prendia. – Disse que estava ficando maluco de tanto estar aqui dentro fechado conosco. Saiu porta afora para a chuva. Tanto melhor, o mau humor dele estava empesteando o ar.

Como se o ar ainda pudesse ficar pior do que estava, pensou Magda.

– Então, ele que fi-fique com o mau humor dele em vez de comer tor-tortinhas de maçã seca.

Sacudiu a água da chuva de seu manto e, cheia de orgulho, colocou em cima da mesa uma cesta repleta de guloseimas. Seu irmãozinho parou de chorar e começou a subir pela saia da mãe. Os outros dois, ocupados em perseguir as galinhas cacarejantes sob o palheiro, vieram correndo e agarraram a cesta com as mãos sujas.

– Cuidado! – Magda pegou a cesta de volta. – Tem para todos. Trouxe também um saco de farinha boa bem moída e uma fa-fatia de toucinho.

A mãe deixou escapar uma pequena exclamação, soltou um arquejo e os olhos marejaram-se de lágrimas. Estendeu a mão e afagou o rosto de Magda.

– Dou graças à Santa Virgem por ter levado você para Blackingham naquele dia, filha, embora tenha de admitir que amaldiçoei seu pai muitas vezes por me forçar a fazer aquilo. Ele dizia que você era simplória porque não falava. Acho que era porque você não tinha nada para dizer. – A mãe fez uma pausa, sondando-lhe a expressão do rosto, como se esperasse seu perdão ou a confirmação de que agira bem ao mandar a filha embora.

– Eles são bons para mim, mãe. Até milady. Ninguém me chama de simplória. Apesar de que sinto falta dos pequenos. E, enquanto eu estiver em Blackingham, vocês não vão passar fome.

A mãe pareceu alarmada.

– Você não roubou, não é?

– Claro que não, mãe. Foi a própria cozinheira quem arrumou a cesta.

– Quisera seu pai estivesse aqui agora para ver como você encontrou a língua. Ele nem vai acreditar como você está falando bem.

O gato comeu sua língua, o pai costumava implicar com ela quando era pequena, provocando-a para fazê-la falar. Magda rememorou como costumava sentar-se em seu colo e tentar pegar o círculo de luz vermelha em torno da cabeça dele. Lembrou também os tabefes que ele lhe dava nas orelhas quando ela puxava seu cabelo e como, mais tarde, lhe batia quando ela não falava.

– Não seja muito dura com seu pai, menina. A vida dele não tem sido fácil.

– A vida não é fácil para ninguém, mãe.

Contou por que viera, como Rose não tinha leite suficiente nem para uma recém-nascida tão pequenina. Só conseguira amamentar o bebê duas vezes e depois parecera ficar mais fraca.

– Vou agora mesmo – disse a mãe –, se você cuidar deste aqui enquanto estou ausente.

– Vai ter leite suficiente para os dois? – Olhou para o irmãozinho menor sugando sofregamente o peito da mãe, os olhos muito redondos fixos nela como se soubesse que as duas tramavam alguma coisa.

– Billy já está bem grande e pode ser desmamado. Só o mantenho no peito porque... ora, não importa por quê. Não vai precisar mais.

À claridade imprecisa e fumarenta do interior do casebre, a silhueta da mãe parecia iluminada por um lindo fulgor violeta, mas Magda aprendera a não falar sobre as cores, não contar sobre as almas, que ela lia do mesmo jeito como as outras pessoas liam rostos. Poderiam dizer que ela era simplória.

Kathryn mantinha uma vigilância permanente, dividindo seu tempo entre Rose e a criança. O bebê progredia; Rose, não. Continuava a sangrar de modo incessante. Não fora nada de preocupante no princípio. Mas depois, quando deveria diminuir, o fluxo aumentou. "Flores" era o nome que os homens davam a essa peculiaridade secreta, essa purgação mensal do corpo das mulheres, as flores da mulher, um belo termo para designar as propriedades naturais do corpo feminino. Nada naturais, dessa vez, flores escuras, encharcando os lençóis de linho branco, um após outro.

No quarto onde Rose se esvaía em sangue, velas ardiam dia e noite para Santa Margarida. Kathryn transferira a moça para a cama de Finn. A pequena antecâmara onde ela antes dormia agora se transformara no quarto do bebê. A mãe de Magda fazia todos os dias o percurso de meia légua de sua casa a Blackingham para alimentar Jasmine e cuidar da menina. Kathryn perguntara-lhe que providências ela tomara com relação a seus próprios filhos e ela respondera que, com os campos alagados, o marido não tinha nada para fazer e poderia cuidar dos pequenos. Uma ou duas vezes, Kathryn vira um menininho na cozinha com Magda e Agnes, mas nada dissera. Contanto que a mulher cuidasse de Jasmine, ela lhe permitiria o conforto de ter o filho por perto.

A cada dia, Rose ia ficando mais pálida. As veias em seus pequenos seios redondos pareciam o desenho de uma renda azul sob a pele transparente. Continuava tentando amamentar a filha, mas, como não havia leite, o bebê chorava. Depois de cada esforço vão, Kathryn levava Jasmine embora e a entregava à ama, e Rose, exausta e desolada, deixava-se cair no travesseiro. Não dizia uma palavra, mas Kathryn aprendeu a ficar atenta ao pequeno filete de lágrimas que se formava nos sulcos do nariz e das faces.

Kathryn botou uma pedra curativa de jaspe debaixo do travesseiro de Rose e fazia-a beber chá de mel e agripalma vezes sem conta. Mergulhou pedaços de pano em uma infusão de alquemila e colocou pesadas compressas entre as pernas dela. No quarto dia, a pele de Rose estava quente e ela deixou de tentar alimentar o bebê. Uma vez, ao ouvir a criança chorar na antecâmara, deu um grito, como se estivesse assustada, e perguntou:

– Que barulho é esse?

Kathryn mudou a ama e o bebê para seu próprio quarto. Já tentara fazê-lo antes. Queria a criança perto de si, mas a mãe protestara. Dessa vez, não protestou.

A febre de Rose mostrava-se persistente. Ela começou a delirar, repetindo monotonamente coisas sem nexo, canções de amor – as canções de Colin, Kathryn lembrou-se – e chamando às vezes Finn, às vezes Colin, em sussurros balbuciantes. Kathryn banhava-a em água fria, mas ainda assim a febre subia.

No quinto dia, Kathryn mandou buscar o padre em Saint Michael. A alma de Rose não podia ficar sem absolvição.

– Diga ao cavalariço que mando açoitá-lo se não voltar com o padre antes do cair da noite – disse ela quando soube que o rapaz se queixara de que a estrada estava *barrenta e alagada* demais. – Ele não vai derreter. Tiro-lhe o couro se ele demorar.

E sentou-se junto à cabeceira de Rose, murmurando preces e palavras carinhosas.

Ao anoitecer, o padre chegou, sacudindo as gotas de água da capa como um animal peludo.

– Onde está a moça? – indagou, visivelmente nada satisfeito por ser chamado em uma noite como aquela.

Kathryn levou-o até onde estava Rose. Ela permanecia imóvel como um cadáver, os olhos fechados, veias azuis desenhando-se nas pálpebras finas, a pele branca como linho alvejado. Quando Kathryn removera pela última vez as compressas que estavam entre suas pernas, apenas duas horas antes, o pano estava escuro e ensopado como a terra sob a chuva lá fora.

– É melhor nos apressarmos – disse o padre, ajeitando suas vestes, apanhando sua água benta e seu crucifixo. Começou a rezar o *Commendatio animae.*

– *Qui Lazarum...*

A moça abriu os olhos apenas uma vez durante o Ofício dos Mortos e correu um olhar desvairado pelo quarto. Os olhos estavam arregalados de pavor e de algo mais que parecia surpresa – mas não se diz que os jovens são sempre pegos de surpresa pela morte? Ou teria sido a presença do padre que a assustara? Seu olhar fixou-se em Kathryn.

– Jasmine – sussurrou, com as mãos abertas no ar, como se estivessem entregando-lhe o bebê.

– Jasmine está dormindo – disse Kathryn com sua voz mais doce, lutando contra seu próprio medo e surpresa, apesar de já ter presenciado muitas mortes. – Vou tomar conta de sua filhinha – afirmou. – Vou protegê-la com a minha própria vida, Rose, prometo a você. Será uma filha para mim.

A moça sacudiu a cabeça, assentindo, deixou cair o corpo outra vez e ficou muito parada. Sua respiração estava tão fraca que Kathryn aproximou de seu rosto a chama de uma vela para ver se oscilava. Depois de algum tempo, Kathryn sentiu uma leve pressão em sua mão. Nem sequer percebera que estava segurando a mão de Rose.

– Diga a meu pai – Kathryn chegou bem perto dela para ouvir –, diga a meu pai que sinto muito.

Kathryn ficou muito tempo sentada ao lado do corpo de Rose, escutando o barulho choroso da chuva. Caía em torrentes, descia pelo cano da chaminé, produzindo pequenos chiados na lareira e enchendo o quarto de fumaça. Kathryn tocou o rosto de Rose. Já estava frio. O padre fora para a cozinha à procura da ceia e, depois, da cama para dormir. Na manhã seguinte, ele batizaria sua neta da maneira apropriada na capela da Virgem, mergulhando o bebê três vezes na pia batismal e tendo Kathryn como madrinha. Mas não haveria comemoração. A mãe da criança estaria sepultada embaixo, sob a pia batismal, na cripta da família – solo consagrado –, ao lado de Roderick. Roderick, que dormiria por toda a eternidade ao lado de uma bela mulher, ao lado de uma judia. O único fruto de que não poderia se apossar.

O pai também não estaria presente no batismo. Teria Colin àquela altura chegado ao mosteiro dos beneditinos? Por intermédio de um funileiro que estivera com sua trupe em Colchester, Kathryn soube que ele estava bem. Podia ser até que naquele exato momento estivesse cantando suas lindas canções de amor, feliz, inconsciente de que sua amada morrera.

Quando as estradas secassem, ela enviaria uma mensagem aos monges em Cromer. Saber da existência da filha talvez trouxesse seu filho de volta.

Já fazia menção de puxar a campainha a fim de chamar Glynis para ajudá-la a preparar o corpo de Rose quando se lembrou. Falava-se que os judeus traziam no corpo um sinal ou marca especial, uma deformidade qualquer – Roderick costumava dizer que ouvira de fonte segura que a fenda das mulheres era horizontal, como uma boca. Bem, isso ela sabia que era mentira. As partes femininas de Rose eram iguais às dela própria, embora precisasse admitir que ficara apreensiva por um momento antes de chamar a parteira. Decidira-se afinal, incitada pela dor de Rose e pelo argumento de que, caso fosse verdade, o silêncio da parteira poderia ser comprado.

Foi buscar uma bacia de água de lavanda em seu quarto e começou a banhar cada membro, lavando-o com cuidado. Não havia marca ou deformidade alguma. Tudo em Rose era perfeitamente constituído. Kathryn trançou o cabelo escuro, arranjando-o como um diadema em torno do rosto, pousou-lhe uma moeda em cima de cada pálpebra fechada e atou uma faixa de seda azul em torno da cabeça e sob o queixo, depois a vestiu com o vestido que o pai mais apreciava. Parecia uma noiva com o vestido azul-claro, tão linda na morte quanto fora em vida.

Kathryn achou que deveria tirar-lhe do pescoço a pequena cruz pendurada no cordão de seda. Um presente para Jasmine de sua mãe. Como a mãe de Rose passara-o para ela. Tirou-a com delicadeza, examinando-a realmente de perto pela primeira vez. A intricada filigrana era um trabalho primoroso. Lembrava os entrelaçamentos pintados por Finn nas margens das páginas-tapete do Evangelho de São João. Seis pérolas diminutas formavam um círculo perfeito no vértice da cruz. Representariam o sol, talvez? Mas não se parecia com as cruzes celtas que vira nas velhas igrejas saxônicas de Norwich, que misturavam o símbolo do sol com o da cruz. Uma heresia, diziam alguns. Na jóia de Rose, esse círculo ficava *dentro* da interseção dos braços com a estaca da cruz e parecia-se mais com uma estrela, uma estrela de seis pontas, mas entremeada com tanta habilidade no motivo de entrelaçamentos que desaparecia quando se olhava para ela. Provavelmente era sua imaginação que lhe pregava uma peça.

Perguntou a si mesma se Finn teria desenhado o lindo ornamento para sua Rebekka. Uma leve onda de ciúme a incomodou. Que direito tinha ela de sentir ciúmes? Kathryn prendeu o fio de seda em seu rosário – não o profanaria colocando-o no pescoço – e desejou que Finn pudesse ver como sua filha estava linda na morte e com que ternura estava sendo tratada. Quem sabe isso lhe servisse de consolo?

Mãe Santíssima, onde ela encontraria forças para contar a Finn que a filha morrera?

Quando o corpo estava vestido e perfumado, Kathryn pensou em puxar a campainha. Deixaria aquela última tarefa para os outros e iria para a cama. Em vez disso, foi buscar em um armário o oleado e começou a costurar. Era importante que fizesse sozinha aquela última obrigação.

O pano pesado e embebido em cera resistia à agulha, e logo a sarja estava pintada, como uma iluminura, com pequeninas gotas de sangue dos dedos feridos de Kathryn. Rose levaria um pouco de Kathryn consigo para o túmulo.

O dia quase amanhecia quando terminou. A chuva cessara. Seus ouvidos tinham se acostumado durante tanto tempo ao tamborilar das gotas de chuva que o silêncio soava ameaçador. Seus rendeiros ficariam contentes. Os rios recuariam. As pastagens secariam e o verde novo cobriria as colinas como um tapete. As estradas voltariam a ficar transitáveis. Ela teria de fazer a viagem à prisão mais uma vez. Teria de contar a Finn como costurara a mortalha de sua linda Rose. Contaria também a ele como a bordara com suas lágrimas.

Esperava ardentemente que ele a deixasse ficar com a criança.

Vinte e Dois

Nossa fé baseia-se na palavra de Deus; e é parte de nossa fé acreditar que a palavra de Deus vigora com relação a todas as coisas.
– JULIAN DE NORWICH, *REVELAÇÕES DIVINAS*

Kathryn permanecia noite após noite sem dormir, as mesmas palavras horríveis passando-lhe pela cabeça, como soldados de botas pesadas marchando e destruindo seu sono. *Não havia mais nada que se pudesse fazer por ela, Finn... não sofreu muito... foi-se em paz... está segura nos braços da Santa Virgem... comprei missas pela alma dela... a criança vai reconfortá-lo...*

Palavras vazias.

Certamente ele devia estar preparado para a possibilidade da morte da filha. Tantas mulheres morriam de parto. Fora exatamente assim que ele perdera a mulher. Pode ser que já saiba, pensou Kathryn, por meio de alguma intuição paterna que desenvolveu por causa de sua proximidade com a filha.

A dor de cabeça voltava-lhe repetidamente enquanto esperava que as grandes enxurradas diminuíssem. Em certos dias, ela considerava a alternativa mais covarde: mandar-lhe uma carta por um dos cavalariços. Uma vez chegou ao ponto de apanhar a pena, mas ao olhar para sua ponta afiada acima do pergaminho, viu os dedos dele manchados de tinta desenhando um pássaro de peito vermelho no jardim em setembro, seus dedos guiando os de Rose para formar as maiúsculas graciosas que a arte deles exigia. Os próprios dedos de Kathryn tremiam tanto que ela não conseguia dar um traço sequer. Amassou o pergaminho em branco e atirou-o no fogo.

Embalava a bebê por horas a fio, ninando-a com trechos de canções. Jasmine envolvia o dedo de Kathryn com seu punho minúsculo.

– Você é uma menina linda, assim como a sua mãe. Ela era bonita, também, ah, era sim. Bebê linda, bebê linda – cantarolava. Comportamento bem tolo para uma mulher da idade dela.

Mas Jasmine abria os olhos sonolentos – azuis, como os de Colin – e a fitava com uma expressão sagaz. Mesmo quando Kathryn a entregava à ama para ser amamentada – embora nunca se distanciasse, sempre estivesse por perto –, a menina acompanhava seu rosto, virando a cabeça e largando o peito da ama se Kathryn saía do alcance de sua vista. Mas ela raramente o fazia. Aqueles olhos inteligentes eram como um ímã do qual não conseguia se separar.

Foi em meados de maio que a estrada para Norwich começou a secar e permitir uma viagem até a Prisão do Castelo.

Jasmine tinha seis semanas de idade.

Da janela de sua torre, Finn contemplava as planícies inundadas. As águas estavam retornando devagar às suas origens. Pela primeira vez em semanas ele conseguia divisar a base da sebe de pilriteiros que bordejava a margem distante do rio e a curva inteira do arco da ponte de pedra. A distância, uma carroça solitária avançava com dificuldade pela estrada enlameada. A claridade estava melhor, também, naquele dia – uma névoa fina velava o sol cor de manteiga –, e ele fora despertado pelo canto de uma cotovia-dos-campos. Também havia um ninho de maçarico no peitoril de sua janela. Sinais da chegada da primavera.

Mas para Finn ainda era inverno. Não recebera qualquer notícia de Blackingham. Rose devia estar no fim de seu termo. As mãos dele tremiam quando tentava trabalhar.

O bispo fora sua única visita em muitas semanas. Na última tinham jogado xadrez no belo tabuleiro entalhado de Despenser e debatido o mesmo velho tema, se bem que menos calorosamente do que costumavam fazer. A cabeça de Finn estava em Blackingham.

Franzindo o cenho, Despenser capturou o peão de Finn *en passant*.

– John Wycliffe e clérigos renegados como John Ball andam pelo país arengando, instigando os camponeses contra Deus e contra o rei e alegando que todo parvo, todo rústico e todo aldeão da cristandade pode ser seu próprio padre. Esse é um tipo diabólico de liberdade. A ignorância deles iria mandá-los todos para o inferno.

– Enquanto isso, os bispos os mantêm escravizados aos dois demônios gêmeos: o ritual e a superstição. Como tais coisas podem beneficiar as almas dos homens? – retorquiu Finn.

– Eles são ovelhas que devem seguir um pastor, não foi o que disse Nosso Senhor? – sorriu Despenser.

Finn ainda considerou dar uma resposta enigmática sobre separar as ovelhas das cabras, mas preferiu calar-se. Não se achava com ânimo para aquilo. Tampouco para o jogo. Despenser já estava com o rei de Finn em xeque. Em geral, eles jogavam até um empate ou Finn cedia a um xeque-mate depois de combater um pouco. Finn interpôs um cavalo para proteger seu rei. Os dedos pálidos de Despenser – como o marfim que acariciavam – agitaram-se por cima de seu bispo, depois moveram um peão para tomar o cavalo de ébano de Finn.

– O senhor está distante hoje – disse Despenser, sem obter resposta. Deixando Finn ponderar sua próxima jogada, levantou-se da cadeira e dirigiu-se para a mesa de trabalho do iluminador, estudando o retábulo. – E seu trabalho progride a passos lentos – acrescentou, acompanhando com o dedo indicador cheio de jóias o esboço ainda não pintado do rosto da Virgem.

Os olhos de Rose, os lábios de Rose. Finn teve ímpeto de afastar a mão dele com um tapa. Em vez disso, fingiu estudar o tabuleiro à sua frente.

– Tenho trabalhado no fundo do próximo painel. Faltam-me os pigmentos apropriados para o manto da Virgem.

– Como é possível que lhe faltem pigmentos? – retrucou o outro, com voz ressentida. – Não lhe forneci o azul-ultramarino e a goma-arábica que me pediu na semana passada? Que me custaram bem caro, devo acrescentar, e que foi preciso mandar buscar em Flandres. De que é feito, aliás? As próprias lágrimas da Virgem não alcançariam um preço tão exorbitante.

– Lápis-lazúli – respondeu Finn, sacrificando seu bispo para proteger o rei. – É pedra moída. Vem de algum lugar no Oriente. As gradações variam do azul-celeste ao verde-mar. Dependendo da mistura. Preciso apenas da luz certa para misturar o azul puro do manto da Virgem. Ainda não encontrei a combinação perfeita. Quando a luz estiver melhor...

O bispo afagou a cruz peitoral que trazia pendurada ao pescoço, os dedos acariciando a filigrana incrustada de pérolas.

– Gostaria de relembrar-lhe o nosso acordo, Mestre Finn. O senhor desfruta estas acomodações luxuosas porque assim me apraz. Espero que não esteja colocando alguma tarefa profana e inferior acima da encomenda de seu bispo.

Finn observava-o por entre os olhos abaixados, a ansiedade crescendo dentro de si. O outro olhava para a arca a um canto do aposento, a arca onde ele guardava os pigmentos, o tabuleiro e as peças de xadrez, assim como os pergaminhos e as penas, além de uma sacola de couro cheia de documentos incriminatórios.

– Posso garantir, Eminência, que não esqueci os nossos termos. Fui levado a acreditar que minha estada aqui seria prolongada, o que me daria tempo suficiente para realizar minha tarefa. A menos, é claro, que tenham vindo à luz algumas novas provas que encurtem minha permanência aqui.

A arca ainda prendia a atenção de Despenser.

– Não há nenhuma nova prova. O xerife continua confiando que prendemos o assassino do padre. Na verdade, é apenas porque o senhor é valioso para mim que ainda não foi condenado à forca. Mas não brinque comigo, mestre iluminador. Não abuse de minha paciência.

– Não sou homem de brincadeiras, Eminência. Sei muito bem qual é a extensão de seu poder. Mas precisa compreender que é difícil para um artista trabalhar com esta luz. Foi por isso que só fiz o trabalho do fundo. – E apontou para o painel preparado com gesso que o bispo segurava. – Voltarei para o painel da Crucificação assim que a claridade ficar mais forte. Creio que agora é a sua vez de jogar.

– O esboço do rosto da Virgem promete, a pintura vai ficar linda. Presumo que sua filha seja o modelo, Mestre Finn.

Despenser fizera sua jogada e Finn captou nitidamente a ameaça sutil no sorriso que se desenhava como uma foice nos lábios finos e contraídos do bispo. Mas pelo menos ele parecera ter perdido o interesse pela arca cheia de textos de Wycliffe, provas condenatórias que Meio-Tom não pudera ir buscar por causa das enchentes.

– O senhor hoje está um adversário muito fraco. Pode guardar o tabuleiro na caixa. Precisa voltar ao trabalho. Esperemos que a claridade esteja mais forte amanhã.

O bispo encaminhou-se para a janela, em cujo peitoril um maçarico fizera um ninho. Havia ali três pequenos ovos em formato de pérolas dentro do ninho de gravetos, ovos que Finn vinha observando, assim como observara o pássaro construir o ninho, carregando no bico um graveto de cada vez. Nas noites frias, deixara os postigos abertos para que a ave pudesse ir e vir. Um a um, o bispo pegou os ovos e os examinou. Um a um, lançou-os fora da janela alta. Depois fez o mesmo com o ninho.

– Tantas idas e vindas devem ter interferido em sua concentração – disse.

Depois que o bispo saiu, Finn cogitou em queimar os papéis, chegou a abrir a arca e tirá-los de lá. *Pois Deus amou tanto o mundo que lhe deu Seu Filho único...* Por que os sacerdotes nunca falavam do amor de Deus e gastavam tanta eloqüência com os tormentos dos condenados? A anacoreta escrevera sobre o amor de Deus. Ela havia sentido esse amor durante a sua cura. Presenciara a Paixão em suas visões. Talvez os outros, como o bispo, tivessem uma compreensão maior do demônio e de suas artimanhas. Mas ali, no Evangelho de São João, fluindo da pena de Finn, estavam palavras de amor que todos os homens deveriam ouvir.

Como, entretanto, quem jamais conhecera o amor poderia compreender seu significado? Ele compreendia. Já o sentira. Por Rebekka. E por Kathryn. Não apenas da maneira como homens e mulheres se amam, mas com um sentimento mais profundo, desejando protegê-las, desejando que sua alma se unisse às delas. Mas só tivera fracassos. Rebekka deixara-o. Kathryn traíra-o. O amor de Deus tinha de ser mais do que isso, dissera Mãe Julian – um amor maior, uma força incorruptível. E Finn já sentira aquilo também. Seria capaz de perdoar qualquer coisa à sua Rose. Seu amor pela filha era como os preciosos pigmentos que usava: essência destilada, pura e não diluída.

Contudo, um enigma persistia. Se o amor de Deus era como o de um pai ou uma mãe por seu filho – só que maior, mais profundo, mais amplo, mais perfeito –, como era possível Deus ter sacrificado Seu único Filho? Que pai amoroso submeteria um filho a um sofrimento tão inimaginável? Não Kathryn, com toda a certeza. Ela já o provara. E ele muito menos. Teria Deus questionado Sua decisão ao ver Seu Filho pendurado na cruz com lágrimas e sangue descendo-Lhe pelo rosto, a multidão escarnecendo Dele, os cães a rodeá-Lo embaixo, os abutres voejando acima? Mas Ele nada vira, não é? Ele desviara a face, incapaz de suportar a cena. Pelo menos esta parte Finn compreendia.

O pacote embrulhado em couro que fora escondido sob os pigmentos, gomas, pergaminhos e penas estava cheio a não mais poder. Wycliffe ficaria satisfeito com as cópias a mais. E trabalhar nelas dera a Finn uma estranha sensação reconfortante naquelas últimas semanas. Era uma forma de revidar. O que começara como um estímulo subversivo para seu espírito rebelde trouxera-lhe paz quando não havia onde encontrá-la. Se as mãos tremiam-lhe tanto ao trabalhar nos ícones do bispo, os dedos ficavam calmos e seguros quando copiavam os textos de Wycliffe. Se aquele Evangelho era a verdade, por que não poderiam existir muitas cópias da verdade?

Meio-Tom logo vai conseguir chegar a Norwich, pensou. As águas vão baixar. Amanhã trabalharei no manto da Virgem.

Mas não o fez. Voltou a copiar as traduções inglesas. E outra semana se passou. Os papéis não cabiam mais dentro da arca e agora, de sua janela alta – com o peitoril vazio –, apesar de as águas terem baixado, a única coisa que via atravessando a ponte era uma carroça puxada a cavalo carregando duas mulheres e uma menina de uns quatorze anos. Uma das mulheres dava o peito a um bebê. Uma mulher trazendo os filhos para visitar o pai na prisão? Para o bem das crianças, ele esperava que o delito do pai fosse pequeno.

Nem sinal de Meio-Tom. Os pântanos ainda deviam estar inundados. Seu amigo poderia demorar semanas para voltar. Tinha de encontrar alguma outra maneira de fazer os papéis saírem dali. O dia seguinte era uma sexta-feira.

O bispo não deixaria de fazer sua visita semanal.

– Esperem aqui – disse Kathryn a Magda e a sua mãe, que, apesar de estar à vista de todos no pátio da prisão, fazia o que fora contratada para fazer: amamentava a neném faminta. Kathryn sentia grande prazer em ver a menina mamar, o que Jasmine fazia amiúde e ruidosamente.

– Estarão em segurança aqui – prometeu ela. – O chefe da guarda falou que vai tomar conta de vocês. Acho que podemos confiar nele.

– Não se preocupe, milady. Vamos ficar bem – disse Magda.

Mas Kathryn notara um tremor na voz da moça enquanto ela observava a intimidante torre normanda do castelo. Também escutara a exclamação dela, um misto de medo e admiração reverente, quando as muralhas da cidade surgiram pela primeira vez diante de seus olhos. Mas a menina tinha fibra. Quando atolaram na lama da estrada (Kathryn tivera a presença de espírito de escolher a carroça para a viagem em vez da pesada carruagem de Roderick), Magda fora de mais ajuda do que o cavalariço lamuriento que Kathryn despachara de volta para buscar Simpson.

A ajuda afinal chegara, mas não de Blackingham. Uma dupla de camponeses que passava apoiara as costas nas rodas e empurrara a carroça. Munida apenas de sua determinação – e da adaga de Finn presa junto às contas de seu rosário –, Kathryn decidiu seguir em frente, esperando que Simpson as alcançasse.

O que não aconteceu. Quando mais uma vez um dos eixos da carroça ficou preso na lama, as duas mulheres e a menina soltaram a roda. Mas Kathryn encarava a difícil jornada como uma dança em torno do Maypole, o mastro enfeitado da festa do Primeiro de Maio, comparada com a tarefa que tinha pela frente. Tocou a face da neném, limpando-a de um respingo do leite, aprumou as costas e dirigiu-se para a grade de ferro ao pé das escadas da prisão.

– A porta lá de cima já está aberta – avisou-lhe o guarda, girando a chave na fechadura.

Kathryn instalou a pequena ampulheta que trouxera consigo em cima do assento da carroça.

– Dê-me meia hora e depois as mande subir – pediu ao guarda, estendendo-lhe um penny. – O chefe da guarda mandou você olhar por elas – disse, indicando a carroça com um ligeiro movimento de cabeça. – Cuide para que ninguém se aproxime.

– Pois não, milady – assentiu o guarda, embolsando sua moeda. A grade de ferro retiniu atrás dela.

Vinte e Três

As grandes gotas de sangue caíam de baixo da coroa de espinhos como pelotas: pareciam vir diretamente das veias... mas ao escorrerem eram de um vermelho vivo.
– JULIAN DE NORWICH, *REVELAÇÕES DIVINAS*

Finn não conseguia encontrar a cor desejada para o manto da Virgem. Desistira e estava curvado sobre sua mesa de trabalho, os papéis de Wycliffe espalhados à sua frente. Talvez devesse ter experimentado a mistura com cinábrio, refletiu, enquanto copiava o Evangelho de São João. Uma sombra passou por trás dele, apenas uma diminuição da luz. Enfiou os papéis debaixo do mata-borrão, ocultando-os da vista com suas costas, ao mesmo tempo pensando que provavelmente não se tratava do bispo. Ele não se aproximaria com passo tão leve e sem cerimônia. A menos, é claro, que pretendesse apanhar seu prisioneiro em flagrante.

Rapidamente, mas com grande cuidado, Finn colocou pequenas porções do precioso pó de lazurita em sua paleta e fingiu misturá-lo. Mais um passo atrás de si. Hesitante, incerto. Adotando uma fisionomia estudada para mostrar o artista absorto em seu trabalho, virou-se para encarar seu visitante. A máscara se desfez. O frasco que continha a pedra azul moída soltou-se de sua mão, despedaçando-se. O pó se derramou pelo chão como sangue azul vivo.

– Kathryn! – exclamou ele, perplexo, tanto pela presença quanto pela aparência dela. O manto estava respingado de lama; mechas brancas do cabelo desgrenhado escapavam da rede que deveria prendê-las, agora um pouco torta. Pegadas enlameadas marcavam o percurso que ela fizera ao entrar. A ansiedade traçava rugas finas em torno de sua boca e de seus olhos, linhas das quais ele não se lembrava.

– É Rose? – indagou ele, sentindo o pulso acelerar-se. – As dores dela já começaram?

Kathryn encarou-o por um momento como se não soubesse o que responder. Um medo pontiagudo prendeu a respiração dele.

– As dores de Rose terminaram, Finn – disse ela, afinal.

Ele respirou fundo, o medo dissipou-se.

O olhar dela vagueou pelo quarto, fixou-se no pigmento derramado no chão. Por que não olhava para ele? Tão incomum à senhora de Blackingham, que nunca se esquivava de um confronto. Ele chegava a sentir o peso da culpa dela pressionando-o e poderia ter-se deleitado com isso, mas o alívio de saber que terminara a provação de Rose era tão intenso que se transformou em benevolência pela mensageira. Conteve-se para não limpar a lama da saia dela nem lhe ajeitar o cabelo.

– E quanto à criança? – perguntou.

Ela não respondeu.

– Kathryn, a criança está viva? – O coração disparado repercutia no osso de seu peito.

Ela deu um profundo suspiro.

– A criança vai bem. Você tem uma neta. Rose chamou-a de... Jasmine.

Jasmine. Jasmim, a flor favorita de Rebekka.

– Uma neta, Jasmine – repetiu ele, saboreando o som gracioso da palavra, apreciando a maneira como um sorriso formava-se em sua boca ao acabar de pronunciá-lo. Tocou o ombro de Kathryn.

– Você fez uma viagem penosa para me trazer essa notícia. Estou muito agradecido. Não admira esteja tão cansada. Sente-se. Vou mandar vir algo para comer e beber. E ficaria ainda mais grato se fizesse uma outra coisa para mim, embora saiba que já me prestou um enorme favor.

Ela não se sentou. Os olhos continuaram fixos no frasco de pó azul quebrado no chão.

Ele estava tonto de alívio, as palavras saíam-lhe em um ritmo tão precipitado quanto o do pulso.

– Sua visita veio em muito boa hora. Preciso que entregue um embrulho de papéis para mim. Venho fazendo cópias para Wycliffe. O bispo não iria gostar nem um pouco, se soubesse. Se você puder levar os papéis para a anacoreta que mora na Igreja de Saint Julian, ela tomará providências para que Meio-Tom os entregue no lugar certo. No momento, não posso me arriscar a aborrecer o bispo, não acha? Agora que Rose precisa tanto de mim. Kathryn, você não imagina como...

Ela se desvencilhou da mão dele em seu ombro e caiu de joelhos.

– Você derramou a lazurita – disse ela em voz baixa. – Deixe-me ajudá-lo. – E juntou o pó azul em uma pilha com a mão enluvada.

– Fiquei tão espantado ao ver você – ele se justificou, pondo-se de joelhos ao lado dela e recolhendo o pó em um pedaço de pergaminho. – De qualquer modo, a cor seria berrante demais para o manto da Virgem. Conte-me sobre minha neta. – Ela nada disse, apenas fungou. Teria apanhado um resfriado? Uma pequena gota molhava-lhe o dorso da luva. De onde viera aquilo... – Kathryn? Está chorando?

Apanhou o pigmento recolhido por ela, esticou-se para colocá-lo com o pergaminho em cima da mesa de trabalho.

A respiração faltava-lhe.

– Kathryn, é Rose?

Ela assentiu com o alto da cabeça, de modo quase imperceptível, exceto pelo movimento de uma mecha de cabelo que fugira de sua rede dourada.

– Kathryn, pelo amor de Deus. Olhe para mim. Responda-me. – Agarrou-lhe os ombros e juntos soergueram o corpo, ficando de joelhos. – É Rose? Ela não está bem?

Quando ela levantou o rosto para ele, uma mancha sombreava-lhe uma das maçãs do rosto no ponto em que enxugara as lágrimas com a luva suja de pigmento azul e de lama.

– Kathryn, você disse...

Ela enxugou as lágrimas de novo, espalhando a mancha azul debaixo do outro olho. O rosto parecia arroxeado, machucado. Por um instante, ele viu o semblante choroso de sua Madona, da Nossa Senhora do painel da Crucificação. E adivinhou o que ela não conseguia dizer-lhe.

As palavras vieram-lhe embargadas, sua mente recusando-se a aceitar o que os olhos liam no rosto dela.

– Mas você disse que as dores dela tinham terminado, Kathryn.

– As dores terminaram, Finn. Ela está com a Santa Virgem.

Kathryn ficou muito tempo sentada no chão ao lado de Finn, impotente, vendo-o segurar a cabeça nas mãos e chorar pela filha. Kathryn chorava por ambos. Contou-lhe, a voz rouca de emoção, com que ternura Rose fora tratada, que suas últimas palavras tinham sido para ele, que a tinham enterrado na cripta da família, em solo consagrado. Vendo que ele não reagia a nada disso e permanecia sentado com a cabeça entre as mãos, tentou tocá-lo contando-lhe que tinham encontrado uma ama para a pequena Jasmine, que a criança era um tesouro, que trouxera esperança a Blackingham e deveria trazer também a ele. Jurou-lhe que criaria a menina até Finn poder ir buscá-la.

– Vou tratá-la como se fosse minha própria filha, Finn. Nenhuma criança será mais amada do que ela, prometo a você, meu amor querido. – Ela o chamara assim da última vez em que se tinham deitado juntos. A expressão viera-lhe em meio à sua dor, surpreendendo-a. Mas ele não se deu conta. – Finn, juro pelo leite da Virgem que alimentou Nosso Senhor.

Foi o mesmo que fazer promessas a uma estátua. Finalmente, escutou passos subindo as escadas. A ama estava à porta com a bebê. Kathryn, sem dizer uma palavra, pegou-a e fez sinal à ama para que esperasse por ela do lado de fora. Ajoelhou-se ao lado de Finn com a criança nos braços.

– Trouxe a filha de Rose para você ver.

Tocou de leve a mão dele, com cuidado para não o sobressaltar.

– Finn.

Pensou que ele fosse afastar-se, dar-lhe as costas. Mas ele não se mexeu. Com a mão livre, acomodou os braços dele como se fossem um berço e ali depositou a menina adormecida. Ele olhou para a criança como se ela fosse uma criatura estranha, exótica, o olhar parado, os lábios entreabertos. Ficou sentado assim por um tempo que pareceu a Kathryn uma eternidade. A bebê dormia profundamente.

Kathryn insistiu, com doçura.

– Finn, esta é Jasmine. Ela é o presente de Rose para você. Foi batizada como Anna, mas Rose chamou-a de Jasmine em honra de Rebekka.

– O presente de Rose – repetiu ele com voz surda.

Kathryn acariciou a face da nenê. Jasmine abriu os olhos azul-escuros e piscou para ele.

– Ela tem a boca de Rose, Finn. E, veja, tem também a testa alta e nobre de Rose.

Ele segurou a criança diante de si, estudando-a como se fosse um de seus manuscritos incompletos. Kathryn nunca vira tanta frieza em seus olhos. Quando falou, sua voz soou baixa e impessoal. Kathryn precisou esforçar-se para ouvir.

– Ela tem a pele clara de Colin – disse ele. – Tem os olhos de Colin.

O tom da voz dele gelou Kathryn até o fundo dos ossos.

Ele lhe devolveu a criança.

– Já perdi três mulheres que amei – disse. – Não tenho ânimo para perder outra.

Finn não soube quando elas partiram. Foram os sinos tocando a noa, no meio da tarde, que o despertaram. Encontrava-se sozinho na cela da prisão. Talvez tudo não tivesse passado de um sonho, pensou ele, um sonho enviado pelo demônio para atormentá-lo. O peso em seu corpo atenuava-se. Mas os papéis haviam sumido – os papéis que escondera quando seu visitante se aproximava. E a seus pés estava o frasco quebrado. Em cima de sua mesa, onde deveriam estar os papéis de Wycliffe, havia um montículo de pó azul misturado com poeira.

A dor atingiu-o em cheio, esvaziando-o de qualquer esperança. Quis quebrar alguma coisa, qualquer coisa, atirar-se da janela alta dentro do rio, arremessar o corpo de encontro à parede até o sangue salpicar as pedras. Urrou e praguejou para o vazio à sua volta, o que fez o chefe da guarda aparecer.

– Traga-me láudano, estou mal.

– Não sei...

– Traga! Agora! – gritou ele. Socou a mesa com os punhos fechados e continuou socando até um guarda vir trazer-lhe uma taça de vinho forte com ópio.

Acordou mais tarde ao som dos sinos das vésperas. Estava febril. Seu coração batia forte e a cabeça latejava. Sentia-se como alguém em uma corrida ladeira abaixo sem poder parar.

Retomou o trabalho no painel da Crucificação. Com as mãos trêmulas, misturou a goma arábica com o pó azul vivo. Um pedaço do frasco partido cintilou no meio do azul. Ele o colocou na sua palma para examinar a minúscula adaga de vidro. Fechou a mão e esperou pela dor aguda do corte.

Quando a abriu, uma pequena gota de sangue brotou. Os estigmas, as chagas de Cristo. Este, porém, infligido a si mesmo. Nenhum milagre. Não para ele. Nem para sua Rose.

A gota de sangue misturou-se com o pó azul nos sulcos de sua palma. Com o dedo indicador da mão esquerda, levou a mistura pegajosa para a paleta e começou a mexê-la. As mãos não tremiam mais. Atento, meticuloso – como se estivesse apenas misturando cinábrio para modificar o tom do azul –, ele espetou o dedo indicador.

Espremeu uma gota de sangue. Mexeu a mistura.

Espetadela. Gota de sangue.

Aurea testatur. Testemunho em ouro.

Espetadela. Gota de sangue. *Sanguine testatur.* Testemunho em sangue.

Espetadela. Gota de sangue.

Agora conseguira. A tonalidade perfeita para o manto da Virgem. Um azul-real escuro e profundo.

A cor dos olhos de sua neta.

Vinte e Quatro

Entretanto, acredito em todas as coisas da maneira como a Santa Igreja as pregou e ensinou... Foi minha vontade e intenção nunca aceitar nada que pudesse ser contrário a isso.
– JULIAN DE NORWICH, *REVELAÇÕES DIVINAS*

A anacoreta acordou de seu pesadelo ao som de uma batida leve na sua janela dos suplicantes. Sonhara que o demônio a sufocava – um demônio cuja semelhança com o bispo era extraordinária – e a princípio viu-se desorientada, tão real fora o sonho. Estava encharcada de suor, apesar da friagem que sentira durante as preces do meio da tarde. Teria adormecido rezando o ofício da noa? Não admira que o demônio a abordasse. Quanto tempo dormira? De sua janela da comunhão avistava a luz da tarde projetando as cores dos vitrais no interior sombrio da Igreja de Saint Julian.

Toc, toc, toc. Novamente. Com mais insistência dessa vez. Inconfundíveis, vozes vindo de fora, vozes de mulheres. Não recebera muitos visitantes desde o início das chuvas. Sentia falta deles. Mas, às vezes, como naquela ocasião, eles a amedrontavam. Quem era ela para oferecer o consolo sagrado? O Paracleto abandonara-a, deixando uma escassez de conforto para dispensar aos outros.

Levantou-se pesadamente, sentindo-se mais velha do que seus trinta e sete anos, e abriu a cortina. Mulheres e crianças. Quão bem-vindas eram, pensou, e disse o mesmo às suas visitantes, embora pouco mais divisasse através da janela estreita além de três pares de olhos voltados para dentro de sua cela.

– Sou Lady Kathryn de Blackingham – disse o primeiro par de olhos, indicando dois outros atrás de si. – Estas são minhas criadas. – E, segurando uma trouxa na frente da janela: – Esta é minha neta e minha pupila.

– Esta janela é pequena demais para todas vocês. Por favor, dêem a volta pelos fundos e entrem no quarto de minha criada. Poderemos conversar melhor pela janela através da qual ela me serve. É bem mais larga. Alice saiu, mas deixou a porta aberta para que eu desfrutasse a claridade do entardecer.

Minutos depois, três pares de olhos apareceram à janela maior de Alice, mas dessa vez faziam parte de três rostos, e os rostos faziam parte de três figuras femininas em trajes sujos de viagem. A que segurava a bebê estava vestida como uma mulher da nobreza.

– Entregue-me a criança – disse Julian – para que eu possa abençoá-la. Qual é o nome dela?

Depois de uma brevíssima hesitação, a criança adormecida foi passada através da janela.

– A mãe deu-lhe o nome de Jasmine, mas foi batizada como Anna.

– É linda como uma flor de jasmim.

Depois que Julian fez o sinal-da-cruz sobre a menina e murmurou uma oração, a dama colocou algo mais em cima do amplo peitoril.

– Vim como mensageira de Finn, o Mestre de Iluminuras – disse a visitante, empurrando para Julian um grosso rolo de papéis.

– Finn. Espero que ele esteja bem. É um bom homem e um amigo. – Graças à Virgem ele ainda está vivo, pensou. Pretendera intervir em favor do pintor junto ao bispo, mas isso fora antes de perder as boas graças de Henry Despenser. Depois de ordenar que Julian redigisse uma declaração afirmando a sua fé, ele não voltara mais ali, deixando-a digerir o elixir de seu desfavor. Fora um período difícil. Nenhuma notícia da prisão chegara-lhe durante a melancólica estação das chuvas. Ficara sozinha em sua cela com seu medo. Repetidas vezes, lutara com o texto da apologia, apenas para no fim amassar o pergaminho, cheia de frustração. Em seguida, tivera de rezar pedindo perdão por seus rompantes e o processo recomeçara, até a luz interior que a guiava se tornar tão fraca quanto a pálida luz do dia do lado de fora de sua cela. Quando rezava, Ele não a escutava mais e as feridas da contrição, as preciosas revelações, bem que poderiam ter sido loucas fantasias de sua mente febril. Naquele dia ela adormecera rezando o Ofício Divino.

Com uma das mãos – a outra aninhava a bebê adormecida –, ela desfez o cordão que atava o espesso maço de papéis. *No princípio era o Verbo.* E o Verbo estava em inglês!

– Finn pediu que a senhora entregue esses papéis ao anão, Meio-Tom, da próxima vez em que ele vier visitá-la – disse Lady Kathryn. – Mas, se achar que podem colocá-la em perigo, eu os levarei embora e os queimarei.

– Queimá-los! Queimar as palavras preciosas de Nosso Salvador, o registro feito por São João dos atos de Nosso Senhor! A senhora faria isso realmente?

O olhar da outra era franco e direto quando respondeu:

– São apenas palavras.

– Mas palavras sagradas. *O* Verbo!

– Sou uma mulher prática, anacoreta. Decerto que são palavras sagradas. Mas a vida também é sagrada. Não é nosso dever para com o Criador preservar a Criação? Ou será que devemos todos marchar alegremente para nossos túmulos, santos mártires, sacrificados por umas palavras rabiscadas em um pedaço de papel e que podem ser reproduzidas? Isso, se estivermos vivos para fazê-lo. Além do mais, é à Igreja que cabe a responsabilidade de difundir o Verbo, ou não é? Deve saber mais do que qualquer um, pois se refugiou nela.

– Não me refugiei na Igreja. Não sou como as freiras e os monges. Isto não é um claustro. Estou ancorada no mundo. Embora eu seja, é claro, leal e obediente à Igreja.

Um protesto imediato. O que Kathryn sabia verdadeiramente a respeito daquela mulher, afinal de contas? Era fato conhecido que o bispo tinha espiões a seu serviço.

– Meu propósito é tentar conhecê-Lo melhor, contemplar Sua paixão e revelá-la àqueles que me procuram. Além disso – prosseguiu Julian –, a Igreja não promulgou nenhum édito determinando que não se pode traduzir as Escrituras. Escrevo minhas *Revelações* em inglês.

Mas não acrescentou: "por insistência de Finn". De Finn, que estava na prisão.

O ceticismo de Lady Kathryn transpareceu em seu rosto. E a anacoreta acrescentou:

– A lei do rei é uma coisas. Ouvi dizer que algumas de suas leis estão sendo escritas em inglês. Mas há também a boa vontade da Igreja Romana. Não pretendo ter atritos com nenhum dos lados.

Jasmine mexeu-se e choramingou. Julian largou o texto que examinava e segurou a criança apoiando-a no seu ombro, embalando-a devagar para a frente e para trás. Era bom sentir um bebê nos braços.

– Como conheceu Finn? – perguntou ela a sua franca visitante.

– Fomos amantes – respondeu Lady Kathryn sem rodeios.

– Deve ser penoso para a senhora, que o ama, saber que ele está na prisão.

– Mais penoso ainda porque prestei falso testemunho contra ele na questão da morte do padre para salvar meu filho, que talvez seja o culpado.

Foi uma confissão tão clara, uma declaração tão indisfarçada de prioridades em conflito que a anacoreta por um instante não soube como responder. Raramente encontrara pessoas com tamanha sinceridade. Ao fazer aquela afirmativa, a mulher parecia fria, sentada muito ereta, mas Julian reparou nos dedos inquietos, endireitando a pilha de papéis, alisando as páginas de cima, como se quisesse retirar as rugas de sua consciência, pôr em ordem a confusão em que se envolvera. Ali, ao menos, estava uma pecadora que sabia bem quem era. Julian achou redentora aquela ausência de hipocrisia. A criança começou a chorar.

– Melhor entregá-la à ama. É uma bonequinha gulosa. – A anacoreta notou como a rigidez da boca de Kathryn suavizou-se ao dizer essas palavras.

– É filha de Finn? – perguntou, entregando-a à mulher, que estendeu as mãos para apanhá-la.

– Não, é neta de Finn. Em nossas casas, a lascívia aparentemente chega à segunda geração – observou, irônica. A agitação dos dedos cessou, então ela baixou os olhos e respirou fundo. Quando levantou a cabeça para fitar a mulher santa, seus olhos umedeceram-se. – Posso fazer uma confissão?

– Não sou confessora, minha senhora. Mas escutarei de bom grado o que tiver a dizer se isso servir para aliviar seu fardo. Vejo que está grandemente perturbada.

Lady Kathryn contou-lhe então sobre Colin e Rose, como acabara de deixar Finn e que ele rejeitara a criança.

– Ele vai mudar de idéia quando sua dor amadurecer – comentou Julian.

– Não faz diferença para mim, só para ele. Essa criança vai ser minha filha. Mas poderia ser um conforto para ele, como é para mim.

A anacoreta colocou sua mão sobre a mão enluvada de Lady Kathryn, que repousava em cima do peitoril da janela. Reparou nas manchas azuis nos dedos da outra e, sem motivo, perguntou-se como teriam ido parar lá.

– A senhora compreende – disse a mulher santa.

– Compreendo o quê? – Lady Kathryn parecia intrigada.

– O tipo de amor que faz a mãe sacrificar tudo pelo amor de um filho. – Sentiu os dedos da outra mulher fecharem-se sob sua palma protetora. – É o tipo de amor que o Salvador tem por cada um de nós. O tipo de amor que Ele tem pela senhora.

O punho fechado contraiu-se, endureceu.

– Se Ele me ama tanto assim, por que me faz, por que faz todos nós, passar por tudo isso? – E retirou a mão. Os dedos longos adejaram no ar. – Não se incomode, já sei o que vai dizer: "Pecado." É por causa de nossos pecados que somos punidos.

– Será que a mãe amorosa sente prazer em castigar? Ela só castiga para ensinar, para fazer o filho ficar mais forte. O sofrimento nos fortalece. Nada acontece por acaso. Tudo é obra de Deus.

– E quanto a Finn? Por que um Deus amoroso permitiria que um homem bom fosse perseguido?

– Através do sofrimento, ele nos redime, nos aperfeiçoa.

– Sabia que a primeira mulher de Finn era uma judia? Deve ser por isso que ele está sendo castigado. E a filha dele também. Os pecados dos pais. Ele fornicou comigo, sim. Mas isso não pode ser um pecado tão grave. Anacoreta, sei que a senhora é uma mulher santa e pouco sabe a respeito de pecados veniais. Mas com certeza o pecado da luxúria não exige que se pague por ele um preço tão elevado. Se assim fosse, as prisões estariam cheias de padres e de bispos, não haveria lugar para nenhum de nós. Por que levar Rose, a criatura que Finn mais amava neste mundo, a não ser por um pecado muito grave?

– Para benefício de sua alma, às vezes um homem é abandonado à própria sorte sem que seu pecado seja a causa disso. Finn não está necessariamente sendo castigado. Deus ama da mesma forma os judeus e os não-judeus. Ele é Pai de todos. Fique certa, minha senhora, de que tomar para criar essa criança de origem judaica não causará nenhum dano à sua alma, só lhe trará benefícios. Embora eu tenha a impressão de que o faria mesmo sabendo que sua alma correria perigo. E é por isso que vejo que compreende esse tipo de amor. *Tudo ficará bem.* Seu sofrimento só a aproxima de Deus.

– Então por que não consigo rezar? Recito os ofícios, conto as contas do rosário. São palavras ocas caindo em um vazio. Anacoreta, já lhe ocorreu alguma vez que tudo isso pode não passar de uma grandiosa charada, ou alguma grande mentira perpetrada por homens poderosos para ganho pessoal?

Uma pergunta corajosa. Merecia uma resposta franca.

– Imagino que umas vinte vezes, nos momentos de júbilo, eu poderia ter dito o mesmo que São Paulo: "Nada me afastará do amor de Cristo." E, em momentos de dor, o mesmo que São Pedro: "Senhor, salvai-me, porque pereço." Não é a vontade de Deus que nos conformemos com nossa dor, afligindo-nos e lamentando-nos por ela existir. Não faça caso dela. Garanto-lhe... e sei porque Ele me disse... que a dor será um nada diante da plenitude do amor Dele.

Essas palavras se aplicam a mim, pensou Julian. Médico, cura a ti mesmo. Deus mandou-me essa mulher a fim de que, ao prestar-lhe auxílio, eu encontre um novo apoio em minha própria fé. Devo parar de me preocupar com a cólera do bispo. Ou ele é uma ferramenta do demônio ou um instrumento de Deus. Seja como for, *tudo ficará bem*.

– Não tenho a sua fé, anacoreta, se bem que encontre algum consolo em suas palavras. Mas já me demorei mais tempo aqui do que pretendia. É tarde demais para fazer a viagem de volta a Blackingham. Sabe dizer se há alguma estalagem aqui por perto? – E olhou nervosa para a neta que, tendo bebido seu leite, fixara os olhos azuis em Julian.

– Uma estalagem talvez não seja a melhor escolha para um grupo de mulheres. A pouco mais de uma légua ao norte, no seu caminho para casa, fica o Priorado de Saint Faith. Sua tradição de hospitalidade é bem conhecida.

– Sim, eu conheço o priorado. Na aldeia de Horsham. Parei lá certa vez com meu pai quando era menina. As freiras são muito bondosas.

As mulheres levantaram-se e prepararam-se para partir. De repente pareceram muito vulneráveis. A mais jovem, que agora segurava a bebê, era de fato pouco mais do que uma criança, devia ter uns quatorze ou quinze anos. Em seu rosto havia uma expressão extasiada, como se visse alguma estranha aparição no fundo da cela.

– Há alguma coisa que gostaria de dizer, filha? – perguntou a anacoreta.

A moça inclinou-se para a frente e falou, sua voz quase um sussurro:

– A luz à sua volta c-cintila. C-como a esperança. Pulsa como u-um coração.

– Mas não há luz... – disse Kathryn.

A ama interrompeu-a.

– Ela tem um dom, milady. – E acrescentou depressa. – Dado por Deus.

Essas mulheres são especiais, pensou a anacoreta. Não só a senhora nobre de caráter resoluto e que ama tão intensamente, mas a neném também, com seus olhos azuis e sangue judeu, um símbolo do amor de Deus, de Sua Unicidade; e até a ama-de-leite – que, agora vista mais de perto, se parecia com a menina que possuía o dom espiritual. Um traço comum – maternal, de quem cria, cuida, alimenta – unia-as todas.

Lady Kathryn levantou-se.

– Agradeço-lhe pelo conselho. A senhora deu-me algo em que meditar. – E acrescentou, como se lhe ocorresse naquele instante: – Deseja ficar com os papéis? Ou devo levá-los comigo?

– Vou providenciar para que Tom os receba. Não tenho medo do bispo.

Lady Kathryn apenas deu de ombros e virou-se para ir embora.

– O Senhor as acompanhe – gritou a anacoreta acenando para suas visitantes, que já se afastavam.

Somente a jovem criada virou-se e sorriu, agradecida pela bênção.

Depois que as mulheres partiram, o ânimo de Julian estava tão renovado que ela chegou a se questionar se eram mesmo reais ou se seriam alguma aparição angelical, mais uma de suas visões. Uma coisa era certa: reais ou não, haviam-lhe sido enviadas por Ele, que era a sua fonte. Ao ministrar-lhes ajuda, saciara a sede de sua própria alma. Iria escrever sua apologia, e escreveria em inglês.

E, o que quer que acontecesse, *tudo acabaria bem.*

– Venha, Ahab – disse ela ao gordo felino que saltara para cima do parapeito. Ela apanhou os papéis de Wycliffe e escondeu-os debaixo de uma pilha de roupa de cama. – Vamos aguardar a visita de Tom, você e eu. Ele nos trará notícias de Finn e, quem sabe, também um presente dos pântanos.

Ahab ronronou, cheio de expectativa.

Vinte e Cinco

Dê mais ao ceifeiro-mor, um penny ou dois,
para que ele anime os companheiros a fazer melhor;
dê aos ceifeiros agrados generosos, que os comovam;
e a cada dia vigie bem os indolentes.
– THOMAS TUSSER, *BONS PRINCÍPIOS DA ECONOMIA AGRÍCOLA*

Durante todo o final da primavera, Kathryn não voltou mais à Prisão do Castelo. Meio-Tom aparecia com freqüência em Blackingham, uma circunstância que Agnes não aprovava.

– Não gosto dele por aqui atrás da minha menina.

Mas Kathryn incentivava as visitas do anão, arranjando pequenas incumbências para ele a seu serviço ou enviando-o como mensageiro às abadias nos arredores de Norwich para investigar o paradeiro de Colin. Teria seu filho mais novo se transformado em um vagabundo, estaria dormindo em valas, faminto, sujo e sozinho? Ou, no exato momento em que pensava nele, estaria andando pelos corredores de algum claustro distante, entorpecido por cânticos religiosos monótonos, para sempre perdido para sua mãe? No entanto, Kathryn teria achado algo para Meio-Tom fazer mesmo que não estivesse desesperada por obter notícias de Colin. Porque na realidade o anão era seu único elo de ligação com Finn.

– Pergunte a ele se quer ver a criança – insistia.

A resposta era sempre a mesma.

– Minha senhora, lamento ter de dizer, mas ele alega não ter tempo. O trabalho que faz para o bispo o mantém muito ocupado.

De modo que não houve peregrinação ao Castelo da Prisão durante aqueles dias quentes e ensolarados. O verão chegou. Jasmine aprendeu a arrulhar, a rir e a brincar ao escutar as cantigas infantis que Kathryn cantarolava para ela. Os planos para a colheita tiveram início com as habituais dificuldades em encontrar trabalhadores para combater as pragas e contornar os problemas gerados pelas chuvas, tudo isso tornado mais laborioso pela ausência dos filhos de Kathryn.

Era a segunda colheita desde a morte de Roderick. Neste ano, Simpson seria mais uma vez o ceifeiro-mor, e desta vez não haveria nenhum senhor da casa para conter a arrogância crescente do capataz. E onde ela iria buscar as moedas suplementares para pagar a diária dos trabalhadores contratados, que a cada ano pediam mais, sem falar na gratificação – a *largesse* –, esperada no tempo da colheita, para dar a seus próprios camponeses livres? Desaparecera a lealdade cega com que servos e camponeses tinham servido a seu pai, apagada pela escassez de mão-de-obra e pelas idéias de igualdade fomentadas pelos murmúrios de padres seculares. A velha ordem estava ameaçada, talvez até desaparecesse, e era naquela ordem que ela sabia qual o lugar que ocupava. Os servos estavam ligados a Roderick pelo poder e pela tradição. Onde estaria o poder dela? Onde estaria sua tradição?

Em certos dias, ela simplesmente achava que não conseguiria seguir adiante. A não ser por causa de Jasmine.

Aquela era a quarta viagem de Magda sob o calor do meio-dia, carregando as garrafas de cerveja preta, as cestas de pão e queijo, bolo de aveia e cebolas para os ceifeiros nos campos. A carga era pesada, mas ia bem equilibrada em uma vara comprida atravessada em seus ombros. Ela não se importava porque, apesar de ser de ossatura miúda, era forte e rija, e agradava-lhe a oportunidade de escapar da cozinha sufocante. A cozinheira ultimamente andava de muito mau humor. E Magda gostava de ver as foices longas zunindo no centeio como os figurantes das danças mouras. Seu pai era o melhor do grupo. Observou-o, orgulhosa, abaixar o tronco, a perna direita dobrada sob o corpo, o braço esquerdo estendido para manter o equilíbrio, o braço direito golpeando o centeio como um pêndulo, a foice cortando paralela ao solo, o corpo deslocando-se ritmicamente a cada golpe.

Não admirava que os ceifeiros comessem tanto na refeição do meio-dia. E não admirava, também, que Agnes estivesse tão ranzinza com tudo isso. Na semana anterior enxotara Meio-Tom com uma vassoura, acusando-o de ter roubado um ovo! Agnes, que sempre mantinha uma panela de comida no fogo para os mendigos famintos! Andava aborrecida, sempre encontrando defeito em coisas que até então lhe agradavam e satisfaziam.

Do lado de fora havia luz do sol, ar fresco e flocos de nuvens flutuando soltos no céu azul (sem falar de uma boa dose de simpatia dispensada à criada da cozinha que trazia o almoço). A atmosfera de companheirismo entre os pequenos proprietários e os servos espalhava-se e a envolvia também. Sentia-se mais um membro de uma família muito, muito feliz, porque, embora o trabalho fosse duro e as horas longas, pelo menos naquele mês do ano eles seriam bem alimentados. Um ceifeiro-mor sovina não costumava encontrar braços suficientes para o trabalho. Os camponeses não tinham escolha, mesmo os que não eram ligados à gleba, mas os pequenos proprietários eram livres para procurar campos mais generosos. Todos esperavam o "agrado", a gratificação. Entretanto, naquele ano, Magda não tinha tanta certeza que fossem recebê-la. Examinara a luz-alma do capataz – se é que se podia chamar aquilo de luz. Era mais uma ausência de luz, e ela nunca vira uma coisa assim antes. Seria possível que ele não tivesse luz porque não tinha alma? Seria um diabo disfarçado de homem? Estremeceu ao vê-lo encaminhar-se para a sebe em cuja sombra ela estendera a toalha. Desviou o rosto para evitar o olhar dele, temendo que lhe lançasse um malefício.

Observou as luzes suaves das crianças, misturando-se e fundindo-se como um arco-íris enquanto elas brincavam de pega-pega debaixo de um grande carvalho que se erguia na borda dos campos. Ela havia brincado debaixo daquela mesma árvore na época da colheita – e não fazia muito tempo – enquanto seu pai dançava com a foice e sua mãe atava os feixes. Pediria a Lady Kathryn para deixar sua mãe trazer Jasmine para o campo no dia seguinte. Sua mãe também iria gostar de vir. Ela só sorria no tempo da colheita. Mesmo quando sua barriga estava grande demais para trabalhar, tomava conta dos filhos das outras mulheres. Lembranças felizes aquelas. A não ser pelos tempos difíceis: quando a colheita apodreceu nos campos, quando o demônio trouxe a praga dos cereais, a peste, a chuva. Muitos haviam morrido de fome nos tempos ruins. Como seus dois irmãozinhos.

Mas não queria lembrar essas coisas naquele dia. O sol brilhava e a seara estava madura, e a cozinha de Blackingham tinha preparado uma mesa farta para os trabalhadores. E a distância ela avistava uma luz conhecida. Acenou e gritou as boas-vindas para o homenzinho atarracado que seguia com seu andar cambaleante rumo à cozinha. Ficou satisfeita por Meio-Tom não se ter deixado intimidar pela vassoura nem pela cara feia da cozinheira. Era seu amigo e estava de volta, trazendo a linda luz da sua alma consigo.

Mas foi o homem da alma sem luz que a abordou.

O capataz surgiu de repente junto dela e pegou a garrafa de couro cheia de cerveja. A vara equilibrada em seus ombros tombou para um dos lados. Para não deixá-la cair, ela a pousou desajeitadamente no chão. Ele bebeu sofregamente da garrafa, deixando a cerveja escorrer-lhe queixo abaixo, ao mesmo tempo que a olhava. Ela apontou para o balde de água no chão. A água estava fresca; ela própria fora buscá-la no riacho. Como Simpson não lhe deu atenção, ela fez um esforço para soltar a língua, apesar do medo que lhe causavam aqueles olhares de soslaio que ele maliciosamente lhe lançava.

– S-s-senhor...

O homem soltou uma risada e chegou mais perto dela. Seu hálito fedia a cebola e dentes podres. Virou a garrafa na boca outra vez. O que ela podia fazer? Ele era o ceifeiro-mor, mas assim não restaria cerveja suficiente para os trabalhadores. O gargalo da garrafa já estava frouxo. Talvez, se levasse a água para ele... Ela recuou uns poucos passos até o balde e trouxe-lhe uma cabaça cheia.

Ele pegou a cabaça e, sem tirar os olhos dela, derramou a água toda na cabeça. Em seguida, sacudiu o cabelo gorduroso como um cachorro peludo.

– S-senhor... – como era difícil envolver os sons com a língua. – S-senhor, a á-gua é pra beb-er, e a c-cozinheira disse que...

– "A cozinheira disse... "– ele a arremedou, com voz fina e arrastada. – Não me importa o que ela disse. Eu é que sou o ceifeiro-mor, o senhor da colheita, não a cozinheira. Sabe o que isto significa? Que sou eu quem manda em você e posso beber a cerveja ou a água, ter o que eu quiser – jactou-se, atirando a cabaça e uma cusparada aos pés dela –, qualquer coisa que tenha a ver com a colheita. O que inclui a idiota da criada da cozinha que põe a mesa e traz a comida.

Agarrou-a pelo corpete.

– Vamos ver se você tem aqui dentro uns botõezinhos prontos para desabrochar.

Ela recuou, soltando-se dele, e o tecido muito lavado cedeu. O rosto dela inflamou-se de vergonha enquanto tentava freneticamente cobrir os seios com o pano rasgado.

– Acho que você afinal está madura para ser colhida.

A risada dele soou grosseira e lasciva, fazendo-a sentir-se suja.

Rápido como um raio, ele a rodeou e segurou por trás com os braços cobertos de poeira, o hálito quente no pescoço dela. As mãos tateavam seus seios. Algo duro empurrou-a por trás, sentia-o através da anágua. Sabia o que era e sabia o que ele queria, mas seus lábios haviam se enrijecido demais para formular um protesto e sua língua tropeçava nas palavras.

– P-por favor...

A pressão atrás dela aumentou.

– Ponha-se de quatro no chão e levante a saia – ordenou ele, a voz saindo-lhe em grunhidos.

Não ali, gritou a mente dela, não ali no campo como um animal. Não com alguém que não tinha luz na alma. Mas, Santa Mãe de Deus, o que ela podia fazer? O homem era o ceifeiro-mor, o senhor da colheita. Ela era apenas uma vassala.

– P-por favor, senhor, por favor – implorou ela, quase chorando.

– Agora você encontrou a língua.

– Meu p-pai é...

– Vou pagar a ele um penny a mais. Se você me agradar. Agora, levante a saia e fique de joelhos.

Choramingos e pequenos soluços secos escaparam-lhe, mas ela tentou contê-los. Quanto mais barulho houvesse, mais os outros veriam, e nada podiam fazer. O homem era o senhor da colheita. Ela agarrou a saia, levantando-a apenas acima dos tornozelos, as mãos trêmulas não conseguiam ir além disso. Ele deu-lhe um puxão na saia e empurrou-a por trás, fazendo-a cair de quatro como um cão. Um dos braços dele rodeou-lhe a cintura, imobilizando-a nessa posição. Ela cravou as unhas no solo, agarrou-se à poeira da terra. As mãos ásperas dele jogaram-lhe a saia por cima da cabeça. Ela retraiu-se toda ao senti-lo tocar sua pele, ao arranhá-la com as unhas. Ele grunhia como um bicho ao chocar-se contra seu corpo. Doía. Mas o que mais lhe doía era pensar que os outros presenciavam sua vergonha. O vômito subiu-lhe à boca. Não conseguia chorar. Não conseguia sequer respirar.

– Volte para o campo, Simpson.

Ao ouvir a voz de Lady Kathryn, o capataz largou a menina e tentou pôr-se rapidamente de pé, desajeitado, puxando os calções. Kathryn teria rido da expressão aparvalhada no rosto dele se não estivesse tão zangada. Não foi a primeira vez em sua vida que ela desejou ser homem, por uns minutos que fosse. Simpson naquele momento estaria sentindo o arder de uma chicotada em seu traseiro nu em vez de tentar escondê-lo nas calças largas.

Magda esgueirou-se de baixo dele, alisando a saia com uma das mãos, segurando o corpete rasgado com a outra. Seu rosto estava branco como mármore. Kathryn conteve o impulso de tomá-la nos braços para consolá-la, mas sabia que uma demonstração daquelas poderia ser a desgraça da moça. Kathryn via claramente que ela lutava para se recompor, para preservar algum vestígio de dignidade, apesar das lágrimas que desciam abrindo sulcos em seu rosto empoeirado.

– Magda, vá para a casa.

A esta altura, Simpson já se levantara, mas dera-lhe as costas e estava ajeitando as calças.

– Diga à cozinheira que você caiu em um monte de estrume de cavalo. – Essas últimas palavras Kathryn lançou como um impropério na direção do capataz.

Ele se virou e deu de ombros, limpando as palhas agarradas à túnica.

– A moça estava disposta. Não houve dano algum. Sou sempre muito cuidadoso com o que é de sua propriedade, milady.

– Somos todos propriedade de alguém, Simpson, seria bom você não se esquecer disso. Se tocar na moça outra vez, suspendo seu salário e expulso-o de minhas terras.

O sorriso presunçoso dele alargou-se. Kathryn sabia o que ele estava pensando, até se perguntava se ele se atreveria a dizê-lo. Onde ela iria conseguir outro ceifeiro-mor? Como a irritava o fato de ter de tolerar aquela presença malévola entre seus servos por não ter mais ninguém com quem contar!

– Chame os trabalhadores para o descanso do almoço. Eu mesma vou servir a comida – determinou Kathryn, ao mesmo tempo observando a menina para ver se ela podia andar sem ajuda.

Quando Magda alcançou a orla do campo, disparou a correr, meio tropeçando, na direção da casa principal. Kathryn verificou aliviada que não havia sangue em suas saias. Assim que a refeição fosse servida, ela recomendaria a Agnes que tratasse a moça com cuidado redobrado, que lhe fizesse algum agrado especial.

– Com sua licença, milady, queria lembrar que Sir Roderick teria...

– O que Sir Roderick teria dito é que a virgindade de uma serva não tem qualquer valor. Mas é valiosa para a criada que a possui. E deve caber a ela decidir se a cede. Ou não. Você trabalha para Blackingham, Simpson. Você trabalha para mim.

– Com certeza, milady.

Sob as pálpebras abaixadas, todavia, ela entreviu um lampejo de ódio, forte como um relâmpago e igualmente perigoso. Ela se livraria dele. Assim que a colheita terminasse.

– E, Simpson, mais uma coisa. A moça vai receber um xelim do seu salário como compensação.

– De quê? Ela ainda está intacta.

– Um xelim, então, pela humilhação por que ela passou. E para que você se lembre quem é o senhor aqui.

– Como quiser, milady. – Os olhos dele pareciam pequenos carvões ardentes. – Mas eu estaria mais bem pago se a senhora tivesse chegado um minuto mais tarde.

Deu-lhe as costas e saiu pelos campos pisando duro, fazendo apenas um aceno brusco aos trabalhadores que assistiam à cena para indicar que era hora de comer.

A colheita terminou tarde, mas, por volta de setembro, a última carroça de feno já fora empilhada e o centeio e a cevada haviam sido armazenados em segurança nos celeiros para a debulha de inverno. Os gansos da festa de São Miguel, gordos de tanto ciscar os grãos caídos no meio do restolho, assavam em espetos na cozinha para a festa da colheita que se realizava na casa senhorial. Kathryn contava ansiosa suas barricas de hidromel, sidra e cerveja escura, todas preparadas em casa, além dos vinte galões de cerveja clara que comprara por cinqüenta xelins para complementar seu estoque. O banquete daquela noite a enchia de receio. Seria uma noite de pândegas e bebedeiras e, apesar de Kathryn não o oferecer de má vontade – sabia que eles mereciam a festa –, sua bolsa estava magra como a de um eremita. Em duas ocasiões, durante as duas semanas de colheita, Simpson dirigira-se a ela solicitando a gratificação dos pequenos proprietários rurais contratados para o trabalho. Graças a Deus, havia a receber os pagamentos trimestrais das rendas. Ele os estava recolhendo naquele dia e prestaria contas a ela durante o banquete.

Kathryn levantou o véu para enxugar o suor e chamou Glynis para pôr a mesa no grande salão. Onde estaria aquela preguiçosa, aliás? Agnes e a criadinha da cozinha estavam se esfalfando de tanto trabalhar. As mãos de Magda moviam-se atarefadas, tanto quanto sua língua permanecia parada. Ela se recolhera outra vez ao silêncio desde o episódio com Simpson. Uma lamentável ocorrência, mas felizmente o anão viera pedir ajuda a Kathryn. Ela imaginava que existissem outras moças, umas dispostas, outras não, de quem Simpson também teria abusado, mas pouco podia fazer a respeito. Não iria se preocupar com elas. Não seria parte do quinhão que lhes cabia estipulado por Deus?

Inspecionou as mesas compridas armadas em cima de cavaletes no grande salão. Teria de haver também um estrado. Não ficava bem ela sentar-se embaixo. Mas quem iria sentar-se à mesa alta com ela, uma viúva, dona da casa senhorial, sem filhos para acompanhá-la? Simpson? Kathryn estremeceu. De qualquer maneira, ele não era de família nobre. Iria sentar-se a uma das mesas compridas. O padre da Igreja de Saint Michael sentar-se-ia com ela à mesa alta para abençoar o banquete, mas ela o instalaria abaixo do sal.*

Ela enviara Meio-Tom a Norwich para contratar algum tipo de entretenimento para o banquete. Os trabalhadores da colheita tinham direito a um pouco de diversão. Era dever dela proporcioná-la.

– Não traga muitos artistas – recomendara ela. – Um ou dois malabaristas e um pouco de música de alaúde; isso é tudo o que Blackingham pode pagar.

Trajada com seu segundo melhor vestido de brocado e usando um diadema trançado na cabeça, Lady Kathryn estava sentada sozinha. O salão recendia às ervas aromáticas que pouco antes haviam sido espalhadas entre os juncos do chão, a que se misturava o odor fumegante de ganso assado que vinha da cozinha. A mesa parecia posta com abundância, sob o peso das frutas da colheita. Agnes era uma alquimista. Podia não ser capaz de transformar vis metais em ouro, mas sempre conseguia converter as sobras das refeições da véspera em maravilhosos bolos de carne perfumados com especiarias e coloridos com açafrão (a cor, pelo menos, era a do ouro dos alquimistas) para disfarçar a idade de alguns dos ingredientes.

De sua alta cadeira entalhada, Kathryn viu os artistas itinerantes entrarem na outra extremidade do grande salão. Um deles vestia a fantasia de esqueleto do Ceifeiro Macabro, a fim de parodiar a colheita de almas; outro usava um manto curto com capuz – apesar do calor – e carregava um alaúde pendurado no ombro; um terceiro usava apenas calções amarrados nos quadris. Os músculos de seu corpo ondulavam sob a pele bastante untada com óleo. Entrou na frente dos outros, executando uma seqüência de saltos acrobáticos pelo comprido salão e vindo parar diante da cadeira da senhora da casa, onde se manteve de cabeça para baixo, o corpo apoiado nas mãos e as pernas para cima, e realizou malabarismos com os pés usando três bolas coloridas. Lady Kathryn aplaudiu e a multidão imitou-a.

---

* N. do T.: Na Inglaterra medieval, o sal era um produto caro e raro, por isso o saleiro era colocado no centro da "mesa alta", onde os nobres se sentavam. Os menos favorecidos ficavam abaixo dele. O costume adaptou-se aos tempos, mas o saleiro continuou sendo uma referência da importância dos comensais sentados à mesma mesa, em que os de mais distinção instalavam-se *acima do sal* – este no meio da mesa e os donos da casa em uma das cabeceiras – e os dependentes, inferiores e parentes pobres *abaixo do sal.*

Meio-Tom aumentou a pequena companhia de artistas brincando de pega-pega com o Ceifeiro Macabro, fazendo gestos grosseiros e escarnecendo da sinistra figura, que o perseguia por todo o salão com sua foice. Os camponeses riam e apupavam. Enfim, tinham oportunidade de transformar a morte em alvo de zombaria. Do outro lado do salão, o tocador de alaúde andava devagar ao longo da comprida mesa dedilhando as cordas do instrumento. Kathryn não conseguia ouvir a canção que ele tocava em meio às gargalhadas ruidosas e aos aplausos para o contorcionista e o Ceifeiro. Antes assim. A música de alaúde só a fazia pensar em Colin e ela não tinha tempo para aquilo no momento. Simpson chegou tarde à festa, bem depois de iniciado o banquete. Um insulto aos trabalhadores. Uma afronta a ela. Sentou-se, silencioso, com uma expressão de enfado no rosto, ocupado com sua taça. Como capataz, tinha direito ao vinho, mas Kathryn mandara misturar bastante água à bebida não só por economia mas também como medida de precaução. A julgar pelo modo como ele entrou cambaleante no salão, porém, ela deduziu que aquela não era sua primeira taça do dia. Depois que o último prato foi servido, os *raffyolys*, pastéis de carne de porco picada misturada a especiarias, ele avançou com passadas incertas para o tablado e, depositando na frente dela a bolsa de moedas com o pagamento das rendas do trimestre, murmurou com fala engrolada que as contas estavam dentro da bolsa.

– É pouca coisa – balbuciou ele. – Os camponeses culpam a despesa com o imposto individual do rei.

Ela sentiu o peso da bolsa na mão e suspirou. Parecia leve, e estava certa de que se lesse o inventário encontraria mais promessas do que dinheiro. Teria de recolher sua renda em galinhas e ovos e verduras das pequenas hortas que os arrendatários cultivavam com grande dificuldade no pedaço de terra ao lado de suas choupanas.

Pousou a bolsa ao lado de seu tabuleiro, levantou-se e fez o brinde de praxe à colheita e a seu senhor. No entanto, quando concluiu a saudação, o salão permaneceu em silêncio. Os pequenos fazendeiros não fizeram ouvir suas vozes com os hurras costumeiros.

Alguns homens do outro lado começaram a bater na mesa com os punhos em um movimento ritmado. As batidas reverberaram pela mesa afora até o som encher o ambiente e ecoar na cabeça dela.

– Gratificação, gratificação! Queremos gratificação! – A cadência começou baixa e aumentou em um crescendo.

Não era a reação que ela esperava, decididamente. Tratava-se de um bando de gananciosos. Pretendiam então roubar uma pobre viúva? Não iria tolerar tamanha insolência. Aprumou as costas, ergueu uma das mãos.

A gritaria monótona parou.

– Onde está a gratidão que me devem pela soma que já receberam? Por duas vezes, dei muitos pence a mais ao ceifeiro-mor para aumentar seu pagamento.

Um deles, que a bebida enchera de coragem, levantou-se e gritou para ela em resposta:

– O ceifeiro-mor não nos deu nada. Prometeu que receberíamos a gratificação durante os festejos do término da colheita.

Um coro de concordância e o barulho recomeçou, compassado.

Gratificação. Gratificação.

Kathryn lançou um olhar fulminante para Simpson, que, ainda sentado, mirava o interior de sua taça.

– O que significa isso, Simpson, o que fez com o dinheiro a mais?

O ruído das batidas era ensurdecedor.

Gratificação. Gratificação.

Ele levantou a cabeça e, sem encará-la, olhando para um ponto qualquer atrás dela, encolheu os ombros e respondeu:

– Tive de usar para contratar mais mão-de-obra.

– A colheita atrasou. E não há mais do que o número habitual de pessoas aqui.

– Alguns desistiram e foram embora, seguiram adiante.

Falavam aos gritos por cima do alarido quando, abruptamente, as batidas nas mesas cessaram. Um grande silêncio abateu-se sobre o salão. Ninguém se mexia a não ser o tocador de alaúde, que havia parado de dedilhar o instrumento e encaminhava-se para o tablado. Iria também pedir mais dinheiro? O salão de repente pareceu apertado. Ela agarrou a borda da mesa em busca de apoio. Aquela era a última gota. A perfídia do capataz não conhecia limites.

– Você é um ladrão e um mentiroso, Simpson – acusou ela em voz bem alta para todos no salão ouvirem.

Ele se limitou a lançar-lhe um olhar de desprezo.

– Não vou mais tolerar sua insolência e suas calúnias. O mais ordinário dos servos de Blackingham vale mais do que você. E não quero mais a sua presença nas terras de Blackingham. Se amanhã ainda se encontrar na propriedade, vou mandar açoitá-lo.

Fez-se silêncio absoluto. No outro extremo do tablado, o padre tossiu discretamente. O único outro som no ambiente era o coro infindável dos grilos de verão que vinha do lado de fora

O riso embriagado elevou-se, estridente, agudo, ressoando no silêncio pesado.

– E onde Vossa Senhoria vai encontrar um homem para me açoitar?

Ela fez um gesto largo com o braço que pretendia trazer para junto de si todos os trabalhadores, um gesto abrangente, e deixou seu olhar correr por todas as mesas, incitando-os a ficar do seu lado.

– Esses homens que você roubou mostrarão lealdade à sua senhora.

Mas não se ouviu nenhum coro de apoio. Os camponeses se entreolharam, como se não soubessem em quem acreditar, como se não confiassem em nenhum dos dois.

– Meus bons homens – e Kathryn ficou de pé ao dirigir-se a eles. A fumaça e o calor que enchiam o salão a entonteciam, mas ela se revestiu de coragem para fazer o que era preciso. – Vocês trabalharam com afinco pela Casa de Blackingham. Dou grande valor aos serviços que prestaram e tenho imensa consideração por sua lealdade, de modo que tomarei providências para que recebam a gratificação que esse capataz ganancioso roubou de vocês. Venham todos ao portão amanhã à hora prima. Esta noite...

– Mais promessas – alguns resmungaram, mas ouviram-se aplausos esparsos e um grito:

– Deixem que ela termine!

Estimulada, levantou a mão para impor silêncio e continuou:

– Esta noite, aproveitem o banquete que preparamos para vocês. – E fez um sinal para o botelheiro servir mais uma rodada de sidra. – Divirtam-se com os entretenimentos que fizeram por merecer.

Meio-Tom e o Ceifeiro recomeçaram suas brincadeiras macabras. Um ou dois no salão ainda resmungaram queixas, mas a solidariedade entre eles se rompera, com as pessoas temporariamente apaziguadas.

Enquanto Kathryn se perguntava de onde viriam as moedas suplementares – iria exigi-las de Simpson, acabara de provar que ainda tinha uma certa autoridade –, o tocador de alaúde aproximou-se do estrado.

– Minha senhora.

Aquela voz. Seria um ardil da sua memória?

O tocador de alaúde curvou-se para cumprimentá-la tirando o capuz da cabeça. A pele clara de sua cabeça raspada era de uma brancura extraordinária. Em um lampejo, veio-lhe uma lembrança, a da mão maternal, a mão dela própria, lavando aquela cabeça sem pêlos, acariciando a forma de cada osso daquele crânio. Mas antes mesmo que pudesse evocar a visão completa, o jovem tocador de alaúde levantou os olhos para ela. Os olhos de Jasmine fitaram-na.

Ela desceu impetuosamente do estrado e apertou-o nos braços.

Ele devolveu-lhe o abraço, mas de modo diferente, mais contido. Ele crescera. Eram os ombros musculosos de um homem que a mãe agora abraçava.

– Colin! Oh, seja bem-vindo, meu filho, seja muito bem-vindo! – E enxugava as lágrimas ao segurá-lo com os braços estendidos para contemplar seu rosto, embevecida.

– Você cresceu, está mais homem, menos menino – disse. – O que fez com seu lindo cabelo?

– Raspei, em um ato expiatório – respondeu ele sem sorrir. A voz também se tornara mais grave.

Ela esperou que ele continuasse a falar, mas ele nada explicou.

– Por que a senhora está sozinha no estrado? – perguntou. – Onde está Alfred? E o mestre de iluminuras?

O pesar bem conhecido vinha empanar a sua alegria.

– Você não perguntou pela filha do mestre iluminador. Por que não pergunta a respeito de Rose? – retorquiu ela com uma leve censura, uma pitada de amargura na voz.

– Aconteceu alguma coisa? Eles se foram?

Ela suspirou.

– Muita coisa aconteceu, Colin. Sua partida foi apenas o começo.

No mesmo instante arrependeu-se do seu tom de recriminação. A culpa fora exclusivamente dela própria. Não podia afugentá-lo outra vez. Deu-lhe uma palmadinha na mão e acrescentou:

– Tenho muito o que lhe contar, Colin, mas só depois de resolver essa questão do Simpson. Foi bom você ter vindo. Ele vai agir com menos truculência quando vir que não sou uma mulher sozinha.

Virou-se para continuar o confronto com o capataz, mas deu com o assento dele vazio. A bolsa de dinheiro também desaparecera.

Depois que a festa do término da colheita chegou ao fim e os convivas saíram cambaleantes para seus leitos – em galpões, telheiros, estábulos e até em alguma vala onde dormiam –, Kathryn pediu a Colin que fosse ao quarto dela. As provações daquela noite a tinham exaurido, mas ela sabia que o que precisava dizer a Colin não podia esperar pelo amanhecer.

Sentaram-se a uma mesa pequena em um canto do quarto onde ela algumas vezes ceara com Finn, os dois sozinhos em seus aposentos desfrutando a intimidade de uma refeição em comum. Mas não era o momento de pensar naquilo. Era seu filho que se encontrava ali sentado com ela, e precisava ponderar com cuidado as palavras que diria.

– Foi uma tolice, sabe, você partir. Espero que tenha voltado para ficar.

– Sim, minha mãe, voltei para ficar. Descobri que não fui talhado para a vida de monge, afinal.

Ele mudara. A cabeça raspada desolava-a – lamentava a perda de sua linda cabeleira. Os olhos azuis haviam perdido um pouco da inocência de antes e, em troca, adquirido um fulgor ardente, inquieto.

– Voce andou viajando com os aristas desde que se foi daqui?

– A maior parte do tempo, sim. A senhora recebeu minhas cartas?

– Cartas suas? Não, só uma. E não tinha como respondê-la, senão já lhe teria contado o que tenho para contar agora. – De que modo começar? Ofereceu-lhe uma taça de vinho, o rapaz declinou. Ela tomou um gole. – A sorte não favoreceu Blackingham desde que você partiu, Colin. Como lhe disse, sua partida foi o início.

Então ela lhe contou sobre a decisão e a viagem de Alfred, sobre a prisão de Finn, sobre a bebê e, finalmente, sobre a morte de Rose. Ele escutou tudo em silêncio. Não a interrompeu com perguntas nem lamentos, nem mesmo quando ela fez uma pausa, esperando uma reação. E quando, por fim, ela se inclinou por cima da mesa para segurar-lhe a mão, ele a retirou.

– Rose está morta, então – disse ele, inexpressivo. Seus olhos anuviaram-se e o pomo-de-adão moveu-se quando ele engoliu em seco.

A mãe ansiava por tomá-lo em seus braços, mas sabia que ele não gostaria. Aquele não era o seu doce Colin que, quando pequeno, certa vez enfurecera o pai por causa de uns filhotes de passarinhos que uma raposa roubara do ninho.

– Sinto muito – foi tudo o que ele disse, com os olhos secos fitando um ponto atrás da mãe à meia distância, que ela sabia não serem os desenhos das tapeçarias penduradas nas paredes do quarto. Muito menos manifestou a dor que a mãe previa: nem uma lágrima, apenas um olhar duro, inabalável. – Vou rezar pela alma dela – completou. A voz não revelava sequer um tremor de emoção. – Encontrei um homem chamado John Ball, mãe. Ele abriu meus olhos para muitas coisas.

Aquele decerto não era seu Colin, para esconder seu sofrimento com tanta facilidade. Devia ser um outro filho qualquer trocado pelas fadas.

– Que tipo de coisas? – ela perguntou, sentindo que ele se fechava, não queria que ela soubesse o quanto amara Rose, não a deixava assistir à sua dor nem à sua culpa. Filho tolo, escondendo sua culpa da mãe.

– Sobre a Igreja – respondeu ele.

– Sobre a Igreja?

Ele assentiu com um movimento vigoroso da cabeça, a voz animou-se.

– Sobre a maneira como os padres e bispos escravizaram os pobres mantendo-os na ignorância, como abusam deles, como roubam deles para encher suas abadias com ouro e seus cofres com prata.

Entusiasmara-se agora, os olhos brilhantes, quase febris. Está assoberbado pela tristeza, pensou, só está falando para afastá-la.

– Aprendi outras coisas também nas minhas viagens. – Levantou-se e começou a percorrer o quarto de um lado para o outro em largas passadas. – Os trovadores têm uma canção sobre Adão e Eva que diz que não havia criados nem *fidalgos* no Jardim do Éden. John Ball diz que Deus não estabeleceu esta nossa ordem social. Deus nos ama a todos igualmente. O nobre não é mais importante do que o cavalheiro, o cavalheiro não é mais importante do que o camponês. Não vê, minha mãe? Essa noção de uma Ordem Divina que põe um homem acima do outro está toda errada. Aos olhos de Deus, somos todos iguais!

Seu filho virava um herege ali na sua frente. Estava delirante, como os pregadores lollardos que vagavam pelo interior do país.

– Colin, você tem uma filha. Não quer vê-la?

Ele deixou cair a cabeça entre as mãos, esfregou o rosto com impaciência, quase com raiva, como se quisesse arrancar a própria pele. Ofegou ligeiramente. Lá vem, pensou ela. Agora ele vai chorar e começar a curar suas mágoas. Entretanto, ao levantar a cabeça para a mãe, seus olhos estavam secos e a boca formava uma linha firme e determinada.

– Haverá tempo para isso mais tarde – respondeu. – Esta noite preciso preparar-me. Amanhã vou sair para pregar na encruzilhada de Aylsham. A colheita está madura, mãe, não vê? Resta-nos muito pouco tempo.

E foi assim que um dos filhos de Kathryn voltou para casa. Mas não de fato.

Vinte e Seis

Cortês ele era, modesto e prestimoso, e trinchava a carne à mesa diante do pai.
– GEOFFREY CHAUCER, *OS CONTOS DE CANTERBURY* (SÉCULO XIV)

Havia dois meses que Colin estava de volta em casa quando chegou o convite com o brasão do duque prometendo uma quinzena de festividades no Castelo de Framlingham. Kathryn primeiro pensou em declinar o convite, que era para a comemoração natalina do Duque de Norwich "em honra de Sir Guy de Fontaigne pelo recebimento da Nobre Ordem da Jarreteira". Ela não possuía nem os trajes adequados nem o espírito para tão prolongada cerimônia, e perguntou-se como era possível que o nome da viúva de um cavaleiro de menor importância fizesse parte da lista de convidados. O castelo ficava situado em Suffolk, a no mínimo dois, talvez três dias de viagem no auge do inverno. Não tinha dama de honra para assisti-la nem escolta de soldados armados para protegê-la, tampouco podia cogitar em levar Colin para acompanhá-la, tendo em vista a maneira como ele vinha se comportando.

Seu filho passava os dias pregando em encruzilhadas e praças de mercado, onde quer que as pessoas se reunissem. Não demonstrava qualquer interesse pela filha. Até o alaúde vinha acumulando pó, pendurado em um cabide de madeira no grande salão. Colin trocara a harmonia pelos discursos bombásticos, o amor pela obsessão, pensava ela, ouvindo-o sem prestar muita atenção às arengas dele sobre os males da Ordem Divina, a crueldade da nobreza, os abusos do clero. Os nomes de John Ball e Wycliffe eram tão freqüentes em seus lábios que mais pareciam as palavras do rosário. Não, não poderia levar o filho mais moço para a companhia dos nobres. Se o fizesse, colocaria ele próprio e Blackingham em perigo. Não que ele absolutamente se importasse com Blackingham. Algumas vezes, nem sequer voltava para casa. Então, insone, Kathryn saía de sua cama e consolava-se embalando Jasmine noite adentro, muito tempo depois de a menina ter adormecido.

– O que vai acontecer com você, pequenina? O que vai acontecer com todos nós?

Naquelas longas noites em claro, pensava na anacoreta e na promessa que lhe fizera de que *tudo acabaria bem.*

– Não sei como, doçura, não sei como – sussurrava para a criança que dormia.

De que modo uma pessoa em uma posição precária como a dela ousaria recusar o convite de um duque? Poderia alegar alguma doença feminina que a impedisse de fazer uma viagem tão difícil – que, a bem da verdade, ela receava menos do que ter de fingir homenagens a um homem que ela abominava. Quando a imagem de Sir Guy de Fontaigne lhe vinha à mente, o que primeiro enxergava era a curva cruel de sua boca. Na noite em que prendera Finn, a maldosa satisfação em seu sorriso de predador fora mais do que evidente. Portanto, a questão não era *como* recusar, mas se ela *ousaria* recusar o convite. Suspirando, pôs o papel de lado. No entanto, haveria uma probabilidade de ver Alfred. Afinal de contas, ele era escudeiro de Sir Guy. Um entre muitos, era verdade, mas, ainda assim...

Abriu sua arca de roupas e vasculhou-a, tirando de lá de dentro seu vestido mais novo e em seguida sacudindo-o.

Dois dias depois chegou um mensageiro do xerife. Sir Guy ficaria honrado se Lady Kathryn viajasse sob a proteção de seu estandarte. Enviaria uma carruagem e uma escolta para ela à véspera do Natal. A mensagem foi deixada no grande salão. O mensageiro nem ao menos esperou uma resposta.

Kathryn viajou com o séqüito do xerife, mas em uma carruagem particular destinada a ela e à sua criada. Não teve outra escolha senão levar Glynis consigo, embora a tola da moça passasse o tempo todo espiando entre as cortinas na esperança de receber alguma atenção de qualquer homem ou rapaz. Ao menos possuía dedos ágeis quando se tratava de arranjar o cabelo de Kathryn, apesar de seu estilo tender mais para trançados elaborados, não exatamente o ideal para uma viúva que não desejava atrair atenção para a sua pessoa.

– Minha senhora, que maravilha isso tudo! Que beleza de estandartes! E os corcéis, então, são lindos, vêm trotando de três em três atrás de nós.

Com um homem montado em cada um deles, pensou Kathryn.

– Feche a cortina, Glynis – ordenou. – Você está deixando o ar gelado entrar. Minhas mãos já estão roxas de frio.

À noite acamparam. Kathryn praticamente não dormiu durante toda a primeira noite. Ficou deitada e acordada escutando os sons da escuridão: o ranger da carruagem em cima das rodas de madeira, o chamado de pássaros noturnos. Uma vez achou ter escutado um bando de lobos uivando. Esperava que aquela segunda noite fosse melhor, mas sua cabeça já começara a doer com o cheiro da fumaça das fogueiras de acampamento.

O soldado que levou a ceia à carruagem delas demorou-se, flertando com Glynis. Para alívio de Kathryn, contudo, Sir Guy não lhes impôs a sua companhia. O pedaço de carne pouco a interessou, porém mastigou um pouco de pão, dando boas-vindas ao breve crepúsculo cor de púrpura e ao fim do sacolejar e gemer da carruagem pela estrada tortuosa e congelada. Tal como na noite anterior, ela dormiu mal, tendo acordado várias vezes preocupada com Jasmine. Ouviu Glynis sair de mansinho. Seria uma necessidade urgente da natureza ou um encontro amoroso com um soldado? Escutou-a esgueirar-se de volta mais tarde – minutos, horas? Uma eternidade.

Pela manhã, levantaram acampamento envoltos pela neblina perolada do amanhecer. Quando Glynis voltou depois de despejar as águas sujas, contou a Kathryn que pensava ter visto o "patrãozinho Alfred" entre os homens.

– Tem certeza, Glynis?

Kathryn procurara e indagara entre os escudeiros do xerife antes de partirem.

– Tenho, milady. Ele não estava muito perto, mas eu reconheceria aquela nobre cabeça em qualquer lugar.

Kathryn envolveu-se mais em seu manto com capuz, agradecida pelo calor de seu forro de pele de esquilo, e levantou a cortina de tapeçaria.

– Mostre-me – pediu.

Glynis apontou para um grupo de homens amontoados em torno de uma fogueira. Tomavam o seu desjejum de grossas fatias de queijo duro e passavam uns para os outros um odre cheio de cerveja. Não havia nenhum dinamarquês de cabelo vermelho entre eles.

Chegaram a Framlingham justo quando o sol diluído atingia seu ponto mais alto. A fortificação era imponente, com sua cortina concêntrica de muralhas de pedra, seus baluartes e sua casa da guarda. Tratava-se de uma fortaleza militar. Toda a casa senhorial de Blackingham caberia dentro do pátio externo de defesa do castelo, pensou Kathryn quando passaram pelo portão levadiço. Mesmo sendo amplo como era, o pátio estava atravancado de tendas e pavilhões vistosos, suas flâmulas coloridas encrespando-se ao vento ligeiro. Criados vestindo librés de sedas brilhantes vermelhas, azuis e verdes agitavam-se por ali, gritando para serem ouvidos acima do estalar das rodas, dos latidos dos cães, do bater dos cascos dos cavalos nas pedras do chão. Carruagens com cortinas, como a que levava Kathryn, eram puxadas para os cantos diante de fogueiras de acampamento. Cada uma tinha sua quantidade de lenha empilhada ao lado. A lenha para alimentar as fogueiras durante quinze dias iria devastar uma floresta de proporções consideráveis.

– Vamos acampar no pátio, milady? – perguntou Glynis, a voz excitada.

– Esperemos para ver – respondeu Kathryn. – Parece que veio muita gente. A casa deve estar reservada para convidados de posição superior.

– Gosto daqui. É mais festivo e amistoso. E esta carruagem é excelente, digna de uma duquesa. Sir Guy deve ser muito rico. E deve gostar muito da senhora, milady.

Kathryn ignorou a piscadela impertinente da moça. Pensava naquele momento que o xerife provavelmente se esquecera dela. Mesmo não desejando a sua companhia, a cortesia mais elementar recomendava que àquela altura ele fosse cumprimentá-la. Se acampassem no pátio, certamente não era apropriado que ficasse desacompanhada. A Glynis podia agradar a idéia de instalar-se junto com cavaleiros e seus soldados; a Kathryn, não. Alguém deu uma pancadinha seca em um dos lados da carruagem e Kathryn abriu a cortina de tapeçaria. Não era Sir Guy, mas um lacaio vestindo a camisa e a boina carmesim da casa dele.

– Se minha senhora e sua dama de honra quiserem ter a bondade de me acompanhar – disse ele, esboçando um cumprimento –, vim para escoltá-las até seus aposentos. Devem instalar-se do lado de dentro.

Graças à Virgem, pensou ela, soprando as mãos para aquecê-las. Onde a menina teria posto as suas luvas?

Ao descer da carruagem, Kathryn contou as torres em cada junção de fortificação e pátio: treze, ao todo. Era para uma dessas torres altas, de muitos andares, que o criado as conduzia.

– Eu não esperava encontrar um castelo tão imponente – comentou Kathryn enquanto seguia o criado, que carregava seu baú de viagem pelos diversos lances da escada curva de pedra. – O Duque de Norfolk deve ser muito poderoso.

– Bastante poderoso – concordou o rapaz. – Mas o castelo pertence ao rei.

– Quer dizer então que o rei estará presente? – Kathryn esperava dar a impressão de estar mais curiosa do que contrariada, mas a verdade era que não dispunha de trajes adequados nem tinha disposição para intrigas da corte e, com toda a certeza, não desejava que o rei ou seu regente fossem lembrados da existência dela.

– Não sei. – O criado ofegava.

Os degraus da torre faziam outra curva e subiam mais ainda. Ela pensou em Finn em sua alta torre normanda quadrada. Mais um lance de escadas. Outra curva e, de repente, quando parecia que a espiral continuaria, a escada chegava a um patamar. Kathryn seguiu o criado e entraram em um aposento pequeno mas bonito. As paredes haviam sido pintadas com um tom comum de ocre, não com murais de cores vivas, como as dos outros que entrevira ao passar. Mas o quarto simples fora realçado com uma rica tapeçaria pendurada acima da lareira. Diante desta, um banco para sentar completava graciosamente o ambiente. Fora revestido também com um belo xale e guarnecido de almofadas enfeitadas com borlas, todas meio desarrumadas, como se tivessem sido colocadas ali às pressas e recentemente.

– Mais alguma coisa, senhora? – perguntou o rapaz, o peito arfando, depois de pôr o baú no chão.

– Há alguma mensagen de Sir Guy para mim?

– Mensagem?

– Mais instruções? Os hábitos da casa? O programa das atividades?

– Não há mensagem nenhuma. Talvez a senhora possa enviar a sua criada à galeria para indagar.

– Vieram muitas senhoras mais?

– Não vi nenhuma outra. Mas suponho que a duquesa e suas damas de honra estejam presentes – respondeu o rapaz, lançando um olhar de esguelha em direção à porta.

– Pode ir.

Kathryn pousou seu porta-jóias e examinou seus aposentos com mais atenção. Uma *garderobe* fazia parte do quarto – ao menos ela não teria de procurar uma latrina comum. Um fogo acolhedor fora aceso na lareira com madeira de carvalho inglês, que queimava bem, e não com turfa. Velas de cera de abelha, não de sebo, haviam sido colocadas nos castiçais das paredes, e um aquecedor de cama encontrava-se junto à lareira, tendo ao lado uma enxerga enrolada para sua criada pessoal. Uma cama pequena mas rodeada de cortinas, uma cadeira e uma cômoda constituíam o resto da mobília do quarto. Uma bacia e um jarro de água esperavam-na dentro da *garderobe*; um maço de ervas fora pendurado em cima do vaso sanitário e havia ervas frescas espalhadas pelo chão. Bem melhor do que acampar no pátio, sem dúvida alguma. Fazia um silêncio abençoado ali dentro, só se ouvia o eco suave de passos lentos – estariam subindo? – que foram seguidos de uma tímida batida na porta.

A um sinal de Kathryn, Glynis abriu a porta para uma menina mais ou menos da idade de Magda.

– Fui enviada para atender ao conforto de minha senhora. Milady precisa de alguma coisa?

Ao ver a magreza da menina, Kathryn percebeu que não teria coragem de pedir-lhe água quente ou mais do que alguns pedaços de lenha. A criadinha era quase uma criança. Seus braços estavam marcados de queimaduras de frio – tratava-se provavelmente de uma ajudante da copa a que haviam incumbido de mais tarefas por causa das festividades.

– Trouxe minha própria criada. Se você puder mostrar a ela onde ficam a cozinha e a lavanderia, ela poderá me atender.

A menina, parecendo aliviada, murmurou um "Sim, milady" acompanhado de uma reverência insegura.

– Vá com ela, Glynis. Leve esse embrulho de roupa para lavar. Procure informar-se com os outros criados sobre a rotina da casa. E, quando voltar, traga-me um jarro pequeno de água quente.

– O banquete de Natal será no grande salão aos três toques do sino, milady – adiantou a menina.

– Preste atenção no tempo, Glynis – recomendou Kathryn, fitando-a com o que esperava ser um olhar significativo. – E não se demore.

Quando as moças saíram, Kathryn debruçou-se em seu baú para procurar seus atavios. O vestido mais novo que possuía era de brocado de veludo bordô-escuro, bordado e enfeitado com fios de prata. Havia sido uma extravagância, mas seu coração estava muito mais leve então, seu futuro mais promissor. Era a cor favorita de Finn, porém ele fora preso antes que Kathryn tivesse a oportunidade de usar o vestido. Chegara pois a hora de justificar o seu custo, não havia mais razão para poupá-lo, dissera a si mesma ao prepará-lo para a viagem. Talvez fosse melhor reservá-lo para a festa da Epifania, na Noite de Reis. Não. Seria apenas adiar o sofrimento de usá-lo. Usaria o vestido de brocado de veludo naquele mesmo dia e novamente na Noite de Reis. E quando voltasse para casa iria usá-lo inúmeras vezes seguidas, como as camisas de cilício dos peregrinos, que não as tiram como penitência.

Emagrecera tanto que a saia penderia larga demais da cintura alta. Haveria tempo para Glynis apertá-la? Possuía também um toucado de veludo com uma rede prateada para combinar com seu cabelo. O toucado teria de ser escovado, mas ela poderia fazer isso sozinha enquanto Glynis apertava o vestido. Kathryn sentiu um calafrio, temendo o momento em que precisaria se despir e ficar só de camisa. Será que esperavam que os convidados comparecessem à capela nas horas das orações? Deitou-se atravessada na cama e, cobrindo-se com seu manto, encolheu o corpo como uma bola.

Dia de Natal. Finn estaria solitário em uma torre e ela em outra. Com o céu e o inferno estendidos entre eles.

– Sir Guy mandou que eu viesse escoltar milady ao salão do Banquete de Natal.

Era o mesmo lacaio que carregara seu baú de viagem. Olhou-a com admiração, mas nada disse. Embora fosse pouco mais velho do que Colin e Alfred, o olhar agradou-a, sustentou-lhe a vacilante autoconfiança. Não havia tremó – o aparador com espelho alto – em seu quarto, só um pequeno espelho que lhe mostrara seu rosto emagrecido e pálido. Cabelo branco e pele branca demais em contraste com o veludo vermelho-escuro.

Ao entrarem no grande salão sobreveio-lhe um pânico momentâneo – tantas pessoas, pelo menos duzentas, ou até mais, e tanto barulho! Não reconheceu ninguém, e não havia muitas mulheres sentadas às mesas compridas.

Conjeturava onde deveria sentar-se quando o lacaio a conduziu para a frente do salão. Provavelmente acima do sal, pois tanto Roderick quanto seu pai haviam sido cavaleiros. Observou as mesas dos cavaleiros na esperança de encontrar um rosto feminino que lhe revelasse pontos em comum consigo. Verificou, aliviada, que alguns nobres estavam acompanhados das respectivas esposas, mas não havia lugares vazios e o criado levou-a para além da mesa onde eles se encontravam. Talvez, então, devesse sentar-se com as damas de companhia da duquesa. Uma honra extraordinária mas indesejável, sem dúvida. Deu graças pela escolha do tecido elegante do vestido, se não pela cor. Pelo menos, não passaria pelo constrangimento de parecer um tordo comum pousado entre magníficas aves-do-paraíso.

Mas passaram igualmente pela mesa daquelas damas e aproximaram-se do estrado onde o duque e a duquesa empoleiravam-se no meio de uma fieira horizontal de nobres dignitários.

– Deve haver algum engano – disse ela. O servo, porém, vários passos adiante dela, ou não a ouviu ou preferiu ignorá-la.

Sir Guy levantou-se. Claro, como convidado de honra, era de esperar que ocupasse um lugar no estrado alto e, sendo convidada dele, iria escoltá-la até seu lugar. No entanto, em vez de descer e acompanhá-la a uma das mesas abaixo, ele simplesmente estendeu-lhe a mão e indicou o lugar vazio a seu lado. Sorriu aquele sorriso torto que ela detestava.

– Um raro deleite, minha senhora, ser seu companheiro de mesa durante quinze dias. Um auspicioso prenúncio.

Sentiu um aperto no coração. Virgem Santíssima, ela fora convidada pelo Duque de Norfolk como acompanhante oficial de Sir Guy de Fontaigne. Nem queria pensar no que aquilo poderia significar.

– Uma honra que se torna ainda mais deleitável por sua singularidade, meu senhor – respondeu ela, sentando-se no lugar que ele lhe designara.

Quando chegou a Noite de Reis, Kathryn já estava farta dos banquetes noturnos e ansiava por voltar para casa. Seu sorriso parecia tão glacial quanto as geadas que a cumprimentavam todas as manhãs. Estava cansada também da companhia de Sir Guy, embora tivesse de admitir que ele vinha se comportando de modo bastante cortês e que, naquela sociedade palaciana que lhe era estranha, até a companhia dele a deixava agradecida. Pelo menos, era um rosto familiar. Mas, graças à Santa Virgem, aquela seria a última vez em que precisaria sentar-se à mesa alta.

Era a festa da Epifania, mas, como em todas as que a haviam precedido, havia nas celebrações mais sacrilégio do que santidade. De seu lugar na extremidade do tablado, Kathryn não enxergava o Bispo de Norwich sentado entre o Duque de Norfolk e o Arcebispo de Canterbury, mas reconhecia suas risadas de bêbado. Ouvira-as vezes sem conta naquelas últimas noites; o bispo estava sempre embriagado. Só o avistara de longe, não surgira ocasião para que fosse apresentada a ele, e surpreendera-a o fato de ser tão jovem, tanto na aparência como na conduta. Pobre Finn. Uma dupla indignidade, ser prisioneiro de um indivíduo arrogante como aquele e ainda tão verde. Kathryn retraiu-se ao escutá-lo bufar de satisfação com as farsas irreverentes apresentadas para diverti-los.

Em outro tablado do lado oposto do salão, um garoto vestido com os paramentos de um bispo entretinha os convivas. Usava a vestimenta cisterciense virada do avesso, a mitra grande demais caída por cima de um olho, e trazia um macaquinho no ombro. Enquanto balançava loucamente seu incensório, um sapato velho e malcheiroso pendurado em uma vara, trocava gestos obscenos com outro rapaz pouco mais velho, designado para fazer o papel de Senhor do Desgoverno, que caçoava dele fazendo lascivos movimentos giratórios com os quadris.

A platéia ia ficando mais turbulenta a cada insultante pantomima, até que finalmente o Senhor do Desgoverno esvaziou o conteúdo do cálice eucarístico na cabeça do "bispo". O macaco deu um guincho e, pulando do ombro do "bispo" para o de seu companheiro, apossou-se da vistosa coroa que o Senhor do Desgoverno trazia na cabeça e depois mostrou seu pequeno traseiro nu para os dois. Os ocupantes do salão irromperam em gargalhadas.

Kathryn não achou graça na profanação de um sacramento nem na ruidosa charada e espantou-se que os outros nobres pudessem achar. Seriam tão cegos a ponto de não perceber o ardente desprezo, até ódio, que havia por trás daquele passatempo tradicional da temporada natalina? E que essa animosidade visava não apenas ao ritual da Igreja mas a eles próprios?

Ao lado dela, o xerife inclinou a cabeça e gritou por cima da algazarra:

– Espero que a senhora não esteja ofendida. Tudo não passa de uma brincadeira inofensiva.

– Não, Sir Guy. – Seria imprudente atrair atenção para si manifestando um protesto. – Não estou ofendida, só desconcertada. Não esperava tamanhos excessos.

Um trombeteiro apareceu no arco central de três portas que levavam à despensa e à cozinha. O "bispo"e o Senhor do Desgoverno tomaram seus lugares com exagerada pompa no segundo tablado. O Senhor do Desgoverno produziu um ruído alto de gases intestinais, e o macaco apertou o nariz e reclamou. A multidão deu berros de prazer. Então, o arauto fez soar sua trombeta e teve início a procissão de criados trazendo a comida, como acontecera todas as noites, com o mestre-de-cerimônias do salão à frente segurando seu bastão branco. Os criados da despensa, copa, botelharia e adega, o trinchador e o escanção do duque vinham atrás, cada um carregando sua respectiva oferenda bem acima da cabeça. Diferentemente dos outros banquetes, contudo, dessa vez os pratos passaram primeiro diante do Senhor do Desgoverno e do bispo menino, que socava o estrado fingindo raiva e gritava:

– Isso não é comida que preste para um lorde! Mandem o funcionário incumbido das esmolas levá-la para o portão dos pobres!

A procissão então desfilou para o verdadeiro tablado e a comida foi colocada diante do duque. Kathryn imaginou o que Agnes diria se visse os dois cisnes assados e redecorados com a sua plumagem, elegantes em um ninho de juncos dourados. Completavam a refeição pavões assados (também com a plumagem completa), terrina de porco e uma torta recheada de carne picada com passas, especiarias e frutas cristalizadas, habilmente montada na forma de uma manjedoura. O tumulto no salão serenou e converteu-se em um murmúrio à medida que outro festim mais plebeu ia passando pelas mesas de baixo. Os cisnes haviam sido reservados para os comensais do tablado e os pavões para a mesa dos nobres, mas havia tortas e morcelas e creme de ovos em abundância nas mesas mais afastadas, ocupadas por membros das corporações e negociantes.

– Veja, a duquesa está saindo – disse Sir Guy enquanto esperavam seu tabuleiro ser colocado na travessa de prata que partilhavam.

A mulher que saía apressada da mesa teria dois, talvez três anos mais do que Kathryn, mas a abertura de sua túnica deixava entrever a barriga redonda e cheia sob a seda da roupa. O véu de seu toucado em forma de meia-lua oscilava perigosamente enquanto ela passava correndo pela arcada com a mão na boca. Duas de suas damas de honra seguiam-na andando mais devagar.

– Deve ser difícil para ela, com essa idade, estar esperando uma criança – murmurou Kathryn mais para si do que para seu companheiro.

– Não faz mais do que seu dever. Já perdeu seis. Se eu fosse o duque, estaria procurando conseguir um herdeiro em outros lugares.

Seis bebês mortos. Kathryn sentiu uma rápida ardência atrás das pálpebras.

– Abortos? – perguntou.

– Dois nasceram mortos. Outros dois viveram uns meses, creio.

Não era à toa que a duquesa parecia tão triste. Durante toda aquela quinzena, Kathryn falara com ela apenas uma vez, e nada mais além de uma conversa curta, obrigatória entre anfitriã e hóspede. Apesar de Kathryn ter passado muitas horas enfadonhas fazendo trabalhos de agulha no solário com as três damas de honra da duquesa, na maioria das vezes a duquesa alegara cansaço e se ausentara. Kathryn às vezes também fingia exaustão, mas de que outro modo ocuparia as longas horas entre os banquetes? Sir Guy convidou-a para caçar uma vez, mas Kathryn não possuía falcão-peregrino e ademais a falcoaria não era um esporte que apreciasse, pois ela identificava-se mais com a presa do que com o predador. Lançou um olhar para a carcaça recheada que o trinchador colocara no tabuleiro diante dela – seria a presa da caçada da véspera? – e ponderou quanto a etiqueta da corte exigiria que ela comesse. A trombeta soou novamente.

– Meus senhores, a comida está servida.

O grande salão encheu-se outra vez de barulho com os convivas manifestando sua aprovação.

– Está sem apetite, Kathryn. Espero que não seja porque se cansou de seu companheiro.

– Cansada do senhor, Sir Guy? – Fez esforço para deixar transparecer o sarcasmo em sua voz. Só mais uma noite, disse a si mesma. – Claro que não. Na verdade, sua companhia é agradável, e fico honrada. Mas surpreende-me um pouco que tenha me escolhido para ficar a seu lado em uma comemoração tão importante. Tenho certeza de que existem outras senhoras mais dignas de...

– Ora, Kathryn, não se faça de donzela tímida. A esta altura, já deveria ter ficado claro que pretendo uma aliança entre nós.

Que brusquidão! Por um momento, ela quase perdeu o fôlego. Bem, ela também sabia falar sem rodeios.

– Será isso uma proposta de casamento, meu senhor? Se for, é demasiado intempestiva. Nesta nossa era de cavalheirismo, não é costume que a corte anteceda a proposta? Admito que vem sendo um companheiro atencioso, porém não ouvi nenhuma declaração de amor.

– Mas está ouvindo uma declaração de propósitos. Não é algo de mais valor para uma mulher bastante madura do que lindas juras de amor cortês? Ademais, posso lhe garantir, senhora, que há muita coisa que admiro na sua pessoa. E posso lhe oferecer proteção.

Bastante madura! Ela espetou a carne diante de si, depois largou a faca, que retiniu de encontro à travessa de prata.

– Quer dizer que é um arranjo prático o que me propõe. Diga-me, senhor, sou eu que o senhor admira ou são as minhas terras?

Ele meramente deu de ombros.

Pelo menos ele não a enganava.

– Quanto à sua oferta de proteção, tenho meus filhos para me proteger. Colin voltou para casa.

– Já sei. – Quando sorria, o nariz dele parecia-se mais do que nunca com um bico de pássaro, e seus olhos estreitaram-se como se estivesse prestes a disparar uma flecha. – Eu o vi pregando na encruzilhada de Aylsham – acrescentou aos brados para ser ouvido acima do vozerio.

O mestre-de-cerimônias brandiu o bastão branco para as mesas abaixo do estrado.

– Falem mais baixo, meus senhores.

O nível de ruído diminuiu um pouco depois da repreensão. Kathryn respondeu em voz baixa, apanhando sua faca para afastar uma pluma enfarruscada do peito do cisne.

– Não se esqueça de Alfred. Ele também é herdeiro de Roderick.

– Não me esqueci de Alfred. – Sir Guy apresentou-lhe a taça de vinho que partilhavam. Ela sacudiu a cabeça.

– Esperava encontrá-lo no seu séquito. Todas as minhas tentativas para me corresponder com ele foram... – ela não podia dizer rechaçadas – ...inúteis.

– Houve um pequeno levante em novembro. Rebeldes incitados pelos lollardos. O rei exigiu o envio de homens armados, mandei todos os de que podia dispor.

Claro, ela já esperava que isso acontecesse. Afinal de contas, Alfred estava sendo treinado para servir ao rei. Tentara não pensar naquela possibilidade, nem mesmo durante o torneio que o duque promovera para diverti-los – o torneio em que Sir Guy derrubara do cavalo seu oponente e depois se ajoelhara com ar de troça diante dela para pedir um penhor. Ela estremecera com o som metálico das lanças batendo nas cotas de malha e nos elmos, dizendo a si mesma que era uma felicidade esse esporte ser para homens, e que Alfred ainda era um menino.

– Presumo que seja natural um rei menino mandar meninos combaterem por ele – disse ela.

– Por favor, Kathryn, não eleve tanto a voz senão nem a minha proteção lhe bastará. Não foi Ricardo, é claro, mas John de Gaunt quem fez a convocação às armas. Uma ironia. Foi ele quem promoveu desde o início as heresias de Wycliffe. Parece que Lancaster provocou um filhote de urso e acossou um urso adulto.

E quanto aos meus filhotes?, pensou Kathryn. O que vai ser deles? Daquele que dança com o urso e daquele que vai ser incumbido de matar o urso?

Sir Guy esvaziou a taça e fez um sinal para o seu escanção, que estava postado atrás dele.

– Alfred não é mais um menino – declarou.

O rapaz encarregado do vinho serviu Sir Guy por trás de seu ombro, mas com os joelhos dobrados e os olhos baixos, como fizera todas as noites. Kathryn quase não prestara atenção ao braço que se estendia para a taça vazia de Sir Guy.

Até notar que aquele era diferente.

Aquele era coberto de finos pêlos vermelhos e as meias-luas das unhas eram quadradas, como as de Roderick. Como as de seu pai. O braço de Alfred. A mão de Alfred. Ela se virou, ávida pelo rosto que corresponderia àquele braço.

– Alfred. – Não ousou tocar-lhe a face temendo que ele a afastasse, envergonhando-a.

Mas aquele rosto era uma máscara de cortesia, não restava nele nenhum traço da insolência que a mãe vira ali durante o último encontro de ambos.

– Senhora minha mãe – disse ele, retribuindo polidamente o cumprimento.

Curvou-se para Sir Guy e retirou-se para esperar ao lado da mesa de bebidas com seus companheiros, de acordo com o costume.

– Está muito mudado. Mais submisso. Espero que não lhe tenha destruído a fibra. O pai não iria gostar.

Sir Guy achou graça.

– O treinamento de um escudeiro abrange mais do que somente habilidades militares. Ele me serve bem. Será um excelente cavaleiro um dia. Já está dormindo no alojamento dos cavaleiros.

– Obrigada por isso – disse Kathryn com sinceridade. Sabia que tal coisa significava uma distinção. A maioria dos escudeiros dormia em qualquer canto onde pudesse improvisar um leito. No inverno, isso era particularmente penoso, e a mãe não suportava imaginá-lo dormindo no chão gelado.

– Favoreço-o porque fui amigo de seu pai – disse o xerife, bebendo mais uma vez da taça de prata de ambos. – E porque desejo casar-me com sua mãe. Mas conversaremos sobre isso mais tarde.

Algo também a evitar. A duquesa não voltara ao salão. Kathryn deveria ter aproveitado a indisposição de sua anfitriã como desculpa para escapar. Mas aí não teria visto Alfred.

– Nesse meio-tempo – prosseguiu o xerife –, gostaria que eu chamasse seu filho para que possa falar em particular com ele? Depois do banquete, é claro.

– Ah, sim, por favor.

Ele espetou uma fatia do peito de cisne com sua faca e levou-a perto dos lábios dela.

– Não podemos ofender o duque, não é?

Ela abriu a boca e tirou com os dentes a fatia de carne da lâmina da faca. Ele deu seu sorriso de predador.

Vinte e Sete

...rios e fontes que eram claros e limpos foram
por eles envenenados em muitos pontos.
– GUILLAUME DE MACHAUT
(POETA PALACIANO FRANCÊS DO SÉCULO XIV)

Oito badaladas. Talvez agora pudesse ausentar-se do banquete sem parecer indelicada, pensou Kathryn. Já haviam retirado as toalhas das mesas e reabastecido as jarras de hidromel, cerveja preta e sidra, o que fizera o nível de ruído no salão tornar impossível uma conversa educada. Alguns comensais, muito embriagados, jaziam amontoados como trouxas entre as mesas, roncando. A duquesa não voltara e o restante de suas damas de companhia fora embora – todas menos uma, que flertava desavergonhadamente com os cavaleiros em torno dela, pelo jeito encantada com o fato de suas irmãs terem deixado o campo livre para ela.

– Ainda vai precisar de Alfred por muito tempo? – Kathryn teve de gritar a pergunta junto ao ouvido de seu companheiro de mesa. Sir Guy agüentava bem o álcool, mas ela não queria que ele esquecesse a promessa que lhe fizera. Aquela talvez fosse a sua única oportunidade de falar com o filho.

Ele agitou o líquido em sua taça meio cheia, avaliando a necessidade de chamar de novo seu escanção.

– Vou mandá-lo ao seu encontro mais tarde – disse ele.

– Estarei esperando. – E removeu uma fita prateada de sua manga, colocando-a diante do tabuleiro. Um calafrio percorreu-lhe a espinha. – Para lembrá-lo – explicou.

Ao passar diante dos aposentos da duquesa, ela se deteve. Como partiria ao alvorecer, precisava agradecê-la por sua hospitalidade. Entretanto, como previra, Sua Senhoria continuava indisposta. Kathryn fez todas as perguntas obrigatórias, agradeceu às damas que a acompanhavam e pediu-lhes que transmitissem seus agradecimentos à anfitriã.

– Digam à duquesa que vou rezar para Santa Margarida por seu parto. – O sentimento era sincero. Kathryn duvidava que a mulher conseguisse sobreviver a um parto difícil.

Ao subir o último degrau, viu que sua porta estava entreaberta. Ótimo. Sir Guy não estivera tão bêbado a ponto de esquecer a promessa. Fez uma pausa junto à porta. Alfred se encontrava de costas para ela. Seu pulso acelerou-se, as palmas das mãos começaram a suar. Ele conversava com Glynis, e o rubor nas faces da moça e sua risada alta revelavam seu deleite em finalmente encontrar o patrãozinho Alfred. A risada morreu ao ver Kathryn à porta. Bamboleou-se fazendo seu habitual arremedo de reverência.

– Glynis, pode sair.

– Mas, milady, ainda não acabei de arrumar a bagagem e está frio lá fora no corredor...

– Pode ir para a cozinha bisbilhotar com as outras. Vai ser bem recebida e poderá sentar-se junto ao fogo. Quando voltar, arrumamos juntas a bagagem.

Enrubescendo – Kathryn desconfiava que, agora, mais de raiva do que de prazer –, a moça esboçou uma reverência apressada e saiu, antes lançando um último olhar sedutor na direção de Alfred. O rapaz pareceu constrangido.

– Não posso culpá-la – disse ela depois que a moça saiu. – Eu ficaria relutante em deixar um rapaz tão bonito caso ainda fosse jovem. – Segurou-o com os braços estendidos, como se examinasse uma peça de fina seda. O cabelo e os pequenos vestígios de uma barba incipiente cor de ferrugem fulguravam à luz das velas. Ela afagou de leve o queixo do filho, uma carícia hesitante, temendo que ele recuasse. – Você tem a barba igual à do seu pai. – Teria virado um pouco a cabeça? Seria imaginação dela? Ou um sinal de que não lhe agradava que a mãe o tocasse? – As cores de Sir Guy ficam bem em você.

Ele ficou calado. Como preencher o silêncio constrangedor? Se o abraçasse, ele se afastaria? A mãe nunca entendera o que se passara durante aquele último encontro, a dureza de pedra nos olhos do filho no dia em que lhe pedira permissão para acompanhar o xerife. Estariam mais doces os olhos dele? Ou seriam as suas novas maneiras corteses apenas uma máscara?

– Não quer dar um beijo para cumprimentar sua mãe, que não vê há meses?

Ele pegou-lhe a mão para levar aos lábios. Ela a retirou.

– Quero abraçar você – disse, puxando-o para si. O filho não retribuiu o abraço, mas também não a repeliu. Quando o soltou, ela teve a impressão de vislumbrar um brilho úmido nos olhos dele.

Kathryn sentou-se no banco diante da lareira e deu uma palmadinha na almofada a seu lado. As pernas do rapaz, vestidas com meias castanhas, cruzaram-se e dobraram-se graciosamente sob seu corpo e ele sentou-se não ao lado da mãe mas a seus pés, com o rosto virado para a frente e as costas apoiadas no banco.

– Senti sua falta, Alfred – disse ela para a nuca do rapaz, tocando o bordado dourado de seu ombro. Custava-lhe manter as mãos longe dele. Tinha vontade de acariciar-lhe o cabelo. *Esse* ao menos ainda tinha cabelo.

– A senhora tinha Colin... e o mestre de iluminuras para consolá-la.

O mestre de iluminuras. Então era essa a origem daquela raiva. Desde quando ele saberia?

– Não tive nenhum dos dois para me consolar – replicou, ainda falando para a nuca do filho. E contou-lhe sobre a partida de Colin. Sobre Rose e sua bebê. De repente, Alfred era todo atenção. Virou-se para encará-la.

– Colin! Meu doce e inocente irmãozinho deflorou uma virgem!

Havia um azedume em seu riso de que Kathryn não gostou. Jamais poderia contar-lhe que Rose era judia.

– Uma pena o que houve com Rose. Ela era muito bonita – observou ele, pensativo. – É engraçado, não é, mãe? A senhora tinha tanto medo que eu criasse problemas e, afinal, era Colin quem a senhora deveria ter mandado embora, o doce Colin da voz melíflua, e não eu.

Abraçou os joelhos, encostando-os no queixo, e nada falou durante um longo momento, aparentemente com as novidades dando voltas em sua cabeça.

– Quer dizer então que agora sou tio. Tio Alfred. Jasmine. Um nome esquisito. Mas gosto dele. O mundo já está cheio demais de santos.

Deu um sorriso galhofeiro, lembrando-lhe o alegre e irascível Alfred que sempre a fazia rir, mesmo quando precisava ser castigado por suas faltas. Será que aquele menino ainda estava escondido dentro do rapaz austero, de maneiras palacianas?

Ele franziu a testa e o azedume voltou.

– Não entendo por que Colin fugiu. Eu teria apostado que *São Colin* ficaria em casa para arcar com as conseqüências. Rose daria uma esposa bem conveniente para ele, dificilmente encontraria melhor.

– Tem razão, seria difícil encontrar melhor. Rose era uma boa moça, tanto quanto era bonita, mesmo com toda a sua imprudência da juventude. – *Boa, uma judia?* Kathryn procurou abafar a voz que falava dentro de sua cabeça enquanto explicava. – Quando partiu, Colin desconhecia a existência da criança. Foi embora porque se sentiu culpado pela morte do pastor. Ele e Rose usavam a casa da lã como local de encontro. Achou que tudo o que acontecera fora culpa sua e que deveria afastar-se... não sei... para expiar seus pecados encerrando-se em algum mosteiro escuro.

– Que maneira tola de pensar! Bem do feitio dele. Glynis e eu íamos... – Mexeu-se, embaraçado, e virou-se. – *Se* eu tivesse ido à casa da lã, não me consideraria culpado pelo incêndio. John provavelmente estava bêbado, ele próprio deve ter começado tudo. Ou talvez fosse Simpson, para encobrir seus roubos.

Inclinou-se para a frente e atiçou o fogo, depois meio que se virou, de modo que ela via o seu perfil. O ombro dele tocava o joelho da mãe. Ele não a encarou.

– A senhora tinha razão sobre Simpson, mãe, era o que eu ia lhe contar na noite em que vi... na noite em que encontrei suas pérolas.

– Você encontrou minhas pérolas? – Kathryn sentiu a garganta apertar-lhe. *Foi Alfred. Foi o jovem senhor de Blackingham quem as colocou lá*, dissera Rose. – Então por que você não me trouxe logo o colar, Alfred?

Uma acha de lenha partiu-se com um estalido, lançando fagulhas para o alto no interior da lareira.

– Alfred, o que você fez com as pérolas?

Uma hesitação, e então ele disse:

– Estou surpreso que a senhora ainda não as tenha encontrado. Basta procurar nos aposentos do iluminador.

A boca de lábios cheios contorceu-se. Tinha a boca igual à do pai. E o mesmo sarcasmo do pai.

– Por que minhas pérolas estariam entre os pertences do mestre de iluminuras? – perguntou ela, inabalável.

– Fui procurá-la em seu quarto depois do enterro do pastor. – Ele deu-lhe as costas, olhando fixamente para o fogo como se divisasse imagens na dança das chamas. – Eu a vi com ele e resolvi esconder as pérolas lá. Foi uma tolice, uma infantilidade, é claro, a menina estava no quarto dela, poderia ter contado à senhora que havia sido eu. Foi uma estupidez.

– Então, por que o fez? – perguntou ela para as costas dele.

– Acho que esperava que a senhora acreditasse que ele as roubara. Quem sabe até se zangasse tanto que o mandasse embora, em vez de mandar a mim.

De modo que fora ele mesmo quem escondera as pérolas, exatamente como Rose dissera e como ela própria temia. Mas não porque matara o padre. Teve vontade de rir e de chorar ao mesmo tempo. Tanto sofrimento para todos eles, e tudo por causa de uma traquinice de criança. Mas, Santa Mãe de Deus, o problema tinha solução. Ainda podia ser resolvido! Não era tarde demais.

Antes, porém, era preciso sanar aquela questão mais imediata.

Em sua frustração, Kathryn sentia o impulso de sacudir o filho. Por outro lado, queria abraçá-lo para apagar a dor que lhe causara. Sua voz tremia um pouco quando disse:

– Alfred, em que estava pensando para cometer tamanha loucura?

– Vou lhe dizer, mãe. Estava pensando que a senhora traía meu pai.

E remexia no tecido carmesim de sua túnica, torcendo-o entre os dedos, ainda sem encará-la. Ela desprendeu-lhe a mão e segurou-a entre as suas duas.

– Seu pai está morto, Alfred. Pensou que prejudicar um inocente aliviaria sua dor?

Os lábios dele apertaram-se em uma linha dura e trêmula. Não parecia um homem naquele momento. Lembrava mais o seu menino tentando fazer cara de homem, um menino imitando os modos rudes do pai.

– Achou que eu estava traindo Roderick? – perguntou em voz baixa, em tom sombrio mas meigo. Acariciou o cabelo da nuca dele. – Ou pensou que eu estava traindo *você*?

Foi como tivesse gritado com ele. O rapaz afastou a cabeça com um repelão, como se o contato da mão dela o queimasse, e encarou-a, agitando a mão no ar como um ator em um louco drama religioso.

– A senhora desprezava meu pai! Não o negue!

Kathryn manteve a voz baixa e os movimentos lentos para não o sobressaltar.

– Não nego que não havia amor entre nós, nunca houve. Mas como eu poderia desprezar o homem que me deu as duas coisas mais preciosas de minha vida, você e seu irmão?

– A senhora o detestava. E dizia que eu era a imagem dele.

– Mas eu nunca...

– Disse isso muitas, muitas vezes. – A voz dele havia se tornado mais grave à medida que ele crescia. Soava como a do pai. – Lembro-lhe demais meu pai. Foi por isso que me mandou embora? Para ficar sozinha com seu amante? – A voz dele falhou e a última palavra saiu esganiçada e seca.

Qual a melhor maneira de responder-lhe? De que acusação defender-se primeiro? No entanto, ele não esperou que ela decidisse.

– Não tem nada a dizer, minha mãe?

– Alfred, Alfred, você precisa saber quanto eu...

– Agora comentam que a senhora é a dama do xerife. Observei-a no salão, flertando, sorrindo para ele, noite após noite. Deu-me náuseas. A senhora minha mãe é duas vezes meretriz.

O tapa ecoou no ar. A marca da mão dela destacou-se em branco na face do filho. As lágrimas encheram os olhos dele, e Kathryn sentia que se acumulavam nos seus também. A palma ainda ardendo do tapa, ela estendeu a mão para tocar o rosto do filho, ansiando para beijá-lo onde o magoara, mas ele se retraiu e ela recolheu a mão.

– O xerife nada disse a você então?

A fúria dele fizera desaparecer toda a cortesia palaciana, o ressentimento deformava-lhe o semblante. Respondeu articulando mal as palavras:

– O xerife nada me diz a não ser como andar, como ficar de pé, como cavalgar, como combater, como conversar... e como dar polimento em sua armadura.

– O mestre de iluminuras está na Prisão do Castelo por causa do assassinato do padre. Recusei-me a dar um álibi ao meu *amante*, como você o chamou, a fim de proteger você. Amo você a ponto de ter sacrificado por sua causa a minha própria felicidade. E a felicidade de um homem bom. Se você não é capaz de perceber esse amor, não sei de que outra maneira prová-lo.

As lágrimas que se haviam acumulado nos olhos dele desceram-lhe pelo rosto abaixo. Ela tocou-lhe o rosto onde a marca de sua mão ia sumindo.

– Lamento se magoei você – disse ela, com um suspiro profundo. – O diabo nos faz a todos de seus joguetes.

– O reencontro com seu filho foi satisfatório? – indagou o xerife do vestíbulo junto ao quarto dela. Kathryn estava só de camisa e jogara apressadamente o manto sobre os ombros para atender à batida na porta.

– Bastante, meu senhor – respondeu ela pela fresta. O hálito dele chegava-lhe pesado, mas não arrastava a fala e subira a escadas, portanto devia estar sóbrio o bastante. – Obrigada por providenciá-lo.

A sombra dele alongou-se e oscilou na parede à claridade bruxuleante da lamparina.

– Eu não treinaria um filho meu de modo diferente – retorquiu ele. – O que me leva a outro assunto.

Kathryn apertou mais a capa junto ao corpo.

– Com sua licença, meu senhor, podemos falar sobre isso em alguma outra hora? É tarde para visitar uma senhora em seu *boudoir*. Como pode ver, preparava-me para dormir, e a viagem de amanhã para casa...

Mas ele apoiou o corpo contra a pesada porta de carvalho e empurrou-a, entrando.

– Por Cristo, Kathryn, foi uma subida e tanto por essas escadas da torre, e não o fiz por minha saúde.

Ainda usava o traje a que sua nova honraria lhe dava direito, um manto de lã forrado de escarlate. Os símbolos da jarreteira azul, cada um bordado em linha de ouro com a divisa *Honi soit qui mal y pense* – "Maldito seja quem pensar nisso com malícia" –, decoravam um fundo mais claro. Por cima, trazia uma túnica comprida de lã carmesim.

– Vamos falar sobre isso agora – declarou. – Amanhã, partiremos de madrugada e não haverá tempo. Tenho de seguir na frente. Meus homens a acompanharão, é claro.

Ela lhe deu as costas para avivar o fogo moribundo com o último pedaço de lenha. Contara em poupá-lo até a manhã seguinte para a aquecer durante os preparativos da partida.

Quando se virou, deu com ele sentado na cama, inclinado para trás apoiando-se nos braços, as pernas vestidas com meias azuis cruzadas uma sobre a outra, observando-a.

– Não me olhe como se fizesse cálculos, senhor. Não sou uma égua que o senhor esteja avaliando para comprar no mercado de animais.

Abraçou-se, esfregando os braços para se aquecer. Ele mudou de posição, cruzou as pernas na altura dos tornozelos. Os dedos dos pés dentro dos sapatos pontudos de couro pareciam dardos que a tinham como alvo.

– Diga logo o que tem a dizer, por favor. Estou esgotada até os ossos.

Ele assentiu com um gesto de cabeça.

– Como sabe, Kathryn, não tenho herdeiros e...

– Pensei que tivesse um filho na França. – Sabia que ele perdera seu primogênito durante a peste e que sua segunda esposa, Mathilde, morrera de parto três anos antes. A criança nascera morta.

– Gilbert morreu na mesma batalha que seu marido.

– Sinto muito, ignorava tal fato. Nunca me falou...

– Ainda é fértil? – perguntou ele, tamborilando o dedo com o anel de brasão na colcha.

– Como disse? – Sentiu sua pele ruborizar-se. – Perguntou se...

– Fiz uma pergunta simples. Seu útero ainda é viável?

– Se quer dizer... bem. Sim, mas essa circunstância para mim é mais um fardo do que um privilégio. Meus filhos me bastam, e tenho também uma pupila.

– Tem uma pupila! – exclamou ele, arqueando as sobrancelhas.

– Sou madrinha da... da neta de Finn, o mestre de iluminuras. A filha dele foi desonrada e viu-se esperando uma criança. Morreu ao dar à luz.

– E o canalha que lhe tomou o hímen foi levado à justiça?

Kathryn sentiu o rosto inflamar-se como um ferro em brasa.

– O responsável era um menestrel ambulante. – Ela desviou o olhar para o fogo da lareira. – Nunca soubemos seu nome.

– E a senhora cuida da criança por causa da estima que tem pelo mestre iluminador. – O aço das armas que trazia à cintura emitiram um brilho frio, como o dos olhos dele.

– Cuido da criança por caridade cristã até a ocasião em que o pai da mãe dela for libertado e puder ir buscá-la.

Ele resmungou e deu o sorriso de lado, tortuoso, que ela detestava.

– É mais provável que veja essa criança de casamento tratado e depois venha a ser madrinha dos filhos dela antes que isso aconteça.

O quarto estava agora mais aquecido. Ela gostaria de poder tirar o manto, mas vestia apenas a camisa por baixo, e assim somente se afastou do fogo, indo sentar-se na única cadeira do aposento.

– Como assim, meu senhor xerife, como assim, se o mestre iluminador é inocente?

Ele aparentou estar examinando as cutículas.

– Não estava tão segura disso na ocasião em que ele foi preso.

– Alfred contou-me a verdade. Escondeu as pérolas no quarto de Finn... do mestre de iluminuras... porque estava aborrecido com uma suposta desfeita. Foi uma criancice o que fez. Ele não tomou conhecimento das conseqüências. Quando lhe contei o que aconteceu, ele se arrependeu da infantilidade de seu gesto. Pode testemunhar perante o bispo que foi tudo um equívoco.

– Ah, mas como se explica que as pérolas estivessem em poder de Alfred? Esta é a questão, não é mesmo? Ele está preparado para explicar isso também ao bispo?

– Não me agrada essa insinuação, senhor. Ele encontrou o colar entre os pertences do capataz. Meu administrador era um ladrão. Se roubava tão descaradamente dos vivos, teria menos escrúpulos ainda em roubar um morto. Foi expulso das terras de Blackingham. Estou certa de que o bispo vai libertar o mestre de iluminuras assim que souber a verdade.

– Não tenha tanta certeza assim, Kathryn. O bispo gosta de ter à disposição um artífice com o talento especial daquele homem. Vai relutar em deixá-lo partir sem comprovação pública e notória de sua inocência, ou sem uma forte influência. E ainda há que se considerar a questão dos documentos heréticos encontrados em poder dele. De qualquer forma, se o iluminador for inocentado, o assassinato do padre ficará sem solução. O arcebispo vai pressionar o bispo, o bispo vai me pressionar e teremos de começar toda a busca outra vez. Está vendo como isso tudo é complicado? – E deixou escapar um suspiro exagerado. – Evidentemente, se, como minha mulher, as circunstâncias que envolvem o iluminador fossem motivo de angústia para si, eu me veria obrigado a falar com o regente. O rei já deu permissão para uma aliança entre nossas casas. Como esposa de um cavaleiro da Jarreteira, seu testemunho teria um peso considerável.

Kathryn lembrou a si mesma que era preciso respirar lentamente.

– O senhor ultrapassou seus limites ao falar com o rei sem minha permissão. E mesmo que eu concordasse com tal plano, não lhe restaria ainda o problema do assassinato do padre?

– Kathryn, Kathryn. – Ele sacudiu a cabeça e deu pequenos estalidos com a língua. – Deve saber que, sendo viúva, o rei pode colocá-la sob a proteção dele e apossar-se de suas terras a qualquer momento; e então seus filhos estariam deserdados. Uma aliança comigo evitará isso. Seus filhos conservariam sua herança. A senhora adquire uma posição social mais elevada e pode usar sua influência para beneficiar seu *amigo*. E quanto ao assassinato? Muito fácil: é só culpar um judeu qualquer. – A boca curvou-se quando ela prendeu depressa a respiração. – Sim, a idéia me agrada. O arcebispo também vai gostar. É uma solução bastante política.

– Lançaria a culpa sobre um homem inocente?

– Por que tanta surpresa e indignação? – Ele examinou as unhas da mão, os dedos cheios de anéis, esguios e efeminados. – Se é a particularidade o que ofende a sua sensibilidade, posso desvendar uma conspiração geral. – Limpou um floquinho de fuligem de seu novo manto. – Que tenha origem entre os judeus da Espanha, com o perpetrador exato do crime sendo um elemento desconhecido.

– Não menos indecente, senhor, culpar injustamente um povo inteiro.

– Injustamente? Judeus? Impossível, eu diria. Decerto, Kathryn, que não é amiga dos judeus! Seria realmente uma afinidade perigosa. – Lançando-lhe um olhar severo como advertência contra mais protestos, ele continuou: – Que importa se forem acusados de mais um crime? Sabe-se que espalham a peste, envenenam nossos poços, roubam as riquezas do rei e até sacrificam nossos jovens na temporada da Páscoa realizando simulacros da Crucificação.

Referia-se ao nefando libelo de sangue, nunca provado, freqüentemente citado. E agora o brutal assassinato de padres seria acrescentado à lista de acusações contra eles.

– O acréscimo do assassinato do padre seria como uma reles mosca pousada em uma carroça de esterco. Pense nisso, Kathryn. – Alisou um fio de ouro em sua túnica. – Que alternativa lhe resta?

Que alternativa lhe restava, na realidade? Sabia que acabariam chegando àquele ponto, mas não imaginara que ele fizesse uma investida tão frontal nem que a apanhasse com as defesas tão baixas. Estava cansada demais para pensar. Seu encontro com Alfred enchera-a de tantas esperanças e agora até isso desmoronava.

Ele se levantou, pegou a mão dela e levou-a aos lábios, que mal a tocaram, mas mesmo assim fizeram sua pele arrepiar-se.

Kathryn se levantou também e aprumou o corpo ao máximo; ficou quase no mesmo nível dos olhos dele.

– E o senhor, o que ganha com tal aliança? – perguntou.

– Já o mencionou antes. Admiro suas terras. Existe apenas um feudo entre a sua propriedade e a minha.

Foi uma surpresa para ela. Desconhecia que as terras dele fossem assim tão vastas, embora Roderick mais de uma vez tivesse feito comentários cautelosos sobre a ambição do xerife.

– Que garantias tenho de que irá interceder por Finn depois desse casamento?

– Minha palavra de cavaleiro da Jarreteira. Espero que não duvide da minha honra. Pense a respeito, Kathryn. Estarei em Suffolk abafando essa pequena rebelião. Quando voltar, vou visitá-la e estabeleceremos os termos de nosso contrato de casamento. E, repito, *que alternativa lhe resta?*

– Não lhe ocorreu que eu poderia ir para um convento? A abadessa do Priorado de Saint Faith receberia de bom grado a minha pessoa e as minhas terras sob sua custódia.

Os olhos dele se estreitaram.

– Sim, poderia de fato fazer isso. Mas pense nas conseqüências para seus filhos. Para sua pupila. E, se fizer isso, juro pela minha honra de cavaleiro da Jarreteira que seu amante jamais colocará os pés em terra firme outra vez.

Abriu a porta e o ar frio do vestíbulo penetrou no quarto. Neve e chuva começavam a cair, silvando na janela estreita no fim do vestíbulo.

– Tome uma boa decisão, Kathryn. – Curvou-se para ela, zombeteiro, e afastou-se recuando.

Tiritando de frio, ela ficou parada escutando o som dos passos dele ao descer. Onde estaria Glynis? Provavelmente se aquecendo nos braços de algum soldado. Sua criada, uma serva, tinha mais liberdade do que ela. Voltou para o quarto a fim de terminar de arrumar a bagagem, esquadrinhando a mente em busca de uma tática qualquer para fazer frente àquela nova ameaça. O corpo do xerife deixara sua impressão no colchão de plumas. Irritada, ela se pôs a bater no local até a marca sumir.

Vinte e Oito

Pela contrição somos purificados, pela compaixão somos preparados.
E pelo desejo ardente e verdadeiro tornamo-nos dignos.
Com esses três medicamentos, é forçoso que todas as almas sejam curadas.
– JULIAN DE NORWICH, *HERANÇAS DE FAMÍLIA*

Finn jogou sua rainha de copas. O bispo cortou com o rei que Finn sabia que ele tinha na mão.

– Você perdeu sua rainha de copas. Uma tragédia, perder uma rainha tão linda.

– Era inevitável, Eminência.

O desafio do jogo era deixar Despenser ganhar e ainda assim jogar bem para mantê-lo interessado. Finn estava sempre sedento por companhia, até mesmo por uma companhia perigosa, e cada vez que o bispo ia visitá-lo levava alguma pequena amenidade. O fogo do braseiro estava agora bem alimentado e haveria doces para saborear até a próxima visita – se os racionasse com cuidado. O melhor, entretanto, era o estoque disponível de tintas coloridas, papiros, penas e tinta de escrever.

– O senhor tem um respeitável volume de correspondência, mestre iluminador – queixou-se o bispo enquanto seu ajudante empilhava os embrulhos de material ao lado da mesa de trabalho.

– Estou escrevendo minha filosofia para passar o tempo.

– Pensei que estivesse pintando meu retábulo para passar o tempo – retorquiu o bispo.

– Nestes dias de inverno, a luz é muito fraca para pintar, Eminência. E a reclusão é uma musa pouco generosa.

Os olhos do bispo semicerraram-se, virando duas fendas estreitas.

– Gostaria de ler essa sua filosofia.

– Não apreciaria a minha filosofia. Escrevo em inglês.

– É uma língua que serve bem para o populacho. Também para listas e cifras. Talvez até para a sua filosofia. – O bispo apontou para a rainha capturada. – Eu a vi nas festividades de Natal do duque.

– O senhor viu a rainha de copas? – perguntou Finn com ar destraído. O bispo costumava gabar-se de suas conquistas amorosas.

– A *sua* rainha de copas – e acariciou a carta como se fosse um seio de mulher.

– *Minha* rainha?

– A senhora de Blackingham. Não admira que a tenha tomado como modelo. Um tanto madura demais para o meu gosto, mas bastante vistosa. – Embaralhou as cartas, espiando Finn sob as pálpebras meio abaixadas. – Era a acompanhante oficial de Sir Guy de Fontaigne. Ele é o xerife, não sei se lembra. – Bateu as pestanas como se fosse uma moça, irritando Finn ao extremo. – Mas é claro que se lembra.

Finn continuou mudo. Levantou-se de seu lugar para atiçar o fogo, desviando o rosto para ocultar a repulsa e o mal-estar que aquela informação despertava nele. Que lhe importava com quem Kathryn ceava – ou com quem ela dormia, afinal de contas? O que sentira por ela morrera havia muito, destruído por sua traição.

Era o que dizia para si mesmo todas as vezes que acordava depois de ter sonhado com ela.

– Faziam um par notável.

– É mesmo? – Simulando desinteresse, Finn serviu-se de uma taça do vinho do bispo.

Despenser estendeu-lhe seu copo para que o enchesse.

– Ela usou um vestido de veludo carmesim. Ajustado no busto, com um cordão prateado à cintura formando um V – explicou, mostrando com a mão livre – que realçava a curva dos quadris.

Uma gota de vinho esparramou-se no chão, quase atingindo a extremidade pontuda do sapato de veludo de Despenser.

– Está trêmulo hoje, Mestre Finn. Espero que não seja nenhuma crise de paralisia.

Finn voltou para o seu lugar, apanhou suas cartas, manuseou-as nervosamente, colocou-as sobre a mesa. A rainha de copas fitava-o.

– Sinto-me um pouco febril, Eminência. Receio estar sendo hoje um adversário menos valoroso do que de costume. Talvez outro dia.

Seu rosto inflamou-se sob o olhar perspicaz de Despenser.

– Desiste, então?

Finn suspirou, a voz impregnada de obsequiosidade.

– O senhor teria vencido de qualquer forma, Eminência. Admito que é melhor jogador.

– Não se faça de condescendente comigo, miniaturista. Minha boa vontade tem limites. Não estou nada satisfeito com o seu progresso no retábulo. Já deveria ter completado mais de três painéis a esta altura.

Levantou-se e fez um sinal para seus assistentes, que o envolveram em seu manto de arminho. A pele do manto produziu um ruído enervante ao roçar no chão de pedra quando ele se deteve à porta para uma última estocada.

– Sugiro que, antes que nos encontremos outra vez, o senhor se dedique mais ao trabalho de sua Igreja e menos à sua *filosofia*.

– Diga a Lady Kathryn que preciso vê-la – pediu Finn a Meio-Tom dois dias depois. – E diga-lhe que também quero ver a criança.

O que aconteceria com a filha de Rose? Esse fora apenas um dos muitos pensamentos que haviam perturbado o sono de Finn nas duas últimas noites. Sempre soubera que o xerife alimentava pretensões com relação a Blackingham e à sua senhora. Percebera aquilo muito tempo atrás, mas acreditava que Kathryn fosse honrada e forte o bastante para resistir aos avanços de um homem que ela afirmava desprezar. A menos, é claro, que seu desprezo pelo xerife fosse tão inconstante quanto o amor que ela professara sentir por ele. E quanto à sua promessa de cuidar da criança? Seria tão mutável quanto suas afeições? Aquilo ele não podia arriscar. Precisaria ver Kathryn uma vez mais. Ainda que a idéia de estar diante dela, aquele intenso tormento, o deixasse de pernas bambas.

– Se levo uma mensagem dessas para a senhora – disse Meio-Tom –, ela se porá a caminho imediatamente, e a neve está alta.

– Kathryn também é alta. A neve mal chegará a seus tornozelos.

– Chega à minha cintura. Seria uma viagem penosa para uma dama e uma criança.

– Então, diga-lhe para vir assim que o tempo melhorar – conformou-se.

O tempo não melhorou. A neve acumulou-se tanto que Meio-Tom nem podia sair dos muros da cidade sob pena de ficar enterrado nela até o pescoço. À noite, acampava perto do pátio da prisão, ganhando seu pão com pequenos recados e serviços prestados aos guardas – menos a Sykes, de quem fugia como o diabo da cruz. Durante o dia, fazia com esforço o percurso pela King's Road para ir visitar a mulher santa em Saint Julian, juntando combustível ao longo do caminho para o minúsculo braseiro que a aquecia. Reparou nas mãos dela queimadas pelo frio e, ao perguntar-lhe por que seu fogo estava tão fraco, o que acontecera com os carvões que lhe trouxera na véspera, ela apenas sorriu e disse que outros tinham necessidades maiores. Acabara-se todo o carvão fácil de recolher e, às vezes, Tom tinha de ir fora dos muros da cidade, enfrentar a neve alta acumulada, só para catar combustível para ela. Estava alimentando os braseiros de todos os pobres da cidade, e quisera apenas evitar que uma mulher santa congelasse.

À noite, partilhava as fogueiras dos mendigos. Foi onde soube que mais alguma coisa além do inverno ameaçava a cidade. Havia uma agitação entre as classes camponesas. Uma inquietação, um rancor espreitavam a ocasião propícia para se manifestar, pairando junto com a fumaça das fogueiras dos pobres.

– Com o imposto individual do rei e o dízimo do bispo, um homem honesto trabalha e nem vê lucro.

– Pra mim não faz diferença, não tenho nada mesmo para pagar o dízimo. E o homem do imposto levou meu último porco, por conta da guerra do Lancaster contra os franceses.

– Então, espera só, que agora o bispo vai levar a camisa que cê tá vestindo.

– É, e o tio do reizinho vai levar suas calças.

Soaram risadas sem alegria. Os homens sujos, com os pés enrolados em trapos, túnicas imundas e barbas desgrenhadas amontoavam-se debaixo de uma barraca improvisada que haviam construído para protegê-los do tempo. As duas estacas de apoio bamboleavam sob o peso da neve e o toldo remendado formara uma barriga. Meio-Tom batia os pés e soprava nas mãos, aproximando-se pouco a pouco das pernas do que falara por último para ficar mais perto do fogo. Pensou em Blackingham e na criadinha da cozinha. Esperava que ela estivesse bem aquecida. Tom tinha mais do que o recado do mestre de iluminuras a incentivar sua caminhada de três léguas até Aylsham. Mas a neve ainda estava caindo em flocos grandes, leves como plumas, que cobriam a Prisão do Castelo, decoravam os beirais da grande catedral e, à luz da fogueira, pintavam de branco as barbas e os ombros curvos de seu companheiro.

– Os nobres nem fazem caso se a gente morre de fome. No dia depois do Natal, a gente quase não ganhou nada dessa vez, ora.

– É... Essa porção de lordes e damas finas dentro desses palácios dizendo que ’tão pobres. – O que falava comeu um punhado de neve, depois tossiu, uma tosse ruidosa, e cuspiu o muco na fogueira. – Ficam lá o tempo todo se enchendo de comidas boas e só mandam os ossos e o pão bolorento para o portão dos pobres. Eles nem sabem como é que é ser pobre.

– Vai ver que chegou a hora de eles aprenderem.

– É, e pra começar, ia ser bom ver aquelas casas bonitas deles pegarem fogo até o fim.

Meio-Tom estendeu as mãos para o fogo. Atrás de si, escutou roncar um estômago faminto.

A fogueira lançou para o céu negro uma chuva de fagulhas. Meio-Tom enrolou-se em seu cobertor e deitou-se perto da fogueira dos mendigos. Sentiu nas costas a dureza das arestas de pegadas na lama congelada. Invejou o velho que roncava a seu lado, assim escapava da miséria. Por fim, Meio-Tom fechou os olhos e também pegou no sono.

Sonhou que ia para casa.

Está em sua cabana na orla dos pântanos. Ali, sua lareira de barro está quente e na chaleira borbulha um caldo saboroso de enguias. Ali, seu ninho de peles de castor empilhadas forma uma cama tão macia que até o jovem Rei Ricardo poderia dormir nela. Ali, ele acorda com o canto dos pássaros em uma aurora cor de pérola, fresca como um ovo que se acabou de abrir. É um sonho bem-vindo e familiar.

Mas naquela noite do meio do inverno há uma diferença naquele sonho de volta para casa. Naquele sonho, ele não está sozinho em seu pântano de veludo. Magda está a seu lado. É verão. Ele lhe ensina como descascar os galhos de salgueiro e trançar os cestos, como instalar as armadilhas, como mergulhar o remo na água sem fazer ruído enquanto eles deslizam entre os juncos.

Nesse sonho, ele é alto.

Quando Meio-Tom despertou de seu sonho, a fogueira dos mendigos reduzira-se a cinzas e a madrugada surgia gélida, encardida. E ele estava sozinho outra vez, a não ser pelo cadáver coberto de neve do velho que, a seu lado, deixara de sonhar.

Kathryn rezava para que a neve continuasse alta, que o inverno rigoroso mantivesse o xerife a distância. A proposta de casamento que ele lhe fizera pendia sobre sua cabeça como as adagas de gelo suspensas nos beirais de Blackingham. Sabia que Guy de Fontaigne não era um homem paciente. Mas talvez conseguisse livrar-se dele por um ano lançando mão de evasivas. *Sim, Kathryn. E quem sabe o tempo esteja fora dos eixos e a neve nunca derreta, as árvores nunca floresçam e a primavera nunca chegue.*

E, de fato, em certos dias, parecia que o frio inclemente do inverno – que em qualquer outra ocasião seria uma circunstância da qual se queixar – iria conservá-lo afastado para sempre. Em um dia gelado de março, porém, quando ainda mal se podia passar pelas estradas, Guy de Fontaigne enviou uma mensagem avisando que iria visitá-la na Páscoa. No dia seguinte, Meio-Tom apareceu com a mensagem de Finn.

Chegara finalmente o dia por que Kathryn ansiara e temera durante um ano inteiro. Era de manhã bem cedo e ela, o filho e a neta encontravam-se dentro da cozinha quente e profunda. Tirando um bolo de semente de papoula de dentro da mão fechada de Jasmine, Kathryn respondeu ao seu queixume.

– Vamos passear, você não quer ir passear?

Os olhos da criança iluminaram-se e ela balbuciou "paxiar". Farelos de bolo caíram de sua boca junto com as palavras. Kathryn apressou-se em limpar as bochechas redondas de Jasmine.

– Você está tão bonita, minha doçura! Não está, Colin? – perguntou Kathryn ao filho.

Colin limitou-se a sacudir a cabeça e afagar a menina com ar ausente enquanto Kathryn a vestia para a viagem a Norwich. Ele começou a se preparar para sua caminhada diária pela estrada real enfiando a roupa tecida em tear doméstico, um traje mais apropriado a um trapeiro do que a um jovem nobre – onde ele encontrara aquele farrapo ordinário? Felizmente ninguém o reconheceria. Já que decidira raspar a cabeça e postar-se nas esquinas das ruas para pregar, graças à Santa Virgem tinha pelo menos o bom senso de não usar o azul de Blackingham.

Jasmine contorceu-se quando Kathryn tentou vestir nela o pequeno manto e as luvinhas de pele de coelho.

– Fique quieta, meu bem, está desarrumando seus cachos lindos. Vamos visitar seu *grandpère* hoje. Vai cantar para ele, não vai? Como canta para Magda e para mim?

Kathryn tentou distrair a criança que se debatia e cantarolou "La, la, la, la" escala acima. Jasmine piscou seus olhos azuis, parou de se mexer e tentou imitar a melodia.

– Meu passarinho – disse Kathryn, beijando uma semente de papoula esquecida que ficara na face da menina como se fosse um sinal de nascença. – Seu pai também cantava como um passarinho – disse ela, intencionalmente.

Colin, porém, não a escutou; já saíra. Mas Kathryn não permitiria que seu filho obcecado estragasse aquele dia. Finn pedira para vê-la.

– Repita para mim quais foram as palavras exatas dele – exigiu ela do mensageiro.

E o anão repetira: "Diga a Lady Kathryn que preciso vê-la." *Preciso.*

Poderia ser a última vez que o veria. Queria abastecer sua memória com a imagem dos olhos dele, da curva do queixo, da maneira como franzia a testa, de suas lindas mãos: guardar todas as suas lembranças dele para, quando achasse que não agüentava mais, trazê-las de volta e repassá-las na memória.

Era um bom sinal ele ter pedido para ver a criança. Um sinal de que seu coração não endurecera completamente, afinal.

Deveria contar-lhe sobre seus planos?

– Estamos prontas – anunciou Kathryn para o anão, que abrira a porta.

Finn estava sentado em cima de um cobertor, no chão, com sua neta. Kathryn sentara-se em uma cadeira posicionada entre a criança e a lareira. Os dois evitavam olhar-se diretamente.

– Ela é linda.

– Como poderia ser diferente? Nascida de sua filha e de meu filho?

Ele acariciou os cachos louro-avermelhados da menina.

– Você tem cuidado bem dela. Ela parece feliz.

– Prometi a você que o faria.

– É verdade.

Só se ouvia no quarto o som de pancadas leves, pois a menina distraía-se batendo no chão com uma das conchas de ostras vazias que Finn usava como recipiente para as tintas. Ele sentiu uma pontada de tristeza ao lembrar-se de uma outra criança loura com olhos de um azul intenso, a neném que levara para a anacoreta, a neném que não sobrevivera. E veio-lhe uma onda súbita de medo, justo quando achava que estaria para sempre imune a isso. Fora um erro pedir que Kathryn viesse. E expor-se novamente.

– Ela já está andando?

– Apenas ensaia uns passinhos. Acho que a protejo demais. – A risada de Kathryn soou baixa e musical, tal como ele se lembrava. – Tenho medo que caia.

– Ela não é um fardo muito pesado, então?

– Ela não é fardo algum. – Seu olhar pareceu vagar para algum ponto fora da janela, para a luz dura do sol. – Ela me dá razão para viver.

Nenhum dos dois falou durante um minuto. Pairava um constrangimento entre ambos, uma timidez, como se fossem estranhos. Finn teve vontade de dizer que soubera pelo bispo que Kathryn possuía outros interesses para preencher suas horas de solidão. Conteve as palavras.

– Ela está usando a cruz da mãe – disse ele. A cruz pendia de um cordão de prata, fino mas resistente, à volta do pescoço da menina. Ele desviou depressa o olhar. Doía-lhe fundo ver a jóia.

– É uma herança de família. Deve ser passada de mãe para filha. Rose iria querer que Jasmine ficasse com a cruz que sua mãe usava.

– Rebekka nunca a usou – disse Finn, o rosto contraído pela dor da lembrança. – Era uma *cristã-nova*. Detestava essa cruz. Era um símbolo de opressão para ela.

– *Cristã-nova*?

– Foi convertida à força ao cristianismo. – Mesmo depois de tantos anos, a lembrança ainda era uma ferida aberta em seu coração. Pousou os olhos na menina que brincava no chão e continuou falando. – Houve um expurgo no bairro judeu. A papelaria do pai dela foi incendiada. Seus pais morreram queimados. Rebekka fez a profissão de fé para salvar sua vida.

– Eles a... eles a torturaram?

– Não. Mas acho que teria resistido se não fosse por mim. Eu lhe implorei que não o fizesse. – Estendeu a mão e acariciou os cabelos da criança. A neta de Rebekka, loura e clara, nenhum vestígio do sangue judeu que lhe corria nas veias. – Eles a teriam matado. Ou, no mínimo, a teriam afastado de mim. Já éramos amantes na ocasião. Rebekka se converteu por minha causa.

– Onde a conheceu?

– Em Flandres. Fui para lá levando o corpo de minha avó a fim de sepultá-lo em sua terra natal. Já era nessa época um escriba razoável e gostava de pintar, uma habilidade herdada de minha avó e de minha mãe. O pai de Rebekka vendia pergaminhos finos. Eu pretendia fazer um livro em memória de minha avó. Meus pais já haviam morrido e eu era o único herdeiro. Tinha grandes visões sobre uma coletânea copiada de livros emprestados. Ainda me lembro do nome da loja no alto da porta: "Papéis Finos Foa" – Foa era o sobrenome dela. Rebekka estava atendendo na loja do pai naquele dia.

– Ela devia ser muito bonita – disse Kathryn –, como a filha. Você foi comprar material de trabalho e encontrou o amor de sua vida. – A suavidade de sua voz fez Jasmine largar as conchas no chão, virar-se e olhar para ela como se tivesse escutado chamar seu nome.

Um dos amores de minha vida, pensou Finn. Mas não podia dizê-lo, não mais. Não depois de tudo o que se passara.

– Nunca vi uma cruz como essa de Rose – disse Kathryn. – Em vez de um crucifixo, tem um círculo de pérolas. Quando se olha bem, o círculo sugere as pontas de uma estrela, só que com seis pontas.

Ele sorriu, sentindo o rosto retesar-se com o esforço de músculos que não eram usados.

– Você tem bom olho, Kathryn. É de fato uma estrela. Magen David. Pensei que estivesse tão bem disfarçada que ninguém a distinguiria.

– Magen David?

– Significa "escudo de Davi". É uma estrela de seis pontas, um hexagrama. Muitos judeus acreditam que afugenta os demônios, que é uma espécie de talismã. Alguns alquimistas a usavam. A Casa de Foa adotou-a como símbolo da família.

– Mas por que você...?

– Os judeus conversos eram constantemente vigiados, as autoridades procuravam indícios de que a conversão era falsa. Pensei que se ela usasse a cruz... e se essa cruz tivesse o símbolo de sua família, de sua herança, seria menos detestável para ela.

– Mas você a deu à sua filha, apesar de Rebekka detestá-la?

– Foi para protegê-la. Assim como se destinara a proteger a mãe dela. Embora Rebekka nunca a tenha usado.

– Rose sabia sobre a estrela?

– Não. Teria contado a ela se tivesse perguntado. Mas nunca o fez. Nunca soube que sua mãe era judia. – Aquela era uma coisa de que ele se envergonhava, como se tivesse falhado com relação à filha e, pior ainda, sido desleal a Rebekka. E agora nunca mais poderia contar a Rose. – Só queria protegê-la – repetiu.

Kathryn apanhou a criança e atravessou o quarto segurando-a no colo até a mesa de trabalho de Finn, sobre a qual se encontrava um grande painel de madeira pintada. Com um certo esforço, ele se pôs de pé e seguiu-as.

– Estou vendo agora como preenche o seu tempo – disse Kathryn, ainda sem olhar diretamente para ele. – A pintura é linda. O bispo deve estar satisfeito.

– O bispo acha que sou lento demais. Quer cinco painéis: a Flagelação de Cristo, Cristo carregando a Cruz, a Crucificação, a Ressurreição e a Ascensão.

– E você ainda está fazendo o terceiro?

– Não consigo passar da Madona postada ao pé da Cruz.

Ela tocou com a ponta do dedo o rosto da Madona.

– É linda. É parecida com Rose e no entanto não é Rose. É Rebekka?

– Tive sorte com meus modelos. – *Vi sua rainha de copas.*

Kathryn mudou para o outro braço a criança irrequieta, que tentava pegar um tinteiro próximo. Finn quebrou a ponta aguçada de uma pena e fez cócegas em Jasmine com o lado da pluma. Ela riu seu risinho infantil e estendeu a mão para agarrar a pena. Ele a deu para a menina e abaixou-se quando ela tentou usá-la para pentear seu cabelo.

– Mais penas do que pincéis de pêlo de marta? Por que, se não tem nenhum manuscrito para... – Parou de falar, surpresa, depois exclamou: – Ainda está traduzindo os textos de Wycliffe! Bem debaixo do nariz do bispo!

Ele deu de ombros.

– O que eu tenho a perder?

– Você ainda tem esta criança.

Kathryn colocou Jasmine outra vez em cima do cobertor e sentou-se ao lado da menina. Finn sentou-se junto delas. Estava tão perto de Kathryn que enxergava as pequenas rugas do riso em torno de seus olhos, sentia o perfume de seu cabelo. Deixava-o tonto de desejo. Levantou-se e foi à janela para abrir o anteparo de madeira. A brisa gelada esfriou-lhe a pele ardente. O sol brilhante deixava sua marca de luz na mesa de trabalho, destacando a cena da Crucificação, o azul do manto da Madona. Ele se virou para olhar para ela de uma distância segura. Quando falou, a voz saiu-lhe contida.

– Mandei chamá-la, Kathryn, porque desejava conversar com você sobre minha neta.

Kathryn não disse a ele que demorara um bocado para fazê-lo, mas sua expressão o revelou. Ele ainda sabia ler seus pensamentos.

– Soube pelo bispo que você está... que você compareceu às festividades do duque na companhia de Guy de Fontaigne.

Ela permaneceu calada, só esfregou os braços como se um calafrio súbito a percorresse, embora o aposento estivesse bem aquecido com uma porção adicional de carvões por causa da menina.

– Naturalmente, minha preocupação é que, caso haja... uma aliança entre vocês... enfim, estou preocupado com o que aconteceria com a filha de Rose.

– Vejo que os boatos correm velozes. – Ela atirou a cabeça para trás em um gesto que ele reconheceu como sendo um acesso de cólera. – É só o que o preocupa, Finn? Bem, pode ficar tranqüilo quanto a isso. Ele sabe a respeito de Jasmine. Pretendo incluir uma condição no meu... em qualquer... contrato com ele estabelecendo que a menina permaneça sob minha tutela.

Então era verdade. Finn deu-se conta do quanto esperara que fosse diferente. Algum demônio sugara todo o ar do quarto. Olhou ansioso para a criança, que estava ocupada tentando pintar a concha de ostra com sua pena, mergulhando-a em uma mancha de luz como se fosse um pote de tinta. Um dom transmitido de pai para filha e depois para a neta. A luz à volta dele inundava-se de cores, vibrante, girando, todos os mais vivos matizes de sua vida giravam e se uniam em um só cordão – que lhe cingia a garganta e cortava-lhe o ar. De repente, odiou as cores. Não deveria haver cor alguma em um universo tão sombrio. Só tonalidades de cinza, silencioso e seguro.

– Confiaria nele para um assunto tão importante assim? – Mal lhe restava fôlego para proferir as palavras.

– Por que não, se confio o suficiente para casar-me com ele?

Estava claramente zangada com ele por alguma razão que ele não conseguia compreender. Mas ele se concentrou na zanga dela e isso lhe deu fôlego.

– E por que se casaria com um homem como aquele, Kathryn, um homem que você declarou desprezar?

Pela primeira vez desde que entrara no quarto, Kathryn o encarou. Suas palavras soaram lentas e deliberadas.

– Vou-me casar com ele, Finn, para obter a sua liberdade.

As cores na luz, no ar, sem dúvida iriam asfixiá-lo. Os vermelhos, os azuis, todos se misturando e se transformando em roxo escuro, depois em negro. Lutou para reter a luz. *Inale profundamente, inale a luz.* Levou uma eternidade para reencontrar sua voz. E quando lhe voltou a voz, espantou-se ao ouvi-la ribombar pelo quarto, espatifando as cores com um gemido. Jasmine olhou de um para o outro, os olhos arregalando-se.

– Não seja tola, Kathryn.

A boca de Jasmine curvou-se para baixo e seu queixo começou a tremer. Ele a estava assustando, mas não conseguia se controlar. Deu um tapa na parede com toda a força.

– É um ardil, será que não vê? Ele não vai me deixar sair. O bispo gosta de ter seu artista-escravo particular. E eles ainda não descobriram quem matou o padre. É um crime que precisa de uma explicação e *eu* sou a explicação. Não vão procurar em outro lugar. É assim que funciona o sistema do bode expiatório, será que não compreende?

– O que não compreendo é por que você parece relutar em querer sair daqui. É isso o que quer, ficar isolado aqui para sempre, enterrado vivo como um anacoreta, com suas pinturas sacras? Aqui, onde pode nutrir o seu ressentimento contra mim e passar o que lhe resta de vida chorando por Rose? Finn, o mártir. É isso? Será que esta cela se converteu mais em refúgio do que em prisão? Pois não vou permitir que se enterre vivo, mesmo que esteja disposto a isso. Alfred vai testemunhar que escondeu as pérolas em seu quarto. Desse modo, não haverá mais do que acusar você. E Sir Guy maquinou um esquema com o qual a justiça do arcebispo será satisfeita.

– Não, não! Não vou consentir! – Ele atravessou o quarto e agarrou-a pelos ombros. Sacudiu-a mais do que queria. – Não percebe que ele não é confiável?

Kathryn tinha os olhos úmidos.

– Não tenho escolha, Finn. Ele fará com que você ou Alfred, ou ambos, respondam pelo crime e minhas terras sejam confiscadas pela Coroa. Não tenho escolha. Ou vou para um convento ou me caso com Guy de Fontaigne. – Começou a andar de um lado para outro. – Não percebe? Ou sacrifico você e deserdo meus filhos ou me sacrifico.

Kathryn nos braços do xerife de nariz de falcão. Finn balançou a cabeça com violência, como se quisesse lançar fora a imagem. Mas a imagem mantinha-se, obstinada, gravada dentro de suas pálpebras, marcada a fogo em seu cérebro. Desejou que Guy de Fontaigne estivesse ali naquele exato momento. Arrancaria a cabeça dele com as mãos nuas.

Em vez disso, segurou Kathryn com força pelos ombros.

– Então, minha senhora, lembre-se disto em sua noite de núpcias.

E beijou-a com ardor, com um furor maior do que pretendia, um beijo com toda a paixão e pesar e mágoa que viviam em seus sonhos noturnos.

Quando a afastou abruptamente, ela oscilou por um momento, mole como uma boneca de pano, como se fosse desfalecer a seus pés.

Jasmine começou a chorar e tentou subir nas saias de Kathryn. Finn apanhou-a, mas ela estendeu os braços para Kathryn. O hexagrama na estrela pendurada em seu pescoço deixou-se entrever em meio a seu emaranhado de filigrana.

– Lembre-se disto também. Se eu for libertado, vou buscar minha neta e levá-la embora. Não vou permitir que caia nas garras desse homem.

Vinte e Nove

Our Fadir That art in heuenes, Halewid be thi name. Thi Kingdom comme to.
Be Thi wille done as in heuen so in erthe.
Gyve to us this dai oure breed oure other substance and fogive to us oure dettis...
– A ORAÇÃO DO PAI-NOSSO TRADUZIDA
PARA O INGLÊS POR JOHN WYCLIFFE

Kathryn ouviu a porta de seu quarto se abrir e encolheu-se de dor quando um feixe de luz penetrou na semi-escuridão.

– Mãe, é uma de suas dores de cabeça? – perguntou Colin.

A cabeça tosquiada do filho aproximou-se da cama como uma lua elíptica, depois pairou bem acima dela. Sentiu a mão dele fria em sua face.

– Está queimando em febre! Vou buscar Agnes. Ela vai saber o que fazer.

– Não. – A cama ondulou sob seu corpo quando o filho sentou-se a seu lado. Ela lutou contra a onda de náusea que a acometeu. – Diga-lhe que ninguém deve subir. E que mantenham Jasmine longe daqui. Não a tragam nem à porta do quarto.

– Então, o que posso fazer pela senhora?

Kathryn cobriu a boca com a mão para evitar que seu hálito lançasse sobre ele algum miasma fétido.

– Nada. Isso vai passar. Você já se aproximou demais. Apenas vá embora e deixe-me dormir.

– Não vou deixá-la aqui doente e sozinha! Deus há de me resguardar.

Se Ele não protegeu Seu próprio Filho, por que protegeria o meu?

– Então, chame Glynis.

– A senhora não é mãe de Glynis – replicou ele, levantando-lhe o braço e examinando-lhe a axila com delicadeza. Ela sabia que o filho procurava o bubão denunciador da peste.

– Há notícia de casos de peste em Pudding Norton, em Fakenham – disse Colin. A preocupação dava uma certa aspereza à sua voz melodiosa.

Ela tossiu, uma tosse líquida, sufocante, e o filho soergueu-lhe os ombros até que o acesso passasse. Quando conseguiu falar outra vez, ela o tranqüilizou.

– Eu mesma já havia procurado, Colin. Também não tenho calombos na virilha.

– Mas sua pele está tão quente.

– É só uma febre. Diga a Agnes que prepare um xarope de raiz de angélica e deixe-o aí fora da porta. – Outro acesso de tosse agitou-a. – Depois saia e fique longe daqui.

Colin esgueirou-se para fora do quarto sem fazer ruído e Kathryn virou o rosto para a parede e adormeceu.

Quando abriu os olhos outra vez, era de manhã e as faixas de luz viva que se infiltravam pela janela bateram-lhe nos olhos como uma chicotada. Alguém – um anjo? – saiu de dentro da luz e banhou-lhe o rosto com água fria.

– Beba isto.

Sentiu na boca a borda fria da taça e estremeceu. Dois goles foi só o que conseguiu engolir. O cheiro de doença impregnava o quarto. Não havia mandado Colin embora? No entanto, era a voz de Colin, era o rosto de Colin, mas emoldurado por um cabelo louro curto e espetado. Decerto não seria o filho, que raspava a cabeça todas as manhãs antes de sair. Ia para a estrada real pregar heresias lollardas. Ela fechou os olhos para evitar a luz latejante, mas a escuridão ameaçou sufocá-la.

– Mantenham a neném longe daqui – disse ao anjo que cuidava dela com tanto carinho.

Em vez de sua voz, porém, uma algaravia estridente cortou o ar. O som agudo e penetrante ia e vinha como as ondas do oceano. Demônios disputavam sua alma. Vinham reclamá-la por causa de seus pecados. Ela queria pedir a Deus, implorar misericórdia, mas não havia ali nenhum padre para interceder por sua alma, nenhum padre. Mas a mulher santa veio. Sorrindo, meiga, dizendo-lhe que tudo acabaria bem. Se ao menos conseguisse acreditar nisso.

Vou tentar. Vou tentar acreditar. Sua mente remexia os desvãos da memória buscando as palavras do *migratio ad Dominum.* Mas não conseguia lembrar as palavras que o padre que fora seu preceptor ensinara-lhe quando era criança. *Receba minha alma, Senhor Jesus Cristo*, sua mente suplicava. Mas estava rezando no francês normando de seu pai, e Deus só respondia a orações em latim. Ele consideraria profana aquela oração e indignas as palavras. Como a oferenda de Caim.

As vozes cessaram e ela adormeceu.

Em um determinado momento, achou que fosse Finn quem tratava dela com tanta ternura. Ele a perdoara, então. Mas era tarde demais. O corpo dela estava tão ressequido quanto a palha do trigo debulhado, e a língua que deveria usar para agradecer a ele colava-se no céu da boca. Ela era uma mariposa e suas asas logo virariam pó. Pó em toda parte, fechando-lhe os olhos, correndo para dentro de seus ouvidos, abafando todos os sons. Então, isso era a morte. Aquele peso opressor que impelia a alma da pessoa para seu âmago mais profundo. Em outro momento, achou que escutara Jasmine chorar e desejou tê-la consigo. Mas Jasmine não podia vir. Nunca mais viria.

A anacoreta jazia acordada em sua cela, ouvindo os sinos da catedral baterem as matinas. O silêncio da meia-noite engoliu as badaladas amortecidas e instalou-se outra vez, espesso e sobrenatural. Enquanto recitava as Horas da Cruz, *Domine labia mea aperie*, ela pensava, Senhor, tereis de abrir meus lábios, pois eu não consigo. Estão rígidos e frios demais. Em seguida, arrependia-se do pensamento indigno e murmurava o responso, *Et os meum annuntiabit laudem tuam.*

Como fazia com freqüência, afastou-se ligeiramente do responso das Horas das Matinas, o *Deus in adiutorium meum intende*, pedindo ajuda não para si mas para as almas que povoavam sua mente: os pobres, os doentes, os famintos, os muitos suplicantes que até mesmo no inverno vinham à sua janela. Do lado de fora chegava-lhe o som das gotas d'água que caíam dos compridos pingentes de gelo suspensos nos beirais da igreja, pingando no solo endurecido pelo inverno como as lágrimas de Cristo. Em breve, o mundo fora de sua tumba iria revestir-se do verde de uma primavera de remotas lembranças.

E ela não sentiria mais frio.

Era um pecado pensar em suas comodidades materiais quando tantos haviam morrido durante o inverno rigoroso. Um pecado também, possivelmente, fazer suas orações na cama, onde tiritava sob o único e fino cobertor que não doara. O chão de pedra estava tão gelado que as frieiras em seus pulsos, úmidos das lágrimas de sua paixão, grudavam-se nele quando ela se prostrava diante do seu altar. A Santa Igreja ensinava a mortificação da carne, em especial durante a Quaresma, porém que mãe veria de bom grado a carne de seu filho tão castigada? E não era o Cristo sua Mãe amorosa, acalentadora, meiga?

Era um pecado também se preocupar com sua segurança quando deveria confiar Nele, em quem repousava sua verdadeira segurança. Mas não tivera notícias do bispo. Fazia três semanas que lhe enviara sua *apologia*, sua confissão de fé, escrita em inglês. Presumia que o silêncio dele significava que a aceitara, ou que considerava Julian indigna de mais atenções, ou que os lollardos o aborreciam demais para que se importasse com ela. Rezou para ter fé suficiente para deixar de se preocupar com aquilo. Rezou para sentir o calor de Seu amor.

As mãos dela, pousadas do lado de fora da lã grosseira do cobertor, seguravam um rosário. A não ser pelos lábios que se mexiam e pelos tênues movimentos dos dedos azulados nas contas, estava imóvel como uma efígie de pedra esculpida em um sarcófago. Apesar de ainda recitar as Horas Latinas, nas últimas semanas começara a rezar suas orações pessoais no mesmo dialeto inglês de Midland em que escrevera suas *Revelações*.

Seus lábios moviam-se quase imperceptivelmente agora, murmurando as preces inglesas sussurradas, aquelas necessidades pessoais de seu coração. Preces por Meio-Tom, que enfrentava as nevascas para levar lenha para ela – *abençoe-o, Senhor, pela bondade de seu coração*; por Finn, o artista das iluminuras preso pelo bispo – *proteja seu corpo e sua alma de todos os males*; e pela mãe da criança moribunda que Finn lhe trouxera tanto tempo atrás – *console seu sofrido coração de mãe*. O gotejar do degelo nos beirais acentuava as desgraciosas palavras inglesas. E rezou pelo Padre Andrew, tão infeliz em sua paróquia e tão inadequado para seu cargo de vigário; e por sua criada Alice, que cuidava dela com tanta dedicação.

Por fim, rezou por Lady Kathryn de Blackingham e pelas duas lindas crianças que trouxera consigo na noite em que viera, perturbada e indignada, da prisão de Finn. Pressentia que aquela senhora estava no exato momento tão profundamente aflita quanto naquele dia e carecendo de intercessão. *Dê a ela forças para enfrentar suas provações – e fé. Senhor, dê-lhe fé.*

Lá fora, um pingente de gelo se partiu, rompendo o silêncio com um estalo, e despedaçou-se no chão. Ainda segurando o rosário, Julian pôs as mãos debaixo do cobertor e mergulhou em um sono profundo, cheio de visões de seu Cristo doloroso. Enquanto dormia, escorreu sangue de seus punhos feridos pelo frio, formando uma crosta semelhante a uma pulseira.

Agnes estava preocupada. Nunca vira Kathryn doente por tanto tempo. Mesmo quando menina, nunca ficara doente por mais de um ou dois dias. Desta vez já fazia uma semana. E o jovem Colin nem sequer permitia que Agnes entrasse no quarto, mandava que deixasse do lado de fora da porta a poção curativa que preparara para sua senhora.

– Providencie apenas para que cuidem de Jasmine – dizia.

Ele próprio parecia doente. Agnes não sabia até quando o rapaz agüentaria ficar de vigília.

– Está bem, patrãozinho, não se preocupe com isso, Magda toma conta da neném muito bem. Deixe eu cuidar um pouco de minha senhora.

Mas ele se recusava.

Quando Glynis voltava com a bandeja, a criada só balançava a cabeça em resposta à pergunta não formulada. Agnes esvaziava a tigela ainda cheia que viera do quarto de Kathryn nos baldes de restos da cozinha para dar aos porcos.

– O xerife está no salão exigindo falar com Lady Kathryn – disse Glynis. – O que vou dizer a ele?

– Diga que ela está doente demais para ver quem quer que seja.

Agnes sabia o que ele queria. Só de pensar, ficava apavorada. E não apenas por causa de Kathryn. Ela não tinha vontade nenhuma de se tornar serva de Guy de Fontaigne. Na aldeia corriam rumores sobre uma rebelião. E falava-se de lugares seguros para fugitivos. Todas as vezes que John lhe falara de liberdade, ela não concordara. Como podia estar pensando naquilo agora, tão velha e cansada, com John morto e enterrado? Se bem que fossem outros tempos, agora era diferente. Até alguns padres estavam pregando contra a antiga ordem. Mas era tarde demais para ela. Na casa de Sir Guy, sua senhora precisaria mais do que nunca da proteção dela – veneno era um jeito bem fácil de um homem se livrar de uma mulher que lhe deixara de ser útil. E Agnes ainda tinha de pensar na pequenina. E em Magda. Elas também precisavam de sua proteção. Quer Lady Kathryn sobrevivesse ou não.

– Diga ao xerife que pode ser a peste – acrescentou.

Quando Kathryn acordou, a claridade mudara de lugar. Não mais incomodava seus olhos. Sentia sede. Tentou sentar-se e derrubou uma taça de cima da arca que se encontrava ao lado. A figura curvada, adormecida em uma cadeira ao pé da cama, levantou-se num salto. Não era anjo nenhum, afinal. Anjos não dormem.

– Mãe, a senhora acordou. Voltou para nós – disse Colin, abaixando-se para apanhar a taça que caíra e enchê-la novamente. Levou-a aos lábios da mãe. Ela bebeu como se não tivesse bebido nada durante dias. De onde viera aquela sede terrível? Quando enxugou a água da boca com as costas da mão, sentiu os lábios ásperos e grossos como casca de árvore.

– Voltei? Onde estive? – As palavras saíam-lhe pesadas, aos sopros.

– Esteve muito doente. Em determinado momento cheguei a pensar que fosse nos deixar, mas sua febre cedeu ontem à noite.

– Mandou vir um padre? Sonhei que...

– Mandei vir um padre, sim, mas nenhum veio. Eu mesmo rezei pela senhora. Lutei com Deus pela sua alma, assim como Jacó lutou com o anjo – brincou ele, sorrindo.

– Ainda bem que você venceu. Dê-me aquele ungüento que está em cima do toucador. Meus lábios estão de tal modo rachados que os sinto sangrar.

– Deixe que eu faça isso – disse ele, untando-lhe os lábios com lanolina.

Kathryn não protestou. A mão lhe tremera quando tentara fazê-lo sozinha.

– Você então ficou o tempo todo comigo? – disse, pousando de novo a cabeça no travesseiro. – Deve ter sido um bocado de tempo, porque seu cabelo cresceu.

– Duas semanas.

– Se eu me demorasse um pouco mais às portas da morte, você voltaria a se parecer com meu filho outra vez. – Ela sorriu, depois contraiu-se quando os lábios doeram. – A neném está...

– Jasmine está bem. Magda e Agnes cuidam dela. – Colin puxou a corda da campainha ao lado da cama. – Vou pedir alguma coisa para a senhora comer.

Glynis veio e Kathryn conseguiu tomar um pouco de caldo com a ajuda de Colin. Depois recostou-se de novo, exausta.

– A senhora teve uma visita enquanto estava doente, milady – disse Glynis.

– Uma visita? – Não sonhara, então. Finn e a anacoreta.

– O xerife – completou Colin. – Comportou-se com rudeza, insistiu em vê-la mesmo quando eu lhe disse que a senhora estava indisposta.

A decepção doeu-lhe fisicamente. Claro. Aquilo não era o delírio da febre, era o mundo real, e no mundo real Finn e a anacoreta estavam sozinhos em suas prisões solitárias, em seus eremitérios isolados.

Glynis recolheu a tigela de caldo, esboçou sua pequena reverência de sempre e depois acrescentou, já a caminho da porta:

– As pernas dele dispararam na carreira quando falei a palavra peste.

– Desconfio que foi por isso que o padre não veio – deduziu Colin, franzindo a testa.

E eles têm orações em latim para os proteger, pensou Kathryn, abatida. Ao menos, porém, sua doença fizera-lhe ganhar tempo com o xerife.

– Gostaria de dormir agora, Colin – disse. – Você está com ar cansado, faça o mesmo.

Quando acordou, pouco depois das três da tarde, de acordo com o relógio de sol desenhado na parede, Colin ainda estava lá. Mas mudara de roupa. Uma camisa e perneiras limpas. E quanto ao hábito de frade?

– Pensei que tivesse saído, agora que estou melhor. Você é um bom filho, Colin, e sou-lhe grata, mas não precisa ficar comigo o tempo todo. Sinto-me mais forte. Imagino que esteja ansioso para voltar às suas pregações – disse-lhe, procurando evitar o tom de desaprovação na voz. Devia pelo menos isso a ele.

– Não tão ansioso quanto antes. Precisava de uma pausa, de tempo para pensar.

– Você está reconsiderando, então? Todo o pensamento de Wycliffe?

– Não exatamente reconsiderando. Concordo com as idéias de Wycliffe sobre o poder fundamentado na graça. Até o direito de todo homem de possuir uma propriedade, um direito concedido por Deus, é algo com que também concordo. Mas certas pessoas levaram essas idéias longe demais. Ouvi John Ball dizer a um bando de pequenos proprietários rurais e camponeses reunidos em Mousehold Heath que eles deveriam matar todos os padres apóstatas para expurgar a Igreja do pecado!

– Matar os padres! – espantou-se ela, a voz em um grasnido rouco. – Disse isso em alto e bom som em uma reunião popular? Nem ele teria tanta audácia, com certeza. Você não deve ter compreendido bem. – Kathryn deixou-se tombar de volta no travesseiro, grata por tê-lo ali. O quarto ainda mostrava uma tendência para girar quando ela se mexia depressa demais.

Colin sacudiu a cabeça.

– Não, eu mesmo escutei muito bem essas palavras. Disse que os homens pobres deveriam saquear as riquezas da Igreja e dos nobres. Está espalhando veneno entre o povo, incitando-o a cometer abominações. Não foi o que Jesus ensinou. Quando eu lhe disse isso, John Ball zangou-se comigo e chamou-me de instrumento de Satã.

– Ele é louco, Colin. Estou contente que você esteja desistindo disso.

– Não estou desistindo da pregação, acho que devo fazê-la. Mas não quero me envolver com agitadores. Vou continuar pregando. Como São Francisco, vou pregar a Paz de Nosso Senhor. Não vou pregar o ódio.

– E assim não pertencerá a nenhuma das facções. Pois as duas pregam o ódio. E fará inimigos nos dois campos.

– Mas, minha mãe, não vê que preciso disseminar a verdade na qual acredito? Somos todos vassalos de uma Igreja que nos abandonou. A ganância é agora o senhor dela, e não Deus. Ela é a Grande Meretriz da Babilônia. Veja o caso de Henry Despenser, construindo seu novo e grandioso palácio. Onde a senhora acha que ele consegue o dinheiro para o ouro e o alabastro com os quais diz estar revestindo as paredes? Ou para pagar todos os pedreiros de que precisa para construir o maior claustro de toda a cristandade? Ele tira o pão da boca dos pobres!

E rouba as jóias das viúvas, pensou Kathryn. Estava cansada demais para aquela discussão, mas uma mãe tem de aproveitar esses momentos quando surgem. Descobrira um fio solto na trama da devoção do filho e precisava puxá-lo para desfazê-la o mais rápido possível.

– Mas, Colin, admita que John Ball, que prega rebelião e assassinato, não é um caminho a ser seguido. Quanto a John de Gaunt, o que ele quer não é apenas uma justificativa para atacar o tesouro da Igreja a fim de enriquecer os cofres reais?

– Mas Wycliffe não, mãe. Ele só pretende espalhar a verdade sobre os abusos dos padres e ressaltar a necessidade de todo homem ser capaz de ler o Livro Sagrado em sua própria língua.

Kathryn não iria discutir o ponto principal do que o filho dissera. Ela própria rezara na língua de seu pai, em sua própria língua. Deus a teria escutado? Seria mesmo necessário usar alguma língua para rezar para Ele? E se Ele lesse corações como as pessoas lêem palavras?

– E se essa verdade, se é que é de fato verdade, estiver sendo distorcida por homens perversos para servir aos seus próprios desígnios?

– Isso não me diz respeito. Preciso contar a verdade como a vejo e não me preocupar com os custos.

A cabeça dela doía de tanto conversar; ainda assim, insistiu.

– Colin, você é apenas um menino. Conheço uma pessoa, e é homem feito, um bom homem, que também não fez caso dos custos. Se ele não conseguiu superar tais inimigos, como você acha que pode? Se não pensa em sua mãe, pelo menos leve em conta a sua filha. – E começou a tossir.

– É em minha filha que estou pensando. E em outros como ela. Mas não vamos discutir, minha mãe. A senhora precisa descansar. – Beijou-lhe a face e apanhou seu surrado hábito de frade em um gancho atrás da porta. – Vou sair, mas não me demoro.

A tosse deixara-a fraca demais para responder. Depois que Colin saiu, ela tateou junto de sua cama procurando o rosário e depois o avistou pendurado do lado oposto do quarto, mas também estava fraca demais para ir buscá-lo. Murmurou o Pai-Nosso em sua língua natal. E perguntou a Deus em voz alta por que a misericórdia Dele era concedida em gotas e não em baldes.

Trinta

E assim a pérola do Evangelho foi lançada aos porcos, para que a pisoteassem; e o que era precioso para o clero e para o laicato agora se apresenta de tal modo que é motivo de troça para ambos; e a jóia da Igreja torna-se o escárnio dos leigos e pertence-lhes para sempre.

– Henry Knighton, Cônego de Leicester (século XIV)

Sir Guy não se espantou quando chegou de Essex um pedido de ajuda. Era o mês de maio e, com o tempo quente da primavera, os bailios andavam fazendo suas rondas para recolher os impostos reais. Era de se prever alguns pequenos focos de resistência entre as classes mais pobres. Foi então que um bando de camponeses enfrentou com forcados dois dos cobradores de impostos do rei e pôs fogo nos montes de feno de uma abadia. Uma insurreição de tal modo espalhafatosa precisava ser combatida com pulso forte, ser reprimida antes que chegasse a seu condado. Já tinha seus próprios arruaceiros com que lidar, mas enviaria todo o auxílio de que pudesse dispor. Assim, despachou um grupo seleto de jovens escudeiros, inexperientes como Alfred – que se encontrava entre eles –, mas nem tanto que não conseguissem conter um punhado de rebeldes maltrapilhos armados com foices e forcados. A experiência seria boa para os rapazes.

A notícia veio duas semanas depois. A rebelião alastrava-se como uma pestilência, e um exército de camponeses de Kent e Essex estava marchando para Londres sob o comando de um agitador chamado Wat Tyler. O xerife reuniu mais subalternos – dessa vez, homens calejados pelas batalhas. Guy de Fontaigne sabia o que era preciso fazer: torturar uns poucos canalhas, cortar suas línguas, destruir umas casas velhas e o resto da ralé voltaria logo para seus campos e suas corporações. Era só encontrar a cabeça da cobra e cortá-la fora. Não podia pôr as mãos no clérigo Wycliffe, pelo menos enquanto ele se encontrasse sob a proteção do Duque de Lancaster. Mas podia encontrar John Ball. E muito lhe agradaria fazer aquela marca em seu cinturão.

Entretanto, o momento era inoportuno, o que o aborrecia. Havia outros portões que planejara tomar de assalto. Nenhuma bandeira negra tremulava na mansão de Blackingham, embora seus espiões lhe tivessem relatado que a senhora da casa realmente estivera à beira da morte. Ainda estava sem forças, mas não necessitava de tanta assim para efetuar um contrato de casamento. Tampouco para consumar um. Ao menos no que competia a ela, tudo o que tinha a fazer era deitar-se de costas com as pernas afastadas.

Gritou para que lhe trouxessem seu cavalo e o equipamento de batalha enquanto redigia um bilhete apressado mas cortês no qual afirmava ter rezado dia e noite pela recuperação dela. Exultante por suas orações terem sido atendidas, preparava-se para fazer correr os proclamas do casamento. Quando retornasse, iria visitá-la para estabelecerem os termos do contrato nupcial.

Ao seguir para o sul a caminho de Essex, o xerife fez um desvio para Norwich e parou na Colgate Street a fim de encomendar um vestido para Kathryn e uma túnica de casamento para si próprio.

– Não se esqueça de bordar em minha roupa a Ordem da Jarreteira – disse ele ao subserviente comerciante de tecidos.

Para Kathryn, escolheu um brocado cor de ameixa matizado de prata. O pequeno comerciante flamengo manifestou enfaticamente sua aprovação. Seria um vestido caro, mas o ajudaria a pressioná-la a aceitar seus galanteios. E se ela não se recuperasse, usá-lo-ia no túmulo. De qualquer maneira, ele obteria as terras que ambicionava. Já se apossara de seu filho mais velho.

Colin estava a caminho de casa. Precisava voltar para perto da mãe. Ela sobrevivera, mas ainda não estava forte. Fizera o que lhe prometera; visitara os rendeiros um a um para verificar se todos possuíam recursos suficientes para pagar o imposto individual. A mãe estava decidida a pagar ela própria os impostos, segundo dissera, para evitar que os rendeiros fossem despojados de seus últimos tostões.

– Vou considerar isso o meu dízimo – declarara. – Melhor dar esse dinheiro a eles para que financiem um rei guerreiro do que deixar um bispo guerreiro pôr nele suas mãos cheias de anéis.

Não era um sentimento contra o qual Colin pudesse argumentar, mas deixou-o pouco à vontade. Uma coisa era ele arengar contra a corrupção da Igreja protegido pela relativa segurança de seu traje de frade, outra bem diferente era uma viúva nobre recusar-se a pagar seu dízimo em sinal de protesto. Mas ele concordara em sondar os rendeiros para a mãe e garantira-lhes que tomaria providências para que nenhum filho deles passasse fome por causa do imposto do rei. Quando ia chegando ao cruzamento de Aylsham, ouviu um vozerio enfurecido.

Seu primeiro impulso foi passar ao largo da súcia de rufiões e do pobre coitado que eles estivessem atormentando, mas lembrou-se do Bom Samaritano. Que cristão seria ele se não interviesse? Portanto, aproximou-se do grupo de homens – robustos lavradores, pelo aspecto, ao todo sete ou oito –, a julgar pelo barulho, fortalecidos com muita cerveja. No meio do círculo apertado, mantinham um dos frades da catedral com os braços presos às costas. Colin reconheceu um dos homens, o curtidor. Comprara dele certa vez peles de pergaminho para o mestre de iluminuras. Mesmo que Colin não o tivesse reconhecido, o cheiro forte e desagradável que exalava denunciava seu ofício. Cheirava ao excremento usado no processo de curtidura, que aparentemente juntara no grande saco que se encontrava a seus pés. O curtidor segurava o capuz do frade com uma das mãos e com a outra esfregava uma substância escura e fétida na tonsura do pobre homem. Colin franziu o nariz, enojado. O frade contorcia-se, em protesto pela afronta. Os outros homens riam. Uma expressão incrédula passou pelo rosto do frade e transformou-se em dor quando os homens agarraram-no com mais força.

Colin entrou no círculo.

– Soltem-no.

O curtidor desviou o olhar para ele, surpreso.

– Quer um pouco também, rapazinho? Só estou dando um pouco desta unção profana para o *irmão* aqui. Se está pensando que essa roupa de padre vai proteger você, bem...

Um sujeito atarracado segurou Colin e puxou seu capuz para trás. O curtidor parou subitamente e abanou a mão para ele.

– Espere. Sei quem você é. É um dos filhos de Blackingham.

– De Blackingham! É um nobre, ouviram, rapazes?

– Não. Esperem – disse o curtidor. – Ele é um daqueles lollardos, é um padre pobre.

– Ele não é um padre pobre. Você disse que ele é da nobreza – replicou o atarracado, mas soltou Colin, apesar de continuar tão perto que o rapaz sentia-lhe a barba desgrenhada no pescoço e o hálito dos dentes podres.

– Ele prega contra a Igreja. Como John Ball e Wycliffe. É um de nós.

– Se ele já comeu hoje, então não é um de nós – rosnou o homem, recuando o suficiente para que Colin visse os sulcos duros das rugas em torno de seus olhos.

Colin endireitou os ombros e tentou reunir toda a sua dignidade.

– Que ofensa o monge cometeu, Mestre Curtidor, para ser tão maltratado? Nosso Senhor disse...

– Nosso Senhor falou para não roubar. Se Ele não falou, com certeza está nos Mandamentos. Este *irmão* é um ladrão. Pegou uma porção de peles para o *scriptorium*, para usar como pergaminho, e agora tá dizendo que o bispo não vai pagar. Disse que vai ficar por conta do meu dízimo. Se é assim, muito bem, vou dar o dízimo disso aqui também. – E apontou para o saco de excremento de animal a seus pés.

– Não é culpa dele. – Qual era mesmo o nome do curtidor? Tim, Tom? – O culpado é o bispo.

– É, mas o bispo não está aqui, não é mesmo? – retrucou o atarracado.

Colin percebeu que era esse o cabeça do grupo. Mas dirigiu-se ao curtidor injustiçado.

– Exato. Então deixe o monge ir embora, Tom, antes que essa história vá muito longe. Por mais que você queira se vingar, isso não vai pagar por suas peles. Pode é ganhar umas chibatadas, isso sim. – E apontou para um grupo de cavaleiros armados que vinha em direção à encruzilhada. No escudo do cavaleiro da frente Colin avistou o brasão de Henry Despenser. – Ou algo ainda pior do que chibatadas.

O corpulento de barba desgrenhada também viu os soldados que se aproximavam.

– São os homens do bispo. Corram.

Os rebeldes dispersaram-se, como ratos em um celeiro, rumo a uma sebe próxima.

O monge correu também, mas na direção oposta, ao encontro dos cavaleiros, e conseguiu ser ouvido por eles, que detiveram suas montarias. De onde se encontrava, Colin não conseguia escutar suas palavras, mas o monge gesticulava como louco.

Três dos cavaleiros desmontaram primeiro e encaminharam-se para a sebe. Dois outros fizeram o mesmo e vieram na sua direção. Colin caminhou para eles, em um gesto amistoso, diminuindo a distância.

Um dos soldados sacou a espada longa enquanto andava, as botas levantando pequenos torvelinhos de poeira. Colin reconheceu a ameaça em seu rosto, mas não compreendeu. Ele estava a favor do monge. Abriu a boca para explicar.

– Nada de mal aconteceu ao...

A lâmina fria entrou em sua barriga antes que pudesse terminar a frase. Entrou com destreza. Um golpe duro para cima fendeu-lhe o coração. As palavras que se formavam em sua boca morreram em um chiado de sangue espumante.

O último pensamento de Colin foi o de que não poderia cumprir o que prometera à mãe.

– Mas ele não fazia parte do grupo – protestou o frade. – Você matou um homem inocente.

– Não faz mal. Para Sua Eminência, é só mais um padre daqueles que agitam as ralés – disse o espadachim.

E chutou o corpo para dentro da vala que margeava a estrada.

O bispo acabara de celebrar a missa. Era onze de junho, festa de São Barnabé, e poucos fiéis haviam comparecido à cerimônia. Ele achava que sabia o motivo. O comparecimento à missa obrigatória dos dias santos vinha diminuindo. Não se respeitavam nem os dias mais santificados. Era no que dava toda aquela conversa sobre igualdade e Escrituras em inglês. Alguns até falavam abertamente – não para ele, não se atreveriam, mas ouvira relatos – que não havia necessidade de ir à missa se podiam falar diretamente a Deus. Cada homem se tornava seu próprio padre! Cada guardador de vacas, cada apanhador de esterco, criada de cozinha ou servo mais insignificante podia manusear a Sagrada Escritura. Só de pensar, a bílis subia-lhe à garganta.

Ao entrar a passos largos em seus aposentos, atirou as vestimentas sagradas e o manto para seu camareiro, o Velho Seth, que cochilava a um canto, acertando-o no rosto e quase derrubando seu frágil esqueleto. Com a homilia em latim ainda fresca na cabeça, Despenser xingou o velho na mesma língua, *Fimus, fimus, fimus*, e percebendo em seguida que o criado entendia seu tom condenatório mas não as palavras – embora não fosse rebaixar-se ao *shite* da língua saxônica dos camponeses –, continuou sua arenga em francês normando para que Seth pudesse beneficiar-se na íntegra.

– Seu pedaço de excremento de cão, não sei como agüento o seu desmazelo. A preguiça é um pecado, sabia? – E espetou o dedo no ar bem na frente do nariz do criado. – E esse tipo de pecado pode mandar você direto para o inferno. – O francês do velho era suficiente para que entendesse. Despenser notou com satisfação como ele se encolhia com ar servil e arrastava os pés de um lado para outro, agitado. – Apanhe minha túnica de montaria e as armas brancas.

A idéia lhe ocorrera quando atravessara o adro da catedral, pisando duro, depois da missa assistida por tão poucos. Havia outras tarefas que poderia realizar por sua Igreja e que requeriam mais do que palavras sagradas e cruzes peitorais. Todavia, tirou a cruz com relutância, os dedos demorando-se nos braços cobertos de pedras preciosas. Era pesada demais para uma missão como aquela. Mais apropriada para o manto de seda de um clérigo do que a cota de malha que vestiu por cima da camisa de tecido fino.

– Agora, meu espadim. E depressa, se não quiser sentir o peso de minha mão – acrescentou, com a mão curvada como se quisesse agir de acordo com a ameaça das palavras.

Mas a razão recomendava-lhe: "Poupe-a para os rebeldes." Aquela era a vida para a qual fora feito, e a rebelião contra a Santa Igreja era o pretexto de que necessitava. Chegara a informação de que um exército rebelde chefiado por um canalha chamado Wat Tyler entrara de fato em Londres e incendiara o palácio de John de Gaunt. Como um cão mordendo a própria cauda. Era forçado a admitir que o duque tivera o que merecia, bem feito para ele. Lancaster deveria ter pensado melhor antes de apoiar Wycliffe. Deita-te com os porcos e levantarás cheirando a porco. A Igreja seria a próxima. Os rebeldes iriam em seguida para o palácio do bispo e para as abadias. Não podia contar com aquele xerife incompetente e seus escudeiros sem experiência. Despenser já enviara um destacamento de soldados, mas arregimentaria outros mais e desta vez cavalgaria junto com eles.

Prendeu seu espadim com a nova fivela, testou o fecho e verificou, satisfeito, que não se soltaria durante a luta. Invenção interessante. Curioso ninguém ter pensado antes naquilo. Comprara-a meses atrás e só agora ia usá-la pela primeira vez. Sentia o sangue correr nas veias, havia meses que não se sentia tão cheio de vida assim. Mostraria aos soldados do rei como debelar aquela escaramuça do populacho. Serviria como um bom treino para combater o papa francês.

Ajoelhou-se rapidamente, uma genuflexão perfunctória diante da cruz. Então, para dar sorte, beijou o crucifixo pendurado acima de seu altar particular. A espada retiniu no chão de pedra. Gostava daquele som. Chamavam-no de Bispo Guerreiro, queixavam-se de seus soldados já terem matado uma porção de rebeldes e um padre lollardo. Bem, mostraria a eles o que era de fato um bispo guerreiro.

Quando terminasse, não sobraria um só rebelde – homem, mulher ou criança – de pé em East Anglia.

Expugno, exsequor, eradico: capturo, executo, extermino.

Quando Magda retornou à cozinha de Blackingham depois da visita semanal à sua família, estava perturbada. Sua mãe cochichara-lhe ao dar o beijo de despedida:

– Diga a milady para cuidar da segurança de sua casa.

Magda nem precisava ter sido avisada. Pressentiu o perigo por toda a parte em torno de si, provou-lhe o gosto na boca e, se precisasse de alguma prova, escutou-o com seus próprios ouvidos. As pessoas eram descuidadas ao falar perto dela porque ela era simplória.

Uma vez, quando servia bebida a visitas de seu pai, ouvira a conversa dele com uns homens rudes que nunca vira antes. Em um rompante de rara hospitalidade, o pai oferecera-lhes cerveja. Um homem chamado Geoffrey Litster dizia-lhes que se armassem, que deveriam queimar as casas dos monges e os palácios reais, até as casas senhoriais. Magda nunca vira um palácio real nem uma casa de monges. Talvez abrigassem malfeitores como aquele tal de Litster falava. Mas casas senhoriais? A casa de Lady Kathryn não era a casa senhorial de Blackingham? Talvez se referissem apenas às casas senhoriais das pessoas ruins. Mesmo assim, sentiu um calafrio quando pensou em incêndio. Lembrou-se da casa da lã e do pastor, cuja carne se derretera e virara uma fuligem negra.

Contou a Agnes o que sua mãe lhe dissera enquanto lavava as mãos da maneira como a cozinheira lhe ensinara a fazer antes de sovar a massa do pão que ia para o forno.

– É, menina, eu sei, também já escutei essas histórias. Mas Blackingham não é uma casa importante. E milady tem sido boa para seus rendeiros. É só conversa. Eles estão furiosos com o imposto. Não vão se importar com arraia-miúda feito nós, não ligue para isso. E diga à sua mãe que não se preocupe.

– Não é melhor avisar a senhora?

Agnes socou a massa em silêncio, depois franziu a testa e sacudiu a cabeça.

– Não, filha, só vai aumentar os problemas dela. Faz três noites que o patrãozinho Colin sumiu e milady está doida de preocupação. Não sabe falar de outra coisa a não ser que ele pode estar machucado ou doente, caído por aí em alguma vala. Eu já lhe disse que ele deve ter ido embora de casa outra vez, que deve estar farto da companhia de tantas mulheres, que deve ter reencontrado uns companheiros de estrada, e que ela não se incomode, pois ele vai voltar. Mas não adianta, ela sacode a cabeça e diz que não, desta vez não, que está sentindo que aconteceu alguma coisa. Que as mães têm esses pressentimentos. Como vou saber, se nunca fui mãe?, tive vontade de dizer. Depois resolvi deixar pra lá, ela estava tão preocupada... Mas vamos ficar seguras, ninguém virá nos amolar. Minha senhora tem uns amigos muito poderosos.

Agnes passou a massa para Magda, cujas mãos pequenas sovavam-na com mais leveza. As palavras da cozinheira consolaram-na um pouco porque Magda confiava nela. No entanto, reparou como Agnes esfregava o ombro. Ela sempre tinha dor no ombro quando ficava preocupada.

Chegou um outro aviso duas semanas depois. Foi no princípio de junho. Magda sabia a data porque era o mês em que começava a lavagem e a tosquia das ovelhas, e a cozinha ficava mais movimentada do que de costume com a preparação da comida para os trabalhadores suplementares. O irmãozinho dela trouxe o segundo aviso.

– Diga a Lady Kathryn para ter cautela. As desordens estão chegando mais perto.

Magda foi direto ter com Agnes. Juntas, foram falar com Lady Kathryn. Encontraram-na no solário ocupada com seu livro de contas e com Jasmine brincando a seus pés. Magda deu-lhe o recado, mas não mencionou a conversa que escutara entre seu pai e os homens. De que maneira o faria sem que o pai fosse visto como um homem mau? Lady Kathryn poderia mandar prendê-lo na Prisão do Castelo, como o mestre iluminador, e aí não haveria ninguém para ajudar sua mãe e os pequenos. Milady estava com um aspecto tão frágil que de início Magda receou que aquela preocupação ainda por cima fosse demais para ela. Quando a observou melhor, porém, viu que a luz da sua alma estava mais forte do que nunca, como um regato de água clara refletindo o céu azul.

Lady Kathryn falou com voz fatigada:

– Mandei todos os criados homens confiáveis à procura de Colin – explicou. – Somos uma casa de mulheres indefesas. Temos de rezar para que Nosso Senhor venha nos proteger. – Então levantou os olhos e Magda viu determinação neles. – E precisamos também fazer um plano.

– E quanto ao xerife? – perguntou Agnes.

– O xerife foi para o sul combater a rebelião em Essex.

A claridade que entrava por uma janela alta desenhava faixas no chão onde

Jasmine brincava. Magda acompanhava fascinada a luz da menina fundir-se com a das faixas de luz do sol sempre que passava por elas. Difícil dizer se ela atraía a luz ou se a luz vinha dela. A criança também parecia encantada, tentando agarrar as partículas de pó que flutuavam na luz brilhante.

– Precisamos ter um plano para não entrarmos em pânico se os rebeldes nos atacarem – sua senhora estava dizendo. – Vou enviar uma mensagem à casa do xerife pedindo que meu filho seja despachado de volta com quantos homens ele puder dispensar para proteger um grupo de mulheres inocentes. Se houver um ataque, vamos nos reunir na cozinha. É mais seguro ficarmos todas juntas e a cozinha é o lugar mais indicado.

Ao ouvir a palavra cozinha, Jasmine desistiu de perseguir os raios de sol e encaminhou-se para Agnes, estendendo os braços para ela e fazendo gestos com as mãos gorduchas.

– Bolo – pediu.

Lady Kathryn sorriu.

– Daqui a pouco, minha boneca, Magda vai dar bolo a você. – E olhou para a criada com firmeza, acrescentando: – Magda, escute com atenção. Isto é muito importante.

– Sim, milady.

– Esta é a parte mais importante do plano. Se houver confusão, você vai levar Jasmine para a casa de sua mãe. Ela vai estar segura lá.

Mas Magda sabia que não era verdade. Deveria contar ou não? Sua cabeça procurava desesperadamente uma solução. Não podia ir para a casa da mãe e não podia dizer isso a Lady Kathryn.

Lady Kathryn esperava uma resposta.

– Compreendeu o que eu falei, Magda?

– Sim, milady, compreendi.

Apanhou a menina e levou-a para comer um pouco de bolo, deixando Agnes e sua senhora entregues a seus planos. Durante dois dias, no entanto, Magda quebrou a cabeça pensando no que fazer. Então achou uma resposta. Havia um lugar onde poderia esconder a menina com toda a segurança. Um lugar onde ninguém sequer pensaria em procurar.

Alfred estava de volta a Norfolk, no pátio das estrebarias do xerife, quando chegou a mensagem de Lady Kathryn. O xerife ainda se encontrava em Essex.

O cavalo de Sir Guy fora morto quando saíam de Ipswich e, embora ele tivesse rapidamente requisitado outro, o que veio não lhe agradou. De modo que despachou seu pajem de armas para buscar mais armamentos e seu segundo cavalo de batalha favorito. Alfred ficou bem satisfeito com a missão. Não que se importasse em participar de uma boa luta. Mas já vira homens mortos demais. E membros decepados demais e rostos rígidos com a máscara da morte, assim como corpos intumescidos e cheios de larvas.

Durante as últimas duas semanas haviam combatido ferozmente bandos de malfeitores, remanescentes de uma turba vinda de Kent e Essex que fora atraiçoada pelos homens do rei. Alfred desconhecia os detalhes da rebelião de Londres, mas os muitos relatos que ouvira davam-lhe uma idéia do que acontecera. No dia treze de maio, os rebeldes haviam entrado em Londres e arrasado o palácio do Duque de Lancaster. Também mataram uns comerciantes flamengos enquanto queimavam, pilhavam e criavam um tumulto generalizado nas ruas da cidade. No dia seguinte, o jovem Rei Ricardo encontrou-se com os rebeldes em Mile End, fora de Londres, para negociar a paz.

Alfred teria gostado de estar em Londres para ver o rei menino enfrentar o povaréu enfurecido. O rei era ainda mais moço do que ele, mas impressionara os camponeses. Talvez tenham se identificado com sua juventude, ou tenham admirado sua coragem – seja como for, eles o escutaram quando lhes prometeu reparar as injustiças: terra barata, comércio livre e a abolição da servidão. Aparentemente, contudo, enquanto o rei negociava a paz, alguns rebeldes ainda se encontravam em Londres. Esses rebeldes capturaram e decapitaram o tesoureiro do rei e o Arcebispo de Sudbury.

No terceiro dia do levante, quando o rei encontrou a turba novamente – desta vez em um lugar chamado Smithfield –, o prefeito de Londres, encolerizado, matou o líder dos camponeses, Wat Tyler, na presença do rei e da multidão. Os rebeldes não esperaram para ver a cabeça de seu líder ser espetada em um poste – Alfred compreendia a lógica disso; seu pai ensinara-lhe o conceito da retirada estratégica –, mas dispersaram-se sob a exortação do rei. Ele lhes prometeu anistia se fossem embora. Entretanto, como já haviam sido traídos antes, não voltaram para suas casas, onde temiam que os soldados fossem caçá-los. Fugiram para os condados do norte, mais exaltados do que nunca, homens desesperados que nada tinham a perder.

Sir Guy e seus homens os haviam enfrentado em Ipswich.

Agora, embora descansado das lutas, Alfred estava exausto por causa de sua cavalgada para o norte. E faminto. Cavalgara durante três dias, quase sem parar para comer ou dormir. O suor escorria-lhe do rosto. Ele praguejou em voz alta quando tentou colocar a cabeçada e as rédeas no garanhão ruão – ele nunca tentaria montar o genioso animal – e o cavalo empinou, ameaçando-o com um coice das patas dianteiras. Um dos cavalariços, ouvindo o tumulto, correu para ajudá-lo.

Depois de arrearem o cavalo e conseguirem de certa forma acalmá-lo, se bem que o animal ainda bufasse muito, manifestando seu considerável aborrecimento, o cavalariço enfiou a mão dentro da camisa e de lá tirou dois pergaminhos selados.

– O camareiro disse para entregar-lhe estes pergaminhos, que devem ser levados para Sir Guy. Parece que são importantes.

Uma das cartas, verificou Alfred, trazia o selo da Igreja. O brasão do bispo, provavelmente. O outro brasão ele também reconheceu, um cervo de doze pontos com uma pata dianteira levantada contra um fundo de três barras. O brasão de Blackingham. Sentiu uma pontada de ressentimento.

Um bilhete amoroso da mãe para o amante?

A carta fora obviamente lacrada às pressas, a cera mal se derretera em um dos lados. Tateou-o de leve, experimentando a ponta. Seria fácil lacrá-lo de novo e, além do mais, era o *seu* brasão de família. Ele tinha o direito de fazê-lo. Deslizou o polegar por baixo do lacre com cuidado. O selo soltou-se e o pergaminho desenrolou-se com um sussurro. Ele reconheceu a caligrafia angulosa e elegante da mãe.

Senhor, como sou uma viúva desprotegida em seu condado, vejo-me obrigada a recorrer à sua proteção durante a atual crise. Se for de sua conveniência, mande-me meu filho com tantos outros arqueiros quanto puder dispensar. Recebi o presente que me enviou como penhor de sua proteção e boa vontade, mas não posso desfrutar sua elegância quando temo que minha casa seja a qualquer momento sitiada.

A carta fora assinada por sua mãe e, apesar de todas aquelas palavras audaciosas, com uma letra mais trêmula do que ele se lembrava. Datava de onze de junho. Dois dias antes. Nunca lhe ocorrera – mas deveria, não vira com seus próprios olhos o ódio descarregado pelos camponeses contra alguns membros da nobreza? – que sua mãe, sempre tão forte e competente, poderia estar precisando de proteção. Era uma idéia estranha. Além do mais, Colin estava com ela.

O cavalo inquietou-se e puxou as rédeas que o cavalariço segurava, escavando o chão com os cascos. Uma nuvem de poeira ergueu-se em torvelinho e foi pousar na castigada relva que margeava o pátio das estrebarias. Alfred sentiu o pó entre os dentes, sentiu-o também se misturando ao suor que lhe brotava dos poros.

O que fazer? Recebera uma ordem direta de Sir Guy, mas sua mãe precisava dele. Pedira a presença dele. *Dele*. Mesmo tendo Colin. Levaria três, talvez quatro dias, conduzindo o cavalo, para voltar ao campo de batalha. E então teria de solicitar a permissão e seriam mais dois dias de volta, mesmo cavalgando a noite inteira.

– Largue o cavalo. Vá buscar pena e papel – disse ao cavalariço com a voz mais autoritária que conseguiu arranjar. Afinal, ele era escudeiro de Sir Guy. O rapaz teria de obedecer-lhe, na ausência de outra pessoa de maior patente.

Quando o cavalariço voltou, Alfred redigiu apressadamente um bilhete explicando que a senhora sua mãe estava em apuros e mandara chamá-lo. E que, tendo Sir Guy lhe ensinado o verdadeiro significado do cavalheirismo e por causa da amizade entre as duas casas, ele estava certo de que o xerife desejaria que ele atendesse ao chamado. Enviava o cavalo e as armas e voltaria para a batalha assim que tomasse providências para garantir a segurança de sua mãe.

– Entregue esta missiva e a outra, junto com o cavalo, a Sir Guy – determinou ele, espalhando grãos de areia na página para que absorvessem o excesso de tinta.

O rapaz arregalou os olhos, alarmado. Provavelmente nunca saíra da propriedade feudal, quanto mais do condado.

– Mas, senhor Alfred, eu não sei...

– Vou desenhar-lhe um mapa – replicou –, não vai ter qualquer dificuldade de encontrar o local.

E pôs-se a desenhar às pressas um círculo, ao lado do qual escreveu "Norwich", depois uma grossa linha negra terminando em outro círculo menor, "Colchester", e em seguida uma outra linha horizontal que ia dar em um círculo ainda menor do que o anterior, que marcou com a palavra "Ipswich". Ao lado do círculo menor fez um esboço tosco de uma porta com um mastro e uma tabuleta pendurada acima dela.

– Aqui é Colchester – explicou, apontando para o segundo círculo. – Saia de Norwich para o sul pela velha estrada romana, atravesse o Bury Saint Edmunds e depois prossiga para Colchester. Dobre para leste na direção de Ipswich. Diga ao dono da taberna na encruzilhada que você é um servo que traz uma mensagem para o xerife de Norfolk. – Considerou a juventude e a inexperiência do rapaz. Teria apenas um ano, se tanto, menos que Alfred. Mostrara sua competência com o cavalo, mas estava sujeito a ser importunado por causa de sua idade. – Você consegue lidar muito bem com o cavalo. Monte-o, em vez de puxá-lo pela rédea.

– É, não tenho mesmo problemas com este cavalo.

Alfred achou que ele falara com um pouco de presunção demais.

– Mas não use a libré da casa. Vista-se como um camponês e, se encontrar algum rebelde, diga que é um servo fugido e que está levando uma mensagem para John Ball ou Wat Tyler. E diga que roubou o cavalo. Assim, não vão incomodá-lo.

O ar de presunção evaporou-se, Alfred sentiu-se recompensado. O cavalariço olhava para o papel, aturdido e mortificado ao mesmo tempo.

– Mas, senhor Alfred, não sei ler.

– Já esteve em Norwich?

O rapaz sacudiu a cabeça e respondeu com um certo orgulho na voz:

– Duas vezes.

– Esta linha é a estrada principal de saída de Norwich rumo ao sul. Caso se perca, basta perguntar qual é a estrada para Colchester, e depois para Ipswich.

– Mas...

– Não se preocupe. Tudo vai dar certo, você é um rapaz corajoso.

E Alfred montou seu próprio cavalo, cujos músculos ainda tremiam de cansaço, e esporeou-o na direção de Blackingham, enquanto o rapaz coçava a cabeça e olhava as linhas e os rabiscos indecifráveis.

Alfred percebeu o mau cheiro ao aproximar-se da encruzilhada de Aylsham. Seria o de seu próprio corpo suado? Repugnante. Ou quem sabe o cheiro de seu cavalo, que tinha o pescoço e as espáduas cobertos de espuma branca por causa do esforço da corrida? Não. Ia ficando mais forte e familiar àquela altura. Era o cheiro que pensava ter deixado para trás no campo de Ipswich. O fedor de homens mortos apodrecendo ao sol.

Um busardo empoleirou-se em um carvalho que dava apoio a uma sebe a uns trinta metros da estrada. *Não há necessidade de investigar. Somente prenda a respiração e passe o mais rápido que puder. É tarde demais para os pobres desgraçados que jazem ali.*

Todavia, quando a ave de rapina saiu de seu campo de visão, o fedor aumentou. O cavalo cansado também o sentiu e relinchou enojado, mas não obedeceu quando Alfred enfiou-lhe os calcanhares nos flancos. Devia ter lembrado de alimentar o animal.

– Só mais um pouco, meu velho, você vai ganhar um balde de aveia quando chegarmos em casa. – Ele próprio vinha pensando em alguma coisa saborosa que encontraria na cozinha de Agnes. Mas isso deixara de parecer atraente.

– Vamos, apresse-se. – O cavalo trotou um pouco mais rápido, então se desviou abruptamente para o lado, assustado por um busardo que saíra voando de repente da vala ao longo da estrada, onde se banqueteava de carniça. Estava explicado, vinha dali o fedor. Aquele nem sequer alcançara o falso abrigo da sebe onde seus camaradas tinham sido abatidos, junto ao carvalho onde a ave espantada fora pousar ao lado de uma companheira, esperando que os intrusos passassem. O olhar de Alfred demorou-se o suficiente para ver que o cadáver estava vestido com um hábito de padre pobre, ou o que restava de um depois do banquete do busardo. Seria provavelmente um padre lollardo morto pelos guardas do bispo, não por camponeses. Os rebeldes o teriam considerado um dos seus.

Seu cavalo deteve-se ao lado do corpo e deixou cair a cabeça, como se o último resquício de energia que lhe restava tivesse se esgotado, mas Alfred não o esporeou, incapaz de despregar o olhar da visão horripilante. As aves tinham limpado a carne do rosto. Órbitas vazias voltavam-se para o sol inclemente em um céu sem nuvens. Moscas enxameavam perto das extremidades inferiores do corpo onde as aves não haviam descarnado os ossos. Mas havia algo dolorosamente familiar no feitio do crânio. O fedor era insuportável. Tapou as narinas. Desceu da montaria, porém, e andou até a vala. Com o pé, empurrou delicadamente o cadáver, virando-o. Vermes rastejavam no lugar onde estivera a cabeça. Alfred desviou o rosto, com ânsia de vômito.

Foi então que viu o cabelo dourado brilhando ao sol como algum tesouro perdido, e o crânio – conhecia aquele crânio – branco como um osso de galinha, a carne fervilhante de larvas de mosca exsudando-se em putrefação sob o calor. Tudo aquilo pertencia ao irmão com quem ele partilhara o ventre de sua mãe. Pertencia a Colin. A luz do sol incidiu em uma madeixa loura caída na poeira, da cor da luz. Cabelo igual ao dos anjos, ouvia a mãe dizer enquanto ele a observava acariciar a cabeça de Colin quando eram pequenos. Ela acariciava o cabelo do irmão como nunca fazia com seus ásperos cachos ruivos.

– Você é um dos escudeiros de Sir Guy de Fontaigne – disse o soldado, refreando o cavalo e sinalizando para os outros dois que o acompanhavam fazerem o mesmo.

Alfred ainda estava de joelhos, apanhando mechas do cabelo de Colin, enrolando-as em seus dedos como se fossem fios de ouro. Alguma coisa ao menos para levar para a mãe, uma recordação que ela poderia guardar dentro de um relicário forrado de veludo e sepultar junto com os ossos.

– Por que está aí fungando em cima desse pedaço de carniça?

Alfred levantou o olhar ao som da voz do soldado, reconheceu o brasão dourado em relevo nos arreios de couro dos cavaleiros. O mesmo brasão da carta que ele presumira ser do bispo.

– Ele não era nenhum...

– Eu sei quem ele era. – O soldado riu, inclinando-se para a frente, as rédeas balançando frouxas em suas mãos. – Um desses *padres pobres* que têm merda na cabeça em vez de miolos. Devia ter visto a cara de espanto dele quando minha espada furou a sua barriga lollarda.

Uma grande onda de cólera começou a se formar em algum lugar dentro de Alfred e assomou como bílis em sua garganta, irrompendo como um rugido de leão jovem. Pôs-se de pé em um salto, sacou a espada e investiu com um movimento de furacão contra o soldado que falara.

Três espadas faiscantes abateram-no antes que a lâmina da sua se tingisse de sangue. Os soldados nem sequer desmontaram.

O corpo de Alfred oscilou por um instante, caiu para trás e então, como se tivesse sido empurrado por uma mão invisível, arqueou-se de lado e tombou, não na estrada, mas dentro da vala. Aninhou-se como uma colher no corpo menor do irmão, com um braço envolvendo o peito de Colin. A outra mão ainda segurava três mechas de claro cabelo louro no punho fechado.

– Era um dos homens do xerife – disse um dos cavaleiros. – Não seria melhor enterrá-lo ou pelo menos tirar-lhe a libré?

– Não. Deixe-o aí. Quem os encontrar vai pensar que um matou o outro. – Sacudindo as rédeas, apontou com a cabeça para os dois busardos que tinham assistido a toda a cena de seu poleiro no carvalho. – Eles farão o trabalho para nós. O crânio de um homem é igual ao de outro, para eles não há diferença.

Trinta e Um

Pois Ele será visto e Ele será procurado. Ele será aguardado e Nele haverá confiança.
– JULIAN DE NORWICH, *REVELAÇÕES DIVINAS*

Magda brincava com Jasmine na pequena antecâmara ao lado dos antigos aposentos do mestre de iluminuras. O quarto que fora de Rose agora era o quarto da filha dela. "O espírito da mãe vai velar por ela", dissera milady. Mas o espírito de Rose não estava ali. Magda sabia essas coisas. Além disso, a cozinheira havia dito que o espírito da moça estava com Jesus. Não havia mais ninguém para velar pela menina a não ser Magda.

Desde a sua doença, Lady Kathryn estava fraca e apática, além de muito deprimida com a partida do patrãozinho Colin, por isso Magda ficava com Jasmine todas as tardes enquanto milady repousava em sua grande cama de dossel. Naquele dia, quando ela fora ao quarto de Lady Kathryn depois de suas tarefas na cozinha, a senhora olhara para a cama com ar cansado e sombrio e fizera-lhe sinal para levar a criança embora. Ela via Lady Kathryn agora, o corpo largado, deitada por trás das cortinas de damasco da cama, fechadas para não deixar entrar luz, apesar do calor do verão. Ouvia também em sua mente sons fracos de soluços, como os gemidos de um animal pequeno ferido. Chegava a sentir a dor de milady latejando em suas próprias têmporas.

Enquanto Jasmine cantarolava em sua algaravia de criança pequena e sacudia as conchas de ostras – os recipientes de tinta vazios do mestre de iluminuras, ainda com resíduos coloridos nas bordas –, Magda olhava pela janela do andar de cima, vigiando. Dali, avistava todo o pátio, além do portão e dos campos adiante, onde pastavam as ovelhas de Norfolk. Pareciam travesseiros de algodão espalhados em uma colcha de seda verde. Acima delas, mais travesseiros de algodão flutuavam no claro céu azul. Se não fosse pelo perigo, seria um lindo dia de junho, perfeito para levar Jasmine para brincar lá fora ao sol. Poderiam brincar de esconde-esconde entre as sebes e correr atrás das borboletas que sugavam o néctar das madressilvas. Mas não naquele dia. E talvez no dia seguinte também não. Milady recomendara que ficassem por perto e que ela se mantivesse alerta.

E Magda estava vigiando, como vinha fazendo todos os dias, olhando pela janela alta, quando o viu, o homem ruim, o que tentara possuí-la no campo como se ela fosse um animal. Achou que Lady Kathryn o tivesse expulsado. Mas agora ele voltara e vinha marchando pelos campos junto com um bando maltrapilho de trabalhadores armados de foices e forcados. Alguns traziam tochas – em plena luz do dia – e baldes. As ovelhas pararam de comer o capim macio do verão e observavam-nos com olhar cauteloso. Magda não distinguia os rostos deles de tão longe, mas nem precisava. O homem alto que vinha na frente não tinha luz na alma. Só de vê-lo o estômago dela se embrulhava de medo.

A cozinheira dissera que a turba de rebeldes poderia vir durante a noite e matá-las quando estivessem dormindo. Lady Kathryn e a cozinheira dormiam de dia e vigiavam de noite. Ela iria descer para acordar Agnes. Já ouvia os homens chegando, suas risadas grosseiras respondendo a alguma coisa que o homem alto dissera, as vozes altas e estridentes como a do pai dela quando bebia demais. Gostaria de poder dizer quantos homens eram. Havia mais do que os dedos de uma das mãos, porém menos do que os das duas.

Relanceou um olhar nervoso para a criança brincando a seus pés. Quando voltou à janela, o grupo cerrado de homens começara a se dispersar. Alguns se afastavam pelo meio do rebanho. Talvez só tivessem vindo roubar ovelhas e depois fossem embora.

Lady Kathryn tinha um plano. O que milady dissera que seria a parte dela? O homem que tinha a escuridão pairando em torno dele, o homem ruim, vinha na direção da casa trazendo junto um grupo pequeno de homens. Ela só conseguia enxergar o alto da cabeça deles, o sol se refletindo nas foices que carregavam e as luzes das almas deles misturando-se em uma nuvem escura. Ainda bem que seu pai não estava junto. Ela teria reconhecido seu barrete achatado e enrolado, com a parte de cima esfarrapada.

Qual era o plano? Ela repetira para si mesma a sua parte inúmeras vezes, deitada em seu colchão de palha no quarto da cozinheira, sem dormir. Agora o diabo a roubara de sua cabeça. *O que devia mesmo fazer se eles viessem?*

Ouviu a voz da cozinheira, alta e esganiçada, lá embaixo.

– O que está fazendo aqui? Olhe que Lady Kathryn manda soltar os cachorros. É melhor ir andando, vai ser melhor para você. E leve junto essa corja miserável.

A cozinheira estava acordada, então. Iria botá-los para correr e depois avisaria milady.

O balir das ovelhas atraiu seu olhar para o pasto. Os travesseiros brancos de lã traziam fitas vermelhas em torno do pescoço. Baliam mais alto agora, uns balidos agudos, desamparados, que davam em Magda uma vontade de chorar. Os homens não estavam roubando as ovelhas! Estavam degolando e abatendo todas elas no campo! E deixavam-nas para que sangrassem até morrer enquanto se encaminhavam para a casa. Um deles enfiou a tocha no capim, pequenos dentes amarelos começaram a mastigar o pasto. O cheiro acre da fumaça a fez franzir o nariz.

Qual era o plano? Qual era a parte dela?

Leve o bebê, Magda. Leve o bebê para a casa de sua mãe.

Não, aquela era a voz de Lady Kathryn em sua cabeça. Mas não era o plano.

Uma abelha zumbiu perto do parapeito da janela e voou para longe.

Magda lembrou-se.

Pegou Jasmine no colo.

– Esconde-esconde com Magda? J-jasmine quer se esconder de milady e deixar ela nos encontrar? – cochichou para a menina.

Jasmine balançou os cachos louros, deu uma risadinha e balbuciou algo como "Jasmine esconde".

– Pssiu. E-ela tá vindo aí.

Magda sentia a respiração da criança, sentia seu corpo pequenino estremecer com o riso abafado que ela continha com a mãozinha rechonchuda enquanto desciam correndo as escadas até a cozinha, depois saíam pela porta dos fundos e dirigiam-se para a velha árvore morta, que montava guarda como uma sentinela no que passava por uma colina em meio a terras planas.

– Vamos nos esconder com as abelhas, elas são nossas amigas – disse ela, a voz tão baixa que se fundia na brisa de verão. – Mas você tem de ficar bem quietinha e calada. Feito um ratinho. Para m-milady n-não nos achar.

Esgueiraram-se por entre as raízes retorcidas e entraram no espaço em que só cabiam elas duas, como se fosse um útero materno.

– Eu é ratinho. – A cabeça loura balançou, prometendo com um sussurro.

– Chupe isto – cochichou Magda, partindo um favo de mel e dando-o a ela, enquanto cobria-lhe a cabeça com o avental para protegê-la de alguma abelha curiosa. Mas sabia que as abelhas não lhes fariam mal. Sabia que se lembrariam dos presentes dela trazidos durante o longo inverno, as varetas encharcadas de mel e água de alecrim que as mantinham vivas.

Magda sentia a criança sugando o favo de mel, sentia o mel pegajoso pingar entre seus seios em botão, onde seu coração batia no ritmo de um tambor de guerra. Estava fresco e escuro dentro da árvore, e cheirava a mel, a bolor e a terra, e o zumbido das abelhas servia de doce acalanto. Elas pousaram em seus braços formando macias manchas castanhas e no avental que cobria a criança adormecida. Mas não as ferroaram. Nem uma só vez.

Logo a menina parou de sugar o favo e sua respiração passou a subir e descer, úmida e ritmada, junto à pele de Magda.

Mas Magda não dormiu. Sua bexiga estava cheia e ela não podia aliviar-se. Não iria macular a pureza da casa das abelhas. Procurou pensar em outra coisa. Pensou em Meio-Tom e como fora engraçado quando ele a ouvira cantando dentro da árvore das abelhas. Como seu olhar bondoso sorria para ela. Gostaria que estivesse ali. Sentia-se segura com ele. E Tom achava que ela era esperta. Quase se sentia esperta quando estava com ele. Seu pé ficou dormente. Mudou de posição devagarzinho para não acordar a criança adormecida.

O cheiro de fumaça agora estava forte. Vindo de dentro da casa, achou ter ouvido um grito de mulher. Mas não podia sair dali. Tinha de proteger a criança. Era a parte dela. Rezou para a Virgem e para o deus da árvore pedindo-lhes que as mantivessem seguras.

Finn escutou o tumulto antes de vê-lo, mas não lhe deu atenção. Trabalhava no quinto painel do retábulo do bispo. Vinha trabalhando febrilmente para terminá-lo desde que Kathryn lhe contara sobre seus planos de se casar com o xerife e levar a filha de Rose. O trabalho tornara-se tudo o que tinha na vida. Não receava mais que, caso terminasse, o bispo já não tivesse razão para mantê-lo vivo. Era uma última cartada. Agradar ao bispo. Prometer mais. Usar o trabalho como instrumento de negociação para obter perdão. Portanto, ignorou os gritos e pragas que vinham de baixo, ignorou até a voz do chefe da guarda, que se elevava acima das outras, carregada de ameaça.

– Alto lá! Em nome do rei, dispersar!

Finn nem levantou a cabeça. O que quer que acontecesse fora de seu quarto não lhe interessava. Trabalhava com a força de um turbilhão, seus pincéis de pêlo de marta espalhados desordenadamente, seus potes de tinta não mais arrumados com escrúpulo em cima da mesa. Manchas douradas e vermelhas sujavam sua camisa e largos círculos escuros haviam se formado debaixo de suas axilas. Para aquele último painel, a Ascensão, ele não conseguira divisar o rosto do Cristo. O Salvador triunfando sobre a dor, quando Finn estava tão encerrado em seu próprio tormento, era algo que sua inspiração não podia conjurar. Frustrado com os esforços repetidos, apagou a parte superior da figura e, em uma fúria de tinta ocre, misturou-a ao fundo, de modo que o Cristo ascendia em uma nuvem opaca. Todo o resto, menos suas pernas, que pairavam acima dos apóstolos reunidos, era obscuro. Um Cristo sofredor ele era capaz de entender. O Cristo triunfante escapava à sua compreensão.

Finn espalhou o restante da tinta azul-real no manto da Virgem. As figuras dos dois últimos painéis eram canhestras, faltavam-lhes a graciosidade e os detalhes dos painéis anteriores, mas a pressa o impelia como um chicote de feitor. Lambuzou os toques finais nos rostos extasiados dos apóstolos, que pareciam mais temerosos do que radiantes – o êxtase, assim como o triunfo, estava se tornando para ele uma lembrança remota. Analisou o conjunto. Experimentou um orgulho de artista pelos cinco painéis. Eles não tinham sido pintados com a complexidade e as delicadas minúcias das letras iniciais de seus manuscritos nem com a imaginação usada para decorar as margens e os sensuais entrelaçamentos e volutas das páginas de guarda que tanto deliciavam os seus processos mentais, mas assim mesmo eram belos em sua massa de cor, tão vibrante que quase assoberbava os sentidos. Até mesmo o trabalho apressado do último revelava paixão. No todo, serviam aos seus propósitos.

Sua próxima tarefa: chamar o bispo para negociar com ele uma licença. Obter sua libertação pelo menos durante tempo suficiente para tirar sua neta das garras do xerife era só o que lhe importava naquele momento. Não adiantava discutir com Kathryn. Ela já tomara sua decisão. Finn levaria a filha de Rose para a anacoreta, a fim de que ficasse enclausurada com ela, como Santa Hildegard de Bingein fora entregue à santificada Jutta.

Sobrou um pouco de tinta azul no pote. Diluiu-a com um pouco de branco e aplicou-a no manto do cavaleiro do segundo painel, depois deu um passo atrás para examiná-lo. O homem a cavalo seguindo o Cristo que carregava a Cruz parecia-se mais com um cortesão do século XIV do que com um judeu do século I. Não por acaso, o jovem tinha uma notável semelhança com o bispo, mas sem a expressão arrogante. Um retrato intencionalmente lisonjeiro.

Finn estava aplicando a última pincelada de azul, limpando o pincel de seu caro pigmento, quando escutou os gritos do pátio, o retinir dos metais, dessa vez altos demais para serem ignorados. Chegou à janela e olhou para fora. No pátio irrompera uma briga turbulenta. Dois guardas da prisão esforçavam-se para repelir uma vintena de rebeldes, que aparentavam ser lavradores corpulentos e que tudo indicava estarem levando a melhor contra os guardas moleirões. A porta ao pé das escadas rangeu – o som inconfundível do metal arrastando na pedra. Mais gritaria, desta vez mais próxima. Na escadaria. Um bater apressado de pés e depois um resmungo áspero e conhecido atrás dele.

Finn virou-se e deu com Sykes entrando em sua cela. Mais uma espiada rápida pela janela e lá estava o chefe da guarda caído no chão do pátio, ferido ou morto.

– Então é aqui que o estão mantendo. Mais bem instalado do que no calabouço, sem dúvida. – Sykes agitou ao redor do quarto uma espada curta, que Finn reconheceu como sendo a que o chefe da guarda às vezes usava, depois pegou um pedaço de carne meio comido dos restos da refeição de Finn e pôs-se a mordê-lo. Seus maldosos olhinhos negros cravaram-se em Finn enquanto arrancava com os dentes quebrados pedaços de carne do osso, que ao final atirou para o ar. Finn desviou a cabeça para que o osso não o atingisse. Sykes deu uma gargalhada e limpou na manga a gordura da mão esquerda. A direita ainda segurava a espada apontada para Finn.

– Onde está seu amiguinho nanico, iluminador?

Finn tentou manter a voz calma, embora sua rápida avaliação da situação o deixasse tudo menos calmo.

– Você não vai se aproveitar de uma pequena rebelião para acertar contas antigas, não é, Sykes? Antes que faça alguma coisa de que se arrependa, é bom considerar que estou sob a proteção especial do bispo. Você já cometeu um delito contra a Coroa. Vai ofender a Igreja agora?

Sykes riu, mostrando um canino pontudo entre seus dentes amarelos e compridos.

– Olhem só que palavreado mais bonito. "Ofender a Igreja, ofender a Igreja!" O que é que a Igreja algum dia fez por Sykes e outros iguais a ele?

Cambaleou um pouco. Estaria embriagado de cerveja ou de poder?, conjeturou Finn, torcendo pela primeira probabilidade. Seria mais fácil lidar com ele.

– Os dias da Igreja acabaram. Estamos dando a esses bispos e nobres presunçosos um gostinho do seu próprio veneno. – Farejou o ar. – Está sentindo esse cheiro? Devem ser os campos de algum nobre aí, pode ser até o castelo dele, virando fogueira.

Finn percebera o cheiro acre mais cedo e pensara ser apenas algum capataz queimando a pastagem de seu senhor para uma nova semeadura. O cheiro agora estava mais forte.

– E não é só aqui, não, vai pelo caminho todo até Londres. Não vai sobrar nenhum desses palácios ricos e abadias inteiro quando a gente terminar.

Então tratava-se de um levante popular, não apenas de um conflito na prisão. E a multidão estava queimando e pilhando a nobreza de toda a East Anglia. Blackingham estaria indefesa, a não ser por Colin. O que significava que a criança corria perigo. E Kathryn também.

– Escute aqui, Sykes, o que você quiser, eu...

Mais passos nas escadas. Atrás de Sykes reuniu-se um bando heterogêneo, a maioria de camponeses, além de uns dois guardas descontentes. Um deles avisou.

– Vem vindo gente aí. O chefe da guarda está morto. Já soltamos todos os pobres coitados. Agora é melhor dar o fora daqui enquanto tá bom.

– É, mas esse passarinho aqui não vai voar, não. – E Sykes investiu contra Finn. Mas Finn previra o ataque e abaixou-se, passou para trás dele e arrancou-lhe a espada. Deu um forte empurrão em Sykes com o próprio corpo e disparou para as escadas.

– Segurem ele! Matem esse desgraçado!

O único homem que se encontrava junto à porta deu de ombros.

– Ele não me fez nada. Deixamos o resto dos prisioneiros fugir. Você que o mate, Sykes.

No encalço de Finn só vieram gritos e impropérios furiosos.

Ao chegar ao pátio, ele olhou freneticamente ao redor procurando um cavalo. Um jovem louro montava o cavalo do chefe da guarda, satisfeito consigo mesmo e com sua montaria. Um lampejo de reconhecimento acendeu-lhe os olhos azuis quando avistou Finn. Desceu do cavalo com um salto e atirou-lhe as rédeas.

– Tome. Precisa mais dele do que eu.

Finn olhou-o, surpreso.

– Obrigado – disse, já montando. – Onde posso devolvê-lo a você?

– Não precisa.

Onde vira antes aquele sorriso atrevido?

– Assim ficamos quites – acrescentou o rapaz, fazendo-lhe uma saudação marota.

Era o garoto que segurara seu cavalo fora da taberna no dia em que encontrara Sykes pela primeira vez. A quem dera o cobertor.

– Mas, se fosse eu, não deixaria que me vissem montado nesse cavalo por aqui.

Finn não o ouviu. Já atravessava a ponte a galope rumo a Aylsham e à mansão de Blackingham.

Kathryn sonhava. Fumaça. Fumaça por toda a parte, irritando-lhe o nariz, fazendo seus olhos arderem. A casa da lã estava pegando fogo. Sentia a garganta apertada. Não conseguia tossir. Não conseguia respirar. *Jasmine! Onde estava Jasmine?* Esforçou-se para gritar por Magda. Por Agnes. Mas sua boca não se abria. Não podia se mexer. Seu corpo pesava, os ossos tinham virado chumbo. A lã que guardara para a comemoração do aniversário dos filhos. Queimando, a fumaça subindo. Agnes chorava. Pobre Agnes. Chorava por seu pastor com a carne derretida. Não. Não era pelo John. Estava gritando o nome de Kathryn. Mais gritos agudos ao longe.

Milady! Acorde, milady! Eles vieram! Eles estão aqui!

Kathryn acordou sobressaltada. A fumaça era real. E Agnes também era real, debruçada sobre ela, tossindo e chamando, a íris dos olhos brilhando de medo, o branco todo avermelhado e úmido de lágrimas.

Kathryn sentou-se abruptamente.

– Jasmine! Agnes, onde está a criança?

– Não está no bercinho, milady. Fui lá primeiro. Magda deve ter levado ela. Não se preocupe, a menina vai ficar segura com Magda.

Kathryn puxou as cortinas da cama com força para abri-las. A fumaça não era visível na penumbra incerta, mas o cheiro vinha forte o bastante para lhe irritar o nariz.

– Eles atearam fogo no pasto.

– Não se preocupe, não vão queimar a casa. Não lhes fizemos mal algum. E ficariam pior sem nós. Vou descer e conversar com eles. Fazê-los raciocinar.

– Não há como chamar essa turba à razão, Lady Kathryn. Devíamos fugir enquanto ainda estamos vivas.

– Não, Agnes, vamos ficar firmes aqui. Deve haver algum entre eles cuja mãe, filho ou mulher nós tenhamos ajudado. É provável que você tenha alimentado a maioria deles com a comida do seu caldeirão. Somos duas mulheres sozinhas, não nos farão mal.

Agnes só fez sacudir a cabeça, murmurando:

– Nem a senhora vai conseguir convencer essa corja.

– Vá para o quarto da menina. Para o caso de Magda esquecer o que tem de fazer e voltar para cá.

Kathryn empurrou Agnes para a porta e estendeu a mão para a maçaneta, mas a porta se abriu como se por vontade própria.

– Simpson!

Ora, se aquilo não eram mais problemas do que uma mulher poderia ter em um ano tão difícil! Uma rebelião camponesa descontrolada e um demônio traidor, tudo no mesmo dia!

Seu antigo capataz estava parado à porta. Na mão direita segurava uma tocha; na esquerda, um balde.

Agnes ficou firme no seu lugar, entre Kathryn e o capataz.

– Eu ia avisar a senhora, milady – disse ela. – Essa maçã podre veio junto com os rebeldes. Usando eles como desculpa para ir entrando aqui feito uma cobra. Mandei ele sumir. A senhora não precisa de gente feito ele.

Por um brevíssimo instante, Kathryn considerou a possibilidade de atraí-lo para o seu lado, de negociar sua ajuda contra os rebeldes. Mas era evidente o ódio que havia por trás do sorriso debochado do homem. Ela não encontraria nenhum defensor ali.

Ele depositou o balde no chão e, agarrando Agnes pelo braço, aproximou-a perigosamente da tocha.

– Desconfio que a senhora vai ter de arranjar uma cozinheira nova, milady. Esta aqui está prestes a sofrer um acidente aqui dentro mesmo. Morta por um da classe dela, da mesma corja camponesa. – Curvou-se para Kathryn, zombeteiro. – Mas eu ainda continuo às suas ordens.

E balançou a tocha acesa perto da cabeça de Agnes, chamuscando uns fios de cabelo que lhe tinham escapado da touca. Agnes gritou, aterrorizada, e bateu com a mão na touca de pano. Simpson deu uma risada e apertou-lhe mais o braço. O cheiro de cabelo queimado espalhou-se, misturado ao dos campos incendiados.

Kathryn sentiu o pavor da velha mulher como uma dor em seu estômago. Sentiu o seu medo das chamas, soube que ela enxergava apenas o corpo carbonizado do marido e o dela própria ao lado. Adivinhou também a insana decisão nos olhos do capataz. Ele era bastante louco para levar a cabo a ameaça.

– Solte-a, Simpson.

– *Solte-a, Simpson* – ele a imitou com voz de falsete. – Ou então a senhora vai fazer o quê?

Kathryn procurou manter a voz calma, sem rigor mas sem deixar transparecer medo.

– Solte-a e vamos conversar sobre a sua volta para Blackingham.

Ele jogou a cabeça para trás e deu uma gargalhada.

– Voltar para onde? Para um monte de entulho queimado? – Mas afrouxou o aperto da mão na cozinheira.

– Podemos negociar, você e eu. Você me ajuda a salvar Blackingham dos rebeldes e talvez possamos chegar a algum acerto permanente com relação ao seu cargo em Blackingham. Como vê, é difícil para uma mulher sozinha tomar conta de tudo.

Os olhos do homem estreitaram-se. Kathryn quase podia ver a astúcia oculta ali. Ele soltou a cozinheira, mas não saiu da frente da porta. E ainda segurava a tocha na mão.

– Deixe-nos, Agnes – ordenou Kathryn. – Simpson e eu temos que estabelecer as condições de um acordo. Vá para o Priorado de Saint Faith e fique lá até a agitação passar. Mando Colin ir buscá-la quando tudo acabar.

Agnes fitou-a como se ela estivesse demente.

– Mas milady...

– Faça como estou mandando, Agnes – interrompeu-a Kathryn, ríspida, imperiosa.

– Pois não, milady. – Um fio de voz, inseguro. Agnes esgueirou-se entre Simpson e a porta, forçando a passagem.

– Priorado de Saint Faith – repetiu Kathryn para ela, em tom severo. Prestou atenção aos passos da cozinheira na escada, pesados, penosos de início, depois apressados, correndo.

Quando não os ouviu mais, virou-se para o capataz.

– Como se atreve a entrar em meus aposentos! Você é um ladrão e um mentiroso. Saia daqui antes que eu mande açoitá-lo como deveria ter feito na última colheita.

Simpson entrou e bateu a porta atrás de si. Kathryn recuou, procurando manter um espaço entre eles.

– Ora, ora, ora, que palavras duras! E como fica o acordo que acabamos de fazer, minha senhora? – retrucou ele, fingindo-se surpreso. E, em seguida, com um olhar gelado: – Pensa que sou um idiota completo? Sei que a velha foi buscar socorro.

Quanto mais Kathryn recuava, mais ele avançava, até que a encurralou junto à cama. Segurava o balde em uma das mãos e a tocha na outra.

– Mas antes que ela dê o primeiro grito de alarme eu já estarei mais do que satisfeito. – Pousou o balde aos pés dela. – Lembra-se do alcatrão que me pediu? Trouxe-lhe um pouco.

O cheiro de fumaça tornara-se mais forte, a casa estava mortalmente silenciosa.

– Alcatrão? – Por que aquele ar de júbilo no rosto dele? – O que você fez com os outros? – Desta vez, não estava funcionando. Não conseguia iludi-lo como fizera antes. Ele deu um sorriso escarninho, olhando-a com superioridade. Kathryn quase ouvia seu coração martelando dentro do peito no silêncio.

Ele agitou a tocha diante do rosto dela, obrigando-a a se encolher.

– Outros? Só encontrei a cozinheira velha. Parece, milady, que a senhora está abandonada. Ninguém quer ficar a serviço de uma cadela rabugenta. Há *outros*, sim, mas estão ocupados limpando suas arcas. E lambuzando de piche o quarto do antigo senhor. – Riu para ela com ar malicioso, encrespando o lábio ao pronunciar as palavras seguintes. – O quarto do mestre iluminador. Toda aquela goma de teribintina e mais a tinta encharcando o piso e a mesa. Vai acender igual a quando cai um raio no palheiro.

Por favor, Santa Virgem, que Magda não tenha esquecido.

Kathryn virou-se na direção da porta.

– Saia da minha frente!

Ele a empurrou de volta para a cama. Kathryn caiu pesadamente em cima dela.

– A maré mudou, minha senhora. Agora quem dá as ordens sou eu. – Curvou-se e instalou a tocha acesa em um castiçal preso à parede ao lado da cama. A tocha balançou, instável, metade dentro, metade fora. – Deveria ter matado aquela porca velha da cozinheira, pra ela ir encontrar o velho pastor bêbado do marido, mas os rebeldes vão fazer isso por mim. Ela não vai longe.

– Você teria coragem de matar uma mulher idosa que nunca fez mal a ninguém?

Agnes era o que ela sempre tivera de mais parecido com uma mãe. Santa Mãe de Deus, proteja-a. E Jasmine. Por favor, meu Deus, permita que Magda não perca a presença de espírito.

Simpson lançou-lhe um olhar ameaçador, mergulhando um pincel no conteúdo do balde. Pintava alguma coisa nas cortinas e nas colunas da cama, algo com cheiro forte e negro como piche.

– O que está fazendo? – Kathryn esforçou-se para não revelar pânico na voz. Já o enfrentara antes, poderia fazê-lo de novo. – Sabe muito bem que, se me fizer mal ou causar danos à minha casa, será enforcado por assassinato. É só eu puxar esta campainha e meus filhos virão.

Ele riu, atirando a cabeça para trás. O som da risada fez a pele dela se arrepiar. O homem estava possuído pelo demo.

– Assassinato, brrr! – E simulou um calafrio. – É tão fácil. Já me livrei de ser acusado disso, vejamos, pelo menos duas vezes até hoje.

– Duas vezes? – A mente de Kathryn trabalhava tão depressa quanto seu coração batia. Pôs as mãos no colo, segurando-as com força de encontro à barriga, fingindo que escutava. Sentia na pele o contorno duro da adaga de Finn. Sim, estava lá. Debaixo de sua sobre-saia. Pendurada ao lado de seu rosário.

– Fui eu que matei o padre.

De repente, ele conquistou de fato a atenção de Kathryn.

– Por que está tão chocada? Nunca pensou que o velho Simpson, com seus "Sim milady, não milady", teria peito para isso, hein? O padre me ouviu por acaso vendendo umas ovelhas e deduziu, já que a senhora estava sempre chorando miséria, para onde uma parte dos seus lucros poderia estar indo. Sir Roderick nem prestava atenção nisso. Mas a senhora, não, para a senhora eu tinha de prestar contas até da menor das moedinhas. O enviado do bispo falou que eu devia a ele um dízimo do que estava roubando, senão teria de me denunciar. – Simpson abaixou a voz e completou, em um murmúrio rouco: – Dei-lhe com o dízimo no alto da cabeça.

Kathryn encheu-se de fúria. Fúria contra si mesma por ser tão cega. Por ser tão orgulhosa que se achava capacitada para intervir, para torcer os fatos a fim de salvar os filhos. Deveria ter confiado neles. Deveria ter acreditado em Finn. Mas era da sua natureza só confiar em si mesma. Arrependia-se daquilo agora. Tarde demais, porém. Pensou no olhar melancólico de Finn, nas linhas duras que emolduravam sua boca sempre que pronunciava o nome dela.

E tudo por causa daquele filho de uma meretriz.

Mordeu o lábio até sentir gosto de sangue. Teve ímpetos de se lançar sobre o capataz, cuspindo e mordendo, de furar-lhe os olhos e arrancar-lhe o cabelo pela raiz. Seu punho retesou-se em cima da adaga que trazia sob a saia, crispando-se, contendo-se, como aconselhava a razão. Queria cortar-lhe a virilidade e enfiar-lhe pela garganta abaixo. Mas não conseguiria levantar a saia e soltar a adaga a tempo. *Ainda não.* Leu o que diziam os olhos dele e tentou ganhar tempo.

– Você disse "duas vezes".

– Quer dizer que a senhora não adivinhou? A casa da lã foi serviço meu. O pastor velho soube que eu tinha roubado o fardo de lã. Ameaçou contar-lhe tudo. Foram dois coelhos com uma só cajadada. Deu uma linda fogueira. E ainda por cima o Colin foi quem levou a culpa. Bom, isso aí foi apenas sorte minha, um presentinho extra, pode-se dizer.

Abandonou o pincel e estendeu a mão para tocar-lhe o peito. Ela o repeliu, com um movimento brusco dos ombros. Mas ele limitou-se a rir.

– A fumaça está ficando mais espessa. Mais ainda tenho uma questão a resolver. Quero reclamar o que a senhora roubou de mim.

– Eu? Roubei de você? – retrucou ela, áspera, como se cuspisse as palavras.

– Lembra-se da criadinha da cozinha? No meu modo de pensar, a senhora vale a troca. Fica uma pela outra. Uma dama depravada por uma criada depravada. – E arrojou-se sobre ela, prendendo-a na cama.

Ela desviou o rosto para que ele não percebesse a mentira em seus olhos.

– Estou com o meu fluxo mensal. Quer retirar meus panos de sangue? Ou eu mesma os tiro?

Ele fez uma careta e imobilizou-se momentaneamente, mas recuperou-se depressa, tentando abrir os calções.

– Diabos! Quero o que me deve. Já estou mergulhado em sangue até a cintura. Abra as pernas, *minha senhora.*

Ele ofegava, a pele estava sarapintada, a fisionomia distorcida, inflamada pela luxúria. Rasgou o corpete dela com uma das mãos, com a outra tentou puxar-lhe as saias. A mão dela segurou a dele com firmeza e empurrou-a.

– Eu mesma removo meus panos sujos. Faça-me esta cortesia e poupe-se. Vire a cabeça para o outro lado. – Sua outra mão tateou sob a saia para pegar a adaga. Puxou com força, tirando-a da bainha.

E ficou parada, a mão que segurava a adaga escondida ao lado do corpo. Sabia que só teria uma chance. A fumaça, o peso do repugnante corpo dele roçando no seu ameaçavam esmorecer-lhe o ânimo. Rezou para ter forças para desferir o golpe. Tinha de viver. *Santo Salvador, faça com que minha neta esteja com Magda.*

Suando e grunhindo, ele girou em cima dela, que se controlou para não reagir. *Mais um momento, Kathryn. Só mais um momento.* Então, sentiu que a penetrava. Ela levantou o braço bem alto. Só poderia dar um golpe. Fechou os olhos e rezou mais uma vez. *Mãe Santíssima, guie minha mão.* Sopesou por um instante a adaga de Finn, quase com amor, como se quisesse receber forças dela. Em seguida, lançando o braço para trás até lhe doer a articulação, cravou a adaga profundamente entre as omoplatas de Simpson.

O corpo dele enrijeceu-se, seu membro definhou dentro dela. Ele ainda estava vivo, porém, os olhos revirados, os lábios formando uma imprecação gutural. *Mais uma vez, Kathryn. Como se abatesse um animal. Você viu Agnes fazer isso o bastante.* Mas a faca não se soltava. Fora enterrada muito fundo, e ele ainda mantinha um dos braços preso atrás dela. Ela manejou a lâmina com força para cima e para baixo até o sangue jorrar da boca do homem. Espirrou quente em sua pele, escorrendo entre seus seios. Depois, o corpo dele amoleceu em cima dela, pesado, a expressão lasciva em seu rosto paralisando-se na máscara da morte.

Ela parou e fechou os olhos, deixando as mãos caírem na cama. Arquejava, o coração batendo em um ritmo brutal que latejava em suas têmporas. Sob o corpo inerte, teve medo de se afogar no próprio vômito. Empurrou-o com a pouca força que lhe restava. O corpo dele rolou e a cabeça foi bater com um barulho repulsivo na coluna da cama, que trepidou de encontro à parede. A tocha deslocou-se do castiçal e caiu no chão junto à cama.

As labaredas elevaram-se, alcançaram a beirada da colcha, subindo pelo braço de Simpson que pendia ao lado do colchão, pequenas línguas de fogo lambendo-lhe a manga. Kathryn atirou-se para a frente, mas sua saia ficara presa debaixo dele. Puxando nervosamente o tecido, ela estendeu a mão com a intenção de tirar o corpo de cima da saia, mas no mesmo momento as cortinas da grande cama de dossel se incendiaram e o fogo se alastrou para os enchimentos de plumas. O cheiro de cabelo, alcatrão e plumas queimados impregnava o ar em torno dela, sufocando-a, queimando seus olhos. Lutou para soltar-se. O calor esturricava-lhe os pulmões.

Um último puxão e sentiu o pano da saia rasgar-se.

A fumaça era tão densa que ela não enxergava nada a não ser o crucifixo de prata preso ao pé de sua cama. Brilhava intensamente no calor e parecia aumentar de tamanho. O rosto do Cristo sofredor, banhado com a luz do fogo, quase fazia crer que não era feito de metal mas de carne, carne quente que se derretia.

Kathryn esforçava-se para respirar. Chamas diminutas nas plumas incendiadas flutuavam pelo ar como um grande resplendor de Pentecostes.

Tentou correr, mas suas pernas não obedeceram. Imobilizada por alguma tira de pano que ainda a prendesse ao corpo do homem que acabara de matar? Ou transfixada pelo rosto do Cristo vigilante? Era o mesmo rosto que a observara na cama de viúva que partilhara com Finn. O mesmo rosto que velara por ela quando dera à luz seus filhos, quando eles chegaram chorando ao mundo e a parteira os colocou sobre sua barriga. O rosto que a contemplara durante as longas horas de seus delírios febris. O rosto que vira tantas vezes a ponto de se tornar apenas mais uma peça da mobília. E Ele estivera ali o tempo todo.

Velando por ela.

A Mãe Cristo da Santa Julian.

Sua roupa incendiou-se primeiro, depois a grande massa de cabelo prateado e desatado.

Não ouviu Finn subindo as escadas. Não o ouviu chamando seu nome em desespero. Não ouviu sua própria voz chamando por Colin e Alfred. Mas, em meio às chamas que dançavam ao seu redor, ela viu os rostos de ambos, resplandecendo, radiantes, banhados em luz dourada.

Kathryn estendeu os braços para eles e assim ficou, fascinada por aquela iluminação, até o fogo oferecer seu corpo como um círio gigantesco a um altar incandescente.

Trinta e Dois

Littera scripta manet.
A PALAVRA ESCRITA SUBSISTE.

– Mestre Finn, fizemos tudo o que podíamos.

A Prioresa de Saint Faith olhou para ele, compadecida. Encontravam-se no pequeno solário onde ela recebia visitantes. Sentara-se ao lado dele em um banco simples de madeira diante de um pequeno altar. Finn não confiou que fosse capaz de dizer qualquer coisa. Desviou o olhar.

– Lady Kathryn não sofreu mais do que podia suportar. – A prioresa pousou a mão no ombro dele com a intenção de consolá-lo. – Graças ao senhor, ela não se queimou tanto quanto temíamos. Foi a fumaça. A respiração dela estava muito difícil.

Fez uma pausa, como se estudasse suas palavras com grande cuidado, como se dizê-las a penalizasse.

– Ela ainda resistiu durante toda a noite.

Como ele continuou sem dizer palavra, ela acrescentou:

– Não deve culpar-se. Fez bem em trazê-la para cá. Foi a vontade de Nosso Senhor. – E abriu a boca, fazendo menção de falar mais alguma coisa, porém se calou.

Por fim, ele se recompôs, levantou a cabeça e pediu, com a voz enrouquecida de tristeza:

– Quero vê-la.

A prioresa meneou a cabeça. Sua touca de freira cobriu-lhe o rosto de tal maneira que Finn não lhe via os olhos.

– Ela está sendo preparada... para sua jornada. É melhor que se lembre dela como... como a conheceu. Antes... antes do incêndio. Nada pode fazer por ela agora. Ela pertence a Deus.

Finn tentou evocar estas lembranças: Kathryn no jardim, inclinada para seu bordado, o rosto meio oculto pela sombra do pilriteiro; Kathryn levantando-se da cama dele, arrastando os lençóis atrás de si como uma cauda de rainha;

Kathryn segurando sua neta, o rosto iluminado de amor. Ele procurara apegar-se a essas imagens, pintara-as exaustivamente em suas pálpebras fechadas durante a noite inteira enquanto se agitava, insone, aterrorizado, no colchão de palha da casa de hóspedes do priorado. Esquadrinhara os desvãos de sua mente em busca da lembrança da figura dela: o rosto, a maneira como seus olhos suavizavam-se sempre que falava dos filhos, o modo como seu cabelo flutuava ao redor do pescoço esguio quando a beijava, o gosto de sua boca, o cheiro de sua pele. Mas demônios haviam entrado em sua cabeça e, por cima das cores suaves, das formas amadas, puseram-se a pintar ferozmente com tintas da cor da fumaça e da cor do fogo, substituindo todas as lembranças por aquela imagem infernal que o pincel de nenhum mortal saberia como apagar.

Ela lhe parecera tão leve quando a carregara da casa em chamas que temera que seus ossos estivessem carbonizados. O cabelo se fora, até as sobrancelhas, e o rosto estava enegrecido e cheio de fuligem. Não se atrevera a tocá-lo, com medo que a pele se desmanchasse em seus dedos. Os olhos dela estavam abertos, as pupilas brilhantes e escuras como ônix cintilante. Sua boca se mexeu e ele chegou perto para ouvi-la.

– Finn. Você veio – disse, como se o tivesse esperado o tempo todo. Então sussurrou: – Leve-me para o Priorado de Saint Faith.

Não havia ninguém para ajudá-lo a socorrê-la. Tudo estava queimando: a casa senhorial, as estrebarias, a construção onde fabricavam cerveja. No final, cavalgara com ela para o priorado, aninhada em seus braços como uma criança. E tão imóvel que ele receara que já tivesse morrido. Suplicou-lhe que não morresse, tentou saber do paradeiro da criança. Mas ela aparentemente não o escutava. Em um dado momento, abriu os olhos e falou.

– Eu o vi – disse. Mas tão baixinho que ele nem tinha certeza de ter ouvido direito. E as palavras não faziam sentido.

Agora, a prioresa procurava poupar-lhe o sofrimento, falava com muito tato da "jornada" dela, mas ele sabia o que aquilo queria dizer. As irmãs estavam costurando Kathryn em sua mortalha. E a prioresa tinha razão: aquela era uma imagem da qual deveria abdicar. Seu coração não agüentaria o peso de mais uma cena dolorosa.

– Não precisa se preocupar – tranqüilizou-o a prioresa. – Providenciaremos para que ela repouse em um local consagrado. Era seu desejo ficar aqui.

– Madre, não tenho recursos para pagar por missas. Mas vou...

Ela fez um gesto com a mão, recusando.

– Não é necessário. Na noite passada, antes de... antes de adormecer, ela transferiu seus bens para nós por escrito. Fez uma doação. Assinou uma escritura passando a propriedade de Blackingham para nós em troca de refúgio, de asilo. E apesar de as construções estarem destruídas, as terras são amplas o bastante para atender às necessidades dela e cumprir as condições.

– As condições?

– Ela pediu que as rendas das terras sejam usadas para pagar traduções da Sagrada Escritura para o inglês. – A irmã desviou o olhar, manuseou nervosamente as contas de seu rosário. – E admito que secretamente sinto uma certa simpatia por essa causa. Li alguns escritos de Mestre Wycliffe sobre o assunto. Nós o faremos com muita discrição, é claro. E ainda sobrará bastante dos rendimentos para cuidar do corpo e da alma dela.

– Não tiveram problemas com os rebeldes?

– Somos uma casa pobre, Mestre Finn – disse ela, com um suspiro. – Nada possuímos para ser saqueado. Existe uma certa segurança na pobreza. E, quando o senhor voltou a Blackingham, chegaram notícias de que o Bispo Despenser já mandara enforcar alguns dos rebeldes que atacaram o Saint Mary's College em Cambridge. Agora, terão receio de nos incomodar, aqui tão perto de Norwich.

A alusão ao nome do bispo penetrou a névoa de sofrimento que o envolvia. Deveria voltar? Entregar-se e oferecer-se para lutar, obter alguma vingança ajudando a reprimir os rebeldes? Mas não, não lutaria contra eles. Vira o corpo de Simpson. Qualquer um adivinharia que fora ele o responsável pela destruição de Blackingham. Outras tochas poderiam ter iniciado o fogo, mas ele fora a pedra que lançara a faísca. O mundo todo enlouquecera. Em tempos assim, a quem um homem são podia aliar-se?

A prioresa estava falando outra vez. Tentou concentrar-se no que ela dizia. Ela era seu último elo de ligação com Kathryn.

– Quando o senhor voltou, encontrou mais alguém vivo?

– Ninguém poderia estar vivo dentro daquele inferno. O telhado já tinha desmoronado. A casa transformou-se em um amontoado de brasas consumindo-se em fogo lento.

A prioresa persignou-se.

– Então o senhor não encontrou sua neta. Lamento muito. Mas talvez nem tudo esteja perdido. Lady Kathryn falou antes de... Ontem à noite, ela pediu para avisá-lo que procurasse a criança com os rendeiros de Blackingham.

Um pequenino lampejo de esperança animou seu coração.

– Ela disse que acreditava que a criança esteja viva. Entregou-a a uma criada da cozinha para que a escondesse. Lady Kathryn pediu que dissesse ao senhor que Jasmine estaria esperando que o avô fosse buscá-la.

– Isso foi tudo? Ela não disse mais nada?

– Não, infelizmente. Estava muito fraca.

Qual criada? Fez um esforço para lembrar-se da criada da cozinha. Seria a moça quieta que fora à prisão com Kathryn e a neném?

– Há mais uma coisa, agora me recordo. Quando ela assinou a doação, perguntei se tinha herdeiros.

– E tem. Ela tem dois filhos. Embora eu não tenha visto nenhum dos dois. Blackingham estava aparentemente indefesa quando foi atacada.

– Ela contou que os filhos morreram. Perguntei-lhe como podia estar tão certa e ela respondeu que uma mãe sempre sabe essas coisas. Vamos rezar missas pelas almas de ambos.

– Havia uma outra pessoa, uma serva fiel que deve ter morrido no incêndio. Era uma boa mulher. Creio que Kathryn desejaria que também rezassem uma missa pela alma dela.

– Vamos cumprir a vontade de Lady Kathryn – disse a prioresa, levantando-se. – O senhor pode ficar na casa de hóspedes pelo tempo que desejar, Mestre Finn – completou. – Rezarei pelo senhor, para que ache sua neta. E para que encontre a paz de Nosso Senhor.

Tudo isso foi dito com bondade, mas era uma despedida. Finn também se levantara. Agradeceu-lhe a solicitude e já ia saindo quando se virou de novo para ela. Enfiou a mão dentro da camisa e tirou um pingente que trazia ao pescoço.

– Madre, faria o favor de colocar isto nas mãos dela, enterrá-lo com ela? Foi-me dado por uma mulher santa. Como uma espécie de promessa, um símbolo de fé. Não tenho outra lembrança para lhe deixar.

– Não posso imaginar nenhum talismã mais precioso para se deixar com um ente querido do que um que se usa perto do coração. Vale mais do que ouro.

A pesada porta de carvalho do priorado fechou-se atrás dele com um rangido e com toda a inexorabilidade de uma lápide sendo colocada sobre a abertura de uma tumba. O sol tentava romper a bruma da manhã, o ar já carregado com o calor de junho. A distância, o chamado de um bútio fazendo ninho entre os juncos ressoou abafado como uma sirene de nevoeiro.

Finn procurou por horas a fio. Foi às casas de todos os rendeiros e espiou dentro das choupanas de todos os tecelões localizadas entre Blackingham e Aylsham. Mãe nenhuma vira outra criança que não fosse a sua própria, garantiam-lhe todas com olhos assustados, apertando os pequenos de encontro às saias quando escutavam a história dele. Se alguma estivesse com sua neta, será que a entregaria a ele? Ou esconderia a criança com medo de retaliações? A ansiedade nos olhos delas era visível. Algumas deviam ter adivinhado que daquela vez seus homens tinham ido longe demais. Uma ou duas haviam feito perguntas, ávidas por notícias. Ele teria ouvido falar que os soldados do bispo estavam exterminando os rebeldes? Sabia se o rei concedera mesmo a anistia?

Finn respondia laconicamente a todas. Estava entorpecido demais para se importar. Seu cavalo encontrava-se quase tão exaurido quanto ele. Mas não sentia disposição para regressar à casa de hóspedes do priorado. Kathryn estaria próxima demais, dormindo em seu sudário de linho. Poderia seguir a cavalo até o porto de Yarmouth e tomar um navio para Flandres. Até um artista sem dinheiro conseguia sobreviver lá. Ou poderia retornar à sua cela, aos seus potes de tinta, e colocar-se à mercê do bispo.

Quem sabe tivesse sorte e Despenser nem viesse a saber que ele fugira. A prioresa dissera que o bispo estava em Cambridge reprimindo a rebelião. Um homem da Igreja desembainhar uma espada era um fato sem precedentes, se não lhe falhava a memória. De certa forma, contudo, não o surpreendia. Estremeceu ao pensar nas infindáveis partidas de xadrez, nas futuras encomendas de pinturas que não o entusiasmavam nem um pouco. Envelheceria dentro daquela cela, cada vez mais frágil, como um eremita. Com o passar dos anos, seus olhos se enfraqueceriam e, quando não fosse mais útil ao bispo, o que aconteceria? Seria expulso de lá para mendigar nas ruas ou executado por um crime já esquecido? Fosse como fosse, pouco se lhe dava.

Por fim, guiou o cavalo de volta para Norwich, o único lar que conhecera naqueles dois últimos anos.

O crepúsculo vinha chegando. Havia uma cervejaria de que se lembrava junto às muralhas da cidade, do lado de fora. Sentia uma sede terrível e não tinha nem um tostão furado no bolso, mas que esposa de cervejeiro não trocaria um quartilho de cerveja por um retrato lisonjeiro desenhado na hora? Mal prestou atenção ao pequeno grupo que vinha em sua direção – uma mulher com duas crianças pequenas. Uma das crianças apontou para ele, excitada. Ou para seu cavalo? Ocorreu-lhe que montava a égua do chefe da guarda morto. Seria mais prudente manter-se longe deles. Enfiou os calcanhares nos flancos da égua e desviou o olhar.

Então, escutou chamar seu nome.

– Mestre Finn, por favor, Mestre Finn!

Finn freou o cavalo e olhou para baixo. Confundira o anão com uma criança. Era seu velho amigo e uma jovem. E uma única criança.

– Graças a Deus é o senhor, Mestre Finn, mal posso acreditar. Receei que tivesse morrido. Quando disseram que os rebeldes tinham atacado a prisão e matado o chefe da guarda, fiquei apavorado. Estávamos a caminho dos pântanos, estávamos indo para lá, Magda e eu. E o bebê. Tínhamos perdido a esperança de encontrá-lo. Graças a Deus o senhor parou, Mestre Finn, graças a Deus.

Mas Finn não o escutava. Olhava para a criança loura, irrequieta, no colo da moça. Era Jasmine. Era sua neta. Seus braços contraíam-se de vontade de segurá-la, no entanto não podia fazer o gesto. Só podia olhar fixamente para ela do alto da garupa de seu cavalo. E ela também o fitava com seus olhos azuis como as flores das centáureas, os olhos de Colin. A boca era bonita, larga e curvada. A boca de Kathryn. Sua pele macia de bebê era mais creme do que rosa. Como a de Rose. Como a de Rebekka. Doía-lhe até o fundo da alma olhar para ela, mas não conseguia deixar de fazê-lo.

– Minha Magda salvou a menina do incêndio. Escondeu-a na árvore das abelhas.

– Sua Magda?

– É, minha. Ela concordou em se casar comigo – explicou, logo em seguida abandonando o tom orgulhoso da voz, como se não achasse correto exibir sua felicidade quando a tristeza de Finn era tão evidente. – Agora que milady... agora que milady não precisa mais dela.

– E a criança?

– Achamos que o senhor devia saber. – O anão enrubesceu fortemente.

Finn não respondeu.

– Isto é, dizem por aí que o senhor... bem, que o senhor poderia querer, que por causa da...

– É verdade o que ouviu, Tom. Ela é minha neta. Você não poderia ter me prestado favor maior do que trazê-la para mim. – E virou-se para Magda. – Nem você também, senhorita Magda, mantendo-a segura.

A moça agradeceu-lhe com uma reverência tímida, mas nada disse. Trocou um olhar com Meio-Tom.

– Sou um pobre prisioneiro – continuou Finn –, só possuo a roupa do corpo, mas se houver alguma coisa que eu possa fazer para retribuir...

– Isto não é nada mais do que o pagamento de uma velha dívida. E estou feliz por tirá-la de meus ombros.

O anão apontou com a cabeça para uma cabana de pedra não muito distante de onde se encontravam. Então, Finn reconheceu o lugar. A poucos passos dali encontrara Meio-Tom pela primeira vez e vira a criança ferida e a porca morta. Como se sentia seguro de si na ocasião, sabendo exatamente o que fazer, gritando ordens, galopando impetuosamente pela cidade adentro em seu cavalo emprestado com a criança ensangüentada nos braços, como um nobre cavaleiro de uma história complexa demais. Mas a criança morrera. Rose também. E Kathryn. Aquele era outro homem. E tudo acontecera uma eternidade antes. Baixou os olhos agora para outra criança loura.

Ela estendeu os braços para ele. Não podia levá-la. Procurara insistentemente e a encontrara, mas não havia pensado como faria depois de achá-la.

Meio-Tom olhou para Magda. Magda olhou para Meio-Tom e assentiu com a cabeça.

– Mestre Finn, vamos levar a menina e cuidar dela. Só pensamos que...

A criança inclinou-se para a cabeça do cavalo, tentando pegar as peças de metal brilhante das rédeas, e Finn notou que, ao lado da pequena cruz de prata, ela também usava uma avelã pendurada em um fio ao pescoço. Quase ouvia a voz da santa senhora Julian explicando-lhe com doçura ao dar-lhe uma avelã – a mesma que deixara com Kathryn – depois de apanhá-la na tigela de madeira em cima de sua escrivaninha: *Vai durar, e para sempre vai durar, pois Deus a ama.* Ela se mostrara tão confiante naquele Amor Divino, afirmando que o Criador amava o mundo criado que Ele trazia na palma de Sua mão. E Finn também quis acreditar naquele amor. Mas a anacoreta estava isolada, fora do mundo, longe da mágoa, da dor, da calúnia e do sofrimento dos inocentes, tendo apenas por companhia seu coração puro. Não vira o mundo em que ele vivia. E ele não podia sentir o amor do qual ela falava.

Não podia sentir naquele momento. Mas já o vira. No sacrifício de Kathryn por seus filhos. No amor de Rebekka por Rose. E lembrava-se, lembrava-se bem de como sentira aquele mesmo amor por sua filha. Entretanto, de que maneira a lembrança daquele amor poderia penetrar o entorpecimento que sentia? Como poderia ele, sem dinheiro, em fuga, cuidar de uma criança?

– Mestre Finn? – Meio-Tom perguntava-lhe com os olhos. – Logo vai escurecer.

Finn estendeu os braços para a criança. Ela foi para os seus braços de bom grado, sentou-se junto dele e afagou a cabeça do cavalo.

– Cavalinho – disse.

O cavalo exausto bateu com o casco no chão, como se revigorado pelo toque da criança.

– Não tenho nada para ela. Não tenho dinheiro para comprar-lhe alimento. Não posso nem comprar panos limpos para envolvê-la.

Magda sorriu.

– Senhor, ela é esperta, ela lhe dirá quando precisar de algo. Ela vai puxar a sua manga.

Vai puxar a minha manga. Finn tinha a impressão de que caíra em uma emboscada. Uma emboscada da Mãe Cristo da santa senhora Julian. Como poderia entregá-la de volta, como passar para outra pessoa o doce peso do corpo dela, da filha de Rose, da que nascera de sua adorada Rebekka? Da neta de Kathryn. Sua neta. Sua criança.

Magda tirou do bolso um pequeno volume embrulhado em pano.

– São umas roupas que trouxe para ela da casa de minha mãe. Não são roupas finas, mas estão limpas.

E entregou-lhe o pequeno embrulho. Finn reparou nas lágrimas que se formavam nos olhos da moça. Ela também o conhecia, aquele amor de mãe. Mesmo sem nunca ter gerado um filho.

– Tome, leve isto. – Meio-Tom, a voz embargada de emoção, pôs uma pequena bolsa de moedas na mão de Finn.

– Não é muito, mas deve dar para uma ou duas refeições.

Mas a mente de Finn já planejava uma estratégia.

– Guarde-a, Tom. Vai precisar disto para sua noiva. Já lhe devo demais. Posso vender este cavalo em Yarmouth. Devo apurar umas quinze libras. Mais do que suficientes para comprar passagens para Flandres, papel, penas e comida para nós dois.

– Cavalinho – disse Jasmine. Olhou para Finn, depois para Magda como se estivesse prestes a chorar, estendeu as mãos para que ela a pegasse de volta. Magda acariciou-a, sussurrou-lhe algo ao ouvido. Finn não conseguiu ouvir o que ela disse, mas a menina balançou a cabecinha, assentindo, e bravamente conteve as lágrimas. Depois fungou de leve.

– Tome, olhe o que fiz para você – disse Magda, agora alto o suficiente para que ele ouvisse. E colocou uma boneca de trapos toscamente costurada nas mãos de Jasmine. A criança brincou com a boneca um instante, mas logo descansou a cabeça no peito de Finn.

– Não vai conseguir chegar a Yarmouth esta noite, Mestre Finn. Melhor parar no Priorado de Saint Faith.

Sentia o peso da criança de encontro a si, e a sensação era estranhamente reconfortante. *Farei com que todas as coisas fiquem bem. Farei com que tudo o que não está bem fique bem, e tu o verás.*

E teria ele visto? Tudo o que via era a criança adormecida com a cabeça repousando sobre seu peito. Tudo o que sentia era o fardo pesado de sua dor. Estava fraco demais para escolher, mas a criança escolhera por ele.

Finn virou seu cavalo na direção de Yarmouth.

Atrás dele, achou ter ouvido Magda deixar escapar um pequeno gemido abafado, mas quando se virou ela acenava corajosamente e sorria. Meio-Tom, ao lado dela, segurava-a com um dos braços.

Contra a claridade moribunda do poente, parecia ser um homem muito mais alto.

Epílogo

Kathryn acordou lentamente, arrebatada do sonho em que Finn a levava nos braços, o rosto perto do seu, os olhos não mais frios e implacáveis como antes. Em seu sonho, ele a levava ligeiro, como se seu corpo fosse feito de ar.

Em seu sonho, ela não sentia dor.

Mas agora Finn se fora. De fato *se fora*, não era? Fugira com a criança para um lugar seguro? Finn fora embora, a menos que tivesse sonhado aquilo também. E a dor estava de volta. Mas não maior do que ela podia suportar.

Sentia o couro cabeludo repuxando e a mão esquerda doía com uma sensação de estiramento. Uma ardência subia-lhe pelo pescoço e pelo rosto, latejando, formigando. Seus dedos tocaram um curativo abaixo do maxilar onde se originava a ardência. Estremeceu e um gemido tênue escapou-lhe dos lábios.

Imediatamente, Agnes surgiu diante dela, debruçando-se para ela, ralhando.

– Não. Não toque em seu rosto. – Levou uma taça aos lábios de Kathryn. – Beba isto. É vinho misturado com leite de semente de papoula. Vai fazer a dor passar.

Kathryn afastou a taça.

– Vai me fazer perder a consciência também. – As palavras saíam-lhe desajeitadas dos lábios. – A dor é tolerável. Se vou viver, então tenho de viver neste mundo. Não em uma neblina de sonhos.

Agnes pousou a taça em uma arca ao lado da cama, que não era maior do que um catre simples, mas macia por causa de um colchão de penas. Kathryn estava deitada de costas, ligeiramente recostada em travesseiros de plumas. Aparentemente, suas costas não tinham se queimado. Experimentou mudar de posição e a única dor que isso provocou foi ao longo de seu lado esquerdo.

A luz de uma janela virada para o leste penetrou no quarto semelhante a uma cela e incomodou-lhe os olhos.

– Onde estamos? – indagou.

– No Priorado de Saint Faith. Faz duas semanas que vim para cá, como a senhora mandou. – Agnes hesitou por um breve instante. – O mestre de iluminuras trouxe a senhora. – No tom de voz dela transparecia uma certa acusação que ela não manifestou com palavras.

Com que então Finn a levara mesmo para lá, pensou Kathryn. Essa parte, pelo menos, não fora sonho. E o perdão nos olhos de Finn?

– Ele encontrou Jasmine?

– A senhora não lembra? É, ele encontrou a pequenina. Magda levou-a para longe do incêndio. Ela e o anão entregaram a neném para Finn. Mas pensei que a senhora soubesse. Já que não quis tomar nada para a dor até nos avisarem.

Franziu o cenho quando disse o que se seguiu, o tom de voz assinalando toda a sua desaprovação.

– A senhora disse à prioresa para mandar Finn embora. A senhora enganou ele de propósito.

Kathryn suspirou, aliviada por causa da criança, e fechou os olhos. O olho esquerdo fechou-se devagar, com uma ferroada de dor vinda da pálpebra esticada. Mas ela conseguia sentir o calor da chama da vela em sua face direita. Esse calor era estranhamente reconfortante, lembrando-lhe da visão do Cristo Mãe de Julian, fulgurando de vida acima de sua cama tomada pelas labaredas, lembrando-lhe também os rostos de seus filhos banhados em luz sagrada.

Colin e Alfred.

Ao tentar mantê-los, perdera-os para sempre. Veio-lhe uma pontada de imensa tristeza, crua e viva como sangue novo. Ela a afastou.

– E Blackingham acabou? – perguntou.

– Foi, milady. Blackingham está perdida para nós. – A voz de Agnes embargou-se na última palavra.

Era o lar dela também, pensou Kathryn. Seu lar, tanto quanto meu. Kathryn desejou ter palavras de consolo para oferecer, palavras de gratidão, mas faltavam-lhe forças.

Agnes removeu o curativo que fora colocado sob o olho de Kathryn. Quando a ferida ficou exposta ao ar, a dor fez Kathryn inspirar com força e depois prender a respiração. Agnes tratou da queimadura com mão leve, aplicando-lhe um ungüento calmante feito com folhas de confrei e flores de erva-de-são-joão; por cima, uma compressa refrescante. Depois, cobriu tudo com a bandagem frouxa de pano. Fosse pela ação do ungüento ou do toque da mão de Agnes, a dor abrandou e Kathryn sentiu os músculos do rosto relaxarem.

– Sabe, milady, a senhora nunca deveria ter mandado o mestre de iluminuras embora. Nunca vi um homem tão obcecado por uma mulher. – Agnes limpou as mãos do ungüento e tirou um objeto de dentro de suas saias volumosas. – Ele deixou isto. Queria que a senhora levasse alguma coisa que pertencesse a ele para o seu túmulo. Disse à prioresa que era tudo o que possuía.

Agnes colocou a avelã, com seu pequeno engaste em estanho igual ao de uma relíquia de grande santo, na palma da mão de Kathryn. Ela a reconheceu. Finn dissera que fora um presente da anacoreta. Fechou a mão, seus dedos a envolveram e apertaram até o estanho cortar-lhe a carne. O mundo inteiro na palma da mão de Deus – ou algo assim. Não conseguia lembrar exatamente o que Finn dissera que significava. Mas bastava-lhe que a tivesse deixado para ela. Bastava-lhe saber que antes estivera junto à pele dele.

Recostou-se nos travesseiros macios. O quarto foi recuando até ela somente enxergar o rosto severo de Agnes à luz da vela.

– Se a prioresa... se eu... não tivesse mandado Finn embora, a esta altura ele estaria morto – explicou. – Ou pior. Iria acabar a vida como escravo de Henry Despenser. – Tinha dificuldade para formar as palavras. Então murmurou, mais para satisfazer a si mesma do que a Agnes: – Finn tem Jasmine. Ela vai dar-lhe ânimo para viver.

– E a senhora, o que tem?

Tenho a lembrança do perdão em seus olhos. Tenho a lembrança dele.

– Tenho você, Agnes. E você tem a mim. E isso terá que nos bastar por enquanto.

Sua mão esquerda começara a agitar-se em um movimento espasmódico, e cada movimento vinha acompanhado de uma fisgada de dor.

– Acho que agora vou beber uma gotinha ínfima de seu remédio para poder dormir. Você também precisa dormir, Agnes. – Apontou para a enxerga ao lado de sua cama, onde Agnes mantivera sua fiel vigília. – Não durma aqui esta noite. O sino da capela está tocando as matinas, ainda falta muito para a noite acabar. Encontre uma boa cama para você na casa de hóspedes. Amanhã temos muito tempo para pensar em nosso futuro.

– Se a senhora tem certeza disso, milady, esses meus velhos ossos bem que gostariam de uma cama macia, lá isso é.

Agnes soprou a vela, mas deixou a lamparina de sebo acesa no castiçal da parede. Também essa já estava baixa, projetando longas sombras no quarto. Kathryn sentiu a beberagem calmante começar a agir, amenizando-lhe a dor. Segurou a avelã. Que coisa tão pequena.

Uma corrente de ar soprou pelo quarto. Ela escutou um som, quase um sussurro. *Tudo ficará bem.*

– Agnes, você disse alguma coisa?

Mas Agnes já se fora. No quarto havia apenas o silêncio e as sombras adejantes.

Deve ser o remédio, pensou. Ou quem sabe alguma voz interior lembrando-lhe as palavras de Julian. Fechou os olhos, buscando o sonho, ou a lembrança, o que quer que tivesse sido que lhe trouxera conforto.

De novo as palavras sussurradas rondaram-lhe a cabeça.

Dessa vez, cada palavra veio clara e distinta.

Tudo ficará bem.

E Kathryn quase acreditou.

Nota da Autora

Esta é uma obra de ficção, mas os personagens do Bispo Henry Despenser, de John Wycliffe, Julian de Norwich e John Ball são figuras históricas cujas vidas entrelacei com as de meus personagens ficcionais. Henry Despenser é mais conhecido como o Bispo Guerreiro, pela maneira sanguinária e violenta como debelou a Revolta dos Camponeses de 1381 e pela subseqüente e malsucedida campanha militar contra o Papa Clemente VII, durante o Grande Cisma do Ocidente que dividiu a Igreja Católica Romana. Ele é lembrado ainda por ter feito a doação de um retábulo de cinco painéis, conhecido como o Retábulo de Despenser, à Catedral de Norwich, para comemorar seu sangrento triunfo na Revolta dos Camponeses. Mandou emoldurar o retábulo com os escudos de armas das famílias que o apoiaram nesse massacre. O retábulo pode ser visto hoje na Capela de Saint Luke, na Catedral de Norwich. Durante a Reforma, foi virado para baixo e usado como mesa para ser escondido dos reformadores. Acabou ficando esquecido por mais de quatrocentos anos. Conta-se que, em meados do século passado, alguém deixou cair um lápis sob a toalha do altar e, ao abaixar-se para apanhá-lo, encontrou as maravilhosas pinturas dos cinco painéis representando a Paixão de Cristo. O nome do pintor perdeu-se na história.

John Wycliffe é conhecido como a "estrela matutina da Reforma" por causa de seus esforços pela realização de reformas no seio da Igreja e por ter sido o primeiro a traduzir a Bíblia para a língua inglesa, assim reformulando a história não só da Igreja como também da cultura. Foi acusado de heresia, exonerado de Oxford e seus escritos foram condenados. Mas nunca foi levado a julgamento e continuou a escrever e pregar até sua morte por derrame em 1384, na sua casa em Lutterworth. Sua tradução integral foi terminada por seus seguidores em 1388, sete anos depois que minha história termina. Em 1428, o Papa Martinho V ordenou que os ossos de John Wycliffe fossem exumados, queimados e que as cinzas fossem jogadas no rio Swift. O movimento lollardo que ele fundou continuou a prosperar na clandestinidade e acabou emergindo com as novas forças protestantes da Reforma.

John Ball foi excomungado por volta de 1366 por causa de seus sermões inflamados em prol de uma sociedade sem divisão de classes. De acordo com fontes históricas, ele exigia o assassinato de lordes e prelados. Encarcerado na Prisão Maidstone quando eclodiu a Revolta dos Camponeses de 1381, foi libertado por rebeldes vindos de Kent e acompanhou-os até Londres. Depois que a rebelião fracassou, Ball foi julgado e enforcado em Saint Albans.

Sobre Julian de Norwich sabe-se muito pouco além de seus escritos. Foi a primeira mulher a escrever na língua inglesa. Recentemente deu-se um recrudescimento de interesse por suas *Revelações Divinas*, em grande parte promovido por feministas, intrigadas com o seu conceito de um Deus Mãe. Uma leitura atenta de sua obra revela sem dúvida uma pensadora independente para seu tempo e uma mulher de fé profunda e perene. Documentos históricos indicam que ela ainda vivia como reclusa em Norwich em 1413, sete anos depois do falecimento do Bispo Despenser.

Agradecimentos

Desejo agradecer aos leitores que me deram suas valiosas opiniões durante a elaboração deste livro: Dick Davies, Mary Strandlund e Ginger Moran, que criticaram meu trabalho quando ainda se encontrava em estágio embrionário, e Leslie Lytle e Mac Clayton, que trabalharam comigo na execução do mesmo. Agradeço também a Pat Wiser e Noelle Spears (minha mais jovem leitora, de dezessete anos), que leram e fizeram comentários sobre minha versão final. Devo um agradecimento especial à minha parceira de escrita, com quem trabalho há muitos anos, Meg Waite Clayton, autora de *The Language of Light,* que sofreu comigo durante as muitas versões do livro.

Desejo também reconhecer aqui a minha dívida com os escritores com quem aprendi. Obrigada a Manette Ansay, por suas preciosas sugestões sobre a integração da paisagem externa e interna em ficção. Obrigada a Valerie Miner, por seus excelentes ensinamentos sobre como evocar a sensação de um lugar – uma das cenas de Meio-Tom desenvolveu-se a partir de um exercício de escrita em seu extraordinário workshop realizado em Key West. Obrigada ainda a Max Byrd, por sua também excelente palestra sobre recursos retóricos, proferida no workshop da Comunidade de Escritores de Squaw Valley, e pelas oportunas palavras de estímulo que dirigiu a mim pessoalmente.

Ao meu agente, Harvey Klinger, por me resgatar do atoleiro do sentimentalismo, e à minha editora, Hope Dellon, por sua capacidade profissional e seu instinto literário, ofereço minha sincera gratidão. Sinto-me verdadeiramente abençoada por ter ao meu lado dois profissionais tão competentes.

Na vida de um escritor, a importância do papel do incentivador jamais pode ser subestimada. Desejo agradecer àqueles que, com suas palavras e atitudes, ajudaram-me a alimentar meu frágil sonho de publicar um trabalho: Helen Wirth, que preparou a edição de meu primeiro conto publicado; Dr. Jim Clark, por seus conselhos profissionais e palavras de incentivo; e meus familiares e amigos, que manifestaram interesse e acreditaram em minha capacidade. Finalmente, gostaria de manifestar meu amor e apreço por meu marido, Don, cujo apoio inabalável é o que me sustenta. Por último, o mais importante: agradeço Àquele de onde fluem todas as bênçãos.

Conheça outros importantes títulos da Editora Sextante

A TENDA VERMELHA
Anita Diamant

Na Bíblia, as mulheres ocupam um lugar à sombra, por isso ficamos privados de sua sensibilidade na descrição dos acontecimentos. Numa narrativa envolvente, Anita Diamant resgata esse olhar feminino e dá vida às personagens bíblicas, recriando o ambiente em que viveram, seu cotidiano, suas provações e suas paixões.

Ganhador do importante prêmio O Livro de Ficção do Ano 2001 concedido pela Associação dos Livreiros Independentes Americanos, com mais de dois milhões de exemplares vendidos, *A tenda vermelha* é uma fascinante viagem à época em que nossa civilização e nossos valores começaram a ser delineados.

O RITMO DA VIDA
Mathew Kelly

Numa balanceada mistura de valores e práticas espirituais, princípios da psicologia e a fina arte de contar histórias, Matthew Kelly desvenda o paradoxo da felicidade. Você vai aprender uma verdade essencial: sua vida tem um significado e um propósito. Para isso é fundamental estar atento às suas necessidades físicas, emocionais, intelectuais e, acima de tudo, espirituais.

Com uma incrível habilidade de traduzir os desejos mais profundos do coração, o autor nos ajuda a ver os desafios e oportunidades de nosso cotidiano sob uma nova ótica, utilizando ótimas histórias de grandes personagens como Einstein, Gandhi, Picasso e Madre Teresa de Calcutá como exemplos bem-sucedidos.

AS CINCO PESSOAS QUE VOCÊ ENCONTRA NO CÉU

Mitch Albom

Eddie é mecânico de um parque de diversões que morre no dia de seu aniversário tentando salvar uma garotinha. Imerso numa profunda solidão, ele passou a vida se considerando um fracassado. Ao acordar no céu, encontra cinco personagens inesperados que lhe mostram como ele foi importante.

Esse livro foi escrito para cada um de nós, pois freqüentemente nos sentimos frustrados e inúteis – assim como Eddie – por não termos realizado nossos sonhos. Ele nos faz lembrar que vivemos numa ampla teia de ligações e que temos o poder de mudar o destino dos outros com um pequeno gesto, e nos faz descobrir a importância da lealdade e do amor em nossas vidas.

A ÚLTIMA GRANDE LIÇÃO

Mitch Albom

Cada um de nós teve na juventude uma figura especial que nos ajudou a escolher nossos caminhos com maior liberdade. Para Mitch Albom, essa pessoa foi Morrie Schwartz.Vinte anos depois, os dois se reencontram quando o velho mestre estava à beira da morte.

Durante quatorze encontros, eles tratam de temas fundamentais para a felicidade e realização humana. Esse livro é uma lição de esperança sobre o sentido da existência, em que a experiência e reflexão são transmitidas de forma simples e comovente.

O PODER DA PACIÊNCIA
M. J. RYAN

Em *O poder da paciência,* você encontrará várias dicas para diminuir o ritmo, relaxar e encarar a rotina de uma forma mais tranqüila. A paciência nos ajuda a aproveitar ao máximo nossos talentos, a administrar a raiva, a crescer no amor e a usufruir o prazer de cada momento.

Cheio de citações inspiradoras, histórias estimulantes e da sabedoria daqueles que já atingiram seu objetivo, esse livro mostra que a paciência é um hábito e, como tal, deve ser cultivado e exercitado. Só ela é capaz de nos colocar em sintonia com a natureza, conectados ao momento presente e mais focados em nossos verdadeiros desejos.

O PODER DO AGORA
ECKHART TOLLE

Com mais de 1,2 milhão de exemplares vendidos em todo o mundo, *O Poder do Agora* se tornou um dos maiores fenômenos da literatura espiritual por sua capacidade de transmitir uma mensagem simples e transformadora: viver no agora é o melhor caminho para a felicidade e a iluminação.

Combinando conceitos do cristianismo, do budismo, do hinduísmo, do taoísmo e de outras tradições espirituais, Tolle elaborou um guia de grande eficiência para a descoberta do nosso potencial interior.

O ÓCIO CRIATIVO
Domenico De Masi

Em *O ócio criativo,* Domenico De Masi elabora não apenas os temas da sociedade pós-industrial, do tempo livre e da criatividade, como também as questões da globalização, do desenvolvimento sem emprego, da feminilização, do declínio das ideologias tradicionais e dos sujeitos sociais emergentes.

A conversa tem como pano de fundo uma profunda insatisfação com o modelo social elaborado pelo Ocidente, sobretudo pelos Estados Unidos, centrado na idolatria do trabalho, do mercado e da competitividade.

A RODA DA VIDA
Elizabeth Kübler-Ross

Elisabeth Kübler-Ross, médica, é a mulher que mudou a maneira como o mundo pensava sobre a morte e o morrer. Através de seus vários livros e muitos anos de trabalho, trouxe consolo e compreensão para milhões de pessoas que tentavam lidar com a própria morte ou com a de entes queridos.

Escrita com franqueza e entusiasmo, a autobiografia de Kübler-Ross reconstitui o desenvolvimento intelectual e espiritual de um destino. As convicções que enfrentaram dogmas, preconceitos e críticas já estavam presentes na menina suíça, quando a jovem Elisabeth se viu pela primeira vez diante das injustiças do mundo e jurou acabar com elas.

Conheça os 50 Clássicos da Sextante

ESPIRITUALIDADE/INSPIRAÇÃO

Muitas vidas, muitos mestres, de Brian Weiss
Muitas vidas, uma só alma, de Brian Weiss
Jesus, o maior psicólogo que já existiu, de Mark W. Baker
Conversando com os espíritos, de James Van Praagh
A última grande lição, de Mitch Albom
Uma ética para o novo milênio, de Sua Santidade, o Dalai-Lama
A arte da meditação, de Daniel Goleman
O Mestre dos Mestres (Coleção Análise da Inteligência de Cristo), de Augusto Cury
Espiritualidade, um caminho de transformação, de Leonardo Boff
Autobiografia de um iogue, de Paramahansa Yogananda
O Poder do Agora, de Eckhart Tolle

NEGÓCIOS

O monge e o executivo, de James C. Hunter
Como se tornar um líder servidor, de James C. Hunter
Jesus, o maior líder que já existiu, de Laurie Beth Jones
Faça o que tem de ser feito, de Bob Nelson
Seu balde está cheio?, de Tom Rath e Donald O. Clifton
A hora da verdade, de Jan Carlzon
A Boa Sorte, de Álex Rovira Celma e Fernando Trías de Bes
Você é mais capaz do que pensa, John G. Miller
Seis fundamentos do sucesso profissional, de Stuart R. Levine

FICÇÃO

O Código Da Vinci, de Dan Brown
Ponto de Impacto, de Dan Brown
Anjos e Demônios, de Dan Brown
Fortaleza Digital, de Dan Brown
As cinco pessoas que você encontra no céu, de Mitch Albom

LIVROS DE BOLSO

Dez leis para ser feliz, de Augusto Cury
Seja líder de si mesmo, de Augusto Cury
Você é insubstituível, de Augusto Cury
Palavras de sabedoria, de Sua Santidade, o Dalai-Lama
A vida é bela, de Dominique Glocheux
Filtro solar, de Mary Schmich
Posso conseguir o que desejo, de Iyanla Vanzant
Quem acredita sempre alcança, de Peter McWilliams

AUTO-AJUDA

O método fácil de parar de fumar, de Allen Carr
Por que os homens fazem sexo e as mulheres fazem amor?, de Allan e Barbara Pease
Desvendando os segredos da linguagem corporal, de Allan e Barbara Pease
Por que os homens mentem e as mulheres choram?, de Allan e Barbara Pease
O poder que vem do seu nome, de Aparecida Liberato e Beto Junqueyra
Nunca desista de seus sonhos, de Augusto Cury
Pais brilhantes, professores fascinantes, de Augusto Cury
100 segredos dos bons relacionamentos, de David Niven
Não leve a vida tão a sério, de Hugh Prather
Mantenha o seu cérebro vivo, de Laurence Katz e Manning Rubin
100 segredos das pessoas felizes, de David Niven
Enquanto o amor não vem, de Iyanla Vanzant
A Dieta do Abdômen, de David Zinczenko e Ted Spiker
A Dieta de South Beach, de Arthur Agatston
O poder da paciência, de M. J. Ryan

REFERÊNCIA

1.000 lugares para conhecer antes de morrer, de Patricia Schultz
O ócio criativo, de Domenico De Masi

Informações sobre os próximos lançamentos

Para receber informações sobre os lançamentos da
Editora Sextante, basta enviar um e-mail para
atendimento@esextante.com.br
ou cadastrar-se diretamente no site
www.sextante.com.br

Para saber mais sobre nossos títulos e autores, e enviar
seus comentários sobre este livro, visite o nosso site:
www.sextante.com.br

Editora Sextante
Rua Voluntários da Pátria, 45 / 1.407 – Botafogo
Rio de Janeiro – RJ – 22270-000 – Brasil
Telefone (21) 2286-9944 – Fax (21) 2286-9244
E-mail: atendimento@esextante.com.br